Resurrection

复活

［俄］列夫·托尔斯泰◎著　羊清露◎译

天津出版传媒集团
天津人民出版社

图书在版编目（CIP）数据

复活 / (俄罗斯) 列夫・托尔斯泰著；羊清露译.
-- 天津：天津人民出版社，2016.9（2019.5重印）
ISBN 978-7-201-10801-8

I. ①复… II. ①列… ②羊… III. ①长篇小说—俄罗斯—近代 IV. ①I512.44

中国版本图书馆CIP数据核字（2016）第220480号

复活
FU HUO

出　　版　天津人民出版社
出 版 人　黄　沛
地　　址　天津市和平区西康路35号康岳大厦
邮政编码　300051
邮购电话　（022）23332469
网　　址　http: //www.tjrmcbs.com
电子信箱　tjrmcbs@126.com
责任编辑　刘子伯
印　　刷　北京欣睿虹彩印刷有限公司
经　　销　新华书店
开　　本　880×1230毫米　1/32
印　　张　19.5
插　　页　16
字　　数　624千字
版次印次　2016年9月第1版　2019年5月第3次印刷
定　　价　45.80元

The sun shining on the earth warmly, grass grew wantonly, not only on the avenues, but also in the flagstone crevices, it tried its best to drill out, and green could be seen everywhere. (P3)

Behind the long table placed three oak carved wing chairs, and a gilded picture frame was hung on the wall behind the chairs, in which was a full body portrait of a general. (P31)

Then the sled he was taking had come to his aunt's old-fashioned manor yard he was familiar with, in which piled the snow from the roof scattered on the ground, and a low brick wall was built around.

(P62)

The clerk took out the autopsy report, and began to read it unhappyly without telling retroflex n and p. (P87)

Finally, Nekhludoff saw that Duchess Sophia Vasilyevna always looked at the window restlessly while talking, because there was a ray of slanting sunlight coming through the window, shining her aging very clearly. (P122)

On the way to court, Nekhludoff sat on the original carriage in the street, passing the streets he once walked, but he felt himself very strange, having felt obviously he became a totally different person today. (P154)

In the field the path underfoot was invisible, and in the woods it was as black as that in the furnace. (P170)

The lawyer's assistant also sat beside a tall, sloping desk.
(P202)

Trees on both sides of the road, some were high and some were low, mixed with fir-trees, and the thick snows on the branches were like big cakes. (P222)

Missy was a beautiful woman, wearing a hat on her head, she was wearing a dress with dark strips on it, wrapping around her slim waist with no folds, as if she was born wearing it, looking very pretty.

(P252)

The table was covered with a piece of coarse cloth, with an embroidered towel above, which could be used as a napkin. (P294)

It was far from the prison from here, and it was getting late, so Nekhludoff rented a carriage and ran to the prison. The coachman was a middle-aged man with a gentle, witty face. (P320)

Nekhludoff went to the study room alone and saw a stocky man of medium height opposite, who was wearing a formal suit with short hair, sitting in an armchair behind the big desk, looking ahead with excitement. (P352)

The fried steak is really good. I used to eating some staple food at the beginning and in the end. Ha, Ha, Ha! Well, then, you drink some red wine.

(P394)

前言

列夫·托尔斯泰（1828—1910），19世纪俄国对世界文学最有影响的作家。出身于贵族家庭，1840年入喀山大学，受到卢梭、孟德斯鸠等启蒙思想家的影响。1847年退学回到故乡，在自己领地上做改革农奴制的尝试。1851～1854年在高加索军队中服役并开始写作。《复活》是他的代表作之一，情节的基础源于一个真实的案例。贵族青年涅赫柳多夫诱奸姑母家中的女仆卡秋莎·玛丝洛娃，致使她怀孕，最后沦为妓女；而当她被诬陷谋财害命时，他却以陪审员身份出席法庭审判她。这看似巧合的事件，在当时社会却有典型意义。小说写于1889至1899年，托尔斯泰以这个故事为主线，用了10年时间，六易其稿，终于完成了这部不朽的名著。小说一方面表现作者晚年代表性主题——精神觉醒和离家出走；主要方面则是借涅赫柳多夫的经历和见闻，展示从城市到农村的社会阴暗面，对政府、法庭、监狱、教会、土地私有制和资本主义制度作了深刻的批判。

这时已步入晚年的托尔斯泰，世界观已经发生激变，他抛弃了上层地主贵族阶层的传统观点，用宗法农民的眼光重新审查了各种社会现象，以最清醒的现实主义态度，通过男女主人公的遭遇，淋漓尽致地揭露那些贪赃枉法的官吏及旧社会制度的本质。同时，表现了他们在精神上和道德上的复活。

Contents

第一部

第二部

第三部

第一部

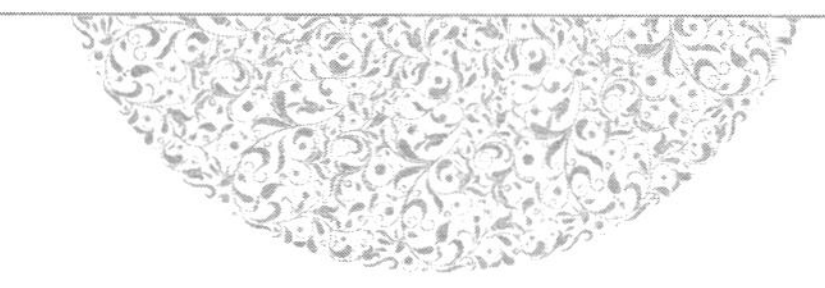

《马太福音》第十八章第二十一至第二十二节：“那时彼得走上前来，对耶稣说：‘主啊，我弟兄得罪了我，我应当饶恕他几次好呢？到七次可以了吗？’耶稣说：‘我对你说，不是到七次，而是该到七十个七次。’”

《马太福音》第七章第三节：“为什么看见你弟兄眼中有刺，却不想到你自己的眼中有梁木呢？”

《约翰福音》第八章第七节：“……在你们中谁是没有罪的，谁就可以先拿石头打她。”

《路加福音》第六章第四十节：“学生不能高过先生，凡学成了的最多也不过和先生一样。”

第一章

虽然几十万人聚居在一块不算大的地方，费尽心力将他们所居住的那个地方糟蹋得不像样子：把石块埋进土里，什么也不让生长，尽管长出的青草被清除得一干二净，空气中还残存着煤炭和石油的气味，烟雾腾腾；尽管滥伐草木，驱散鸟兽，但是在这样的城市里，春天终究也还是春天。温暖的阳光照耀着大地，青草肆意生长，不光是在林荫道上，还有那些石板缝里，它们都铆足了劲往外钻，映入眼帘的都是一片翠绿。桦树、白杨和稠李也都吐出了嫩绿芬芳的新叶，菩提树上冒出了一个个的幼芽。寒鸦、麻雀和鸽子一如往年春天那样在欢快地筑着巢，就连苍蝇也沐浴着暖暖的阳光，在房间里嘤嘤嗡嗡地骚动着。无论是花草、鸟儿、昆虫，还是那些快乐的孩子，全都欢欢喜喜。而成年人却一直都在自欺欺人、折腾自己和相互折腾。人们认为神圣而重要的并不是这个春光明媚的早晨；也不是上帝为了赐福于所有的生灵而创造的人间美景，这种倾向于和平、协调、友爱的美景。相反的，人们认为真正神圣而且极为重要的，却是他们自己创造的统治人的各种手段。

正因如此，省立监狱办公室的官吏一致认为神圣而重要的，不是那些飞禽走兽，也不是所有人都在感受着春天的那份暖意，而是昨天收到的那编了号码、盖了官印、标明案由的公函：那上边指明在今天——四月二十八日上午九点前，把三个关在监狱里已经受过一次审讯的罪犯，两女一男，送去法庭受审。在这两名女犯中的一个还是重刑犯，需要单独押解送审。由于接到这张传票的时候是四月二十八日上午八点，看守长极不情愿地走进女监那条又暗又脏的过道。紧跟在他身后的是个女人：面容疲惫，长着一头鬈曲的白色头发，身上穿着监狱里统一的制服，袖口上镶金绦的女褂，腰里扎着一条镶着蓝边的腰带。这个是监狱里的一名女看守。

“您这是要带玛丝洛娃吗？”她一面问看守长，一面和正在值班的看守一起朝过道上的一间牢房门口走去。

值班看守哐当一声开了铁锁，打开牢房门，马上就有一股比过道里的空气更加恶臭的味道从里面散发出来。他大声喊道：

“玛丝洛娃，过堂去！”他说完又把牢门给带上，等着。

监狱的院子里，空气要清新多了，那是从田野上吹过来的。可是过道里的空气却充满着伤寒病菌，散发出粪便、焦油以及腐烂物的恶臭气味，不管是谁一走进来都会立马觉得胸闷气短，想要窒息。女看守虽然早就已经习惯了这样混沌的空气，可是从院子里刚走进去的瞬间，也不免有这样的感觉。她一进走廊里，就觉得全身无力、头晕目眩。

牢房里传来一阵慌乱的响声：几个女人的讲话声与几双赤脚在地上走动的声音。

“你快一点儿，玛丝洛娃，磨蹭什么呢？”看守长冲着牢门大声喝道。

过了一两分钟，一个身穿白衣白裙、外面套着灰色囚服、个子不高、胸部丰满的年轻女囚大步走了出来，灵敏地转过身子，站在了看守长的身边。这女子脚上穿着一双麻布长袜，套着一双囚犯们穿的棉鞋，头上包着一块白色的头巾，显然有意地让几缕乌黑卷曲的秀发从白头巾里滑出来。正如其他长期坐牢的人一样，这女子整个脸上也带着那种病态的苍白，白得就像地窖里马铃薯的新芽；她那双不大却很宽的手和从囚衣宽大的领口露出来的丰满的脖子也是如此苍白。她那双眼睛，特别是在那苍白暗淡的脸色的衬托下，看起来却分外的乌黑发亮，虽然眼皮稍稍有些浮肿，却十分灵活有神，令人惊异。其中一只眼睛还稍微带点儿斜睨的神色。她高耸着丰满的胸脯，笔直地站在那儿。她来到走廊上，微微抬起头来，停下脚步，直直地朝看守长的眼睛看了看，表现出一副任人宰割的样子。看守长正要动手去关牢门，这时竟有一位没戴头巾的白发老太婆从牢门里探出了她那张惨白、冷漠、满是皱纹的老脸。老太婆刚对玛丝洛娃说了几句话，看守长就用牢门把老太婆的头抵回去，白头发就消失了。牢房里传来了女人们的哄笑声；玛丝洛娃也笑了笑，转过脸对着牢门上方那扇装着铁栅栏的小窗子。老太婆从里面凑近窗洞，哑着嗓子说：

“最要紧的是能说的说，不能说的别说，说过的别改口，就行了。”

“只要有一个结果就好，反正也不会有比现在更糟的情形啦。”玛丝洛娃摇摇头说。

“那是，结果肯定只能有一个，不可能有第二个。”看守长带着长官惯有的神气说道，很显然自认为自己说得很幽默，“跟我走！”

老太婆的眼睛从窗洞里消失了。玛丝洛娃走到过道的中央，紧紧跟在看守长身后。他们顺着一道石砌的楼梯下了楼，路过比女监的气味更难闻、更嘈杂的男监，这儿每扇门上的小窗口都有眼睛盯着他们。然后他们进到了办公室，那儿早就有两个持枪的押解兵在等着了。坐在桌边的文书官把一份烟味很浓的公文交给了其中的一名押解兵，并用手指了指女犯说：

“她归你管了。”

那个押解兵本是来自下诺夫哥罗德的一个农民，红脸颊，还有很多麻子。他把公文掖进他那军大衣外翻的袖子里，瞟着女犯，笑嘻嘻地对他的同伴——一个颧骨很高的楚瓦什人①挤了挤眼睛，这两个士兵就带着女犯下了台阶，一直朝监狱的大门走去。

大门上的一扇便门打开了，两个士兵带着被押解的女犯跨过便

① 居住在俄国东北部的一个少数民族。

门，走进了小院子，接着走出院墙，来到石头铺砌的大街上。

车夫、店伙计、厨娘、工人和官吏纷纷停下来，好奇地看着女犯。有些人摇摇头，心想：“看吧，这就是干坏事的下场，还是像我们这样做人好。”孩子们战战兢兢地看着这女强盗，不过可以让人放心的是有士兵押着她，再也没法为非作歹了。一个乡下来的汉子卖完了木炭后，在茶馆里喝饱了茶，来到她身边，在胸前画了个十字，给了她一个戈比。女犯一下子羞得满脸通红，低下头，嘴里说了两句什么。

女犯觉察到人们的一道道目光全都朝她射来，但她并没转过头，只是不动声色地瞟着那些看她的人。许多人对她这样的关注，让她觉得高兴。这带着春天气息的空气，比起监狱里的要清新太多了，这自然也让她十分高兴。可是由于她很久没有在石子路上走路了，而且又穿着那双笨重的囚犯棉鞋，让她的脚觉得十分疼痛。于是她看看自己的脚，尽可能走得轻巧一些。他们经过一家面粉铺时，看见门口有几只鸽子在来回踱步，大摇大摆的，好像没人敢欺负它们一样。女犯的脚却差点儿踩到一只瓦蓝色的鸽子，那只鸽子扇动翅膀呼啦啦地擦着女犯耳边飞过，给她带来一阵清凉的风。女犯微微地笑了笑，接着想起了自己眼下的处境，沉重地长叹了一口气。

第二章

女犯玛丝洛娃身世十分平常。她原本是个未婚女农奴的私生女，她母亲和饲养牲口的外祖母住在两个地主老姑娘的庄子里。这个没有出嫁的女人每年都生下一个孩子，并且按乡下习惯，给孩子行洗礼，然后，做母亲的就不再给这孩子喂奶，这样一来，不受欢迎、不需要，而且妨碍她们干活的孩子没多久就饿死了。

她生过的前五个孩子全都是那样死掉的。他们个个都受过洗礼，可是后来却都因为吃不到奶而死去。第六个孩子是跟一个过路的茨冈[①]男人私通以后生下来的，是个女孩儿。她的命运本该像她之前出生的五个孩子一样，可是事出偶然，那两个老姑娘中的一个来到牲口棚里，训斥饲养牲口的女工们把奶油做得带有牛臊气。那时产妇和那个挺好看的胖胖的小女娃儿就在牲口棚里躺着。老姑娘大骂一通，又说奶油有牛臊气，又斥骂她们不该把产妇放在牲口棚里。她骂完刚准备离开，突然看见了那个孩子，徒生爱怜之情，就提出了要当孩子教母的想法。她便去给小女孩受了洗，那以后因为常常心疼自己的教女，就总是给她母亲送些牛奶和钱，小女孩就这样勉强活了下来。两个姑娘从此以后就把她叫作“再生儿”。

小女孩三岁那年，她母亲因病去世了。饲养牲口的外祖母觉得

① 也可译作吉卜赛，一个古老的游牧民族。

这外孙女是个累赘，两个老姑娘就把小女孩带回身边抚养。这个眼睛乌黑的小女孩长得非常活泼可爱，两个老姑娘就常常拿她消遣解闷。

那两个老姑娘中，妹妹索菲娅·伊万诺夫娜心地较为善良，给小姑娘受洗的就是她；姐姐玛丽娅·伊万诺夫娜脾气暴躁。索菲娅·伊万诺夫娜总是喜欢把小女孩打扮得漂漂亮亮的，还教她读书认字，一心想让她成为自己的养女。玛丽娅·伊万诺夫娜却认为应该把她栽培成一个出色的侍女，所以对她非常严厉，心情不好的时候就拿小女孩大骂一通，有时候还会打她。由于两个老姑娘不同的教管态度，小姑娘长大以后也就成了半个女工、半个养女。就连她的名字也是不亲不卑，不叫卡特卡，也不叫卡金卡，而是叫作卡秋莎[①]。她缝缝补补，收拾房间，用白粉把圣像的铜框擦亮，烧菜，推磨，煮咖啡，洗衣服；有时又坐下来，为两个老姑娘读书解闷儿。

也曾经有人给她说媒，可是她一概谢绝，觉得和那些干力气活儿的人一起过日子，她受不了。

她就过着这样的生活一直到十六岁。在她满十六岁那年，两个老姑娘上大学的侄子——富有的公爵少爷，来到她们家。卡秋莎对他一见钟情，却没有勇气向他表白，甚至都没有勇气承认自己有这样的想法。在那之后又过了两年，那个侄少爷在远征的途中顺道到姑姑们家里住了四天。临行的前一天晚上，他勾引了卡秋莎，第二天塞给她一张一百卢布的钞票就离开了。他走了五个月之后，她才确定自己有了身孕。

从那时候开始，她对一切都觉得厌恶，一门心思在如何摆脱马上面对的羞辱上。她不仅服侍老姑娘们勉强又马虎，而且连她自己都没料到竟然会无缘无故地发火。她对老姑娘们讲了很多无礼的话，而那之后又感到懊悔，于是就要求辞工。

---

① 她的本名叫卡捷琳娜，卡特卡是这个名字的卑称，卡金卡是比较高贵的爱称，而卡秋莎则是比较普通的小名。

两位老姑娘对她也非常不满，就放她走了。从她们家离开后，她去了警察分局局长家里做侍女，可是在那里只待了三个月，因为那位局长虽然已经年过半百了，却经常想方设法地调戏她。有一次，他死皮赖脸地纠缠她，把她逼得发火了，骂他是“浑蛋”“老色鬼”，用力推他的胸部，还把他推倒在地上。她立刻就被解雇了。那时她已经不能再去找活儿干，因为她很快就要生孩子了，于是她寄居在一位寡妇家里，那人是个接生婆，还兼职贩卖私酒。她的生产进行得很顺利，可是那接生婆刚给村子里一个患病的女人接生过，就把产褥热传染给了卡秋莎。她生下来的那个小男孩不得不被送去育婴堂，据负责送孩子的老太婆说，孩子一到那儿就死了。

卡秋莎住进接生婆家里时，身上一共有一百二十七卢布：其中的二十七卢布是她自己做工赚来的，一百卢布是勾引她的那个少爷给她的。

可是她从接生婆家里离开时，身上却只剩下六个卢布了。她一点儿都不懂得节省，自己该花就花，而且不管谁来要钱她都给。接生婆跟她要了四十卢布作为两个月的生活费，即伙食费和茶点钱。为了送走那个可怜的孩子她花掉了二十五卢布，接生婆后来又从她那儿借了四十卢布买了一头牛，除此之外还有十几卢布，卡秋莎做了几件衣服，买了些礼品花掉了。所以当卡秋莎身体恢复的时候，她已经身无分文了，不得不找份活儿干。她在林务官家找了份活儿。林务官虽然已有妻子，但也跟警察局长一样，打从第一天起就开始纠缠她。卡秋莎非常讨厌他，拼命躲开他。可他还是比她经验老到，而且更富有心机，关键在于他是老板，可以任意支配她，让她去哪儿她就得去哪儿，所以还是找到机会占有了她。林务官的老婆得知了这件事，有一次遇到丈夫独自和卡秋莎在房间里，就扑过去揍她，卡秋莎也不甘示弱，两人就厮打了起来，结果这户人家没给她一分工钱就直接把她轰出了门。百般无奈，卡秋莎只能进到城里，住到了她姨母家里。她的姨父是个装订工，以前的日子过得还算可以，可是后来却失去了老顾客，而且他常常酗酒，家里的所有东西都被变卖买酒喝掉了。

她的姨母开了一间小小的洗衣坊，靠这些养活一大群孩子，还要供养她潦倒的丈夫。姨母要玛丝洛娃去她的洗衣坊干活儿，可是玛丝洛娃看到那里的洗衣女工所干的活儿太艰苦，就不想干。她又去佣工介绍所找给人家当女仆的工作。工作算是找到了，是去一家只有一位太太和两个读中学的儿子家里干活。但她才工作一周，那个留胡子的中学六年级的大儿子就荒废了学业，缠着玛丝洛娃，让她不得安宁。那位母亲把所有的错都算在了玛丝洛娃头上，她又一次被解雇了。一时未找到新的活，可事有凑巧，玛丝洛娃再次去了那个佣工介绍所。在那里和一位太太恰巧遇到了，那位太太双手戴着钻石戒指，肥胖圆滑的胳膊上还戴着镯子。当她知道前来找活儿的玛丝洛娃的遭遇之后，就把自己的住址给了她，还请她到家里去。玛丝洛娃果真去了她家里，那位太太很是殷勤地接待了她，请她吃了馅饼，还喝了些甜酒，并让自己的侍女送了一封信到什么地方去。黄昏时候便有一位身材高大的男人来到了这里，他留着一头长长的白发和白胡子。这位老人一来就靠着玛丝洛娃坐下，双眼闪闪发光，笑呵呵地打量起她，和她说笑。太太把他叫到另外一个房间。玛丝洛娃听到太太说："是个雏儿，刚刚从乡下来的。"接着太太把玛丝洛娃叫去，说，他是一位有名的作家，有很多钱，如果她可以让他开心，他什么都会舍得的。她果真赢得了作家的欢心，于是他给了她二十五卢布，并承诺说会时常和她相会的。那笔钱没多久就花完了，其中一部分用来支付了她住在姨母家的生活费，还买了新衣服、帽子和缎带。过了几天，作家又一次派人来请她，她也去了。他又给了她二十五卢布，并且要她搬到一处单独的房子里去。

玛丝洛娃在作家租的房子里住了下来，可是她却爱上了住在同院的一个讨人喜欢的店员。她主动向作家坦白了这事，然后就搬到另一个更小的独户公寓里住了下来。那个店员一开始还说要和她结婚，可后来却一声不响地走了，去了下诺夫哥罗德，很显然，她被抛弃了。玛丝洛娃从此便又孤身一人。她本来打算继续住在这间房子里，可是别人不同意。派出所所长告诉她，只有领到黄色执照[1]，经过检查，她才可以单独居住。于是她再次回到姨母家。姨母发现她穿戴着新潮的衣服、披肩和帽子，认为她现在身份高了，就毕恭毕敬地接待了她，再也不敢叫她做洗衣妇了。对玛丝洛娃来说，她压根就没考虑过去当洗衣女工的问题。现在她无比同情地看着前面几间房里那些脸色苍白、胳膊干瘦的人，有的已经患上了肺痨。那里的窗户一年四季都是敞开着的，而她们必须在三十度[2]的肥皂水蒸气中洗熨衣服，一想到她自己也有可能干这样的苦役，就心里发怵。

就在玛丝洛娃无依无靠而且变得非常困难的时候，一名给妓院物色姑娘的牙婆找到了她。

玛丝洛娃早就开始抽香烟了，而且在她和堂倌同居以及后来被抛弃之后，她就越来越迷恋老酒了。她之所以迷恋老酒，不仅因为它酒味醇美，更多的是因为喝酒能让她忘记她经历的那一切苦难，让她摆脱烦恼，重拾尊严。没有酒是不行的。要是不喝酒，她的心情就会非常沮丧并且感觉无地自容。

牙婆为姨母摆了一桌酒席，在玛丝洛娃酒足饭饱之后，向她提议去本城一家上等妓院当妓女，并向她说出了好多干那种事儿的好处。玛丝洛娃面临着一次非常残酷的选择：要么选择当一名低声下气的女仆，但这也肯定逃避不了男人们的纠缠和秘密的、临时的通奸；要么选择取得有保障的、稳定的而且又合法的地位，专门干那些公开的、为法律许可的、报酬丰厚的、长期卖身的营生。最终，她在两者中选择了后者。另外，她想用这样的方法来报复那个曾经勾引她的公爵少爷，报复那个跑了的店员及所有曾经欺负过她的男人。此外还有一个对她来说极富诱惑力的条件，并且也成为她下定决心的最大理由：那就是牙婆告诉她，不管她想要做什么样的衣服

① 指帝俄时代政府发的卖淫许可证。

② 这里是指列式温度。列氏三十度相当于三十七点五摄氏度。

都可以，不论是丝绒的、费伊绉[①]的、绸缎的抑或是袒胸露臂的舞服，想要什么有什么。玛丝洛娃一想到可以穿上一件黑丝绒绲边的鹅黄色袒胸的绸缎衣服时，再也无法控制自己，就交出了自己的公民证[②]去换黄色执照。当天晚上牙婆就叫了一辆马车，把她带到了有名的基塔耶娃妓院。

从那时候开始，玛丝洛娃就过上了这种长期违背上帝意志和人类训条的生活，是千百万妇女过着的这种不光得到关心国民权益的政府当局的许可，而且受到它们保护的生活。而在过这样生活的妇女中，到头来十有八九都会受到疾病的折磨，未老先衰，过早离开人世。

她们在午夜纵情狂欢，行欢作乐，白天却昏睡不醒。下午三四点，才慵倦无力地从肮脏的床上爬起来，由于饮酒过量而要喝大量的碳酸矿泉水或是咖啡醒酒，全身上下只穿件罩衫、短上衣或是睡衣，在几个房间里懒散地来回走动，撩起窗帘望望窗外，无精打采地相互争吵对骂。然后梳洗、涂脂抹粉、往身上和头发上喷香水、试衣服，为了衣服和鸨母争吵，照镜子，画眉毛，吃油腻的甜点，然后穿上袒胸露臂的亮丽绸衫，来到灯火辉煌的华丽大厅。客人们三三两两地到来了，奏乐、跳舞、吃糖果、喝酒、抽烟，和各色各样的男人上床，他们中有年轻的，有中年的，有半大孩子，有风烛残年的老头；有单身汉，有有了家室的；有商人，店员；有亚美尼亚人，有犹太人，有鞑靼人；有富得流油的，也有穷得叮当响的；有健壮的，也有疾病缠身的；有酒鬼，也有不喝酒的；有粗鲁的，也有温柔的；有军人，有文官，有大学生，也有中学生。反正不同阶层、不同年龄段、不同性格的男人应有尽有。嚷嚷声、调笑声、打闹声掺杂着奏乐声，抽烟喝酒，音乐从黄昏响到天亮。只有到了清晨她们才可以脱身去昏昏沉睡。每天都是如此，每个星期也是如此。到了周末，她们就会坐车去政府机关，也就是警察分局，去那

① 一种正反面都有横条纹的平纹丝织品或毛织品。

② 目的是要换取上文提到的黄色执照。

里看担负国家重任的男人、官吏和医生。他们有时候态度正经而严肃，有时却轻浮粗野，蹂躏了不仅人类所赋有，而且连禽兽都具备的那种足以防止犯罪的羞耻心，带着猥亵的淫笑给这些女人检查身体，然后再发给她们许可证，批准她们和同伙们干一星期那种罪行。而下个周末又是如此。总之不管是酷暑还是寒冬，不管是平时还是假日，全都如此。

玛丝洛娃就这样生活了整整七年，在这期间她换了两家妓院，还因病住过一次医院。在她进妓院的第七个年头，也就是在她失去童贞之后的第八年，那时她才二十六岁，她出了事儿，并因此进了监狱，在监狱里她和杀人犯、小偷一起过了六个月之后，今天要被押解法庭受审。

第三章

就在玛丝洛娃随着押解兵走了很长的路，疲劳不堪，好不容易终于走到地方法院大厦门前时，她养母的侄子德米特里·伊万诺维奇·涅赫柳多夫公爵，那个曾经诱奸她的人，还躺在一个高高的、铺着羽绒褥垫、被单被揉得很皱的弹簧床上。他身穿干净的、前襟皱褶熨得很平整的荷兰式的细麻布睡衣，敞着领口，抽着香烟。他呆滞地望着前方，眼睛一动不动，思索着今天需要做的事情以及昨天发生过的事。

他昨天在有钱有势的柯察金家里度过一个黄昏，人们都觉得他一定会和他们家的小姐结婚。想起昨晚的事，他不由自主地长叹了一口气，扔掉烟蒂，还想从银质的烟盒里再拿一根烟出来，可是他改变了主意，把两条光滑的白腿从床上耷拉下来，用脚去摸索拖鞋。他抓起一件丝绸晨衣披在丰满的肩上，迈着快速而闷重的步子，朝卧室旁边的洗漱间走去，那里充满着甘香酒剂、花露水、发蜡和香水等气味。他在里面用特制的牙粉反复刷他那一口已经镶补过很多次的牙齿，用芳香的含漱剂漱过口后，就开始仔细地擦洗身体，之后又用不同的毛巾擦干。他先拿香皂洗了手，然后认真地用刷子刷自己过长的指甲，在老大的大理石的脸盆里把自己的脸和胖胖的脖子洗净，便走到旁边另一间屋子里，那里已经为他准备好了淋浴的东西。他先用冷水淋过肌肉发达、脂肪丰腴的、白净的胴体，然后用非常柔软的毛巾擦拭干净，又穿上干净的、熨得很平整的衬衣，以及一双擦得像镜子一样锃亮的皮鞋，坐到梳妆台前，用两把梳子梳理那蜷曲的小黑胡子，以及头顶上渐渐稀少的卷发。

他所用的每一件物品，即他的服饰用品，如衬衣、外衣、皮鞋、领带、别针、袖扣，全部都是最高级、价格最昂贵的货色，雅致、大方、耐用、高贵。

涅赫柳多夫从众多领带和胸针里面各挑出了一件，以前他做这些事觉得新鲜有趣，现在觉得索然无味了。接着把仆人已经刷洗干净放在椅子上的那套衣裳穿好，虽然算不上焕然一新，全身上下却干净芳香。他走进长长的饭厅，饭厅里的镶木地板昨天已经被三个汉子擦得明光锃亮了，里面放着很大的一张橡木食器橱，一张很大、可以移动的大饭桌，桌腿上雕成狮爪的形状，宽宽地叉开，颇为气派。餐桌上铺着一块被浆得笔直的、绣有一个很大的家徽的薄桌布，上面摆放着装满香气扑鼻的咖啡的银壶、银糖缸，装有煮沸了的奶油的银壶和刚刚烤好的新鲜面包、面包干、饼干的篮子。这些食具旁边放着刚送来的信件、报纸以及最新出版的法文杂志“Revue des deux mondes”[①]。涅赫柳多夫正准备拆阅信件来看的时候，从通向走廊的那个门里，轻轻走进来一个体态丰腴的老妇人，身穿着丧服，头上扎着饰有花边的头带来遮住她那日渐变宽的头发间的缝隙。她是涅赫柳多夫母亲的女仆阿格拉费娜·彼得罗夫娜，不久前他的母亲在这幢房子里去世了，她就待在这里给少爷当女管家。

阿格拉费娜几次跟随涅赫柳多夫的母亲去国外，待了大概有十个年头，也颇有些贵妇的仪表和气派。她打小就生活在涅赫柳多夫家里，在德米特里·伊万诺维奇还叫小名米坚卡[②]的时候就已经熟悉他了。

“早上好，德米特里·伊万诺维奇。”

“您好，阿格拉费娜·彼得罗夫娜。有什么新鲜的事儿吗？”

---

① 即《两个世界评论》，从1829年起在巴黎开始出版发行的文艺和政论的法语杂志，在俄国贵族知识分子当中广泛流行。

② 德米特里的小名。

涅赫柳多夫用开玩笑的口吻问道。

“有一封信，不知道是公爵夫人还是公爵小姐写来的，她们的女佣人早就送来了，她现在在我屋里等回信儿呢。”阿格拉费娜说着，把信递给了他，脸上露出意味深长的笑容。

“好，我这就看。”涅赫柳多夫说着接过信，察觉到阿格拉费娜的笑意，他心有不快，禁不住皱了下眉头。

阿格拉费娜微笑的含义是，那封信是公爵小姐写给他的，她以为涅赫柳多夫已经准备和公爵小姐结婚了。然而那微笑所表示的这种推断却让涅赫柳多夫感到不快。

“那我就去让她再等一会儿吧。”阿格拉费娜说着，发现桌上用来扫面包屑的小刷子放得不是地方，就拿起来放回老地方，然后才轻轻地离开饭厅。

涅赫柳多夫打开阿格拉费娜交给他的带着香味的信。信是写在一张毛边的灰色厚信纸上的，那字迹尖细而稀疏，他开始读信：

“既然我已经承担了要替您记住全部事情的义务，那么我现在不得不提醒您：今天，四月二十八日，您应该出庭去做陪审员，所以不论怎样，您也不可以像昨天那样，用您惯有的那种随便的态度答应的那样，陪我们与科洛索夫去看画展了，a moins quevous ne soyez dispos é ά payrt ά la vout d’ assises Is 300 roublesd’ amende, que vous refusez pourvotre cheval①，为的是您没有按时出庭。昨天您一离开，我就想起了这件事情。所以这次您可千万不要忘了。公爵小姐玛·柯察金”

信的背面还附上了两句：

“Maman vous fait dire que votre couvety vous attendra jusqu’ ὰ la nuit. Venezab solument ὰ quelle heure que cela soit.②玛·柯”

① 法语：除非您同意向地方法院交一笔三百卢布的罚金，也就相当于您舍不得买的那匹马的价钱。

② 法语：妈妈要我告诉您，为您准备的餐具会一直等您到深夜。请您务必要来，不管有多晚。

涅赫柳多夫犯愁了。这封信是柯察金公爵小姐两个月以来巧妙地向他进攻的另一段，目的就是用无形的千丝万缕的线把他和她紧密地绑到一起。可是对于过了青春年少，而又不再痴心钟情的男人来说，结婚往往是前瞻后顾，犹豫不决。此外，涅赫柳多夫还有一个更重要的理由，让他即便下定了决心，也不可能马上求婚。这并不是因为十年前他诱奸过卡秋莎，并且把她弃之不管了；那件事他早就已经忘得干干净净了，而且他并不认为那会妨碍他结婚。这原因仅仅是他和一个已婚女人有私情，虽然对他来说，现在这种关系已经结束，可那个女人却并不这么认为。

涅赫柳多夫跟女人打交道的时候甚是腼腆，可刚好就是这样的腼腆才激起了那个有夫之妇想要征服他的欲望。那个女人是某县的首席贵族的妻子，那个县每次进行选举时，涅赫柳多夫都会去。那个女人终于勾引他发生了男女关系，一次又一次，涅赫柳多夫一天比一天更迷恋她，同时又一天比一天厌恶她。刚开始涅赫柳多夫无法抗拒她的诱惑，之后又对她感到内疚，所以无法不经过她的同意就单方面结束这样的关系。就是因为这样，才使得涅赫柳多夫以为即使他心里愿意，也无权向柯察金小姐求婚。

桌上刚好还放着一封那个女人的丈夫给他写的信。涅赫柳多夫一看见他的笔迹和邮戳，就满脸通红，顿时感到精神紧张起来，这是他在面临危险时经常会有的感觉。可是他的紧张是不必要的：那个丈夫，涅赫柳多夫的主要田产所在县的首席贵族，来信通知涅赫柳多夫五月底将要召开地方自治局特别会议，请涅赫柳多夫到时务必出席，以便在地方自治局会议上讨论关于学校与车马大道等当前重大问题时donneruncoup d'épaule①，因为在讨论这些问题的时候可能会遭到反动派的强烈反对。

首席贵族是一个自由派人士，他和一些志同道合的人一起反对

① 法语：助以一臂之力。

亚历山大三世执政后[①]气焰嚣张的反动势力，并且一心一意地参加这次斗争，丝毫没有意识到他家庭生活中的变故。

涅赫柳多夫想起自己因为这个人而产生的苦恼。记得有一次他觉得她丈夫可能知道了这件事情，就做好了和他决斗的准备，决斗时准备要对他开枪。他还记得跟她大闹过一场，然后她在绝望中跑向花园的池塘，想要投水自尽，他慌忙跑去找她。"我现在可不能去那边找她，而且在她没有答复我之前，我不可以采取任何措施。"涅赫柳多夫心想。一周之前他已经写了一封语气很坚定的信给她，信中他承认自己有错，愿意用任何方式来弥补，但是为了她的幸福，他还是认为他们的关系应该到此为止。他现在就在等她的回信，可是还没有收到。没有回信，至少也算是个好兆头。如果她不同意断绝关系，早就应该回信了，或是干脆像以前那样直接找上门来。涅赫柳多夫听说现在有一名军官正在追求她，虽然这多少让他心里觉得不快，因为他嫉妒，但同时也让他高兴，因为有希望摆脱掉那样撒谎、隐瞒的尴尬局面。

另一封信是负责管理他田产的总管写来的。总管在信里请求涅赫柳多夫一定要亲自回乡一次，以便办理他的遗产继承手续，同时还要解决今后如何继续经营的问题：究竟是仍然按照已经去世的公爵夫人在世时的方法经营，还是按照总管曾经向公爵夫人提起过的，现在又向这位公爵少爷提出的方法来管理呢？也就是把租给农民的土地全部收回来，并且添置农具，由自己来雇人耕种。总管在信中说，这样的经营方法要更加划算。同时总管也表达了自己的歉意，说是原定一号前，应该寄给他三千卢布，多少有些延迟了。这笔钱将会随下一班邮车汇出。他寄迟了的原因，是收不齐农民欠的租，他们很不老实，以至于不得不求助于官府，强迫他们缴纳租金。这封信对涅赫柳多夫来说既是高兴的又是不高兴的。高兴的是他认为自己已经拥有了大量的家业；不高兴的是以前自己年轻的时

① 亚历山大三世（执政时期1881—1894年）在他父亲被民意党人刺杀后登基，极力镇压革命，巩固专制政权，限制地方自治的改革。

候曾经是赫伯特·斯宾塞[①]的忠实信奉者，而且因为他是大地主，斯宾塞在“Social Statics”[②]一书中关于正义不允许土地私有这样的论点让他感到震动。他曾经凭借着年轻人的坦率与豪爽，不但在口头上赞成土地不该私有化的观点，也在大学里写过文章对此进行论证，而且那时真的把小部分土地（那一部分土地不属于母亲，而是他从父亲名下继承的）分给了农民，因为他不愿意违背自己的意志去占有土地。现在他继承了母亲的遗产成了大地主，就必须在这两种做法中进行选择：要么像十年前处理他父亲的二百俄亩[③]土地时一样，放弃自己应得的私有财产，要么就默认自己以前的那些思想都是错误和荒谬的。

第一种方法他做不到，因为除了土地外他就没有任何其他生活来源了。他不愿去当官，可是他又养成了奢华的生活习惯，要放弃这样的生活已经是不可能了。再说，他也不用放弃这样的生活，因为在他年轻时所拥有的那种信仰、决心、好强心和惊天动地的志向已经消磨殆尽了。至于第二种方法，关于土地私有制不合理的道理是他以前从斯宾塞的《社会静力学》中汲取来的，后来又在亨利·乔治[④]的著作中找到了光辉论证，现在想要摒弃，否定这一明确无误、颠扑不破的道理对他来说也是无法做到的。

由于这一原因，总管这封信让他觉得很不高兴。

① 赫伯特·斯宾塞（1820—1903），英国资产阶级社会学家和哲学家。在《社会的有机理论》一书中，为阶级的不平等和资产阶级社会关系的矛盾进行辩护，把它们比作对于有机体的生存和活动同等必要并执行各种生物学职能的生理器官的相互作用，同时他站在抽象的“正义”立场上主张无政府主义的、人人摆脱政府的自由，主张人人有权不加限制地享用一切天然的福利。

② 英语：《社会静力学》，斯宾塞最早和最著名的作品之一，1850年出版。

③ 1俄亩约合我国的17亩。

④ 亨利·乔治（1839—1897），美国小资产阶级经济学家和社会活动家，主要著作有《土地问题》《伟大的社会形态》和《进步与贫困》等。

第四章

喝完咖啡后，涅赫柳多夫便朝书房走去，要看看时间表，确认他应该几点出庭，此外他还要给公爵小姐写封回信。去书房要先经过一间画室。画室里摆着一副画架，上边放着一幅倒置的已经开始画了一些的画稿，墙上还挂着几张画作。他看到这幅他花了整整两年时间画的画，看见那些作品和整个画室，又一次感觉到他的绘画水平已经无法继续提高了。近来他特别深切地感觉到这一点。他把这样的感觉解释为他的审美观太敏锐了，眼高手低。但不管怎样，意识到这一点也确实让人很伤心。

七年前，他断定自己拥有极高的绘画天赋，便辞去了自己的军职。他把艺术看得比任何东西都高，带着几分鄙夷看待其他所有职业。现在看来，他根本没有资格妄自菲薄了。因此，想到这些总是让他非常不愉快。他怀着沉重的心情看了看画室中那些豪华的装饰，闷闷不乐地走到书房。那是一间非常高大宽敞的屋子，里面有各种各样的装饰、用具和设备。

涅赫柳多夫立刻就在大写字台上一个标着“急件”的抽屉里找到了那份时间表，知道自己应该在十一点的时候出庭。然后他就坐下来开始给公爵小姐写回信，上面说自己非常感谢她的邀请，他会尽量赶过去参加他们的午餐。可是他刚写完信就又把它撕了，认为写得太过亲密了。他又重写了一封，这一次又感觉太过冷淡了，几乎是辱骂的语调。他又撕碎了，并按了一下墙上的电铃。一名上了年纪的、面色沉郁的家仆走了进来，他留着满脸的络腮胡，嘴唇和下巴刮得光溜溜的，腰上还扎着一条灰细布的围裙。

“派人雇一辆马车来。”

“好的，老爷。”

“对了，您再去给柯察金家那个等回信的人说一声，说我非常感谢，并且我会尽量前去的。”

“是。”

“这样有点儿失礼，可是我又一时写不好回信。反正今天我会去见她的，没关系。”涅赫柳多夫心想着，就离开书房去换衣服。

他换好衣服后，来到台阶上，一个熟识的马车夫已经坐在胶轮马车上等着他了。

“昨天，您刚刚从柯察金公爵家出来，我就到了。”马车夫把他那晒得黝黑而且非常结实的脖子从白衬衫的领子里转过一点儿来，说道，“他们家看门的说，老爷您刚走。”

“连这个马车夫都知道我和柯察金家的关系了。”涅赫柳多夫心想，又想起最近总在他脑海里浮现却至今还没有得到解决的那个问题：到底该不该和柯察金小姐结婚呢？他对这个问题就像对当前他所面临的其他问题一样，不论怎样都无法找到解决的方法，觉得这样或那样都不行。

总的来说，想结婚的原因是：首先，结婚除了可以给他带来家庭的温暖和愉快，避免不正当的两性关系之外，还能让他过上一种符合道德标准的夫妻生活；其次，涅赫柳多夫主要是希望家庭和子女能够给他目前这种空虚的生活增添一些意义。这无非就是他愿意结婚的理由。而不想结婚的原因，大致就是：首先，害怕丧失自由，所有上了年纪的单身汉大多有这样的担心；其次，对于女人这种难以摸透的神秘生物，在潜意识里有着一种恐惧。

具体地说，他同意和米西（柯察金小姐本名玛·柯察金，正如一切名门世家的小姐，她还有别号）结婚的理由是：首先，她是名门贵族之后，从衣着到音容笑貌、走路风度，都和一般人不一样，这倒并不是因为她有什么特殊之处，而是因为她的确“雍容华贵”。他不知道用什么更恰当的词来描述这种品质，他非常看重这种品性；其次是她对他的评价比她对别人的评价要高，所以他觉得只有她才真正地了解他。这样的了解对于他来说，也是对他崇高价值的承认，同时也证明了她的聪明颖悟、独具慧眼。然而，不想和米西结婚的原因，首先是他兴许还会遇到比米西更好，跟他更般配的姑娘；其次是她今年已经二十七岁了，理所当然肯定曾经恋爱过，这样的想法让涅赫柳多夫非常不好受。他想起以前她爱的并不是自己，就算那已经是过去的事，他的自尊心，也无法容忍。当然，在以前她不知道自己以后会遇上他，然而他只要一想起她过去也许爱过别人，就仍然觉得被侮辱了。

就这样，同意的原因和反对的原因虽然相去甚远，然而二者势均力敌。涅赫柳多夫禁不住嘲笑自己，称自己是布里丹的驴子[①]。而且他至今仍然是驴子，不知道在两捆干草中应该选择哪捆好。

“可是，既然我现在还没收到玛丽娅（首席贵族的妻子）的答复，没有和她完全结束，那我的确也不能采取任何措施。”他对自己说。

他意识到自己可以并且还能够暂时不用做决定，就觉得十分高兴。

“反正这些事我过些时候会考虑好的。”他又自言自语地说，这时候他坐的四轮轻便马车无声地来到法院门前的柏油路上了。

“现在我要凭着良心尽点自己对社会的职责了，实际上我平时也就是这么做的，而且觉得我应该要这么做。更何况这样的事情大多都挺有意思。”他考虑着，经过看门人的身旁，进入法院的门廊。

① 法国14世纪哲学家布里丹所写的一个故事：一匹驴子因为看到两捆外形和质量完全一样的干草而犹豫不决，不知道该选哪一捆，最终被饿死了。

第五章

涅赫柳多夫走进法院时，过廊里的人们已经紧张地来回走动了。

法警手里拿着很多文件来回走着，去办理上面交代下来的各项公事，有的在快步走着，有的甚至一路小跑，双脚不离地，鞋底擦着地板，累得气喘吁吁。庭警、律师和法院职员，来来往往，时而朝这边来，时而朝那边去。原告或是没有被拘押的被告，全都非常沮丧地贴着墙踱步，有些则是坐在那里等。

“请问地方法庭在哪里？”涅赫柳多夫问一名法警。

“您要找的是哪一个？这里有民事法庭和高等法庭之分。”

“我是陪审员。”

“那应该是刑事法庭，您本应该说清楚的。从这里向右走，然后再向左拐，第二个门就是了。”

涅赫柳多夫照着他说的朝前走去。

在法警告诉他的那个门前，站着两个人：一个是高高胖胖的商人，面容和善，很明显已经酒足饭饱，心情显得非常愉快；另外一个是犹太籍店员。涅赫柳多夫走到他们面前，问这里是不是陪审员的议事厅时，他们正在讨论羊毛的价格。

“是的，先生，就是这儿，您和我们一样，也是陪审员吧？”面容和善的商人愉快地眨了眨眼，问道。“啊，那我们将要一起工作了。”他听见涅赫柳多夫肯定的回答后又补充道，“我是二等商人[①]巴克拉绍夫。”他说着伸出一只宽大柔软而肥厚的手，“我们要辛苦好一会儿了，请问您尊姓大名？”

涅赫柳多夫说了自己的名字，然后就走进了陪审员的议事厅。

在这个不大的议事厅里有十几个不同身份的人。大家也都刚刚到，有的坐着，有的来回走着，彼此相互打量着，然后做个简短的自我介绍。有一名退役军人身穿军服，其他人都穿着礼服或是西装、便装，只有一个人穿紧身长袍。

虽然这些人中有很多都是放下本职工作来做陪审员，并且反复抱怨说陪审员这份工作很麻烦，可是大家都觉得自己是在干一件很重要的社会工作，于是脸上露出几分得意的神气。

陪审员们有的已经通过相互介绍而认识，有的仍然互相猜测对方是什么人，他们全在说话，谈天气，谈早春时节，谈即将审理的案件。有些不认识涅赫柳多夫的，连忙过来跟他认识，显然觉得这是件非常荣幸的事情。涅赫柳多夫则像平时和不认识的人周旋一样，觉得这是一般的应酬。如果有人问他凭什么觉得自己比其他人高贵，他可真是回答不上来，因为他这辈子也没有表现出任何优于常人的地方。至于他能讲一口流利的英语、法语和德语，身上穿着的衬衣、外衣，佩戴的领带和袖扣都是上等货，都不能成为他自命不凡的理由，这一点他自己是清楚的。可是，毋庸置疑，他认为这些就是他的优越之处，并且把旁人对他的敬重当成是天经地义的，而如果人家不那样做，他反而觉得是受到了羞辱。然而恰巧，现在在这个议事室里，就有人对他不太尊敬从而让他很不高兴。陪审员中有一位涅赫柳多夫的熟人。他就是彼得．格拉西莫维奇（涅赫柳多夫从来不知道而且也不屑于知道这人的姓），曾经当过涅赫柳多夫姐姐的孩子们的教师。这个彼得·格拉西莫维奇大学毕业后做了中学教员。涅赫柳多夫实在难以忍受他那种不拘礼节的态度，那副扬扬自得、纵声大笑的样子，总之，正如涅赫柳多夫的姐姐所说的

① 俄国的大商人同业公会中，商人按资本的大小分为一、二、三等。小商人无权参加公会。

“公社习气”，让人讨厌。

“喂，您也掉进来啦，”彼得·格拉西莫维奇对涅赫柳多夫高声大笑着说，“您也没有躲掉吗？”

“我并没有想躲。”涅赫柳多夫严肃而阴沉地说。

“嗯，这倒算得上是公民的献身精神。但是您不要着急，等您吃不上饭，或是累得想睡觉却睡不成时，您就不会继续唱这样的高调啦！”彼得·格拉西莫维奇更响亮地哈哈大笑着说。

“这个大司祭的儿子马上就会称呼我为‘你’了[①]。”涅赫柳多夫心里想，脸上表现出一种极其阴沉的神情，这种神情只有用在他刚刚知道自己所有的亲人同时去世的噩耗时才会比较恰当。他撇下这个人，走到一群人跟前。这些人正围着一个高高的、长相俊俏、胡子刮得很干净的上流社会的人，他正有声有色地说着一件什么事。这个上流社会的人说的正是现在民事庭里将要审理的那桩案件，一副对案情了如指掌的样子，叫得出法官和一些著名律师的教名和父名[②]。他正在说那个著名的律师是多么厉害，竟然把那桩案件出人意料地打赢了，让诉讼方的那个老太太，即使非常有道理，也还是要白白掏出一大笔钱来付给对方。

“实在是一位难得的天才律师呀！”他说。

大家毕恭毕敬地听他说着。有的人很想插进去说几句自己的看法，不过都被他给打断了，似乎只有他一个人了解全部底细。

涅赫柳多夫虽然来晚了，但仍然需要等很久。法庭的一位法官直到现在还没到，所以只好延迟开庭。

---

① 意思是：他马上就要对我不分彼此，不讲礼貌了。在俄国，通常互称“您”以示尊敬。

② 在俄国，称呼教名和父名是表示尊敬。

第六章

这个法庭的庭长一大清早就来到了法院。庭长是一位个子高大、体形稍胖的人，蓄着一大把花白的络腮胡子。他有妻室，却过着一种非常放荡的生活，他的妻子也是如此，他们之间互不干涉。今天早上他收到一封一个瑞士女人的来信：说去年夏天，她曾经在他家里做过家庭教师，现在从南方来，要前往彼得堡，会经过这里。她在信里说三点到六点她会在本市的“意大利旅馆”等他。就是因为这个，他希望今天能早点儿开庭，早点儿结束这场审判，以便可以腾出时间争取在六点之前去和那位红头发的克拉拉·瓦西里耶夫娜相会。去年的夏季他在别墅里和那个女人有过一段风流韵事。

他走进办公室，反锁上房门，从文件柜的最下层抽屉里拿出一副哑铃来，向上、向前、向两边、向下各做二十个动作，然后又把哑铃举到头顶，身子轻巧地蹲下去三下。

“这世上再没有什么可以像淋浴和做体操这样能保持元气的了。”他心中暗想着，用他那无名指上戴金戒指的左手抚摸着右胳膊上那突起的一团肌肉。他还有一种击剑中的画圈动作需要练习（他在久坐审理案件之前，总要做这两种运动），这时房门动了一下，有人试图打开房门。庭长连忙将哑铃放回原来的地方，开了门。

“抱歉。”他说。

一位法官走进房间，他个头不高，戴着一副金丝眼镜，耸着肩，满脸的不高兴。

“马特维·尼基季奇又还没到。”这位法官不高兴地说。

“他还没来，”庭长一边穿好他的制服，一边答道，“他经常迟到的。”

“真是的，他怎么就不知道害臊！”这位法官说过这话，就无比气愤地坐下来，伸手掏出一根香烟来抽。

这位法官是个一丝不苟的人，这天早晨和他妻子发生了一场不愉快的争执，因为他妻子已经把他给她的一个月的生活费提前花光了。她要求他先预支一些钱，他不同意，于是两人就发生了争吵。他妻子说：“既然这样，那家里就不做饭，他回家以后也别想在家里吃上饭。”吵到这儿，他转身就离开了，心里却十分害怕她真的就像她所说的那样去做，因为她是个什么事都做得出来的人。“老老实实、安安心心地过日子，却落得这样的下场。”他眼睛看着满面春风、快活健康而又和蔼可亲的庭长，心里暗想。这时庭长把两个胳膊肘叉得宽宽的，用他那双漂亮的白手朝制服的绣花衣领两旁捋着他那又密又长的花白络腮胡子。“他从来都是心满意足、快快乐乐的，可我却永远有说不尽的烦恼。”

书记官进来，手上拿着一份卷宗。

“非常感谢。”庭长说着，点上一根香烟，“要先审理哪桩案子？”

“哦，我想，不如先审那个投毒害人的案子吧。”书记官似乎漫不经心地说。

“好，投毒害人案就投毒害人案吧。”庭长说，心理盘算着这个案子不复杂，可以在下午四点前结束，他就可以离开这里了，“马特维·尼基季奇到现在还没到吗”

“还没到。”

“那布雷威已经到了吗？”

“他到了。”书记官回答道。

“好吧，如果您看到他，请跟他说，我们将会先审理那桩投毒杀人案。”

布雷威是副检察官，在这次审讯中负责提出公诉。

书记官走到长廊上，刚好碰到了布雷威。布雷威高耸着双肩，制服大敞着，腋下夹着一个公文包，沿着走廊几乎像跑步一样急急忙忙地走来，硬硬的鞋跟踩得地面咚咚直响，那只空着的胳膊有节奏地前后摆动着，手掌和他朝前行进的方向正对着。

“米哈依尔·彼得罗维奇让我问问，您是否已经准备好了？”书记官问他道。

“当然，我一直都准备得妥妥当当当的，”副检察官说，“先审理哪桩案件？”

“投毒杀人案。”

“那太好了。”副检察官说，实际上他一点儿也不认为这有什么好，因为他整夜都没睡觉。他给一位即将离开的同事饯行，喝了很多的酒，而且还打了牌，一直玩到深夜两点，接着去找了女人寻欢作乐，他去的地方刚好就是玛丝洛娃半年前待过的那家妓院，所以他还没时间去仔细阅读投毒杀人案的卷宗，现在正想草草翻看一下。书记官其实是故意刁难，明知道他根本就没有看过投毒杀人案的案卷，还向庭长建议先审理这个案子。就思想方式而言，书记官是个十足的自由派，甚至还可以说是个激进派。而布雷威却恰巧是个保守派，正如所有在俄国政府任职的日耳曼人[①]一样，特别笃信东正教。所以书记官非常讨厌他，而且还觊觎他的职位。

“那么关于阉割派[②]教徒的那个案件怎么样啦？”书记官问。

“我已经说过了，这个案子我不能负责起诉，”副检察官说，“因为缺少证人，我要向法庭如实说明这点。”

“实际上那没有什么关系嘛……”

“我没法审理。”副检察官说，仍然摆动着双臂，朝自己的办公室跑去。

他借口一个对案情审理无足轻重的证人未到而推迟审理阉割派教徒的案件，是没有必要的。他这样做只是因为担心这桩案件一旦

① 从布雷威这个姓可知其祖籍应为德国。

② 基督教派的一种，为了信仰、道德纯洁而阉割自己。

由一些有文化的陪审员组成的法庭来审理，有可能以无罪结案。等和庭长商量商量，这桩案子就可能转到县城法院去审理，而那儿的陪审员大多是农民，宣告教徒们罪名成立的机会就大些。

此时的走廊里人来人往，非常热闹了。大多数人都聚集在民事庭的旁边，因为那里正在审理刚才那个长相俊俏、对诉讼案非常感兴趣的陪审员所提到过的那个案件。在审讯休息的时候，从民事庭走出一个老太婆，那个天才律师就是从她身上敲一笔钱给一个商人，而实际上那个商人本不应该得到这笔钱的。这一点在场的法官们也是非常清楚的，原告和他的律师当然就更清楚了。可是律师想出的这一招太厉害了，最后把案件打到了这样一种情况：老太婆把钱全赔给了那个商人。老太婆身材肥胖，穿着讲究，帽子上还插着几朵很大的鲜花。她从房间里走出来，在走廊上停了下来，摊开她那两只胖胖短短的胳膊，不住地对自己的律师说："这是怎么回事？请您给我说说！这到底是怎么一回事呀？"她的律师望着她帽子上的花儿，在思考着什么事儿，压根没有听她说话。

那位有名的律师就跟在老太婆的后面，快步从民事庭的门里走了出来。他衬衫上的一个硬胸衬嵌在那宽阔的坎肩里闪闪发光，他那得意扬扬的脸上也在大放光彩。就是他要了花招，让那个头上戴花的老太婆倾家荡产，而那个付给了他一万卢布做酬劳的商人却意外获得了十万多卢布。大家的眼光都齐刷刷地聚集在了这位律师的身上，他自己也感觉到了这一点，但他的那副神气似乎在说："丝毫用不着表示崇拜。"他快速地从大家身边走了过去。

第七章

马特维·尼基季奇终于到了。然后一个身材瘦削、脖子很长、走路歪歪斜斜、下嘴唇歪向一边的庭警也走进了陪审员议事室里。

这位庭警为人正派，曾经受过大学教育，可是不管到哪里，他的职位都保不了多久，因为他常常纵饮无度。三个月前，他妻子的保护人，一位伯爵夫人，替他谋到了现在的这份工作。他好歹干到了今天，并为此而感到十分高兴。

“怎么样，各位先生，都到齐了吗？”他一面说着，一面戴好自己的夹鼻眼镜，从眼镜上方打量着。

“似乎是都到齐了。”那个快活的商人说道。

“咱们现在来核对一下人数。”庭警说着，从口袋里掏出一张名单，开始点起名来，时不时地从眼镜里，或者是从眼镜框上方瞟一眼被点到名的人。

“五品文官伊·马·尼基福罗夫。”

“我到了。”那个长相英俊、了解各种诉讼案的人说。

“退役上校伊万·谢苗诺维奇·伊万诺夫。”

“在。”一个身体瘦削，穿着退役军官制服的人回答。

“二等商人彼得·巴克拉绍夫。”

“到。”那个脾气温和的商人，咧开嘴笑着说，“都准备妥当了！”

“近卫军中尉德米特里·涅赫柳多夫公爵。”

“我来了。”涅赫柳多夫答道。

庭警从眼镜上边看了看他，特地恭敬而又兴奋地向他鞠了一躬，似乎在用这个动作表示涅赫柳多夫和其他人是不一样的。

“上尉尤利·德米特里耶维奇·丹琴科，商人格里戈里·叶菲莫维奇·库列绍夫……”

除了两个人之外，全都到了。

“各位先生，现在请都到大厅里去吧。”庭警用愉快的手势指向门口说。

大家都纷纷起身，你谦我让地走出门去，先是来到长廊里，然后从长廊进到法庭里。

法庭是一个很大很长的房间。房间的一端是一座高台，还有三级台阶通向这高台。高台中央摆着张长桌子，桌上铺了块带深绿色流苏的绿呢桌布。长桌子后面摆着三把橡木雕花高背椅，椅子后边的墙上挂着一副镀金的相框，里边是一位将军的全身肖像，将军身穿军服，披挂绶带，一只脚往前跨了一小步，一只手按在佩刀柄上。右面墙角处挂着一个神龛，里面是头上戴着荆冠的基督圣像，神龛前边是一个诵经台。右边放着检察官们用的斜面高脚写字台。左边，也就是写字台对面，远远地放着书记官用的小桌子。靠近旁听席的是一道光滑的橡木栏杆，里面放着供被告坐的长凳，此刻还是空荡荡的。高台的右边摆放着两排为陪审员们准备的椅子，椅背也非常高。高台下面的几张桌子，是供律师们用的。橡木栏杆将大厅分为两部分，这一切都在大厅的前半部。后半部分摆满了一排排长凳子，一排比一排高，直到后面的墙根。在法庭的后半部，有四个女人在前排的长凳子上坐了下来，看样子像是工厂的女工或是女仆。另外还有两个男人，看起来也像是工人。这些人显然被法庭庄严肃穆的气氛给震慑住了，都只是在怯生生地低声谈论着。

陪审员们一落座，庭警就迈着倾向一边的脚步走到大厅中央，像是想威吓在座的人似的，故意放开嗓门大声喊道：

“开庭！全体起立。”法官们纷纷登上法庭的高台上：走在最前面的是庭长，身材魁伟，蓄着好看的络腮胡子。紧随其后的是面色阴郁，戴着金丝眼镜的法官，此刻他的脸色更加阴沉了，因为就在开庭之前他碰见了当见习法官的内弟，这个内弟对他说，刚才他到姐姐那儿去了，姐姐说以后家里不做饭了。

“看来我们以后只好到小酒馆里去吃饭了。”他的内弟笑嘻嘻地说。

“这有什么好笑的？”面色阴沉的法官说完这话，面色更加阴沉了。

最后上去的是第三位法官，也就是经常迟到的那个马特维·尼基季奇。他蓄着一缕长髯，长着一双温和的大眼睛，眼角微微向下垂。这位法官长期患胃炎，听从医生的建议从今天早上开始实行一种新的疗法。就因为这种疗法使他在家里耽误的时间比平时更长了一些。此时此刻他朝高台上走去，一副聚精会神的神态，因为他有这样的习惯，就是经常运用各种可能的途径去估算他向自己提出的各种问题的答案。这一刻他就在估算：如果从办公室门口到他的座椅这里，所走的步数可以被三除尽而没有余数的话，那么新的疗法就可以治好他的胃病，如果有余数，那就无法治好了。本来应该是二十六步能到，可是他故意迈了很小的一步，所以刚好在二十七步时来到了他自己的座椅前。

庭长和两位法官都登上高台，在绣金领制服的衬托下，甚是威严。他们自己也意识到了这一点，都像是对自己展现出来的威严不好意思一样，这三个人赶紧谦逊地垂下眼睑，来到铺着绿呢子的长桌子后边各自的雕花靠背椅上坐了下来。长桌上耸立着雕着一只老鹰的三角形的摆设。桌上还放了几个玻璃缸，这样的玻璃缸在小卖部里一般是用来盛放糖果的。另外，那桌上还放着一个墨水瓶、钢笔、上等白纸和几支刚刚削好的、粗细不同的铅笔。

副检察官也和法官们一同进来了。他还是那样匆忙，腋下依旧夹着公文包，一只胳膊依旧那样摆动着。他快步走到靠窗那儿自己的位子上，马上埋头翻阅那些文件，分秒必争地为提出公诉做准备。这位副检察官也不过是第四次担任起诉。他热衷于功名，一心想做官，因此他认为一定要使他担任起诉的案子都达到判刑的结果才行。这个投毒案的真相，他大致了解，并且已经拟好了发言提纲，但是仍欠缺一些论据，眼下他正急急忙忙地从案卷中摘选论据。

书记官坐在高台的对面一端，因为已把可能需要由他来宣读的文件都准备好了，所以现在他正在看一篇被查禁的文案，这是他昨天才搞到手的，已经读过几遍了。他很想跟那个蓄着大胡子、和他观点相同的法官讨论一下，想在讨论之前把这篇文章再好好看一遍。

第八章

庭长翻阅过卷宗后，向庭警和书记官问了几个问题，而且也都得到了他们肯定的回答，于是就传带被告出庭。一会儿，栏杆后边的那道门被打开了，两名头戴军帽的宪兵拿着出鞘的佩刀走了进来，后边跟着三个被告，最前面的一个是留一头红发、脸上长满雀斑的男人，后面还有两个女的。那男子穿着与其身材极不相称的又肥又长的囚衣。他进法庭时，手臂垂着，两个大拇指叉开，紧贴在裤缝上，以此撑着长长的衣袖不至于耷拉得太长。他不看法官和旁听的人，而是专注地看着他绕着走的那条长凳。他绕过长凳，在它的一端规规矩矩地坐下来，留下位子来给其他人坐。然后他凝视着庭长，脸上的肌肉抽动了起来，似乎想要说点什么。在他背后进来的是一个并不年轻的女人，也穿着长囚衣。头上还包着囚犯戴的三角头巾，面色灰白，看不见她的眉毛和睫毛，但是她的眼睛红红的。这个女人看上去非常平静。她快要走到自己座位的时候，她的长囚衣不知道被什么东西给挂住了，但她丝毫不慌张，不紧不慢地把长囚衣拉下来后才坐下来。

下一个被告就是玛丝洛娃。

她刚一走进来，法庭上的每个男人的目光都齐刷刷地转向她，久久难以离开她那张白嫩的脸蛋儿、水汪汪乌溜溜的大眼睛和长囚衣下那高高凸起的胸部。甚至就连那个宪兵，当她从他身边走过时，也目不转睛地看着她，直到她走过去坐下为止。等她坐下时，他仿佛才意识到自己的失态，急忙扭过脸去，振作起精神，目光直勾勾地望着窗外。

庭长等待着被告们坐定，等玛丝洛娃一坐下来，庭长就把脸转向书记官。

例行的审讯程序开始了：核对陪审员的人数，讨论缺席陪审员的问题，决定对他们给予罚款，处理请假的陪审员的问题，由候补人员来补缺席的陪审员。然后庭长折起几张小纸片，放到其中一个玻璃缸中，稍微挽了挽制服的绣花袖口，露出了他那长满浓密汗毛的手腕子，像魔术师那样摸出一张张纸条打开来，读出上边的姓名。然后又放下袖口，请一位司祭带着陪审员们来宣誓。

司祭是个小老头，脸上有些浮肿，苍白中透点儿黄色，穿着棕色的法衣，胸前佩戴着金十字架，还有一枚小小的勋章别在法衣的侧面。他慢腾腾地迈着法衣下的浮肿的两条腿，走到圣像下的诵经台前。

陪审员们也都一起起立，拥挤着向诵经台那边走去。

“请。”司祭说过这话，用他那一只浮肿的手抚摸着胸前的金十字架，等待所有的陪审员都走过去。

这位司祭做神职工作已经有四十六个年头了，他准备再过三年，就要像大司祭不久前那样庆祝自己任职五十周年了。从法院公开审判的那天开始[①]，他就在地方法庭里担任司祭，并且感到非常骄傲，因为由他带领宣誓的人已有好几万，现在到了晚年仍然能继续为教会、祖国和家庭效力。他给家人遗留下的产业，除了一座房子之外，还有不低于三万卢布的有息证券。他在法庭上的工作是带领人们对着《福音书》宣誓，而《福音书》里则恰恰反对发誓，因此这工作是不好的，这一点他从来都未曾考虑过。他不但不为此而感到难堪，反而很喜欢这个得心应手的活儿，因为可以借此结识很多

① 指俄国在1864年的司法改革，根据这次改革建立起了陪审员法庭，刑事案件自此以后实行公开审判。

的社会名流。刚才他就有幸结识了那位著名的律师，并且对他五体投地，因为仅从那个帽子上面插着大花的老太婆的案件里，他就得到了一万卢布。

等到所有的陪审员都沿着台阶走到了高台上时，司祭就朝一侧歪着他那白发稀疏的秃头，将头套进油乎乎的圣带开口，然后理了理他那稀疏的白发，转过脸去对着那些陪审员。

“请举起右手，把自己的手指像这样捏起来。”他用苍老的声音缓慢地说道，举起他那每个手指上都露出小窝的浮肿的手，将手指头爆成就像捏东西那样，“现在请大家跟着我来宣读，”他说着，就宣誓道，“当着万能的上帝，在他神圣的《福音书》前，在主赋予生命的十字架前，我保证并且宣誓，在审理案子时……”他说着，每说一句就要停一停，“请别放下手来，就这么捏住。”他对一个放下手的年轻人说道，“在审理案子时……”

那位蓄着络腮胡子，相貌堂堂的先生，那位上校、商人和其他的几个人，都按照司祭的要求举着手，捏住手指头，好像非常乐意似的，手举得非常高，做得十分准确而认真，而其余的人却好像有点儿不乐意，做得就不准确。有的人念誓词的时候声音特别响，就像是在挑衅一样，好像在说：“总之要念就念，要念就念好啦！”但有些人却只是喃喃地念，跟不上司祭，过一会儿似乎意识到了，便很不合拍地追上去。有些人用挑衅的姿势使劲儿地捏紧手指头，仿佛生怕丢掉什么东西似的。还有一些人把手指松开又捏到一块儿。所有人都觉得不自在，只有老祭司还坚定不移地认为自己是在做一件十分有益、十分重要的事。宣誓之后，庭长提出要陪审员们选出一名首席陪审员来。陪审员们又一起起立，相互簇拥着走到议事室里。一到那里，几乎全都立即掏出香烟，吸起烟来。有人建议由那位长相英俊的先生担任首席陪审员，在座的大家立即表示赞同，然后就扔掉或是熄灭了烟蒂，重新回到法庭。当选的首席陪审员对庭长报告说明自己当选首席陪审员，于是大家就又朝原位走去，迈过其他人的腿，在两排高背椅上坐了下来。

一切都在迅速而顺利地进行着，没有任何的耽误，而且相当隆重庄严。这样有条不紊、正正规规、庄严肃穆使参加者都觉得很满意，使他们更深一步意识到自己是在做一件很严肃而且非常重要的公共事业。涅赫柳多夫也有这样的感觉。

待陪审员们全都坐好以后，庭长就开始对他们发表讲话，陈述了他们的权利、职责和义务。庭长在发表讲话的时候，还不断地改变姿势：有时把头支在右手上，有时支在左手上，有时又会靠在椅背上，有时又搁在圈椅的扶手上，有时还会把一摞纸的纸边弄整齐，有时摆弄一把裁纸刀，有时又摸摸铅笔。

根据他所发表的讲话，陪审员的权利是：可以通过庭长来向被告提问，可以使用铅笔和纸，也有权察看物证。他们的职责就是：审判一定要公平公正，不能背离实情。他们的义务就是：保守会议秘密，若有人泄露了会议的机密，和外界私通消息，则严惩不贷。

大家都非常认真地用心听着。那位商人却一面向周围散发出很重的酒气，竭力压住自己很响的打嗝儿声，一面对听到的每句话连忙点头表示赞同。

第九章

庭长讲完话之后，便转身对着被告们。

“西蒙·卡尔津金，站起来。”他说。

西蒙忽然神经质地从座位上跳了起来。脸上的肌肉抽动得更快了。

“你叫什么名字？”

“西蒙·彼得罗夫·卡尔津金。”他又快又利索地答道，很显然已经提前准备好了答词。

“你是什么出身？”

“农民。”

“是哪个省，哪个县的人？”

“图拉省，克拉皮文县，库皮扬斯克乡，博尔基村。”

“你多大了？”

“三十三岁，生于一千八百……”

“你信什么教？”

“我信俄国教，东正教。”

“你结过婚了吗？”

“还没有，老爷。”

“是干哪一行的？”

“我在毛里塔尼亚旅馆里当茶房。”

“你以前受过审判吗？”

“从来没有受过什么审判，因为我以前日子过得……”

“以前真的没有受过审判吗？”

“愿上帝保佑，从来都没有。”

“收到起诉书的副本了吗？”

“收到了。”

“请坐下吧。叶夫菲米娅·伊万诺娃·博奇科娃。”庭长叫了第二个被告的名字。

可是西蒙依然一动不动地站在那儿，挡住了博奇科娃。

“卡尔津金，你坐下。”

卡尔津金却仍然站在那儿。

“卡尔津金，坐下！”

可是卡尔津金还是站在那儿一动不动。直到庭警跑过去，侧歪着脑袋，极其不自然地睁大双眼，用悲怆的语调小声说：“坐下吧，坐下吧！”他才坐了下来。

卡尔津金像站起时那样快地坐下去，将身上的长囚衣掩了掩，又开始无声地抽动他脸上的筋肉。

“你叫什么名字？”庭长很是疲劳地叹着口气，问第二个被告，眼睛也没有看她，而是在他面前的卷宗中寻找什么。这种工作对庭长而言已经习以为常了，若要加快审讯进程，他甚至可以一次审理完两个案件。

博奇科娃四十三岁，是科伦纳城的小市民出身，也是在毛里塔尼亚旅馆中做茶房。之前没有受过审判与侦讯，正如西蒙一样，她也收到了起诉书的副本。博奇科娃的回答特别大胆，而且语调强硬，好像她在回答每句话时都有画外音：“是的，我是叶夫菲米娅，也就是博奇科娃，我收到了副本，并为此觉得自豪，不许任何人嘲笑我。”问完话，博奇科娃没等任何人让她坐下，便自己坐下了。

“你叫什么名字？”贪恋女色的庭长非常亲切地问第三个被告。“你应该要站起来才对。”他发现玛丝洛娃还坐在那儿，便又温和亲切地说了一句。

玛丝洛娃敏捷地站了起来，挺起高高的胸脯，带着任由摆布的神气，用她那双有点儿斜视的笑盈盈的黑眼睛直盯着庭长，并不回答。

“你叫什么名字？”

“柳博芙。”她迅速地说。

这时候涅赫柳多夫已经戴好了他那副夹鼻眼镜，看着依次被审问的被告。“啊，这怎么可能，”他的眼光盯着这第三个女被告的脸，心里想道，“可是，她怎么也叫柳博芙呢？”他听到她的答案后，心里暗暗地思忖着。

庭长正准备继续往下问的时候，戴眼镜的法官怒气冲冲地朝他低声嘟囔了两句，把他打断了。庭长点点头表示赞同，又来问被告。

“你怎么会叫柳博芙呢？”他说，“你登记的不是这个名字啊。”

被告没有说话。

“我现在要问的是你的真实姓名。”

“你受洗的时候取的名字是什么？”那个非常生气的法官问道。

“我以前的名字是卡捷琳娜[①]。”

“啊，这不可能。”涅赫柳多夫依然在心里自言自语，其实现在他已经确信无疑地知道这个人就是她，就是那个一半养女一半女仆的姑娘，当时他曾经爱过她，确实爱过她，后来却在情欲的冲动下诱奸了她，之后又抛弃了她。从那以后他就再也没有想起过她，因为这件事儿回忆起来使他格外痛苦，这事会让他对自己看得格外清楚，他这个以正直自诩的人不但不正直，反而是用无耻卑鄙下流的行为对待过这个女人。

是的，这个人就是她。现在他已经清楚地看出那些独特的、神奇的特点，那使她的脸和别人的脸区分开来而构成的一张特殊的、独一无二的脸。尽管她的脸白得有些异常而且还有些发胖，但正是这样的特点，那可爱的非同一般的特点，依然流露在她的脸上、嘴唇上和她那稍稍斜睨的眼睛里，尤其是流露在她纯真笑盈盈的目光之中，表现在她的面部乃至她的全身上下流露出来的一种任人摆布的神色。

---

① 即叶卡捷琳娜，乃是卡秋莎的大名。

“你早就应该这样说了，”庭长依然非常温柔地说，“那你父亲的名字是什么呢？”

“我是私生女。”玛丝洛娃说。

“那么依照教父的姓名该怎么称呼呢？”

“米哈伊洛娃。”

“她能做出什么坏事儿呢？”涅赫柳多夫仍然在心里琢磨着，喘气也渐渐变得吃力起来。

“你的姓是什么，大家通常怎么叫你？”庭长接着问。

“按我母亲的姓，叫玛丝洛娃。”

“出身呢？”

“小市民。”

“信东正教吗？”

“信。”

“职业呢？你从事的工作是什么？”

玛丝洛娃又不再说话了。

“你从事的工作是什么？”庭长又重复了一遍问题。

“我在一个院子里。”她说。

“什么院子？”戴眼镜的法官厉声问道。

“你知道那是什么院子。”玛丝洛娃说着微微一笑，然后迅速地向周围看了看，马上又把眼睛盯向了庭长。

她脸上的表情有一种极不寻常的意味，在她话语的蕴意里、她的微笑里及快速环顾法庭的目光中都含着一种可怕而又可怜的意味，这使得庭长垂下了头，法庭里顿时鸦雀无声。这种寂静被旁听席里某个人的笑声给打破了。有人向他吹口哨发出嘘声。庭长抬起头，继续问她：

“你以前没有受过审判和侦讯吗？”

“从来没有。”玛丝洛娃叹着气低声说道。

“起诉书的副本收到了没有？”

“收到了。”

“请坐下吧。”庭长说。

被告就像盛装出席的贵妇们提起拖地长裙那样从后面将自己的长裙向上提了提，然后坐下来，把那两只不大但白皙的手又藏到囚衣的袖管里，眼睛却还在盯着庭长。

接下来就开始检查证人是否到齐，然后请证人退庭，接着又确定法医，请法医出庭。然后书记官起立，开始宣读起诉书。他读得清晰而响亮，但是速度非常快，并且n和p这两个字母的音分得也不清楚，因而他的声音变成一片嗡嗡声，使人昏昏欲睡。法官们时而把身子靠在圈椅的一个扶手上，时而又靠在另一个扶手上，时而把身子靠在长桌上，时而又靠在椅背上，时而闭起眼睛，时而睁开来相互低声交谈。有一个宪兵不止一次地把刚想张嘴打哈欠的动作硬是给强忍了下去。

几个被告中，西蒙脸上的肌肉还在不停地抖动着。博奇科娃挺直了腰身，泰然自若地坐在那儿，偶尔把她的手指伸到头巾里面挠一挠头皮。

玛丝洛娃时而纹丝不动地望着书记官，听他的宣读，时而浑身发颤，似乎想反驳什么，脸涨得通红，过一会儿又深深地叹口气，换了换双手的姿势，再向周围扫了一眼，然后又继续盯着书记官。

涅赫柳多夫坐在第一排靠边第二把高背椅子上。摘下他那夹鼻眼镜，望着玛丝洛娃，内心展开了一场复杂而又痛苦的活动。

第十章

起诉书上如是说：

一八八×年一月十七日毛里塔尼亚旅馆里有一名旅客猝死，经查证，此人是库尔冈[①]行业二等商人费拉蓬特·叶米利亚诺维奇·斯梅利科夫。

经过本地警察局第四分局法医验证，斯梅利科夫是由于饮酒过量引起心脏衰竭而死。斯梅利科夫的尸体被当场埋葬了。

事过数天之后，斯梅利科夫的同乡好友，一个名叫吉摩辛的商人，从彼得堡回来，获悉斯梅利科夫死亡的情况后，提出了疑问，声称好友的死肯定是有人谋财害命引起的。

此项怀疑已经由预审证实，经过查证，下列为各项事实：（一）斯梅利科夫于死前不久曾从银行提取三千八百银卢布现金。然而在封存的死者遗物清单里只有现金三百一十二卢布十六戈比。（二）斯梅利科夫于死亡前一天及死前最后一夜在妓院和毛里塔尼亚旅馆与妓女柳博芙（叶卡捷琳娜·玛丝洛娃）共度良宵。斯梅利科夫不在旅馆时，妓女叶卡捷琳娜·玛丝洛娃曾受斯梅利科夫的委托，从妓院径直去旅馆提取过现款。该妓女当时会同毛里塔尼亚旅馆茶房叶夫菲米娅·博奇科娃和西蒙·卡尔津金走进过房间，用斯梅利科夫交给她的钥匙打开商人的皮箱，取出了现款。玛丝洛娃打

① 西伯利亚的一座城市。

开斯梅利科夫的皮箱的时候，在场的叶夫菲米娅·博奇科娃和西蒙·卡尔津金都亲眼看到了箱子里有钞票若干沓，面值是一百卢布。（三）然后斯梅利科夫又和妓女柳博芙从妓院一起回到旅馆，在茶房卡尔津金的撺掇下，该妓女让斯梅利科夫把一杯白兰地喝了下去，酒里面掺有卡尔津金交给柳博芙的白色粉末。（四）第二天上午妓女柳博芙（叶卡捷琳娜·玛丝洛娃）即将把斯梅利科夫的一枚钻石戒指卖给老鸨，也就是妓院女老板和此案证人基塔耶娃，自称这戒指是斯梅利科夫赠送给她的。（五）斯梅利科夫死亡的第二天，毛里塔尼亚旅馆女茶房叶夫菲米娅·博奇科娃就去当地的商业银行，在自己的活期存款户头下存入了一千八百银卢布。

经法医对斯梅利科夫的尸体进行解剖检查，并且化验其内脏，查明死者身体器官里确实有毒药，据此足以判定此人的确是中毒身亡。

被告玛丝洛娃、博奇科娃、卡尔津金在受审的时候，均否认犯有如此罪行。玛丝洛娃供称：斯梅利科夫在她“工作”的妓院里，确实曾经叫她到毛里塔尼亚旅馆为他提过款，她用该商人交给她的钥匙打开皮箱，按照商人的吩咐取了四十银卢布，并未多取分文，博奇科娃和卡尔津金都能为她证明，因为她开箱、取钱、锁箱的时候他们两人均在现场。她还供称：她第二次去商人斯梅利科夫房间时，的确受到卡尔津金的教唆，把掺了白色药末的白兰地酒给商人喝了，因为她以为该粉末是安眠药，商人喝了后就能入睡，她也就可以趁机尽快逃脱。而那一枚钻石戒指，确实是斯梅利科夫亲自送给她的，因为他喝酒之后曾经打过她，她就放声痛哭，且要离开，该商人就把戒指送给了她。

“根据叶夫菲米娅·博奇科娃供称，关于丢钱这事，她毫不知情，她从来没有走进过商人的房间，出入那个房间的只有柳博芙一个人，所以如果该商人的财物丢失了，那也肯定是柳博芙拿着商人的钥匙提款时趁机拿走了。”书记官念到这里，玛丝洛娃不禁打了个哆嗦，还张大嘴巴，转过身去看了看博奇科娃。书记官接着又念道：“至于叶夫菲米娅·博奇科娃向银行存入的那一千八百银卢布以及这笔钱的来源，她供称那是她同西蒙·卡尔津金十二年的积攒所得，她已经打算和西蒙结婚了。又根据西蒙·卡尔津金在首次受审的时候供称：玛丝洛娃从妓院带着钥匙来旅馆的时候，他和博奇科娃两人都受过玛丝洛娃的教唆，一起偷走了那些钱，然后又和博奇科娃、玛丝洛娃三人一起平分了赃款。”玛丝洛娃听到这里，又不禁哆嗦了一下，甚至跳了起来，满脸涨得通红，还开口讲了句什么话，但是被庭警立刻制止了。书记官接着读道：“后来，卡尔津金还供认他曾经把白色药末交给玛丝洛娃以便使商人安眠；可是他在第二次受审的时候却对前供全部予以否认，说自己从来没参与偷过什么钱财，也没给过玛丝洛娃药末，很显然是想把全部的罪责推到了玛丝洛娃一个人身上。至于有关博奇科娃向银行存入的那笔钱，他的供词和博奇科娃的完全一样，说那是两人在旅馆里工作十二年的积蓄，即旅客由于其服务周到而赏赐的一些小费。”

起诉书在此之后综述了被告对质的记录、证人的证言、法院鉴定人意见等。

最后起诉书是这么结尾的：

“综上所述，博尔基村农民西蒙·彼得罗夫·卡尔津金，年三十三岁；小市民叶夫菲米娅·伊万诺娃·博奇科娃，年四十三岁；小市民叶卡捷琳娜·米哈伊洛娃·玛丝洛娃，年二十七岁，被指控在一八八×年一月十七日合伙预谋，偷盗了商人斯梅利科夫的现金共计两千五百银卢布以及戒指一枚，并且故意谋害商人斯梅利科夫，以让其喝下毒酒，中毒身亡。

“此项罪行触犯了《刑法典》第一千四百五十三条第四款和第五款，根据《刑事诉讼程序条例》第二百零一条规定，把农民西蒙·卡尔津金、小市民叶夫菲米娅·博奇科娃和小市民叶卡捷琳娜·玛丝洛娃交给地方法院法官会同陪审员进行审理判决。”

书记官就这样读完了这份长长的起诉书，然后又把它放好，坐了下来，用双手梳理他那长长的头发。人们都轻松地舒了一口气，为审讯马上就要开始而感到高兴，一切都会真相大白的，正义将得到伸张。只有涅赫柳多夫一个人完全没有这样的感觉。他心里想到十年前他所结识的那个天真美丽的姑娘玛丝洛娃竟然会做出这样的事情，不禁打了一个寒战。

第十一章

起诉书读完之后，庭长和两名法官商量了一下，然后回过头来对着卡尔津金说话，脸上露出的表情像是说得很清楚：现在开始我们必定会弄清案件的来龙去脉，还原事件真相，把案情弄他个水落石出。

“农民西蒙·卡尔津金。”他把身子向左边歪了歪说道。

西蒙·卡尔津金站了起来，立正站直，整个身子向前倾，脸上的筋肉依然在无声地抽动着，一刻也不停。

“你被指控于一八八×年一月十七日伙同叶夫菲米娅·博奇科娃和叶卡捷琳娜·玛丝洛娃，偷窃了商人斯梅利科夫皮箱中的现款，之后又拿来砒霜，唆使叶卡捷琳娜·玛丝洛娃放到酒里，让商人喝下，导致斯梅利科夫中毒毙命。你承认自己有罪吗？”他说完，又把身子向右边歪了歪。

“绝对没有这回事儿呀，大人，因为我们的工作仅仅是服侍客人……”

“这种话你留着以后再说吧。你承认有罪吗？”

“根本没有，老爷。我只是……”

“其他的话以后再讲，你承认自己有罪吗？”庭长镇静但口吻强硬地重复了一遍。

“我可不会干出这样的事儿，因为……”

庭警又跑到西蒙·卡尔津金面前，用悲怆的语调小声制止了他。

庭长脸上露出审讯现在宣告结束的神气，把拿案卷的那只胳膊肘换了个地方，便开始对着叶夫菲米娅·博奇科娃进行审问。

“叶夫菲米娅·博奇科娃，你被指控于一八八×年一月十七日在毛里塔尼亚旅馆中和西蒙·卡尔津金及叶卡捷琳娜·玛丝洛娃合谋偷窃了商人斯梅利科夫箱子中的现款和戒指一枚，并相互平分了所窃的财物，之后你们为了掩饰罪行，让商人斯梅利科夫喝下毒酒，致使他丧命。你承认自己有罪吗？”

“我什么罪都没有，”那个女被告又利索又态度强硬地说，“我连那个房间都没有进去过……既然那个下贱女人进去过，那这事儿肯定就是她干的。”

“这话你以后再说吧，”庭长又是那样柔和而坚定地说，“这么说你是不承认自己有罪了？”

“钱我没有拿，酒也不是我灌的，我根本就没有进过那个房间。如果我去过的话，肯定会将她赶走的。”

“那你不承认自己有罪了？”

“我从来没犯过罪。”

“那好吧。”

“叶卡捷琳娜·玛丝洛娃，”庭长开始对第三个被告进行审问，问道，“你被指控带着斯梅利科夫皮箱的钥匙，从妓院到毛里塔尼亚旅馆的房间，偷窃了那只皮箱内的现金与戒指一枚，”他就像是在背课文一样说着，同时侧过耳朵听左边的法官说话，那位法官跟他说从提供的物证清单来看少了一个酒瓶，“……盗窃了皮箱中的现款和戒指一枚，”庭长又说了一遍，“和他们分了赃物，然后你又和商人斯梅利科夫一起回到了毛里塔尼亚旅馆，还让他喝了下掺了毒药的酒，最终导致他毙命。你承认自己有罪吗？”

“我没有犯过任何罪，”她赶紧说，“我开始怎么说的，现在还怎么说，我没有拿过钱，没拿就是没拿，我什么都没有拿过。戒指是他自愿送给我的……”

“这么说你不承认你偷盗两千五百卢布现款的罪行是吗？”庭长问。

“我已经说过了，除了那四十卢布，我什么都没有拿过。”

“那你承认是你给商人斯梅利科夫喝的酒里下毒的罪吗？”

“这件事情我从来没有否认。但是我以为就像别人对我说的那样，那只是安眠药，服下它不会有事儿的。我从来都没想过他会死，从来没有起过那种歹意。可以在上帝面前起誓，我从来没有起过那种歹意。”她说道。

“这么说，你否认自己犯了偷窃商人斯梅利科夫的现款与戒指的罪行了，”庭长说，“然而你承认自己在他酒里下了药，是吗？”

“算是承认吧，但是那时我真的以为那就是安眠药。我让他喝下去只是想让他入睡罢了。我从来没有过什么恶意，我也从来没有想过要把他给害死。”

“很好。”庭长很显然对得到的结果非常满意。“那么请你讲一下整件事情的经过吧，”他把身子靠到了椅背上，双手放在桌上，“请你把事情的经过详细地说一下。只要你诚实招供就会得到宽大的处理。”

玛丝洛娃依旧盯着庭长，一言不发。

“请你讲讲事情的整个过程。”

“你是问事情的整个过程？”玛丝洛娃突然快速地说，“那时我乘着马车来到旅馆，是别人把我带到他的房间，他已经酩酊大醉了。”她一提到“他”这个字，就瞪大了双眼，脸上露出极为惊恐的表情，“我想离开，但是他一直不让我走。”

她住了口，好像忽然断了思路似的，或是想起了其他事情。

“嗯，那么后来呢？”

“后来还有什么可讲的？后来我就在那里待了一些时候，就回家去了。”

这时，那位副检察官很不自然地把一个胳膊肘支在桌上，半欠起身子。

“您是要准备提问吗？”庭长问道。在得到副检察官确定的回答后，庭长就向他打了个手势，表示给他提问的权利。

“我想提个问题：在那之前你和这名被告和西蒙·卡尔津金认

识吗？”副检察官说，眼睛并不看玛丝洛娃。

他提问之后，就闭上了嘴，紧皱着眉头。

庭长将这个问题又重复了一遍。玛丝洛娃用惊恐的眼光盯着那副检察官。

“西蒙吗？以前就认识他。”她说。

“我现在想知道的是被告和卡尔津金的交情怎么样。你们是不是经常见面？”

“交情怎么样吗？他总是让我去接待客人，这算不上有什么交情。”玛丝洛娃一面回答，一面惶恐不安地把视线从副检察官身上转到庭长身上，接着又转过脸来看这位副检察官。

“我很好奇为什么卡尔津金总是找玛丝洛娃去接客，而不找其他的姑娘。”副检察官眯着眼睛，带着轻佻刻薄而又狡黠的笑容说道。

“我不知道。我怎么会知道呢？”玛丝洛娃一面答道，一面惊慌地向周围扫了一眼，有那么一瞬间她的目光停留在涅赫柳多夫身上，“他愿意找谁就找谁。”

“难道被她认出来了？”涅赫柳多夫惊恐地想着，感到一股血液不停地往脸上涌。事实上玛丝洛娃根本没有在众人当中把他认出来，她又立即转过脸去，仍然带着惊慌的神色盯着副检察官。

“那么被告是不承认她和卡尔津金有过某种亲密的关系了，是吗？很好，那我也就没什么其他要问的了。”

副检察官立刻把自己的胳膊肘从写字台上放下来，还用笔迅速地在做记录。事实上他什么都没有记，只是用笔描着笔记本上的字母，因为以前他看到过一些检察官和律师们经常会这样做：他们在一个巧妙的提问后，就会在自己的发言稿上写一些足以给对方致命打击的提示。

庭长并没有立刻再向被告问话，因为此时他正在问那戴眼镜的法官是否同意提出那些先前已经准备好并且已经记录下来的问题。

“之后怎么样了？”庭长接着问。

“我回到家里了，”玛丝洛娃比较大胆地只看庭长一个人，继续说，“我把钱交给老鸨，就上床睡觉了。我刚刚睡着，我们那儿的一个叫别尔塔的姑娘就又把我叫醒。她说：‘快去，你那个商人又来了。’我不愿出去，但是老鸨非要我去不可。他就在那里，”她又露出那种很明显的恐惧神情说出他这个词儿，“他一个劲儿地给姑娘们灌酒，后来他还想派人再去买酒，但是他身上的钱都花光了。老鸨不相信他。所以他才打发我到他住的旅馆房间去。他告诉我钱放在什么地方，让我取多少。我就乘马车去了。”

这时庭长正和左边的法官低声讲话，根本没有听见玛丝洛娃说了些什么，但是为了表示他都听清了，就把她最后那句话重复了一遍。

“你就乘车去了。噢，那后来又怎样了呢？”他说。

“我到了那里以后，完全是按照他说的办：进了他的房间。并非只有我一个人进去，我还叫了西蒙·卡尔津金和她。”她用手指着博奇科娃说。

“她说谎，我根本就没进去过……”博奇科娃刚想再说下去，就有人立刻阻止了她。

“我当着他们的面拿出了四张红票子[①]。”玛丝洛娃皱紧眉头，眼睛也不看博奇科娃，继续说。

“那么，被告拿出四十卢布的时候，你有没有看到那里面到底有多少钱？”副检察官接着又问。

副检察官对玛丝洛娃一提出这个问题，她身子就哆嗦了一下。她也不知道这到底是怎么回事儿，但是她觉得他对她心怀不轨。

“我没有数过。我只看到那里面全都是些面值一百卢布的现钞。”

“被告看到了那些一百卢布的现钞。我没有别的什么话要问了。”

“那，接下来又怎样了呢，你把钱拿回去了吗？”庭长看着自己的怀表接着问。

“拿回去了。”

“那么，后来呢？”庭长问。

“后来他又把我带回到他住的旅馆里。”玛丝洛娃说。

“那你是怎样把药末放到酒里，让他喝下去的？”庭长问。

---

① 俄国的票面为十卢布的票子。

“如何让他喝下去的？我把药粉撒在那杯酒里，就让他喝下去了。”

“那你为什么要让他喝呢？”

她没有马上回答，只是重重地、深深地叹了一口气。

“他一直不肯让我离开，”她沉默了一下，然后又说，“我被他折腾得很难受。我就去了过道里，对西蒙·卡尔津金说：‘真希望他可以放我走。我实在是太累了。’西蒙·卡尔津金说：‘他闹得我们也快烦死了，我们打算给他吃点儿安眠药。他睡着了以后，你不也就可以离开了吗？’我就说：‘那好吧。’我以为那不是能害人性命的毒药。他真的就给了我一个小药包。我就又回到了房间，他正在屏风后面躺着，还让我马上给他倒一杯白兰地。我就从桌上选了一瓶上好的白兰地，倒了满满的两杯，一杯是给他的，一杯是我自己的。我在他的杯子里放了些药粉，让他喝了。如果当时我知道那是毒药，说什么也不会让他喝的。”

“那么，那枚戒指你又是怎么得到的呢？”庭长问。

“戒指是他送给我的。”

“什么时候送给你的？”

“我和他一回到他旅馆的房间里，我就想离开，他就朝我的头上打了一下，连梳子都给打断了。我发火了，转身就要走人。他就摘下自己手上的那个戒指送给我，请我不要走。”她说。

这时候副检察官再次微微欠了欠身，仍然装出一副天真的样子，请求庭长允许他再提几个问题。获得准许之后，就又歪了歪绣花领子上面的头，问道：

“我想知道，被告在商人斯梅利科夫的房间里一共待了多久。”

玛丝洛娃又露出惊慌失措的神色，焦虑不安地把目光从副检察官脸上又转到庭长脸上，赶紧说：

“我记不太清在那里待了多长时间。”

“那么，被告是否记得你在离开斯梅利科夫的房间之后，还到旅馆中其他的什么地方去过吗？”

玛丝洛娃想了一下。

“我到过旁边的一个空房间里。”她说。

“你到那里想要干什么？”副检察官聚精会神竟忘记了通过庭长，直接向她问话①。

“我是去那儿整理一下自己的头发和衣服，顺便等待马车来。”

“卡尔津金去过那个房间和被告待过一阵儿吗？”

“他也去过。”

“他去做什么？”

“那个商人喝剩下的一瓶上好白兰地，我们一起把它喝完了。”

“噢，一起喝了。很好……那么，被告和西蒙说过话吗？说了些什么？”

玛丝洛娃突然紧皱起双眉，满脸涨得通红，快速地说道：“说过什么？我什么也没有说过。当时的情况我都已经交代了，其他的我什么都不知道。您想拿我怎么办就怎么办吧。反正我没有罪，就是这样了。”

“我没有其他的问题要问了。”副检察官对庭长说道，接着又装模作样地耸了耸肩，在自己的发言大纲里迅速地记下被告供认的事实：她和西蒙一起到一个空房间里去过。

然后沉默了一阵子。

“你还有什么话要说吗？”

“我全都说完了。”她叹着气说过这话，就坐了下来。

随后庭长便在一张纸上记下了点儿什么，听到左边的法官对他小声讲的话后，就宣布休庭十分钟，赶紧站起了身，走出法庭。庭长和左边那个身材高大、留着大胡子、长着一双和善的大眼睛的法官所商量的是这样一件事：那个法官觉得胃里有点儿不适，想自己按摩一会儿，再喝些药。他就把这件事情跟庭长说了说，庭长就根据他的请求宣布休庭。

陪审员们、律师和几个证人紧随法官们站了起来，大家似乎意识到已经审完了这桩重大案件的一大部分，于是都愉悦地来回走动着。

涅赫柳多夫走进陪审员议事室后，在窗前坐了下来。

---

① 在帝俄法庭里，检察官无权直接审问被告，必须经由庭长提问。

第十二章

没错，她就是卡秋莎。

涅赫柳多夫和卡秋莎的关系原本是这样的：涅赫柳多夫第一次见到卡秋莎，是他还在念大学三年级的时候。那年夏天他在自己的姑姑们家里居住，准备写一篇有关土地所有制的论文。往年一到夏季他就总是会和母亲以及姐姐一块儿住到莫斯科近郊他母亲的那所大庄园里。但是那年他姐姐结了婚，母亲又去了国外温泉地疗养。涅赫柳多夫要写那篇论文，于是就决定去姑姑们家里消夏。她们的庄园很偏僻，但十分清静，受不到任何干扰。两位姑姑发自内心地喜欢这个侄子和继承人，他也非常爱她们，喜欢她们那种古老而淳朴的生活方式。

那年夏天，涅赫柳多夫住在姑姑们家里觉得充满活力，意气风发，精神振奋。只要是年轻人，一旦不经别人的指点而亲身领会到生活的美好和重要性，领悟到人在生活中所担负的事业的重要意义，看到人类本身乃至整个世界都有可能达到尽善尽美的地步，并且不但满怀希望，而且怀着自己足够能实现完美理想的信心去实现那种完美理想的时候，都能体会到这样的心境。那年他在大学里读了斯宾塞的《社会静力学》，斯宾塞关于土地私有制的论述在他心中留下了十分深刻的印象，尤其是他作为一个大地主的儿子。虽然他的父亲并不是那么的有钱，但是他的母亲曾拥有差不多一万俄亩土地的陪嫁。当时，他第一次懂得了土地私有制的各种残酷与不公，恰好他又是这样一种十分看重道德的人，认为为了道德的需要而做出的自我牺牲，就是一种至高的精神享受，所以他决定放弃土地的所有权，立即把自己从父亲名下继承的土地交给了农民。眼下他就是要针对这个问题写一篇论文。

那年，他在农村的姑姑们家里的日子是这样度过的：他早早地就起床，有时是在三点，太阳还没有出来，就去山脚下的一条河里洗澡，有时还披着蒙蒙的晨雾。洗完澡往家走的时候，青草和花朵上都还滚动着露珠。早上喝完咖啡之后，他有时坐下来写自己的论文，或是翻看与论文相关的各种资料，但是多半情况是既不读书，也不写作，而是干脆走到户外，到田野上和林子里散步。午饭之前，他总是会在花园里找个地方打个盹儿，然后在吃午饭的时候，他那股活泼劲儿，逗得姑姑们快快活活，哈哈大笑。吃完饭后他就去骑马或是去划船，到了黄昏时分又是读书，或是坐下来，陪姑姑们玩玩纸牌，算算卦。夜里，尤其是月光融融的夜晚，他总是睡不着，那是因为他感到生活真的太快乐太激荡人心了。索性就不睡觉，怀着自己的一个个美梦与思绪在花园里踱来踱去，有时一直到天亮。

他在姑姑们家里第一个月的生活就是这么幸福和平静地度过的，根本没注意到姑姑们家里还有那个半养女半奴婢、有着乌黑的眼睛、步履轻盈的卡秋莎。

那时涅赫柳多夫才十九岁，一直在母亲的呵护和教育下成长，是个十分纯真的年轻人。如果他梦想有一个女人的话，只是想有一个妻子。所以在他的心目中，凡是不可能做他妻子的女人，对他而言就不能称为女人，只是一般人而已。然而，事有偶然，就是在那年夏季的升天节[①]里，姑姑家的一位女邻居领着自己的儿女们，到姑姑们的家里来做客，他们中有两个小姐、一个男中学生和一个寄居在他们家的农民出身的青年画家。

喝过茶，吃过点心之后，大家来到正房前面一小块已修剪得很平坦的草场上玩“捉迷藏”的游戏。于是把卡秋莎也叫去了。他们

① 基督教节日，复活节后的第四十天，庆祝耶稣的升天。

玩了几次之后，轮到涅赫柳多夫与卡秋莎一起跑了。平常涅赫柳多夫看见卡秋莎，都会觉得很高兴，但是在他的脑海中却从来都没有想过他和她之间可能有什么特殊的关系。

“哈哈，这下可是不管怎样都抓不住他俩了，”那个轮到“捉人”的快乐的画家说着，迈动那农民的短而有力的罗圈腿却跑得飞快，“除非他们自己绊倒了。”

“哪儿的话，别想抓住我们！”

“一、二、三！”

他们拍了三下手。卡秋莎勉强憋住笑，连忙和涅赫柳多夫换了个位置，伸出她那不光滑但十分有劲儿的小手握住了他的大手，迈步向左边跑去，她那条浆过的裙窸窸窣窣地响。

涅赫柳多夫跑得飞快。他不愿被画家抓到，于是就拼命向前奔跑。后来他转过身去看了看，却看到那个画家正在追赶卡秋莎，但是她敏捷地迈开她那双年轻而矫健的两条长腿，渐渐撇开画家，径直向左侧跑去。前面是一个丁香花坛，没有人到那后边去过。但卡秋莎回头望了望涅赫柳多夫，点头示意，让他跑到花坛后边去与她会合。他领会了她的意思，就往花坛后边跑了去。谁知道花丛后边有一条小沟，沟内到处都长着带刺的荨麻，涅赫柳多夫不知情，一脚踩空，掉进了沟里。他的双手被荨麻刺破了，又被夕露给弄湿了。但是他一面笑自己，一面迅速地爬起来，拍了拍身上的衣服，跑到了一个干净的地方。

卡秋莎眨动着她那双亮晶晶的、像醋栗一样黑溜溜的眼睛，笑盈盈地朝他跑了过去。他们跑到了一起，紧紧地握住了彼此的手[①]，以示胜利。

“我看，您的手一定是被刺破了。”她一面用那只空着的手整理了一下松开的发辫，一面呼哧呼哧地喘着气，笑嘻嘻地，从下到上地打量着他说。

“我不知道这里有一条小沟的。”他说，也露出了一丝微笑，但没有松开她的手。

---

① 在“捉人”游戏中，被追的两人在某一地点会合，相互握手则为胜出。

她往他身旁靠了靠。他自己也不知道怎么搞的，竟把自己的脸朝她凑了过去。她没有躲开，于是他就更紧地握住了她的手，吻了吻她的嘴唇。

“哎哟，您这是干什么呀！”她说，急忙挣脱了他的手，跑掉了。

她跑到丁香花丛那儿，折了两枝开始凋落的白丁香花枝，用它抽打自己那热辣辣的脸庞，不住地转身朝他看了看，双臂在面前很带劲儿地来回挥动着，转身朝玩游戏的人们那里走去。

从那以后，涅赫柳多夫与卡秋莎间的关系发生了很大的变化，变成了年轻纯真的男子与同样纯真的姑娘之间互生爱慕的那种特殊关系。

只要卡秋莎一进入他的房间，或者甚至涅赫柳多夫只是老远地看到她的白围裙，他就觉得似乎所有的事物都变得光辉灿烂，一切都变得更有趣，更悦目，更有意义，生活也变得更快乐。而她，也有同样的感觉。然而，并不只是在卡秋莎离他很近时，才会让涅赫柳多夫产生这样的感觉，只要他一想起世界上有卡秋莎这么一个人存在，同样会给他带来这种感觉。对她而言，一想到涅赫柳多夫的存在，也会有同样的感觉。涅赫柳多夫有时收到不高兴的母亲寄来的信，或是有时论文写得不怎么顺利，或者有时心头涌起年轻人那种莫名的忧伤，他只要一想到卡秋莎的存在，而且能看见她，那一切不快乐就立刻消失得无影无踪了。

卡秋莎在家里要做很多事情，但是她能把每件事情都做好，还能抽出时间来读书。涅赫柳多夫就把自己刚看完的陀思妥耶夫斯基和屠格涅夫写的书送给她看。她最喜欢的是屠格涅夫的《静静的洄流》[①]那本书。他们两人只是偶尔见面说上几句，有时在过道里，有时在阳台上，或是在院子里，有时还会在姑姑们的老女仆马特廖娜·帕夫洛夫娜的屋子里，因为卡秋莎和那老女仆住在同一个房间里，有时涅赫柳多夫就到她们的房间里就着糖块儿和她一起喝茶。有马特廖娜·帕夫洛夫娜在的时候，他们说话是最愉快的。假如他们两人单独在一起，谈话就很别扭。他们的眼睛就会立即开始说些

① 屠格涅夫的中篇小说。

和他们口中所说的截然不同并且更重要的话，他们的嘴唇都紧闭着，而且都有点儿提心吊胆，于是两人就赶紧走开了。

涅赫柳多夫第一次在姑姑们家里住的那段时间，他与卡秋莎一直维持着这样的关系。姑姑们发现他们的这种关系后，有点儿害怕，甚至写信把这件事情告诉了涅赫柳多夫住在国外的母亲叶莲娜·伊万诺夫娜公爵夫人。姑姑玛丽娅·伊万诺夫娜十分担心德米特里会和卡秋莎发生暧昧关系。然而她的这种担心是没有必要的。因为纯真的人们最是多情，涅赫柳多夫连自己都不知道他爱上了卡秋莎，也正是这种纯洁的爱成了他们不至于堕落的重要保证。他不仅压根就没想过要在肉体上拥有她，而且一想起可能会和她产生那种关系就胆战心惊的。然而，具有诗人气质的姑姑索菲娅·伊万诺夫娜的担忧就切实多了，她害怕德米特里爱上那位姑娘之后，会凭着自己那敢作敢为的果断性格，不考虑她的身份和地位，毫不犹豫地和她结婚。

假如涅赫柳多夫那时能清楚地意识到自己爱上了卡秋莎，尤其是假如那时会有人告诉他，决不能也不应该把自己的命运和这样的一位姑娘结合在一起，那他就直率地处理一切事务，毫不迟疑地做出决定，一旦他爱上那位姑娘，那么无论她是个什么样的人，他都会毫无理由地和她结婚。但是姑姑们没有把自己的忧虑告诉他，他一直都没有意识到自己已经爱上卡秋莎了，就那样离开了那里。

他那时深信自己对卡秋莎产生的情感只不过是那个时候充满了他的全部身心的兴奋感的一种表现，那个活泼可爱、讨人喜欢的姑娘和他一起共享生活的情趣罢了。可是，当他离开的时候，卡秋莎和姑姑们一块儿站在门廊里的台阶上，用她那含着泪、稍稍斜睨的黑色的眼睛看着他时，他才意识到自己正在别离的是那多么美好的、珍贵的而且会一去不复返的东西啊，顿感惆怅万千。

“再见，卡秋莎，一切都非常谢谢你。”他一面坐上马车，一面隔着索菲娅·伊万诺夫娜姑妈的包发帽看了过去，对她说。

“再见，德米特里·伊万诺维奇。”她用亲切而动听的声音说过这话便强忍着满眼的泪水，朝门廊里跑去，只有在那里她才可以放声大哭起来。

第十三章

从那时开始，涅赫柳多夫一连三年都没跟卡秋莎见面。直到他刚刚升为军官，要动身奔赴部队，途经姑姑们的家时，才又再次和她相见。但这时，他和三年前那个在她们那里度夏的年轻人比起来，已经是一个完全不同的人了。

那时的他还是个诚实而颇有自我牺牲精神的年轻人，随时愿意将自己献给所有崇高美好的事业。现在他却变成了一个迷恋酒色的彻头彻尾的利己主义者了，只贪图个人的享乐。那时，他觉得上帝创造的这个世界是一个秘密，他满怀愉悦的激情竭力地想要解开这个秘密；然而现在，他觉得这个现实生活中的一切都变得简单、明了，这一切都是由他所处的生活环境所决定的。那时，他认为和大自然接触，和先于他生活过、思考过、感受过的前人接触（如接触哲学、诗歌），才是必需而重要的，现在认为必需而重要的却是人为的规章制度和同事们的交际活动。那时女人看上去是那么的神秘而美好，正是由于神秘才是更加美好的创造物；现在，女人，除了自己的亲人和朋友的妻子之外的所有女人，她们的作用都十分明确：女人是他已经领略过的最好的玩乐工具罢了。那时他不需要什么钱，母亲给的那些钱他可能连三分之一都花不了，他也可以放弃父亲名下的田产而将它分给他的佃户。但是现在，母亲一个月给他一千五百卢布，他都不够花的，为了钱他已经和母亲发生过几次不快的交谈。那时他觉得精神生命才是真正的自己，现在却觉得那强壮而精力充沛兽性的他才是他自己。

他之所以会发生这么可怕的变化，仅仅是因为他已经不再坚持他原来的信念而开始相信其他人的观念了。他之所以不再坚持的信念而开始相信其他人的观念，那是因为如果坚持他的信念，活着就会变得非常困难：如果依照他坚持自己的信念去解决所有的问题，往往就不利于追求轻浮和快乐的兽性的自己，并且几乎经常与其作对；但如果按照其他人的那些观念，那就任何问题都不必再去解决，因为所有的问题都会迎刃而解，而且解决的结果是和精神的我作对而对兽性的我有利的。此外，他如果坚持他的信念，就会经常遭到别人的谴责和非议，而如果相信其他人的观念，就会得到周围人的赞美和吹捧。

譬如，涅赫柳多夫要思考上帝、真谛、钱财、贫困等问题，看与这些问题有关的书籍，谈及这些问题时，他周围的一些人都会觉得这不是时候，甚至有点儿荒谬可笑，他的母亲和姑姑们也带着一种善意的嘲讽口吻称他为notre cher philosophe[①]。但是如果他阅读长篇小说，讲述淫秽的笑话，到法国剧院去看幽默的轻松喜剧，并且对剧中的情节津津乐道，大家就都会赞扬他，鼓舞他。如果他觉得一定要降低自己的需求，缩减用度，穿旧大衣，不喝酒时，别人就会觉得这是怪癖，甚至有点儿标榜自己，但是当他花很多钱在打猎，或是在布置非同一般的豪华书房方面，人们倒都赞扬他风雅，并送给他很多贵重的礼品。他原本纯真无瑕，是个保持童贞的青年，准备一直这样保持到结婚的时候，可是他的亲人却为他的健康担心。后来他从自己的同事那儿夺了个法国女人成为真正的男人后，他母亲知道后不仅不伤心，反而非常开心。这个公爵夫人每每想到他和卡秋莎的那段恋情，再想到他可能想和她结婚，就不禁感到十分忧虑。

情况的确是这样的，那时的涅赫柳多夫成年后，还曾觉得占有

① 法语：我们亲爱的哲学家。

土地是不合理的，于是把父亲遗留给他那不多的地产分给了农民，他的这一举动同样令他的母亲和亲属们大为恐慌，从那以后这件事就成了他所有亲戚经常责怪与嘲弄他的口实了。有些人会一遍又一遍地告诉他，农民得到土地之后不仅不能发财致富，反而更穷了，因为他们开了三家小酒店，干脆就不干活了。但是等涅赫柳多夫加入了近卫军，和那些出身高贵的同僚一块儿又是花天酒地，又是赌博，花钱如流水，迫使叶莲娜·伊万诺夫娜不得不动用存款的时候，她却满不在乎，认为这是正常的，甚至认为在年轻时就该这样在上层社会里适应适应，也未必是件坏事。

一开始的时候，涅赫柳多夫也挣扎过，可是这种斗争是十分艰难的，因为凡是他始终坚持他的信念，认为是好的事物时，其他人则认为是坏的；或者相反，只要是他在坚持认为是坏的事物时，他身边所有的人却都认为是很好的。最终涅赫柳多夫屈服了，也不再继续坚持他的信念转而相信其他人的观念了。这样的自我否定，在开始的一段时间里令他感到很沮丧，但是这种感觉并没有持续多久。就在这时涅赫柳多夫开始抽烟喝酒，不久便不再感到有什么不高兴的了，甚至反倒觉得十分轻松。

涅赫柳多夫凭着自己那热情的天性，沉溺在他身边所有人所鼓励和提倡的这种新生活之中，完全扼杀了他内心深处另有所求的呼声。这个变化自从他来到彼得堡之后便开始了，他跨入军界以后便彻底完成了。

军队生活本来就容易让人颓废堕落，因为一进入军队，就终日置于无所事事，也就是既不从事合理而有益的劳动，又不担负人类所要承担的义务，游手好闲照例能享受军队、军服和军旗的荣耀。而且，一进入军队，一方面拥有无限支配他人的权力，另一方面却又使他们在面对比自己地位更高的长官时始终保持奴颜婢膝、唯命是从的态度。

不过，除去军人的职衔和军服、军旗的荣誉，以及公开获得允许的暴行和屠杀所导致的一般堕落之外，还有另外一种堕落，那就是：在经过精心挑选的，并且只有富家子弟、门第高贵的军官才能进入的近卫军团中，由于财富与接近皇室所造成的堕落。如果这两种堕落加在一起，便使人变成完全疯狂的个人主义者。自从涅赫柳多夫获得军职，并开始像自己的同僚们那样生活之后，他就陷入了这种疯狂的利己主义的泥沼之中。

没有一点儿正经事要做，只是穿着一套不是由他而是由别人精心缝制和洗得很干净的军服，戴着一顶军盔，拿着仍然由别人制作、擦亮然后才交到他手里的武器，骑上一匹还是由别人驯养、调教好、饲养得膘肥体壮的骏马，同那些和他一样的人一起去参加训练或是检阅，也就是纵马奔驰，挥动军刀，射击，并且再把这些教给其他人就行了。除此之外便没什么可做的了。但是，那些最尊贵的老年人和年轻人，还有沙皇与他的亲信，不仅赞同他们干这种事儿，而且还为此赞扬他们，并且还十分感谢他们。这些事儿结束之后，他们觉得又好又重要的事情，就是到军官俱乐部或是最豪华的饭馆里去吃饭，尤其是喝酒，纵情挥霍一大笔根本不知道是从哪里弄来的金钱，然后又去剧场看戏、跳舞、玩女人。然后再是骑马，舞刀，奔驰，又是挥霍金钱、喝酒、打牌、玩女人。

这种生活对军人的腐蚀作用颇为强大，因为一个平民要是过这种生活，他肯定会在内心深处感到羞耻。但军人却觉得过这样的生活是理所当然的，并且还自吹自擂，为此而感到骄傲，战争期间这种情况就更严重了。涅赫柳多夫恰好就是在向土耳其宣战[①]之后担任军职的。“我们早就准备在战争中牺牲自己了，所以过这种花天酒地的快活日子对我们来说不仅是可以宽恕的，甚至是有必要的。因此我们才过这种生活。”

涅赫柳多夫在这段日子里，就是这样隐隐约约地思考问题的。他冲破了过去曾给自己设置的一切精神障碍，并因此感到十分轻松愉快，而且一直处于持续不断的利己主义的疯狂状态之中。

三年之后他上姑姑们家去的时候，就是处于这样的精神状态之中。

---

① 指1877年至1878年的俄土战争。

第十四章

涅赫柳多夫这次来到姑姑们家里，是由于他正准备赶到已经开赴前线的部队里去，她们的庄园恰好就在他追赶部队的路上，还因为她们曾诚恳地邀请他再来一趟，但是他这次来，最主要还是想见见卡秋莎。也许在他的灵魂深处，他听从了自己如今已脱缰的兽性的怂恿，对卡秋莎产生了罪恶的想法。只是他并没有意识到这一点而已，他只是想旧地重游，看看自己曾经无比留恋的地方，看看那两位有点儿荒唐而又十分可亲的、善良的、总是使他在无意识中处于爱抚和赞扬的气氛中的姑姑，见一见那个可爱的、曾给他留下非常快乐的回忆的卡秋莎。

他是在三月末的圣星期五[①]，沿着泥泞不堪的道路，冒着瓢泼的大雨到达这儿的，所以到时他已浑身湿透了，冻得瑟瑟发抖，但是精神上仍然朝气蓬勃，情绪振奋，就和他那个时候常常感觉到的一样。“她还在这儿吗？”他心里想着，这时他乘的雪橇已经来到了他熟悉的姑姑们家的老式地主庄园的院子里，院里堆满了从屋顶散落到地上的积雪，周围还砌着一堵不高的砖墙。他想着她听到雪橇上铃铛响的声音，便会跑到外面门廊的台阶上来的，但他看到的只是两个赤脚的女人掖着裙子出现在女仆房间门前的台阶上，手里提

① 即耶稣受难日，复活节前的最后一个星期五。

着水桶，显然是在擦洗地板什么的。正门的门廊里也没有看到她，只见听差吉洪系着围裙独自一人走了出来，看来也在干着擦洗的活儿。索菲娅·伊万诺夫娜穿着一件丝绸连衣裙，头上戴着一顶包发帽子来到前厅。

“啊，你终于来了，太好了！”索菲娅·伊万诺夫娜一面叨叨地念着，一面吻了他一下，“玛申卡[①]身体有点儿不舒服，估计是去教堂的时候累着了。我们去领圣餐来着。”

“恭喜[②]您领圣餐，索尼娅[③]姑姑。”涅赫柳多夫一面说，一面吻了一下索菲娅的手，“真对不起，我把您的衣服弄湿了吧。”

“快到你的屋里去吧，瞧你浑身都透湿了，你都长胡子啦……卡秋莎！卡秋莎！快点儿给他拿杯咖啡来吧。”

“这就来！”过廊里传来那个熟悉而又动听的声音。

涅赫柳多夫的心欢快地怦怦乱跳。“她还在这里！”此刻太阳似乎从满天乌云里露出了笑脸。涅赫柳多夫便开开心心地随吉洪一起到他曾住过的那个房间里去换衣服。

涅赫柳多夫很想问问吉洪有关卡秋莎的详细情况：她身体怎么样？过得好不好？出嫁了没有？但是吉洪毕恭毕敬的，而且一本正经，在涅赫柳多夫洗手时坚持要用悬壶洗手器为他冲手，使得涅赫柳多夫很不好意思向他打听有关卡秋莎的事情，只是问了一下他的孙子好不好，那匹叫“老兄”的老马和那只看家狗伯尔坎的情况。他的孙子和老马都很好，都挺健壮，只是伯尔坎去年疯了。

涅赫柳多夫脱下了身上的湿衣服，刚准备换上干净衣服时，就听到一阵轻快的脚步声，接着就是敲门的声音。涅赫柳多夫马上就听出了这是谁的脚步声，是谁在敲门。这样走路和敲门的，就只有她。

他披上他那潮湿的军大衣，快步向门那边走去。

“请进来！”

---

① 玛丽娅的爱称。

② 按俄国宗教习俗，对领过圣餐的人要道喜。

③ 索菲娅的爱称。

果真是她，卡秋莎。她仍然和原来一样，只是比以前娇媚了许多。她那双笑盈盈的、纯真的又稍稍有点儿斜视的黑眼睛依旧是从下朝上地打量人。她身上也和过去差不多，依然围着一条洁白的围裙。姑姑让她送来一块刚拆开包装纸的香皂和两条毛巾：一条俄式的大浴巾和一条毛浴巾。无论是那块尚未用过、带着印字的香皂，还是那两条毛巾，或者是她自己，全都非常的洁净和新鲜、纯洁、悦目，十分惹人喜爱。她那两片动人的、轮廓鲜明的红唇，还是像以前看见他时那样，无法压抑心中的喜悦抿得紧紧的。

“欢迎您的到来，德米特里·伊万诺维奇！”她好不容易才说出了这句话，同时脸上泛起一片红晕。

“你好……您好。”他说，不知道和她谈话应当用“你”好还是用“您”好，也像她一样脸红了，“您身体可好？”

“感谢上帝……这是您姑姑让我给您送来的您喜欢的玫瑰香皂。”她说着，便把香皂放到了桌上，又把毛巾往圈椅的把手上一搭。

“侄少爷带了他自己的。”吉洪想维护客人自己准备了用品而不用麻烦别人的独立生活精神，这样说道，一面不无骄傲地指了指涅赫柳多夫的大梳妆箱，箱子已经打开了，只见里面有很多小银瓶盖，还有许多玻璃瓶、小刷子、发蜡、香水和其他一些各种各样的化妆用品。

“麻烦您替我谢谢姑姑，我到这儿来，简直太高兴了。”涅赫柳多夫说着，感到自己的内心一下子变得像上次来时那样豁亮而又温暖了。

听到这番话时，她只是笑了笑，接着便离开了。

姑姑们一向宠爱涅赫柳多夫，这次看见他来，比往常更加高兴了。德米特里现在是要去打仗，可能会受伤甚至是阵亡。一想到这，姑姑们就颇为感伤。

涅赫柳多夫这次出行，原先只准备在姑姑们家里逗留一天一夜，但是见到卡秋莎之后，就答应姑姑们在这儿多待上两天，一起过复活节。于是便拍了电报给他先前约好在敖德萨会合的朋友和同事申伯克，邀请他也到姑姑们家里来。

涅赫柳多夫自从看到卡秋莎的第一天开始，就又燃起了曾经对她的那份情感。他如今也还像以前那样，一看到卡秋莎的白围裙就心中荡漾；一听到她走路的声音、说话声、笑声就抑制不住地开心，看见那双水汪汪的像醋栗一样黑溜溜的眼睛，尤其是当她微笑的时候，他就心醉，主要是在他们碰到一起时，他见到她的脸色变得通红就心慌意乱。他觉得自己已经爱上了她，但和以前不一样，以前的那种爱恋对他来说是个谜，而且他自己都不肯承认自己爱上了她，并且那是他认为人的一生只能爱一次。如今他又在恋爱了，而且明确意识到了这一点，因此而感到无比兴奋，虽然想隐瞒自己，却隐隐约约地已懂得了爱情是怎么一回事，将来会有怎样的结果。

在涅赫柳多夫身上就像在其他所有的人身上一样，同时存在着两个人。一个是精神上的人，他所寻找的是对其他人来说同样是幸福的那种幸福；另外一个就是兽性的人，他所寻找的仅仅是他个人的幸福，并为此而不惜牺牲天下所有人的幸福。在这段时期，彼得堡生活与军队生活已经使他身上的利己主义达到疯狂的状态，如今兽性的人在他身上取得了完全胜利，精神上的人被彻底地压倒了。然而看到卡秋莎之后，重新唤起了他曾经对她产生过的那种感情，精神的人就又抬起头来，并且开始行动。所以在复活节的前两天，在涅赫柳多夫身上时时刻刻都在开展着甚至连他自己都还没意识到的内心斗争。在他的内心深处，他知道自己应该走了，现在已没有理由继续待在姑姑们的家里，他知道再这么住下去也不会有什么好事。但是他实在是太开心，太快活了，所以他不顾这些，鬼使神差地就留了下来。

在基督复活节前一天，星期六黄昏时分，一个司祭带了一个助祭与一个执事乘着雪橇赶到这里来做晨祷，正如他们所说的，他们的雪橇是历经千辛万苦穿过水塘与田野才走完了从教堂到姑姑家的这三俄里路程。

涅赫柳多夫和姑姑们、仆人们站在一起做晨祷，一面目不斜视地盯着站在门口，手提香炉的卡秋莎。等做完晨祷，他按照复活节的习俗与司祭和姑姑们彼此吻了三下，便想回房睡觉，却突然听到玛丽娅·伊万诺夫娜的老女仆马特廖娜·帕夫洛夫娜在外边过道里说话，她们打算和卡秋莎去教堂给复活节时用的甜面包与甜奶渣糕受净化礼。“我也去吧。”他暗暗地在心里打定了主意。

在去教堂的路上，无论是乘雪橇还是坐马车，都没有好路可走。在姑姑们家他就像在自己家一样可以发号施令，于是他让人把那匹叫“老兄”的马备好了鞍子，他不想再去睡觉了，而是穿上帅气的军服和紧身马裤，披上军大衣，跨上那匹膘肥体重、不停地嘶鸣的老公马，摸黑踏着水塘和积雪向教堂跑去了。

第十五章

这一次晨祷，后来成了涅赫柳多夫一生中最愉快、印象最深刻的一次美好的回忆。

他骑着马，踏着雪水，走完黑漆漆的、稀稀拉拉散布着几堆白雪的道路，他那匹马一见到教堂附近的灯光，便竖起了耳朵。等他骑马进了教堂的院子，礼拜已经开始了。

有几个农民认出他是玛丽娅·伊万诺夫娜的侄子，就把他带到干燥的地方下马，牵过马拴好，便领他走进教堂。教堂里已经挤满了过节的人。

在右侧的都是男子汉：老头子身穿土布长衫和树皮鞋，脚上还包着干净的白色裹脚布；小伙子穿着粗呢子的新长衫，腰上束着色彩鲜亮的宽腰带，脚上蹬着高筒皮靴。左侧的都是农妇：头上包着红色绸巾，上身穿着棉绒坎肩，配着大红衣袖，下身穿的是蓝色、绿色、红色或五颜六色的裙子，脚上穿着钉了铁掌的半筒靴。在她们身后站着的是一位穿着很俭朴的老太婆，包着白色头巾，穿着灰色长外衣和系着老式的毛织裙子，脚上穿着平底鞋或者新的树皮鞋。在他们中间还夹杂着一些打扮得漂漂亮亮、头发抹得油亮的孩子。男子汉们在画十字、甩动着头发在行礼；女人们，尤其是那些上了年纪的，都用无神的眼睛注视着那尊烛光照亮的圣像，用她们合拢的手指，使劲儿地按了按额头上的头巾，然后是双肩和腹部，她们低声念叨着，弯腰站在那儿，或是跪下。孩子们一看见有人在注意他们，就模仿大人的样子，使劲儿地做祷告。那些涂了螺纹金粉的大蜡烛，还有四面八方把它们团团围住的无数根小蜡烛，把金色的圣像照得金光闪闪。那些枝形烛台上都插满了蜡烛。唱诗班的业余歌手们放声高歌，里面夹杂着嘶吼的大嗓门与尖细的童高音。

涅赫柳多夫朝前面走去。上等人都站在教堂的中央：其中有一个地主带着他的妻子和身穿水兵制服的儿子，有警察分局局长，有电报员，有一个脚穿高筒皮靴的商人，还有戴着徽章的村长。诵经台右侧，在地主太太的背后，站着的是马特廖娜·帕夫洛夫娜，她身穿一件闪亮的浅紫色连衣裙，披着一件带流苏的白色披肩。卡秋莎就站在她的旁边，穿了一件胸前有褶皱的白色连衣裙，腰上系一条浅蓝色的带子，乌黑的头发上还绑了一个鲜红色的蝴蝶结。

一切都是那么的愉快、隆重、庄严、欢乐而且美好。司祭穿着银光闪闪的丝线法衣、胸前挂着金十字架。助祭和诵经士身着过节时才穿的银丝线和金丝线的漂亮祭服，业余歌手们穿着节日的盛装，头发抹得油亮。赞美诗听上去就好像舞曲一样的旋律司祭们举起插了三根蜡烛、饰有花卉的烛架，不停地为人们祈福，反复欢呼着："基督复活了！基督复活了！"一切都是那么的美好，当然最美好的还是身穿白色连衣裙、腰系浅蓝色带子、乌黑的头发上绑着鲜红色蝴蝶结、眼睛闪烁着快乐光芒的卡秋莎。

涅赫柳多夫觉得，尽管她并没转过头来，可是她已经看到他了。这是他在经过她身边，向祭坛那儿走去时看到的。他本来没有任何话想要对她说，但是他想了一会儿，在经过她身旁时说道：

"姑姑说，做完晚午祷后就开斋。"

就像平时她看到他时一样，她那青春的血液又涌上了她那可爱美丽的脸蛋。她那乌黑的眼睛稍稍抬起，闪烁着笑容，开心地、天真烂漫地从下朝上打量着涅赫柳多夫。

"我知道了。"她笑了笑，说道。

就在这时，一个执事手里拿着铜质咖啡壶[①]，从人群里挤过

① 在俄国教堂里，铜咖啡壶用来装圣水。

来，经过卡秋莎的身旁时，因为眼睛并没有看她，祭服的下摆却触到了她。这个执事显然是出于对涅赫柳多夫的尊重，想从他身边绕过去，结果却不小心碰到了卡秋莎。可是涅赫柳多夫却暗暗觉得奇怪：他，这个执事，为什么不懂得这里存在的一切，甚至整个世界上的一切，全都是为卡秋莎一个人而存在的，人们对世界上的一切都可以忽视，唯独不能怠慢了她，因为她才是世界上一切的中心。有了她，圣像壁的金光才闪耀，枝形大烛架与烛台上的烛光才通明；有了她，人们才高声歌唱："主的复活节到了，欢乐吧，世人们。"世界上一切美好的事物，皆是为她而存在。他觉得卡秋莎好像也明白这一切都是为她而存在的。这种感觉是涅赫柳多夫举目望见她那穿着有皱褶的白色连衣裙的颀长身躯，看见她那张全神贯注的喜气洋洋的脸蛋时产生的。从她的面部表情可以看出，她的内心深处和他所唱的是同一首歌。

在早祷与晚祷之间的休息时候，涅赫柳多夫暂时走出了教堂。大家见他来了纷纷给他让路，向他行礼。有些人认识他，有些人却在问："这是谁家的人？"他在教堂门廊里停了下来。乞丐们就把他团团围住，他就把自己钱袋中所有的零钱全都散给了他们，然后才走下台阶。

天色虽然已经亮了，什么都能看得清楚了，但是太阳还没有升起。大家分散在教堂四周的墓地上坐下来。卡秋莎依旧在教堂里，涅赫柳多夫就停下来等她。

人们陆陆续续地往外走，他们皮靴底部的钉子踏在石板路上发出嚓嚓的声音。人们从台阶上走下来，分散到教堂的院子里和墓地上。

玛丽娅·伊万诺夫娜家的制作糖果点心的厨子老态龙钟，这时正颤动着脑袋，拦住涅赫柳多夫，按照复活节的习俗和他彼此吻了三下。他的妻子是个老太婆，头上包着一块丝绸三角巾，头巾底下露出她那皱巴巴的脖子，这时她从手绢里拿出一个染得橙红色的鸡蛋，送给了涅赫柳多夫。接着一个体格健壮、面带笑容的年轻汉子身穿一件簇新的外衣，腰上束着一条绿色宽腰带，满面春风地走过来。“基督复活了！”他眼里含着一丝笑意说过这话，便走到涅赫柳多夫跟前，给他送来一股农民身上所独有的好闻的味道，用自己那结实而又鲜嫩的嘴唇对着涅赫柳多夫的嘴唇吻了三下，他那卷曲的大胡子扎得涅赫柳多夫的脸痒痒的。

就在涅赫柳多夫和这个年轻农民互吻，并且接过他送来的一个暗褐色鸡蛋时，马特廖娜·帕夫洛夫娜那闪光的连衣裙和那个黑发上扎了红色花结的、美丽的可爱的人也出现了。

她立刻从走在她前面的许多人的头顶上看到了他。他也看到了她那张容光焕发的脸。

她和马特廖娜·帕夫洛夫娜一起走了出来，站在门廊里，施舍给乞丐们一些钱。其中一个乞丐的鼻子已经烂掉了，痊愈后留下了一块红斑，他来到卡秋莎的面前。她从手帕里拿出了什么东西送给了他，紧接着靠近他的脸，跟他互吻了三下，没有露出一丁点儿厌恶的神色，反之，她的眼睛依然闪烁着快乐的光芒。就在她和那个乞丐互吻的时候，她的目光和涅赫柳多夫的目光撞到了一起。她似乎在问：我这样做好吗，做得对吗？

“对，对，亲爱的，一切都对，一切都很好，我爱你。”他在心里说。

她们两人一走下台阶，他就走到跟前。他根本没打算跟她互吻来庆祝复活节，只是想和她靠近一些罢了。

“基督复活了！[①]”马特廖娜·帕夫洛夫娜说这话的时候，垂下了头，面带笑容，她的声调仿佛是在说：今天大家都是平等的。她把手绢卷成很小的一团，像小老鼠一样的并用它擦了擦嘴角，便把嘴唇向他凑了过去。

“真的复活了。”涅赫柳多夫一面跟她互吻，一面说。

他回头看了看卡秋莎。她的脸蛋立即涨得通红，并且立即朝他走过来。

“基督复活了，德米特里·伊万诺维奇。”

① 正教徒的见面套语。一个说“基督复活了”，对方就要回答“真的复活了”。

“真的复活了。”他说。他们彼此吻了两下，似乎做不了决定是否应该再吻一下，最后好像又都决定了应当再吻一下才对，于是他们就接着吻了第三下，并且两人都笑了笑。

“你们是要去找司祭吗？”涅赫柳多夫问道。

“不是，我们在这儿坐一下好了，德米特里·伊万诺维奇。”卡秋莎说这话时，仿佛刚刚做完一项非常让人愉快的工作一样，整个胸脯还在起伏不定，深深地呼吸着，并且她抬起那双温柔的、纯洁的、情意绵绵的而又微微有点儿斜视的眼睛，目不转睛地盯着他的眼睛。

男女之间的爱情通常都会有到达顶点的一刻，那时候这爱情就完全没有意识的、理智的因素，也没有丝毫肉欲的因素了。在这个基督复活节的夜晚，对于涅赫柳多夫而言，就是这样的时刻。尽管他在各种各样的场合看到过卡秋莎，但是如今每当他回忆起她时，总是首先想起这最鲜明的一刻。她那长着油光发亮的乌黑头发的可爱的小脑袋，她那件有皱褶的、紧紧地裹着她那颀长的身躯和不高的胸部的白色连衣裙，她泛着红晕的脸蛋，她那双由于一晚上没睡觉而稍稍有点儿斜视的、乌黑发亮、含情脉脉而又闪亮的眼睛，不管怎样，她整个人身上都散发着两个主要的特点：她用自己那纯洁无瑕的爱不仅是对他，这他是清楚的，而且在爱着每个人和每一样东西，爱着天下存在的一切美好的事物，而且也爱她刚刚吻过的那个乞丐。他知道在她的心中存在着那种爱，因为那天晚上和第二天早上，他意识到自己心中也有着那种爱，并且还感觉到他与她就在那样的爱中融为了一体。

啊，如果这一切就停留在那天晚上出现的那种感情上，该多么美好呀！“没错，那件可怕的事情，就是在复活节的那个夜晚之后才发生的！”此刻他静静地坐在陪审员议事室的窗户前，默默地回忆着。

第十六章

涅赫柳多夫从教堂回来后，便和他的姑姑们一起开斋，并且就像在部队里所习惯的那样，为了提神还喝了点儿白酒和葡萄酒，接着又返回了自己的房间，连衣服都没有脱，就立即睡着了。突然，一阵敲门声把他惊醒了。他从那敲门声里很容易地就辨认出来是她，于是坐起身来，揉揉眼睛，还伸了个大大的懒腰。

“卡秋莎，请问是你吗？如果是就请进吧。”他说着下了床。

她把房门稍微推开了一点儿。

“该吃饭了。”她说。

她身上仍旧穿着那件白色的连衣裙，可是头发上的蝴蝶结却不见了。她看了看他的眼睛，满脸放光，似乎她是在告诉他一件非同寻常的喜事一样。

“我这就过去。”他回答着，就拿起梳子，想梳一下头发。

她还站在那儿并没有离开。他发现后，就扔下梳子，向她走去。可就在这时她却突然转过身去，迈着她那一如既往的轻盈快捷的步伐，踩着过道里的长地毯向前走去。

“我太傻了，”涅赫柳多夫自言自语，“我为什么不留住她呢？”

他拔腿跟了过去，在过道里追上了她。

到底想拿她怎么样，连他自己都不知道。可是，他似乎隐约觉得，在她刚才到他的屋里来的时候，他应该要做点什么的，做一件在这样的场合下正常人都会做的事，可是他却没有做。

“卡秋莎，请你等一等。”他说。

她也顺从地转过身来看了看。

“您还有什么事儿吗？”她问着，步子也渐渐慢下来。

“没什么，只是……”

他再次鼓起勇气，意识到在这样的场合，所有处在他这样的境况下的男子都会做的事情，于是他就伸出胳膊搂住了卡秋莎的腰。

她站在那儿，一动不动地盯着他的眼睛。

“别这样，德米特里·伊万诺维奇，请您不要这样。”她满脸通红地说，接着用她那有些粗糙却非常有力的手把他的胳膊推开了。

涅赫柳多夫放开了她。有那么一瞬间他不光觉得不好意思，很别扭、害羞，更觉得很憎恶自己，他本来应该相信自己的。可是，他并不知道这样的别扭和害羞，正是他内心深处最高尚的情感在流露。相反，他觉得这证明了他的愚蠢，他应当像普通的男人那样做才对。

他就又一次追赶上她，又抱住她，吻她的脖子。这次的吻已经全然不同于前两次的吻，也就是曾经在丁香花丛后面那情不自禁的一吻与今天早上在教堂里的吻。这一吻是火辣辣的，这一点她也感觉到了。

“您这是在做什么？”她惊叫起来，听她的声音，仿佛是他打破了一件无比珍贵的器物，再也无法补救了似的。她躲开他，一路快步跑掉了。

当他走到饭厅时，他的两位身着盛装的姑姑、一名医师和一位女邻居，都已经站在一张摆着一碟碟冷荤菜的桌子旁了。一切都和平常一样，可是涅赫柳多夫的心里却掀起了一场大风暴。其他人对他说的话，他一点儿都没有听进去，他的回答也是驴唇不对马嘴。心里念念不忘的是卡秋莎，回味着刚才他在过道里追上她时的那个吻。他没有心思去想别的事儿了。每次她走进屋里，他不必看她，却总是能真切地感觉到她的到来，而且必须尽力克制住自己才能不去抬头看她。

吃完饭后，他马上回到了自己的屋里，心猿意马地在屋里长时间地来回走动，一面留意着家里的一切声响，急等着她的脚步声。在他身上存在的那个兽性的人，此时不仅已经抬起了头，而且把他初次到来时，甚至今天早上在教堂时依然还存在于他身上的那个精神上的人踩在了脚底，那个恐怖的兽性的人现在已经独自占据着他的内心。虽然他一整天都在等候着她，但他都没能找到机会和她单独见面。也许是她在故意躲着他。但是到了傍晚时候，凑巧有事儿，她必须到他隔壁的房间里去。医生留下来过夜了，她要为这位客人收拾一下床铺。涅赫柳多夫听到了她走路的声音，就蹑手蹑脚，屏息静气，似乎准备做什么违法的事，尾随她走进了那个屋里。

她已经把自己的两只手伸入了一个干净的枕头套中，抓着枕头的两角，此时她转过身来看看他，笑了笑，但这并不是先前那种快活而又高兴的微笑，而是带着胆战心惊、可怜巴巴的笑。这个微笑像是在告诉他，他接下来想做的事情是很不好的。他刹那间呆住了。这时还可能有机会进行斗争。他对她真正的爱的声音，尽管微弱，但还是能听见，这声音正在对他讲，讲她的感情，讲她的生活。但是，还有一个声音却在告诉他：注意，千万不要错过自己的享乐、自己的幸福。这后面的声音就把前面的声音压了下去，于是他坚定地来到她的面前。恐怖的和按捺不住的兽性情感已经占据了他。

涅赫柳多夫紧紧抱住她不肯松手，强行按她坐到了床上。他觉得还有别的什么事情要做，于是就在她的身边坐了下来。

“德米特里·伊万诺维奇，好少爷，请把您的手放开吧。”她用哀求的语气说，“马特廖娜·帕夫洛夫娜要来了！”她一面嚷着，一面挣扎。这时真的有人向门口这边走来了。

“那我夜里再去找你，”涅赫柳多夫说，“你是自己一个人在房间里吧？”

“您说什么呀？千万不要这样啊！您不能这样！”她其实只是嘴上这么说，她那激动不安而慌乱的内心却说了另一番话。

向门口这边走来的真的是马特廖娜·帕夫洛夫娜。她胳膊上搭了一床被子走进房里来，用责怪的眼光瞧了瞧涅赫柳多夫，便怒气冲冲地责怪卡秋莎拿错了被子。

涅赫柳多夫一声不吭地走了出去。他甚至丝毫没有感觉到羞耻。他从马特廖娜·帕夫洛夫娜的面部表情上看得出来她是在责怪他，他也知道她对他的责怪一点儿都没错，明白他自己干的事很坏，但是兽性的感情已经冲垮了他曾经对她那真挚的爱情，并且独自霸占了他的全部内心，把别的一切感情都给抹杀了。如今他知道，应该怎样做才能满足自己的欲望，并且也在千方百计地寻找那样做的办法。

整个黄昏他都魂不守舍的，一会儿上姑姑们的房里去，一会儿又离开，返回到自己的房间，最后又走到门廊，心里只想着一件事情：那就是怎样才能和她单独见面。不过，不仅她在躲着他，连马特廖娜·帕夫洛夫娜也寸步不离地跟定了她。

第十七章

整个黄昏就这样过去了，夜晚已经来临。医师已经睡觉去了。姑姑们也已经躺下休息了。涅赫柳多夫知道此刻马特廖娜·帕夫洛夫娜还在姑姑们的卧室里，只有卡秋莎一个人待在女仆的住处。于是他就又走出房间，在门廊里停了下来。院子里一片漆黑、潮湿却又暖洋洋的。整个夜空被白色的雾气笼罩着。在春天，这种雾能融化残雪，也许由于这残雪正在融化，才散出了这种浓雾。家门的前面，百步距离的地方，在陡坡下有条小河，传出一阵阵古怪的声音：那是冰层破裂的声音。

涅赫柳多夫走下门廊后，踏着结了冰棱的残雪跨过一个个水洼，来到了女仆住处的窗前。他的心在胸腔里砰砰乱跳，连他自己都能听得到。他时而屏住呼吸，时而又狠狠地喘气。女仆屋里亮着一盏小小的灯。卡秋莎独自一人坐在桌子旁边，一副满怀心事的样子，眼睛傻傻地瞪着前方。涅赫柳多夫一动不动地看了她好一阵子，想知道在她认为没人看到的时候她会做些什么。有两分钟左右的样子，她都坐在那里纹丝不动，然后抬起眼皮，微微笑了笑，好像是在责怪自己一样摇了摇头，又换了个姿势，猛地把两条胳膊搁在了桌上，眼睛又直直地盯着正前方。

他站在窗口盯着她，不自觉地同时听到了自己的心跳声以及从河边传来的某种奇怪的声音。那里，浓雾弥漫的河上，正在发生某种连续不断却又很缓慢的变化，不知道是种什么东西时而呼哧呼哧地喘息着，时而咔嚓地在开裂，时而又突然哗啦一下子倒塌了，时而薄冰像玻璃一样发出叮叮乱撞的响声。

他站在那里，看着卡秋莎那若有所思的、想心事想得很苦恼的脸。他不由自主地又可怜起她来，但是，真是怪事，这样的可怜却点燃了他占有她的欲火。

他身上的欲火越燃越旺，一发不可收拾。

他不禁敲了一下窗户。她像是遭到电击一样，浑身打了个哆嗦，面部露出恐惧的神色。接着她腾地就站了起来，来到窗边，把脸贴在了窗玻璃上。甚至当她伸出双手，像一副眼罩那样放在自己的眼睛两边认出他的时候，那种惊恐的神色丝毫没有从她脸上消失。她的脸异常严肃，他从来不曾看到过她这个样子。直到他笑了笑，她才笑了笑，不过这好像也仅仅是为了迎合他而已，其实她压根不想笑，心里还是很害怕。他向她打了个手势，让她出来。但是她摇摇头，表示她不想出来。并且依然站在窗户那里一动不动。他又一次把自己的脸贴到窗玻璃上，想冲她喊一声，叫她出来，但是这时她转过脸去瞧房门口，显然是有人在叫她。涅赫柳多夫只好离开了窗口。大雾很浓，离开房屋五步距离就看不到窗户了，只能看见黑乎乎的一团，中间出现了一片看起来很大的红色灯光。河上仍然传来古怪的呼哧声、沙沙声、噼啪声以及冰块相撞的哗啦声。在浓雾弥漫的院子里，有只公鸡在不远处啼叫了一声。于是附近几只别的公鸡也随之呼应，接着村庄里远远传来了彼此干扰而又汇成一片的公鸡的啼鸣声。不过，四周除了那条河之外，都是一片静谧，此时已经是第二次鸡鸣了。

涅赫柳多夫在房子的墙角后面来回地踱了两趟，有好几次不小心一脚踏进了泥水里，后来又回到女仆房屋的窗户前面。灯仍然还亮着，卡秋莎又是一个人坐在桌旁，好像有什么事儿拿不定主意。他刚走到窗户前面，她就朝他看了一眼。他敲了一下窗户。她也没有仔细看是谁敲的，就立即从女仆的住处跑了出去。他听到门钩咔嚓地响了一声，接着外门嘎吱一声开了。这时他已经在门道里等她，于是一声不响地立即伸出胳膊把她给抱住了。她紧紧依偎着他，抬起了头，用她的双唇凑上去来迎接他的吻。他们站在门道的一个拐弯处，那儿的雪已经化净了，地面是干的。他浑身被一种尚未得到满足的欲望折磨着，十分难受。这会儿，外门咔嚓一声响，然后咯吱咯吱地被打开了，就听见马特廖娜·帕夫洛夫娜怒气冲冲地喊道：

“卡秋莎！”

她挣开了他的双手，返回到女仆的屋里。他听到门钩响了一下，然后就扣上了。接着一切都安静了下来，窗户里面那红红的灯光不见了，只剩下一片迷雾和那河发出的喧闹声。

涅赫柳多夫向窗户那走了过去，但一个人都看不到。他又敲了敲窗户，也无人应答。涅赫柳多夫又从正门的门廊里，回到了自己的房间，但一直无法入睡。他脱下靴子，光着脚，沿着过道朝她的房间门口走过去，旁边就是马特廖娜·帕夫洛夫娜的房间。起初他听到马特廖娜·帕夫洛夫娜平静的打鼾声。他正要走过去，谁知马特廖娜·帕夫洛夫娜突然咳嗽了起来，又翻了翻身，弄得她的床咯吱响了一阵子。他屏住呼吸，伫立不动，就这样站了大约有五分钟。当一切又安静下来之后，平静的鼾声又再次响起，他尽可能地将自己的脚踩在不会咯吱发响的地板上，继续往前移动，一直走到她的门前。什么声音也听不到了。她显然没有入睡，因为没有听到她的鼾声。他刚刚压低声音喊了一声“卡秋莎”，她就霍地跳了起来，走到房门口，并劝他走开，语气在他听来似乎是在生气。

“这算什么呀？唉，这怎么行啊？您的姑姑们会听到的。”她虽然嘴上这么说着，但她的全部身心好像在说：“我整个人都是你的。”

涅赫柳多夫明白了这一点儿。

“喂，你就开开门吧，就一会儿。我求求你了。”他语无伦次地说着。

她不作声了，过一会儿他听到一只手摸索去开门的声音。门扣咔嚓一响，他便顺势溜进了打开的房门。

他伸手一把就搂住了她，当时她只穿了一件非常粗糙的布衬衣，露着两条胳膊；他把她打横抱了起来，就那样带走了。

“喂！您这是要干什么呀？”她低声说。

可他根本就不搭理她的话，抱着她就朝自己的房间走去。

“喂，您不要这样，请您放开我。”她嘴里这么说着，可身子却紧紧地依偎在了他身上。

……

待她浑身哆嗦着，一言不发，也不理会他，从他房里走出去的时候，他也来到了门廊里，站在那儿，用心想着刚才发生的这整件事情的意义。

天色亮了一些。下面河面上冰块的破裂声、撞击声、嗞嗞声更响亮了，而且在本来就有的响声之外，又增加了淙淙的流水声。迷雾开始消散，下弦月从雾幕后边露了出来，阴郁地照着漆黑而恐怖的一团。

“这到底是怎么回事：我究竟是得到了巨大的幸福，还是巨大的不幸？”他这样问自己，“这样的事是常有的，大家都这么做。”他自问自答，然后就回到房间里去睡觉了。

第十八章

第二天，衣冠楚楚、兴致勃勃的申伯克就来到涅赫柳多夫的姑姑们家中来找他了。申伯克凭借自己的潇洒、热情、痛快、慷慨大方和对德米特里的友爱，很快就把姑姑们完全吸引住了。他的潇洒大方尽管很是讨姑姑们的喜欢，但大方得有点儿过分，搞得她们困惑不解。门口来了几个瞎乞丐，他一掏就是一个卢布。给仆人们发赏钱，他一出手就达十五卢布之多。他住在这儿时，碰巧索菲娅·伊万诺夫娜的小狮子狗秀泽特卡的爪子擦伤出了点儿血，他就热心地亲自为它包扎伤口，并毫不犹豫地就把自己的花边麻纱手绢（索菲娅姑姑知道，像这样的手绢至少要十五卢布一打）拿了出来，撕成条，给秀泽特卡做了绷带。姑姑们从来没有见过这样的人，根本不知道这个申伯克已经有二十万卢布的欠款，这笔欠债，他自己完全清楚，这是永远也还不清的，所以多几十卢布或者少几十卢布，对他而言没什么大不了的。

申伯克只逗留了一天时间，第二天晚上就和涅赫柳多夫一同动身离开了。他们不能再停留了，因为已经到了军队报到的最后期限。

涅赫柳多夫在姑姑们的家中度过的最后一天里，那天晚上发生的事情还历历在目时，他有两种心情在他的心里此起彼伏：一种是兽性的恋情所引起的那种火热的、充满激情的回味，尽管这种爱情远远没有达到他所预期的某种得意感的目的；另一种是他意识到他自己干了一件很坏的事，并且对于这件不好的事他应当给予补救，补救却并非是为了她，而是为了他自己。

涅赫柳多夫当时处在那近乎癫狂的利己主义的状态下，他想到的只有自己。他考虑的是万一大家知道了他是如何对待她的，他是否会遭到谴责，并且这样的谴责会到一种什么程度，而不是在考虑她现在的心情如何，对她今后会有什么影响。

他觉得申伯克已经猜到了他和卡秋莎的关系，这让他的虚荣心得到了极大的满足。

“难怪你对你的姑姑们这么留恋，还在她们这儿住了一周呢。”申伯克看到卡秋莎后，对他说，“要是换了我，我也不愿意离开了。她可真迷人啊！”

他还想到，尽管他还没有尝够与她相爱的甜蜜，现在就离开不免有点儿可惜。但是既然必须走，那么就此斩断这种难以维持下去的关系，对他来说也未尝不是一件好事。除此之外他又想到，应该给她一些钱什么的，这并不是为了她，也并不是因为她可能需要这些钱，而是因为大家一般都会这样做，如果他在玩弄了她之后，又不付给她一些报酬，别人会觉得他是个小人。于是他也就当真给了她一些钱，并且相对于他的地位和她的地位而言，他觉得这笔钱也可以算是非常可观的了。

他离开前的那天，吃过午饭，就在门廊里等她。她一看见他，脸唰的一下子就红了。她想从他身边走过去，还给他使了个眼神，让他注意女仆房间打开着的房门，但是他硬是把她给拦住了。

“我要离开了。”他说，一面在手里揉着一个信封，里面装的是一百卢布，“这是我……”

她猜到了那是什么，紧皱着眉头，摇了摇头，推开了他的手：“不，您拿回去吧。”他嘟囔着，把信封塞到了她怀里。他像是突然被火给烧疼了似的，皱起眉头，呻吟般地跑回自己的房间。

随后他在屋里来回踱了好一会儿，一想到刚才那一幕，就全身抽搐，甚至要跳起来，而且想大声呻吟，就仿佛他的肉体感到了痛苦似的。

“但是我能怎么办呢？大家不都是这么做的吗？申伯克就和一位家庭女教师有过这种事情，这是他自己说的。戈利沙叔叔也发生过这样的事。甚至连爸爸也有过这事，那是他住在乡下的时候，和一个农家女子生了一个私生子米坚卡，那孩子到现在还活着。既然大家都这么做，那么，可见这样做也就是应该的了。”他就这样自我安慰着，然而不管怎样他都无法让自己宽心，这回忆烧灼着他的良心。

在他的内心里面，在心灵最隐秘的深处，他明白自己所做的事十分卑劣、无耻、残酷。他对自己的所作所为一旦有了这种认识，不仅无颜议论别人，而且也没有勇气正眼看别人，更不用说像以前那样自认为是个体面、善良、高尚而又胸怀坦荡的年轻人了。但是，为了今后仍能满怀信心、快活地生活，他又不得不认为自己就是这种人。而为了做到这点，只有一个办法，那就是不再去想这些，他也真的就这样做到了。

他那时投入的那种新生活，那种新环境、新同事与战争，对做到这一点很有帮助。他这种生活过得越久，遗忘得也就越多，到后来就真的彻底地忘记了。

有一次，那是在战争结束后，他希望看到卡秋莎，就又到姑姑们家里去了，才知道她已经离开了。听说在他走后不久，她就离开了姑姑们的家到外面去生孩子了，在某个地方生下了一个孩子。然后，听姑姑们说，她已经完全堕落了，他听了之后，心里十分难过。如果按照分娩的时间来推算的话，她生的那个孩子很可能就是他的，但是也有可能不是他的。姑姑们说她堕落了，而且说她和她的母亲一样生性放荡。姑姑们的这种说法，他听了后很是舒服，因为这似乎说明罪责不在他。刚开始他还总想着寻找她与孩子，但是到了后来，正由于一想起这些，他的内心深处就感到很悲痛，很耻辱，很惭愧，渐渐地他也就不再做什么努力了，反倒把他的罪责忘得一干二净，索性不再去想它了。

但是如今，这样惊人的偶遇又让他回想起了一切，让他不得不承认自己没有良心、残忍、无耻、卑鄙，也正是因为这样，他才有可能在良心上背着这种罪孽而心安理得地过了十年。不过，要让他承认这些，还为时尚早，现在他所想的只是千万不能让别人知道全部真相，但愿她或者她的辩护人不要把所有的事情都说出来，千万不要让他当众出丑。

第十九章

涅赫柳多夫正是怀着这样的心情走出法庭，进入陪审员议事室的。他在窗户前坐了下来，听着周围人的交谈，不停地抽着烟。

那位快活的商人显然十分由衷地欣赏商人斯梅利科夫这种消磨时间的方式。

“哎，老兄，他玩得可真痛快，真是西伯利亚作风。他很识货，选的这个妞儿的确挺好看。”

首席陪审员发表了自己的一些看法，觉得本案的关键在于鉴定。彼得·格拉西莫维奇和那个犹太籍店伙计在开着玩笑，并且放声地大笑了起来，不知道他们说的是什么。涅赫柳多夫遇到别人向他提问题，他总是用简单的一两个字来敷衍。只希望其他人不要再来打扰他。

庭警步履蹒跚地走了过来，请求陪审员们再次返回法庭，此刻涅赫柳多夫却感到心惊胆战，就像他不是去陪审，而是自己将要被押上法庭受审一样。在内心深处他已经觉得自己是个大坏蛋了，应该没脸正眼看人才对，但是照样用那一系列充满自信的动作登上了台，紧靠着首席陪审员，在自己的位子上坐了下来，把一条腿搁到了另外一条腿上，手中还玩弄着他那夹鼻眼镜。

被告们刚才也被带出去了，不知道被带到哪里去了，此时又刚刚被押送回来了。

法庭里添了几张新的面孔，都是当时的几个证人。涅赫柳多夫发现，玛丝洛娃三番四次地抬眼注视那个穿着非常漂亮、满身是绸缎和丝绒的胖女人，似乎她的目光再也离不开她似的。那个女人头戴着一顶高高的帽子，上面装饰着很夸张的花结，整个手肘都露出来了的手臂上的老鸨。

法官开始审问证人，问他们的名字、宗教信仰等。接着，庭长问两边的法官们是否需要证人们宣完誓之后再进行审问。于是之前的那个老司祭再次举步维艰地移动双腿走了过来，再次那样把丝绸法衣前胸上的那金十字架扯正，又是那样心安理得地带着证人与鉴定人一起宣誓，确信自己在干一件非常有益而且十分重要的事情。等到宣誓完毕，证人们都被带走了，只剩下一个人，那就是妓院老鸨基塔耶娃。法官让她讲一下她所知道的跟此案有关的一切情况。基塔耶娃脸上挤出一堆假笑，夹着日耳曼人的口音，详细而有条不紊地讲述着，每讲一句话就把那戴帽子的头往下一缩。

先是她熟识的那个旅馆茶房西蒙到妓院里来找她，说是要给一个西伯利亚的有钱商人找一姑娘。她就让柳博芙去了。过了一阵子，柳博芙就和那个商人一起回来了。

“那个商人已经被她迷得神魂颠倒了，”基塔耶娃还微微笑着说，“他在我们那里喝了很长时间的酒，还很大方地请姑娘们喝。可是他身上的钱不够了，就派这个柳博芙去他的旅馆房间里拿钱，他对这个姑娘已经另眼相看了。”她说着，瞧了女被告玛丝洛娃一眼。

涅赫柳多夫感觉到玛丝洛娃听到这儿好像微笑了一下，但这样的笑容令他非常厌恶。他心里无端地出现了这种奇怪而又朦胧的厌恶，当中也掺杂着一些同情。

“那么您觉得玛丝洛娃怎么样？”一个由法庭指派担任玛丝洛娃辩护人的司法工作候补法官满脸通红，怯生生地问道。

“她很好啊，”基塔耶娃回答说，“这个姑娘还受过教育，也很文雅，又有气质。她可是出身于好人家，懂得法文。就算是有时候她多喝点儿酒，可从来都不会放肆的，完全是个好姑娘。”

卡秋莎朝老鸨看了看，可是后来却突然把视线转到陪审员的那边，停留在了涅赫柳多夫身上，她的表情开始变得严肃甚至冷漠了。她那双冷峻的眼睛，有一只是稍稍有点儿斜视的。这双与众不同的看人的眼睛，盯着涅赫柳多夫看了相当长的一段时间，虽然他有点心惊胆战，却又没办法移开自己的目光不去看那双黑白分明、稍稍有点儿斜视的眼睛。他想起了那个令人恐惧的夜晚：冰层破裂、浓雾弥漫，尤其是凌晨才升起的那个两端朝下的残月，照亮了那黑漆漆而又阴森森的一团。现在这双尽管在看着他却又没看他的黑眼睛，令他又记起了那漆黑、可怖的一团。

“她认出来了！”他心想。他似乎感到有人从头到脚地在打量他，于是就把身子缩成一团。等待着当头棒喝。但事实上她并没认出他来。她静静地叹了一口气，又看了看庭长。涅赫柳多夫也叹了口气。“哦，但愿快点儿结束吧，我的天哪。”他心想。这一刻，他产生了一种像在打猎时必须把一只负伤的鸟儿弄死的感觉：又嫌恶，又可怜，又悔恨，又难过。那只没死的鸟儿还在猎物袋中挣扎：又令人厌烦，又可怜兮兮的，让人想把它快点儿弄死，快点儿忘记。

现在，涅赫柳多夫正听着法官询问证人，他的心里就怀着这种复杂的心情。

第二十章

可是，就像是故意和他过不去似的，这个案子一直审了好长时间。首先是法庭逐个询问证人和鉴定人，然后副检察官和辩护人照例一本正经地提出很多不必要的问题，之后庭长又请陪审员们轮流查看了物证，其中有一只大尺寸的戒指，很明显应该是戴在很粗的食指上的，上面还镶嵌着一颗梅花形的钻石。另外还有一个过滤器，里面盛有化验出来的毒药。这些物证都盖上了红红的火漆印，还在上面贴了标签。

陪审员们正准备去查看这些东西的时候，副检察官又欠起身来，要求法庭在让陪审员们查看那些物证之前先把医师的验尸报告宣读一遍。

庭长正想快点儿结束此案，然后好去拜访他那心爱的瑞士姑娘。虽然他非常清楚即使是宣读这种验尸报告也不可能有其他的什么结果，只会让人更加厌烦，推迟吃饭的时间，而且也知道副检察官要求宣读这份报告，无非是因为他有权要求这么做而已，可是他仍然无法拒绝，只能表示赞成。

书记官就拿出那个验尸报告来，又用那闷闷不乐而且又分不清卷舌音 л 和 р 的声音开始宣读起来：

外部检查结果表明：

（一）费拉蓬特·斯梅利科夫身高二俄尺十二俄寸[①]。

“啊，好高大的一条汉子。”那个商人关心地凑近涅赫柳多夫的耳边低声说道。

（二）依据外貌推测，此人年龄在四十岁左右。

（三）尸体外形浮肿。

（四）全身皮肤的颜色呈淡绿色，并杂有若干黑色的斑点。

（五）尸体表面隆起若干水泡，大小不一，而且数处皮肤脱落并悬垂，形状很像一大块破布。

（六）头发呈深棕色，极为浓密，一经触摸，就很容易脱落了。

（七）眼球从眼眶里向外凸出，角膜浑浊。

（八）从鼻孔、两耳、口腔等部位有泡沫状脓液流出，嘴半张开。

（九）脸部与胸部有肿胀，导致脖子几乎看不到了。

……

就这样，四页公文纸上写了二十七条，详细地描述了这个在城里寻欢作乐的商人那惊人的、高大的、肥胖的、浮肿而且正开始腐烂的尸体的外部检查结果。涅赫柳多夫先前那种隐隐约约的厌恶心情，在听完对这个尸体的描述之后，就变得更加强烈了。他仿佛觉得卡秋莎的生活、从尸体的鼻孔里淌出来的带血的脓液、从眼眶中凸出来的眼球、他跟她发生的那种关系等，这些在他眼里都是同一类事物。这些事物从四面八方把他给包围了，吞没了。

等到外部检查报告最终读完的时候，庭长便长长地舒了一口气，仰起头来，指望宣读就此结束。不料书记官又立刻接着开始宣读尸体内部检查报告。

庭长就再次垂下了头，用一只手托着自己的下巴，闭上了双眼。坐在涅赫柳多夫身边的商人好不容易才忍住了睡意，身子还时不时左右晃动一下。被告们坐在那儿，像他们背后的宪兵那样纹丝不动。

---

① 1俄尺相当于中国的2.1尺，1俄寸相当于中国的1.3寸。

内部检查结果证明：

（一）头盖骨表皮极易与头盖骨分离，均无发现任何瘀血迹象。

（二）头盖骨具有中等的厚度，完好无缺。

（三）脑膜坚硬，但有两块区域已经变色，每处长近四英寸，脑膜是混沌的白色。……还有十三条。

接着是现场见证人的名字以及各自的签字，然后是医师们的结论，结论表明：根据尸体解剖的结果和官方呈文中的记录表明，这个商人的胃部发生了某种变化，他的部分肠子和肾脏也发生了变化，这些在很大程度上确定斯梅利科夫是中毒身亡，是毒药和酒一起灌进胃里造成的。根据肠子和胃里目前发生的变化还很难断定灌入胃里的究竟是什么毒药；只是可以肯定的是毒药一定是和酒一起进入胃里的，因为在斯梅利科夫的肠胃里尚有大量的酒液。

"看来，他倒真是海量啊。"瞌睡醒来的商人又低声咕哝了一句。

宣读完这份报告，大概花了一小时，然而这并没有使副检察官感到满足。当这份报告宣读完之后，庭长就转过身去对他说：

"我想内脏检查的报告就不用继续读下去了吧。"

"可是，我仍然想要求读读这些检查结果。"副检察官只是稍稍欠了欠身子，看都没看庭长，但很严厉地说，他说话的那语气让人觉得：他是有权利要求宣读的，并且他是无论如何也不会放弃这个权利的，若是拒绝他的要求，他就会有理由上诉的。

留着大胡子、身患老胃病、长着一双慈善又有些下垂的眼睛的法官，觉得有些体力不支，就转过身去对庭长说："何必要宣读这些呢？这根本就是在浪费时间嘛。扫不净的，再加上几把扫帚也是扫不干净尘土的，不过是多浪费点儿时间罢了。"

戴着金丝边眼镜的法官却什么都没说，只是阴郁而果断地看着前方。不管是对自己的妻子还是对生活，他都不再抱有任何希望。

接着，宣读记录开始了。

书记官带着坚决的口吻，提高了嗓门，像是要驱散全场人的睡意似的，又继续宣读下去：

一八八×年二月十五日，本人受医务署的委托，根据第六三八号指令，并有副医务督查官到场监督，对下列内脏做了检查：

（一）右肺和心脏（在六磅玻璃瓶内）。

（二）胃里杂物（在六磅玻璃瓶内）。

（三）胃脏本身（在六磅玻璃瓶内）。

（四）肝脏、脾脏和肾脏（在三磅玻璃瓶内）。

（五）肠（在六磅陶罐内）。

庭长从这次宣读一开始就向一位法官俯过身去，低声地和他说了些什么，然后又转向另一位法官。在得到了他们的赞同以后，就在这时候把宣读打断了。

“法庭认为宣读这些记录是没有任何意义的。”他说。

书记官就一下子住了口，然后把文件整理好。副检察官气冲冲地拿笔写着什么。

“各位陪审员先生现在可以去查看那些物证。”庭长宣布。

首席陪审员便与其他几个陪审员站了起来，束手束脚地走到桌子跟前，依次查看了戒指、玻璃瓶和过滤器。那个商人还把戒指戴到了自己的手上试了试。

“嚯，他那手指头可真够粗的，”他回到了自己的位子上，说道，“简直就像一根大黄瓜。”他又补充了一句，显然心里把那个中毒身亡的商人想象成一个大力士，并且想象得非常开心。

第二十一章

物证查看完之后，庭长宣布法庭调查结束。他由于希望尽快了结此案，就没有宣布再休息了，直接请公诉人来发言，心想他也同样是人，也需要抽烟、吃饭，那么他一定会顾惜他们的。没想到副检察官竟然既不怜悯自己，也不怜悯别人。这位副检察官与生俱来的愚笨，而且，不只是愚笨，更不幸的是在中学毕业时获得了金质奖章，在大学里由于写了一篇有关罗马法地役权的论文而得了奖金，因此极度自信，刚愎自用（他在猎取女人方面连连得手，更使他扬扬自得），结果也就变得极度愚蠢。当庭长请他发言时，他慢条斯理地站起身来，显现出他那穿着绣金制服的整个优美的身姿，把双手放到了写字台上，稍稍垂下了头，把整个大厅扫视了一下，避开那几个被告，然后便开始发言。

“各位陪审员先生，呈现在诸位面前的这个案子，”他开始发表这篇在别人宣读种种报告与记录时就已经准备好了的演说，“是一种典型的犯罪案件，如果可以这么说的话。”

在他看来，一位副检察官的演说应该有很大的社会影响，就像业已成名的律师们发表的那些一举成名的演说一样。是的，虽然旁听席上只坐着三个女人：一个女裁缝、一个厨娘和西蒙的姐姐，还有一名马车夫，但是这没什么关系。社会上一些知名人士也是这样崭露头角的。一个副检察官的做事准则，应当是永远高瞻远瞩，也就是要深入探索犯罪的心理奥秘，揭露社会的症结。

“各位陪审员先生，你们都看到了，这是一种世纪末的典型犯罪，如果可以这么说的话。可以说，这样的罪行本身具有所谓的悲哀的腐化堕落的特征。在我们这个时代，我们社会中的一些分子就是在这种堕落风气的严重影响下，已深受其害……”

副检察官唠唠叨叨了好半天，一方面竭力思索他已经想出来的种种显示他机智的精彩语句，另一方面主要是为了发言没有丝毫停顿，让自己的演讲在一小时又一刻钟的时间里如滔滔不绝的流水。只有一次他停了一会儿，咽了好一阵的唾沫，但是立刻克制住，又振作起精神来，慷慨激昂地用华丽的辞藻娓娓道来，以弥补这个停顿。他说话一会儿用奉承的语气，不时地倒换自己的双脚，眼睛望着陪审员们；一会儿看一看自己的笔记本，语气平静而老练；一会儿又用慷慨激昂的控诉的语气，转过身去对着旁听的人们说，而后又对着陪审员们说。只有那三个用眼睛盯着他的被告，他却从未瞧他们一眼。他的发言中引用了许多当时他那个圈子里流行的最新理论，那些理论不仅在当时，就算是现在也仍然被看成学术上的新成就。这里面包括了遗传学、先天犯罪论、龙布罗索[①]、塔尔德[②]、进化论、生存竞争论、催眠术、暗示论、沙尔科[③]、颓废论。

依据副检察官的判断，商人斯梅利科夫是个强壮淳朴且心地宽厚的俄罗斯人，性格憨厚，因为他轻信别人，也因为他的慷慨大度和心胸坦荡而落入无耻的人们手中，成了他们的牺牲品。

西蒙·卡尔津金是农奴制隔代遗传的产物，是个遭受过摧残，缺乏教养，不讲原则，甚至也不相信什么宗教的人。叶夫菲米娅是他的情妇，同样也是遗传的牺牲品。在她身上可以看到蜕化变质者的种种症状。但是罪魁祸首是玛丝洛娃，她是颓废派最低级的代表人物。

“这个女人，”副检察官说着这话，眼睛并不去看她，“是受

---

① 龙布罗索（1835—1909），意大利极端反动的犯罪学家、精神病学者，所谓意大利学派的创始人，提出先天犯罪说。

② 塔尔德（1843—1904），法国唯心主义社会学家，犯罪学家。

③ 沙尔科（1825—1893），法国神经病理学家，写过关于催眠术的著作。

过教育的，因为我们刚刚在这里，在这个法庭上都听到她老鸨的证词了。她不仅能读书写字，还懂法文，她，作为一个孤女，大概生来就带有犯罪的胚胎。她在有教养有知识的贵族家庭中长大成人，原本可以凭借正当劳动过活，可她却抛弃自己的恩人，放纵自己的情欲，并且为了满足这样的情欲而投身进了妓院。在那儿她比其他姑娘显得出众得多，受欢迎得多，这是因为她受过教育。但是更重要的是，各位陪审员先生，就像你们方才在这儿听老鸨讲过的那样，她善于运用一种无法琢磨的本领，来控制她的嫖客们，而这种本领最近已经由科学家，尤其是夏尔柯学派研究出来的，被称为‘暗示’。她就是凭借这种暗示控制了那个富有的俄罗斯壮士，那个好心肠、轻信别人的客人，利用他的信任，先是偷窃了他的钱财，然后又丧尽天良地对他下了毒手。”

“哦，他这是怎么回事，说得似乎离谱了点儿。”庭长转回身去对那个严谨的法官微微一笑，小声地说。

“十足的笨蛋。”严谨的法官说道。

“各位陪审员先生，”这时，副检察官又接着往下说，姿态优美地扭动了一下他的细腰，“这些人的命运现在就掌握在你们的手中，甚至连社会的命运也多少被你们掌控着，因为你们的裁决将会影响到社会。你们必须深入了解这种罪行的危害性，了解像玛丝洛娃这样的病态人物将会给社会带来的危害。要使这个社会纯洁，健康的分子免受其污染，避免数见不鲜的毁灭。”

副检察官带着显然完全陶醉于自己演说的神气，带着似乎亲身体会到这次判决的重要性的表情，一屁股坐在了椅子上。

若是剥去那些华丽的废话，他演说的中心意思就是：玛丝洛娃骗得了那个商人的信任，用催眠术将他迷晕，拿了钥匙到他的旅馆房间中拿钱，原本打算把钱一把拿走，但是被西蒙和叶夫菲米娅撞见了，所以不得不和他们分赃。此后，为了掩饰自己犯罪的痕迹，她就又和商人一起返回了旅馆，在那里毒死了他。

副检察官发言结束之后，便有一个中年人从律师席上站了起来，他穿着一件燕尾服，胸前露出宽大的、上浆的半圆形白色硬衬，口若悬河地开始发言，为卡尔津金与博奇科娃辩护。这是他们花了三百卢布请来的辩护律师。他为他们两人开脱，把一切罪责推到了玛丝洛娃一个人身上。

他否认了玛丝洛娃所讲的她在拿钱时，博奇科娃与卡尔津金都和她在一起的供词，坚持说她既然是一个归了案的投毒害人的命犯，她的供词也就丝毫不靠谱了。至于那两千五百卢布这笔钱，律师说，那两个正直勤劳的仆人是可以赚到的，光是从客人那里得到的赏钱，他们每个人有时候一天就会有三到五个卢布。至于商人的钱那是玛丝洛娃偷的，然后又转交给了另外一个人，或者甚至丢失了，因为她那个时候不是十分清醒。投毒害人完全是由玛丝洛娃一个人所为。

出于这个原因，他恳求陪审员们判定卡尔津金和博奇科娃在偷窃钱财上是无罪的。就算他们判定这两个被告是犯了偷窃罪，那么至少不能判定他们参与了投毒害人，也不能判定他们事先参与了预谋。

当这位律师结束发言时，还不忘把副检察官挖苦了一番，说是这位副检察官先生有关遗传学的那番精彩论述，虽然能阐释科学的遗传学问题，可是却完全不适用本案，因为博奇科娃的父母究竟是什么样的人，目前还无从得知。

副检察官非常生气，好像要呜噜呜噜地叫，然后又在自己的纸上写了些什么，以一种极为不屑的令人惊讶的神态耸了耸肩膀。

然后，玛丝洛娃的辩护律师就站了起来，唯唯诺诺，结结巴巴地说了一下自己的辩护词。他承认玛丝洛娃参与了盗窃钱财一事，但是他坚持认为她没有蓄意毒死斯梅利科夫，她让他服下药粉不过是想让他睡觉罢了。他打算借此来施展一下自己的口才，就简略地讲了讲当年玛丝洛娃是怎样被一个男人勾引而变坏的，那个男人到现在还逍遥法外，而她却只能承受自己堕落的一切沉重后果。不过他在心理学领域的这种涉足并没有取得什么成功，所以人们都感到很不自在。反而是在他语无伦次地谈到男人的残酷和女人的孤苦无助时，庭长有心要帮他一把，于是就提示他发言要尽可能贴近本案。

这个辩护人讲完之后，副检察官又站了起来，为自己的遗传学论述进行辩护，批驳了第一个辩护人说的话，即使博奇科娃的父母身份无从知晓，遗传学说的准确性是毋庸置疑的，因为遗传法则已经被科学充分证实了，我们不仅能通过遗传来推断犯罪，而且还能通过犯罪来推断遗传。至于另一个辩护人的推测，说什么玛丝洛娃的堕落是因为一个想象中的（他用特别刺激的语气说出“想象中的”）勾引者，可是面前的种种事实倒是在证明，她才是一个真正的勾引者，勾引了许多人，有过数不清的人经过她的手而成了牺牲品。他讲完这番话之后，带着胜利的姿态又十分得意地坐下了。

接着，法庭让被告们为自己辩护。

叶夫菲米娅·博奇科娃坚持说自己什么事都不知道，什么事都没有参与过，而且一口咬定是玛丝洛娃一个人犯下的这所有罪行。西蒙只是一连几遍反复地说：

“你们想怎么办就怎么办吧，反正我是没罪的，我是无辜的。”

但玛丝洛娃却什么都没说。庭长告诉她，她有权为自己辩护，她只是抬起眼来望了望他，又望了一眼大家，就像是一只被包围了的野兽。接着她便垂下了眼睛，开始只是呜呜咽咽，最后便放声痛哭起来。

“您怎么啦？”坐在涅赫柳多夫身边的商人，听到从涅赫柳多夫嘴里突然发出古怪的声音，就问道。那是受到了抑制的痛哭声。

涅赫柳多夫还没有弄清楚他眼下处境的真正实质，就把快要控制不住的痛哭和涌上他眼中的泪水当作自己神经脆弱的表现。为了掩饰泪水，他戴上了夹鼻眼镜，然后又取出手绢来擤了擤鼻涕。

他害怕的是，如果这里所有的人，法庭上所有的人，都知道了他的行为，他就会丢人现眼，这样的恐惧压倒了在他内心深处原本进行的斗争。在刚开始时，这种恐惧的心情比任何时候都要强烈得多。

第二十二章

被告们最终陈词之后，各方面对提出问题的方式又商量了好一阵之后，所有的问题最终确定了下来，庭长便开始做简短的总结发言。

他在叙述案情之前，先用令人愉快而亲切的语气解释了很久，说抢劫就是抢劫，偷窃就是偷窃，在锁着的地方偷窃就是在锁着的地方偷窃，在没锁着的地方偷窃就是在没锁着的地方偷窃。他一边解释这些，一边还非常频繁地用眼睛看涅赫柳多夫，似乎非常想叫他听明白这一重要的情况，希望他理解后能向自己的同事们解释。然后，等他认为陪审员们已经完全明白了这些后，就开始阐述另一番道理，解释所说的杀害是指这样一种行为，置人于死地行为，所以毒死人同样是一种杀害。等到他觉得这一道理也已经被陪审员们所理解之后，就又开始向他们说明，假如偷窃和杀害是同一时间发生的，那么偷窃与杀害就构成了犯罪的因素。

虽然他自己也想很快离开这里，而且那个瑞士姑娘已经在那里等着他，可是他毕竟已经习惯了自己的工作，只要一开始讲就无法停下来，于是就仔仔细细地向陪审员们做出解释：若是他们认定被告们的罪行，那他们就有权判定他们有罪；若是他们认定被告们是无辜的，他们就有权判定他们无罪；若是他们认定被告们犯了这种罪而没有犯其他的罪，他们就可以判断他们犯这种罪而没有犯那种罪。然后，他又向他们说明，即使他们已经拥有了这样的权利，可是他们还是应该正当地使用这种权利。他还想要向他们说明，如果他们对所提出的问题做肯定的回答，那他们也就认定了这个问题中所提出的那些罪行；但如果他们不能认定问题中所提出的所有罪行，他们就必须说明某些罪行不能认定。可是，他一看怀表，看到还差五分钟就到三点了，就立刻把自己的发言转到案情陈述上来。

“本案的具体情况是这样……”他开始讲了起来，把辩护人、副检察官和证人们已经讲过很多次的话全都又重复了一遍。

庭长在发言的时候，两边的法官都带着沉思的神气听着，偶尔也看一看怀表。他们觉得他的发言虽然很不错，或者说是一丝不苟，但还是太长了一些。所有的法庭工作人员以及每个在法庭上的人也都是这么认为的，副检察官也不例外。最后，庭长终于结束了对这个案子的总结发言。

到此为止，所有的话差不多都讲完了。可是庭长无论如何也不愿意放弃自己发言的权利。他十分喜欢听自己那娓娓动听的声音，洋洋得意，觉得很有必要再讲几句，强调一下法庭赋予陪审员们的权利的重要性，还有行使这种权利必须小心谨慎且不可以滥用，还要说说他们都已宣过誓，他们是社会的良心，议事室里的秘密是神圣的，必须严加保密，等等。

玛丝洛娃从庭长一开始讲话，就目不转睛地盯着他，像是害怕听漏一个字似的。因此涅赫柳多夫不用担心会和她的目光再相遇，也就一直看着她。他心里产生了一种常见的情形：初看到一个自己心爱的人很久不见的面容，在分别期间所发生的各种外貌变化感到非常惊讶；然后，那张脸慢慢变得和很多年前一模一样，所有的外部变化都消失了，于是在他心灵深处呈现的只是那个举世无双的、无与伦比的、精神上的人的主要风貌。

涅赫柳多夫的内心就是在产生这种感觉。

是的，虽然她穿着长囚衣，整个身体也已发福了，胸部高高耸起，尽管她的下半张脸也变宽了，前额和鬓角上都出现了一些细纹，尽管她的眼睛略显浮肿，可是这丝毫不用怀疑，她就是当年的那个卡秋莎，就是她在复活节的那个星期天的早晨，那样深情地抬起眼睛看着他，看着她心爱的人，她那双热恋中的眼睛始终是笑盈盈和充满活力的，就那样很真诚地从下朝上看着。

“这世上竟然有这样惊人的巧遇啊！无论如何也不曾想到过，这桩案件偏偏安排在轮到我参加陪审时开审！我已经有十年没在任何地方遇到过她了，可今天却在这里，在被告席上遇见了她！这件事到底该如何落幕啊？但愿能快一点儿，快一点儿审完才好！”

他仍然不愿意屈服于在他心里一开始产生的那种悔恨的情绪。这件事情在他看来是偶然发生的，过不了多久就会过去的，不会影响到他的正常生活。他觉得自己现在的处境就好像是一只在房间里闯过祸的小狗儿，主人抓着它的颈圈，把它的鼻子按在它闯过祸的地方。小狗呜呜地叫着，身子拼命向后退缩，试图尽可能远地躲开自己闯过祸的那个地方，想忘记自己干过的事儿，但是铁面无私的主人却不肯罢休。涅赫柳多夫就是这样感觉的，自己过去做的那件事的丑恶，也同样感觉到了主人那只强有力的大手，可是他仍然还不了解他曾经所做的那件事的后果，不承认有这么一个主人。他依然不愿意相信摆在他面前的这事是他造成的。可是那只无情的、看不见的铁手已经紧紧地抓住了他，他已经能预料到自己再也躲不开了。他依旧在硬充着好汉，而且像往常一样，装作若无其事地坐在第一排的第二个座位上，并且把一条腿架到另一条腿上，满不在乎地玩弄自己的夹鼻眼镜。但在他的内心深处，已经确实感觉到了不仅自己过去的那种行为，而且他那种无所事事的、堕落残酷的、自我满足、骄傲自满的整个生活也是非常残酷、卑劣和无耻的。在整个这段时间里，在过去的这十二年中，一直有一块恐怖的幕布魔幻似的始终遮掩着他的眼睛，让他看不到自己的那种罪行，也让他看不到以后所过的全部生活，但是如今那块幕布已经开始在被拉动了，他已经能断断续续地朝那后面看看了。

第二十三章

庭长终于结束了自己的发言，用优美的姿势拿起了那张问题征询表，交到正向他走来的首席陪审员的手中。陪审员们纷纷起立，都是因为可以离开了而感到十分高兴，但是又不知道应当把双手搁在哪儿才好，所以有点儿不好意思，略显尴尬。就这样他们一个接着一个走进了议事室。等他们走进去刚一关上门，就有一个宪兵来到门前，并从刀鞘里抽出了军刀，把刀搁在了肩上，在门口站岗。法官们也站起身来，走了出去。三名被告同时也被带走了。

陪审员们进入议事室后，像之前一样，第一件事就是掏出香烟开始抽了起来。原先他们坐在法庭里自己的位子上时，每个人都多少会觉得自己的处境有些别扭和做作，但是等他们进入议事室后并开始抽起烟来，那种感觉就烟消云散了。于是他们带着如释重负的感觉，分散到议事室的各个角落，马上就兴高采烈地开始高谈阔论起来。

“那个姑娘没有什么罪，她只是一时鬼迷心窍，”心地善良的那个商人说，“应该从宽处理。”

“这就是我们要讨论的内容，”首席陪审员说道，“我们不应该只凭借个人印象来处理事情。”

“庭长的总结发言说得很不错，很到位。”那个上校说。

“嗯，太好了！我差点儿就睡着了。”

“如果玛丝洛娃没有和那些茶房勾结，他们就不可能知道有那么一笔钱的，这才是关键所在。”长着犹太人脸形的店伙计说道。

“那么，依您看，钱是她偷的了？”一个陪审员先生问道。

“反正我是不相信这话的，”那位心地善良的商人喊了起来，“所有的事都是那个红眼睛的妖婆干的。”

“他们全都不是什么好货。”上校说。

“可是要明白，她说她根本就没有进过那个房间嘛。”

“您再相信她说的话，就完了。我是无论什么时候都不会相信那个贱货的。”

“可话又说回来，您只是不相信她，也还是无法解决问题的呀，”店伙计说，“钥匙就是她拿着的啊。”

“钥匙，她拿着又怎样？”商人辩驳道。

“那么戒指又是怎么回事儿呢？”

“那个戒指，她不是反复解释过了吗。”商人又嚷道，“那个高个儿商人本来就脾气暴躁，又喝了很多酒，还把她狠狠地揍了一顿。之后呢，当然就不用说了，他又开始怜悯起她来，‘喏，这个赏给你吧，’他说，‘别哭啦。’那人可是个大块头：刚才我听到他好像有二俄尺十二俄寸高，有八普特[①]重呢！”

“这些都不是紧要的，”彼得·格拉西莫维奇打断了他的话插嘴说道，“关键问题是：这件事到底是由她教唆策划的呢，还是那两个茶房？”

“仅有那俩茶房是不可能办成这件事的，钥匙毕竟是她拿着的嘛。”

这种七嘴八舌的争论持续了好长一段时间。

“非常抱歉，各位先生，”首席陪审员说，“咱坐到桌子旁边讨论吧，请。”他说着，坐到了主席的座位上。

“那些窑姐儿都不是什么好东西。”店伙计又说。为了肯定他认为的玛丝洛娃是主犯的观点，他又提到一个这样的姑娘是怎样在

① 沙皇时期俄国的主要计量单位之一。1普特约合16.38千克。

街心公园里偷走他一个朋友的怀表的。

那位上校也借此机会说出了一件更加惊为天人的偷盗银茶具的事件。

“各位先生，请你们就问题来讨论吧。”首席陪审员手里拿着铅笔敲打着桌子说。

大家顿时都安静了下来，需要讨论的问题有以下这么几个：

（一）西蒙·彼得罗夫·卡尔津金，克拉皮文县博尔基村农民，现年三十三岁。他是否犯了以下罪行：在一八八×年一月十七日，在某某城，为了达到谋取商人斯梅利科夫的钱财的目的，他和别人勾结，把毒药放进白兰地酒里，引诱其喝下，以致使斯梅利科夫死亡，谋害了商人的性命，并且偷走他的大约两千五百卢布的现金与钻石戒指一枚？

（二）叶夫菲米娅·伊万诺娃·博奇科娃，小市民，现年四十三岁。她是否犯了第一个问题中所列举的罪状？

（三）叶卡捷琳娜·米哈伊洛娃·玛丝洛娃，小市民，现年二十七岁。她是否也犯了第一个问题中所列举的罪行？

（四）如果被告叶夫菲米娅·博奇科娃没有犯第一个问题中所列举的各种罪壮，那么她是否犯了以下罪行：在一八八×年一月十七日，在某某城的毛里塔尼亚旅馆当茶房时，从旅馆客人，即商人斯梅利科夫居住的房间里的一只上了锁的皮箱里偷盗了现款两千五百卢布，而且为了达到这个罪恶的目的，随身携带了提前配好的一把钥匙打开那皮箱？

首席陪审员把第一个问题念了一遍。

“怎么样，各位先生？”

这个问题很快就得到了陪审员们的回答。他们一致同意说：“是的，他犯了罪。”一致认定他不仅参与了投毒害人，而且还参与了偷盗。只有一个年长的劳动组合成员不同意认定卡尔津金有罪，他对所有问题的回答都是在坚持为他开脱。

首席陪审员觉得他还没有搞清楚，就向他解释，从所有提供的材料来看都可以毫无任何异议地判定卡尔津金与博奇科娃有罪，而那个劳动组合老成员又回答说，他清楚这一点，可是最好还是要对他们进行宽大处理一下。“我们自己也不是圣人啊。”他说，依然坚持自己的观点。

至于跟博奇科娃有关的第二个问题在经过长时间的讨论和解释之后，人们做出的一致决定是“她没有犯罪”，因为没有确凿的证据来证明她参与了投毒害人，在这一点上她的律师也曾特别强调过。

那个商人一心想为玛丝洛娃辩白，坚持认定那个博奇科娃才是真正的罪魁祸首。还有很多陪审员也赞同他的看法，但是首席陪审员却坚持要严格依据法律行事，说没有证据能够证明她参与了谋财害命。经过长时间的争论之后，首席陪审员的意见处于优势地位。

对于同博奇科娃有关的第四个问题，大家都回答说：“没错，她是犯了这种罪。”不过后来，根据劳动组合老成员的意见，又加了一句：“但是应当从轻处罚。”

但是，和玛丝洛娃有关的第三个问题竟然引起了一番激烈的争论。首席陪审员坚持认为她不仅犯了投毒害人罪，还犯了偷盗罪。但是商人却坚决不同意他的看法，站在商人一边的还有上校、店伙计和劳动组合老成员。其他人好像都在犹豫，但是首席陪审员的观点渐渐开始占了上风，尤其是因为陪审员们个个都疲惫了，所以也都宁愿附和那种可以快点儿统一起来的看法，也好能够使大家尽快解脱。

涅赫柳多夫依据法庭审问的情况以及自己对玛丝洛娃的了解，坚信她不管是在投毒害人方面还是在偷窃钱财方面都是无罪的。而且刚一开始，他认为大家都会这样认定这一点，但后来却看到由于那个商人的辩护十分笨拙，又显然能够看出他是由于贪恋玛丝洛娃的美色才为她辩护的，这一点连他自己都不加掩饰，而且首席陪审员正是根据这点来进行反驳的，但更主要的还是因为大家都已经很累了，逐渐倾向于认为玛丝洛娃有罪。此时此刻，涅赫柳多夫原本也打算反击他们来着，可是他害怕为玛丝洛娃多说话，他觉得那样的话，大家就会立刻发现他跟她的那层关系了。但是同时他也觉得，他不能让这个案件就这样了结，必须进行反驳。他脸色时红时白，刚想开口说话时，一直默不作声的彼得·格拉西莫维奇此刻却被首席陪审员那骄傲自大的语气给激怒了，突然开口对他进行反驳，正好讲出了涅赫柳多夫内心想要讲的那些话。

“请让我问几句，”他说，“您说钱是她偷窃的，只是因为钥匙在她手中。但是难道那两个茶房就不能在她走开后，另外配一把钥匙来打开那只皮箱吗？”

“哦，对呀，哦，对呀。”商人连声附和道。

“还有，她也不可能会拿那些钱，因为就她的情况而言，她也无法处置那笔钱。”

“我刚也这样说的啊。”商人支持说。

“也许大多数是因为她到旅馆中去了一次，使得那两个茶房产生了歹意。他们就利用了这个机会，事情发生后就趁势把所有的罪责都推到了她一个人身上。”

彼得·格拉西莫维奇说得异常气愤，他的怒气惹得首席陪审员也感到很窝火，所以他还是非常顽固地坚持着相反的观点。但是彼得·格拉西莫维奇说得很有道理，大部分人都赞成了他的观点，认为玛丝洛娃并没有参与偷窃钱财和戒指的事情，戒指是那人送给她的。等到他们谈论到她是否参与了投毒害人的时候，那个热心替她辩护的商人说道，一定要认定她没有犯这种罪，因为她完全没有把他毒死的动机。不过首席陪审员却说不能认定她没罪，因为她自己也承认她在酒里撒过药粉。

“她就算是撒过，也只不过是她认为那是鸦片。”商人说。

“她用鸦片也能置人于死地。”老爱打岔的上校又说。并且借机说起了他内弟的妻子怎么服鸦片自杀的事，倘若不是附近有医生，立即采取了抢救措施，她早就死了。上校说得那样动人，那样郑重，神态那样威严，以至于谁都没有勇气打断他说话。只有店伙计受到这件事情的感染，决定打断他的话，顺便讲一讲自己的故事。

“此外有些人已经习惯了服用鸦片，”他开口讲了起来，“一次就能服用四十滴。我有一个亲戚……”

然而上校不容许别人打断自己的话，又接着讲述鸦片对他内弟的妻子所造成的恶果。

“嗯，各位先生，现在已经四点多了。”一个陪审员说。

“那么应该怎么办呢，各位先生，”首席陪审员说了，“我们就认定她犯过那样的罪吧，但并非是有意抢劫钱财，也没有偷盗他的现款。就这样行不行啊？”

彼得·格拉西莫维奇对于自己取得的胜利感到很是满意，就表示了赞同。

“但是应当从轻处理。”商人又补充了一句道。

大家都表示赞成。只有那个劳动组合的老成员坚持己见地说：“不，她没有犯罪。”

“总之结果就是这个样子的，”首席陪审员阐释道，“她并非有意抢劫，也没有偷盗现款。这么一来，她也就没什么罪了。”

“那就这样办吧。并且应该要求从轻处理，这就把问题全都解决了，没什么可说的了。”商人兴高采烈地说。

大家都已经很疲惫了，又被这次争论弄得头昏脑涨，所以也没有谁想到在答案上要加上一句：她有罪，不过并非蓄意杀人。

涅赫柳多夫当时难掩心中的激动之情，因此连他自己都没有觉察到这一点。答案就按这样被记录了下来，并被送到法庭上。

拉伯雷[①]曾写过有一名律师，有人请他办案，他就在办案时援引各种各样的法律条款，读了二十页毫无相关的拉丁文法律条文，接着便建议法官们投骰子，看抛出的点子是单数还是双数，倘若是双数，就说明原告是有理的；倘若是单数，那就说明被告有理。现在这种情况也是如此。大家之所以会做出这样的而并非那样的决定，倒不是因为大家都赞成这样这种决定，而是因为，第一，庭长的总结发言尽管做得那么冗长，却偏偏漏掉了他平常总会交代的那句话，也就是陪审员们在回答问题时可以说的那句“的确，她犯了这

① 拉伯雷（1490—1553），法国讽刺作家，人文主义作家，著有长篇小说《巨人传》。

种罪，但并非是蓄意杀人”；第二，上校把他内弟的妻子的事情说得也很冗长且乏味；第三，涅赫柳多夫那时太过激动了，竟然没有发现漏掉了那至关重要的一句“没有害人性命的意图”这样的一个附加观点，觉得有了“并非有意抢劫”这么一个保留条款便不足以判罪了；第四，那时彼得·格拉西莫维奇不在议事室，首席陪审员重新宣读那些问题和答案时，他恰好出去了；但是最主要的却是所有的人都已经疲惫不堪了，都想尽快脱身，因此就索性达成了这个能让事情早点儿结束的判决。

陪审员们摇了一下铃。原先站在门外，手中拿着已经出鞘的军刀的宪兵，此时便把军刀插进了刀鞘里，闪到了一边去。法官们各就各位，陪审员们一个接一个地走了出来。

首席陪审员神情庄重地拿着一张问题征询表格。他来到庭长面前，把表格递给了他。庭长看完表格，显然觉得十分惊讶，把双手一摊，就回过头和两位法官商量去了。庭长觉得惊讶的是，陪审员们附带着说明了第一个保留条款：“并非有意抢劫”，却没有附加说明第二个保留条款：“并非蓄意害命”。按照陪审员们的裁决，只能得出这样的结论：玛丝洛娃既没有偷盗，也没抢劫钱财，同时也没什么动机把人给毒死。

“您看，他们送来的这是何等荒谬的答案呀，”他对左侧的一位法官说道，“要知道这就等于要她去服苦役啊，但她又没有什么罪。”

“哼，她怎么可能会没罪呢。”那个义正词严的法官说。

“她真的没罪啊。依我看，这种情况应当援引第八百一十八条。”（第八百一十八条规定：若法庭认为定罪不当，可取消陪审人员的决定。）

“您认为应当怎样呢？”庭长回过头去，对那位和善的法官说道。

那位和善的法官并没有立刻做出回答，他看了看摆在眼前的那份公文的号码，把那些数字加在一起，最后的总和却没能被三除尽。他原本在打算：如果能被三除尽，他就赞成。可现在虽然没被三除尽，但他这人由于心地善良，也就赞成了。

“我也觉得应该这样办。”他说。

“那么您呢，怎么看？”庭长回过头去，对那个满面怒气的法官说。

“不管怎样都不行，”他毅然决绝地回答，“报纸上原本就在说，陪审员们经常为罪犯们开脱，倘若法官也为罪犯开脱，那么人家报纸又会怎么说呢？反正不管怎样，我都不会赞成的。”

庭长看了看自己的怀表。

“很遗憾。但是有什么别的办法吗？”他说过这话，就把那张问题表格又递给了首席陪审员，让他当众宣读一遍。

全体起立了。首席陪审员清了清嗓子，来回倒换着双脚，将那些问题与答案都宣读了一遍。法庭上的所有工作人员，包括书记官、律师们甚至副检察官在内，全都表露出了惊讶的神色。

三名被告都坐在那里纹丝不动，显然他们并不清楚答案的利害关系。所有人又都重新坐下，庭长就问副检察官，觉得应当判被告们什么刑。

副检察官就玛丝洛娃方面的意外成功，心里当然是十分痛快的，并把这次成功归功于自己雄辩的口才。他查看了一下相关条款，于是微微欠身站了起来，说：

“我认为应当依据第一千四百五十二条和第一千四百五十三条第四款处分西蒙·卡尔津金，应当依据第一千六百五十九条处分叶夫菲米娅·博奇科娃，应当依据第一千四百五十四条处分叶卡捷琳娜·玛丝洛娃。”

这些惩罚都是根据法律所能判处的最重的惩罚。

“暂时休庭，由法官们去商议判决。”庭长站起来说。

大家也跟着他站了起来，怀着做成了一件好事的轻松愉快的心情纷纷离开法庭，或者在法庭里来回走动。

“老兄，要是知道我们都弄错了，那就太丢人了。”彼得·格拉西莫维奇来到涅赫柳多夫的面前说，这时首席陪审员正和涅赫柳多夫讲一件什么事儿，“要知道，我们这是要送她去服苦役啊。”

“您说什么？”涅赫柳多夫嚷了起来，这一次他倒完全没有计较那位教师令人讨厌的不拘礼节的态度了。

“那当然了，”他说，“我们在答案中不曾注明：‘她犯了这种罪，但并非蓄意杀人。’刚才书记官告诉我，副检察官要判她十五年的苦役。”

“但是原先我们就是这么裁定的呀。”首席陪审员说。

彼得·格拉西莫维奇又开始争辩了起来，他说既然她没有偷钱，也就不会去蓄意杀人，这是理所当然的。

“但是要知道，我在离开议事室之前，已经把答案读过一遍了，”首席陪审员辩解道，“谁都没有表示反对啊。”

“当时我从议事室里出来了，”彼得·格拉西莫维奇说，“但是，您为什么没有注意到呢？”

“我根本就没有想到会那样啊。”涅赫柳多夫说。

“好个没想到，但现在真的出事了。”

“但这事儿还能补救的吧。”涅赫柳多夫说。

“唉，不行，如今已是板上钉钉的事儿了。”

涅赫柳多夫看了看那三名被告。他们这几个命运已经被决定的人，仍然纹丝不动地在栏杆的后面和士兵的前面坐着。玛丝洛娃不知道为什么在微笑。此时涅赫柳多夫的心中有一种卑鄙的感情在蠢蠢欲动。在此之前他预料她将会被无罪释放，并将会继续留在城里，他还在为此感到尴尬，不知道应当怎样对待她才是比较好的；而且，不管和她保持什么样的关系都是很为难的。但事到如今，她要去服苦役，而且是到西伯利亚去，就一下子打消了他同她有某种牵连的可能性了：那只负了伤还没死去的鸟儿，不会再在猎物袋中挣扎了，也不会让人记起它了。

第二十四章

彼得·格拉西莫维奇的推断一点儿也没错。

庭长从会议室里回来，拿起一张判决书，就开始宣读道：

一八八×年四月二十八日，本地方法院刑事庭遵照皇帝陛下的诏谕，根据陪审员先生们的认定，根据《刑事诉讼程序法》第七百七十一条第三款、第七百七十六条第三款及第七百七十七条判决如下：农民西蒙·卡尔津金，年三十三岁，小市民叶卡捷琳娜·玛丝洛娃，年二十七岁，剥夺他们的一切公民权，将被送往西伯利亚服苦役，卡尔津金八年，玛丝洛娃四年，二人都要接受《刑法典》第二十八条所列的后果；小市民叶夫菲米娅·博奇科娃，年四十三岁，剥夺其个人以及根据其社会地位所应享有的一切权利和特权，没收其财产，判处有期徒刑三年，并接受《刑法典》第四十九条所列的后果。本案诉讼费用由三名被告平均分担，倘若他们无力缴纳，则由国库来支付。本案各项物证应一律给予变卖，戒指追回，玻璃瓶销毁。

卡尔津金站在那里，依旧挺直身子，把叉开的手指头紧贴在裤缝线上，面颊上的肌肉仍然在不停地抽动着。博奇科娃看上去却相当平静。玛丝洛娃听到判决，脸色涨得通红。

“我没有罪，没有罪！”她突然朝着整个法庭嚷嚷起来，“你们这是冤枉人，我没有犯罪。我从来没希望过那样，我连想都没想过。我说的都是真话，真话啊！”她说完，便颓然地坐在了长凳上，放声痛哭起来。

等卡尔津金和博奇科娃都已经离开了法庭，她却还坐在那里痛哭，宪兵只好拽了拽她那囚衣的衣袖。

“不行，不能让这案件就这么结束掉！”涅赫柳多夫自言自语地说道，已然全忘了他刚才那种卑鄙的感情。他也不知道是什么原因，便不由自主地匆匆忙忙地赶到过廊里想再看她一眼。门前围着一帮在那说笑，对案子的结果很满意的陪审员与律师，使得涅赫柳多夫不得不在门口耽误了几分钟。等他来到过道里时，她已经走得很远了。他加快了脚步赶上去，无暇顾及考虑自己的举止会引来别人的关注，直到追上她并且绕到她前头才停了下来。她已经不再哭泣了，只是抽抽搭搭地哽咽着，用头巾擦拭着她那张有几处变红了的脸。她从他的身边经过，但并没有回头瞧他一眼。等她经过了之后，涅赫柳多夫又匆匆转身往回走，有必要再去见见庭长，但是庭长也已经走了。

涅赫柳多夫一直追到法院门房那儿才追上了庭长。

“庭长先生，”涅赫柳多夫走到他跟前说，这时庭长已经穿好了他那件浅色的大衣，正要从看门人手里接过一根带银头的手杖，“我可以跟您谈一下刚才判决的那个案件吗？我是陪审员。”

“哦，当然没问题，您就是涅赫柳多夫公爵吧？那太高兴了，我们之前见过面的。”庭长一面说，一面和涅赫柳多夫握了握手，同时非常愉快地回忆起和涅赫柳多夫见面的那天晚上他跳舞跳得很好，舞姿是那么的优美，轻盈，几乎比所有的年轻人都跳得好。“有什么事情是我能为您效劳的吗？”

“关于玛丝洛娃的那件案子发生了点儿误会。她并没有犯投毒害人的罪，但是她却被判处要去服苦役。”涅赫柳多夫紧皱着眉头，一脸忧郁地说道。

“法庭是根据你们所提交的答案而做出判决的啊，”庭长说着，就朝大门那边走去，“尽管就连法官们也认为你们的答案与案情不太相符。”

庭长这才记起他本想向陪审员们阐释的，假如他们回答：“没错，她是犯了这种罪。”但没有否定蓄意杀人，那这个答案就是肯定了蓄意杀人，可是那时候他由于急着结束这个案件，竟没有这么办。

“是的，但是难道就没别的办法纠正这个错误了吗？”

“上诉的理由真的要找总是能找到的。这事儿应该和律师商量一下。”庭长说，一面稍微歪着头把帽子戴上，一面继续朝门口那边走去。

“但是这也未免太糟糕了。”

“是的，您要明白，摆在玛丝洛娃面前原本就有两种可能。”庭长说，很明显是想尽可能地奉承涅赫柳多夫，希望能赢得他的喜欢，才百般对他表示尊重。他又把在大衣领子外面的络腮胡子整了整，伸出手去轻轻挽着涅赫柳多夫的胳膊，一面一起向门口走过去，一面说道：“您也是想走的吧？”

“是的。”涅赫柳多夫说道，也连忙穿好衣服，和他一起走了出去。

他们一起来到使人欢快的明媚的阳光下，马上就得提高嗓门说话，这样才能压下车水马龙的声音。

“这种情形，您该知道，是有那么一点儿奇怪，”庭长提高了嗓门，接着说，“因为她，因为这个玛丝洛娃要面临两种可能的未来：也许可以无罪释放，可能要坐一阵子的牢，其中还包括她已被监禁的那些时间，甚至只是短期的拘留；或者就是要去服苦役。折中的办法是没有的。倘若你们加上了一句‘但并非有意谋杀’，那她就可以无罪释放了。”

“哎，我千不该万不该忽略这一点啊。”涅赫柳多夫说。

“问题就出在这里啊。”庭长笑着说，一面看了看怀表。此刻离跟克拉拉约好的最后时间就只剩下三刻钟了。

“如果您愿意的话，现在还可以去找一下律师，一定要找到能够上诉的理由，这通常是可以找到的。到德沃里安斯卡亚街去，”他对街头的马车夫说，“三十戈比，不能再多了。”

“老爷，您请上车。”

“再见。要是您有什么事情需要我帮忙的话，请到贵族大街德沃里安斯卡亚街的德沃尔尼柯夫的家里来找我。这个地方很好记的。”

他很亲切地微微鞠了一躬，乘着马车便离开了。

第二十五章

涅赫柳多夫和庭长谈了一番话，又呼吸到这新鲜的空气，心里才稍稍平静了一些。现在他心里在想，正是因为整个上午都是在这种极其不习惯的环境里度过的，才加重了他难受的程度。

“当然，这是十分令人惊讶，甚至可以说是非常震惊的巧合！我一定要想尽一切办法来减少她的苦难，而且必须马上采取行动，立刻开始。是的，我现在就应该在这里，在这个法院里，打听清楚法纳林或米吉欣都住在哪里。”他脑海里浮现了那两位著名的律师。

涅赫柳多夫于是又折回法院里，脱下自己的大衣，朝楼上走去。他一进第一条走廊恰巧就碰上了法纳林。他拦住了法纳林，说有件很重要的事要跟他请教。法纳林是认识他的，也知道他叫什么名字，就说非常乐意能够为他效劳。

“尽管我已经有点儿累了……可是，如果不需要占用太长时间的话，那就请您把事情跟我说说吧，我们到这边来。”

接着法纳林把涅赫柳多夫带进了一个房间，可能是某位法官的办公室吧。他们在桌子旁坐了下来。

“请问，您有什么事情要跟我说呢？”

“首先，我想恳求您一件事，”涅赫柳多夫说，“请不要让任何人知道我在参与这个案件的审理。”

“噢，那是当然的。那么……”

“今天我第一次当了陪审员，我们大家就把一个女人，一个无罪的女人，判去服苦役了。这件事情让我坐立不安。”

涅赫柳多夫不由自主地涨红了脸，再也无法继续说下去。

法纳林瞟了他一眼，又低下了眼睛，耐心地倾听着。

“哦。”他只是简单地应了一声。

“我们把一个原本没有罪的女人判成了有罪。我很想撤销这个判决，并把这个案子转送到更高一级的法院去。”

“应该是要转到枢密院去。”法纳林纠正道。

“这也正是我想要恳求您办的事。”

涅赫柳多夫想尽可能快地把那最不好意思说出口的话赶紧一次性说完，于是他立刻又接着说道：“至于上诉这个案子的酬劳以及其他的一切花销，不管多少钱，全都由我来承担。”他说着，脸色再次变红了。

“噢，这事儿我们可以放到以后讨论。”律师看到涅赫柳多夫很幼稚，毫无经验可言，便宽厚地笑着说。

“那么问题究竟是出在哪儿了呢？”

涅赫柳多夫便把事情的始末向他说了一遍。

“那好吧，明天我就着手来办理这个案子，仔细看看那些卷宗。后天，不，还是星期四吧，星期四晚上六点请您去我家找我，我会给您一个明确的答复。就这样，可以吗？那我们走吧，我还有些问题需要在这里查一下。”

涅赫柳多夫和他告了别，走了出去。

他已经同律师谈论过，再加上他已经采取措施维护玛丝洛娃了，这让他感到了些许的宽慰。他走到外面，天气晴朗，他愉快地深吸了一大口春天里特有的清新空气。街头马车夫们都赶来渴望为他效劳，可是他却更愿意徒步行走。很快，种种关于卡秋莎，关于他和她的过往的思绪和回忆，又浮现在了他的脑海中。因此他又开始觉得愁闷，所有东西看上去都是那么暗淡无光。“不行，这些事儿还是放到以后再思考好了。”他自言自语地说，“现在，恰恰不应该这样，我应该立刻摆脱这些烦恼，好好去散散心才对。”

他想起了柯察金家的那个宴会，就看了看怀表。时间还不算很晚，他还能赶得上宴会。一辆公共马车叮当响着从旁边驶了过来。他迅速跑了几步过去，跳上了马车，来到广场上，然后跳下车，又雇了一辆体面的街头马车坐了上去。十分钟后，他的马车就来到了柯察金府邸的大门前了。

第二十六章

“老爷快请进，他们都在等您呢，”柯察金府邸那和蔼可亲的胖门房一边说一边打开了那扇橡木大门，门上装的是英国制的铰链，开关的时候都没有一点儿声音，“他们现在都已经入席了，但早就吩咐过了，说是等您一到就请您进去。”

门房朝楼梯口走去，然后按了按通往楼上的铃。

“都有什么人啊？”涅赫柳多夫一边脱衣服，一边问道。

“有柯罗索夫先生和米哈依尔·谢尔盖耶维奇，其他的都是些家里人了。”门房回答道。

楼梯上，一个穿着燕尾服，戴着白手套，长得漂亮的听差，朝下瞧了瞧。

“请上去吧，老爷。”他说道，“您请。”

涅赫柳多夫上了楼梯以后，接着穿过他熟识的一个富丽堂皇的大堂，来到饭厅里。在那里，全家人都已经围坐在饭桌旁了，除了从来都不离开自己房间的母亲索菲娅·瓦西里耶芙娜公爵夫人之外。老柯察金坐在饭桌的上座。左边挨着他坐的是医师。右面紧挨着的则是客人伊万·伊凡内奇·柯罗索夫，这个人曾经是省里的首席贵族，现在是银行的董事，他是柯察金自由派思想的朋友。左边其次是米西小妹妹的家庭女教师雷德尔小姐，她身边坐的就是那个四岁的小妹。饭桌的右边，她们对面坐着的是米西的弟弟，柯察金家中独苗，六年级的学生——彼佳，一家人是因为要等他考试而待在了城里没有离开的。彼佳的旁边坐的是为他补习功课的一名大学生。而饭桌左面，接着就是四十岁的老姑娘卡捷琳娜·阿历克赛耶芙娜，她是斯拉夫派的忠实信徒。她的对面坐的是米哈依尔·谢尔盖耶维奇，或称他为米沙·捷列金，他是米西的表哥。饭桌的下座是米西小姐本人，她的身边还放着未曾动用过的餐具。

“嘿，这样就太好了。请坐下吧，我们才刚刚开始吃鱼呢。”老柯察金一面说话，一面正在用假牙小心翼翼地咀嚼着，并抬起布满血丝的、看不见眼皮的眼睛望了望涅赫柳多夫。“斯捷潘。”他的嘴里含着的全是食物，并用眼睛示意那份空着的无人用过的餐具，对一个肥胖而庄重的饭厅仆役说道。

虽然涅赫柳多夫对老柯察金已是相当的熟悉，多次曾经在吃饭的时候遇见过他，可是今天不知怎的，老柯察金的那张大红脸，那贪馋的嘴唇在他背心上掖着的餐巾上面发出的咂巴咂巴声，特别是他那粗大肥胖的脖子，还有他那吃得大腹便便的将军肚子，让涅赫柳多夫十分反感。涅赫柳多夫情不自禁地想起了他所知道的这个人的残酷本性，他在某个地区担任地方官的时候，总是喜欢鞭笞百姓，甚至还把人绞死，上帝知道他这是怎么了，为什么这么做，因为他不但富有而且地位也很显赫，并不需要凭借这些来邀功请赏啊。

“这就弄好了，老爷。”斯捷潘说着，从摆满银盘子的食器柜里拿出了一把大汤匙来，向那个留着络腮胡的长得俊俏的听差点头示意，那个听差便马上动手把米西身旁没有人动用的餐具给摆好了，那上面原本盖着一块上浆过的餐巾，它被折叠得非常巧妙，恰好露出了餐巾上面绣着的家徽。

涅赫柳多夫就围着整个饭桌走了一圈，并和大家依次握了握手。当他走过的时候，除了老柯察金和女士们以外，所有人都纷纷站了起来。他尽管跟他们里面大部分人连一次交谈都未曾有过，却还是绕着饭桌走了一圈，同大家依次握手问好，今天就这事儿让他很不高兴，而且觉得荒唐可笑。他为自己的迟到表达了歉意，刚打算在米西和卡捷琳娜·阿历克赛耶芙娜当中的空位子上坐下来时，老柯察金却对他说，让他就算不喝白酒，也应该要到另外的一张桌子那儿去吃上一点儿冷荤菜，如龙虾、鱼子、干酪和咸青鱼等。涅赫柳多夫也未曾想到自己会如此的饥饿，等到他一开始吃起干酪面包就停不下来，一直贪婪地在那嚼着。

“哎，怎么样啊，你们颠倒是非了吧？”柯罗索夫挖苦似的口气引用一家所谓反动报纸上面抨击陪审制度的说法说道，“将有罪的人判成无罪，将没罪的人判成有罪了，对不对啊？”

“完全地颠倒是非了……完全地颠倒是非了……”公爵笑着重复道。他素来非常佩服他这个自由派的同事和博学多才的朋友。

涅赫柳多夫不管自己这样算不算失礼，并不搭理柯罗索夫，便坐了下来，对着一盘刚刚端上桌还热气腾腾的汤菜，继续狼吞虎咽起来。

“哎，你们就让他吃吧。”米西笑呵呵地说道，用“他”这个代名词来暗示别人注意她和他之间那种亲密的关系。

但是这个时候，柯罗索夫情绪却十分激动，慷慨激昂地高声谈论着那篇使他气愤的、抨击陪审制度的文章内容。公爵的表侄米哈依尔·谢尔盖耶维奇也非常支持他的看法，附和他也谈论到那家报纸上另外一篇文章的内容。

米西跟平常一样非常distinguée[①]，穿着讲究却又并不高调。

“想必您一定是累坏了，也饿坏了吧。”她等涅赫柳多夫吃完以后，对他说道。

“不，没什么，不算非常的累和饿。那么您呢？去看过那个画展了吗？”他问。

“没有去，我们准备改天再去。我们在萨拉马托夫家里打lawn tennis[②]了。说真的，柯卢克斯先生打得特别漂亮。”

涅赫柳多夫到这儿来主要是为了消遣一下。平时他在这座房子

---

① 法语：雅致。

② 英语：草地网球。

里面总会感到很快乐，这不仅是因为这里的豪华气派，使他的感官得到了满足，而且也因为周围那种奉承热切的气氛总是在无形中围在他左右。但是今天，说来也怪，这座房屋里的一切，从看门人、宽阔的楼梯、鲜花、听差们、桌上的摆设一直到米西本人，全部都让他感到非常的厌烦。他现在甚至觉得米西在他看来也失去了魅力，感觉她今天装腔作势、矫揉造作、很不自然。他讨厌柯罗索夫那种狂妄自大的、低俗固守的自由派论调，也厌恶老柯察金那种公牛似的、颇为自负的、膘肥腰圆的体相。甚至斯拉夫派的卡捷琳娜·阿历克赛耶芙娜的满口法国话也让他很是反感，家庭女教师与补习教师那种不自然的神情更加让他讨厌，而尤其让他讨厌的是米西说到他时所用的“他”这个代名词……对于米西，涅赫柳多夫经常是在那两种态度当中摇摆不定：有时候他好像是眯起眼睛来看着她，又或者好像在月光下瞅她，看到的都是她身上的种种优美之处：他觉得她又娇艳，又美丽，又机智，又洒脱，又大方……有时候仿佛是在耀眼的阳光下，忽然看到了她的种种不足，而且那也不可能看不到。并且今天对他来说就是这样的一个日子。他看到了她脸上的那一道道细纹，知道并且看见了她的头发蓬乱是故意找人做的，看到了她的胳膊肘子很尖，特别是还看到她的大拇指上那宽大的指甲，几乎跟她父亲的那手指甲一模一样。

“那可真是一项最无趣的运动了，”柯罗索夫在谈道网球的时候说道，“我们在童年时代玩的那种棒球可要有意思多了。”

“不是的，您并没有尝试玩过。那样的球可好玩儿了呢。”米西反驳他的说法。涅赫柳多夫却觉得“可好玩儿”这几个字的发音是那样的做作。

因此便展开了一场争论，米哈依尔·谢尔盖耶维奇和卡捷琳娜·阿历克赛耶芙娜也都参与了进来。只有家庭女教师、补习教师与孩子们默不作声，显然对这不是太感兴趣。

“总是没完没了地斗嘴！”老柯察金哈哈大笑地说着，他一面拉出掖在背心里的餐巾，一面从饭桌的后面站了起来，哗啦啦地将自己的椅子又往后推开，一个听差立刻就去把椅子给扶住了。其余的人也都跟着他纷纷站起并来到一张小桌子的前面，那儿摆着些漱口盅，里面还装满了清香的温水。他们一面漱口，一面继续进行着那没人感兴趣的交谈。

“难道不是这样的吗？”米西扭过头来对涅赫柳多夫说道，她是想要他来赞成她的意见：人的性格所在再没有比在运动玩乐中表现得更彻底的了。但是她从他的脸上见到了，她以前最害怕从他脸上看到那心事重重的、不以为然的而且在她看来又是责怪的神色。她无非就是想知道那究竟是由什么事儿引起的。

“实际上我也不知道。我从来都没有想过这一类事情。”涅赫柳多夫回答她。

“您去看一下妈妈吧？”米西问。

“好啊，好啊。”他一边说着，一边却拿出一支香烟来，可是他的语气很明显表示出他并不想要去。

她默不作声地用困惑的目光看了看他，他觉得怪不好意思。“可真是的，到人家的家里面来，又让人家扫兴。”他暗自想道。他就努力表现得热诚一些，说，如果公爵夫人愿意接见他的话，他是很乐意去的。

“那是当然的，妈妈一定会很乐意和您见面的。您在那儿也可以吸烟。伊万·伊凡内奇也在那里。”

这一家的女主人索菲娅·瓦西里耶芙娜公爵夫人，长期卧病在床。她这样躺着接见客人已经有七年多了，她身上总是穿着花边和缎带，周围全是天鹅绒、鲜花和镀金的摆设、象牙的器皿、铜器、漆器。她从来没有坐车外出过，只接见她所说的“自己的朋友”，也就是说她认为在某些地方是出类拔萃的年轻人。

涅赫柳多夫也在被接待的朋友当中，因为她认为他是一个很聪明的年轻人，也因为他的母亲也曾经是这家人的老朋友，也还因为要是米西能和他结婚，那自然再好不过了。

索菲娅·瓦西里耶芙娜公爵夫人的居室在大客厅和小客厅的后面。米西本来是走在涅赫柳多夫前面的，但是一进入大客厅中，她却果断停了下来，双手扶在一把镀金的小椅子的把手上，朝他瞧了一瞧。

米西很想结婚，而涅赫柳多夫在她眼中又正是一个相当不错的配偶。除此之外，她也喜欢他，而且她使自己习惯性认为：他是属于她的（不是她属于他，而是他属于她）。于是她就像精神病患者常用的那种不自觉又无意识但又很坚决的变着法儿的狡诈手段来达到自己的目的。她此时和他讲话，就是为了要让他表明心意。

“我看出来了，您肯定是遇到什么事情了。”她说，“您到底是怎么了呀？”

他想起了他在法庭上遇到卡秋莎的事，便紧皱双眉，脸也涨得通红。

“的确，我的确是遇到了一件事儿，”他想做个诚实的人，就实话实说道，“而且是一件很古怪的、不同寻常的且非常重要的事情。”

“究竟是什么事情呀？您可以和我说说吗？”

“现在我还不能说。请您原谅我不说。关于遇到的这件要事，我还没时间好好考虑呢。”他说着，脸色红得更厉害了。

“您对我都不能讲吗？”她脸上的肌肉不由得微微颤了两下，手扶着的小椅子也动了一动。

“不能，我不能够讲。”他回答她说。他这么回答她实际上也是在回答自己，并不否认他现在的确是遇到了一件非同小可的事情。

“好吧，那么我们走吧。”

她摇了摇头，仿佛想要驱散那些没有必要的念头一样，接着便迈着比平常更快的步子朝前走去。

他感觉得到她似乎很不自然地紧咬着嘴唇，并强忍着不让眼泪流下来。他看见是自己让她很难过，觉得又非常不好意思又很伤心，但是他知道，只要稍微软弱，自己也就玩完了，也就是说，他将自己捆住了。可是如今，他所担心的也正是这一点，于是他一声不吭，一直跟她一起走进了公爵夫人的房间。

第二十七章

这个时候，索菲娅·瓦西里耶芙娜公爵夫人刚刚享用完自己那顿烹调精细、营养丰富的午餐。她总是单独用饭，目的就是不让别人看到她做这种毫无诗意的家常事的模样。她的躺椅旁边放着一张小桌子，桌子上边放着咖啡。她在抽着一支用玉米叶子制成的很平和的纸烟[①]。索菲娅·瓦西里耶芙娜公爵夫人本来就是一个身材又瘦又高的黑头发的女人，她的牙齿也比较长，眼睛又大又黑，仍然是年轻人的那种打扮。关于她与那位医师的关系，曾经有过很多的流言蜚语。涅赫柳多夫以前没怎么注意这种事儿，但是今天他不仅注意了，而且看到那名医师就坐在她的椅子旁边，看到了他那擦了不少油而亮闪闪的、分成两半的胡子，便不由自主地觉得十分恶心。

柯罗索夫在索菲娅·瓦西里耶芙娜身边一个很矮的软圈椅上坐着，正在搅动着小桌子上的咖啡。小桌上面还放了一杯甜酒。

米西跟涅赫柳多夫一起走进了她母亲的屋里，可是她却没有在屋里留下来。

“等到妈妈感觉疲倦了，要赶你们走的时候，你们就去我那儿找我。”她回过头去跟柯罗索夫和涅赫柳多夫说道，从她的语气上来判断，她和涅赫柳多夫之间好像并没有发生过什么事一

① 这种纸烟的烟味比较淡。

样。她快活地笑了一笑，在厚厚的地毯上迈着轻盈的步子悄无声息地走了出去。

“噢，您好，我的朋友，过来坐吧，来跟我们讲一讲吧。”索菲娅·瓦西里耶芙娜公爵夫人说着，脸上展开了她一副美好的、虚情假意的、简直可以乱真的微笑，同时露出了一口做得异常漂亮的长牙，这口假牙做得十分精致，几乎能以假乱真。“他们跟我说您才从法院出来，情绪非常低落。我知道，这种事情对一个好心肠的人来说是很痛苦的。”她用法语说。

“是的，这话说得没错。”涅赫柳多夫说道，“一个人总是会认为自己没有……认为自己无权审判其他人……”

“Comme c’est vrai。[1]”她叫了一声，装出仿佛被他这句话的正确性给惊呆了的样子。像往常那样巧妙地阿谀奉承与她交谈的人。

“哦，那么，您的那幅画怎么样了？我对它很感兴趣。”她接着说道，“倘若不是因为我有病了，我早就应该到您家中去欣赏欣赏了。”

“我将它丢在一边了。”涅赫柳多夫冷漠地回答说，今天她的假意恭维在他看来就像她想百般掩饰自己的衰老一样让人一眼就能看穿。他怎么也没有办法装出自己是来献殷勤的神气。

“这样可不行！您要知道，列宾本人跟我说过的，他真的很有才气。”她转过身去和柯罗索夫说。

“她这个样子撒谎，怎么就不知道难为情呢？”涅赫柳多夫皱紧了眉头，暗暗地思忖。

等到索菲娅·瓦西里耶芙娜确实知道了涅赫柳多夫心情不佳，没有任何心思参与这快乐而机智的谈话中去，于是她便把身子转向了柯罗索夫，问他对于那出新上演的戏有什么看法，从她说话的语气听上去，倒很像是柯罗索夫的看法一定会解决所有的疑问，那看法中的每句话都会成为金科玉律。柯罗索夫将这出戏大大地指责了一通，并借此机会把自己的艺术观点说了一番。索菲娅·瓦西里耶芙娜公爵夫人被他的精辟见解所震惊了，竭力要为这出戏的作者辩

---

① 法语：这句话多么真实啊。

护几句，可是立刻就表示认输了，或者只是说出了几句折中的看法。涅赫柳多夫在一旁看着、听着，可是他所看到和听到的根本跟他眼前的情景完全不一样。

涅赫柳多夫一会儿听一下索菲娅·瓦西里耶芙娜说话，一会儿听一下柯罗索夫说话，他所看见的是：首先，不管是索菲娅·瓦西里耶芙娜或者是柯罗索夫，他们对这个剧本都丝毫不感兴趣，他们之间其实也是互不感兴趣的，他们之所以在说话，也不过是为了满足每次吃完饭以后，想活动活动舌头和喉咙肌肉的生理需要罢了。其次，柯罗索夫之前喝过白酒、葡萄酒和甜酒，稍有几分醉意了，但他不像平时难得喝酒的农民们那样烂醉如泥，而是像一些喝酒有瘾的那种人所经常有的微醉。他走起路来既不会摇摇晃晃，嘴里也不会胡言乱语，而是处于一种极不正常的冲动与洋洋自得的状态当中。最后，涅赫柳多夫看出来了，索菲娅·瓦西里耶芙娜公爵夫人在说话的时候也总是心神不定地望着窗户，因为有一缕斜射的阳光从窗口那儿射了进来，这会将她的衰老照得格外清楚。

“这话说得多到位啊。”她就柯罗索夫的某个见解评论道，然后便按了按她躺椅边上的电铃的按钮。

这时医师站了起来，就像家里人一样，什么也没有说就走出了房间。可索菲娅·瓦西里耶芙娜还在继续说着话，并且目送他离去。

“菲利普，请你把这个窗帘放下来吧。”等到那个长得不错的听差听见铃声走进来，她便用眼神瞟着窗户上的那个帘子说。

“不，不论您怎么说吧，其中总还是有些神秘的地方，没有神秘也就算不上是诗了。”她说道，并斜着一只黑眼睛，满面怒容地注视着那个放下窗帘的听差的动作。

“倘若神秘而没有诗意，那神秘主义就是迷信，而没有了神秘的诗也就成了散文。”她说着，忧郁地微笑着，同时目光依然不曾离开那正在拉窗帘的听差。

“菲利普，不是让你放那个窗帘，而是让你放那大窗户上的窗帘。”索菲娅·瓦西里耶芙娜带着痛苦的表情说道，很明显她是在疼惜她自己，因为她又费了那么大的劲来说这两句话。于是，为了安慰一下自己，便立即抬起她那戴满宝石戒指的手来，把那支冒着烟的、散发出香味的纸烟又送到了嘴上。

那个有着宽阔的胸膛、肌肉发达的漂亮男子菲利普，好像表示歉意一样稍微鞠了个躬，迈开自己那两条有力的、腿肚发达的腿在地毯上面轻轻地走动着，一声不吭顺从地走到另一个窗户那儿，留神看着公爵夫人，并动手认真地拉动窗帘，不让任何一束光线照到她身上。可尽管这样，他还是做得不对，于是遭受着痛苦的索菲娅·瓦西里耶芙娜就不得不放下她有关神秘主义的讲话，再去指责那个头脑不太灵光并残酷地折磨她的菲利普。菲利普顿时也怒火中烧，不过那怒火只存在了一刹那。

“‘鬼才知道你到底想怎么样！’他在心里一定会这么说。”涅赫柳多夫在旁边目睹了这一场面，自顾自地在心里想着。可是，菲利普，这位漂亮的男子与大力士，马上掩盖住了自己那不耐烦的态度，又开始心平气和地照着那筋疲力尽、娇弱不堪、处处虚情假意的索菲娅·瓦西里耶芙娜公爵夫人的命令去做了。

“当然不用说，达尔文的学说中有很大一部分还是有道理可言的，”柯罗索夫说着，无精打采地靠在一把矮圈椅子上，同时睡眼惺忪地盯着索菲娅·瓦西里耶芙娜公爵夫人，“可是他有点过头了。是的。”

“哦，那您相不相信遗传学啊？”索菲娅·瓦西里耶芙娜公爵夫人对涅赫柳多夫的沉默寡言感到有些难受，就向他问道。

“您是在说遗传吗？”涅赫柳多夫反问道，“不，我并不相信。”他说。这时令他聚精会神的却是不知为什么充满他脑子的各种稀奇古怪的形象上。他暗暗地把大力士与漂亮男子菲利普想成了人体模特儿，然后又将柯罗索夫放到他的身边，一丝不挂，肚子像是个西瓜，脑袋光秃秃的，两条胳膊一点儿肌肉都没有，像两条枯藤一样。同样的，原本用绸缎和天鹅绒裹着的索菲娅·瓦西里耶芙娜的双肩，此时也在他的脑海中模糊地露出了它们其实应该原有的样子，但是这样的想象太过可怕了，于是他咬咬牙把它们驱除掉。

索菲娅·瓦西里耶芙娜拿眼睛把他打量了一遍。

“米西可是在等着您呢，”她说道，“您到她那里去吧，她要为您弹奏舒曼[①]的一个新曲子……那个曲子挺不错的。”

“其实她不想弹任何曲子。她这是在为什么事撒谎。”涅赫柳多夫暗自思忖道，然后站了起来，握了一下索菲娅·瓦西里耶芙娜那苍白的、枯瘦的、满是戒指的老手。

他在客厅中碰到了卡捷琳娜·阿历克赛耶芙娜，她立刻和他聊了起来。

“说实在的，我可以看出那陪审员的差事确实是把您给累坏了。”她就像平常那样，用法语说道。

“不过，请您谅解，今天我的情绪确实不太好，我没有权利让其他人也跟着苦恼。”涅赫柳多夫说。

“您为什么心情不好呢？”

“请您宽恕我，别让我说为什么。”他一面说，一面在找自己的帽子。

“您应该记得，您以前曾经说过的，人不管在什么时候都应该讲真话的，而且那时候您还曾对我们大伙儿说了很多掏心掏肺的真话。可是为什么现在就不想说了呢？您还记得吧，米西？”卡捷琳娜·阿历克赛耶芙娜转过身子对走到她跟前的米西说。

“这是因为那个时候我们都是在玩儿啊，”涅赫柳多夫则一本正经地说道，“在玩儿的时候是可以讲真话的。但在实际生活中我们可都是那么糟糕，我的意思是说我自己是那样的糟糕，起码我没有办法说出真话。”

“您别再改口了，您最好还是讲一下我们在哪些地方都很糟糕的吧。”卡捷琳娜·阿历克赛耶芙娜抓住话柄不放，就仿佛没有察觉到涅赫柳多夫那严厉的神色。

“再也没什么事情比承认自己的心情不好会更加糟糕的了。”米西说，“我就从来都不愿意承认自己的心情不好，所以我的心情总是都还不错。好吧，咱们到我的屋里去吧。我们会想尽办法驱散您的mauvaise humeur[②]。”

① 舒曼（1810—1856），德国作曲家。

② 法语：恶劣的心情。

涅赫柳多夫此时觉得自己好像是一匹被人抚摸着的马一样，准备为它戴上笼头、拉去套车。可是今天他比什么时候都特别不情愿去拉车。于是他深表歉意地说他必须回家了，便向大家握手告别。米西跟他握手的时间比往常握的时间更长。

“您要记住，对您来说非常重要的事情，对您的朋友而言也同样是重要的。”她说，“明天您还会来吗？”

“不确定。”涅赫柳多夫说完这话，感到很难为情，可是他自己都弄不清这是替自己难为情呢，还是在替她感到难为情。他满脸通红，连忙走了出去。

“这到底是怎么一回事儿啊？Comme cela m’intrigue，[1]”卡捷琳娜·阿历克赛耶芙娜等涅赫柳多夫离开以后说，“我一定得弄明白了。这可能是一件affaire d’amour — propre：il est，très susceptible，notre cher[2]，米佳[3]。”

“Plutot une affaire d’amour sale[4]。”米西本来想这样说的，可是却没有说出口。她目光呆滞地望着前方，脸色和刚才她看着他时已完全不一样了，变得十分阴沉。可是，她甚至连对卡捷琳娜·阿历克赛耶芙娜都没有讲出这种格调低俗的俏皮话，而只是说道：

“我们每个人都会有心情不好的时候和好的时候。”

“难道是我看错他了？”她心里面在想，“早知今日，何必当初，要是他再这么做可就太差劲了。”

若是要让米西说明一下她所说的“当初”到底是怎样的话，她一定也说不出个所以然来。可是她又毫不怀疑地明白，他不但让她心中存在着希望，而且几乎已经承诺过她了。这一切倒并不是因为有过什么明确的语言，而是通过那些目光、笑容、暗示和默许揣摩出来的。可是她依然觉得他是属于她一个人的，因此，对她来说失去他将是非常痛苦难耐的。

---

① 法语：这件事让我很感兴趣。

② 法语：有关体面的事：他很生气嘛，我们的亲爱的。

③ 涅赫柳多夫的名字德米特里的爱称。

④ 法语：倒不如说是一件有关肮脏的恋爱的故事。

第二十八章

“既可耻又讨厌，既讨厌又可耻。”涅赫柳多夫在顺着他所熟悉的街道徒步回家的一路上，心里都在反复地想着。刚才他和米西谈话时所勾起的沉重心情到现在仍然没有消失。他觉得如果能够单从表面形式上来讲，他对她是没有什么过错的。他从来都没有对她讲过什么能够约束他自己的话，也从来没有向她求过婚，但是事实上他觉得自己已经是和她束缚在一起的了，已经是答应她了。可是今天他又从心里面实实在在地感觉到他不能够和她结婚。“既可耻而又讨厌，既讨厌而又可耻。”他不断地跟自己说这样的话，这不但是指他对待和米西之间的关系的态度，而是指对所有的事情。“一切都是卑鄙而又可耻的。”他来到自家的大门口时，又暗自重复了一遍。

“晚餐，我不吃了，你去吧。”他对跟在他身后进入饭厅的听差柯尔内说道，饭厅里已经摆好餐具和茶了。

“是。”柯尔内说着，却没走开，开始拾掇起饭桌上的那些东西。涅赫柳多夫瞧着柯尔内，觉得他实在太没眼色了。他非常希望任何人都不要来打扰他，好让他独自清静一会儿，可是他觉得大家似乎又都故意在跟他作对似的，偏偏都把他缠住不放。等到柯尔内端着那些餐具走开后，涅赫柳多夫刚想要走到茶炊前面去倒茶，却听见阿格拉费娜·彼得罗夫娜走路的声音，他便匆匆进了客厅，又顺手带上了背后的房门以免看见她。这个客厅就是在三个月前他母亲去世的地方。这会儿，他进入了这个被两盏反光灯照得通明的客厅，其中一盏在他父亲的画像边上，而另外一盏在他母亲的画像边上，触景生情，他想起了他在母亲最后的那段时间内，对待母亲的态度，他觉得他的态度是极其不自然、让人憎恶的。这也是既讨厌而又可耻的。他想到了在她生病的最后那段日子里，他真的恨不得她死掉。他也曾经告诉过自己，他恨不得她死掉是为了能让她早日摆脱那疾病带来的痛苦，而实际上他希望她死，却是为了避免自己再看到她那副痛苦的样子。

他希望能够在自己的心中唤起对她的美好的回忆，就看起了她的画像，这是花了五千卢布请了一位著名的画家来完成的。在画中，她身穿着黑天鹅绒的连衣裙，裸露着前胸。画家显然是刻意描绘乳房和那两个乳房中间的肌肤以及美丽迷人的肩膀和脖颈。这真的是无比的可耻而又讨厌的。他竟然就这样把他的母亲画成了半裸美女，这其中就带着一种让人难堪和侮辱性的味道。之所以令人感到难堪，是在三个月以前，这个女人就躺在这间屋子里，实际上已经干枯得像一具木乃伊，并且整个房间，以及整所房子中都充溢着一股非常刺鼻的奇臭无比的味道，怎么消除都消除不掉。他觉得甚至在此刻也貌似闻到了那种令人作呕的味道。然后他还想起了就在她临终前一天，伸出那只枯瘦发黑的手来，抓住他结实而白净的手，看着他的眼睛说：“若是我有什么不对的地方，请你原谅我，米佳。”她那双因为痛苦而失去了光泽的眼中竟涌出了泪水。“多么卑鄙啊！”他看着那个半裸体的女人，还有十分美丽的、像大理石一样圆润的双肩和胳膊、带着得意的微笑，再一次在心中自言自语地说道。这幅画像里袒露胸部让他想起了另外一个年轻的女人，几天前他看到她也是这样裸露过胸部和胳膊的。这个女人便是米西，有一天黄昏她找了一个理由，要他晚上到她的家里去找她，为的是让他去看一看她出去参加舞会时穿上舞服的样子。于是他带着厌恶的心情想到了她那白嫩的且丰润的双肩与胳膊。另外还有她那个粗暴的、像野兽一样的父亲及其经历和残酷，还有她的那个

belesprit[1]的母亲，她的声名也很是可疑。这所有的一切，都令人反感，同时又让人感到可耻。既可耻而又讨厌，既讨厌而又耻辱。

“不可以，不可以。”他暗自想着，“我一定要摆脱掉这一切，必须斩断和柯察金一家人，和玛丽娅·瓦西里耶芙娜（首席贵族的妻子）一切的虚伪关系，斩断同遗产，还有所有这些不应有的关系……是的，必须自由自在地呼吸。那我到国外去吧，到罗马去，可以去从事自己的绘画职业……”他又想起了自己曾经对自己的绘画才能产生过质疑。“嗯，那也没有什么关系，只要能自由自在地呼吸就行。那就先去君士坦丁堡[2]，然后再去罗马，只是必须尽快地辞去陪审员的职务才行。还要和那律师一起把那个案件商量妥当。”

于是忽然间，在他的想象当中，非常鲜明地浮现出了那个女犯的影子与那双稍稍有点儿斜视的乌黑的眼睛。在被告们做最后陈述的时候，她哭得是那么的伤心！他急忙把吸完的香烟捻灭在烟灰缸里，然后又另外点上一根，就开始在屋子里面来回踱步。接着，他与她一块儿度过的那些美好的时光又开始一个接一个地浮现在他的脑海中。他记起他跟她最后一次见面的场景，记起那个时候他控制不住自己兽性的欲望，记起那种欲望得到满足后他所感觉到的怅惘。他记起了她雪白的连衣裙与那浅蓝色的腰带，也记起了那次晨祷。“要知道，我确实爱过她，在那天夜里我是真的爱她，我曾用我最美好纯真的爱真诚地爱过她，而且之前在我第一次在姑姑们的家里住下写论文的时候，我就已经深深地爱上她了！”紧接着他又想起了自己当时是个什么样的人。当时的他焕发着朝气、风华正茂、生活充实。想到这里，他情不自禁地为自己感到万分的难过。

那时的他和如今的他真是天壤之别。这个差别与在教堂中的卡秋莎和陪着商人纵饮，并且在今天上午坐在被告席上的那个妓女之

---

① 法语：自以为聪明。

② 土耳其的大城市和港口伊斯坦布尔的旧称。伊斯坦布尔在1923年以前是土耳其的首都。

间的差别比起来，即使不是更大，但是最起码也相差无几了。当年的他的确是个朝气蓬勃，自由自在，了无牵挂，有伟大志向的人；现在他却觉得自己已经被粗俗的、空虚的、漫无目的的、平庸的生活的罗网从各方各面给团团包围住了，从里面看不到任何的出路，甚至还可能深深沉浸其中不愿冲出这一罗网。他想起了那个时候的他是以自己的坦率性格而自豪，那个时候的他的准则是要永远说真话，而且实际上他也是在恪守这个准则，可如今的他整个人却陷入了虚伪当中，处处虚伪，甚至达到了虚伪的顶峰，完全沉浸于他周围的那些人都觉得是真情实意的虚伪当中，并且无法自拔。在这种虚伪之中是没什么出路的，起码他没有看到任何的出路。因为他已经陷在里面，习惯了，并且感到舒服自在呢。

应该怎样来了结他与玛丽娅·瓦西里耶芙娜之间的这层关系以及他与她的丈夫之间的关系，才能够使他不至于害臊得没有勇气去正眼瞧那个丈夫和他的孩子们？怎样才能用不虚伪的方式来结束他跟米西的关系呢？他一面承认土地私有制不合理，可一面又继承了母亲的遗产，拥有了土地，怎样才能够从这矛盾当中自救呢？应该怎么做才能弥补他对卡秋莎犯下的罪孽呢？他不能够弃她不管不顾，决不能就这样算了。“我不能够再次抛弃我曾经爱过的女人，不能只满足于出钱请一请律师，使她从原本就不应该承受的苦役当中解救出来。我也不能够仅仅用金钱赎罪，不能够像我当年给她那笔钱时那样自以为干了一件了不起的事。”

于是他相当真诚地记起当时他在过道中追赶上她，把那笔钱硬塞到她的手里，接着便从她身边跑开的情形。“哼，那些钱！”他回忆起那时候的情形，感到又是恐慌又是厌恶，就跟当时塞给她钱时的心情是一模一样的，“哼，哼！真是卑鄙无耻！”他也像那时候一样高声地喊了出来。“只有流氓、无赖才能干得出这样下贱的事来！我就是，我原来就是那种无赖，那种流氓啊！”他大声地嚷道，“可是，莫非我果真就是这样的吗？”他停下了脚步，“难道我确实就是无赖，难道我的的确确就是无赖吗？可是倘若不是，那又会是什么呢？”他自问自答着，“还有就是难道只有这一件事情吗？”他依然在深层次地揭发自己，“难道你跟玛丽娅·瓦西里耶芙娜还有她丈夫的关系就不卑鄙，不下流了吗？还有你对财产的态度呢？你认为私有财产不合理，可是又借口说钱是你母亲遗留下来的，不用白不用。还有你那无所事事又卑鄙无耻，寻花问柳的整个生活。而最糟糕的，也正是你对卡秋莎的所作所为。你这个无赖，你这个流氓！随他们喜欢怎样评论我就怎样评论好了，我能够欺骗他们，可是我却无法再欺骗我自己了。”

他恍然大悟，原来最近这段时间他对别人所产生的反感，尤其是今天对公爵，对索菲娅·瓦西里耶芙娜，对米西，对柯尔内所产生的这些反感，实际上，他真正反感的是他自己。可说来也很奇怪，这种自认为堕落的感受，虽然难免让人难过，但同时又让人高兴和感到宽慰。

涅赫柳多夫这一生曾经多次进行过他所谓的“灵魂净化”这种事情了。而他所认为的灵魂净化，指的是这样一种精神状态：总是在经过相当长的时间以后，忽然意识到自己的内心活动开始变得不流畅了，有的时候甚至完全停滞不前了，他开始将积存在他内心深处而导致内心生活停滞的那些垃圾统统都给清除掉。

往往在这种觉醒以后，涅赫柳多夫总是会为自己制定一些规则来，并且打算从此以后将永远遵守，比如说写日记，开始过新的生活而且希望这种生活能永远坚持下去，也正是如他自己所讲述的那样，turning anew leaf①。可是每一次，他往往抵挡不住这尘世的引诱，又不知不觉地再次堕落了下去，而且会陷得越来越深。

他就这样进行着自我清洁，振作精神，已经有过很多次经历了。第一次做这样的事儿是在那年夏天他到姑姑们家中住下的时候。那曾经是一次最生动、精神最令人兴奋的觉醒。这次觉醒的效果也算是持续得相当久的。后来，他在战争时期，放弃了文职而参了军，在不惜为国家牺牲自己生命的时候，也曾经有过一次这样深刻的觉醒。可是，这一次他的灵魂没多久就又被污垢所堆满了。之

① 英语：翻开新的一页。

后还有过一次觉醒，那是在他退了伍以后，出国从事绘画的时候。

自从那个时候到现在，他已经有相当长的时间没有对自己的灵魂进行过大扫除了，所以他从来都不曾如此肮脏过，以至于他良心上的要求与所过的生活之间也从来不曾像现在这样不协调过。他看到了这种矛盾后，不由自主地胆战心惊。

这个差距如此之大，积垢又堆得那么厚重，所以起初他丧失信心，觉得再也不可能清洗干净了。“要知道，你已经尝试过了道德方面的自我完善，打算变得更好了，可是结果也不怎么理想。”诱惑的声音在他的心里说，“那么你就算重新试一次又能够怎么样？何必呢？并不是只有你一个人这样，大家不都是这样的嘛，人生原本不就是这个样子的吗？”那个声音说道。可是，自由的、不受任何摆布的精神上的人已在涅赫柳多夫的身上觉醒了过来，而只有他才是真实的、唯一正确的、唯一强有力的、唯一永恒的。涅赫柳多夫不能不相信它。虽然他这个实际上的人跟他想要成为一个怎样的人之间的差距有很大，但对于已经觉醒的精神上的人来说，什么事情都是能够办到的。

“不管让我花多大的代价，我也要把束缚着我精神的虚伪罗网给撕破。我必须承认这一切，对一切人都讲实话，做老实事。”他毅然决然地对着自己出声说道，“我必须对米西老老实实地讲出真话，我要跟她说明白我是一个生活放荡的人，我配不上她，我只不过是白白地给她添了麻烦而已。我必须对玛丽娅·瓦西里耶芙娜也讲真话。可是，我对她已经无话可说了。我必须对她的丈夫说自己是个无赖，我曾经欺骗了他。而对于遗产，也必须处理得恰当。我必须对她，对卡秋莎说，我是一个无赖，对她犯了罪，对她感到非常内疚，必须竭尽我的能力来减轻她所遭遇的痛苦。是的，我必须去见见她，请求她的原谅。“是的，我必须像个孩子一样请求她的饶恕。”他停下了脚步站了起来，“如果需要的话，我就索性跟她结婚得了。”

他停了下来，像他小时候常做的那样，把双臂交叉放在胸前，抬眼往上看着，貌似对着某个人说道：“主啊，请帮助我，教导我吧，到我的心里面来住下，并清洗我身上所有的污垢吧！”

他祷告着，请求上帝能够帮助他，到他的心中住下，清洗他身上所有的污垢，并且他的要求也立即就实现了。那个存在于他心中的上帝，已经在他的意识中又苏醒过来了。他感觉到了上帝的存在，因此不仅感到自由不再受人摆布、感到振奋和活着的乐趣，并且感觉到了善的强大的力量。这个时候，只要是人们可以做的一切最美好的事情，他觉得自己如今也有能力做到了。

他跟自己讲这些话的时候，眼里噙着泪水。这里的泪水既是好的泪水，也是坏的泪水。而之所以是好的泪水，那是因为精神上的那个人尽管这些年来始终在他心中沉睡着，可是如今却在他的心中慢慢苏醒了，所以他流下了欢悦的泪水；而之所以是坏的泪水，那是因为这是赞赏自己的泪水，并被自己美好的品德所感动了的泪水。

他感到自己全身发热。于是就来到一个已经卸下冬天套窗的窗口前，把那扇窗户打开。窗子面向花园。这是一个清爽无风的月夜。车轮在大道上辘辘地响过了一阵以后，接着一切又都归于沉寂。在窗户前面，隐隐约约可以看到一棵高大的杨树的阴影，光秃秃的树枝的影子纵横交错着，清清楚楚地投落在一块被清理干净的沙土场地上。左边是房屋的顶子，在闪闪发亮的月光之下显得白糊糊的。而在正前方，树木枝丫相互交错着，透过树枝还看得见一堵围墙的黑影。涅赫柳多夫看着月光下的花园和屋顶，看着杨树的阴影，吸着沁人心脾的空气。

“多好啊！多么好啊，我的上帝，这实在是太爽了！”他说的是他此时内心深处的状态。

第二十九章

玛丝洛娃直到傍晚六点才返回到自己的牢房里。她已经不大习惯走路了，可如今却在石头路上一口气走了十五俄里，已经疲惫不堪、两腿酸痛；而且那个可怕的出乎意料的判决如晴天霹雳，再说她太饿了，快忍受不了了。

之前，有一回审讯暂停，人们都休息的时候，看见身边的法警们在吃着面包和煮鸡蛋，她嘴里流的满是口水，觉得非常饿，有时想向他们讨吃的，可又觉得那是非常丢脸的事。这之后又挨过了三小时，她却反而不再想要吃东西了，只是感到浑身无力，轻飘飘的。在这种状态之下她听到了那个出乎意料的判决。刚开始的时候她还以为是自己听错了，没有办法立刻相信她所听见的那些话，没有办法把她自己和服苦役这事儿联系在一起。可是当她看到法官与陪审员的面孔，安然若素、一本正经，显而易见，他们把这个判决视为一件极其普通的事，这个时候她愤怒了，朝整个法庭喊冤。可是她又发现甚至连她的喊冤，也被他们视作一件再正常不过的、意料之中的事情，而且没有办法改变局面的事实了，她这才真正感受到必须服从这种强加在她身上的残酷得让她感到惊异的不公正的判决，想到这，她便失声痛哭了起来。而尤其让她惊讶的是，给她如此残酷判刑的，都是一些年轻及并不年老的狠心男人，可他们平时都在用和蔼可亲的目光打量着她。在她看来，只有一个人，也就是那位副检察官，心情是完全不一样的。当她坐在犯人候审室里等待开庭审讯的时候，还有后来审讯暂停时，她也看到那些男人如何假装来办其他事，其实是在她的门前来回地走着，或者干脆进到她的屋里，只是为了要好好地看一看她。可是忽然间，尽管她在指控她的那个案件中是无罪的，可就是那些男人不知怎的就莫名其妙地判处她服苦役。刚开始她就哭了起来，可是后来她安静下来不哭了，呆呆地坐在犯人候审室中，等待着被押回监狱。这个时候她只有一个念头：抽支烟。当博奇科娃和卡尔津金被审判后也带到这个屋里来时，刚好遇到她正处于这种精神状态当中。博奇科娃立即对着玛丝洛娃大骂起来，称她为苦役犯。

“怎么样，你赢了吗？你没有罪了吗？现在看来你大概也逃不了干系了吧，你这个下贱的窑姐儿。你现在是罪有应得。等到你服了苦役，也许你就是再想卖俏也没有办法卖成了。”

玛丝洛娃在那儿坐着，将双手揣在长囚衣的袖口里，垂下头木木地望着前方两步远的地方，那块踩得很脏的地板，只是说道：“我并没有惹到您啊，您也别再纠缠我了。的确，我没有惹过您啊。”她重复说了好几次，然后就再也不吭声了。直到卡尔津金和博奇科娃被押走以后，一个法警给她送来了三个卢布，她这才稍微有了一点儿精神。

“你就是玛丝洛娃吧？”他问，“给，拿着这个，这是一位太太送给你的。”他说着，要把钱交给她。

“哪一位太太？”

“你拿着就是了，哪来那么多话。”

这些钱是妓院的那老鸨吉塔耶娃派他送过来的。她离开法庭的时候找到了庭警，问她是否能给玛丝洛娃送点儿钱。那名庭警说可以。在她获得了许可之后，便摘下钉了三个纽扣的麂皮手套，露出了她那白胖的手指，从绸裙子后面的皱褶里掏出一个非常时髦的钱包来，那里面还装有非常厚的一沓息票，那都是她刚刚从妓院挣得的那些证券上面剪下来的。她从里面抽出了一张两卢布五十戈比的息票[①]，再加上两枚二十戈比的硬币和一枚十戈比的硬币，并将它们交给了庭警。庭警又叫来一名法警，当着女施主的面把这些钱交给了法警。

“请您必须把这些钱交给她。”卡洛丽娜·阿尔博托芙娜·吉塔耶娃对那名法警说道。

法警看到她有点儿不相信他，十分气愤，因此才那样怒气冲冲地对玛丝洛娃说话。

玛丝洛娃接到钱也很高兴，因为有了这些钱，就可以满足她此时一心希望得到的一种东西了。

“要能弄到一支香烟抽抽，就好了。”她暗自思忖道，她把一切的思想都集中在了抽烟的这种愿望上。她实在是太想吸烟了，特别是等到从办公室里飘出那香烟烟雾的味道，送到走廊里来，人在走廊的空气中就可以闻到那种烟味，她便如饥似渴地把这种空气吸了进去。可是她还要等候很久，因为原本应该下令将她押回监狱的书记官，把那些被告给忘了，只顾着和一名律师在谈论着那一篇查禁的文章，而且还为此争论了起来。在审判结束以后，也有几个年轻的和年老的男人特地走来打量她，还窃窃私语。但是此刻她并不理睬他们了。

终于，到四点多，她才被押解回狱了。押解她的两名士兵，那个尼日尼人和楚瓦什人，把她从法院的后门带了出来。在她还没有完全离开法院，刚刚走到法院的门道中，就把二十个戈比交给了他们，请求他们帮忙买两个面包和一包香烟。楚瓦什人笑了一下，接过钱说：

“哦，好吧，我这就去给你买吧。”他说完，果真如数将白面包和纸烟全都给她买来了，并且把找的零钱又交给了她。

因为在路上不可以吸烟，所以玛丝洛娃只好依旧带着没有获得满足的抽烟的愿望一直走到了监狱大门口前。就在她刚刚被带进门的时候，正好碰到了从火车站押送来的差不多一百个犯人。她在过

① 在帝俄时代，从有息证券上剪下来的息票可以当现钱使用。

道里遇见了他们。

这些犯人中间有留着胡子的，也有不留胡子的，有年龄大的，也有年纪轻的，有俄罗斯人，也有其他民族的人。有的被剃成了阴阳头，全都戴着“哐啷哐啷”的脚镣。过道里瞬间尘土飞扬，并且充满了咚咚走路、说话的声音和刺鼻的汗臭味。犯人在经过玛丝洛娃身边的时候都贪婪地盯着她。有些人带着一脸馋相走到她的面前，从她的身旁擦过去。

“看，这儿有个小妞儿，长得真俊俏啊。”其中的一个犯人说。

“小姑娘，你好啊。”另外一名犯人向她挤了挤眼儿说。

一个面孔黝黑，后脑壳被剃得发青，脸上留着小胡子的犯人，脚上拖着“哐啷哐啷”响的脚镣跑到她的面前，一把搂住她。

“哟，难道连你的老朋友都不认识了？算啦，装什么装啊！”等她把他推开，他嚷着，咧开嘴笑了，眼睛都在闪着光。

“流氓，你这是干什么？”副典狱长从后面走了过来，呵斥道。

那个犯人赶紧把身子缩了一下，连忙跑了回去。副典狱长转过身来又骂玛丝洛娃道。

“你还在这儿待着干什么？”

玛丝洛娃本来想说她刚刚才从法院回来，可是她实在是太累了，懒得和他说话。

“她刚刚从法院回来，长官。”为首的押解兵从那群经过的人当中走了过来，把手放到帽檐上说。

“哦，那就把她交给看守长吧。在这儿待着实在是太不像话了！”

“是的，长官。”

“索柯罗夫！把她带走。”副典狱长喊道。

看守长走过来，怒发冲冠地推了一下玛丝洛娃的肩膀，又向她点点头，便带着她往女监的长廊那儿走去。在女监的长廊中，把她的全身上下摸索、搜查了一下，没有发现任何异物（她已经把那包烟夹到面包里），便又把她送回了早上她从那出来的那间牢房里。

第三十章

关押玛丝洛娃的那间牢房是一个狭长的房间，九俄尺长，七俄尺宽，有两扇窗户，有一个半露在墙外的灰泥已经剥落了的大壁炉。房间中放着的那几张已经干裂了缝的板床，占去了房里三分之二的空间。在牢房的正中间对着门口的地方，挂了一张发黑的圣像，圣像旁边插着一支蜡烛，下面则吊着一束积满尘土的蜡菊。左侧房门后面的地板上面搁着一只臭烘烘的木桶。这时看守刚刚点完名，女犯们便被锁在屋里过夜了。

这个牢房里总共关着十五个人：十二个女人与三个小孩子。

此时的天还很亮，因此只有两个女人躺到了板床上。这其中有一个还是傻子，因为没有身份证便被逮捕了，这婆娘几乎一天到晚都在睡觉，用一件长囚衣把脑袋也给蒙住了。另一个便是患有肺痨病的女人，她是因为盗窃而被判刑的。这个女人并没有睡觉，只是枕着囚服躺在了那儿，瞪大双眼，为了忍住咳嗽，使劲儿强压下一口已经涌上了喉咙而令她发痒的黏痰。其他的女犯人则都披头散发，没有裹头巾，只穿着一件粗布衬衣。有的还坐在板床上面缝缝补补，有的站在窗口瞧着穿过院子的男犯人。在做针线活的那三个女人当中，有一个就是今天早上送过玛丝洛娃的老太婆柯拉布列娃，她一脸忧愁，紧蹙着眉头，满脸的皱纹，下巴底下的皮肤松弛得耷拉了下来，就像一个口袋一样。她的身材高大而且强壮，浅褐色的头发被编成一条短短的辫子，两鬓已经斑白，面颊上面有一个长毛的疣子。这个老太婆已经被判处服苦役了，原因是她拿斧子劈死了她的丈夫。而她之所以要劈死他，是因为丈夫引诱她的女儿。她是这个牢房的犯人头儿，她依然做着贩卖私酒的生意。她戴了一副眼镜在那儿做针线活儿，那本来就粗大的很有劲的手指像农村妇女那样用三个手指头捏着针，针尖对着自己的身子。她的旁边坐着个面貌和善的唠唠叨叨的女人，也在做着针线活，她是在缝一只帆布口袋。这个女犯人的皮肤有点儿黑，个子不高，长着翘鼻子，眼睛小而黑。她是铁路上的一个道口工，被判了三个月的监禁，因为她没有拿着旗子出来迎接那班火车，结果没有想到那班火车就出了车祸。第三个做针线活的女人叫菲多霞，伙伴们都管她叫费尼琪卡。她是一个非常年轻又漂亮的女人，她的皮肤白里透红，气色红润，长着稚气而又明亮的浅蓝色的大眼睛，两条浅赭色的长辫子盘在她那不大的脑瓜儿上。她被关押是因为她投毒谋杀自己的丈夫未遂。她刚一结完婚就立即想毒死她的丈夫，那个时候她还只是一个十六岁的小姑娘。但在她保释出狱等候开审的八个月中，她不但已经和丈夫和解，而且还深深地爱上了他，等到法庭开庭审讯的时候，她却和丈夫十分恩爱地住到了一块儿，那真是到了难舍难分的地步。虽然她的丈夫与公公，尤其是已经喜欢上她并且十分疼惜她的婆婆，竭力在法庭上为她辩解，可是她仍然被判处要到西伯利亚去服苦役。这个善良、乐观、经常笑呵呵的菲多霞的板床恰好跟玛丝洛娃挨着，她不但喜欢玛丝洛娃，而且把关心她、为她做事看成是自己的义务。除此之外，还有两个女人坐在板床上面无所事事。其中一个的年龄在四十左右，她的脸看上去又苍白又精瘦，也可能以前长得很漂亮，但是现如今却又消瘦又惨白。她的怀里还抱着一个娃娃，露出一个又白又长的乳房在给娃娃喂奶。她犯的罪是：有一次，她那个村子中有一个人被抓去当新兵，村里的人觉得这个人是被非法抓去的，于是便阻拦警察分局局长，把那个人又抢回来。这个女人就是非法被抓去的那个小伙子的姑母，她是第一个抓住了那个新兵所骑的马的缰绳。而另外那个在板铺上无所事事的女人，是一个身材不高、满脸皱纹、相貌和善的老太婆，她的头发已经花白，腰也弯了，背也驼了。这个老太婆端坐在那火炉旁边的板床上面，装作要抓住那个发出清脆的笑声在她身边跑来跑去的男孩儿，那个四岁的小男孩头发短短的，肚子大大的。小男孩只穿了件小小的褂子，在她的身旁来回跑着，总是在嚷着一句话："嘿，你逮不着我！"这个老太婆跟她的儿子一块被指控犯了纵火罪，她现在心平气和地忍受着她的监狱生活，觉得无所谓，只不过常常为和她一起被捕的儿子难过，可是她最担忧的还是她的那个老头子，害怕她若是不在了，老头子很可能会生出一身虱子来，因为她的儿媳妇已经跑掉了，没有人可以再帮他洗澡了。

除去这七个女人，还有另外的四个女人站在一扇打开的窗户跟前，一只手抓着窗子上的铁栅栏，跟刚才玛丝洛娃在大门口遇到的此刻正从院子中经过的男犯人又是打手势又是叫嚷的，在跟他们交谈。这几个女人当中，有一个是正在为偷盗罪服刑，她长得五大三粗，满身松肉，并且有着火红的头发，脸和双手都白里透黄的而且还长满了雀斑，脖颈子也很粗，从大开着的衣领口中露了出来。她用嘶哑的语调朝窗外拼命地喊着不中听的话。其中还有一个女犯与她并肩站着，个子就像一个十来岁的小女孩儿那样矮小，肤色发黑，相貌很难看，她的上身比较长，可是腿却很短。她的脸色通红，长着一脸斑斑点点，一对黑眼睛彼此相距得也很远，嘴唇又短又厚，连龇着的白牙都遮盖不住。她对着院子里发生的情景，时不时地发出一阵尖厉的笑声。这个女犯人因为实在太喜欢卖俏而得了个绰号叫"美人儿"。她是因为偷盗和纵火而被判刑的。她们的身后站着一位大肚子孕妇，她穿着肮脏的灰布衬衫，面黄肌瘦、青筋毕露的，看样子非常可怜。她是由于窝赃而被判刑。这个女人并不太爱说话，可她对院子里发生的事一直抱以赞扬和动情的笑容。站在窗子跟前的第四个女人是因为贩卖私酒而被判刑的，这是一个矮壮的农村妇女，长着一双圆圆的凸在外面的眼睛，面容倒还和善。这个女人就是和老太婆闹着玩儿的那小男孩儿的母亲。她还有一个刚满七岁的小女儿由于没人照料也和她一起坐牢。她和其他三个女人一样也在望着窗子的外面，但是她手中还继续在织着袜子，听到穿过院子的男犯人所讲的话，便反感地蹙起眉头闭上了双眼。而她的那个小女儿，披散着浅黄色头发的七岁小女孩，身上只穿着一件小褂，在火红头发女人的身旁站着，用一只瘦瘦的小手抓着她的裙子，目光呆滞地用心望着那些女犯人跟男犯人之间你来我往地叫骂，并且她也在嘴里轻声学说这些话，似乎要把它们记住一样。第十二个女犯人是一名教堂执事的女儿，她把自己的私生子扔到井里活活地给淹死了。这是一位身材高挑儿、非常美丽的姑娘，淡赭色的头发扎成的短短的粗发辫松开来，披散着。她那双凸出的眼睛一动不动。她对于周围发生的一切都漠不关心，身上只穿了一件很脏的灰色衬衫，赤着脚在牢房空出来的地上踱来踱去，等走到墙根下面，便骤然转过身来。

第三十一章

等到铁锁哗啦地响了一声，玛丝洛娃又被押送到牢房中来了。大伙儿都转过身去看她。甚至连教堂执事的女儿一时间也停下脚步了，扬起来眉毛，瞧了瞧进来的这个女犯人，可是她仍旧默不作声，立即又迈开那坚定有力的大步子来回走起来。柯拉布列娃把针插在棕色的粗麻布上，透过眼镜上方用疑惑的目光望着玛丝洛娃。

“哎哟！你回来了呀。我还以为将你无罪释放了呢。”她用嘶哑深沉像男人一样的嗓门说道，“看来，他们是要你坐牢了。”

她摘下了鼻梁上的眼镜，将手中的针线活儿搁在了旁边的板铺上。

“嗯，好姑娘，我刚才还和大妈说过呢，说不定他们立刻就会把你给释放了。听别人讲，这种事也是经常有的。有的人还能够借此得到一大笔钱呢，当然，那就要看你的运气了。”道口工立刻用她那唱歌一般的声音说，“唉，谁能想到事情会发展到这步田地啊。那看来，我们占的卦都不太灵。好姑娘啊，看来这是注定了的！”她不住嘴地说出了很多亲切动听的话。

“难不成你真的被判了刑啦？”菲多霞带着十分同情亲热的表情，用她那双稚气清澈而又亮闪闪的淡蓝色眼睛望着玛丝洛娃问道，她的那张快乐活泼而又富有青春活力的脸，整个儿变了样儿，仿佛立刻就能哭出来。

玛丝洛娃什么话都没说，静静地朝着自己的床位走去，然后在床板上坐了下来。她的床是靠边第二个，紧紧靠着柯拉布列娃。

“看来，你应该还没有吃饭吧。”菲多霞一面说着一面站了起来，走到玛丝洛娃的面前。

玛丝洛娃没有回答，却把两个白面包搁在床上，然后就开始脱衣服。她脱下那落满了尘土的囚服，从弯曲的黑发上取下头巾，然后又坐了下来。

那个驼背的老太婆原本是在板铺的另一头和男孩儿玩耍，这时也朝这边走过来，站到玛丝洛娃的跟前。

“啧，啧，啧！”她怜悯地摇了一下头，咂着舌头说。

那个小男孩也跟着老太婆走了过来，瞪大着双眼，翘起嘴唇，噘成三角形，盯着玛丝洛娃拿回来的那两个白面包。玛丝洛娃这一天经历过所发生的事以后，看到这些满怀怜悯的面孔，不由自主地又想大哭一场，因此她的双唇已经颤抖了起来。但是她还在竭力忍住不哭，一直忍到老太婆和小男孩走过来的时候。可是当她听到老太婆那种善良而同情的咂舌声，特别是看到小男孩专注的目光从那白面包上转到她身上，她便再也憋不住了！她的整个面孔开始抽搐起来，最终她“哇”的一声痛哭出来。

“我跟你讲过：你要找一个好律师才行。”柯拉布列娃说道，“怎么，法庭要把你流放了吗？”她问。

玛丝洛娃想要回答，可是又泣不成声。她哭哭啼啼地从白面包里拿出那包香烟，烟盒上印着一个面色白里透红的太太，梳着高高的发髻，领口裸露出了一块三角形的胸部。玛丝洛娃就把那包香烟递给了柯拉布列娃。柯拉布列娃瞧了瞧烟盒上面的那幅画像，不置可否地摇了摇头，多半是不同意玛丝洛娃这样乱花钱。她拿出来一根烟，就着灯将它点燃，自己先吸了一口，然后又递给了玛丝洛娃。玛丝洛娃还没有停止哭泣，就如饥似渴地一口接一口拼命地吸着那根烟，然后又把吸进肚子里的烟吐出来。

“服苦役。”她哽咽着回答道。

“他们根本就不敬畏上帝，这些该死的恶棍、吸血鬼，”柯拉布列娃恨恨地说道，“他们莫名其妙地就将这姑娘给判了刑。”

在这当口儿，那些仍然站在窗口前的女人发出一阵响亮的哄笑声。连那个小女孩也都在笑，她那孩童般的尖细的笑声和另外三个大人嘶哑尖厉的笑声汇合成了一片。院子里有个男犯人做了一个什么动作，惹得窗前的看客们都禁不住哄笑起来。

“哎呀，这个剃光头毛的公狗！他这是在干什么呀？”那个红头发的女人说，笑得她浑身肥肉都在颤动。她把脸紧贴在铁栅栏上，胡乱讲了几句毫无意义的下流话。

“真是一个没有良心的狗东西！有什么好笑的啊！”柯拉布列娃说，对着那个棕红头发的女人摇了摇头。然后又转过身来问玛丝洛娃：“多少年？”

“四年。”玛丝洛娃说着眼泪又止不住地夺眶而出，有一滴都落在了香烟上面。

玛丝洛娃气愤地把那根烟揉成一团扔掉了，又抽出一根来。

道口工虽然不会吸烟，却立刻捡起了那烟头，将它撸直，口中还不停地在说着：

“这样看来，好姑娘，俗话说得好，”她说，“公正都让猪狗给吃光了。他们想要干什么就干什么吧。马特维耶芙娜[①]大妈刚才还说什么来着，他们会把你放了呢。可是我就说，这是不可能的，我的好大妈呀，我的心就能感觉出来，他们不把你折腾得够呛，是不会罢休的，结果就是这样，不幸的姑娘啊。”她说道，得意地听着自己发出的声音。

这时，那些经过院子的男犯人都已经走掉了，跟他们搭话的那几个女人也都离开了那个窗口，向玛丝洛娃那里走去。头一个走过来的便是那个长着暴突眼睛的私酒贩子，还带着她的小女儿。

“怎么能判得那么重呢？”她靠着玛丝洛娃坐了下来，说道，而且还在继续利索地织着她的袜子。

“就是因为没钱才被判得那么重。若是有了钱，雇了一个有本

① 柯布拉布列娃的父名（含尊敬意味）。

事的律师，她一定会没事的。”柯拉布列娃说，“那个家伙……他叫什么来着？……蓬头散发，鼻子大大的……我的妈呀，那个家伙一定能够把你从水里头捞起来，还会让你的身上不沾一点水。若是能把他找来就万事大吉了。”

“能请到当然最好不过了！”美人儿在她们的跟前坐了下来，龇着牙冷冷地一笑，说，“花一千卢布都不见得能够请得动他。”

“哎呀，照这看来，也是你命该如此啊。”因纵火罪而被捕的老太婆插嘴进来说道，“我的命也真是苦啊，别人把我孩子的老婆给抢走了，又把我的孩子弄进监牢来喂虱子，我这么大的年纪也被关了进来。”她又开始讲述起她那曾经讲过百遍的遭遇，“看来，这监牢和要饭是怎么也躲不掉了啊。不是要饭就是去坐牢。”

“看上去，他们那些人都是一路货。”贩卖私酒的女犯说道。她仔细看了一下她那小女儿的头，就把手中的袜子放在了身边，拉过小女孩来并夹在她的两腿中间，伸出灵活的手指头开始在她的头发中捉虱子，“他们问我：‘你为什么要贩卖私酒呀？’要不然，我要用什么来养活我的孩子们啊？”她一边说着，一边继续做着自己所习惯了的事儿。

那贩卖私酒女犯的这番话让玛丝洛娃也想到了酒。

“这时，要有酒就再好不过了。”她一面对柯拉布列娃说道，一面拿衬衫袖子拭干泪水，只是有时抽泣一下。

“要喝酒吗？那好办啊，拿钱来吧。”柯拉布列娃说道。

第三十二章

玛丝洛娃从那个白面包里掏出自己的钱来，把那张息票递给了柯拉布列娃。柯拉布列娃拿过息票瞅了瞅，虽然不识字，却无比相信那个无所不知的美人儿，听她说这张票子可以值两卢布五十戈比，便攀到了炉子的通气口那里去，拿出了藏在那儿的一瓶酒。女犯人看到这种情况，除了玛丝洛娃的邻床，和玛丝洛娃离得比较远的，就离开这儿回到自己的板床上去了。这个时候，玛丝洛娃也抖了抖她的头巾与长囚袍上的尘土，爬到了自己的板床上，开始吃起那个白面包来。

“我还给你留着茶呢，不过恐怕已经凉了。”菲多霞跟她说着，就从搁板上拿下了一个用包脚布包着的白铁茶壶与一个有把儿的杯子。

那茶的确已经凉了，而且白铁味倒比茶味还要浓烈，但玛丝洛娃还是倒了一杯，就着茶水把白面包吃完。

“菲那施卡，给你。”她呼唤着，又撕下了一片面包来，递给了那个一直盯着她嘴巴的小男孩。

这时柯拉布列娃就把一瓶酒和杯子递给了玛丝洛娃。玛丝洛娃就让柯拉布列娃和美人儿一起来喝。这三个女犯人是这个牢房里的贵族，因为她们有钱并且她们自己不管有什么东西都会拿出来一起分享。

过了几分钟，玛丝洛娃就开始变得活跃了起来，滔滔不绝地说起了法庭上的情景，还模仿着副检察官说话的那腔调和动作，还说到了一件在法庭上特别叫她吃惊的事情。她说，法庭里所有的人都很明显地带着很喜欢的神情在瞧她，还常常为此特意走进犯人候审室里来。

“甚至连那个押解我的士兵都说：‘这些都是过来看你的。’时不时就有个什么人跑过来，到这儿来找一份什么文件，或者说别的什么东西在那里，但我看得出来，他们根本不是在找什么文件，而是想用眼睛把我吞下去罢了。”她笑呵呵地说道，又摇了一下头，似乎又有所不解，“还有这样演戏的。”

“这话说得可是一点都不假。”道口工接过话附和着说道，马上又用她那歌唱般的声音立即侃侃奇谈起来，“这就好比是苍蝇看到了糖。他们做别的什么事儿都会没精打采的，只要是见了女人那算是没了魂了。他们这些男人宁愿不吃饭都行……”

“在这儿也是一样，”玛丝洛娃打断她的话说道，“在这儿我又不是没遇到过那种事。我刚刚被带进来时，就有一帮家伙从火车站赶到这儿来了。他们都死乞白赖地缠着我不放，把我弄得都不知道该怎么办才能脱身了；幸好那个副典狱长把他们给撵走了。有一个家伙死缠住我就是不放，我好不容易才把他挣脱了。”

“那个家伙长什么模样？”美人儿问。

“他的脸膛黑黑的，留着小胡子。”

“八成就是他。”

“他是谁啊？”

“就是谢戈罗夫咯。这个人刚刚从这儿走过去。”

“谢戈罗夫是个什么人啊？”

“居然连谢戈罗夫都不知道！谢戈罗夫曾经两次从服苦役的地方逃了出来。现在他又被逮住了，可是他依旧还是会逃跑的。甚至连看守们都怕他三分呢。”美人儿说道，她常常跟男犯人传条子互通消息，因而知道监狱里面发生的所有事情，“他一定会逃跑的。”

“他逃他的啊，反正他又带不走我们。”柯拉布列娃说，“你最好还是去说一说，”她转过身去跟玛丝洛娃说，“关于上诉的事，那个律师都对你说了些什么啊。现在不是应该上诉了吗？”

玛丝洛娃表示她对此一无所知。

这个时候，火红头发的女犯人把那长满雀斑的双手，伸到那蓬乱又浓密的红发中去，用指甲挠着头皮，走到正在喝酒的这三个贵族跟前。

“我把该做的事情都给你说说吧，叶卡捷琳娜，”她开口说道，“开头第一件事儿就是，你需要写一个呈子，上面写明你对判决的不满。然后你就要去找检察官并向检察官们提出你的不满。”

“跟你有关系吗？”柯拉布列娃气冲冲地用粗嗓门对她说道，“你这是闻到了酒味吧。这事儿不用你多嘴了。你不说，人家也知道该怎么做。这儿不用你啰唆。”

“我又没有跟你说话。你管得着吗？”

“我看你是想喝点儿酒吧？借此你才凑过来的。”

“好了，那就让她喝一点儿吧。”玛丝洛娃说。她一向都是这样慷慨地把自己的东西分给大家。

“我就是要让她尝尝厉害……”

“哼，好啊，你来呀！”红发女人说着，向柯拉布列娃走了过去，“我才不怕你呢！”

“生来就是当囚犯的料！”

“你才是臭囚犯呢。”

“你个骚娘儿们！”

“我是骚娘儿们？那你呢，你这个苦役犯、杀人犯！”红头发女人嚷道。

“我跟你说，我叫你滚啊。”柯拉布列娃神色阴郁地叫着。

可是红发女人反倒走得离她更近了，柯拉布列娃便伸出手猛然地在她那敞开的胖胖的胸部上推了一把。红发女人好像就是在等她来这一招，她以迅雷不及掩耳之势一下子就抓住了柯拉布列娃的头发，又举起另一只手要揍她的脸，可是柯拉布列娃及时地又抓住了这只手。玛丝洛娃和美人儿极力想要抓住那红头发女人的两条胳膊，使劲儿要把她拉开，但红发女人的手抓住那条发辫就是不肯松手。她也只在短时间内把头发松了一下，但那是为了能把头发缠在自己的拳头上。柯拉布列娃歪着脑袋，伸出一只手来去打红头发女人的身体，并且还用牙齿去咬她的手。那几个女犯人都围在那两个打架的女人周围，劝阻着，叫嚷着。甚至连那个患肺痨病的女人也来到她们的身边，一面咳嗽一面看着那两个女人打成一团。两个孩子也都紧紧依偎在一起啼哭了起来。女看守听到喧闹声，把一名男看守带了过来。他们才把扭打的两个女人狠狠地拉开。柯拉布列娃松开她那灰白色的头发辫子，将几缕揪下来的头发拔了出来。红发女人拉扯着彻底扯破的衬衫，盖住她那黄色胸脯。这两个女人一起叫喊着解释情况，诉说着她们各自的委屈。

“好了，我知道了，这全部是酒惹出来的。明天我就去把这报告给典狱长，他会过来整治你们的。我闻到了，这儿果真有酒味。”女看守说，“你们都给我当心点，把这些东西统统给我收好了，不然没你们好果子吃。我们可没工夫来给你们讲道评理。你们全都给我各就各位，保持安静。”

可是，很长时间之后，这两个女犯人都没有住嘴。又彼此骂了好久，相互抢着诉说这场架是怎么开头的，到底是因为谁造成的，等等。后来，男看守和女看守都走了，这两个女人开始慢慢安静下来，躺下来打算睡觉。而那个老太婆却在圣像跟前跪下，开始做起了祷告。

“这下你们两个苦役犯是聚到一起了。”那红发的女人在房间另外一端的板床上忽然用嘶哑的声音说道，每一句话里都带着刁钻古怪的骂人的脏话。

“你给我小心点儿，别自讨没趣。”柯拉布列娃立即回应道，也掺杂了一些类似骂人的话。过了一会儿，两个人便都不吭声了。

“若不是他们过来拉住我的话，我早就把你的眼珠子给抠出来了……”红发女人又闹了起来，过了没多久，柯拉布列娃立即又反驳了她一句。

然后又沉默了下来，这一回静默的间隔稍微长了一些，接着又是相互谩骂。不过后来，间隔的时间越来越长，最后两个人便彻底安静了下来。

大家也都上床睡了，甚至有几个已经发出了鼾声，只有那个老太婆一直在祷告，她已经祷告了很长时间，此时依然跪在圣像跟前对着圣像磕头。还有那个教堂执事的女儿，等到女看守一离开，她就立刻从床上跳了下来，又在牢房里面踱来踱去。

其实玛丝洛娃并没有睡着，她的头脑里仍对她已经成了苦役犯念念不忘。而且别人都已经叫她苦役犯两次了：博奇科娃叫过一次，红发女人叫过一次。可是她仍然不甘心承认这件事，不习惯她们这么叫她。柯拉布列娃原本是背对着她躺在那里的，这时转过身来。

“我真是没想到啊，真的是一点儿都没有想到，”玛丝洛娃小声地说道，“其他人做了坏事，一点儿关系都没有，可偏偏我却要莫名其妙地忍受这份苦难。”

“别伤心了，姑娘。就算是在西伯利亚，人也都照样能活下去。你到了那儿也绝不会完蛋的。”柯拉布列娃安慰她说道。

“我知道是不会完蛋的，可我还是觉得我太冤了。我一向都安安分分地过日子，我不该有这样的下场啊。”

“人总是抗拒不过上帝的，”柯拉布列娃也叹了口气说，“人是抗拒不了上帝的。”

“这个我也知道，大妈，可心里就是很难过。”

她们静默了一阵子。

“你听见了吗？这又是那个骚货儿。”柯拉布列娃这样说着，是要玛丝洛娃注意从房间的另一端的板床上，传过来的一阵奇怪的响声。

这痛哭的声音就是从那个在竭力忍住的红发女人那里发出的。红发女人之所以会痛哭，就是因为刚才她受到了辱骂，又被打了，她只不过非常想喝口酒，但就是不给她喝。她之所以哭，还因为在她的这一生中，除了责骂、嘲弄、侮辱、挨打以外，别的什么都没有尝过。她想要安慰安慰自己，就回想起了她和一个名叫菲奇卡·摩罗乔柯夫的工人的初恋，但是只要一想起那场恋爱，就又想起了那场恋爱是以什么收场的。那场恋爱是这样结束的：这个摩罗乔柯夫喝得醉醺醺的，为了找乐子就把明矾涂在了她身上那个最敏感的部位，然后，就看着她疼得直抽搐，疼得把身子缩成了一团，他和他的朋友们在一边放声大笑。她一回想起这些事来，就觉得自己可悲，而且以为没有人在听她说话，便放声痛哭了起来，哭得像个小孩子，口中还哼哼唧唧着，还吸溜着鼻涕，一下一下地咽下发咸的眼泪。

“她真的是太可怜了。”玛丝洛娃说。

“可怜归可怜，可是她也不应该跑过来自找麻烦啊。”

第三十三章

当涅赫柳多夫第二天醒过来的时候，首先就是意识到了发生了一件什么样的事情。甚至他还没有回想起到底是怎么回事，就断定那应该是一件非同小可的大好事了。“卡秋莎，审判。”的确，还有今后不仅不应该再撒谎，还应实话实说才行。说来也实在是巧了，就在这一天的早上，首席贵族的妻子玛丽娅·瓦西里耶芙娜的来信总算是送到了，这是涅赫柳多夫期待了好久的而且是他现在特别需要的一封信。她给了他完全的自由，并且祝福他今后的婚姻美满幸福。

“婚姻！”他带着嘲弄的口吻说道，“我现在离那种事是越来越远啊！”

他想起来前一天，他还打算将这一切都告诉她的丈夫，并向他道歉，还表示说他愿意满足他提出的所有要求。可是今天早上，这件事在他看来却没前一天想得那么简单了。“再说，既然这个人对那件事一无所知，那又何必非要让他难堪伤心呢！倘若他问了起来，那还好，那我就把一切都告诉他。要主动去告诉他吗？不能，也没这必要啊。”

要对米西原原本本地说出自己的真心话，到今天早上他也觉得异常的困难。那种事也是不太好开口说的啊，说出来她会觉得是在侮辱她。有些事情，就像现实中的很多事情一样，只能够是心中想想，只能放一放再说。这天早上他只做出了一个决定：他以后不再上他们家去了，倘若他们要是问起他来，他便全盘托出。

可是在另一方面，与卡秋莎有关的，却没什么事是不可以讲的。

“我这就准备去监牢，把一切都告诉她，请求她原谅我。如果必要的话，是的，如果有必要的话，我就索性跟她结婚算了。”他想道。

在今天的早上，这种为了道德上的完善而不惜牺牲一切同她结婚的念头，特别使他动情。他已经好久没有这样精神抖擞地迎接新的一天了。他看到阿格拉费娜·彼得罗夫娜走进屋里来见他，就立刻带着意想不到的果断劲儿发表声明说，以后再也不需要这座住宅，再也用不着人来伺候他了。本来他们彼此之间是心照不宣的：他保留了这个租金很贵的大住宅，是为了在这里结婚用的。因此，交出这座住宅也是有特殊含义的。阿格拉费娜·彼得罗夫娜非常惊讶地看着他。

“我非常感谢您，阿格拉费娜·彼得罗夫娜，感谢您对我无微不至的照顾。可是现在我再也不需要这所大住宅，再也不需要什么仆人了。若是您愿意帮助我，那么就麻烦您帮我整理一下这些东西，暂时把它们都收拾起来，就像我母亲在世的时候经常做的那样。等娜塔莎过来，她会把一切都处理好的。”娜塔莎是涅赫柳多夫的姐姐。

阿格拉费娜·彼得罗夫娜摇了摇头说道：

“这些东西该怎么处理啊？要知道这些东西是不是都用得着啊。”她说。

“不，用不着了，阿格拉费娜·彼得罗夫娜，大多数都用不着啦。”涅赫柳多夫说，这个是回答她摇头所表示的意思，“还得麻烦您跟柯尔内也说一声，我要额外付给他两个月的工资，以后我也就用不着他了。”

“您这样做可不太好，德米特里·伊万诺维奇。”她说，“嗯，就算您有可能出国，可是您以后回来总还得需要一所房子的吧！”

“您不能这么想，阿格拉费娜·彼得罗夫娜。我不是要到国外去。倘若我真的要走的话，那也只是要到别的地方去。”

他的脸忽然一下子又变红了。

“是的，确实应该要告诉她。”他心里想着，“也没什么不好讲的，应该将全部真相统统告诉所有的人才是。”

“前一天的时候，我遇到了一件意想不到的很重要的事情。您还想不想得起来我姑姑玛丽娅·伊万诺芙娜家里的那个卡秋莎啊？”

“当然想得起来啊，我还曾经教她做过针线活儿呢！”

“是啊，前一天这个卡秋莎在法庭上接受审判了，正好当时我是陪审员。”

“哦，我的上帝啊，那太可怕了！”阿格拉费娜·彼得罗夫娜说道，“她因为什么接受的审判啊？”

“杀人，可这一切都是由我造成的。”

“但是这又怎么会是您造成的呢？您这话我怎么听不太明白啊。”阿格拉费娜·彼得罗夫娜说着，她那双衰老的眼中闪现出戏谑的光芒。

她知道他跟卡秋莎的那事儿。

“确实是这样的，我就是那个罪魁祸首，正是因为这件事儿，我才把我所有的计划都给改变了。”

“可是这件事能让您怎样改变您的计划呢？”阿格拉费娜·彼得罗夫娜抑制住了笑容说道。

“变化是这个样子的：既然是我害她走上那条路的，那么我就应该倾尽我的所有去弥补她。”

“那是因为您很善良，可是在那件事儿上您犯的错误也没什么大不了的啊。那种事情是所有人都难免的，若是冷静地好好想想，这一切也会随着时间的流逝渐渐被冲淡和忘记的，人不都这样过下去的。”阿格拉费娜·彼得罗夫娜一本正经地说道，“您没有必要把所有的过错都算在您自己头上。我之前就听说她走上了歧途，那又怪得了谁呢？”

“的确怪我啊。所以我才想要弥补。”

“嗯，这事儿可是不太好弥补的。”

“那就是我的事儿了。可是，如果您在考虑您自己的话，那么，请想一想我母亲曾经的一个愿望……”

“我并不是光想着我自己。过世的夫人对我恩重如山，如今我也不再有什么奢望了。我的莉赞卡一直让我去她那儿（莉赞卡是她的一个已经出嫁的侄女），等这儿再也不需要我的时候我就去她那儿了。可是您不应该老把这种事放在心上，这种事情都是在所难免的。”

“嗯，我并没有这么想呀。但是，我还是要再麻烦您，请帮我把这座住宅给退了，把东西收拾一下，还有请您千万不要生我的气。我十分感谢您为我所做的一切，十分感谢。”

真的是太奇怪了，自从涅赫柳多夫认识到了自己不好而且厌恶起来他自己的那一刻开始，别人也就不再让他觉得反感了。恰巧相反的是，他对阿格拉费娜·彼得罗夫娜也好，对柯尔内也罢，都产生了一种从未有过的很亲切并且很尊敬的情感。他本来也很想向柯尔内忏悔自己犯下的错误，可是看到柯尔内还是对自己那么毕恭毕敬的，让他也不好意思那么做了。

在去法院的路上，涅赫柳多夫坐着原来的那辆街头马车，经过那些曾经走过的街道，可是他觉得自己很奇怪，已经明显感觉到今天的他完完全全成了另外一个人。

跟米西结婚，这在昨天看来还是易如反掌的事儿，现在他却觉得那根本是天方夜谭。昨天他是这个样子看他自己的处境的，地位优越，她跟他结婚也无疑是会幸福的。可现在他却认为自己不仅配不上她，而且自己连接近她的资格也没有了。“一旦她知道我是个什么样的人以后，她就不管怎样也不会再接受我的。可我却还埋怨她不该跟那位先生打情骂俏。确实不能，即使她现在要嫁给我，可我却知道那个女子就被关在这儿的监狱里，明天或者后天就要和一大批犯人流放出去服苦役了，暂且不说我是不是能够幸福，想到她那样，我能安得了心吗？那个女人，那个曾被我伤害过的女人，她就要去服苦役了，可是我在干吗呢，我却在这儿接受人家的祝福，还要携着年轻的妻子一起出去访客会友。要不然就去出席什么会议，或者跟那个首席贵族，那个曾经受到我和他的妻子无耻欺骗的人，一同出席会议，一同在会上统计票数，看看由地方自治局监督学校机构的决议能够得到多少人的赞成票和多少人的反对票。在这之后呢，再跑去跟他的妻子相会（多么卑鄙啊）。或者，我继续画那幅画，而那幅画显然是永远也画不成的，因为我本来就不应该去干那种无聊的事儿，可事实上现在我也更加不能再去干那种无聊的事儿了。”他自言自语地在心里说道，不停地为他的内心所发生的变化暗自庆幸。

“第一，”他心想，“现在我就要去找律师，去问问他的意见，然后……然后就到监狱里去看一下她，看一看昨天的那个女犯人，将一切统统都告诉她。”

他想象着他怎样去和她相见，怎样把这一切和盘托出，怎样去对她忏悔，怎样跟她表明为了赎罪他可以做一切力所能及的事儿，即使是跟她结婚，他也在所不惜。一想到这，立刻就有一种异常激动的心情攫住了他，眼泪也不由自主地夺眶而出。

第三十四章

涅赫柳多夫到了法院以后，在长廊里便碰到了昨天那位庭警，所以就向他打听昨天被法院审判过的犯人都被关在了哪儿，想要探视这种犯人需要得到谁的批准。庭警告诉他，这种犯人被关在很多不同的地方，又说在最终判决没下来之前，探视这种犯人必须得到检察官的批准。

“等到庭审结束以后，我会过来告诉您，并且亲自把您带去。到现在检察官都还没有来。只能等审讯结束以后再说了。现在就请先出庭吧。马上就要开庭了。”

在涅赫柳多夫的眼中，今天这个庭警也仿佛很可怜。涅赫柳多夫对他的盛情表示了感谢，接着就向陪审员们的议事室走去。

当他刚走到那个房间的门口时，没有料到此时陪审员们已经从里面纷纷走出来正要进审判的法庭里去了。那个商人依旧如昨天一样那么快活，还是那样的酒足饭饱，看见涅赫柳多夫就像老朋友那样和他打招呼。彼得·格拉西莫维奇那过分随意的态度与哈哈大笑的声音也再没有让涅赫柳多夫感到反感了。

涅赫柳多夫很想告诉所有的陪审员他和昨天那个女被告的关系。“若是真的话，”他心里面在想，“我应该在昨天法庭审判的时候就站出来，并且当众宣布自己的罪过才对。”可是等到他和其他陪审员一起走进审判大厅时，与昨天一样的程序又重新上演了，又是大喊了一声："开庭啦！"又是那三个戴领章的法官出现在高台之上，又是一片肃静，陪审员们在高背椅子上纷纷坐定，还是那些宪兵，那幅沙皇肖像，仍然还是那个司祭，此时涅赫柳多夫觉得尽管他应该这么做，可是就算是在昨天，他也是不能够打破这种庄重的法庭气氛的。

今天审讯的是一桩溜门撬锁盗窃案件。一个二十来岁的小伙子被两个手持拔出鞘的军刀的宪兵押到了庭上，这个被告长得消瘦，双肩很窄小，面色灰白灰白的，毫无血色可言，身穿着灰色囚衣。他独自地坐在被告席的板凳上，皱着眉头打量着陆陆续续走进大厅的人。这个男孩被控告跟另外一个同伙一起撬开了一个仓库的锁，并从那里面偷走了几条破旧的长条地毯，一共价值三卢布六十七戈比。从起诉书里的控告来看，这个男孩与肩扛着毛毯的同伙正在一起走路，却被一个警察给截住了。这个男孩跟他的同伙就当场认罪了，于是两人都被关进了监狱。这个男孩的同党是一个钳工，已经死在牢狱中了，所以现在只剩下这个男孩一人受审了。物证台上放着那几条破旧的粗地毯。

此案的审判工作和昨天没有任何区别，有物证，也有人证，还有人证进行宣誓，有审问，也有鉴定人，还有交相讯问，也就是说，各种项目都应有尽有。而那个警察作为证人，在每次庭长、公诉人[①]、辩护人进行提问的时候，总是很别扭地回答道："是的，老爷"，或者"我不知道，老爷"，或者又是"是这样的，老爷"……但是，即使他具有士兵的呆滞和古板，大家还是能够看得出来他是在怜悯那个小伙子，并且不情愿说出抓住那小伙子的经过。

另外的一个人证则是失主，是一位年迈的房东，也就是那几条粗地毯的主人。他分明是个脾气暴躁的人，法庭上问到那几条粗地毯是否是他的，他很不高兴地承认这就是他的。但是等副检察官开始问他用那些粗地毯来做什么，他是不是非常需要那些地毯的时候，他的火爆脾气就爆发了，回答道："去他妈的吧，我根本就不

① 检察官。

需要这几条破地毯。若是我早知道它们会给我带来那么多的麻烦，我非但不会寻找它们，反而宁肯倒贴一张红票子，两张也行，免得被人死拉硬拽地到这里来受审。不过是乘了一下马车，就花了我大约五个卢布。更何况我的身体也不怎么好。我还有疝气病和风湿病呢。”

证人们就说了这一番话。而被告自己倒是爽快，对一切的罪行都供认不讳，像是一只被逮住了的小野兽，茫然无措地朝四周张望，用断断续续的语调将事情发生的前后经过讲述了一遍。

案情再清楚不过了，可副检察官依然像昨天一样耸耸肩，并提出了一些稀奇古怪的问题，还是想要引诱狡猾的犯人上钩。

他在自己的发言当中提出了那次盗窃案是发生在一个有人居住的房屋里，而且把门锁撬了才进去的，所以那个男孩该受到最严厉的惩罚。

可是法庭指定的辩护人却证明，这次的盗窃案并不是在有人居住的地方犯下的，因此罪行固然是不可否认的，但罪犯还不致像副检察官所认定的那样，会对社会造成严重的后果。

庭长也跟昨天一样，表现没偏没向，大公无私，跟陪审员们详尽地解释和交代了一些他们原本已经知道，而且也不可能不知道的问题。法庭也像昨天那样被暂停了好几次，大家还是像昨天那样都出去抽烟，庭警便依然是用那样的语调喊一声：“开庭啦！”两个宪兵还像昨天那样坐在了那儿，手持拔出鞘的军刀恐吓着犯人，同时也竭力忍住自己的瞌睡。

通过审讯，可以知道这个男孩原本被他的父亲送进一家卷烟厂里去当学徒的，在那儿生活了五年。这一年厂主和工人们发生纠纷以后，他便被厂主解雇了，一直闲着没有找到活儿干，在城里瞎逛着，将余下的钱也都拿去买酒喝了。他在特拉克吉尔小酒馆里遇到了那个像他一样的钳工，比他更早些丢掉工作，酒喝得也更加凶。有一天深夜，他们两人喝得醉醺醺的，趁着酒劲儿，便撬开了门锁，从那儿把首先摸到的东西都拿出来扛到肩上就走了。就这样他们便被逮住了。他们都供认了罪行，被送进了监牢里，钳工没等到审讯就已经死了。现在这个男孩便被当作必须和社会隔离的危险分子而受到审讯。

“若是非要说他是一个危险的人物，那么他跟昨天那个女犯人没什么区别。”涅赫柳多夫倾听着他跟前的人们所说的话，心里面想道，“说他们是危险的，难道我们就不危险了吗？……我就是个好色之徒啊，是个浪荡的家伙，是个彻头彻尾的骗子，所有的我们这类人，只要是比较了解我的人，不但不因此而轻视我，反倒还更加尊重我，那么我跟我们这类人就不危险了吗？更何况，就算这个法庭里的所有人当中，只有这个男孩算得上是个对社会最危险的人，那他现在已经被捕了，按理说，应该拿他怎么办呢？

“其实，事情很显而易见，这个男孩也并不是什么十足的坏人，他只是极其普通的一个人，这是大家都看得非常清楚的。而他之所以会落到现在这步田地，也只不过是因为他处于产生这类人的大环境之下罢了。因此，看样子事情是一目了然：为了不至于再出现这类似的男孩子，就应该竭力消灭产生这类人的环境才对。

“可是我们现在又对环境做了什么呢？我们虽然明明知道还有成千上万这样的人并没有被逮住，仍然逍遥法外，这次我们只不过碰巧抓住这个男孩子罢了，然后我们只是把他关进监狱，让他终日无所事事，或者让他去从事那些对健康不利而且极无聊的劳动，让他交代那些跟他一样软弱无能的并且仍在生活当中迷途的人，随后便由国库出资将他和最堕落的人掺杂在一块儿从莫斯科省流放到了伊尔库茨克省①去。

“对此我们非但没有采取任何措施来清除造成这类人的环境，反而一味地鼓励那些产生这种人的机构。这种机构也是众所周知的，也就是工场、工厂、作坊、小饭馆、酒店和妓院。我们不但没有把这些机构给取消掉，反而认为它们是应该有必要存在的，于是便鼓励它们，调节它们。

“我们用这种方式培养出来的不仅仅是一个人，而是成千上万

① 在西伯利亚东部。

的人，然后我们逮住这里面的某一个，就自认为已经做了我们该做的，而且我们自己的安全也已经得到了保障，就再也不需要我们去做什么其他的事了。我们就把他们从莫斯科省给遣送到伊尔库茨克省去。”涅赫柳多夫异常激动而且思路非常明了，此时的他坐在上校旁边的椅子上，听着辩护人、副检察官和庭长发出的各种各样的声音，看着他们那自以为是的表情，“嘿，是那样的虚伪，那得花费他们多少紧张的心思呀！”涅赫柳多夫继续想着，一面环顾了一下这个大厅，看了看那些画像、灯、圈椅、军服和那一面面厚墙壁及窗户，还有这个机构的建筑是何等的宏伟，想到这个机构本身更是庞大得多，想到了官吏、书记员、看守和差役等组成的庞大队伍，这种人不仅在这儿存在着，而且在整个俄国各地都有这种机构，队伍浩浩荡荡，他们按时领取俸禄。就是因为要表演这种滑稽的喜剧。“如果我们把这些力量即使仅用百分之一来帮助那些无以为生的人，会有一种什么样的局面产生呢？可是如今，我们却只把他们看作为我们的安静和舒适所付出的一些劳动力而已。是的，当初他由于家境贫困从乡村来到城市里来的时候，但凡能有一个人同情同情他，然后接济他一把，也就不至于成现在这个样子。”涅赫柳多夫看着那个男孩子病态而受惊且憔悴的面孔，暗自地想道，“或者当他已经到了城里，在工厂里工作了十二小时之后，跟着那些年龄大一点儿的同伴们来到小饭馆，倘若那时有一个人来对他说上一句，‘别去了，凡尼亚，到那里去可不好’，那个男孩可能就不会去了，就不会去游荡了，也就不会做出什么出格的事儿来了。

“可是自从他像牛马一样在城内住了下来，过起自己的学徒生活；为避免生虱子而把头剃光，而且为师傅们东奔西跑地购买各种东西的时候开始，在这段时间之内，从来就不曾有一个人可怜过他。正好相反的是，自从他在城内居住下来以后，他从师傅与伙伴们的口中所听到的，却无非都是些‘谁擅长行骗，谁擅长酗酒，谁擅长骂人，谁擅长打人，谁擅长贪淫好色，谁就是好样的’之类的话。

“结果可想而知，那些不利于健康的劳动、喝酒、淫乱等，让他得了病，也弄坏了他的身体，他才变得浑浑噩噩，稀里糊涂，像是在做梦一样，漫无目的地在城里瞎逛，又一时无聊闯进了人家的仓库里，把那几条无用的破地毯偷了出来。但是此时此刻，我们这些衣食无忧、家财万贯、受过良好教育的人，非但不想方设法去清除那些使这个孩子堕落的根本缘由，还想要借此来责罚这个孩子，想要借此来改变这种局面。

“这简直是太可怕了！真不知道在这种情形之下究竟是冷酷多点儿还是荒唐多点儿。可无论是冷酷还是荒唐，看来都已经达到了无以复加的地步啊。”

涅赫柳多夫一门心思地在思考这些问题，对眼前的审讯，他一点儿都没听进去。思考的这些让他本人也感到了害怕，他很纳闷，不明白他以前怎么就没有注意到这种情况，也很纳闷其他的人为什么和他一样也没有注意到。

第三十五章

等到法庭第一次宣布庭审休息时，涅赫柳多夫就立即站起身来朝走廊里走去，打定主意再也不回法庭去了。他们想怎么处置他就怎么处置他吧。反正，他是再也不能参与这种既可怕又可憎的傻事了。

涅赫柳多夫打听到检察官的办公室在哪里以后，就直接奔那儿去了。有个差役不肯放他进去，说是检察官此时正在忙着呢。可是涅赫柳多夫理都不带理他的，径自往门口走去，恰巧有一个官吏迎面走了过来，涅赫柳多夫和他打了声招呼，便让他向检察官通报一声，表明他是陪审员，有一件十分重要的事必须见他。公爵的封号以及讲究的衣着真的给涅赫柳多夫帮了大忙。文官马上就去通报了检察官，便放涅赫柳多夫进去了。检察官站着接待了他，看得出来他对涅赫柳多夫如此急切地要见他感到非常不满。

“您有什么事儿吗？”检察官冷漠地问他。

“我是陪审员，姓涅赫柳多夫，我有重要的事儿想要见一见那个女被告玛丝洛娃。”涅赫柳多夫快速而又坚定地说，此时他的脸涨得通红，觉得自己正在做一件能对他的一生起决定性作用的事。

检察官是一个个头儿不高、面色黝黑的人，有短短的花白的头发，一对眼睛倒是十分灵活，炯炯有神，突出的下巴上面留着修剪得整整齐齐的浓浓的、短短的山羊胡。

“您是说玛丝洛娃？当然，这个我知道。就是被指控犯了投毒害人罪的那个女的。”检察官心平气和地说着，“但是到底是什么事让您非得要和她见上一面啊？”然后，他仿佛想要缓和一下气氛似的，接着说道，“若是我不弄清楚您为什么要见她，是不能够批准您去探视她的呀！”

“我真的有事要见见她，这事儿对我来说是非常重要的。”涅赫柳多夫说着，脸立即又涨得很红。

“哦，是这样啊。”检察官说着，抬起了眼睛认真审视着跟前这个涅赫柳多夫，“她的案子审理过了没有？”

“她是昨天受的审，并且非常不公正地被判了四年的苦役。实际上，她是无罪的。”

“哦，原来如此啊。既然在昨天她被判的刑，”检察官说，并不理会涅赫柳多夫声称玛丝洛娃是无罪的那些话，“那么，在正式公布宣判之前，她仍然必须得关在拘留所里。在那儿，只能在规定的时间才被允许探望。我劝您最好还是到那儿去问一问。”

“可是，我需要尽快见到她呀。”涅赫柳多夫说道，并颤抖着他的下巴，感觉最关键的时刻就要到了。

“您到底为什么非得要见她啊？”检察官有点儿烦躁地拧起了眉毛问道。

“是这么回事儿：她是无罪的，但是却被判处要去服苦役。而这一切都是由我造成的。”涅赫柳多夫用发颤的嗓音说着，与此同时也感觉到自己说出了没必要说的话。

“您这话究竟是什么意思？”检察官又问道。

“意思就是：她会落到现在这步田地，是因为我曾经引诱过她。若不是我害她成了这种人，她也就不至于受到什么指控了。”

“我还是没明白您说的，可这关探监什么事儿啊。”

“有关。那就是我想要跟她去，甚至……和她结婚。”涅赫柳多夫努力地说了出来。像平时那样，他一说到这话，泪水便夺眶而出。

“噢，是这个样子啊，原来如此！”检察官说，“这倒真的是一件非常稀奇的事情。您似乎是克拉斯诺彼尔斯克县的地方自治会的议员吧？”检察官问道，望着此刻说出这种奇怪决定的涅赫柳多夫，想到貌似在哪儿听到过这个人的名字。

“非常抱歉，我想这跟我的这个要求没什么关系吧。”涅赫柳多夫又是脸色通红、气愤地回答道。

“当然没有关系，”检察官一点儿也没生气，隐约微笑着说道，“可是您的想法未免也太与众不同了吧，未免也太出格了……”

“怎么样，我能够获得许可吗？”

“许可？好吧，我马上开出一个许可证给您。请您稍等一下。”

他走到桌子前面坐了下来，然后开始动手写起来。

“请您坐下吧。”

涅赫柳多夫还是站在那儿纹丝不动。

检察官开好许可证以后，把它递给了涅赫柳多夫，并好奇地望着他。

“我还需要声明一件事儿，”涅赫柳多夫说，“我不能够再参加庭审了。”

“您是知道的，这个是要向法庭说出正当理由的。”

“理由就是我觉得所有的审判不仅是没有好处的，而且还是很不道德的。”

“原来是这个样子啊。”检察官说道，仍然带着似有似无的那种微笑，似乎要用这种微笑表示他对这类声明是再熟悉不过的了，而且正如他所知道的荒诞滑稽的谬论一样，“是这个样子啊，可是想来您一定也清楚，我作为法院的检察官，是不能够赞成您的意见的。因此我建议您还是去向法庭申请一下吧，法庭会裁决您的申请是否是正当的，若是不正当，还会要您交出一笔钱作为罚款。那么就请您去法庭吧！”

“我已经说过了啊，另外我哪儿也不去了。”涅赫柳多夫愤怒地说。

“再见。”检察官一边说着，一边鞠躬，显然是想尽快摆脱这个稀奇古怪的来访者。

“刚才是什么人来找的您？”一位法官在涅赫柳多夫刚出门，就紧跟着进入了检察官的办公室，问道。

“哦，是涅赫柳多夫。说实在的，之前就是他在克拉斯诺彼尔斯克县的地方自治会里发表过各种离奇古怪论点的。您想一下，现在他是个陪审员，不承想被告里有个女人或姑娘，被判处了服苦役，听他说，他曾经诱引过她，如今他打算和她结婚。”

“这是真的吗？”

“他就是这么跟我说的……而且说这话时激动得还有点儿古怪。”

“现在的年轻人都有一点儿怪，有些不正常。”

“可是他应该也算不上年轻吧。”

“嘿，老兄，您那个大名鼎鼎的依瓦申卡可真快叫人烦死了。他总是说个没完没了，说完这个又说那个，让人实在是难以忍受。”

“对他们这样的人，您就不应该让他们说得太多，不然他们就真的是扰乱公堂了……”

第三十六章

涅赫柳多夫从检察官那里走出来以后，乘上马车径直奔向拘留所。但是那儿竟然没有叫玛丝洛娃的，所长跟涅赫柳多夫说，她应该还在关押解送犯人的老监狱[①]里呢。于是涅赫柳多夫便乘上马车又直奔那里去了。

确实是，叶卡捷琳娜·玛丝洛娃正被关押在那里。检察官忘了大概在六个月前，本地曾经发生过一起政治案件，这很显然是被宪兵们煽动起来并且夸大到了最大限度，因此拘留所里关满了大学生、医师、工人和高等女校学生、女医士。

拘留所跟羁押解犯的监狱离得非常远，以至于涅赫柳多夫快到黄昏时分才来到那监狱。他想要走到那座阴森森的高大楼房的门口，可是岗哨却不允许他过去，只是拉了一下门铃。一个看守听到铃声就走了出来。涅赫柳多夫把许可证出示给他看，但看守却说他没有典狱长的准许还是不能放他进去。于是涅赫柳多夫就又要去找典狱长。涅赫柳多夫刚爬上楼梯就听到从房门后边传来的一支繁杂而雄壮的乐曲，那是有人在用钢琴弹奏。一只眼睛上还蒙着纱布的使女，怒气冲冲地走过来为他开门，这时从房间里传出的钢琴声正

① 这种监狱所关的犯人已经由法庭判决，但是必须解往外地去服刑，暂时关在那儿等候解送。

激荡着他的耳鼓。这是李斯特①的一首他听烦了的狂想曲，弹得倒是还不错，可是只弹到一个地方就停下来；这首曲子只要一弹到那个地方，就总是又从头开始再弹一遍。涅赫柳多夫问那个眼睛上面蒙着纱布的使女典狱长在不在家。

使女回答说，不在家。

“那他很快就能回来了吗？”

那首狂想曲又停了下来，接着又从头弹起来，声音洪亮而又动听，可是这美妙的声音只持续到那个有魔力的地方。

“我给您去问一下。”

于是使女便去了。

那首狂想曲刚刚热情奔放地弹奏了起来，还没有弹到那个有魔力的地方就戛然而止了。接着就听到一个人的说话声。

“你去跟他说一声，典狱长并不在家，而且今天他是不会回来的。他出门访客去了。这些人为什么老是来纠缠他不肯走。”这是屋子里一个女人的声音，接着狂想曲又响了起来，可是又忽然停了下来，接着听到挪动一把椅子的响声。显而易见，肯定是弹钢琴的那个女人发火了，想要亲自出来斥责一下这个纠缠不止的不速之客。

“爸爸不在家。”一个头发蓬松、脸色惨白，忧郁的双眼还带着发青的眼圈儿，一副可怜巴巴的小姑娘从里面走了出来，气愤地说道。当她看到来客竟然是一个衣饰讲究的年轻人，态度才缓和了下来。又说：“您请进吧……您有什么事吗？”

“哦，我要到这个监狱里去探视一下被囚禁的犯人。”

“想必是个政治犯吧？”

“不，她不是政治犯。我这儿有检察官的许可证。”

“嗯，我不清楚，爸爸不在家。不过，您请进来吧，”她在狭小的前堂里再次跟他说道，“要不您就去找找副典狱长吧，他现在正在办公室里，您不妨跟他谈谈。您贵姓啊？”

“多谢。”涅赫柳多夫说过，没有回答她的问题便转身走出

---

① 李斯特（1811—1886），匈牙利钢琴家及作曲家。

去了。

他刚离开，房门都还没有关上，之前那种热情欢快的琴声就又传了出来。这个声音无论对弹琴的地方还是对模样忧郁而又可怜巴巴的弹琴的小姑娘来说，都太不相称了。涅赫柳多夫在院子里碰见一个年轻军官，他留着两撇翘起来的、涂了染须剂的唇须，便问这个人副典狱长在哪里。刚好，他便是副典狱长。他接过许可证看了一下，说这个是专供去拘留所里探监用的，他不便凭着这个让涅赫柳多夫进监狱。更何况天也已经不早了……

“请您明天再过来吧。明天十点的时候，人人都是可以探监的。您那时再来吧，典狱长那时候也会在家。这样您就可以在公共的大房间里探望她，不过如果获得典狱长许可的话，也可以在办公室里面和她见上一面。”

涅赫柳多夫这一天探监也没能探到，便只能回家了。涅赫柳多夫走在大街上，一想到第二天就要和她见面，心情就十分激动。现在他想的不再是法庭上的情景了，想的是他和检察官以及两个监狱长官的交谈。他想到自己千方百计地要和她见面，想到他把自己的愿望说给检察官听，想到他曾经到过两个监狱，只是为了和她见一面，想到这些内心就不由自谈，和每个人身上都会存在的真正而圣洁的自我在交谈。在这段时间里，我的真正圣活的自我一直都在沉睡，因此我没有一个能够倾诉的人。是一件非同寻常的事把这个我给唤醒的。那是四月二十八日，在我作为陪审员的法庭当中所发生的事情。我看见了她，那个我曾经引诱过的卡秋莎，她身穿着长囚衣，在被告席上坐着。因为一个荒唐的误会，也因为我所犯下的过错，她被判决去服苦役了。我刚才去见过了检察官，还去过了监狱。他们没能让我进去和她相见，可是我已经下定决心要竭尽所能和她见上一面，我要在她面前忏悔，甚至要跟她结婚，以此来弥补我犯下的罪过。主啊，请您帮帮我！我心中是非常快乐的，充满了喜悦。”

第三十七章

那天夜里，玛丝洛娃久久无法入睡，她睁着眼睛躺在那儿，看着不时来回踱步的教堂执事的女儿遮掩住的屋门。玛丝洛娃听着红发女人所发出的鼾声，心里却一直在想自己的事情。

她想的是，到了库页岛[①]以后她是无论如何都不能嫁给苦役犯，好歹也要另行安排，比如嫁给个什么长官，嫁给个什么文书，最不济也得嫁一个看守长之类的，或者是副看守的吧，反正他们都是色鬼。“若是我再这样瘦下去，那可就完蛋了。然后她想起了辩护人看她的眼神，庭长看她的眼神，那些在法庭中迎面碰到她和故意从她面前走过的男人看她的眼神。她回想起了曾经来监狱探视她的别尔塔，告诉她，当初她在吉塔耶娃的妓院里爱上的那个大学生，后来又来过妓院了，还打听过有关她的情况呢，对于她的不幸遭遇深表同情。她想起了红头发女人打架的事情，而且怜悯她。她想到卖面包的人是怎样多给了她一个白面包的。她想起了许多的事，可是唯独就没想到过涅赫柳多夫。她的童年与少女的时代，尤其是她对于涅赫柳多夫的爱，她压根就没有再想到过。因为想起来太让人伤心欲绝了。她已经把那些回忆按照原样埋葬在她的内心深处了。她甚至从未梦到过那个涅赫柳多夫。今天她在法庭中并没有把他认出

① 在西伯利亚东面鄂霍次克海中，在帝俄时期苦役犯常被流放到这里做苦工。

来，这如果说是因为她最后一次和他见面的时候，他还是一个军人，没有留胡子，只是留着短小的唇髭，卷曲的头发虽然短而浓密，而现在的他却显得老成多了，留了一把胡子，关键还是她从来都不曾想起过他。她已在那个可怕的黑漆漆的夜里，就是他从军队回来，却没有顺路到他姑姑家里去的那个黑夜里，把她以前和他曾经发生过的事情全部都给埋葬在心底了。

在那个黑夜以前，她还盼望着他能回来一次，因此她对她心脏下面的那个小家伙一点儿也不讨厌，而且每当他在她的身体里温柔地蠕动一下，偶尔也很剧烈地动一下时，她就常常十分激动。可是从那个夜晚开始，一切都不同了。未来的孩子对她来说已是一种负担。

姑姑们原本也在盼望着涅赫柳多夫，请他顺道再过来一趟，但他却拍来两封电报，说是他来不了了，因为他必须如期赶回彼得堡去。卡秋莎得知这消息之后，便下定决心亲自去火车站见他一面。他坐的那趟火车会在夜里两点路过当地的车站。卡秋莎把两个老姑娘伺候上床睡了之后，说动了一位小姑娘，厨娘的女儿玛什卡跟她一起去。她穿上了高筒皮靴，围上头巾，提着衣裙，悄无声息地朝火车站奔去。

那是一个秋夜，到处漆黑一片，并且风雨交加。天上温和的、大大的雨点儿一阵又一阵地倾注下来。在田野里是看不到脚下的路的，树林里也像炉膛一样黑。卡秋莎虽然很熟悉那条路，可是仍然在树林里迷了路。那列火车在那个小站上只停留三分钟，她原本希望在火车抵达以前提前来到车站上，但是等她奔到那儿时，铃声已经响过了第二遍。卡秋莎跑到了月台上，立即就在头等车厢的窗口那看到了他。这个车厢里的灯光特别明亮。有两位没有穿常礼服的军官相对坐在丝绒包面的靠背椅上玩着纸牌。挨着窗口的一张小桌子上面点着几根淌油的粗蜡烛。他穿着紧腿马裤与雪白的衬衫，在靠椅的扶手上坐着，把胳膊肘支在椅子背上，不知道在笑什么。她一认出他来就用冻僵的手去敲打窗子。可是偏偏就在这时，第三遍铃声便响了起来，火车缓缓地启动了，刚开始是往后一退，然后那些连接在一起的车厢相互碰撞着，一节紧跟着一节地往前移动起来。在两个玩纸牌的军官当中，有一个军官手里拿着纸牌站了起来，向窗外望去。她又敲打了下窗户，并且将脸贴在窗户上。这时她跟前的车厢也猛地一晃，移动了起来。她便跟着车厢又向前走，眼睛巴巴地向窗户里面望着。那名军官想要把窗子打开，但是却怎么也打不开。于是涅赫柳多夫便站起身来，推开那名军官，开始动手来推窗子。这时火车加快了速度。她也随即又加快了脚步跟上去，不甘心落了下来，可是火车的速度越来越快，就在窗子被打开的时候，一名列车员走过来把她推开了，然后自己跳进了车厢。卡秋莎一下子就落在了后面，可是她依然顺着月台湿漉漉的木板一个劲儿地奔跑着。后来一直到了月台的尽头，她好不容易支撑着没有摔倒，接着又踏着台阶跑下地面。她还在往前跑，但是那辆车的头等车厢却已经远远地跑到前面去了。从她身旁驶过的已是一节一节的二等车厢，然后一节一节的三等车厢以更快的速度驶过去了，可是她仍然还在跑。等到尾部挂着一盏提灯的最后一节车厢驶过去的时候，她已经跑过了水塔，周围已经没有任何护栏了。迎面刮来的风，吹起了她头上围着的头巾，吹得她迎风那一面的衣服裹紧了她的双腿。她的头巾被大风吹掉了，但她仍然在一个劲儿地跑。

“阿姨，米哈伊罗芙娜！”那个小姑娘很吃力地跟在她后面跑着，嚷了起来，“您的头巾掉啦！”

“他，在灯光照亮的车厢里面，坐在丝绒靠椅上，吃喝玩乐，有说有笑。而我却在这儿，在黑暗的泥泞地里，被风吹雨打着，站着哭泣。”卡秋莎心中想道，便停下了脚步，将她的身子向后一仰，双手抱住自己的头，号啕大哭了起来。

“他走了！”她大喊道。

小姑娘被吓了一大跳，搂住了湿淋淋的她说。

“阿姨，咱们回家吧。”

“再有一列火车驶过来，我索性就往车轮下面一钻，就结束了。”卡秋莎这个时候暗暗地想道，并没有理睬那小姑娘的话。

她下定了决心要这么做。但是此时，如同平常人在激动之后突然安静下来那样……他，她肚子里的孩子；他的孩子，突然动了一下，用力地一蹬，缓缓地张开了四肢，不知道他用一种什么又细又软又尖的东西又撞了一下。于是乎就在一分钟以前，她还感到万分悲痛，感到无法活下去的那种苦恼，她对涅赫柳多夫的满腔怨恨，还想要用自己的死来报复他的念头……总而言之，那一切顿时烟消云散了。她很快平静了下来，整理了一下衣服，又把头巾包好，便快速朝家里走去了。

她浑身都湿透了，并且沾满了泥污且疲惫不堪地回到了家。从那一天开始，她的心灵就发生了变化，正是由于这种变化造就了现在的她。从那个骇人的夜晚开始，她就再也不相信什么善了。以前她也相信善，而且相信其他的人也相信善，但是从那一天夜晚开始，她断定没人会相信善，大家嘴里都说着上帝，都说着善，他们这么做无非只是为了欺骗别人罢了。她爱过他，他也曾经爱过她，这一点她也是知道的，可是他却玩弄了她，玩弄够了她的感情以后，便抛弃了她。在她了解的人里面他还算得上是最优秀的那个吗？别人就更不用提了，太坏了。而她后来遇到的事情，每一件都证明了这一点。他的那两位姑姑，那两名虔诚的老姑娘，看到她无法再像从前一样伺候她们的时候，就把她赶了出来。后来她遇到的所有人，只要是女人就都想方设法地通过她来赚钱；只要是个男人，从年迈的警察分局局长开始，一直到监狱里面的男看守，每个人都把她看成享乐的玩物。不管对谁来说，都要享乐，只有寻欢作乐才是他们需要的。除此之外，世界上再没有别的事儿了。她在自己无所事事的第二个年头与一个年迈的作家姘居过，这也越发证实了这一点。那个老作家将这种欢乐称为诗意和美感，并直言不讳地告诉她，人生的幸福尽在其中。

大家都只是为了自己而活着，为了自己的享乐而活着，一切与上帝和善有关的那些话，都是骗人的。要是有时她的心里产生了疑问：世上所有的事情为什么都被安排得如此糟糕，让大家彼此相互残杀，让大家都遭受苦难。那么，就不去想这些事儿了。每当她感到烦闷的时候，就抽抽烟，或者是喝喝酒，或者最好是找一个男人去干点儿风流事儿，这样一来那种烦闷也就统统忘记了。

第三十八章

翌日是星期天，早上五点，监狱里女监的长廊里又响起了惯常的哨子声，此时早已经睡醒的柯拉布列娃把玛丝洛娃唤醒了。

“我是一个女苦役犯。”玛丝洛娃揉一揉眼睛，禁不住呼吸着一大早便臭得让人窒息的空气，在心中恐惧地想道。所以她很想再昏昏睡去，到那茫茫的梦乡中去，可是心惊胆战战胜了睡意，她便直起身来，然后盘腿坐正，朝四周打量了一番。这时女犯人都已经起床了，只剩下那些小孩子还在睡觉。卖私酒的女人瞪着她那双暴突的眼睛，小心翼翼地从她的孩子们的身子底下抽出了她那件长囚衣来，生怕把他们给吵醒了。闹事儿的那个女人在火炉一边挂起那块当尿布用的破布，她的婴儿在蓝眼睛的菲多霞的怀里拼命地哭，菲多霞轻轻摇晃着他，给他柔声柔气地唱着催眠曲。患肺痨病的女人又开始在不停地很吃力地咳嗽，她的血液涌上脸；在咳嗽间歇里，几乎像喊叫似的喘着粗气。红发女人醒了以后，仰天躺在那儿，弯着两条粗腿，津津乐道她梦里的情景。站在圣像前面的是犯纵火罪的老太婆，轻声地念叨着同样的祷告词，并在胸前画着十字，鞠着躬。坐在板床上面的是教堂执事的女儿，纹丝不动，她那双惺忪的、呆滞的眼睛望着前边在发愣。美人儿将她那抹了油的、粗硬的头发缠绕在一根手指头上，想要把头发弄得稍微卷一点儿。

走廊里传来穿着棉靴子走路的“啪嗒啪嗒”的脚步声。铁锁哗啦地一响，走进来的是两个倒马桶的男犯人，他们俩都穿着短上衣，下身穿着裤脚距离脚脖子很远的灰色裤子，露出严厉而又怒气冲冲的脸色，拿扁担挑起那臭气熏天的便桶，把它弄到牢房的外边去。女犯人都纷纷走出去到长廊里的水龙头下面洗脸。红发女人在水龙头旁边，跟隔壁牢房中走出来的一个女犯人争吵了起来。又是一阵谩骂，叫嚷，怨诉……

“你们是不是想去单身禁闭室啊！”一名男看守吆喝道，并且狠狠地打了一下红发女人那肥胖的后背，声音很响亮，整个长廊都能够听见，“不要让我再听到你的说话声。”

“瞧，你看，这老头玩得多带劲啊。”红发女人把这种拍打当成抚爱，说道。

“喂，快点！收拾好了就去做礼拜吧。”

玛丝洛娃还没有梳完头发，典狱长便带领一名随从进来了。

“要点名了！”男看守吆喝道。

从另一间牢房中又走出另外一些女犯人。于是所有的女犯都在长廊中站成了两排，而且后一排的女犯人还需要把手搭在前一排女犯人的肩上。所有的女犯人都已经被点过了。

点完名以后，女看守也走过来了，她带着女犯人往教堂走，从各个牢房里走出来的一百多名女犯人排成一个纵队。玛丝洛娃和菲多霞站在队伍的正中间。她们每个人都包着白色的头巾，穿着白上衣跟白裙子，只有少数几个女人穿着自己的花衣服。这是那些带着孩子跟着丈夫一起去流放的妻子。这个队伍把整个楼梯都给塞满了。此时人们只听到她们穿着厚棉靴子走路的嚓嚓的柔和的脚步声和讲话声，偶尔还会有嬉笑声。在拐弯的地方，玛丝洛娃看到了自己的仇敌博奇科娃在前面走着，脸上还露出一副凶狠的表情，便指给菲多霞看。这些女人来到了楼下以后便不再作声了，都在胸前画着十字，鞠着躬，并从一扇打开的门口走进那空无一人的、富丽堂皇的教堂。她们的座位都在右面，于是她们拥拥挤挤，推推攘攘地逐渐站了下来。紧跟在女犯人后面进来的，是一些身穿灰色长外衣的男犯人，他们有的是押解犯，有的则是坐监犯，还有的是经过村社所判决的流放犯。他们大声地咳嗽着，在教堂的右边和中间站着，熙熙攘攘。在上面的长廊上，很多先被带到的男犯已经在那里站着了，在另一边站着的是苦役犯，他们剃着阴阳头，铁链的哗啦声表明了他们的身份；而另一侧站着的是没有剃头也没戴脚镣的尚未判刑的候审犯人。

这所监狱教堂是由一个富有的商人花了几万卢布重建与装饰过的。整座教堂色彩鲜艳、金碧辉煌。

教堂里一片肃静，人们只能够听到擤鼻子声和咳嗽声、孩子的哭声，偶尔还有铁链的响声。可这种肃静持续了一阵子后，在教堂中间站着的那些男犯人忽然向两边挪动身子，彼此推搡着，就这样在中间让出一条道来。典狱长就是顺着这条道走过来的，走到教堂的正中央，站到所有人的前面。

第三十九章

礼拜开始了。

礼拜仪式是照这样进行的：一位司祭身穿着奇特的、古怪的、行动不方便的丝织衣裳①，在碟子中将一片面包切成很多小方块，一一摆好，然后把它们搁在盛着葡萄酒的杯中，并且口中念着各种各样的名字和祈祷词。与此同时，执事也是不停嘴地先念各种各样的斯拉夫语祈祷词，然后和由犯人组成的唱诗班轮流歌唱祈祷词，不过这些祈祷词原本就晦涩难懂，再加上念的和唱的速度很快，就难上加难了。祈祷词的主要内容是祈求皇帝与皇室福寿康宁。大家跪着念了许多遍这种祈祷词，有的时候还和别的祈祷词放在一起念，有的时候则单独跪着念。除此之外，执事还读了《使徒行传》里的几首诗，声音是那么的古怪、紧张，大家一句都没听懂。司祭也读了《马可福音》里的一段文字，他倒是读得十分清晰，内容讲的是基督复活了之后，在飞到天上坐到他父亲的右首前方，先向抹大拉的马利亚显现，又从她的身上驱除了七个魔鬼，之后他又向十一个门徒显现，吩咐他们向普天下的万民传播福音，与此同时还宣称，不相信的人都要被定罪，信而且接受洗礼的人必然能够获救，另外还能把鬼给撵走，而且只要将手在病人的身上一放能就治

① 东正教举行领圣餐的仪式时，主持礼拜的教士所穿的法衣。

好他们的疾病，还能够讲各种新的方言，还能够捉蛇，即使喝下了什么毒物也不会死去，反而会更健康地活着。[1]

礼拜的实质是这样的：据说，由司祭切成小块之后放在葡萄酒中的小面包，经过一些操作和祈祷以后，就变为了上帝的身体和血。具体操作是这样的：尽管司祭身上穿的那件像是口袋一样的锦缎法衣行动起来不太方便，可他仍然镇定自若地向上高举起两只胳膊，就这个样子一直举着，然后跪下来，吻圣坛和圣坛上面放着的那些东西。但是最主要的动作则是司祭伸出双手来，拿起一块餐巾，在碟子和金杯[2]中慢条斯理摇来晃去。据说，面包与酒就在这时变成了上帝的肉体和血。也正是因为这个原因才格外隆重地举行礼拜的这一部分仪式。

“尽情地祝福至圣、至洁、至美的圣母呀！’司祭做完这些仪式以后，在一个隔板[3]的后边又大喊了一声。于是唱诗班便很庄重地歌唱起来，唱的是：“尽情歌颂玛利亚吧，她生下了基督，却没有失去童贞，她理应比某些司职天使享有更多的荣耀，比某些六翼天使获得更大的声誉。”在这之后，据说，转变便已经完成了。于是司祭取下碟子里的餐巾，把碟子中间的那一小块面包又切为四块，先在酒里面蘸一下，然后放到嘴里。大家便认为他吃下的是上帝身上的一小块肉，喝下的是上帝身上的一口血。之后，司祭把帷幕拉开，打开隔板中间的一道门，手里拿着金杯从门里走了出来，请那些自愿者也过来享用放在杯里的上帝的这些血和肉。

几个孩子愿意这样做。司祭先问清了孩子们的名字，然后用小勺子小心翼翼地从杯中取出一小块蘸过酒的面包，依次将一小块面包放到每个孩子的嘴中。这时，执事再给孩子擦擦嘴巴，并用欢快的声音唱了起来：这些孩子吃下的是上帝的肉呀，喝下的是上帝的血呀。然后司祭把杯子放到隔板的后面，在那儿喝光杯中盛着的上

① 见《马可福音》第十六章。

② 圣灵杯。

③ 圣障。

帝的血和肉，再用心地把他的小胡子舔净，擦干净嘴巴和金杯子，兴高采烈地迈着矫健的步伐，从隔板的后面走了出来，他的那双小牛皮靴子薄薄的后跟，踏出了一串吱吱的声音。

这个基督教礼拜的主要仪式进行到这里就算结束了。但是司祭还有意安慰那些可怜的囚犯，就在通常的礼拜以外，又增加了一项特别的礼拜仪式。那个特别的礼拜仪式是这样的：司祭站在一个用铸铁造成的、镀金的、由十根蜡烛照亮的圣像（脸和双臂是黑的）面前，大家以为，司祭刚才吃下去的那个上帝就是这个圣像。接着，他就开始以一种怪声怪气的、不知道是唱歌还是讲话的声音说出下面的这段话：

造福万代的耶稣呀！使徒的光荣，我的耶稣呀！殉道者的赞美，万能的主耶稣呀！拯救我，我的救主耶稣呀，我至美的耶稣呀，拯救去投奔你的人吧，救主耶稣呀！宽恕我吧，所有圣徒、所有先知祈祷产生的耶稣呀，我的救主耶稣啊！赐下天堂的愉悦吧，爱人类的耶稣呀！

读到这儿他停了一下，喘了一口气以后，在胸前画一个十字，跪到地上叩了个头，人们也都照着他的样子这么做了。典狱长、看守们和犯人都跪下叩了头。在上面，那些镣铐发出的响声特别紧密了。

“天使的创造者呀，力量的主啊，”他继续似唱似说地念道，“最最神圣的耶稣呀，天使们望尘莫及；无所不能的耶稣呀，世世代代的救主；造福万代的耶稣呀，族长们的称颂；极顶光荣的耶稣呀，万代帝王的靠山；至善的耶稣呀，预言的应验；最奇妙的耶稣呀，殉道者的后盾；最和善的耶稣呀，修士们的喜悦；最仁慈的耶稣呀，神父们的幸福；最仁爱的耶稣呀，守斋人的控制；赐福万代的耶稣呀，圣徒们的欢乐；最圣洁的耶稣呀，永保贞洁的童贞者；千秋万代的耶稣呀，罪人的救星；耶稣呀，上帝之子呀，宽恕我吧！”最后他终于停下来了，不过反反复复地呼喊着“耶稣”的声音越喊越大。随后，他用一只手稍微撩起他法衣的绸里子，跪下了一条腿，叩起头来。唱诗班便接着唱他最后的那句话：“耶稣，上帝之子呀，宽恕我吧！”犯人便跪在地上，又站起来，将没剃去的那半边头发甩来甩去，那些擦伤了他们细腿上的脚镣便不住地哗啦哗啦地响了起来。

就这样持续了很久。开始的时候总是一些赞美词，结束的时候始终是那句话：“宽恕我吧。”然后又换上了一套新的赞美词，结尾那句换成另外几个字：“哈里路亚[①]”。紧接着犯人就在胸前画着十字，跪拜在地上。开头是每赞颂一次，犯人便跪拜一次，后来他们隔一次跪拜，再到后来隔两次跪拜。等全部赞颂结束以后，司祭轻松地长舒一口气，合起书本，走到隔板的后面去了。大家都很兴奋。接下来要进行的是最后一项仪式了，那就是司祭从一张大桌子的上面，拿起四端镶有圆形珐琅饰物的镀金的十字架。举着它走到教堂的中央停下来。先是典狱长走到司祭面前，吻一下那个十字架，接着就是副典狱长，然后就是看守们，这之后就是犯人，他们拥挤着，小声地骂骂咧咧着，挨个地朝司祭走过去。司祭一边跟典狱长说话，一边将十字架与他的手杵到那些走到他跟前的犯人的嘴上，偶尔也杵到他们的鼻子上。犯人竭力地又吻十字架又吻司祭的手。这次专门为了抚慰和开导迷途的兄弟们的基督教礼拜仪式，就这样结束了。

① 希伯来语，赞美或感谢上帝的欢呼。

第四十章

在场的所有人，从司祭、典狱长一直到玛丝洛娃，谁也不曾想到过，由司祭歇斯底里反复念叨过的，而且用各种离奇古怪的字词赞颂过的那个耶稣本人，恰恰反对这里所做的一切事情。他不但反对这没有任何意义的废话和好为人师的司祭拿面包和酒所做的亵渎神明的法术，而且斩钉截铁地反对一些人把另外的一些人称作什么师尊，反对在殿堂里面祈祷，指示每个人都要独自祈祷。他甚至反对人们去修建殿堂，他曾经说他要来毁灭殿堂，还说人们不应该在教堂里祈祷，而应该在心里、在真理中祈祷。而最主要的则是，他不但反对像这里这样地对人进行审判、囚禁、折磨、侮辱、惩罚、拷打，而且反对对人们施行任何暴力，说他是来解救一切囚徒的，并且让他们都得到自由。

在场的所有人当中，谁也不曾想到过，这里所进行的一切，恰恰就是对神明的最大亵渎，所有这些以基督的名义做出来的事，恰好就是对基督本人最大的嘲讽。谁也不曾想到过，司祭举着让人们亲吻的各个尖端都镶有珐琅质圆形饰章的那镀金的十字架，不是别的什么，正是基督在受刑时那个绞架的形象，并且正是因为他反对此刻以他的名义所做的这一切，他才被害的。谁也不曾想到过，这些自认为吃面包与喝酒，就是吃基督的肉体与喝基督的血的司祭，他确实就是在吃基督的肉和血，这并不是因为他们吃喝掉了代表基督的肉和血的面包块和葡萄酒，而是因为他们不仅蛊惑那些被基督视为彼此一体的“小人物”，而且剥夺他们最大的幸福，让他们遭受到最冷酷的磨难，而不让人们知道基督为他们带来的福音。

而司祭之所以心安理得地干他所干的那一切，是因为他自幼便受到这种教育，形成了一种观念，认为这是唯一的、正确的信仰，从前的圣徒都信过它，现在的教会和世俗的长官们也都在信奉它。他不是相信面包可以变成什么肉，不是相信说很多的空话会对灵魂有什么好处，或者他的确吃了上帝的一小块肉，这种事情是不足信的，可是他坚持理应相信的是信奉这种教。他之所以这样相信，最主要的是，这十八年来，他靠着履行这种教的各种仪式，能够得一笔可观的收益，并借此得以养家糊口，供他的儿子上中学，又让他的女儿进了宗教学校。执事也是这样的信仰，而且比司祭信得更加坚定，因为他已经完全忘掉了这种信仰教义的实质，只知道教徒所缴纳的香火、追荐亡灵的法事、诵经、做一般的祈祷、做伴有颂歌的祈祷等，都是有一定价钱的。只要是真正的基督徒，他们都会乐意出钱的，所以每当他呼喊着“宽恕吧，宽恕吧”，歌唱和朗诵所规定的经文的时候，心中十分安宁，坚信这样的事情是有必要做的，就像人们必须买木柴、买面粉、买土豆一样。至于监狱的长官跟看守们尽管从来都不知道，而且也不研究这种信仰的教义是什么，以及教堂里所干的事有什么意义，可他们却认定必须信这个教因为最高的当局者和沙皇本人都是信奉这种教的。况且，他们有一种感觉，虽然这种感觉模模糊糊的（他们怎么也解释不清楚这是怎么一回事儿），但总感觉到这样的教在为他们残酷的行为辩解。假如没有这样的信仰，他们不仅很难，也许根本不可能像如今这样心安理得地用尽所有的力量去折磨他们。典狱长是一个心地非常善良的人，假如不是在这样的信仰中寻找到了支持的力量，他根本不可能这么生活下去。也正是出于这样的原因，他才站得笔直，一动也不动，并虔诚地跪拜着，在胸前画着十字，等到人们唱起《那些司智天使》，便竭力让自己的情绪激昂，等到开始给孩子们授圣餐，就走到前面去，亲手抱起了一个领过圣餐的小男孩儿，将他高高地举起。

在那些犯人当中，只有少数人看出了这纯粹是个大骗局，是用来愚弄有这种信仰的人的，因而在心中暗暗嘲笑。大部分的犯人却都相信那些镀金的圣像、蜡烛、杯子、法衣和十字架，那些被一再重复的却晦涩难懂的话："赐福万代的耶稣"和"宽恕吧"，都披上了神秘的力量，人们依靠这种力量，能够在今世和来世的生活里获得些许的好处。虽然他们大部分人都曾经尝试过，试图借祈求、祷告、蜡烛等方式，在现世的生活里获得好处，可最后却什么也没得到，虽然他们的祷告一直不曾如愿，可是，每个人都深信这种失败只不过是偶然的，相信这套机构既然已经得到了有学问的人和总主教的赞许，可以看得出来依然是十分重要的，就算对现在的生活来讲是没有用的，但对来世的生活必定是有用的。

玛丝洛娃也是这样相信的。做礼拜的时候，她和其他人一样感受到了一种既虔敬又烦闷的复杂心情。她起初站在隔板后边的人群中央，除了同牢房的女犯，看不到任何人。等那些领圣餐的人往前移动，她和菲多霞也一起向前挪动，这才看到了典狱长，还看到了典狱长背后那些看守当中有一个年轻的、个子很矮的农民，这个长着淡褐色头发，留着很小的浅黄色胡子的人就是菲多霞的丈夫，正目不转睛地看着他的妻子。在唱赞美歌的时候，玛丝洛娃一直在瞧着他，跟菲多霞窃窃私语，直到人们在胸前画着十字，跪下时，她才跟着一起这么做。

第四十一章

涅赫柳多夫一大早就出门了。这个时候巷子里还有一个乡下农民驾驶着一辆马车，怪腔怪调地喊道：

“卖牛奶啦，卖牛奶啦，卖牛奶啦！”

前一天夜里下了第一场温暖的春雨。凡是没有修马路的地方都一下子长出了绿油油的小草。花园中的白桦树上披满绿色的绒毛，李树和杨树舒展开清香的长叶。许多住家和商店的套窗都已经被卸下来了，窗子上的玻璃也被擦得很干净。在涅赫柳多夫必经的一个旧货市场上，在建成的一排排货棚旁边挤满了密密麻麻的人。一些衣衫褴褛的人腋下还挟着皮靴，肩上放着熨平整的长裤和坎肩，在那儿踱来踱去。

一些小饭铺门前已经聚集了很多做礼拜的工人。男的都穿着整洁的长上衣和锃亮的皮靴；而女的头上戴着五颜六色的头巾，身穿钉有小玻璃珠的外套。警察们提着用黄绳子拴着的手枪在站岗，窥伺可以帮他们打发烦闷无聊时光的违章事件。在林荫小道跟一片刚刚染绿的草地上，孩子们与狗在一起奔跑嬉戏着。快乐的保姆们坐在长凳子上闲聊着。

大街上，背阴的左边还阴冷潮湿着，中央却已经干了，各种车辆在街上不停地奔跑着，那发出隆隆声音的是沉甸甸的载货马车，那发出沙沙响的是四轮轻便马车，发出叮叮当当声音的是公共马车。各个方向的教堂钟楼上发出了抑扬顿挫的钟声，“当当”地响着，震得空气发颤，那是在召唤人们去参加此时在监狱里举行的那样的礼拜。因此打扮得漂漂亮亮的人们，便纷纷朝自己的教区走去。

涅赫柳多夫雇用的那辆街头马车没有到监狱跟前，而是在通向监狱去的路口停了下来。

在距离监狱大概还有一百步远的路口上，有一群男人和女人站在那里，手里大都拿着小包袱。右边是几座不高的木房子，左边是一座两层的楼房，门口还挂了一个招牌。监狱这座砖石结构的巨大建筑就在前方，那是不准探监的人走近的。有一个持枪站岗的哨兵前前后后地走着，谁要是想从他身边绕过去，他就会厉声吆喝。

右边木房子的小门旁边，有一个身穿镶丝绦制服的看守，手里拿着记事本坐在哨兵对面的长凳子上。探监者走到他面前，报出他们所要探视的犯人的名字，他就在记事本上记录下来。涅赫柳多夫也走到他面前，报出了叶卡捷琳娜·玛丝洛娃这个名字。制服上饰有丝绦的看守也记了下来。

“为什么到现在还不让人进去呢？”涅赫柳多夫问。

“那儿正做礼拜呢。等过会儿礼拜结束以后，就会让你们都进去的。”

涅赫柳多夫离开他，回到等待探监的人群那儿。这时有一个人，穿着破烂的衣服，头上戴着皱巴巴的帽子，光脚上穿着一双旧鞋子，满脸都是一道道红色的伤痕，从人群中走出来朝监狱那边走去。

“你往哪儿溜？”持枪的哨兵向他吆喝道。

“你瞎嚷嚷什么啊？”那个穿破衣服的人一点儿也没被哨兵的喊声吓倒，还顶了他一句，然后又走了回来，“你不要我进去，我就等着呗。这么大声吵吵干什么啊，像个将军似的。”

人群中传来了赞同的哄笑声。探监者大多数都穿得很差劲，甚至是破衣烂衫，不过也有一些男人和女人衣着讲究。涅赫柳多夫的身旁就站着这样的一个男人，他的服饰讲究，胡子被剃得光光的，人长得胖胖的，脸色红润，手中还提着一个小小的包袱，显然里面装的是内衣。涅赫柳多夫便问他是不是第一次来这儿。提小包袱的男子回答道，他每个星期天都要到这里来的。于是他们便聊了起来。原来这人是一家银行的看门人。他到这儿来是探视他那个因伪造证件而正在受审的弟弟。这个和善的人将他的身世一五一十地告诉了涅赫柳多夫，刚想要问一下涅赫柳多夫，可这时却驶过来一辆由一匹良种的高头大马拉着的载着橡胶轮胎的轻便马车，车里坐着一个大学生和一位蒙着面纱的小姐，他们的注意力都被吸引了过去。大学生双手抱着一个很大的包袱。他来到涅赫柳多夫的面前问他是否能够把施舍物，即他拿过来的白面包交给犯人，若是这么做的话应该要办什么手续。

“我这是按照我未婚妻的心愿来办的。这个就是我的未婚妻。她的父母嘱咐我们将这些东西都发给犯人。”

“我也是第一次来这里，不太知道，不过我觉得您应当问一问那个人。”涅赫柳多夫说道，用手指了一下在右面坐着的穿着饰带制服，手里拿着记事本的看守。

就在涅赫柳多夫跟大学生谈话的时候，正中间开有小窗口的监狱大铁门便打开了，从大门里面走出来一个身穿军服的军官和另外一个看守。那个手拿记事本的看守就宣布道，开始探监。哨兵就退到了一边，所有探监的人仿佛怕晚了就不能进去一样，争先恐后地朝监狱的大门口冲去。大门口站着的那位看守，随着探监者陆续地从他身边走过去，他便大声地报着数：“十六个，十七个……”监狱里面另外一个看守，用手拍打着每个人，也同样在数着走过下一道门的人数，为的是在放出的时候好核实一下人数，好让探监的人一个都不会落在监狱里，但也绝不让一个犯人跑出去。这个点数的人并不看走过去的都是谁，一下子就打在涅赫柳多夫的肩背上。看守的这一个巴掌，有那么一瞬间让涅赫柳多夫觉得自己受到了侮辱，可是他马上想到，他为什么到这里来，便为这种不愉快和受侮辱的心情而感到不好意思起来。

进门后首先映入眼帘的是一个拱顶的大屋子，有几扇不大的窗户，上面也都安装着铁栅栏。在这个叫作聚会室的屋子里，涅赫柳多夫无论如何都没有想到，还能够看到壁龛中有耶稣被钉在十字架上的巨大画像。

“为什么在这儿挂着这个画像呢？”他在心里面想着，总是情不自禁地在他的心中把基督的形象和自由人而不是和囚犯联系在一起。

涅赫柳多夫慢吞吞地朝前走着，好让性急的探监人走到自己前边去。此时他的心情也很复杂，想到关押在这儿的恶人就感到害怕，然后又想到那些无罪却被囚禁在这里的人，比如昨天的那个男孩子和卡秋莎，又感到了同情，再想到马上就要和卡秋莎会面了，却又不禁感到了胆怯和动情。在走出第一个房间的时候，有一名看守在房间的那一头不知道讲了一句什么话。可满怀心事的涅赫柳多夫并没有注意到看守在说什么，继续向大部分探监的人所走的那个方向走去，也就是往探视男犯人的那个方向走去了，却没有走向去探视女监的地方。

他让所有性急的人最先走到了那个规定做探视用的地方，自己则是最后一个走到那里。等到他打开门走进屋里面时，第一件让他感到惊讶的事就是汇合成一片轰轰声的上百人震耳欲聋的呼喊声。直到涅赫柳多夫走到很多人跟前，看到他们都像是苍蝇叮在糖上一样，紧靠着一道把屋子隔成两部分的铁丝网，他这才知道是怎么回事了。这个在后墙上开着几扇窗子的屋子中，原来并不是一道铁丝网而是由两道铁丝网分隔成两个部分，铁丝网都是从屋顶一直挂到了地板上。在这两个铁丝网之间，看守们来来回回地走着。铁丝网的一边是犯人，另一边是探监的人。这两组人之间隔着两道铁丝网，中间相距约有三俄尺，因此两方不仅不能够传递什么东西，甚至连对方的脸都不能好好地看清，尤其是对近视者而言，更是难上加难。谈话也十分费力，人必须铆足了劲大喊大叫，才能够让对方听得到。两边都有很多张脸紧紧贴在铁丝网上面，那是妻子、丈夫、父亲、母亲、子女的脸孔，他们都急切地想要看清楚对方的脸，好说一些要说的话。可是每个人都竭力想叫对方听清楚自己说的话，而身边的每个人也都希望这样，这样他们的讲话声都彼此干扰，所以每个人都在声嘶力竭，试图要压过其他人的声音。也正因为这样，才形成了这样的一片轰轰之声，还掺杂着叫喊声，涅赫柳多夫一走进屋子里便是听到这种声音吃了一惊。要想听清楚这些人在说些什么，那是完全没可能的。只能根据他们的面部表情，来推测他们在讲些什么，交谈者之间是什么关系。靠近涅赫柳多夫的是一个老太婆，头上包了小小的头巾，紧靠着铁丝网，下巴颤抖着，正在向一个面色惨白、剃了阴阳头的年轻人喊叫着什么。而那个男犯人扬起眉毛，皱紧眉头，全神贯注地听着她说话。老太婆的旁边是一个身穿农民长上衣的年轻人，他将双手搁在耳朵一边，在倾听一个长得极像他、面容憔悴、蓄着灰白胡子的男犯人对他讲的话，并且还一个劲儿地摇头。再往那边一点，站着一位身穿破衣烂衫的人，他挥动着胳膊，在叫喊着什么话，并且还在哈哈大笑。他旁边的地板上坐了一个女的，头上戴着质地上好的羊毛头巾，怀里搂着个小婴儿，在号啕大哭着，显然是因为她是第一次看到对面那个头发灰白穿着囚衣的男人，这个人剃着阴阳头，戴着镣铐。而在这个女人的上面，就是跟涅赫柳多夫说过话的那个银行看门人，此刻正在竭力地向对面的一个秃顶、眼睛炯炯有神的男犯人大声地喊叫。等到涅赫柳多夫明白过来，他也必须在这样的环境下说话的时候，不仅涌起满腔愤怒，憎恨那些有权创造并且推行这套办法的人。而让他感到更加惊奇的是这种可怕的状况和对人情感的这般亵渎，竟然没有任何人认为这是屈辱。那些兵也好，那个典狱长也罢，探监的人也好，犯人也罢，都在这样做着，好像认为原本就应该这么做一样。

涅赫柳多夫在这个屋子中大概只待了五分钟，一股莫名的苦闷便涌上心头，觉得自己无能为力，觉得自己和整个世界都无法融合。因此一种精神方面的厌恶感攫住了他，这种感觉和晕船的感觉十分相似。

第四十二章

“可是，我是来做什么的，还是要做什么。”他鼓舞起自己来说道，“但是这又该怎么办呢？”

他开始四下张望着寻找那些长官。他看见了一个佩戴军官肩章的人，这个人身材矮小，面容憔悴，留着小胡子，在人群后面踱来踱去，就凑了过去对他说：

“先生，您能告诉我女的被关在什么地方，准许在什么地方探视她们呢？”他用格外拘谨的毕恭毕敬的态度问道。

“您是想要探视女犯人？”

“是的，我要探视一个被监禁在这里的女人。”涅赫柳多夫仍然用那拘谨而谦逊的态度回答道。

“刚才在聚会室里的时候，您就应该说明白。那您想要探视谁呢？”

“我想要见见叶卡捷琳娜·玛丝洛娃。”

“她是政治犯吗？”副典狱长问。

“不是的，她只是……”

“噢，那她已经被判刑了吗？”

“是的，她是在前天被判的刑。”涅赫柳多夫恭顺地回答他说道，生怕一不小心破坏了似乎很同情他的副典狱长的情绪。

“若是您想要去探视女犯人，那么就请您朝这边走好了。”副典狱长说道，很明显他已经从涅赫柳多夫的外表上认定，这个人应该是值得关注的。“希德洛夫，”他对一个留着很长的胡子、胸前佩戴着几枚奖章的士官说道，“把这位先生带到探视女犯人的屋里去。”

“是的，长官。”

这个时候，铁丝网附近传来了撕肝裂胆的号啕大哭声。

在涅赫柳多夫看来，这一切都是十分古怪的，最古怪的是他竟然感激副典狱长和看守长，竟然感觉自己欠了他们的情似的，而他们却在这所房子中干着各种惨不忍睹的事情。

看守长带着涅赫柳多夫走出那个男犯人的探监室，来到了长廊中，打开对面的一扇房门，把他带进一个和女犯人见面的屋子里。

这间屋子也跟男监探望室一样，由两面铁丝网分隔成三个部分，可是地方要小很多，这里的探监人和女犯人也都比较少，不过叫喊声和喧嚷声却和男监探望室一模一样。两面铁丝网之间也有长官来来回回走着。这里的长官是一个女看守，她身穿制服，袖子上面饰着丝绦，滚蓝边，也跟男看守一样系着宽宽的腰带。和男监探望室一样，两边的铁丝网跟前也都挤满了人，这一边是城里的居民，他们身上穿着各式各样的衣服，那一边是女犯人，有的身穿雪白的衣服，有的则穿着自己的便服。整个铁丝网前面都贴满了人。有一些人踮着脚好站得高点儿，以便能够越过其他人的头顶把话传过去，使对方能听得到，而有的人则坐在地板上与对方谈话。

其中有一个女犯人特别引人注意，她的叫喊声和模样儿也都与众不同。那是一个头发蓬乱、面孔消瘦的茨冈女犯，她的头巾已经从卷曲的头上滑落了下来。她在对面铁丝网的那一面，几乎站在了房间的中央，她靠近柱子，正在和一个身穿蓝上衣、腰里面紧紧地系着皮带的茨冈男人喊叫着什么，同时还敏捷地比画着动作。茨冈男人的旁边，有一个士兵蹲在了地板上面，同一个女犯人在谈话。再往那边一点是一个蓄着淡色小胡子的年轻的、矮个子的农民，他脚上穿树皮鞋，紧挨着铁丝网，满脸涨得通红，显然是好不容易才憋住眼泪。同他谈话的是一个女犯人的后边还站着一个女犯人，于是涅赫柳多夫马上就明白了，那就是她，他立刻就觉得自己的心在怦怦直跳，气都喘不过来了。关键性的一刻就要到来了。他向铁丝网的那边走过去，认出那就是玛丝洛娃。她站在长着淡蓝色眼睛的菲多霞的身后，笑眯眯地在听她讲话。她并没有像前天那样穿着长囚袍，而是穿了一件白色的女褂，腰上紧紧地束着腰带，胸脯高高耸起，她的头巾里露出来了一缕卷曲的黑发，就像在法庭上那样。

“这正是关键时刻。”他心里在想，“我应该怎么和她打招呼呢？也许她会主动走过来吧？”

可是她却并没走过来。她在等待着，怎么也不会想到这个男人是来探望她的。

“您要探视谁呀？”在两面铁丝网中间来回走动的那个女看守走到了涅赫柳多夫的跟前，问道。

“叶卡捷琳娜·玛丝洛娃。”涅赫柳多夫费了很大的劲儿才开口说话。

“玛丝洛娃，有人找你！”女看守叫道。

第四十三章

玛丝洛娃转过头来看了看，便抬起头来，挺起胸脯，用涅赫柳多夫十分熟悉的那种温顺的表情，走到铁丝网跟前，挤在两个女犯人中间，惊奇而疑问地盯着涅赫柳多夫，却还是没有把他给认出来。

可是她从他的衣着看得出来他是个非常阔绰的人，于是就对他嫣然一笑。

“您是过来找我的吗？”她问道，将她那副长着斜视眼的笑盈盈的脸贴到铁丝网上。

“我想看看……”涅赫柳多夫不知道怎么称呼她才好，到底是称“您”，还是称“你”呢。不过，最终他还是决定称“您”。他说话的声音并不比平常高出多少。“我想要和您见一面……我……”

“你别和我支支吾吾的！”他身边那个衣衫褴褛的人高声叫道，“你到底拿过没有？”

“我跟你说吧，他快要死了，你还想怎么样啊？”另外一面有个人在喊道。

玛丝洛娃听不清楚涅赫柳多夫讲的是什么话，可是他说话时的面部表情一下子让她想起了他。可是她却不敢相信自己的眼睛。不过，她脸上的笑容一下子就消失了，眉头也很痛苦地皱了起来。

“我听不清楚您说的什么！”她高声嚷道，眯起了她的双眼，眉头皱得越来越紧了。

“我是来……”

“是的，我是来做我应该做的事情，我是来向您忏悔的。”涅赫柳多夫思忖着。他刚一想到了这儿，泪水便夺眶而出，这使得他的喉咙哽咽了。于是他用手指头紧紧地抓着铁丝网沉默了，同时他努力地控制住自己，免得放声大哭出来。

“我跟你说，你为什么要去管那些闲事啊……”这边有女人嚷道。

“我对天发誓，我根本就不知道。”那面有个女犯人也喊道。

玛丝洛娃看到他激动的神情，才把他认出来。

“您好像是……但我不敢确定。”她叫道，眼睛也不看他。而且她那一下子涨红的面孔变得更加阴郁了。

“我来是想请求您饶恕我的！”他像是在背书一样毫无抑扬顿挫地大声叫道。

他大声地讲出了这句话，感到十分害羞，便不禁朝四周张望了一下。可是他立即又想到，若是他觉得羞耻，那反而是件好事，因为他本来就是可耻的。于是他便接着又高声说下去：

“请您饶恕我吧，我非常非常对不起……”他又叫道。

她站在那，一动不动，她那斜视的眼睛这下死死地盯住了他。

他再也说不下去了，便从铁丝网那儿走开了。走到一边去，竭力忍住激荡着胸膛的悲痛。

副典狱长派人把涅赫柳多夫带到女犯人的屋子里来以后，明显对他有了一些好感，这时，他也来到了这个房间中。他看到涅赫柳多夫没有在铁丝网跟前，便向他询问为什么不和他要见的女犯人说话。涅赫柳多夫擤了擤鼻涕，提起了精神，竭力装出镇定的模样，回答道：

“隔着铁丝网没有办法讲话呀。什么都听不见。”

副典狱长沉思了一下。

“嗯，那这样吧，先把她暂时带到这里来，您在这儿等一会儿。”

“玛丽娅·卡尔罗芙娜！”他转过身对一个女看守说道，“请把玛丝洛娃带到这边来吧。”

过了一会儿，玛丝洛娃就从侧门那儿走了出来。她迈着轻盈的步子一直走到涅赫柳多夫的面前才站住，她皱着眉头看了看他。她那乌黑的卷发还像前天一样，弯曲着一圈一圈地垂在了前额上，她那张有一点病态的脸稍微有些浮肿并且惨白，却还是很漂亮，也非常安详，只是那双乌黑发亮的、斜视的眼睛在浮肿的眼皮下显得格外明亮。

“你们可以在这儿说话。”副典狱长说过这话就离开了。

涅赫柳多夫走到靠墙放着的一条长凳跟前。

玛丝洛娃带着询问的眼神看了看副典狱长，然后好像感到很惊讶的样子，她耸了耸肩膀，就撩了撩裙子，坐在了他的旁边。

“我知道，让您饶恕我是很难的。”涅赫柳多夫张嘴便说，但他觉得喉咙哽咽，就停住了，“但是，以前的事既然已经无法挽回，那么现在我愿做我所能做到的一切事情。请您说说吧……”

“您是怎么找到我的啊？”她没有理会他的话，只是问道。她那双斜视的眼睛似乎在看着他，可是又似乎没在看他。

“我的上帝啊！帮帮我吧，教教我到底该怎么做吧！”涅赫柳多夫看着她那张一下子变得很难看的脸，暗想。

“前天您受审的时候，”他说，“我是陪审员。您没有认出我来吗？”

“没有，我并没有认出来。我也没有时间认人。再说我根本也没有好好看。”她说。

“您不是曾经有过一个孩子吗？”他问道，感到自己的脸红了。

“谢天谢地，他一生下来就死掉了！”她简单而愤恨地回答了他，并移开目光不再去看他。

“怎么死的？为什么啊？”

“那个时候我自己也在生病，还差点死了。”她说，还是连眼睛都没抬。

“可是我的姑姑们怎么会让您走的？”

“谁会把一个带着孩子的女仆留在家里啊？她们一发现我怀孕就把我赶出来了。可是，现在讲这些还有什么意义吗？我什么也想不起来了，全部都给忘记了。那事儿早就过去了。”

“不，并没有过去。我不能够把那件事丢下不闻不问，不能就这样算了。尽管事到如今，我还是想要赎回我的罪过。”

“没什么好赎回的。以前的事儿是以前的事儿，都已经过去了。”她说过这话之后，他怎么也没想到她忽然瞟了他一眼，笑了一下，那是一种让人厌恶的、妖媚的，可怜兮兮的笑。

玛丝洛娃做梦也没想到还能再看到他，尤其是在此时此地。因此，他的出现从一开始就让她感到十分震惊，这迫使她想起了她之前从来都没有去回忆过的往事。乍见到他那会儿，她隐隐约约地记起一个充满了新奇和美好的感情及理想的天地，那是那个曾经爱过她而又被她所爱的英俊青年为她所创造出来的。后来她又想起了那令人难以理解的残忍，想起了那接踵而来的侮辱和痛苦，而这一切遭遇都是在那种神仙般的幸福之后所降临的。她曾经也感到过悲痛。可是她又没有能力把这些弄出个所以然来，她这时就采取了像往常一样的做法：竭尽全力使自己摆脱这些回忆，并且竭力用自己堕落生活里的那种特殊的迷雾来把那些回忆遮盖起来，现在她也还是这样做的。在乍见到他那会儿，她把此刻坐在她跟前的这个人和她过去曾爱过的那个年轻人联系在一起，但是到后来她觉得这么做实在太痛苦了，便不再把他当成那个青年了。如今面前这个衣着整洁、细皮嫩肉、胡子上喷着香水的老爷，对于她来说，已经不再是当初那个她曾经爱过的涅赫柳多夫了，而只不过是许多男人中的一种：这样的男人在需要的时候就玩弄一下她这种人，而她这种人也应该尽可能地利用他们来为自己谋到更多的好处。因此，她才朝他露出妖媚的一笑。她沉默了一会儿，心里想着应该怎么利用才好呢。

“那件事早就已经过去了。”她说，“现在我已经被判了刑，就要去服苦役了。”

当她讲出这句可怕的话的时候，嘴唇也哆嗦了起来。

“这个我知道，我相信您是无罪的。”涅赫柳多夫说。

“我当然无罪了。难道我还能是贼，或者是强盗吗？据我们这里的人讲，一切全在于律师。”她继续说道，“人们都在说，像我这种情况是应该上诉的。可是，听说这得需要花很多钱的……”

“是的，必须得上诉。”涅赫柳多夫说道，“我已经去找过律师了。”

“不用心疼钱，一定要请一个好点儿的律师。”她说。

“只要是我能够做到的，我都会尽力去做。”

接着又是一阵沉默。

她又像刚才那样轻轻地一笑。

“我想向您要一点儿……钱，若是您愿意的话。不要多……十个卢布就行了，多了不要。”她忽然说道。

“行，行。”涅赫柳多夫窘态毕露地说着，就伸出手拿出了他的钱包。

她迅速地看了一眼副典狱长，他正在牢房中踱来踱去。

“您不要当着他的面给我，要等到他走开以后再给，不然就都会被他拿走的。”

等到副典狱长刚一转过身去，涅赫柳多夫便掏出钱包，但还没有来得及把一张十卢布的票子递过去，副狱长就又朝着他转过身来，脸朝着他们。他赶紧把钞票握在了手里。

“难道这已经是一个没有了灵魂的女人吗？”他望着那张从前曾是那么娇艳可爱，可现在却流露着十足庸俗神气的浮肿的脸以及紧紧盯着副典狱长和涅赫柳多夫握着那钞票的手的那一双妖里妖气的斜视的黑眼睛，心中忍不住在想。刹那间他的内心有一些动摇了。

昨天晚上迷惑过他的那个魔鬼，现在又在涅赫柳多夫的心里面讲话了，和往常一样想方设法地劝阻他不要去思考应该怎样行动的问题，要他只去思索其他的问题：他的行动会带来什么样的后果，怎样做才能对他自己有利。

“这个女人已经无可救药了！”那个魔鬼跟他说，“你无非就是把一块石头拴在了自己的脖子上，这个石头会把你活生生地坠死的，还会阻碍你去做对其他人有利的事。对别人也是无益的。你还不如给她一些钱，将此刻你身上所带的钱全部都给她，然后就和她告别算了，从此以后跟她断绝关系，这样做岂不更好吗？”他内心不禁这样想道。

可是他立刻又感觉到，此时此刻，他的心灵正在发生着一件非常重要的变化。他感觉到他的精神世界现在好像被搁到了摇晃不定的天平上面，只要稍微用一下力，就能够让天平偏向这一边或那一边。他真的便使了一下力，向前一天他感觉到的存在他心里的上帝呼救，上帝果真立刻在他的心里做了回应。他便下定决心向她说出所有的话。

“卡秋莎！我是来向您请求饶恕我的，可是你还没回答我是否饶恕我了，或者你今后是否有一天会饶恕我？”他说着，忽然改变用“你”来称呼她了。

她并不听他说的话，却一会儿看一下他的那只手，一会儿又看一下副典狱长。等到副典狱长转过身去的时候，她便立马伸过手来，抓住那张钞票，将它塞在了自己的腰带底下。

“您说得可真是奇怪。”她笑着说，他觉得那笑里有不值得听的意思。

涅赫柳多夫感觉到了，她的心中有一种公然与他作对的水火不相容的东西，这个东西让她保持现在这种样子，阻止着他闯进她的心里。

可是说来也怪，这不但没有使他更加疏远她，反而给了他一种特殊的、新的力量，更有力地驱使着他去靠近她。他觉得自己应该让她在精神上苏醒过来，又觉得这个是非常不容易的事情，可正是这件事的困难本身又深深地把他吸引了。他现在对她产生的这种感情，是他之前不管对她或者对其他人都不曾有过的，而且其中并不掺杂丝毫的私心。他不希望从她的身上得到什么，只是希望她不要再是现在这种样子，希望她能够醒悟过来，恢复她原来的秉性。

“卡秋莎，你怎么这么说呢？要知道，我是很了解你的，我记得你在帕洛伏那时候的样子……”

“何必再提那些旧事呢？”她冷冷地说。

“我说起这些事情是为了要弥补我过去犯下的错误，并赎回我的罪，卡秋莎。”他开口说起来，原本想说他要跟她结婚的，可是他遇到她的眼神后，看出了这个眼神中有一种那么可怕的、粗野的、拒人于千里之外的神气，他便没有再说出口。

这时探监的人们开始纷纷地往外走了。副典狱长来到涅赫柳多夫的跟前，告诉他探监的时间已经结束了。玛丝洛娃便站了起来，顺从地等待着他们将她带回监狱去。

“再见吧，我还有许多话要对您说，可是，您瞧，现在是不行了。”涅赫柳多夫说着，对她伸出了一只手，“我以后还会再来的。”

“该说的好像都说了吧……”

她也将一只手伸了过去，但只是微微一碰，并没有握他的手。

“没有，我还是会想办法找一个能够和您好好交谈的地方再跟您相见的，我要对您讲一些极为重要的话，到时候就可以好好说说了。”涅赫柳多夫说。

“那好吧，那您就尽管来吧！”她说道，粲然一笑，那是她想要讨得男人欢心时而做出来的媚相。

“在我心目中，您比亲姐妹还亲。”涅赫柳多夫说道。

“这话好奇怪啊。”她又说了一遍，接着摇了摇头，朝铁丝网的那边走过去了。

第四十四章

在第一次重逢的时候，涅赫柳多夫本来以为卡秋莎看到他后，听到他有意要为她竭尽全力，听到他的忏悔，一定会高兴和感动起来的，因此又会变成原来的那个卡秋莎。可是让他感到心寒的是，原来那个卡秋莎已经不存在了，只剩下一个现在的玛丝洛娃了。这使他又是吃惊又是恐惧。

而让他感到吃惊的主要是玛丝洛娃不但对她的身份并不感到羞耻（不是指她的囚犯身份，她觉得当囚犯是可耻的，是指她的妓女身份），甚至好像感到很得意，似乎以此为荣。可是话又说回来，她不这样也不行啊。任何人只要是为了活下来，就必须把自己的所作所为看作既重要又有益处的。因此，无论一个人是什么身份，一定要对人生各方面形成与自己相应的观点，有了这样的观点，就会觉得自己的所作所为是重要的和有益的。

往往人们总是以为强盗、凶犯、间谍、妓女会承认自己的职业是很卑贱的，并且会为此感到羞耻。而事实上正好相反。不论是因为命运的捉弄还是因为自己造了孽，而进入了某种行当的人们，不论这种行当是多么的卑贱，他们却会始终对人生抱着一种足够让他们的地位在自己的心中看起来既正当又受人尊重的看法。为了保持这样的观点，他们本能地依附某一方面的人，这方面的人承认他们形成的有关人生和他们在生活中的身份观点。如果事情涉及了强盗夸赞自己的狡猾，妓女夸赞自己的放荡，而凶手夸赞自己的残忍的时候，就常常会让我们感到吃惊。可是，这之所以会让我们觉得非常吃惊，无外乎是因为这些人的生活范围跟生活习气都有一定的局限性，而且更主要的是因为我们是局外人。可是，如果富翁夸赞着他们的财富，也就是他们的巧取豪夺，军事长官夸赞着他们的胜利，也就是他们的血腥屠杀，统治者夸赞着他们自己的威风，也就是他们的强暴残忍，这难道不都是同一类的现象吗？我们之所以看不出这些人歪曲了的有关人生的概念，看不出他们为了说明自己的行当正当而歪曲了善和恶的概念，无疑是因为具有这种不正常的概念的人的范围比较大，而且我们自己也在其中罢了。

玛丝洛娃就是对自己的生活与对自己在社会上的地位形成了与自己相应的观点。她是一个妓女，被判要去服苦役了，虽然如此，她却有着她自己的世界观，有了这个世界观她就可以自我赞赏，甚至可以在其他人的面前夸耀自己的身份。

这种所谓的世界观就是这个样子的：凡是男人，无论是年迈的也罢，年轻的也好，中学生也罢，将军也好，接受过教育的人，没有文化的人，无一例外，都认为最大的享乐就是与富有魅力的女人性交，因此所有的男人尽管装模作样地在忙其他的事情，其实也不过是想干这种事罢了。她就是一个富有魅力的女人，既能够满足也能够不满足他们的这种欲望，于是她就成了一个举足轻重的、不可或缺的人物。她过去的和眼前的生活都向她证实了这个观点是正确的。

这十多年来，不论她在哪个地方，处处都可以看到这种现象：所有的男人，从涅赫柳多夫与年迈的警察分局局长开始，再到监狱里的看守们，每个人都需要她。她没有看到也没有发现不需要她的男人。因此在她的眼中，整个世界只不过就是一帮好色之徒的会聚地而已，他们从各个方向来窥视她，而且不择手段，比如诱骗、暴力、金钱的贿赂和诡计等，千方百计要占有她。

玛丝洛娃便是这样来看待人生的，正因为她的这种人生观，她就不仅不是一个无足轻重的人，而是一个非常重要的人。玛丝洛娃把这种人生观看得高于人世间的一切，她也不得不看重它，因为她一旦抛弃了这种人生观，便失去了这种人生观赋予她生活在人世间的意义。为了不失去她在生活当中的意义，她便本能地去依附那些对待人生与她抱着相同观点的人。可是她觉得涅赫柳多夫要把她带到另外的一个天地里去，她便加以抗拒了，因为她可以预见到，他要带她去的那个天地里，她一定会失去她在生活中的地位，以及由此而来的自信心和自尊心。也正因为如此，她才不愿意去回想她少女时代的往事，也不再去回想她和涅赫柳多夫的初恋。这些回忆跟她现在的世界观是水火不容的，因此已经从她的记忆当中完全抹掉了，或者不如说已经原封不动地掩埋在了她记忆深处的某个角落，再也不去碰触它，将它锁得紧紧的，也封闭得严严实实的，就像蜜蜂把一窝螟虫（幼虫）封闭起来了一样，不留一丁点儿的缝隙，一点儿也不能碰，以免它们跑出来破坏掉蜜蜂的所有劳动成果。因此，现在的涅赫柳多夫对她而言，已经不再是她以前痴心热爱过的那个人了，他只不过是一个她能够并且应当利用的阔老爷罢了，她跟他也只能有她和其他男人一样的关系而已。

“是的，我没有把最要紧的话讲出来，”涅赫柳多夫随着人们一块儿朝大门口走去的时候，心里想着，“我没有跟她说我要和她结婚。虽然没说出来，可是我以后会这么做的。”他心想。

那两个门口看守在放人出去的时候，又用手逐个拍打探监的人，以此来点数目，恐怕多放出一个人，或者多把一个人留在监牢中。这次在他们拍打涅赫柳多夫的背部时，不但没有让他感到恼火，他甚至都没察觉到这件事。

第四十五章

涅赫柳多夫很想改变自己的生活条件：退掉这座大住宅，辞掉他的仆人，自己搬到旅馆去居住。可是阿格拉费娜·彼得罗夫娜又反复跟他说明，毫无理由在冬季之前忽然改变生活上的任何安排，因为夏季没有人来租住大住宅的，而且总也需要有个地方居住和放家具杂物什么的才行吧。这样，涅赫柳多夫想要改变他的生活方式（他想过大学生那样简朴的生活），一股劲头后又全部都化成了泡影。不仅一切都跟往常一样，而且家里的仆人更起劲地忙活起来。他们将所有毛料的和皮毛的衣物等全部都拿出来晾晒，挂得哪儿都是，不停地掸去尘土。参加这项工作的人有打扫院子的仆人，以及他的下手、厨娘，甚至连听差柯尔内也加入了进来。开始的时候，他们把一些制服同一些从来都没有人穿过的、古怪的皮毛衣物都找了出来，在绳子上晾着，然后往外搬毛毯和家具。打扫院子的仆人就和他的手下们，挽起了衣袖，露出了肌肉结实的胳膊，很有节奏地尽力地去敲打那些东西上的灰尘。于是各个房间里都弥漫着樟脑气味儿。涅赫柳多夫穿过院子，或者从窗口中向外望，常常为之惊奇：东西有那么多，并且毋庸置疑都是毫无用处的。“这些东西唯一的用途与意义，”涅赫柳多夫心里想着，“就是给阿格拉费娜·彼得罗夫娜、柯尔内、扫院子的仆人、他的下手和厨娘等人，提供一个活动筋骨的好机会罢了。”

“现在既然玛丝洛娃的事情还没有确定下来，那就用不着急着改变我的生活方式了。”涅赫柳多夫心里想道，“况且这么改变也实在是很难办。总而言之等她被释放出来以后，或者是被流放，我都会跟随着她去的，到时候这一切自然而然便会改变的。”

到了跟法纳林律师相约的那一天，涅赫柳多夫便坐着马车去找他。这位律师的私人住宅富丽堂皇，窗边摆着一盆盆高大的花木，挂着十分精美的窗帘，总之布置得十分奢华。表明主人发了横财，这种布置只有在暴发户的家中才会看到。涅赫柳多夫一走到这座房子里，就看到接待室中有许多来访者排着次序等候，就像在医师的候诊室里一样，一个个神情沮丧地坐在几张桌子旁，翻看着专供他们消遣解闷的报纸。律师的助手也在一张高大的斜面办公桌旁边坐着。他一认出涅赫柳多夫，便走过来与他寒暄，说他马上就去通报主人。可是律师的助手还没等走到办公室门口，门就开了，传出了洪亮而兴奋的说话声，那是个不太年轻、又矮又胖、面色红润、留着浓密的唇髭、身穿崭新的衣服的男人在与法纳林本人交谈。两个人的脸上都露出了一种很特别的表情。有些人刚刚办完一件有利可牟而又不太正当的事情，往往会流露出这样的神情。

“怪您自己呀，老兄。”法纳林笑哈哈地说。

“我倒是愿意升天堂，但是罪孽太重啦，天理不容啊。”

“好了，好了，我们都知道了。”

两人便不自然地笑了起来。

“啊，公爵，请进。”法纳林看到涅赫柳多夫以后说。他向那个已经走出去的商人又点了点头，便把涅赫柳多夫带进了他那风格异常气派的办公室。“请问抽烟吗？”律师说着，在涅赫柳多夫的对面坐了下来，竭力忍着刚才谈成的那桩交易引起的得意的笑。

“谢谢，我是过来问问玛丝洛娃的案子的。”

“好的，好的，那我们就来谈这个案子吧。哼，那些大财主全部都是彻头彻尾的大骗子！”他说，“您看到刚才那个人了吗？他有一千二百万卢布的家产呢。可是说起话来，却说什么‘上天不容’。唉，要是他能从您身上捞到一张二十五卢布的票子，那他就算用牙咬也要将它弄到手的。”

“他说的是‘上天不容’，可是你却说什么‘二十五卢布的票子。”’这会儿涅赫柳多夫心中想，因为他对这个肆无忌惮的人产生了一种难以遏制的厌恶，尽管这个人想要通过他讲话的腔调来暗示他和涅赫柳多夫是同一个营垒里的人，而至于那些来委托他办案的人和别的人，却是属于另外一个和他有天壤之别的营垒里的人。

“他几乎就要把我给纠缠死了，这个大坏蛋啊。我真想松一口气。”律师说这话，仿佛在为他不谈案情辩解一样，“那好吧，现在就来谈谈您的案子吧……我已经仔细地把案卷查阅了一遍，可是就像屠格涅夫的小说里所说的那样，‘它的内容我并不赞同’[①]，就是说，那个该死的辩护律师太没本事了，以至于失去了上诉的一切理由。”

“那么您觉得应该怎么办才好呢？”

“请等一等。请你告诉他，”他转过身去对进来的助手说，“就说，我怎么说的，就要怎么办，假如他觉得可以那就好，如果他觉得不可以，那就算了。”

“可是他不同意。”

“哼，那就算了嘛。”律师说道，他那和颜悦色的脸一下子变得阴郁、可怕了。

“很多人都说，律师是白白拿人家钱的，”他那张脸上又恢复了之前的那种和颜悦色的表情，说道，“不久前有一个无力支付债务的人受到不应有的指控，我救了他，所以现在很多人纷纷来找我了。可是办理每一件案子，都要耗费掉不少的心血。要知道，有一位作家说，‘他们把自己身上的一块块肉都留在墨水瓶里’了。其实，干我们这一行的也是如此。好吧，那么现在就来谈一谈您的这个案子吧，或者可以说，谈一谈让您关心的那个案子。”他接着说，“情况十分不妙，已经没有很充足的上诉理由了，可是呢，说到上诉嘛，试一下总还是可以的。这不，我写了一个这样的诉状。”

---

① 引自屠格涅夫的中篇小说《多余人的日记》。

他拿来了一张写着密密麻麻的字的纸读了起来，把某些枯燥无味的公文套话迅速地念了过去，然后特别铿锵有力地念着另外一些文字。他开始读道：

送呈刑事案到上诉部门，等等。上诉事情缘由，等等。该案经过某某裁决，等等，做出裁决，等等，玛丝洛娃犯了使用毒药并毒死商人斯梅利科夫罪，根据刑法典第一千四百五十四条，等等，判处该罪犯服苦役刑，等等。

他念到这儿停了下来。显然，尽管他办这种案件已经成了家常便饭，可是依然还是很得意地欣赏自己的大作。

“此项判决，是由于诉讼程序上被严重破坏以及错判的结果，”他继续生动有力地往下念着，“因此这项判决应当予以撤销。第一，在庭审时，斯梅利科夫内脏检查报告刚开始宣读，就被庭长阻止了。这是第一点。”

“可是，要知道，那是公诉人要求宣读的呀！”涅赫柳多夫惊讶地说道。

“那也是一样的，辩护人本来也是可以要求宣读这种玩意儿的。”

“但是要知道，这个报告实在是毫无宣读的必要啊。”

“但这总是一个上诉的理由。再者：第二，玛丝洛娃的辩护人，”他继续读道，“在发言的时候有意讲明了玛丝洛娃为人，进而又说到她堕落的内在缘由，却被庭长给阻止了，理由则是辩护人的发言似乎和案情并没有什么关系。但根据枢密院多次训示，在刑事案件中，查明被告的品德与总的道德面貌，都具有头等重要的意义，至少会有利于正确判断责任归属的问题。这是其二。”他说着，看了看涅赫柳多夫。

“但是要知道，他说得实在太糟糕了，简直让人听不出一点儿道理来。”涅赫柳多夫更惊讶地说着。

“那个人完全是个笨蛋，当然讲不出什么有用的话来。”法纳林笑着说道，“不过这总是一个理由哇，您听着，还有哩。第三，庭长在总结发言的时候，竟然违反了《刑事诉讼程序法》第八百零一条第一款的明确规定，没有跟陪审员们解释，犯罪概念是根据哪种法律因素构成的，而且也并没有对他们解释即使他们认定了玛丝洛娃对斯梅利科夫的投毒事实确凿，可是若是她没有蓄意谋害，仍然有权认定这种行为不是有罪的，从而再认定她没有犯刑事罪，只不过是一种过失，是一时疏忽，而至于它的结果即商人死亡，对于玛丝洛娃来说他的死是出乎意料的。这就是主要的一点了。”

“但是我们自己也应该能明白这个道理。这要怪我们自己。”

“最后，第四，”律师继续念了下去，“陪审员们对于法庭上提出的有关玛丝洛娃犯罪问题所做出的回答，任何人一眼就可以看出其中有十分明显的矛盾。玛丝洛娃被控只是因为贪图钱财而故意毒死斯梅利科夫，由此可以看出她谋财乃是她杀人的唯一动机。可是陪审员们在其答案中否认玛丝洛娃有掠夺钱财的意图，也否认了玛丝洛娃曾参与过偷盗珍贵财物的行为，由此显而易见：他们本意就是想要否定被告有害人性命的动机，只不过是因为庭长的总结发言不完善，而产生了误解，导致陪审员们在答复中才未能用上应有的方式表达出这一方面的意见，因此，针对陪审员们的这一种答复，无疑是需要引用《刑事诉讼程序法》第八百一十六条和八百零八条来办理。也就是说，庭长应当向陪审员们说明他们所犯的错误，并驳回答复，以便他们重新进行讨论，重新对被告的犯罪问题做出新的答复。”法纳林读到这儿就停住了。

“那么庭长究竟为什么没有这样做呢？”

“我也很想知道究竟为什么呀？”法纳林微微一笑道。

“也许枢密院会纠正这个错误。”

“这要看到那个时候，主持审理案件的是哪几个老废物啊。”

“怎么会是老废物呢？”

“就是养老院中的那些老废物啊。嗯，就是这个样子。接下来我是这样写的：法庭无权根据这样的裁定判处玛丝洛娃刑事处分，”他继续快速读道，“而且对她的这个案子援引《刑事诉讼程序法》第七百七一十一条第三款，乃是粗暴而又严重地破坏我国刑事诉讼的基本原则。根据上述理由，本人荣幸地呈请某某、某某依据《刑事诉讼程序法》第九百零九条、第九百一十条、第九百一十二条第二款、第九百二十八条等，撤销原判，并且将此案移交该法院另组法庭，重新进行审理。就是这样了。尽力而为吧。不过恕我直言，成功的希望并不太大。不过，这关键要看枢密院中主持审理这个案子的成员。假如您有可靠的人，您不妨去走动走动吧。”

“我倒是认得几个人。”

“那就必须抓紧了，要不然他们就会都出去治疗痔疮了，那就得再等三个月……嗯，还有就是，万一这样不成，还可以把诉状呈给皇上。这也要取决于幕后的行动了。在这方面我也准备为您效劳，不是说在后面活动方面，而是说在写诉状方面。”

“太感谢您了，那么您的报酬……”

“我的助手会把一份誊写清楚的诉状交给您，他会跟您说的。”

“我还有一件事要请教。检察官给了我一张许可证，准许我到监狱里去探视当事人。可是监狱里的人又告诉我，如果在规定的日子和地方之外探监的话，那就还必须得经过省长的批准。真的需要办这个手续吗？”

“哦，是的，我想是需要的。可是现在省长不在，都是由副省长代管工作。但这个人是个不折不扣的浑蛋，就算您找到他也不见得能办成什么事。”

“您说的这个人是麦斯连尼科夫吗？”

“是的。”

“我认识他。”涅赫柳多夫说着，站起了身准备告辞。

这时候有个身体矮小、奇丑无比、生着翘鼻、面色发黄、枯瘦如柴的女人，快速地闯进接待室里来。她是律师的妻子，显然她一点也不因为自己的丑陋而伤心；她装束异常别致，不论天鹅绒的、绸缎的、鲜黄的、墨绿的，在她身上均有一点儿别出心裁的花样，甚至她那稀稀拉拉的头发也打了些卷。她得意扬扬地闯进了这个接待室里来，身后还跟着一个身材瘦长、笑容满面的男人，那人面色土黄，穿着丝绸翻领的礼服，系着一条白领结。他是一位作家，涅赫柳多夫曾见过他。

“阿纳托尔，”她推开门进来说道，“你来一下。你瞧，谢苗·伊凡内奇答应为我朗诵他的诗了，你呢，一定要朗读迦尔洵[①]的作品哦。”

涅赫柳多夫正想着要走，可是律师的妻子和她丈夫说了几句悄悄话之后，立刻又转过身来对他说：

“抱歉，公爵，我认识您，就用不着再介绍了。请您光临我们的文学早会。那将会非常有意思的。阿纳托尔朗读得动听极了。”

“您瞧，我有多少杂七杂八的事儿呀。”阿纳托尔摊开了双手，笑呵呵地说，一面指着自己的妻子，以此来表示他无法抗拒这样一个天仙般美人儿的旨意。

涅赫柳多夫带着阴郁而严肃的表情，彬彬有礼地跟律师的妻子表示了感谢，说是承蒙相邀，他感到荣幸之至，可惜实在无法参加，只好拒绝了，说罢他便走出办公室，来到接待室。

“真是一个装腔作势的家伙啊！”律师的妻子等他走出去以后，如此说道。

在接待室里，助手将一份已经誊清好的诉状转交给了涅赫柳多夫，等谈到报酬的问题，他表示阿纳托尔·彼得洛维奇[②]定的是一千卢布，与此同时还解释说阿纳托尔·彼得洛维奇原本是不接收这样的案子的，这一次是看在涅赫柳多夫的面子上，才特别接受这个案子的。

“应该怎么签署这个诉状呢？应该以谁的名义呢？”涅赫柳多夫问。

“这个可以以被告本人的名义。如果这样做有困难，那么阿纳托尔·彼得洛维奇也可以接受她的委托，以她的名义代签。”

“不用了，我去她那儿一趟吧，让她自己签字好了。”涅赫柳多夫说到这里，暗暗地高兴起来，因为这是一个可以不必等到在规定的日期见到她的好机会。

---

① 迦尔洵（1885—1888），俄国作家。

② 律师的本名和父名。上文的“阿纳托尔”是法国人名，相当于俄国人名阿纳托利。

第四十六章

监狱里一到规定时间，看守就在各条走廊吹起哨子。铁锁铁门“哐啷啷”地响了起来，走廊跟牢房的门纷纷打开了，那赤着的脚板与棉靴子的后跟在地上发出啪啪的响声。倒便桶的男犯人穿过走廊，使得空气中充溢着难闻的臭气。男犯人与女犯人去洗好脸、穿好衣服，然后走到走廊里来点名，点完名以后就去打开水泡茶。

这天喝茶的时候，监狱的每个牢房中都在兴致勃勃地议论着，原来今天有两个男犯人要被施笞刑。这两个男犯人当中，有一个是很有文化素养的年轻店伙计瓦西里耶夫，他因为吃醋而一时心血来潮打死了自己的情妇。同牢房的犯人都非常喜欢他，因为他生性开朗，慷慨大方而又大度，对监管人员却态度强硬。他懂法律，凡事都要求依法办事。所以监管人员都很讨厌他。三个星期之前，有一名看守殴打了一个倒便桶的犯人，因为那个犯人把粪水溅到他的新制服上了。瓦西里耶夫就挺身而出替那倒便桶的犯人打抱不平，他说没有任何一条法律规定准许他们殴打犯人。“我倒要让你看看什么是法律！”那个看守说着，就把瓦西里耶夫给臭骂了一通。瓦西里耶夫同样也回敬了他。看守就想要揍他，可是瓦西里耶夫又一把抓住了他的双手，使劲儿地捏了大概有三分钟，然后就扭着他的手让他转过身去，将他推出了门外。看守上告，典狱长便下令将瓦西里耶夫给带到单身牢房里关了起来。

单身牢房是一排昏暗的小黑屋子，是从外面上锁的。在单身牢房里又黑暗又阴冷，既没有床，也没有桌子，更没有椅子，因此关在这里的人，只能在脏兮兮的地板上坐着或者是躺着，任凭老鼠们在他们的身体上或者是在他们身前身后跑来跑去。单身牢房里到处都是老鼠，并且它们胆子也都大得很，在昏暗之处连一块面包也休想保住。它们常常跑到囚徒的手上来抢面包吃，如果犯人一动不动，则索性扑上来咬犯人的肉体。瓦西里耶夫不愿意去蹲单身牢房，因为他没有罪。几名看守强行拉他去。他便开始反抗，有两名犯人帮助他从看守的手中挣脱了出来。许多看守就一起跑了过来，这当中有一个姓彼得洛夫的，是出了名的大力士。犯人都敌不过他，都被关进了单身牢房。省长立刻接到报告，说是发生了一件类似暴乱的事情。省里发下公文，命令对两位主犯瓦西里耶夫和流浪汉涅波姆尼亚希，各用树条抽打三十下。

这项刑罚指定在女监探望室当中执行。

监狱里的全体囚徒从昨天黄昏就听说了这件事，因此各间牢房里正兴致勃勃地谈论着那场就要执行的刑罚。

柯拉布列娃、美人儿、菲多霞和玛丝洛娃都坐在她们的那个角落中，已经喝过了酒，全都脸色通红，精神振奋。现在玛丝洛娃总是要买酒喝，而且总是很慷慨地请她的女友们一起喝。这会儿她们正在喝茶，也在谈论这件事情。

“他又不是捣乱或者干别的什么坏事，”柯拉布列娃用满口坚固的牙齿嚼着小小的糖块，说着瓦西里耶夫的事儿，“他不过就是为他的伙伴打抱不平而已啊。因为现在已经不准许打人了嘛。”

“听说他是一个很不错的人呢。”菲多霞插嘴说道。她没戴头巾，露出两条大辫子，坐在板床对面的一块劈柴上面，板床上放着一把茶壶。

“我说，最好告诉他这件事，米哈伊洛娃。”看道口的女人对玛丝洛娃说道，这个“他”指的就是涅赫柳多夫。

“我一定会跟他说的。他为了我什么都愿意去做。”玛丝洛娃笑眯眯地晃着头回答说。

“可是那也得等他来了才行啊。不过，听说，马上就要去折腾他们了。”菲多霞说。“这可不得了了。”她又叹着气说。

“有一回啊，我在乡公所里面看到他们在揍一个庄稼汉。那是我公公打发我去找乡长的时候，我就去了，到那儿一瞧，他呀……”看道口的女工开始讲述起了一个很长的故事。

她的故事还没讲完，就被楼上走廊里的脚步声与说话声给打断了。

女人们都安静了下来，仔细倾听着。

“那些恶魔，他们就要过来拖人了。”美人儿说，“这一下子他们会活活打死他的。看守们全都恨透了他。因为他总是不肯向他们屈服。”

楼上慢慢地安静了下来。看道口的女人于是就接着讲她的那个长故事，讲在乡公所里她怎么看到那个农民在一个大棚里遭到了毒打，她又怎样被吓得魂不附体的，她的五脏六腑又是怎样被翻了个儿的。可是美人儿说起谢戈罗夫怎样挨鞭子的，而他连一声都不吭。然后菲多霞将茶具收拾起来，柯拉布列娃跟看道口的女人开始做起了针线活儿。玛丝洛娃却抱着双膝坐在板床上，觉得烦闷而又无聊。她正想要躺下来睡一会儿，女看守却忽然跑来了，让她到办公室里去会见一个探视她的人。

“你一定要告诉他我们的事。”老太婆梅尼绍娃趁着玛丝洛娃正对着那剥落了一半水银的镜子理自己的头巾时，对她说道，“又不是我们放的火，是那个坏蛋自己干的嘛，有一个工人曾目睹过，他绝不会昧着良心胡说八道的。你跟他说，让他去找米特利。米特利会把事情从头到尾、一五一十地告诉他的。不然的话，这算怎么回事啊：我们平白无故地被关在这监狱里；而他呢，那个坏家伙，却独占着别人的老婆，安安稳稳地坐在酒店里面喝酒。”

“简直是无法无天了！”柯拉布列娃附和说道。

“我会说的。我一定会告诉他的。”玛丝洛娃回答道。“要不然，再喝一点儿酒壮壮胆子。”她挤挤眼睛，补充说。

柯拉布列娃便为她又斟了半杯酒。玛丝洛娃一饮而尽，擦了擦嘴巴，兴高采烈地一再重复着她刚刚说过的那些话：“壮壮胆子。”然后她就摇头晃脑，笑盈盈地跟在女看守的后面，顺着长廊走去了。

第四十七章

涅赫柳多夫已经在监狱的门廊里等了好一阵子。

之前，他一来到监狱里，就在大门外拉了门铃，并且把检察官所给的许可证递交给了值班的看守。

“您想要见谁？”

“我要见犯人玛丝洛娃。”

“现在不行，典狱长正忙着呢。”

“他在不在办公室里呀？”涅赫柳多夫问。

“不在，他在这儿，在探监室里面呢。”看守回答他，涅赫柳多夫觉得他的神情很慌张。

“难道今天是探监的日子吗？”

“不是。有一件特殊的事情。”他说。

“那么，我怎样才能见到他呢？”

“他一会儿便会出来的。您再稍等一下就好啦。”

这时，司务长从侧门里走了过来，他的脸上油光发亮，唇髭被烟草的烟熏得有点发黑，制服上面的丝绦闪闪发光。厉声对看守说道：

“怎么把人带到这儿来了？……把他带到办公室里去吧……”

“是我听说典狱长就在这里的。”涅赫柳多夫看见司务长也有一些惶惶不安，感到非常奇怪，就解释说。

这个时候，里面的一道门被打开了，大汗淋漓、浑身发热并且神情激动的大力士看守彼得洛夫走了出来。

“这回他该记住了。”他转过身对司务长说。

司务长给他使了个眼色，让他注意有涅赫柳多夫在这里。于是彼得洛夫便不再作声了，他蹙起眉头朝后门走去。

“他是说谁该记住呀？他们这些人为什么都如此慌张？为什么司务长跟他使了个眼色？”涅赫柳多夫在心里嘀咕着。

“您不能在这里等，请到办公室等去吧！”司务长再次转过身来，对涅赫柳多夫说道。涅赫柳多夫正想要走，典狱长却从后门走出来了，他的神色显得比自己的下属更加慌张。他不停地叹气。一看到涅赫柳多夫，就转过身去对看守说话。

“费多托夫，把五号女监的玛丝洛娃带到办公室里去。”他说。

“请您跟我来。”他跟涅赫柳多夫说道。他们便登上一道很陡的楼梯来到一间很小的屋子里，这里只有一扇窗户，里面摆了一张写字台和几把椅子。典狱长坐了下来。

“这个差事很棘手啊！”他一边跟涅赫柳多夫说着，一边掏出一根粗粗的香烟来。

“您看上去很疲惫。”涅赫柳多夫说。

“我干腻了这个差事。太不好干了。我本来想要减轻犯人的苦难，可是适得其反。我真是恨不得早点儿离开这里。这个差事确实棘手啊，真棘手。”

涅赫柳多夫并不知道狱长感到特别为难的到底是什么事情，可是今天他看得出典狱长有一种特别的，让人心生同情的灰心绝望的情绪。

“是啊，我想，这是非常棘手的。”他说道，“可是您又何必干这种差事呢？”

“我没有家产，要养家糊口呀。”

“但是，您既然觉得很棘手……”

“不过，我仍然可以告诉您，我在尽力地给他们做一些好事，我仍然在尽我的所能减轻他们这些人的苦难。若是别人在我这个位子，一定不会这么做的。要知道，这儿的事情哪儿有那么容易呀：这里有两千多号人呢，而且都是些什么样的人啊。必须知道应该怎么对付他们才行。他们同样也都是人，要可怜他们。可是也不能放纵他们。”

典狱长便开始说起了不久前发生的那件事：有一些男犯人打架，到最后都弄出人命来了。

这时候一个看守带着玛丝洛娃走了进来，打断了典狱长的话。

玛丝洛娃走到屋门口，还没有看到典狱长，涅赫柳多夫就已经看见了她。她的面色通红，在看守的后面带劲儿地走着，并且不停地笑着，摇头晃脑的。她一看到典狱长，就露出了惶恐的神情，紧紧地盯着他，可是立即就又恢复了常态，大胆而又愉快地转过身来跟涅赫柳多夫打招呼。

“您好！”她拉长了声音说，并笑盈盈地使劲握他的手，跟上一次完全不同。

“哦，我给您拿来了这个诉状，请您过来签个字吧。”涅赫柳多夫一面说，一面看着她今天迎接他的那种带劲儿的样子，感到有点儿奇怪，“律师写了一张诉状，需要你签名确认，然后就可以把它寄到彼得堡去了。”

“好啊，签字也可以啊。做什么都可以的。”她眯起了一只眼睛，笑呵呵地说道。

涅赫柳多夫从口袋中掏出了一张折叠好的诉状，走到桌子跟前。

“她可以在这儿签字吗？”涅赫柳多夫问典狱长。

“你到这儿来坐下。”典狱长说道，“给你一支笔，你认识字吗？”

“我原来识字。”她说过这话，便笑盈盈地撩了撩她的裙子，挽起袖子，在桌旁坐了下来，伸出她那一只有劲儿的小手笨拙地拿起笔，并微微一笑，回头看了涅赫柳多夫一眼。

他告诉她应该怎么签，签在哪儿。

她十分用心地拿笔蘸了蘸墨水，轻轻地抖了一下笔，签上了她的名字。

“不需要再写其他的了吗？”她忽而看看涅赫柳多夫，忽而看看典狱长，忽而把笔放在墨水瓶上，忽而放到纸上，一面问道。

“我想跟您说几句话。”涅赫柳多夫一边说一边接过了她手中的笔。

“好的，您请说吧！”她说过这话，忽然仿佛又想起了什么心事或想睡觉一样，脸色一下子变得阴沉起来。

典狱长站起身来走出了房门，于是剩下涅赫柳多夫和她两个人待在了屋子里。

第四十八章

带玛丝洛娃到这儿来的那个看守，坐在了距桌子远些的那个窗台下面。对涅赫柳多夫而言，关键性的时刻到了。他一直不停地责备着自己，在第一次见面的时候没有对她说出主要的话，也就是没说出他要跟她结婚。现在他已经下定了决心，必须对她说出这些话。她坐在桌子的这面，涅赫柳多夫坐在那面，两人相视而坐。这间屋子里的光线很亮，涅赫柳多夫第一次近距离地看清楚了她的面孔，看到了她眼睛上和嘴唇周围的皱纹和浮肿的眼皮。他比以前更加怜悯她了。

他稍稍地将身子凑近了她，把两个臂肘放在了桌子上面，这样说话就只有她能听见，免得被看守那个长着犹太人脸形、蓄着灰白的络腮胡子、坐在窗户旁边的那个人听到他说的话。他张嘴说：

“要是这个诉状不管用，那我们就去告御状。只要是能做的，我们都要去做。”

“是啊，要是以前有一个好律师就好了……”她插嘴说着，“可是我请的那个辩护人是一个十足的笨蛋。他总是跟我说肉麻话。”她说着就笑了起来，“倘若当时他们知道我跟您认识的话，就大不一样了。可是结果呢？大家都把我当成小偷了。”

“今天她可真奇怪！”涅赫柳多夫心里面在想，他正想说出心里话，没想到又被她抢起话来。

“我有件事儿要跟您说说。我们这里有一个老太婆。她的人品挺好的，说真的，大家都觉得很惊讶。这样好的老太婆，现在却平白无故地坐起牢来，她和她的儿子都关在这里。大家都知道他们确实是无罪的，但是偏偏有人控告他们纵火，所以就把他们关在了这里。您知道的，她听说我跟您认识。”玛丝洛娃转动着脑袋，看着他说，“她就说：‘你跟他说说吧。’她说：‘让他找到我的儿子，我儿子会把事情一五一十地告诉他的。’她儿子姓敏绍夫。怎么样，您能办一办吗？说真的，她可是一个好得不能再好的老太婆呀，一眼就能够看出来她是冤枉的。您就行行好，帮帮她吧。”她说着，看了他一眼，垂下眼睛轻轻地笑了笑。

“好吧，我去办，我会去问问是怎么一回事儿。”涅赫柳多夫说着，对她这种大大咧咧的样子，心中觉得诧异。“可是我想要跟您说说我自己的事情。您还记得上一次，我跟您讲过的话吗？”他说。

“您说过很多的话啊。上次您究竟说了些什么啊？”她一面说着，一面不停地微笑，转悠着脑袋，一会儿扭到这一边，一会儿又扭到那一边去。

“我说过的，我到这儿来是求您饶恕我的。”他说。

“唉，怎么啦，总是饶恕呀饶恕的，一点儿也用不着说这些话……您最好还是……”

“我曾经说过我要弥补我过去犯下的错误，”涅赫柳多夫接着说道，“并且不只是嘴上说说而已，而是要用实际行动来补救。我决定要和您结婚。”

她的脸上突然露出了惊骇的神色。她的那对斜视的眼睛一下呆住了，好像是看着他，却又仿佛不是在看他一样。

“这究竟是为什么呀？”她恶狠狠地蹙起眉毛说道。

“我觉得，我只有这样做，才对得起上帝。”

“怎么又把上帝搬出来了啊？您讲的话完全就不是那么回事嘛。上帝？什么上帝啊？当时您如果想起上帝的话就好了。”她说着，便张大了嘴，但是又停下来不说了。

涅赫柳多夫直到此时才闻出从她嘴里呼出来的很重的酒味，才知道她为什么那么高兴了。

“您得冷静一下。”他说。

“我没什么可冷静的。你以为我喝醉酒了吗？我是喝了些酒，可是我知道我自己在说什么。”她忽然快速地说起来，满脸涨得通红，“我是一个苦役犯，原来是个窑姐儿……您是一位老爷，是一位公爵，你用不着来招惹我，以免辱没了你的身份。你还是去找您的那些公爵小姐好了，我的身价只不过是一张十卢布的红钞票。”

“不管你说得多么难听，你也说不出我的心里是什么滋味来。”涅赫柳多夫全身哆嗦着，低声说道，“你想象不出，我觉得对不起你，心里有多难受……”

“我觉得我对不起你……”她恶狠狠地学着他的腔调说道，“那个时候你怎么不觉得有罪恶感啊，却硬把一百卢布塞给我。瞧，那就是你出的价钱……”

“我知道，我知道了，可是现在到底该怎么办呢？”涅赫柳多夫说道，“现在我已经下定了决心，再也不会对你不管不顾了。”他又重复了一遍，“我说到就一定做到。”

“可是我敢说，你做不到的！”她一边说一边哈哈地大笑了起来。

“卡秋莎！”他说着就伸出手去摸了一下她的手。

“你给我走开，别碰我，我是个苦役犯，而你是个公爵，你没必要到这里来！”她气得脸都变了色，尖声叫了起来，一把把自己的手从他的手中抽了出来，“你是想利用我来拯救你自己吧？”她继续说道，迫不及待地想把涌到她心里的一肚子怨气一下子给发泄出来，“你今生拿我寻欢作乐还不行，你还想要来世利用我来拯救你自己！我讨厌你，也讨厌你那副眼镜，讨厌你那张又肥又丑的嘴脸！你走开，给我走开！”她霍地站起身来，嚷道。

这时，看守走到他们跟前。

“你胡闹什么呢！怎么可以这样呢……”

“请您自便，别理她。”涅赫柳多夫说。

“让她不要太放肆了。”看守说。

“不必的，请您再稍微等一下，不好意思啊！”涅赫柳多夫说道。

看守便再次回到窗口那边去了。

玛丝洛娃又坐了下来，垂下了眼皮，两只小手交叉着手指头紧紧地攥在了一起。

涅赫柳多夫站在她的旁边，弯下身子靠近了她，不知道该怎么办才好。

“你怀疑我吗？”他说。

“您说您要和我结婚，那根本就是不可能的。我宁愿去上吊！这就是我要跟您说的。”

“我不管，反正我还是要为你效劳。”

“哼，那是您自己的事情了。我可一点儿也用不着您。我这跟您讲的都是实话。唉，我当初为什么没有死掉呢？”她又说了一句，竟像诉苦似的伤心地哭了起来。

涅赫柳多夫再也说不出话来了：她这样一哭，惹得他也哭了起来。

她抬起眼睛看了看他，好像感到十分惊奇一样。并且她开始拿头巾擦拭脸上流着的泪水。

这时看守又一次走了过来，提醒他们时间到了，应当分手了。玛丝洛娃便站起了身。

“您此时很激动。如果有可能的话，我明天再过来一趟。不过，您最好还是考虑考虑吧！”涅赫柳多夫说。

她没有回答，也没有再看他，便跟随看守走出去了。

“嘿，好闺女，这回你可要走运了！”柯拉布列娃等到玛丝洛娃重新回到牢房里来的时候，便对她说，“看得出来，他可是真的迷上你了。趁着他总是来看你，你可别错过了好机会呀。他会救你出去的。有钱人是什么都能办到的。”

“这倒是句实在话。”看道口的女人用唱歌般的声音说，“穷人想要干点儿什么，那比登天还难，富人想要什么就有什么，想怎样就怎样，好闺女，我们那儿就有一个有身份的人，他就是……”

“怎么样，我的事情你跟他说了没啊？”那个老太婆又问她。

可是玛丝洛娃此时并没有回答自己同伴们的问话，却躺在板床上，一双斜视的眼睛呆呆地盯着一个角落，她就这样一直躺到了黄昏。她的内心在激烈地翻腾着。涅赫柳多夫对她所说的那番话，又将她带到她满怀仇恨的那个天地去了，可她却无法理解那个天地，并憎恨着它，她早就离开了那里。现在她已经和过去告别，在浑浑噩噩地过活。可是要清醒地记住往事而生活下去，那太苦恼了。到了黄昏的时候，她就又去买了一些酒，与她的同伴们一起畅饮了起来。

第四十九章

“哎，竟然会是这样，竟然是这样啊。”涅赫柳多夫从监狱里走出来的时候，心里面这样想着，直到眼下才彻底了解自己的罪孽。如果不是他下定决心赎罪以弥补自己的过错，那他永远也不会意识到自己的罪孽是那么的沉重。而且，他也不会意识到她所受到的伤害到了什么样的程度。事到如今，这一切才暴露出其真正的惨状。直到现在，他才看见他对那个女人心灵的伤害，他也才看见并且懂得她究竟受到了多么大的摧残。以前涅赫柳多夫还始终在做感情游戏，欣赏自己，在自我忏悔中孤芳自赏，现在他觉得十分害怕。他觉得现在让他抛开她不管，无论如何他是做不到的，可是与此同时，他又难以想象他对她的种种做法会有什么样的结果。

涅赫柳多夫刚刚走到大门口，就有一个看守向他走过来，这个守卫胸前还佩戴着十字章和奖章，脸上露出了一副使人讨厌的阿谀奉承的模样，很神秘地塞给了他一封信。

“这是一个女人给大人您的信……”他一边说着一边把信递给了涅赫柳多夫。

“哪一个女人？”

“您看看就知道了。是名女犯人，政治犯。我在她们那儿当差。这是她托我办的。虽然这样的事是犯禁的，可是总不能不通人情……”看守很不自然地说着。

涅赫柳多夫感到很奇怪，他不明白一个奉命看管政治犯的看守，怎么就能够在监狱里，几乎是在大庭广众之下传递信件。他那个时候还不知道这人既是看守，还是密探。只是接过信，一边从监狱往外走，一边把信看了一遍。这封信是用铅笔写成的，字迹潇洒，没有用旧体字母。信的内容是这样的：

我听说您对一名刑事犯很感兴趣，并且经常到监狱里来看她，所以我想要和您见一面。请您请求监狱当局能够准许您和我见面。若是得到准许，我可以向您提供许多重要的情况，有助于您的斡旋和了解我们的小组。向您表示感谢的薇拉·博戈杜霍夫斯卡娅。

薇拉·博戈杜霍夫斯卡娅原本是下诺夫哥罗德一个偏僻地方的女教师。有一回涅赫柳多夫和几个同伴曾一起到那里去猎熊。这个女教师曾经请求过涅赫柳多夫给她一点钱，以此帮她进入高等女校去学习。涅赫柳多夫就给了她一笔钱，后来就把她忘记了。谁承想这位小姐现在成了政治犯，被关在监狱里。也许她在监狱里听说了他的事情，才提出愿意为他尽力。那个时候，一切都是如此的简单，如此的容易啊。可如今一切却都是那么的困难，那么的复杂。涅赫柳多夫历历在目，激动并愉快地回忆起了那时的情景，回忆起了他和博戈杜霍夫斯卡娅认识的经过。那是在谢肉节[①]的前夕，在离铁路六十俄里的一个比较偏僻的地方。狩猎手气很好，打死了两头熊。吃过饭就准备要出发回去了，这时他们借宿的人家的主人走了过来，说当地教堂的助祭的女儿来了，她想见见涅赫柳多夫公爵。

“她长得漂亮吗？”有人问道。

“哎，别胡说！”涅赫柳多夫说着便板起了脸来，一本正经地从桌子旁边站起身来，一面拿餐巾擦着嘴，心里面觉得很奇怪，猜测着助祭的女儿为什么要见他，一面朝主人的房里走去。

那个屋子里有一位姑娘，她头戴一顶毡帽，身上穿着小皮袄，非常健壮，一张脸盘瘦削，青筋暴露，并不太漂亮的脸，好看的只有一双眼睛和眼睛上面那扬起的两道眉毛。

① 基督教节日，在大斋前的一个星期内。

“好啦，薇拉·叶夫列摩芙娜，你就和他谈一谈吧。”上了年纪的女主人说着，“这位便是公爵。我先出去了。”

“您找我有何贵干？”涅赫柳多夫问。

“我……我……您看，您十分有钱，您把钱都用在了无聊的事情上，用在了狩猎这些方面，这个我知道。”那位姑娘非常不好意思地张开嘴说道，“可是我只有一个希望，希望成为一个对人类有用的人。可是这根本不可能，因为我什么也不懂。”

她的那双眼睛真挚又善良，她那一副果敢而羞怯的神色是那样感人，所以涅赫柳多夫像他往常那样，一下子设身处地为她来考虑，了解她，同情她了。

“但是我又能为您做点什么呢？”

“我是一名女教师，但我很想到高等女校去读书，却进不去。倒也不是他们不让我进去，他们是愿意让我进去的，不过要交一笔钱。请您借给我一笔钱，等到我一毕业，就还给您。我认为有钱人猎熊，并和农民喝酒，这都不太好。有钱人为什么不做点儿有意义的事情呢？我只是需要八十卢布。倘若您要是不愿意借，那也没关系。”她气冲冲地说。

“正好相反，我十分感谢您给我这个好机会……我这就把钱给您拿来。”涅赫柳多夫说。

他走到门道里，在那儿看到了他的一个同伴正在这里偷听他们的谈话。他也没有理会伙伴的取笑，就从钱袋中掏出了钱，拿给了她。

“请您收下吧，您用不着谢我。我倒是应当感谢您才对。”

此时涅赫柳多夫回忆起了这一切，心中还是感到很愉快。他还很快乐地想起来，那时曾经有个军官想把此事编成不堪入耳的笑话，他差点儿和军官吵起来，又回忆起了他的另外一个同伴维护他，因此后来他跟这人变得更要好了，还回忆起了那回的狩猎多么顺手，多么愉快，他们连夜赶回火车站的一路上，他的心情是多么的高兴啊！双马雪橇排成一串，一辆接一辆悄无声息地在林间狭窄的小路上飞速地奔跑着。道路两旁的树木，有时高，有时低，掺杂着一株株枞树，树枝上压着密密的积雪，像一张张大面饼。在黑暗之中，一道火光一闪，有人点起一支香味扑鼻的卷烟。猎熊的猎人奥西普在雪橇之间跑来跑去，地上的积雪一直没到了他的膝盖。他一边收拾着东西，一边讲到了麋鹿，说它们这时候怎样在很深的雪地里徘徊，啃吃着白杨树的皮。他还讲到了狗熊，说它们这时候怎样在密林里的洞穴里躲着睡大觉，洞口会冒出它们从嘴巴里呼哧呼哧喷出来的热乎乎的白气。

涅赫柳多夫想起这一切，特别是想到自己当年身强体壮、富有力气、自由自在、无忧无虑，就感到无比幸福。他的两肺扩张开来，把小皮袄绷得紧紧的，深深地呼吸着冰凉的空气。树枝上面的积雪被车轭碰落了下来，纷纷落在了他的脸上。他的全身都是暖乎乎的，脸上却凉丝丝的，心里面既没有牵挂，没有忧虑，也无悔恨，没有害怕，也没有奢望。那个时候是多么的快乐啊！可是如今呢？我的上帝啊，这一切多么令人苦痛，多么的困难呀！……

显然，薇拉·叶夫列摩芙娜是一个革命者，如今她因为革命活动而被囚禁在了监狱里。应该见见她，尤其是因为她许诺帮他出主意来改善玛丝洛娃目前的处境。

第五十章

第二天早上涅赫柳多夫醒来，回忆起昨天所发生的种种情形，心里不禁感到了一丝惧怕。

可是，他害怕归害怕，却又比之前任何时刻下的决心更大，必须把已经开了头的事情做下去。

他怀着这种强烈的责任感从家中走了出来，乘着马车去找麦斯连尼科夫，请求他准许他探监，除了探望玛丝洛娃，还有玛丝洛娃要他关照的那个敏绍夫母子。除此之外，他还想要求准许他去探视一下博戈杜霍夫斯卡娅，她可能会对玛丝洛娃的事提出有益的意见。

很久以前，涅赫柳多夫还在军团里服役的时候，认识了麦斯连尼科夫，那时他在军团中担任团里的司库。他倒是一个非常和善并且工作十分勤勉的军官，世上除了军团与皇室之外他对什么事都不知道，而且也不想知道。现在涅赫柳多夫见他的时候，他已经当了行政长官，管辖的范围已经从将军团换成了一个省和省政府了。他娶了一位有钱而又精明的女人，正是她逼着他脱离了军队而改任了文职官员。

她取笑着他，但是又抚爱着他，对他就像对待她已经驯服的一只小动物一样。涅赫柳多夫去年冬天到他们家去过一次，但他感觉这对夫妻非常乏味，之后就再也没去过。

麦斯连尼科夫一看到涅赫柳多夫，就满面春风迎上来。他仍然像在军队时那样，他的脸仍然是那样肉嘟嘟的，而且红红的，身材也是那个臃肿的样子，衣服还是像在军中那样讲究。那个时候他总是干干净净，穿着一身款式新颖、紧紧裹着两肩和胸脯的军装或者制服；现在他穿的还是最新式的文职服装，仍然那样紧紧裹住他的肥胖身体和挺得高高的宽胸膛。今天他穿着一身文官制服。虽然他们年龄相差了很多（麦斯连尼科夫快到四十岁了），可他们彼此还是你我相称。

“哦，你来了，太感谢了。我们一起上我妻子那里去吧。这会儿我恰好有十分钟的空闲时间，等会儿就要去开会了。你要知道，省长外出了。省里的所有事务都是我在管。”他带着掩饰不住的得意之色说。

“我找你有件事。”

“什么事儿啊？”麦斯连尼科夫好像一下子警觉起来，用惊愕的、有点儿严肃的声调说道。

“监狱里有个我非常关心的人（麦斯连尼科夫听到‘监狱’这个词儿，脸色变得越发严肃了），我很想要去探视她一下，并不是在公共的探监室里而是想要在办公室里见一面。我也希望不限在规定的日期，而是要多去几次。他们跟我说，这事儿得需要你来决定。”

“当然了，mon cher[①]，我乐意为你做任何事情。”麦斯连尼科夫说着，伸出双手来拍拍涅赫柳多夫的膝盖，好像想要表示自己没有官架子，“这件事可以办到，可是你知道的，我只不过是一个临时皇帝而已。”

“那你可以给我开一张许可证吗，好让我去跟她见见面？”

“这是个女人吗？”

“对的。”

“那她究竟为什么会被关在监狱里的？”

① 法语：我亲爱的。

“因为投毒害死人。可是，她是被错判的啊。”

“是的，你瞧瞧，这就算是公正的审判了，ils n’en font point d’autres[1]”他说着，不知道他为什么说起了法语，“我知道的，你一定不会赞同我的看法，可是有什么办法呢，c’est mon opinion bien arrêtée[2]。”他补充道，说的是他这一年来在顽固的保守派的报纸上的各种各样的文章当中所看到的一种观点，“我知道你是自由派。”

“我连我自己都不知道究竟是自由派还是其他的什么派。”涅赫柳多夫笑呵呵地说道。他常常觉得很奇怪：不知道为什么所有的人都把他归到某种派别里，称他为自由主义者，其实无非就是因为他主张在审判一个人时，首先要听完本人讲的话，主张在法律面前人人平等，而且主张在任何情况下都不要折磨人、打人，特别是对于那些还未判刑的人尤其应该如此。“我也不知道我到底是不是自由派。但是我知道现在的审判制度不管怎么差劲，总体上看还是比过去要强一些。”

“那么你请了谁当律师呢？”

“我找了法纳林来。”

“哎呀，法纳林呀！”麦斯连尼科夫紧皱着眉头，因为他回想起了就在前一年他在法庭上当见证人时，就是这个法纳林向他问话，并且十分恭敬地戏弄了他半小时，引得观众们哈哈大笑，“我劝你还是不要与他打交道为好。法纳林est un homme taré[3]。”

“我还有一件事情想要求你，”涅赫柳多夫没理他的话，又说道，“我在很久之前认识一位姑娘，她之前是个教师。她是一个非常可怜的人，现在也在坐牢，她很想和我见一面。你可不可以再给我开一张探望她的许可证呢？”

麦斯连尼科夫稍稍侧头思考着。

“她是一个政治犯吧？”

---

① 法语：他们干不出别的事情来。

② 法语：这就是我坚持的见解。

③ 法语：是一个坏人。

“是的，我听说她是政治犯。”

“你要搞清楚，政治犯是只允许跟他们的亲属见面的，不过，我可以给你开一张通用的许可证。Je sais que vous n'abuserez pas[①]……她，你关心的那个女子，她叫什么名字呢？……博戈杜霍夫斯卡娅吧？Elle est jolie[②]？”

“Hideuse[③]. ”

麦斯连尼科夫不以为然地摇了摇头，便来到桌子跟前，在一张印着头衔的公文纸上面飞快地写下了：“兹特别准许来人德米特里·伊万诺维奇·涅赫柳多夫公爵在监狱办公室会见在押的小市民玛丝洛娃以及医士博戈杜霍夫斯卡娅。”他写完后又以潇洒的花体字签上了名字。

“你很快就会看到那里面是多么有秩序的。可是在那儿的秩序是不大容易维持的，因为里面的人实在是太多了，特别是等待押解的犯人。可是我仍然严加管理，而且我喜欢这份工作。你将会看到他们在那儿过得很不错的，他们都很满意。只不过就是必须善于对付他们才行。比如说吧，前不久那儿就发生过一件不愉快的事儿，有的犯人并不服管教。倘若是旁人，就会把这事儿看作暴动了，这会使得很多人都要跟着遭殃。可是在我们这儿，这样的事情就很好地解决掉了。要一面关爱他们，一面还要对他们严加管理。”他紧紧握着雪白、笔挺、带金纽扣的衬衫袖子里露出的又白又胖并且手指戴着绿松石戒指的拳头，说着，“必须又要关心，而且也还要严加管理。”

“啊，这样的事情我的确不懂。”涅赫柳多夫说道，“我到那儿只去过两回，心里便觉得难受得不得了。”

“你听我说，你应该和巴赛克伯爵夫人交往交往。”越说越带劲儿的麦斯连尼科夫又继续说道，“她已经把她的全部心血都用在

---

① 法语：我知道你不会滥用它。

② 法语：她长得好看吗？

③ 法语：丑得很。

了这方面。Elle fait beaucoup de bien[①]. 幸亏有她，而且我也毫不谦虚地说一声，也幸亏有我，那里的一切才得以焕然一新，这种变化是如此大呀，以前种种可怕的情形现在都消失了，他们在那儿过得简直好极了。这些你都会看到的。而至于法纳林吗，我和他没有私交，再说依我的社会地位来看，我跟他干的事情毫不相干，可是他确确实实是个坏蛋，而且竟然在法庭上说出那种话来，竟然说出那种话来……"

"那么，非常感谢你。"涅赫柳多夫说着，接过了那张许可证，没有把他的话听完就跟他这位过去的老同事告别了。

"那你不到我妻子那儿去了吗？"

"很抱歉，不去了，我现在没时间。"

"哦，说实话，我妻子绝不会原谅我的。"麦斯连尼科夫一边说着，一边将他这位老同事送到楼梯第一个平台上。通常他要去送的客人，如果不是头等重要而是二等重要的客人，他总是送到此为止，他将涅赫柳多夫归属到了二等重要的客人当中。"不，请你最好还是去一趟吧，哪怕是坐一分钟也好。"

可是涅赫柳多夫仍然坚持己见，不肯去。等到听差跟看门人都走到了涅赫柳多夫面前，把他的大衣和手杖递过来，并且打开有警察在外面站岗的大门时，他又说此时的他真是没有时间。

"那好吧，那您星期四务必过来。那天是她的接待日。我一定会告诉她你要来的！"麦斯连尼科夫站在楼梯上向他大声地说道。

---

① 法语：她做了很多好事。

第五十一章

那天涅赫柳多夫从麦斯连尼科夫家里出来以后，就直接乘着车赶往监狱了。向他已经熟悉的典狱长家里走去。还和上次一样，那架蹩脚的钢琴的声音在响着。可是这次弹的不是狂想曲，而是克列门蒂[1]的练习曲，也是异常雄浑有力，节奏异常清晰、快速。过来开门的侍女，是那个一只眼睛上面依旧蒙着纱布的女子，她表示上尉在家，便把涅赫柳多夫带到了一个不大的会客室。会客室那儿放着一张长沙发、一张桌子与一盏大灯，那盏大灯放在下面垫着一块用毛线编织成的小方巾的上面，桃红色的灯罩已经有半边被烤焦了。典狱长带着疲惫和忧郁的脸色走了出来。

“请坐，您有何贵干呀？”他一面说着，一面扣着制服中间的一个纽扣。

“我刚刚去找过副省长了，这就是他给我开的许可证。”涅赫柳多夫说着把那张证件交给了他，说，“我希望能够和玛丝洛娃见一面。”

“玛丝洛娃吗？”典狱长又问了一次，可能是因为琴声太大没听清楚。

“是玛丝洛娃。”

① 克列门蒂（1752—1832），意大利钢琴家和作曲家。

“哦，是的！哦，是的！”

典狱长站起身来，走到门口，这时克列门蒂的华彩乐章[①]从那道门中传了过来。

“玛露霞，你稍微停一下也可以啊？”他说，从他说话的语气中可以听出来，这音乐声很明显已经成了他生活中的一大苦恼，“简直什么都听不清了。”

琴声停止了。从那儿又传来不满意的脚步声，有一个人在门口张望了一下。

典狱长好像因为琴声的中断而感到非常轻松，他点燃了一支粗粗的、淡味的香烟，并且向涅赫柳多夫敬一支。可是被涅赫柳多夫给婉言拒绝了。

“就是说，我现在很想见一下玛丝洛娃。”

“可是今天玛丝洛娃并不方便见客。”典狱长说着。

“为什么呀？”

“哦，是这个样子的，这都拜您所赐啦，”典狱长微微一笑说道，“公爵，您不应该把钱直接交给她。若是您愿意的话，请您将钱放在我这里就好了。以后她的钱都会如数奉还给她的。要不，像昨天那样，您给了她钱，所以她就弄到了酒，这是一种怎么也戒不掉的恶习啊。所以今天她喝得烂醉如泥，甚至还发起了酒疯。”

“哦，真的吗？”

“当然是真的啦，以至于我不得不采取严酷的措施，将她转到另一间牢房里去了。在往常，她还算是一个比较本分的女人。可是，请您以后千万不要再给她钱了。她们这帮人就是这样的……”

涅赫柳多夫清清楚楚地想起了昨天的情形，心中又感到惧怕了起来。

“那么，可以跟政治犯博戈杜霍夫斯卡娅见一见吗？”涅赫柳多夫沉默了一会儿之后，问道。

“嗯，这没什么不可以的。”典狱长说，“哦，你进来做什么

---

① 音乐术语，也可译作“急奏”。

呢？”他转身向一个五六岁的小女孩说道，她扭过头看着涅赫柳多夫，朝她父亲跑来。“瞧你，就快要摔倒了。”典狱长一面说，一面笑呵呵地看着小女孩不看眼前往前跑，脚在地毯上面又被绊了一下，跌跌撞撞地朝他面前跑过来。

“那要是可以的话，我这就去看她了。”

“请吧，可以。”典狱长说着一把抱起一直盯着涅赫柳多夫的小女孩站起身来，又温和地把小女孩放到地上，自己则向前室走去。

典狱长接过蒙着纱布的那个侍女递给他的一件大衣，还没等典狱长穿好大衣走出去，克列门蒂的清楚的华彩乐章便又铿锵有力地响了起来。

“她原本是在音乐学院学琴的，可是学院里很乱。她倒是很有天赋，”典狱长走下楼梯的时候说，“她想要在音乐会上进行表演呢。”

典狱长与涅赫柳多夫一块儿来到监狱门口。典狱长一到，那个小门就立即打开了。几名看守举着手行礼，目送典狱长走过去。在前室里，他们碰上了四个剃着阴阳头的人，抬着满满的便桶，一看见狱长就都吓得瑟缩起身子。这当中有一个人将腰弯得特别低，阴沉沉地皱着眉头，忽闪着一双乌黑的眼睛。

“当然，有天赋就应该加以培养，不该被埋没起来，可是在这样一个不大的宅院中练琴，您也知道，那是非常令人烦恼的。”典狱长继续往下说着，压根就没有注意到那几个犯人的表现。他迈着疲惫的步子往前走，带着涅赫柳多夫走进聚会室。

“您打算看哪一个来着？”典狱长问。

“博戈杜霍夫斯卡娅。”

“哦，她被关在塔楼中。您需要等一会儿才行。”他对涅赫柳多夫说。

“那么，我可不可以借这个空子先看看犯人敏绍夫母子？他们是被指控犯了纵火罪的。”

“他在二十一号牢房里。好吧，可以把他们带到这儿来。”

“我能不能到敏绍夫的牢房里去见见他？”

“可是，在聚会室里面见面会比较安静一些。”

“不，我觉得到牢房里去更有意思。”

“您居然认为这种事情有意思？”

这个时候，从侧门走过来了一个衣着讲究的军官，那便是副典狱长。

“那好吧，您把公爵带到牢房里去探视敏绍夫吧。是第二十一号牢房。”典狱长对副典狱长说，“结束以后再把公爵领到办公室里来。我去把她叫过来。她叫什么名字来着？”

“薇拉·博戈杜霍夫斯卡娅。”涅赫柳多夫回答。

副典狱长是一个年轻的军官，他的头发呈浅黄色，唇髭上面涂了不少油，全身都散发出花露水的香味儿。

“您请吧。”他露出快活的微笑对着涅赫柳多夫说，“您对我们这个地方非常感兴趣吧？”

“对的。再说我对这个人也很感兴趣，据说他是无罪而被关在这里的。”

副典狱长耸了耸肩。

“是啊，这样的事情有时还是会有的。”他一边镇静地说道，一边彬彬有礼地让出了一条路来让客人先走，他们进入了一道臭气熏天的宽阔的走廊里，“可是有时他们也撒谎。请吧。”

牢房的大门都是打开着的。有几名男犯待在走廊里。副典狱长一面对着看守们轻轻地点了点头，一面用眼瞟着那些男犯，他们有的顺着墙根朝自己的牢房里走，有的便站在门口，双手贴在裤缝上，好像士兵那样目送着长官经过。副典狱长领着涅赫柳多夫从这道走廊穿过，把他带到左侧另一道用铁门堵死的走廊里。

这道走廊比刚走过的那一道走廊更加狭窄昏暗，而且更臭。走廊的两旁是一扇扇牢门，都上着锁。牢门上都有个小洞口，这便是所谓的小“眼睛”，直径大概有半俄寸。走廊中除了一个满脸皱纹、愁眉苦脸的老看守外，再没什么人了。

“敏绍夫在哪一间牢房里？”副典狱长向老看守问道。

“左边的第八个。”

第五十二章

“我能不能看一看牢房里面？”涅赫柳多夫问道。

“请吧。”副典狱长笑容可掬地说过这话，就开始向老看守打听一些什么事儿。涅赫柳多夫便朝一个小洞里看去，里边有一个高个的年轻男人，他的身上只穿着一套衬衣和衬裤，留着一小撮黑色的胡子，在屋子里快速地踱来踱去，这时他听到门口有沙沙的响声，便抬眼看了看，就又皱着眉头继续走起来。

涅赫柳多夫朝另外一个小洞口里面望去，没想到他的眼睛刚好与另一只往外看的恐惧的大眼睛对视，于是涅赫柳多夫赶紧闪开了。他又朝第三个小洞里望，看到了一个个子矮小的男人蜷缩着身子用囚服蒙住头，躺在床上睡大觉。第四间牢房当中坐着个宽脸膛的男人，他的脸色惨白，将两个胳膊肘支在膝头上低垂着头。这个人听到外边的脚步声便抬起头来看了看。他的那张脸上，尤其是他那双大眼睛里，闪着万念俱灰的神情。他显然并没有心思弄清楚到底是谁朝他的牢房里张望。很明显，不管是谁在张望，他都不指望会有什么好事。涅赫柳多夫心里也不禁感到了一阵恐惧，便不再张望其他的牢房了，直接走到敏绍夫的第二十一号牢房。看守解开了铁锁，推开了牢门。一位肌肉发达、脖子很长，留着一小撮胡子的年轻男子站在一张小床铺边，瞪着双善良的圆圆的眼睛，神色慌张地急忙穿上了长囚衣，看着走过来的人。尤其让涅赫柳多夫震惊的是，他的那一双善良的圆圆的眼睛，带着困惑和惊惧的表情先看了看他，然后又看了看看守，再看了看副典狱长，然后又转过头来看着他。

“这位先生想要了解一下你的案情。”

“非常感谢您，先生。”

“是的，有人跟我说过了您的案子。”涅赫柳多夫一面说，一面往牢房的最里面走去，在装着铁栅栏、肮脏的窗户前站住，“我很想听您本人谈一谈。”

敏绍夫也走到了窗前，立刻开始讲起了他的案子，他先是怯生生地瞧着副典狱长，后来越来越胆大了，等副典狱长走出牢房，到走廊里去做些什么指示的时候，他便毫无顾虑了，胆子也就完全放开了。从他的语言和语气上可以看得出，这是一个非常纯朴和善的农村年轻人。可是现在却在监狱里听到穿着囚服的他亲口讲出这样的事，涅赫柳多夫听到后感到特别别扭。涅赫柳多夫一边听他说着，一边朝四周打量着，看看铺着草垫子的矮床，看看钉着粗铁栅的窗户，又看看涂得一塌糊涂，而且又潮湿又肮脏的墙壁，看看这个身穿长囚衣和棉靴子的被折磨得不成样子的可怜的农民，看看他那可怜巴巴的面孔和身子，心里越来越难受了。他真不愿相信这个极其和善的人所讲的都是事实。他一想到一个人平白无故，只不过因为受到屈辱就被逮起来，强迫他穿上囚衣，并关在这个可怕的地方，就忍不住感到心惊胆战。可是他随即又想到这带着善良面孔的人所说的真实故事有可能是蒙骗和虚构的，就越发感到可怕了。他讲的事情原本是这样的：他结婚以后没几天，一位酒店掌柜夺走了他的妻子。他到处去申诉去告状。可酒店掌柜却到处收买当官的，因此当官的就偏袒酒店掌柜，总是被宣判无罪。有一回他强行把他妻子拖回家，可是第二天她就又跑掉了。于是他就上门去讨他的妻子。酒店掌柜竟然说没看见他的妻子（其实他进去的时候，就看见她了），并且喝令他出去。他不走。酒店掌柜便领着几个工人将他打得头破血流。第二天酒店掌柜的院子就着了火。他与他母亲被指控纵火，可是他根本没有纵火，那时他正在他教父的家中。

“那么你真的没有放过火吗？”

“老爷，我连这种念头都不曾有过。这一定是他，是那个坏家伙自己放的火。听说他刚为他的房屋上过保险。可他们一口咬定是我和我母亲去过他那儿，还吓唬过他。去是去过，可我那时因为心里气不过，就去把他大骂了一通。可是说到放火，我根本就没有放过。并且着火的时候，我人也不在那儿。可是他却硬说当时我和我的母亲都到过那里。他是为了得到保险费才自己放火的，倒说是我们放的，把罪名硬安到了我们身上。”

“真是这样的吗？”

“千真万确啊，我这是对着上帝说的，老爷。求求您，您就当我的亲爹吧！”他说完就想跪下叩头，涅赫柳多夫好不容易才把他拦住。“求求您救救我吧，不然我就会白白地死在这里了。”他继续说道。

忽然，他的两腮哆嗦着便痛哭起来。接着他挽起了长囚衣的袖子，用肮脏的衬衫袖子擦了擦眼睛。

“你们谈完了没有呀？”副典狱长问。

“谈完了。那您别这样灰心丧气，我们会竭尽全力去帮您的。”涅赫柳多夫说着便走了出去。敏绍夫站在牢房的门口，因此看守关门的时候，那门正好碰在他身上。当看守锁上门时，敏绍夫便从门上的小洞口里往外张望着。

第五十三章

涅赫柳多夫顺着宽大的长廊往回走（正是吃午饭时间，牢房门都开着）。长廊里全是人，他们都穿着淡黄色长囚衣和又短又宽的裤子，脚上面套着棉靴子，都眼巴巴望着涅赫柳多夫。他置身于其中时，心里产生各种奇怪的感觉：既同情这些关在这里的人，又对那帮将他们关在这里的人感到害怕、惶惑和不解，然后又想到他自己对这一切冷眼旁观，就不知道为何感到有些羞愧。

在一道长廊中，有一个人啪嗒啪嗒地拖着棉靴子跑进一间牢房。接着就有一帮人从牢房里跑出来，拦住涅赫柳多夫，对他鞠躬行礼。

“劳驾，老爷，不知道该怎么称呼您，请您无论如何要给我们做主啊！”

“我并不是长官，我对这些都一无所知。”

“那还不都一样。您跟他们，跟那些当官的打声招呼也行啊。”一个气冲冲的声音说道，“我们根本就没有罪，可是却被关在这儿一个多月了。”

“这是怎么一回事儿啊？为什么会这样啊？”涅赫柳多夫问道。

“他们就这样把我们关进来了呗。我们已经蹲了有一个多月的牢房，就连我们自己都不知道这是怎么回事。”

“是这个样子的，这也是事有凑巧啊。”副典狱长开口说道，

“这些人都是因为没有身份证而被抓进来的，本来应当把他们遣送回原籍的，可是他们那里的监狱被火烧了，所以他们的省政府就跟我们打过招呼，请求我们先不要遣送他们回去。就这样，其他省份里的人我们已经遣送回去了，只有他们这批人还在我们这留着。”

“什么，就因为这么一点儿小事情吗？”涅赫柳多夫在门口停下来问道。

这群人一共有四十个左右，全部都穿着长囚衣，把涅赫柳多夫同典副狱长围在了中间。好几个人一齐说了起来。副典狱长制止他们说道：

“你们当中派一个代表来说好吗？”

人群当中走出了一个五十岁左右相貌端庄的高个子农民。他同涅赫柳多夫解释说，他们大伙儿都是因为没有身份证被驱逐回家和关在监狱里。事实上他们都是有身份证的，只不过过期两个星期了。这类身份证过期的事件每年都会发生，从来也没有受到任何的处分，可是现在他们却把人当作罪犯抓起来，在这里关了一个多月。

“我们都是做砌砖行业的，都是同一个作坊里的工人。听说我们自己省里的监狱被烧毁了。可这又不能怪我们。请求您行行好帮帮我们吧！”

涅赫柳多夫确确实实是在听，可是却几乎没有听到这个相貌端庄的老者说的是什么，因为他一直在盯着一只很大的、长了很多条腿的暗灰色的虱子，它此时正在那个相貌端正的泥瓦匠的面颊的胡子上爬动，他的注意力完全被它给吸引了过去。

“怎么会这样啊？难道就因为这么一丁点儿的小事儿吗？”涅赫柳多夫向副典狱长问道。

“是这个样子的，这是由于长官们的疏忽吧。本该把他们遣送回去的，让他们回到他们自己的原居住地去才对。”副典狱长说。

副典狱长的话刚刚说过，从人群中又走出一个个子很矮小的人，他也是穿着长囚衣，怪模怪样地噘着嘴巴，开始讲述起他们平白无故地在这里受尽折磨。

“我们过得还不如一条狗呢……”他说道。

“哼，哼，你也别再说这些废话了。闭起你的臭嘴巴吧，要不然，你知道……”

“要我知道什么呀？”那个小矮个儿的人不顾死活地说了起来，“难道我们有什么罪吗？”

“住嘴！”当官的一声吆喝。个子矮小的人便不再作声了。

“这到底是怎么回事儿啊？”涅赫柳多夫从牢房中走出来时在心里自言自语道。那些从牢门中向外张望的犯人和从对面走过来的犯人用上百双眼睛死死地盯着他，他就像在穿过一排棒阵[①]一样。

“难道真的就是这样把这些无辜的人都给关押了起来吗？”涅赫柳多夫与副典狱长走出长廊时问道。

“可是请问，又有什么比较好的办法吗？不过，刚才他们说的话中有许多都是胡说的。要是任凭他们说，那所有的人都没什么罪了。”副典狱长说道。

“可是要知道，刚才的这些人的确是一点罪也没有呀！”

“关于这些人嘛，就暂时先这样说吧！不过这里的人都挺坏的。不严加管制是万万不行的。这当中有的人胆大包天、不顾死活，不能马虎对待。瞧，昨天就有两个人，我们不得不对他们进行严厉的处罚。”

“怎么处罚的呢？”涅赫柳多夫问道。

“按照上面的规定用树条子抽打了一顿……”

“可是要知道，体罚不是已经被废除了吗？”

“那并不包括剥夺了公权的人。对他们这样的人依然是可以施行体罚的。”

涅赫柳多夫想起了昨天他在前室等候时所看到的种种情形，这时才明白，那时候正是在施行体罚。于是，他心中涌起那股好奇、感伤、惶惑的复杂感情。这些几乎要引起生理上的恶心感和精神上的厌恶感，这种混杂的感觉从前虽然也曾经有过，但是却从来没有

---

① 帝俄军队中的惩罚方法，让受罚人穿过一个举棒乱打的队形。

像现在这么强烈过。

他没有再听副狱长讲的话，也不再四下里张望了，匆匆忙忙地从走廊里出来，就朝办公室走去。典狱长刚才在长廊里忙着其他的事情，忘记了派人去把博戈杜霍夫斯卡娅给叫过来。等到涅赫柳多夫走进办公室里以后，他才想起了他答应过派人叫她的。

“我这就打发人去叫她。您请坐一会儿吧。”他说道。

第五十四章

这间办公室一共有两间屋子。第一间里面有一个灰泥剥落、露在外面的大壁炉跟两扇落满灰尘很肮脏的窗户。在一个角落里竖着一根用来测量犯人身高的黑尺，而另外一个角落里挂着一幅巨大的基督像，所有折磨人的地方都会有这样的物品，仿佛专门为了嘲笑基督的教义用的。在这第一间屋子里站着几名看守。另外的那个屋子里靠墙坐着二十来个男人和女人，有的是两人在一起，有的则是几个人一堆，他们在窃窃私语。靠窗放着一张写字台。

典狱长坐在写字台的旁边，请涅赫柳多夫坐到旁边的一张椅子上。涅赫柳多夫于是便坐下来，开始打量起了待在屋里的这些人。

最先引起他注意的是一位青年，他穿着很短的上装，相貌甚是招人喜欢，他站在一个上了年纪、眉毛乌黑的女人面前，比着手势情绪激动地在对她述说着什么。他们旁边坐了一位戴蓝眼镜的老人，这位老人握着一个穿囚衣的年轻姑娘的手，一动不动地听她对他讲事情。还有一位念实科中学[①]的男孩子，他的脸上现出吓得发呆的神色，目不转睛地盯着那位老人。在离他们不远的角落里坐着一对情侣。女的是个非常年轻的姑娘，穿着很时尚的连衣裙，留着浅黄色的短发，相貌可人，脸上透露着青春活力。男的则是个很英

① 这种学校不教拉丁语和希腊语，主要教授自然科学、现代语言和绘画。

俊的小伙子，长得眉目清秀的，头发卷曲，穿着一件古塔胶制的短上衣。他们两个人坐在角落里说着悄悄话，完全陶醉在他们的爱情里。最靠近写字台的地方坐着一个身穿黑色连衣裙的白发女人，显然是一位母亲。她瞪大眼睛望着像是患了肺痨病的一位青年，他也穿着同样的短上衣。她想说话，可是因为有泪水说不出来，就说说停停。那青年手里握着一小张纸，显然能看得出他不知道该怎么做才好，于是就带着愤怒的表情不停地折叠着那张纸，然后又揉搓了起来。他们身旁坐着一位漂亮姑娘，她身材丰盈，面色红润，一双鼓鼓的大眼睛，穿着一件灰色的连衣裙，外面还罩了一件短披肩。她坐在那个正伤心哭泣的母亲身边，温和地抚摸着母亲的肩背。这个姑娘处处都很美丽：那两只白皙的手、那头卷曲的短发、那线条清楚的鼻子与嘴唇儿。可是她那双和善而又诚挚得像羔羊一样的深褐色的眼睛是她脸上最为迷人的地方。就在刚才涅赫柳多夫进来的那一刻，她那双好看的大眼睛从她母亲的脸上移开，正好与他的目光相撞。不过她立即扭过头去，又开始跟她的母亲说着什么话去了。距那一对恋人不远的地方坐着一位皮肤黝黑的男人，他头发蓬乱，面色阴郁，正在怒气冲冲地对一个没有胡子、很像阉割派教徒的探视者说着什么话。涅赫柳多夫与典狱长肩并肩地坐在那儿，带着强烈的好奇心打量着四周的这一切。忽然有一个剃光头的小男孩儿走到了他跟前，一下子就分散了他的注意力；这个小男孩儿用尖尖的声音问他说：

“您在等谁呀？”

涅赫柳多夫听到这话暗自感到惊奇，可是等他朝小男孩儿看了看，看到他那一本正经、懂事的小脸，活泼专注而又有神的双眼，便也一本正经地回答他说，在等一个他熟识的女人。

“怎么，她是您的妹妹吗？”男孩儿问道。

“不是，她不是我的妹妹。”涅赫柳多夫惊讶地回答说。“你是跟谁一起到这里来的呀？”他问小男孩儿。

“跟我妈妈一起，她是一个政治犯。”小男孩儿自豪地说。

“玛丽娅·帕甫罗芙娜，你把柯利亚领走吧！”典狱长说道，大概是觉得涅赫柳多夫和那个小男孩儿谈话是不合时宜的。

玛丽娅·帕甫罗芙娜就是刚才引起涅赫柳多夫注意的、长着羔羊一样的眼睛的那漂亮姑娘。这时她站起身来，迈着矫健有力，简直如同男人一样的大步，朝涅赫柳多夫和小男孩儿这边走了过来。

“他问了您什么吗？问过‘您是谁’了吗？”她朝涅赫柳多夫微微一笑问道，带着信赖的神气看着他的双眼，样子是那么的坦诚，似乎没什么可怀疑的，不管是过去、现在还是今后，她对所有的人都抱着纯朴、亲切、坦率、兄弟般的态度。“他什么事都想知道。”她说，对着这小男孩儿笑了笑，笑得如此甜蜜而可亲，让那个小男孩儿和涅赫柳多夫两人也都情不自禁地报以微笑。

“是的，他问我现在在等谁。”

“玛丽娅·帕甫罗芙娜，不准随便和外人说话。这一点你应该是知道的。”典狱长说。

“好的，好的。”她说着，伸出她那白皙的大手握住一直盯着她的柯利亚的小手，返回到那个患肺痨病青年的母亲身边去了。

“这是谁家的小孩？”涅赫柳多夫问典狱长道。

“他是一个女政治犯的孩子。在监狱里出生的。”典狱长说，语气里还带了几分得意，仿佛是在夸耀这才是本监狱的可贵之处。

“真的吗？”

“真的，不过他很快就要和他的母亲一起到西伯利亚去了。”

“那么，这个姑娘呢？”

“您这个问题请恕我无可奉告，”典狱长耸了耸肩说道，“喏，博戈杜霍夫斯卡娅过来啦。”

第五十五章

薇拉·叶夫列摩芙娜睁着和善的大眼睛步履蹒跚地从后门走了过来；她个子矮小，留着短发，面黄肌瘦的。

“噢，您来了，谢谢。”她握着涅赫柳多夫的手说道，“您还记得我吗？我们坐下来谈谈吧。”

“我真的没有想到会在这样的情形下和您再见面。”

“哦，我倒感觉这挺好的呀？这样好呀，简直是好极了，几乎是好得不能够再好了！”薇拉·叶夫列摩芙娜说着，像先前那样用那双和善的、圆圆的大眼睛惊愕地望着涅赫柳多夫，并且转动着从她那寒碜的、皱巴巴的、脏兮兮的领口中露出来的黄黄的、细细的、露着青筋的脖子。

涅赫柳多夫一开口便问她是怎么落到现在这步田地的。她在回答他问话的时候，津津乐道地讲起了她所从事的事业。她的谈话中还掺杂着很多外来语，比如说宣传、解散、团体、小组、分支等。很显然她完全相信人人都知道这些外来语的，可是涅赫柳多夫听都没听到过。

她跟他就这样说个没完没了，看上去十分坚信他对这些会很感兴趣，并且也很乐意知道民意党[①]的所有秘密。可是涅赫柳多夫却盯

① 俄国民粹为了向沙皇专制制度进行革命斗争而在1879年成立的秘密团体。

着她那可怜兮兮的脖子，她那稀少而蓬松的头发非常疑惑不解地在想她为什么要做这种事，要说这种事。他是同情她，觉得她可怜，可这和对农民敏绍夫的同情是完全不同的，敏绍夫是平白无故地被关在了恶臭无比的监狱中的。她最让人可怜的地方便是她的脑子里充满了显而易见的糊涂思想。显然，她自以为是一名女英雄，为了她事业的成功不惜牺牲自己的生命，而事实上她也不见得能解释清楚他们所从事的事业究竟是怎么一回事，究竟怎么样才能算得上成功。

薇拉·叶夫列摩芙娜本来想对涅赫柳多夫说的是这样一件事：她有一位女朋友，叫舒丝托娃，据她说，舒丝托娃甚至还不属于她们组织所谓的分支。可是却在五个月以前和她一起被抓了起来，关在彼得保罗要塞里，只是因为在她的家里搜出了一些别人交给她保管的书籍和文件。薇拉·叶夫列摩芙娜认为舒丝托娃被拘禁，在某些方面要怪自己，所以要求交友广泛的涅赫柳多夫能够想方设法地把她救出去。而博戈杜霍夫斯卡娅请求他办的另外一件事情，是能够想个办法替关押在彼得保罗要塞中的古尔凯维奇斡旋，准许他见他的父母一面，再准许他能够得到一些必需的科学参考书籍，供他研究学术。

涅赫柳多夫答应了她，说等以后他到彼得堡时，一定尽一切可能去办。

薇拉·叶夫列摩芙娜讲了讲她的经历，说她从助产学校毕业以后，就与民意党人联系上了，并且还参加了他们组织的活动。刚开始的时候一切都很顺手，他们写传单并且到各地工厂里去进行宣传，可是后来有一个重要的成员被抓了，文件被查抄了，就开始了大搜捕。

“于是我也就被逮捕了，可能过不了多久我就要被流放出去了……”她说完了自己的经历又说，“可是，这也没有什么大不了的。我倒觉得这样挺好，自己感觉心安理得。”她说着，轻轻地一笑，这是一种凄惨的笑。

涅赫柳多夫打听起了那个长着羔羊一样眼睛鼓鼓的姑娘。薇拉·叶夫列摩芙娜说她是一位将军的女儿，很早便参加了革命，她被抓入狱是因为她主动承担了枪击宪兵的罪名。她居住在进行秘密活动的寓所中，那里有一台印刷机。有一天夜间，发现警察来搜查时，在这个寓所中的人便下定决心要自卫，于是她熄灭了灯火，开始动手销毁了文件。警察们和宪兵闯了进来，于是在那些密谋者中就有一人开了枪，导致一个宪兵受了致命伤。当审问是哪一个人开的枪的时候，她说是她开的，事实上她从来就不曾拿过枪，她甚至连一只蜘蛛都没有打死过呢。可结果就是这样的。现在她也要去服苦役了。

“真是一个利他主义的大好人啊……”薇拉·叶夫列摩芙娜赞赏地说道。

而薇拉·叶夫列摩芙娜打算说的第三件事，就是关于玛丝洛娃的。正像监狱中的所有事情她都会知道一样，她也知道了玛丝洛娃的事以及涅赫柳多夫对她的态度，就建议他为她去周旋周旋，把她给转到政治犯的牢房里来，或者起码让她到医院去当一名看护，现在那里的病人非常多，十分需要女看护。涅赫柳多夫对于她出的主意表示了感谢，并表示他会竭力照她的主意去做的。

第五十六章

他们的交谈是被典狱长打断的，因为典狱长站起身来宣布道，探视的时间已经结束了，应该要就此分别了。涅赫柳多夫同薇拉·叶夫列摩芙娜告过别，便朝门口走去，走到门口又站住，打量了一下眼前的情景。

“各位先生，到时间了，到时间了。”典狱长一会儿站起来说，一会儿坐着说。

典狱长的命令反而使得待在屋里的犯人以及探视犯人的人们更加紧张了，他们谁也不愿离开。有些人站起身来，就那样站着又说了起来。有些人依然坐在那里说话。有的已经开始告别了，同时流下了不舍的眼泪。特别感人的是那个患肺痨病的青年与他的母亲。那个青年一个劲儿地在折叠着那一小张纸，他的面色越来越激愤，他好不容易才克制住了自己，以免自己受到母亲情绪的感染。他的母亲一听到该分手了，便伏在他的肩膀上痛哭起来，并不停地抽哒着鼻子。涅赫柳多夫不由得注视着那个长着羔羊一样眼睛的姑娘，只见那姑娘站在那个放声痛哭的母亲身边讲着一些话来安慰她。戴着蓝眼镜的老人站在那儿，紧紧地攥着女儿的手，一边听她讲话，一边不住地点头。那对热恋中的年轻人也站起来，他们手牵着手，默默地互相凝视着。

“瞧，只有那一对儿是开心的呢！”那位穿着短上衣的青年也站在涅赫柳多夫的旁边，也像他一样观察着那些即将要分别的人，并指着那对热恋中的情侣说着。

那对热恋中的人儿，也就是穿短上衣的青年和淡黄色头发的漂亮姑娘，感觉到了涅赫柳多夫和那个青年都在瞧着他们，就伸直了互相拉着的手臂，身子朝后仰着，笑嘻嘻地转起圈儿来。

“今晚他们要在这儿，就在这监牢里结婚，然后她就会跟随他一起到西伯利亚去了。”旁边的青年说道。

“他是怎么回事儿呀？”

“一名苦役犯。能看到他们俩快活快活也好，要不然听着这里的声音未免让人太难受了。”穿短上衣的青年听着患肺痨病的男子的母亲在痛哭，就这样说道。

“各位先生！请吧，请吧！请你们不要逼我采取严厉的措施。”典狱长说，并将这些话一连重复说了好几遍，“请吧，真的，请快点儿吧，请吧！”他用柔和的、不太决绝的声音说道，“你们这是怎么回事儿啊？时间可早就到了呀。要知道这样做是不行的，我这是最后一次提醒了。”

他没精打采地重复着说道，时而点起他的马里兰香烟，时而又把它熄灭掉。

世界上有些道理，那些准许人们做危害他人的事情而又让他们觉得无须在这方面承担什么责任，然而，不管这些道理编排得多么高明，多么由来已久，多么习以为常，典狱长仍然意识到他是造成这屋子里所显现出来的各种凄惨景象的罪人之一，所以他的心情显然也极其沉重。

终于，犯人和探监的人们开始分手了，犯人从里面的门口朝回走，探监的人们朝外面的门口走去。男人们，包括那两位穿短上衣的，那个患了肺痨病的，那位头发蓬乱的黑脸膛男子，也都一个个地走出去了。玛丽娅·帕甫罗芙娜带着在监狱中诞生的那小男孩儿也走了。

探监的人们也都开始往外走。戴着蓝眼镜的老人迈着沉甸甸的步子朝外走，涅赫柳多夫也跟在他身后往外走。

“是啊，这种场景真叫人惊讶啊，”那个爱讲话的男子一面和涅赫柳多夫一起下楼，一面似乎要接着说他刚才被中断了的话一样又说道，“还多亏了上尉是个好心人，总算没有死掰着规章制度做事。让大家能够快快乐乐地聊上一聊，心里也就舒服得多了。”

“难道在别的监狱里面不是这样探监的吗？”

“唉！可没有这样的事儿。不管高兴不高兴都必须得一个一个地见，而且还必须得隔着一道铁丝网说话呢！”

涅赫柳多夫同这个说自己姓梅丁泽夫的、爱说话的青年一起走到过道里，这时典狱长带着一脸疲惫的神色走到他们跟前。

“那么，如果您还想和玛丝洛娃见面，就请您明天来吧！”他说道，显然是想对涅赫柳多夫献献殷勤。

“那太好了！”涅赫柳多夫说过这话，便匆匆忙忙往外走。

显而易见，敏绍夫无罪却在饱受煎熬，这种事显然是很可怕的，可是可怕的倒不是肉体受尽折腾，而是他看到人们那么残酷而又无缘无故地虐待他的时候，就困惑绝望，对善良以及上帝产生怀疑。可怕的是那上百个人连一点罪都没有，只不过就是因为身份证上的几个字有错，可他们却必须受尽屈辱，受尽折磨。可怕的是那些麻木不仁的看守尽管天天在做着折磨自己同胞弟兄的事情，却还以为他们是在干一件很重要且有益的事情。不过他觉得最可怕的是，那个年老体弱、心地善良的典狱长却必须被迫拆散母子，拆散父女，而那些人纯粹就和他自己跟他的儿女一样，都是人啊！

“这到底是怎么了呢？”涅赫柳多夫自问道，这时他的心中又出现了他每次到监狱里去总会感受到的那种从精神上发展成为生理上的厌恶感，却不知道这是怎么一回事儿。

第五十七章

第二天，涅赫柳多夫坐着马车又去找律师，把敏绍夫母子的案件告诉了他，要求他为他们进行辩护。律师听完了他的话后，说他要查看一下那些案卷。如果事情当真像涅赫柳多夫所讲的那样，这种事儿非常有可能让他无偿为他进行辩护。涅赫柳多夫又顺便对律师说到那一百三十个人因为互相推诿而被关押的事儿，并且问他此事由谁负责，这是谁的过错。律师沉默了一阵子，显然是想做出一个准确的回答。

“这是谁的过错吗？其实谁都没有错。”他断然地说道，“您去跟检察官说，他一定会说这是省长的过错。您去告诉省长呢，他一定会说这是检察官的错。总之，谁都没有错。”

“现在我就去找麦斯连尼科夫，跟他说说这个。”

“行了吧，这是没有用的。”律师微微笑着反对说，“他这个人简直就是个……他不是您的亲戚或者朋友吧？……他是一个，恕我直言，他简直就是个笨蛋，并且还是一个狡黠的畜生。”

涅赫柳多夫记起麦斯连尼科夫也曾经说过的关于这个律师的坏话，就没有再说什么，站起身来跟他告过别，便乘上马车去找麦斯连尼科夫了。

涅赫柳多夫有两件事情想要请求麦斯连尼科夫帮忙：第一件是把玛丝洛娃转到医院里去，第二件就是那一百三十个因为身份证的问题被关押的事。尽管向他并不尊重的人去请求帮助，对他来说这是十分别扭的事儿，可这却是要达到目的的唯一途径，因此他只好硬着头皮这样去做。

涅赫柳多夫坐着马车来到麦斯连尼科夫的家门前，看见门廊旁边还停着好几辆马车，其中有四轮轻便马车，也有带着弹簧的四轮马车，还有四轮轿式马车等，他这才想起了今天正好是麦斯连尼科夫的妻子接待客人的日子，而且麦斯连尼科夫曾经邀请过他今天务必要到他家来。就在涅赫柳多夫乘着马车快到这座房子的门前时，刚好有一辆四轮轿式马车停在大门口，一个帽子上带着帽徽的、身披短披肩的听差扶着一位太太从台阶上往下走，正要上车，她稍微拉起了衣襟，浅口鞋里露出又黑又瘦小的脚踝。他在停在那儿的马车当中认出了柯察金家拉下篷盖的四轮马车。那个头发灰白、面色红润的车夫毕恭毕敬并且十分热情地摘下了帽子，向这位特别熟识的老爷致意。涅赫柳多夫还没来得及跟看门人问一声米哈依尔·伊凡内奇（麦斯连尼科夫）在哪里，他便已经出现在了铺着地毯的那楼梯上，他正在把一位非常重要的客人送下楼来，这样的客人他已经不是送到楼梯平台上，而是一直送到了楼下来。那位非常重要的军界贵客，一边下楼一边用法语说起了本市为几所孤儿院举办的摸彩会，他发表看法说，这对于女士们来说的确是一份非常有意义的工作：“这份工作既能够让她们开心，又能够募捐到资金。”

“Qu’elles s’amusent et que le bon Dieu les bénisse[①]……哦，涅赫柳多夫，您好！怎么好久都没有看到您了呀？”那个客人跟涅赫柳多夫打着招呼说，“Allez presenter vos devoirs à madame[②]. 柯察金家的人也在这里。Et Nadine Bukshevden. Toutes le8. jolies fermmes de la ville[③]，”他一面说，一面微微耸着穿军服的肩膀凑过去，让身穿镶着金丝绦制服的听差给他穿上了军大衣。“Au revoir，mon

① 法语：让她们快乐一下吧，求上帝赐福于她们。

② 法语：您去向女主人致敬吧。

③ 法语：还有娜津·布克舍夫登也来了，全城的美女都来了。

cher[①]！”然后他又和麦斯连尼科夫握了握手。

“好了，我们上楼吧。我实在太高兴了！”麦斯连尼科夫很兴奋地说道，挽住涅赫柳多夫的胳膊，虽然他的身体很肥胖，可还是带着涅赫柳多夫敏捷地往上走去。

麦斯连尼科夫正处在一种格外兴奋和欢喜的状态当中。就是因为刚才那个显赫的人物表示了对他的关注。按理说麦斯连尼科夫过去曾经在近卫军中供职，原本就接近皇室，好像对与皇亲国戚们的交往早已习以为常了，可是看起来，不断的交往反倒是越来越增强他的卑贱本性，所以每次得到这种垂青都会使麦斯连尼科夫欣喜若狂，表现出了只有温驯的小狗在主人拍打它、抚摩它、挠它耳朵时才会有的那种兴奋。它便会摇摇尾巴，蜷蜷腿儿，扭来摆去，贴起耳朵，疯疯癫癫地转着圈。麦斯连尼科夫此时恨不得自己也要这么做。他不管涅赫柳多夫那严厉的神色，也没有听他说的话，只是拼命地将他拖到了客厅里，简直使人无法谢绝，涅赫柳多夫不得不随着他走。

“正经事等会儿再说。只要是你的事情，我一律会照办不误的。”麦斯连尼科夫一面说，一面带着涅赫柳多夫穿过大厅，“快去通报将军夫人，就说涅赫柳多夫公爵驾到。”他一面走一面吩咐着一个听差。那听差就小跑着抢到他们前头，赶着去通报。“Vous n'avez qu'à dordonner[②]你一定要去见一见我妻子。上次我没有带你去，就被她痛骂了一顿。”

当他们走进客厅，听差已经通报过了。所以那个以将军夫人自居的副省长夫人安娜·依戈那捷耶芙娜，此时正坐在她的长沙发周围很多的帽子与脑袋中间，满面春风地向涅赫柳多夫鞠躬致意。客厅的另一端摆了一张桌子，上面放着茶具，有几位女士坐在那里喝茶，旁边还站立了几位军界的和做文职的男人。男人和女人们叽叽喳喳的说话声传了出来，没完没了的。

---

① 法语：再见，我亲爱的！

② 法语：你只要吩咐一声就好。

“Enfin[①]！您怎么不愿意和我们交往了？我们有什么地方冒犯您了吗？”

安娜·依戈那捷耶芙娜用这种话迎接来客，是想要表示她和涅赫柳多夫的关系非常亲密，可实际上根本就不是那么回事。

“你们认识吗？认识吗？这位是别利亚夫斯卡娅太太，这位是米哈依尔·伊凡内奇·契尔诺夫。请您往这边儿坐坐啊。”

“米西，venez done à notretable. Ou vous apportera votre’tha[②]……还有您……”她转过身对正在和米西说话的那位军官说着，显然她已经不记得他叫什么了，“请到这边来。公爵，您要用茶吗？”

“我才不这样认为呢，我才不这样认为呢，她就是不爱他嘛！”一个女人的声音在说着。

“那她爱的是油炸包子。”

“您总是说一些无聊的笑话。”另外一位戴着高筒帽子的太太微笑着插了进来说道，她全身珠光宝气的。

“C’est excellent[③]，这些小饼干还是那么薄，那么松。请您再给我拿一些过来好吗？”

“怎么，您很快就要动身了吗？”

“是的，今天已经是最后一天了。因此我们跑到这儿来了。春天如此美好，现在去乡下肯定好极了！”

米西非常漂亮，她的头上戴着帽子，身上则穿着暗条的花连衣裙，包裹着她那苗条的腰肢，没有一点儿的褶痕，倒好像她本来就是身穿这件衣裳出生的一样，显得十分标致。她一看到涅赫柳多夫，脸便涨得红红的。

“我还以为您都已经离开了呢！”她跟他说。

“差点儿就走了，”涅赫柳多夫说，“因为有些事情耽搁了。我到这儿来也是因为有些事要办。”

---

① 法语：终于来了！

② 法语：到我们桌子这边来吧。您的茶，他们一会儿会给您送到这儿来的。

③ 法语：这东西真好。

“您到我家去看看我妈妈吧！她很想见见您。”她说着，可是她也觉得自己在撒谎，并且觉得他也知道这一点，她的脸便更加的红了。

“我恐怕抽不出时间来了。”涅赫柳多夫忧郁地回答她，竭力装作没有发觉她脸红的模样。

米西不高兴地皱起了眉头，耸了耸肩膀，便转过身去与一位风度翩翩的军官谈起话来。那军官接过她手里的一只空杯子，军刀在圈椅上碰了几下，就雄赳赳地把茶杯端到另外一张桌子上去了。

“您也应该为孤儿院捐点儿款才对呀！”

“我也没说不捐呀，不过，我打算把我的慷慨解囊统统都留到摸彩会上表现出来。到那个时候我可要好好地露一手了。”

“哦，到时候见分晓吧！”紧接着传来了很明显是装腔作势的笑声。

这个接客日办得非常热闹，安娜·依戈那捷耶芙娜感到兴奋不已。

“我家米卡跟我说过，您在忙监狱里的事。我十分理解您这一点，”她对涅赫柳多夫说道，米卡指的就是她那肥胖的丈夫麦斯连尼科夫，“米卡可能有其他不少的毛病，可是您也知道，他的心地很好。所有的那些不幸的囚犯，都好比是他关爱的孩子。他一向就是用这种眼光看待他们的。Il est d'lillebonté[①]。”

她停下来不再说话了，因为实在是想不出来更恰当的词来表达她那个下令抽打犯人的丈夫的bonté[②]。就马上回转过身去，微笑着招呼一个刚进来的、年迈的、满脸皱纹、头上扎着紫色花结的老太婆。

涅赫柳多夫为了不至于失礼而讲了一些客套的话，然后便站起来，走到麦斯连尼科夫跟前。

“那么，实在很抱歉，你可以听我讲几句话吗？”

“哦：可以啊！好，有什么事情吗？我们到这儿来吧。”

他们便走进一间小小的日本式的书房里，在窗前坐了下来。

---

① 法语：他是多么善良啊。

② 法语：善良。

第五十八章

“嗯，那请吧，je suis à vous[①]. 你想要抽烟吗？可是，等一等，我们最好还是不要把这里搞得脏兮兮的，”他一边说着一边拿过一个烟灰缸来，“好了，有什么事啊？”

“我主要有两件事想要再麻烦一下你。”

“原来是这样啊。”

麦斯连尼科夫的面色就变得阴沉而灰暗了起来。之前他像一只狗被主人挠着耳朵时那种兴高采烈的神情已经消失到爪哇国去了。房间里可以听到客厅里的交谈声。有一个女人在说：“Jamais, jamais je necroirais[②]. ”客厅里的另一端又有一个男人在说着一件什么事儿，反复提到：“La comtesse Voronzoff 和 Victor Apraksine[③]。”从另一个方向传过来的只不过是一片听不清楚的闹哄哄的说笑声。麦斯连尼科夫一边倾听着客厅里发生的一切变化，一边倾听着涅赫柳多夫的述说。

“我说的还是那个女人的事。”涅赫柳多夫说道。

“噢，就是那个被无辜判罪的女人。我知道的，我知道的。”

“我想要请求你把她转到医院里面去当一名女看护。我听他们

① 法语：我愿意为您效劳。

② 法语：我绝不相信，绝不相信。

③ 法语：沃龙佐夫公爵夫人和维克多·阿普拉克辛。

说这是可以办到的。”

麦斯连尼科夫紧闭了双唇，开始沉思起来。

“不一定能够办到，”他说，“不过我可以跟他们商量商量，明天打电报告诉你吧！”

“别人跟我说，现在医院里面有很多的病人，他们急需护士。”

“是吗，是这样吗？好吧，那不管结果如何，我一定会跟你回话的。”

“那么就劳你费神了。”涅赫柳多夫说道。

这时从客厅那儿传过来了一阵哄堂大笑声，听起来那似乎不是做作出来的。

“这都是维克托多在开玩笑呢，”麦斯连尼科夫微笑着说道，“等他上了劲儿，说起话来那简直就要逗死人了。”

“还有一件事，”涅赫柳多夫说，“现在监狱里正关押着一百三十名犯人，只是因为他们的身份证过了期，可他们已经在那里被关了一个多月了。”

接着他就又说了一下他们被关押的原因。

“这事你是怎么知道的呢？”麦斯连尼科夫问，并且他的脸上忽然现出了焦急不安和不满的神情。

“我去探视一个被告，那群人却在走廊里把我给围住了，他们请求我……”

“你去探视的是哪个被告啊？”

“是一个农民，他无罪却被控告了，我已经请人为他辩护了。可是，我要说的不是这件事儿。难道那些人一点儿罪都没有，只是因为他们的身份证过期了就被关押在监狱里，而且……”

“这是检察官负责的事，”麦斯连尼科夫很恼火地打断了涅赫柳多夫说的话，“这便是所谓的快速而又公证的审判制度。副检察官有责任去视察监狱，查明犯人关押在监是不是合乎法律手续。可他们却什么事都不去做，就只知道玩文特牌[①]。”

① 一种赌博的纸牌游戏。

“那么你就毫无办法了吗？”涅赫柳多夫想起了律师曾经说过省长会向检察官身上推卸责任，就沉下脸问道。

“不，我会管管的。我马上就去查一查。”

“可是对她来说，这样会更加糟糕的。C'est un Souffer-douleur[①]。”从客厅中又传来了一个女人的叫声，显然，他对所说的那件事情没有多大兴趣。

“这样最好，我也把这个拿走。”从另一个方向又传来了一个男人戏谑的闹声，另外一个女人却好像不愿把一件什么东西交给他，也发出了嘻嘻哈哈的笑声。

“不行，不行，说什么都不行。”女人说道。

“那就这样吧，这件事情就交给我去办吧。”麦斯连尼科夫又重复了一遍，用戴着绿松石戒指的白手把香烟捻灭，“那现在我们就去太太们那儿吧！”

“对了，还有这样一件事情，”涅赫柳多夫并没有走进客厅，站在门口说道，“有人跟我说前一天监狱里有些人受了体罚。真的是这个样子吗？”

此时麦斯连尼科夫的脸涨得通红。

“哦，你问这事儿啊，不，moa cher[②]，以后真不能再让你到监狱里去了，你几乎什么闲事都要过问。我们走吧，走吧，Annette（安奈特，法国人名，相当于俄国人名），安娜在叫我们呢！”他一面说一面拉住了涅赫柳多夫的手，又露出十分激动的样子，就像是哪位身份显赫的人物垂青了他以后那样，可这次却不是高兴和激动，而是因为有些惶恐不安了。

涅赫柳多夫从他的手里抽出自己的手，他既没有向谁鞠躬行礼，也没有向任何人告别，也没说什么话，脸色阴沉地穿过客厅和大厅，经过一个个赶紧站起来的听差进入前厅，又来到了大街上。

“他这又是怎么了呀？你又有什么地方冒犯他啦？”Annette问

---

① 法语：她是个倒霉的女人。

② 法语：老兄。

她丈夫说。

“这是a la francaise[①]。”有人说。

“这哪里是 à la francaise啊，这是 à la zoulon[②]。”

“嗯，可是他向来就是这个样子的啊。”

有人站起了身要告辞，有人刚刚来到，叽叽喳喳的谈话声依然进行着。这伙人干脆就将涅赫柳多夫的这个插曲顺理成章地当成了今天jourfixe'a[③]的一个有趣的话题。

涅赫柳多夫在走访麦斯连尼科夫之后的第二天，便收到了他的来信。麦斯连尼科夫在一张很滑的、上面有官衔的、打有火漆印的厚信纸上面，用苍劲奔放的笔迹写道：有关将玛丝洛娃转到医院里去的事，我已经给医师写过了信，估计她应该会如愿以偿的。信的落款是“爱你的老同事”，签名则是“麦斯连尼科夫”，还在最后一笔顺手写了一笔极其花哨的粗大刚劲的花笔道。

“浑蛋！”涅赫柳多夫忍不住骂道，尤其是因为他从“同事”这个词中感觉到，麦斯连尼科夫对他有一种屈尊俯就的意味，即麦斯连尼科夫虽然担任着在道德上最为伤天害理的肮脏的职务，却还以为自己是个很了不起的人物，现在他自称为他的同事，就算不是在奉承涅赫柳多夫，满足一下自尊心，起码也足以表现出了他到底没有因为自己地位显赫而目中无人。

① 法语：法国人的派头。

② 法语：苏鲁人的派头。（苏鲁是非洲的一个民族，在此讽喻为野蛮人。）

③ 法语：昼会，白天里的聚会。

第五十九章

有一种十分常见并且流传广泛的宿命论点，认为任何一个人都有他特定的、固定的天性，认为人有善良的，有凶狠的，有机灵的，有愚笨的，有热情似火的，有冷若冰霜的，等等。事实上人也并非如此。我们提起一个人，可以说他善良的时候总比凶恶的时候要多，机灵的时候总比愚笨的时候要多，热情似火的时候总比冷若冰霜的时候多，或者正好相反。倘若我们说到一个人，说他是善良的或者是机灵的，又说到了另外一个人，说他是凶恶的或者是愚笨的，这样是不对的。可是我们确确实实是经常这样区分人的。但这与实情是不相符的。人就像是一条河流：每一条河里的水都是一样的，到处的水都是一样的，只不过每一条河都是一会儿狭小，水流就湍急；一会儿宽阔，水流就缓慢；一会儿河水清澈，一会儿河水浑浊；一会儿河水冰冷，一会儿河水温暖。人也是这个样子的。每个人的身上都具有各种各样人的本性胚胎，有时表现出了这一种本性，有时又会表现出另外一种本性。他有时会变得面目皆非，但与此同时还是原来那个人。在有些人身上，这种变化尤其厉害。涅赫柳多夫就是属于这一种人。在他身上发生这样的变化，有时是出于生理方面的原因，有时是出于精神方面的缘由。现在他正处在这种激烈变化之中。

之前，他在出庭审判后，在第一次探视过卡秋莎后，心中出现了一种获得新生的胜利感和欢乐感，可是如今那种感觉已经完全消逝了，在最近的一次见面后，上述感觉已经转化成了一种恐惧感，甚至是对她的厌恶感。他已经下定了决心不再离开她，只要她愿意，也不会改变想跟她结婚的决定，不过现在这对他来说却是一种负担和痛苦。

他在走访麦斯连尼科夫之后的第二天，又乘上了马车到监狱去，为的就是想要和她再见上一面。

典狱长也准许了他的探视，不过不是在办公室里，也不是在律师办事室里，而是改到了女犯人的探监室里。尽管典狱长也是个心地善良的人，可他这一次对待涅赫柳多夫的态度却比上次冷淡了。看得出来涅赫柳多夫和麦斯连尼科夫的两次交谈确实产生了效果：上面有了指示，要对这个探视者多加提防。

“见面是准许的，”他说，“但要是给钱的话，请您务必要按我要求的那样去做……至于按照大人信上所写的，将她转到医院里去，这个是可以的，医生也已经同意了。只是她本人却不愿意去，说：‘要我去给那些病鬼端尿盆，我才不稀罕呢……’您瞧，公爵，她们就是这种人。”他补充说道。

涅赫柳多夫什么都没回答，只是请求让他去见一见她。因此，典狱长就派了一个看守带他去，涅赫柳多夫跟着这个看守走进了那空荡荡的女犯探监室。

玛丝洛娃已经在那里等着了，这时她静静地、很不好意思地从铁丝网的后面走出来。她走到涅赫柳多夫的跟前，眼睛也不看他，低声说着：

“请您原谅我吧，德米特里·伊万诺维奇，前天我说了一些很不好听的话。”

“这不是我原谅不原谅您……”涅赫柳多夫本想说下去，可是没有说。

“但是，反正您最好还是别管我的事了。”她加上了这么一句，并且用斜视得很可怕的眼睛看了他一眼。于是涅赫柳多夫又从她的眼中看到了那种紧张而愤恨的神色。

“可是到底为什么让我别管您的事儿了呢？”

“这是我应该做的。”

“为什么是您应该做的？”

她又看了他一眼，他觉得那是一种愤恨的目光在看着他。

“嗯，就这样吧，”她说，“您别再管我的事儿了，这是我真心实意跟您说的。我受不了了。您也干脆放弃那个念头好了！”她哆嗦着嘴唇说道，接着沉默了好一会儿，“这是真的。我宁肯上吊。”

涅赫柳多夫觉得她这种断然拒绝中隐含着她对他的憎恨与她不能饶恕的愤恨，可是这其中也还有其他的什么东西在内，也就是又美好又重要的因素。此时她是在完全心平气和的状态下再一次表示拒绝，这立即就清除了涅赫柳多夫心中的所有疑虑，驱使他又恢复到了先前的那种严厉、欢快、爱怜和深受感动的心态中去了。

“卡秋莎，我之前说过，我现在还是要这样说，”他郑重其事地说，“我请求你与我结婚。如果你不想结婚，暂时还不想，那么，我就跟先前一样始终跟你在一块儿，你被流放到哪儿，我就跟着你去哪儿。”

“那是您自己的事儿了。我没什么别的话要说了。”她说着，双唇便又开始哆嗦了起来。

他也没有作声，觉得说不下去了。

“我现在要去乡下一趟，然后再去彼得堡，”他终于鼓起劲儿说道，“我要为您的事情……为我们的事去走动走动；但愿上帝保佑，撤销原判。”

“撤不撤销都一样。就是不为这件事，那我为别的事情也得受这种……”她说道，他看出她好不容易方才忍住了哭泣，“哦，怎么样，您见过敏绍夫了吗？”她为了掩饰自己内心的激动，忽然问道，“他们是无罪的，不是吗？”

“我看，是这样的。”

“那个老太婆真的是太善良了。”她说。

他就把他从敏绍夫那儿了解到的情况统统告诉了她。然后又问她是否还需要什么东西。她回答说什么也不需要。

他们两人又相对无言了一会儿。

“哦，还有去医院的事，”她忽然用斜视的目光瞧了他一眼说，“若是您想要我去的话，那我就去，而且我以后也不再喝酒了……”

涅赫柳多夫默默地看着她的双眼。她的眼中流露出了一丝微笑。

“那太好啦！”他只能讲出这么一句话来，然后就跟她告别了。

“是的，是的，她完全变成另外一个人了。”涅赫柳多夫暗自思忖着，不但打消了之前的各种疑虑，而且产生了一种崭新的、他从未有过的那种感觉。那就是坚信爱的力量是不可战胜的。

在这次会面之后，玛丝洛娃又返回到那臭气熏天的牢房中，她脱下长囚衣，在自己的床上坐下来，两手放在膝盖上。这时牢房里只有几个人：原籍弗拉基米尔省的患肺痨病的女人和她那吃奶的孩子；梅尼绍娃老太婆；看道口的女人和两个孩子。教堂执事的女儿在前一天经过诊断，确定患有精神病，已经被送往医院了。其他的那几个女人又都洗衣裳去了。老太婆躺在板床上已经睡着了。孩子们都在走廊里，牢房的门敞开着。弗拉基米尔省的女人手上抱着孩子，看道口的女人用灵活的手指头编织着袜子，同时走到玛丝洛娃跟前。

“喂，怎么样了，见没见着啊？”她们问道。

玛丝洛娃没有回答，她坐在高高的板床上，晃悠着自己那两条够不到地板的腿。

“你哭哭啼啼的干什么啊？”看道口的女人说，“可别灰心丧气。喂，卡秋莎！振作点儿吧！”她一面说一面敏捷地拨动她的手指编织袜子。

玛丝洛娃依旧没有回答。

“咱们这儿的人都去洗衣服了。听说，今天施舍的东西有一大堆。都说，送来好多东西。”弗拉基米尔省的女人说道。

“菲那施卡！”看道口的女人朝着门口喊道，“这个小淘气鬼，又不知道跑到哪儿去了。”

她便抽出一根织针，把它插到线团和袜子上，朝外边的长廊走去。

这时长廊里响起了一阵杂乱的脚步声与女人的说话声。住在这个牢房中的几个女人，赤脚穿着棉靴子走了进来，她们每个人手里都拿着一个白面包，有的还拿了两个。菲多霞立即走到玛丝洛娃跟前。

“怎么了，难道有什么不如意的事吗？”菲多霞用她那明亮的蓝眼睛亲热地看着玛丝洛娃，问道，“瞧，这是给咱们当点心吃的。”她说完便开始把白面包放到了搁板上。

“怎么，难道他改变主意又不想跟你结婚了吗？”柯拉布列娃问道。

“不是，他倒是没有改变主意，可是我不愿意。”玛丝洛娃说，“我就是这样跟他说的。”

“你看你这个大傻瓜啊！”柯拉布列娃用粗喉咙说道。

“那有什么呀，既然不能居住在一起，结婚又能有什么意思呢？”菲多霞说道。

“可是，你的丈夫不是也要跟你一起去吗？”看道口的女人说。

“那又怎么样，我跟他是正式结过婚的。”菲多霞说，“可是他们，既然没有办法住在一起，那又何必非得结婚呢？”

“你这个傻瓜呀！‘何必非得结婚？’如果他娶了她，那她可就发大财了。”

“他说：‘不管他们把你流放到哪儿，我都要跟着你一起去。’”玛丝洛娃说。“他想要去就去，不想要去就不去，随便他怎样都可以。我绝不会乞求他的。现在他马上就要到彼得堡奔走去了。那里所有当官的人全都是他的亲戚。”她继续说道，“可是，反正我是不依仗他。”

“那当然了！”柯拉布列娃忽然赞同地说道，一边翻着自己的口袋，显然还在思考着其他的事，“怎么样，要不我们喝点儿酒吧？”

“我不想再喝了。”玛丝洛娃回答道，“你们喝吧。”

第二部

第一章

玛丝洛娃的案件再过两个星期就有可能会在枢密院里进行再次审理。涅赫柳多夫打算在审理开始之前到达彼得堡，并打算如果在枢密院里败诉之后，就按照写诉状的律师的主意，向皇帝告御状。律师估计，这次上诉可能不会有任何结果，并让他对此定要有所准备，因为上诉的理由是很不充分的，假如事情果真是这样的话，那包括玛丝洛娃在内的一批苦役犯可能会在六月初就出发。涅赫柳多夫已经下定决心要和玛丝洛娃一起去西伯利亚了，那就必须在出发前做好一切准备，所以如今他必须得先去乡下一趟，把他在那里的所有事情都安排好才行。

涅赫柳多夫先乘火车到离得最近的庄园库兹明斯科耶去，那是一个黑土地的大庄园，他的主要收入就来源于此。他的童年和少年时期都是在这里度过的，在他成年后，又到那里去住过两次。一次是奉他母亲之命把一个日耳曼籍管家送到了那里，并和他一道检查农庄的经营状况。这样他便很早就熟悉庄园的情况，了解农民和账房的关系，即农民和地主之间的关系。农民和地主的关系，说得斯文一点儿，农民是完全依附着账房的，而说得干脆一点儿，就是农民受账房的奴役。这不是像在一八六一年[①]时废除的那种赤裸的奴

① 指1861年俄国沙皇政府颁布的农奴解放令，这次进行了自上而下的、掠夺性的农奴制改革。

役，也就是很多人受到一个主人的奴役，而是所有没有土地的或有很少土地的农民共同受奴役。总的来说，主要是受到更大地主们的共同奴役，有时也例外地受到生活在农民中间的一些地主的奴役。这一点涅赫柳多夫也很清楚地知道，并且不可能不知道，因为他家的庄园的经营就是以这样的奴役为基础的，而他协助检查的就是这种经营体制。不过涅赫柳多夫还不仅仅是知道这一点，他还非常清楚这是不合理的、是残忍的，而且从他大学生活刚开始时就已经明白了这个道理，那时他深深地相信亨利·乔治的学说，还曾热心地宣扬过这种学说，并且身体力行，把他父亲留下的那些土地分给了农民，并觉得在我们这个年代拥有土地，就和在五十年以前拥有农奴一样的罪孽深重。诚然，自从他到军队中任职，养成年年花费约莫两万卢布的习惯之后，他先前的那些看法对他的生活来讲就已经不再具有任何约束力了，早已把它们抛到九霄云外去了。他不仅从来都不关心自己对待财产持什么样的态度，从来不过问他母亲给他的钱是从何而来的，反倒竭力去回避这样的问题。但是当他的母亲过世之后，他继承了她的遗产，便只好开始管理自己的财产，也就是要经管土地，这样一来，他对土地私有制持什么态度的问题就重新摆在了他的面前。要是在一个月之前，涅赫柳多夫就会告诉自己，他是无力改变现存制度的，并且又不是他在管理庄园，这样他远离庄园却花着从庄园汇来的钱，或多或少还能心安理得一些。但是眼下他可是下定了决心：尽管他马上就要出发前往西伯利亚了，尽管同监狱方面还要有一些复杂而艰难的交道要打，而这一切都是极其需要钱的，但是他还是不能再维持现状了，必须克制自己的私心，改变现状。所以他下定决心不再自己管理土地，而是以不高的代价把土地租给农民去耕种，使农民有可能在一般情况下不再依附于地主。涅赫柳多夫不止一次地把地主和农奴主的地位进行比较，觉得地主不再雇工耕种土地而把土地租给农民，相当于奴隶主把农民的劳役制改成代役租制。这样并未解决问题，但是终于是向解决问题的方向迈出了一大步：这就是压榨方式从比较粗暴的方式向不太粗暴的方式过渡了。他现在就决定这样做。

中午时分，涅赫柳多夫乘火车到达了库兹明斯科耶。他想让他的生活各个方面都力求简朴，事先也没给他们发电报，就在火车站雇了一辆由两匹马拉着的四轮马车。车夫是一个年轻的小伙子，穿着农民穿的那种土黄色粗布的长外套，在长长的腰身下面打褶的地方束了根皮带。他照赶车人的习惯侧歪着身子坐在驾车座上。他很乐意和车上的老爷聊天，因为他们一聊天，那匹衰老无力的、跛腿的白色辕马和那拉边套的、患气肿病的瘦马，就能一步步地慢吞吞地往前走，而这向来就是它们求之不得的。

车夫提起库兹明斯科耶的总管，却根本不知道他的车子里坐着的，就是庄园的主人。涅赫柳多夫有意不告诉他。

“那可真是个阔绰的日耳曼人。”这个在城里住过，还看过一些长篇小说的车夫说。他半侧着身子对着乘客，手中一会儿抓住他那马鞭的柄的上头，一会儿又抓住马鞭的柄的下头，明明是想借此来炫耀自己的学识，“他添置了一辆马车，还配了三匹草黄大马，经常带着他的太太出去兜风，那气派谁也比不上！”他接着说，“到了冬天，过圣诞节的时候，他会在那座老大的房子里放一棵很大的圣诞树。我送客人去过他家那儿。那里还有电灯呢，这在全省再也找不到第二户来！他捞的钱，可老鼻子多了！他怎么可能会不捞呢：谁让他手里握着大权呢。据说他已经买下一份很好的田产了。”

涅赫柳多夫想，不管那个日耳曼人如何管理他的庄园，又是如何从中捞钱，这些对他而言都无所谓。但是那个细长腰身车夫所说的事，却让他很反感。他沐浴着明媚的春光，看着那时不时会把太阳遮住的有点儿发乌的浓云，看着那春耕的田野里到处都是农民在拉犁，耕作着燕麦地，看着那茂盛而翠绿的草场上空有很多正在飞翔的百灵鸟，看着除了那晚发芽的橡树之外所有树都已经长出了新绿的树林，看着那草地上散布着各色的羊群和马群，看着田野上到处都有庄稼人在耕作的景象，但是他看着看着，就时不时地会回忆起曾有过的一件什么闷闷不乐的事情。等他问起自己：究竟是什么事情呢？于是他才想到那个车夫所说的那个日耳曼人在库兹明斯科耶是怎样作威作福的事。

涅赫柳多夫到达库兹明斯科耶庄园，着手处理一些事务之后，这种感觉才消失了。

涅赫柳多夫把账本查看了一遍，和总管谈了话。总管直言不讳地说幸好农民没有太多的土地，幸好他们的土地大多被地主的土地所包围，地主可以占到很多便宜。这却让涅赫柳多夫更加坚定地要实现自己的打算：他不再继续经营他的农庄了，而是要把所有的土地都分给农民。通过查账，以及他和总管的交谈中，他知道现在的情况还是和过去一样，三分之二的最好的耕地是自己的雇工使用改良过的工具耕作的，余下的三分之一的土地则是雇用农民来耕作，每俄亩付五个卢布的工钱，即农民们为了得到这五个卢布，就不得不把一俄亩土地犁三遍，耙三遍，播下种子，然后收割，打捆或者压实，送到打谷场上，而同样的这些农活如果是雇用自由的和廉价的零工来完成，每一俄亩土地至少要花十个卢布。而农民如果有什么需要，和账房打交道，他们都必须按照昂贵的价格折成工役来抵钱。他们如果要使用牧场，要到草地上割草，要到树林里砍柴，要得到马铃薯的叶和茎，都必须用劳动来抵钱，因此几乎所有农民都欠账房的钱。这样一来，离村落较远的那些土地，雇用农民来耕种，每俄亩的所得，就比每俄亩地的地价按照五分息计算的所得高出了整整四倍。

这些事情涅赫柳多夫之前也是知道的，但是如今他却像是在听一件新鲜事儿一样，而且惊讶不已，他不明白为什么他自己以及所有处于他这个地位的人从来没看到过这种种情况。这是多么不正常的啊。总管提出了各种理由，说一旦把土地分给农民，那些农具就等于白白地丢掉了，那将连原价的四分之一都卖不到，还说农民会把土地给糟蹋掉，又说从整体上来算，把土地交出去的话，涅赫柳多夫会有很大的损失，但是这些理由反倒使涅赫柳多夫更加确信他把土地分给农民，使自己失去大部分的收入，正是一件有意义的事。他暗自决定趁此次来到这里，要立刻把这件事办好。至于收获和出售的那些已经种下的作物，卖了农具和不必要的房子，而这些可以等他离开之后再由总管去解决。至于现在，他就吩咐总管把库兹明斯科耶田地所包围着的三个村子的农民都召集起来，第二天开个会，向农民说明自己的来意，并且和农民商定出租土地的租金。

涅赫柳多夫想到自己无比坚决地反驳了总管的各种意见，甘心为农民的利益而牺牲一切，心里不禁觉得非常快乐，他正是怀着这样的心情从账房里走了出来，一边想着当前要办的事，一边在房子周围闲庭信步，来到一个如今已经荒废了的花圃边，总管房前却新辟了一个花圃，又来到长满蒲公英的lawn-tennis[①]，沿着椴树林中的林荫路慢慢走去，以前他就常到这里来走走，抽根雪茄，并且在三年前漂亮的基里莫娃到母亲这里来做客时，还在这里和他调过情。等到涅赫柳多夫把明天要对农民们讲的话大致想了想之后，就又去找总管了，同他一面喝茶，一面商议了一下要如何处理所有田产的问题，直至在这方面彻底放了心，这才走进这座大房子里为他准备的一个房间，这房间平时是接待客人用的。

这个房间不大却十分干净，墙上挂着几幅威尼斯的风景画，两扇窗子中间挂了一面镜子。屋子里放着一张整洁的弹簧床和一张小桌子，桌上放着一个盛着水的玻璃瓶，有一盒火柴和灭烛家什。镜子旁边的大桌子上边放着他那个打开了的皮箱，甚至可以看到他的化妆用品盒以及他随身携带的几本书：一本是研究刑法的俄文书，还有一本德文书和一本英文书，都是类似内容的书。他打算在这次下乡的空闲时间里读读这几本书，但是今天已经没有时间了，他只想上床睡觉，因为明天还得早点儿起床梳洗，去和农民们好好谈一谈。

在房间的角落里放着一把古色古香的红木雕花圈椅。涅赫柳多夫想起它原本是在他母亲的卧室里的。现在他一看到这把圈椅，心中突然产生了一种很奇妙的感情。他突然留恋起这座年久失修的房屋，留恋起那个就要荒废的花园，留恋起那些不久就要被砍光的树木，留恋起那些牲畜圈、马房、库房、农具棚和牛马。尽管这一切

① 英语：网球场。

都不是他置办的，但是，他很清楚，创立和维持这样大的家业是相当不容易的，是花了很大的力气才得以保存完好的。以前他觉得舍弃这些东西是很容易的一件事，可是现在，他不仅留恋起这里的一切了，甚至留恋起他的田地了，留恋起那一半的收入，那收入可能是他目前非常需要的。于是马上就有一些想法来为他解忧了，若依据这些想法来看，把土地租给农民，从而毁掉他自己的庄园，这是非常不明智的，而且是非常不应该的。

“我是不应该占有这些土地的。不占有这些土地，也就不必维持这整个家业了。再说，我现在即将要到西伯利亚去了，因此，不管是这房子或是这庄园，我都用不着了。”他心里有一个声音在说，“话是这么说没错。”可他心里另外一个声音又接着说，“但是，首先，你不可能在西伯利亚生活一辈子。要是你结婚了，你就会有孩子需要养活。你接收的是一个很好的庄园，就必须得把它完整无缺地传给你的子孙们。你要对土地负责。把土地交出去，把一切都弄得精光，这都是轻而易举的事，但是如果要再重新创立现在的局面，那就非常困难了。最重要的是你应该好好考虑考虑你自己的生活，考虑好今后该怎么生活，再依据这些来处理你的产业。你现在的决心是否坚定不移？还有就是，你是凭着你的良心在做这些，还是仅仅是为了做给别人看，向别人炫耀你自己呢？”涅赫柳多夫这样自己问自己。他不得不承认：别人若是对他所做的一切有什么议论，这些议论也会影响他的决心的。他思考得越多，提出的疑问也就越来越多，也越来越难解决。他为了摆脱这些扰人的想法，就在那张整洁的床上躺了下来，想好好地睡一觉，打算到明天用清醒的头脑好好想想现在他怎么也想不出头绪的这些问题。然而他久久无法入眠。青蛙的呱呱声伴随着清新的空气与皎洁的月光一起涌入敞开的窗户里，其中蛙声中还夹杂着夜莺的鸣声和啼声。在远处的花园里有几只夜莺在啭鸣，有一只就在窗前那盛放的丁香花丛里。涅赫柳多夫静静地倾听着夜莺和青蛙的鸣叫声，想起了典狱长女儿的琴声。他想到典狱长，也就想起了玛丝洛娃，想起她曾说过的“您别再管我的事儿了”，她这样说的时候，她的唇哆嗦着，就像青蛙鸣叫时那样。之后是那个日耳曼总管下坡去抓青蛙。应该要阻止他下去才对，但是他不仅下去了，而且一下子变成了玛丝洛娃，责怪地说道："我是个苦役犯，而您是位公爵。""不，我不能轻易退缩。"涅赫柳多夫心里想道并且苏醒过来，又自己问自己，"我所做的这一切到底是好还是不好呢？我自己也不知道啊。反正对我而言无所谓。反正无所谓。是啊，不过我该睡了。"于是他也顺着刚才总管和玛丝洛娃下去的路滑了下去，然后一切就在那里消失了。

第二章

第二天上午九点，涅赫柳多夫醒来。前来伺候老爷的年轻的账房管事一听到主人有动静，就迅速给他拿来一双从来未曾擦得那么锃亮的皮鞋，又端来一杯纯净冰凉的矿泉水，还通报说农民们已经来一些了。涅赫柳多夫很快下了床，头脑也清醒了。昨天他对交出土地和丢掉家业感到惋惜的心情已经无影无踪了。现在再想起那种心情，反倒觉得很奇怪。现在他想到自己将要做的事就打心眼里高兴，甚至还为它感到骄傲。他从这房间的窗户望去，便可以看到一个长满蒲公英的网球场，农民们便是按照总管的吩咐在那里集合的。青蛙从昨天晚上就叫个不停，也不是毫无缘由的。今天是阴雨天。从清晨开始就下着蒙蒙细雨，没有一丝风，树叶上、树枝上、小草上到处都挂着晶莹的小水珠。扑进窗口里的，除了青葱树木的芳香外，还有那久旱逢雨的泥土气息；涅赫柳多夫在穿衣服的时候朝窗外张望了好几回，看那些农民是怎样聚合到网球场上的。他们陆续来到，一见面就摘掉自己的软帽和便帽，相互致意，拄着拐棍，站成一个圈儿。总管是一个丰满、肌肉结实、身强力壮的年轻人，穿着一件绿色竖领和大纽扣的短上衣，他走过来向涅赫柳多夫通报说人已到齐了，不过是可以让他们等一下的，涅赫柳多夫完全可以先喝点咖啡或者红茶再过去，况且这两样东西现在都已经准备好了。

“不用了，我还是先去见见他们好些！”涅赫柳多夫说。他一想到就要和农民们交谈了，竟完全出乎意料地生出一种胆怯又羞涩的心情。

他马上就可以实现农民们的愿望了，甚至这种心愿是他们连做梦都不敢想会成真的以低价把土地租给他们。换句话说，他是去向他们施恩行善，但是不知为何，他却反而有些害臊了。等到涅赫柳多夫来到早已集合好的农民们面前，那些淡黄色头发的、卷发的、秃顶的、头发灰白的农民，就纷纷摘下了头上的帽子。可他却感到十分窘迫，窘得很长时间都没有说出一个字来。天空中雨还在淅淅沥沥地下着，小小的雨珠儿落到了农民们的头上，胡须上，长袍的绒毛上。农民们全都望着他们的主人，等着他开口讲话，而他却难堪得什么话都讲不出来。这种令人尴尬的沉默，最终被那个以镇定沉着和自信著称的日耳曼总管给打破了，他觉得自己非常了解俄国农民的脾性，并且他说得一口漂亮的俄国话。他这个身强力壮、肥头大耳、锦衣玉食的人，就像涅赫柳多夫一样，与农民们那满是皱纹的瘦削的脸孔和在他们的长衣服里凸起的瘦削的肩胛骨比起来，形成了很鲜明的对比。

“公爵现在要施恩于你们，要把土地以低价租给你们，但是说实话，你们根本没有这个资格。”总管说。

“我们怎么就没有资格了，瓦西里·卡尔雷奇？难道我们没有给你干过活吗？我们每个人都对已经过世的女主人心怀感激，都祈祷她的灵魂在天堂康宁。也感谢公爵少爷，他也没有抛下我们不管不问。”一个喜欢饶舌的红头发农民说道。

“我就是因为这个才把你们请过来的。如果你们愿意的话，我想把我所拥有的全部土地以低价租给你们。”涅赫柳多夫总算是开口说话了。

听到这里农民们反而都不作声了，好像是不懂，或者是根本就不敢相信他的话一样。

“但是，把土地交给我们，那是什么意思呢？”一个穿着紧腰长外衣的中年农民问道。

“就是租给你们，你们只要稍稍付些租金就有土地可以自己耕种。”

“这可真是件求之不得的事啊！”一位年长的农民高兴地说。

“可是这个租金也要我们付得起才行啊！”另外一位老人不无忧虑地说道。

“给我们土地为什么不要呢！”

“这对我们来说是每天都在干的活儿啊。我们就是靠土地来糊口的！”

“这么一来您也省事了，只管坐在家里等着收钱就行了，要不然那得有多少麻烦事儿啊！”有些人说。

“麻烦事儿还不都是你们惹出来的！”日耳曼总管说，“要是你们全都老老实实地干活儿，又都能守规矩的话……”

“这我们可做不到，瓦西里·卡尔雷奇，”一个尖鼻子的瘦老头说，“你问我为什么要把马放到庄稼地里去，可是谁又会存心把它放到庄稼地里去呢？我一天到晚抡镰刀，一天漫长得就跟一年一样，那么累，可晚上我还要去放马，难免就会打一会儿瞌睡，那马就自己跑进你的燕麦地里去了。可你呢，恨不得要活剥了我的皮。”

“你们本来就应该要遵守规矩啊。”

“你说得倒轻巧：守规矩。可是我们也是没法子啊！”一个人高马大、头发乌黑、满脸胡须的中年农民驳斥道。

“我早就跟你们说过了，叫你们竖栅栏。”

“那你也得给我们点儿木材呀。”后面一个矮个子的、长得其貌不扬的农民插了一句，“我去年夏天就想竖栅栏来着，可是你却无缘无故把我关到牢里去了，叫我整整喂了三个月的虱子。哼，这就是你说的竖栅栏？”

“他说的究竟是怎么一回事儿啊？”涅赫柳多夫又问总管。

“Der erste Dieb im Dorfe[①]，”总管用德语说道，“他每年都在

① 德语：这人是村子里的头号贼。

树林里偷偷砍树，被人抓住了。”

“你们应该学会尊重别人的财产才对。”总管对那人说。

“难道我们不尊重你吗？”有一位老人说，“我们没法子不尊重你呢，因为我们被你紧紧地攥在手心里啊。你想让我们怎样就怎样。”

“得了吧，老乡。谁也不会欺负你们。你们不去欺负别人就不错了。”

“你说得真好，‘谁能欺负你们’！去年夏天你就扇过我一记耳光，打完了就什么事都没了。这不明摆着的嘛，跟有钱人是没道理可讲的。”

“那你做事就应该守规矩嘛。”

显而易见的，这里正进行着一场舌战，而参战双方都不太清楚自己到底为的是什么，说的是什么。但是可以看得很清楚的是，舌战中的一方满腔怨恨，却由于害怕而不敢发泄，在竭力控制着；另一方却依仗自己优越的地位和权势。涅赫柳多夫听着这场争吵，心情更加沉重了。他努力地把话题再拉回到正题上来，想要确定租金和付款日期。

“那，有关土地的事儿究竟该怎么办呢？你们到底愿不愿意租啊？要是把全部的土地都交给你们，你们可以出个什么价码呢？”

“土地是您的，您说了算。”

于是涅赫柳多夫就报了一个价。虽然涅赫柳多夫所出的价比周围一带庄园的租金要低很多，可农民们还是又习惯性地开始讨价还价了，嫌价钱过高。涅赫柳多夫原本以为他出的这个价会被他们高高兴兴地接受呢，但是他却一点儿也看不出他们有丝毫满意的表情。涅赫柳多夫只是从一件事看出来，并由此断定他出的这价对他们是有好处的，那就是最后大伙儿谈起由谁来承包土地的事，也就是讨论究竟是由大家共同来承租还是各自结伙来承租的时候，农民们就开始了激烈的争论，其中一派想把年老体衰和交租困难的农民排挤在承包土地之外，而另一派，也就是他们想排除在外的那一派却争着要参加承租。最后，还好有总管出来帮忙，才最终商定价格和付款的期限。农民们便一边乱哄哄地谈论着，一边陆续地走下山坡，向村子里走去了。这时涅赫柳多夫便去账房，和总管在一起拟定租约。

所有的事情都如涅赫柳多夫所期望和预计的那样安排妥当了：农民得到土地后所支付的租金比附近土地的租地费用大约要低三成。他在土地上所获得的收益却减少了将近一半，但是剩下的收入在涅赫柳多夫看来依然还是绰绰有余的，毕竟他卖掉树林、出售农具，都会有一笔进款。似乎一切都办得非常顺利，但是涅赫柳多夫又不知道为什么，总是还感到有点儿羞愧。他看得出来，虽然有些农民对他说了些感激的话，但是农民们还是不满足，希望得到更多的好处。于是，最终的结果居然是这样的：他自己吃了大亏，却没有满足农民们的期望。

第二天，在家里写好了合同并签了名字。涅赫柳多夫在几个从租地的农民中推选出来而专门到这里来的老人护送下，走到账房外，带着事情没有办妥的不愉快的心情，坐上总管的三驾马车，先前火车站上那车夫说起过的总管的那辆豪华四轮马车，和那些仍面带困惑莫解的神情和不满地摇着头的农民道别，便动身往火车站奔去了。涅赫柳多夫对自己感到很不满意，可他所不满的到底是什么，连他自己都不清楚，不过他一直都觉得闷闷不乐，有点儿惭愧。

第三章

涅赫柳多夫离开库兹明斯科耶后，就乘车前往从姑姑们那里继承来的庄园，也就是他和卡秋莎初次结识的地方。对于这座庄园里的土地他打算用在库兹明斯科耶所采取的那些措施来处理。除此之外，他还想要尽可能打听一下与卡秋莎有关的往事，尤其是与她和他的孩子有关的事情：那个孩子是不是真的已经死了？他又是怎么死的？他一大早就到了帕诺沃。他乘坐的马车一进庄园，首先让他感到触目惊心的第一件事，就是所有的房屋，尤其是正房，看起来是那么的破败而荒凉。当年的绿色铁皮屋顶，由于许久没有上漆了，如今已锈得发了红；有几块铁皮的边都卷起来了，看样子是狂风暴雨吹打的结果吧。正房的四周原来是用薄木板包起来钉牢的护墙板，有些地方已经被人撬走了；凡是那些钉子生锈容易拔掉的地方的木板都已经被人撬走了。房子里的两个门廊，一个是前边的那个门廊，一个是他记得很清楚的位于后面的那个门廊，而今都已经坍塌朽烂，只剩下横梁了。有几扇窗户缺了玻璃，只钉着几块木板。不论是管家住的厢房，还是厨房、马棚，都已经破败不堪，色泽灰暗了。只有那花园，不仅没有凋敝，反而花木丛生，枝叶更加繁茂了，现在正是百花争艳的时候。在围墙外就能看到盛开的樱桃花、苹果花和李花，宛如一朵朵白云。做篱笆用的丁香花丛也开满了花，还跟十四年前一样，那一年涅赫柳多夫就是和十八岁的卡秋莎一起在这丁香花丛中玩捉人游戏[①]，还跌了一跤，被荨麻刺破了手。那时索菲娅·伊万诺夫娜在正房前面栽的一株落叶松，当年矮得就像个木桩子，而现在却已长成大树，可以做材了，树枝上披满像绒毛一样柔软的黄绿色的松针。河水在河道里奔流着，然后又顺着磨坊的水闸哗啦啦地流了下去。河对岸的草地上，农民们牧放的各种颜色的牛马混在了一起，织成色彩斑斓的图画，它们正津津有味地啃着青草。管家是个宗教学校的肄业生。他站在院子里笑嘻嘻地迎接涅赫柳多夫，又笑嘻嘻地请他到账房里去，随后依旧笑嘻嘻地到隔板后面去了，他这种笑似乎在预示着将有一件什么特殊的事情要发生一样。隔板后边有悄悄说话的声音，说了一会儿，然后就不说了。马车夫拿到车钱后，便驾车驶出了院子，马铃叮叮当当响过一阵子之后，便完全沉寂了下来。又过了一会儿，有一个身着绣花衬衫，耳朵上装饰着小绒毛球的姑娘光着脚从窗前跑了过去。在姑娘后面又跑过一个成年男子，他那双大靴子的鞋钉在那条早已被踩实的小径上发出叮叮的响声。

涅赫柳多夫在窗前坐了下来，朝花园里望着，闻着。清爽的春风携带着刚刚翻耕过土地的泥土气息吹进双扉的小窗里来，轻轻拂动着他汗涔涔的前额上的头发，轻轻吹动着刀痕累累的窗台上搁着的一摞信纸。河上传来“噼里啪啦”的声音，那是农妇们在用洗衣棒捶打衣服，那响声此起彼伏，在迎着阳光而熠熠发光的河面上四散开去。磨坊那儿传来均匀的流水下泻的声音。一只苍蝇惊慌而响亮地发出嗡嗡的声音，从他耳边飞了过去。

突然，涅赫柳多夫想起很久以前，他还年轻纯洁的时候，也是在这里，在磨坊那均匀的流水声中，聆听着来自河上的那些敲打衣服的声音，春风也就是这样轻拂他汗涔涔的前额上的头发，轻轻地吹拂着那刀痕累累的窗台上搁着的一摞信纸，恰巧有一只苍蝇也是这样惶恐地从他耳边飞过去。于是他不仅回忆起了当他还是个十八岁的男孩子的那种情景，而且还感到了他如今仍然和当初一样富有

① 此处有差错。那一年卡秋莎是十六岁，这时是二十七岁，应为十一年前。

朝气、纯洁无瑕、胸怀远大，可是同时，犹如梦里一样，他知道这一切都不可能会重现了，于是他感到无比惆怅。

“请问，您什么时候吃饭啊？”管家笑嘻嘻地问道。

“随您的便吧，我还不饿。我要到村子里转转。”

“可是，您能否到房子里去看看？房子我已经打扫得干干净净的。请您费神去看一眼吧，假如这座房屋的外观……”

“不，以后再看吧。现在，麻烦您告诉我，你们这里是不是有个女人叫马特廖娜·哈林娜的？”

他问的是卡秋莎的姨妈。

“当然有啦！她就住在村子里呢，我可是拿她一点儿办法都没有。她总是贩卖私酒。我得知了这事儿后，曾揭发过她，也训斥过她，还骂过她，但就是狠不下心写状子到官府那里去告她。毕竟她也是老太婆了，又还有孙子孙女需要她来抚养。”管家说这话时依然带着那样的微笑，既显示出他想溜须拍马，同时也表示他充分相信涅赫柳多夫看待所有事情的观点都会跟他一样。

“她住在哪里？我想到她家去看看。”

“她就住在村子的尽头，从村边开始数第三座房子就是她家。左侧是一座砖砌的房子，砖瓦房过去就是她的草屋了。不过，最好还是我陪您去吧。”管家兴高采烈地说着。

“不用麻烦了，多谢您啦，我自己可以找到的。倒是麻烦您去通知一下所有的农民，叫他们来开个会，我要和他们谈谈有关土地的事儿。”涅赫柳多夫说，他打算在这里按照在库兹明斯科耶的那种做法跟农民们把土地的事情处理处理，要是有可能的话，最好能在今天晚上就把事情办妥。

第四章

涅赫柳多夫出了大门，又遇见了那个农家姑娘，耳朵上坠着绒毛球，身上围着五颜六色的围裙，迅速地倒换着两只粗大的光脚丫，在长满车前草和独行菜的牧场上跑着，沿着一条早已踩实的小路往回跑。那只左胳膊在胸前轻快地来回晃悠着，右胳膊紧紧地抓着一只大红公鸡，并把它紧紧地贴在自己的肚子上。那公鸡轻轻抖动着红红的鸡冠子，看起来很镇定，只是不停地转动着眼珠，一只黑黑的腿时而伸直，时而蜷起，那爪子紧紧抓住那姑娘的围裙。等姑娘渐渐来到老爷跟前，先是放慢了脚步，快跑改成慢走。当走到他跟前时，她停了下来，把头发往后一甩，向他鞠了一躬。一直到他走过去，她才又抱着公鸡往前走。涅赫柳多夫在下坡朝水井边走的时候，又遇到一个弯腰驼背的老太婆，身上穿着脏兮兮的粗布衬衫，背上横着一根扁担，扁担的两端挑着沉甸甸的、装满了水的大木桶。老太婆小心翼翼地把两只水桶放下来，也像姑娘那样把头发向后一甩，向他鞠了一个躬。

走过这口水井就到村子里了。这是一个天高云淡，也很闷热的日子，上午十点就已经闷得很厉害了。渐渐聚拢的云朵时不时地遮挡住太阳。整条大街上弥漫着浓烈刺鼻而又并不是太难闻的畜粪味儿，这气味一部分是那几辆正沿着平坦而坚实的路向山坡上爬着的大车送来的，但主要的却还是来自各家院子里翻晒的牲口粪，涅赫柳多夫正走过各家院子敞开的大门前。有几个赶着大车上坡的汉子光着脚，穿着溅满粪汁儿的布衫和裤子；他们还时不时地转过头来看看这个高大又壮实的老爷，看见他头上戴着一顶灰色礼帽，帽子上的丝带在阳光的照耀下闪闪发光，看着他在村子里往坡上走，每迈开两步就用他锃亮的银头曲节手杖在地面上点一点。还有些从地里驾着空车回来的农民，颠颠晃晃地坐在空车的驭座上，摘下帽子，惊愕地注视着这个走在他们街道上很不寻常的人。村妇们纷纷走到大门外或者就站在屋外的台阶上，朝他指指点点，目送他走过。

涅赫柳多夫刚刚走到第四户人家的门口时，有一辆大车吱吱嘎嘎地从院子里驶出来，挡住了他的去路。大车上装的是堆得很高的干畜粪块，上面铺着一张供人坐的椴皮席子。一个五六岁的小男孩儿跟在大车的后面走出来，兴高采烈地等待着坐车。一个穿着树皮鞋的年轻汉子迈着大步赶着大车出门。还有一匹长腿的蓝灰色小马驹也很快地出了大门，但它一看到涅赫柳多夫就吓了一跳，身子赶忙缩回到那大车上，双蹄不停地蹬着车轮，一下子蹦到已经拉着沉甸甸的大车出了门的母马那里去了，那母马也受了惊，显得有些心神不宁，发出低低的嘶鸣。后面还有一匹马由一位面容清瘦却神采奕奕的老人牵着，他也光着脚，身上穿着带花纹的裤子和肮脏的长布衫，背上凸显出那尖尖的极瘦的肩胛骨。

等到几匹马沿着这散落着灰黑色的，好像烧焖的小粪堆的平坦道路向上爬着的时候。那位老人又转身走回到大门口，向涅赫柳多夫深鞠了一个躬。

“您就是我们那两位老姑娘的侄子吧？”

“是的，我是她们的侄子。”

“欢迎您的到来。怎么，您是来看望我们的吗？”老人饶有兴致地和他聊了起来。

“是的，是的，怎么样，你们过得还好吗？”涅赫柳多夫也不知道应该说些什么才好，就这样问道。

“我们过的这叫什么日子呀！糟透了。”健谈的老人好像感到很兴奋，用唱歌般的拖长着调子说。

“怎么会很糟糕呢？”涅赫柳多夫一边说着，一边跟着进了大门。

“可也是，除了这样还有什么样的好日子呢？永远只有这种糟糕的日子。”老人说着，和涅赫柳多夫一起走进了院子里。他来到一个敞篷下，在一块已经清理掉畜粪而裸露出来的空地上停下了脚步。

然后涅赫柳多夫跟着他也来到那个敞篷下。

“你看，我家里大大小小一共有十二口人，”老人指着两个女人接着说道，她们手中抓着大木叉，站在还没有清理出去的粪堆上面，大汗淋漓，头巾滑落在一边，她们把裙摆掖在腰里，露出的小腿有一半都沾满了粪汁，“家里哪个月不得要买进六普特粮食，但是钱又从哪里来呀？”

“难道，你们自己收的粮食还不够吃吗？”

“自己收的粮食？！”老人带着冷笑说，“我拥有的田地只能养活三口人。今年我们一共收获了八垛粮食，可能都吃不到圣诞节。”

“那你们该怎么办呢？”

“我们只好凑合呗：这不，打发一个孩子出去做长工，除此之外还要向您府上借点儿钱。可那点儿钱没到大斋节就已经花完了，但是税款还没有着落呢。”

“税款要缴多少？”

“像我这样一户每四个月要交十七个卢布。唉，上帝呀，这是什么日子嘛！我自己也不知道该怎么过了！”

“我可以到你们的房子里去看一看吗？”涅赫柳多夫一边说着，一边就从院子里向前走去，穿过那个小庭院，从清扫畜粪的地方，走到了那些还没有动过的和刚刚用叉子翻动过而正在冒着强烈气味的土黄色的畜粪上。

“当然可以了，来吧。”老人说着，便快步朝前走去，那光着脚丫的脚趾缝里不住地挤出粪汁来。他跑到涅赫柳多夫的前面，给他打开了小房子的门。

那两个女人整理了一下头巾，把毛织裙子的裙裾也拉了下来，好奇而又恐惧看着这个衣着整洁、袖口上钉着金纽扣的老爷走进了她们的小屋。

从小屋里跑出两个穿着粗布衫的小女孩。涅赫柳多夫微躬下身子，摘下帽子，走进门廊，接着走进一个肮脏又狭小的屋子，屋里放着两台织布机，还弥漫着食物的酸味。小屋里有一个老太婆站在炉灶的一边，挽着袖子，裸露着两条黑瘦的、青筋暴露的胳膊。

“这不是，东家到我们家里来看望我们了。”老人说。

“好啊，承蒙您赏光。”老太婆一面放开卷起的衣袖，一面和气地说。

“我想看看你们的日子过得怎么样。”涅赫柳多夫说。

“哎，我们日子过得怎样，这不是，您现在也看到啦。这个小屋子眼看快要塌了，说不准哪天就会砸死人的。可是我们家老头子却说这个房子很好。我们就这样勉强过着，看，这就是我们的天下！”很利落的老太婆神经质地颤动着脑袋说，“我这马上要做饭了。必须得给干活儿的人弄点吃的填饱肚子。”

“你们的午饭吃些什么呀？”

“吃什么吗？我们吃得挺好的。第一道菜是面包加克瓦斯[①]，第二道是克瓦斯加面包。”老太婆龇着蛀掉了一半的牙齿说。

“不，您别再开玩笑了，还是让我看看你们今天都吃的什么吧。”

“吃什么吗？”老人微笑着说，“我们吃得也不太讲究。你就让他看看吧，老婆子。”

老太婆摇了摇头。

“您想见识一下我们庄稼人的伙食吗？我看您呀，老爷，您这个人真仔细。什么事儿都想要刨根问底。我已经说过了我们吃的是面包加克瓦斯。还有一点儿菜汤，这个羊角芹是昨天娘们儿挖来的。瞧，这就是菜汤。除了这，还有土豆。”

“再没有别的了吗？”

“还能有什么呀，最多就是在汤里稍稍加点儿牛奶。”老太婆笑着并且望着门口说。

门是开着的，门廊里挤满了人。男孩儿、女孩儿、怀抱婴儿的

---

① 俄国的一种清凉的饮料，用面包或水果发酵而成。

娘儿们都挤在门口，想要看看这个来视察庄稼人伙食的古怪的老爷。老太婆显然是因为自己有本事应付老爷而感到很得意。

“是啊，我们日子太糟糕了，老爷，真的很糟糕呀！这还有什么说的啊。”老人说道。“你们跑来这里干什么呀！”他对那些站在屋门口的人大声嚷道。

“好吧，我知道了，再见。”涅赫柳多夫说，他心里觉得很窘迫，很惭愧，至于为什么，他也不知道。

“非常谢谢您来看望我们。”老人说。

过道中的人彼此推搡着，让出一条道来好让他走过去。他走出去之后，就又来到了街道上，继续沿着斜坡向上走。有两个男孩赤着脚跟着他从过道里走出来。其中一个年纪稍微大点儿的，穿着一件又脏又旧的白衬衫，另外一个则穿着窄小的、褪了色的桃红衬衫。涅赫柳多夫回过头去看了看他们。

“您现在想去哪里？”穿白衬衫的男孩壮着胆子问道。

“我想去看看马特廖娜·哈林娜。”他说，“你们知道她住在哪里吗？”

穿着桃红小衬衫的小男孩没来由突然笑了起来，而一旁稍大些的男孩则一本正经地反问道：

“哪一个马特廖娜？是那个年纪大一些的吗？”

“是的，是年纪大的那位。”

“哦哦，”他拉长声调说，“那就是谢苗尼哈，她家在村头上。我们可以带您去。走吧，费季卡，咱们一起领他去。”

“但是那些马要怎么办呢？”

“没事儿的！”

费季卡同意了，于是他们三人就一起朝村子的上头走去。

第五章

涅赫柳多夫觉得和孩子们在一起要比和大人们在一起轻松些，于是他们就在路上随意聊着天。穿粉红衬衣的小男孩这时候也不笑了，说起话来则又像那个大孩子似的又懂事又机灵。

“喂，你们这个村子里数谁家最穷呀？”涅赫柳多夫问两个小男孩。

“谁的家里最穷？米哈伊尔穷，谢苗·马卡罗夫也穷，还有马尔法也穷得要命。”

“还有阿尼西娅，她家更穷。阿尼西娅家连一头奶牛都没有，她家的人还在到处讨饭呢！”小费季卡说。

“虽然她家没有奶牛，但是他们总共才三个人。马尔法家可有五个人呢！”大孩子表示强烈反对地说道。

“可阿尼西娅是个寡妇啊。”穿粉红衬衣的男孩儿辩驳道。

“虽然阿尼西娅是个寡妇，但是马尔法也和寡妇没什么区别啊，”大男孩继续说，“丈夫不在家，跟寡妇也没什么两样啊。”

“她丈夫去哪里了呢？”涅赫柳多夫问。

“蹲在监狱里喂虱子呢！”大男孩套用了大人们通常说的话。

“去年夏天他只是在老爷家的林子里砍了两棵小白桦树，就被扔进监狱里去了。”穿粉红衬衣的小男孩抢先说道。“到现在他已经被关了快五个月，他女人只好到外面讨饭，她家里还有三个小孩和一个可怜的婆婆要养活。”他很认真地说着。

“她住在哪里？”涅赫柳多夫问。

“前面的这个院子就是她家。”小男孩儿指着一座房子说。那房屋的前面有个瘦削的、浅黄头发的男孩就站在涅赫柳多夫所走的那条小路上，他的一双罗圈腿摇摇晃晃地支撑着他的身体，站都站不稳。

“瓦西卡，你这淘气鬼，跑哪儿去了？”一个身穿灰土色的像是沾满炉灰似的肮脏衬衣的妇人从房子里冲出来，高声嚷嚷着。她带着一脸的惊惶，直冲到涅赫柳多夫的前面，一把抱起那个小孩儿就朝房子里跑，似乎很怕涅赫柳多夫会欺负她的孩子似的。

她就是刚才小男孩提到的那个女人，她丈夫因为砍伐树林里的白桦树被关进了监狱。

“那么，还有马特廖娜，她穷吗？”当他们快走到马特廖娜的房子附近的时候，涅赫柳多夫问。

“她怎么穷啊？她在偷偷地卖酒呢！”穿粉红衬衣的瘦削的男孩果断地答道。

涅赫柳多夫来到马特廖娜的小房子跟前，就把两个孩子打发走了，他独自走进门廊，随后又走进小屋。马特廖娜老太婆的小屋只有六俄尺长，要是有个高个子的家伙躺到炉子后面的那张床上，肯定连腿都伸不开。“卡秋莎就是在这张床上生的孩子，”他心里想，“后来又是在这张床上病倒的。”整个屋子几乎被一架织布机给占满了。涅赫柳多夫走进屋里的时候，他的头碰到了低低的门楣，屋里的老太婆和她的大孙女刚刚一起整理过织布机。还有两个孙子则尾随着主人，飞快地冲进小屋里，双手抓住门框，在门口站住。

“您找谁？”老太婆因织布机出了毛病，情绪很坏，气冲冲地问道。况且因为她贩卖私酒是秘密的，所以她一向怕任何陌生人。

“我是这里土地的主人，希望可以和您谈谈。”

老太婆凝神望着他，有一会儿没作声，而后她的脸色突然就变了。

“哎哟，原来是您来啦啊，我亲爱的主人！我这个老傻瓜竟然没有认出来呢，还以为是个过路的呢！”她装出很殷勤的腔调说，“哎哟，我的好老爷啊……”

“我想跟您单独谈谈可以吗，最好是没有外人在场。”涅赫柳多夫望着敞开的门说，那里站着两个孩子，他们的背后站着一个抱娃娃的很瘦很瘦的女人，那娃娃戴着碎步缝成的小圆帽，因为有病面色显得苍白，虽然病恹恹的，却一直在笑。

“这里有什么可看的？再看我就揍你们。把我的拐杖给我拿来！”老太婆对站在门口的孩子喝道，“快点儿把门关上，听到了没有？”

两个孩子一下子就走开了，抱着娃娃的女人顺从地把门关了起来。

“我正寻思呢：进来的到底是谁啊？原来是老爷您啊，我的金宝贝呀，我百看不厌的漂亮哥儿！”老太婆说，“您怎么赏光到我们这儿来啦，还不嫌我们这里脏啊。哎呀，您啊，我的金刚钻！坐这儿吧，老爷，瞧，就坐在这个矮柜上吧，”她边说边用围裙卖力地擦了一下那柜子，“我还以为是哪个讨厌鬼跑到我这里来了呢，没想到来的却是老爷您，我的好老爷，我的大恩人，我的衣食父母。您千万不要跟我这个老糊涂计较啊，我真是瞎眼了啊。”

涅赫柳多夫坐下来，老太婆就站在他的跟前，右手托着腮，左手抱住尖细的右肘，像唱颂歌似的开始说了起来：

“您也显老了哇，老爷。想当年，您就像那最嫩的牛蒡草，看现在都变成什么样儿了！看来，您肯定是太操劳了。”

“我来是想问你一件事：你还记得那个卡秋莎·玛丝洛娃？”

“您是说叶卡捷琳娜吧？那我怎么会忘呢，她可是我的亲外甥女儿……哪能忘呀，我为她哭了多少次，流了多少泪啊。那些事儿我全都知道。我的老爷，谁没有做过对不起上帝、对不起皇帝的事儿啊？做出那样的事全都是因为年轻嘛，再加上喝喝茶，喝喝咖啡什么的，就很容易鬼迷心窍了。要知道，魔鬼可是很厉害的。那能怎么办呢！您又不是弃她不顾，您还给了她不少钱：一下子就给了一百卢布呢。可她都干什么了呀？她真是太傻了。要是她肯听我的话，现在肯定过得很舒服。虽说她是我的外甥女儿，但是我得直说：这个姑娘太没出息了。后来，我给她找了一个多么好的活儿呀。可她就是不听话，不好好干，竟敢耍起脾气骂起老爷来了。难道我们这等人是可以骂老爷的吗？那之后，人家就把她给解雇了。后来她还去一个林务官的家干活儿，原本还是可以过得下去的，但是不久她又不愿意干了。”

“我想知道点儿那个孩子的事。她是不是在你家生过一个孩子？那个孩子现在去哪儿了呢？”

“那个孩子，我的老爷，当时那孩子可真是让我操碎了心啊。那时她病得很厉害，我料想她再也下不了床了。于是我就照规矩自己为那个孩子做了洗礼，又把他送进了育婴堂。实在是没办法啊，当娘的都快死了，何必再让这个小宝贝跟着遭罪呢？要是换作其他人，可能就会扔下那个孩子不管的，也不会给他吃的，任由他去死。可是我是有良心的人，我怎么能这样做呢，宁肯多操操心，就算自己花点儿力气吃点儿苦，也要把他送进育婴堂去。所幸还有几个钱，于是就找人把他送去了。”

“在那儿有登记的号码吗？”

“号码是有的，可是孩子当时就死了。她说刚送到那里，他就夭折了。”

“她是谁？”

“就是住在斯科罗德诺耶村的那个女人啊。她专门干这行。她叫马拉尼娅，可现在她也已经去世了。这个女人很精明，她干得可巧妙了！别人把孩子送给她，她就自己留下来，放在家里，好好喂着。她一边喂着这些孩子，我的老爷，一边又等着再多找几个娃娃，为的就是多凑几个过去。等凑到三四个，她立刻就把他们送出去。她想的办法可妙啦：先做好一个大竹篮子，就像一张双层床一样，上层下层都装着孩子。篮子上还安装了手柄。这样她就可以把四个孩子同时装进去，让孩子脚和脚对着，这样脑袋在两头，也就不会碰着了；她这样一次就可以送走四个。她还把奶嘴塞到孩子嘴里，他们，那群小娃娃，就不哭也不闹了。

“哦，那后来呢？”

“唉，后来叶卡捷琳娜的孩子也是这样被送出去的。哦，对了，她好像还把他养了两个多星期之后才送走的。据说那孩子在她家里时就生病了。”

“那孩子长得好看吗？”涅赫柳多夫问。

“他可好看了，比他好看的恐怕是再也找不出来了。跟您长得一模一样。”老太婆还不忘挤挤眼补充了一句。

“可他的身体为什么会那么虚弱呢？恐怕是喂得不够好吧？”

“哪儿能算得上喂呀！不过是做做样子罢了。那还用说吗，又不是她自己的孩子。只要让孩子有口气能活着送到那里就得了。她说刚把他送到莫斯科，他就断气了。她还带回一张证明，手续都很齐备。她可真是个机灵的女人啊。”

关于孩子，涅赫柳多夫能够打听出来的也就是这么多了。

第六章

涅赫柳多夫的头在小屋和门廊的两个门楣上又各碰了一下，才来到大街上。一群孩子已经在那里等着他了：一个穿白衬衣的，一个穿烟色衬衣的，一个穿粉红色衬衣的。另有一些新来的孩子也加入了他们这一伙。还有几个抱着孩子的女人也在等着他，其中就有那个瘦削的女人，轻飘飘地抱着那个脸色发白、头戴碎布小圆帽的娃娃。那娃娃的一张老头子般的小脸上还有着很奇怪的笑，他那有些痉挛的大手指头不住地哆嗦着。涅赫柳多夫明白这是一种痛苦的微笑。他就打听了一下这个女人是谁。

“她就是我向您提起过的那个阿尼西娅。”那稍大些的男孩说。

涅赫柳多夫就转身去和阿尼西娅打招呼。

“你日子过得怎么样啊？”他问，“你靠什么过日子呀？”

“您是问我过得怎样吗？我天天在讨饭呢！”阿尼西娅说着，就嘤嘤地哭了起来。

那个像老头子一样的娃娃却满脸笑容，扭动着他那蚯蚓似的小细腿。涅赫柳多夫掏出钱包来，给了那女人十个卢布。可他还没走出两步，另一个抱着孩子的女人就追了上来，接着又过来一个老太婆，然后又过来另外一个女人。每个人都诉说着自己如何的贫困，乞求他帮帮她们。涅赫柳多夫把他钱包里所有的六十卢布的零钱全都散发给她们了，自己则带着极为沉重的心情回到家里，也就是回到管家的厢房里。管家依然笑嘻嘻地迎接了涅赫柳多夫，还告诉他农民们将在今天傍晚来集合开会。涅赫柳多夫对此向他表示了感谢，却没有走进屋里，回过头来去了花园里，在落满白色苹果花和青草萋萋的小路上徘徊，思索着他刚才看到的那一切。

起初，厢房的四周是静悄悄的，但不一会儿涅赫柳多夫就听到管家的厢房中有两个女人愤怒的争吵声，在这些声音中时不时地还能听到那位总是笑嘻嘻的管家那平静的声音。涅赫柳多夫便留神听了听。

“我已经筋疲力尽了，可你干吗还要扯下我的十字架①？”一个女人满腔愤怒地说。

“其实我家的牛也就刚跑进去一会儿嘛。”另一个声音说，“我说，你行行好就把它还给我吧。你何必要折磨那只牲畜呢，弄得我家孩子没有奶吃？”

“你们要么就罚款，要么就用做工来抵偿吧。”管家心平气和地回答道。

听到这儿，涅赫柳多夫就从花园里走了出来，来到厢房的门廊前，看见那里站着两个披头散发的女人，其中有一个明显是怀了孕的，而且看样子很快就要分娩了。管家站在门廊的台阶上，双手插在帆布大衣的口袋里。那两个女人一看见东家，就不作声了，不知该放在哪儿的双手开始调整起从头上滑落的头巾。管家把手从口袋里抽出来，朝着自己的东家笑了起来。

事情是这样的：据管家说，农民们总是故意把他们的小牛以至奶牛赶到老爷的草场上去。现在就是这两个农妇家的奶牛在草场上被人逮着了，还赶进来了。管家要她们两人为每头牛出罚金三十个戈比，或者用两天的工时来做抵偿。但是这两个村妇却始终认为，第一，她们的奶牛只是闯进了草场一下子；第二，她们没钱；第三，就算让她们用做工来做抵偿，她们也要求立刻放还两头牛，因

① 意为：你为什么还要逼死我啊？基督徒通常会戴着十字架，直到死时才会脱下来。

为牛在太阳底下毒晒了大半天，一点儿草料都没吃，现在正可怜巴巴地哀叫呢。

“我提醒过你们多少次了，”面带笑容的管家一面说，一面转过头来看着涅赫柳多夫，似乎是让他来当见证人似的，“你们要是赶着牲口回去吃午饭，一定要看管好它们。”

“我刚刚跑去照看我的孩子，它们就自己跑掉了。”

“你既然在放牛，就不应该随便走开嘛。”

“那谁去喂小孩子呢？总不能请你去给孩子喂奶吧。”

“要是牲口真的把草场糟蹋得不成样子，那我们倒也无话可说，可是它不过是刚刚闯进去而已啊。”另外一个女人说。

“整个草场都被糟蹋得不成样子了，”管家对涅赫柳多夫说道，“如果这次不处罚她们，以后一点干草都收不到。”

“哎呀，你不要胡乱说啊。”怀孕的女人大声嚷起来，“我的牲口可是从没被人逮住过。”

“哼，不幸的是这次它被逮住了啊，要么罚款，要么就用做工来抵偿。”

“好吧，做工抵偿就做工抵偿吧。你快把牛放了，别让它饿死了！”她怒气冲冲地说，“即使这样，我也得没日没夜地劳作，片刻都不能休息。我可怜的婆婆还生着病呢。我那丈夫就知道喝酒。里里外外都得靠我一个人，这已经够我受的了。现在你还要罚我来做工，我非得被累死不可！”

涅赫柳多夫叫管家先把奶牛放了，自己又走到花园继续思索着，不过这时候已经没什么可思索的了。对他来说，现在这一切都是一清二楚的了，甚至禁不住感到惊讶，不知道像这样显而易见的事为什么许多人看不到，为什么他长久以来也一直没看到。

“民不聊生，老百姓已过惯了这种难以生存的日子，在他们之中，早已形成了适应艰难生存的生活方式，任凭孩子们纷纷夭折、病弱不堪，妇女们则担负着超负荷的工作，所有人尤其是老年人非常缺乏吃的。而且，渐渐地，老百姓也普遍落入了这种悲惨的境地，以至于他们自己都丝毫没有察觉到这种处境的可怕，也从不抱怨。为此，我们就觉得这种处境是自然的，觉得理应如此。”现在对他来说，这一切他是看得再明白不过了：老百姓已经意识到，并且经常提出来，他们贫困的主要原因就是他们赖以生存的土地都被地主霸占了。同时他也看得清清楚楚，孩子与老人们病弱不堪的原因，是他们没有奶吃，而没有奶吃，是因为他们没有土地可以放牲口，也收不到足够的粮食和干草。他看得很清楚，老百姓遭受苦难的原因，起码最主要的原因，就是他们赖以生存的土地不在他们手上，而在那些享有土地所有权依靠老百姓的血汗来过活的人手里。老百姓非常急切地渴求土地，人没有土地就会饿死，而土地又恰恰是由这些生活极端贫穷的人耕种的，结果呢，从地里收获来的粮食却被卖到了国外，地主就可以去买帽子、手杖、马车、铜器等东西了。这一点他如今是看得很清楚了，就好比把大量的马关在围墙里，等那些马把脚下的青草吃光了之后再不让马有可能到有草的土地上去吃草，马就会消瘦，就会饿死，这是明摆着的……这种现象实在是太可怕了，无论如何不应该再这样下去了。应当想方设法消除这种事儿，至少自己不能参与这种事。“我必须要想出办法。”他一面在临近的白桦树林里的一条小径上久久地徘徊着，一面思索着。“各种学术团体、政府机构、报纸上都在讨论老百姓如此贫困的原因以及改善老百姓生活的办法，但这些人恰恰忽略了唯一切实可行的，而且肯定能改善老百姓生活的办法，就是不再霸占他们所必需的土地。”于是他清楚地记起亨利·乔治的一些基本论点，想起当年他对那些论点的叹服，而想到现在自己竟然已经把这些论点忘得干干净净，禁不住大吃一惊。“土地是不能成为私有财产的，它也不能成为商品。就像水、空气、阳光一样，所有的人都同样有权享有土地和土地为人类提供的财富。”如今他算是真正明白了，这也就是他一想到在库兹明斯科耶对土地的安排，就觉得羞愧的原因。他这是在自欺欺人。明知自己无权占有土地，而却又偏偏认定自己拥有这项权利。他送给农民的只是他内心深处知道无权享用的收益的一部分。如今他决不能再像之前那么做了，并且一定要改变他在库兹明斯科耶的那套做法。于是，他在自己头脑里拟订了一套完整的方案，大意就是把土地交给农民，只收取地租，承认租金是那些交租农民自己的财产，目的是为了让农民拿出这些钱，用于缴纳税款和公益事业。这还不是Singletax[①]，但这至少是在现行制度下，最有可能实行的最接近单一税的办法。而最主要的一点就是他放弃了他拥有的土地所有权。

等他走进屋子的时候，管家特别高兴地邀请他去吃饭，还无比担心地说，他的妻子在那个戴绒毛球姑娘的帮助下烧的菜没有掌握好火候。

桌上铺着一块粗布，上面搁着一块绣花毛巾，算是当餐巾用的。桌上摆了一只断了耳的vieux-saxe[②]汤盆，盛着土豆鸡汤。这是那只时而伸出这只黑腿、时而又伸出另一只黑腿的公鸡，如今已被杀掉，甚至还切成了碎块，很多地方还残留着鸡毛。喝完汤后，下一道菜仍是那只公鸡，带着烤焦的鸡毛。接下来是加了很多奶油和糖的煎奶渣饼。虽然这些菜都不怎么可口，可涅赫柳多夫还是毫不在意地吃了，他甚至没留意自己吃的是什么。因为他一心在思考着他的想法，这一想法倒是一下子把他从村子里带回来的苦闷心情彻底消除了。

每次神色慌张、耳朵上还戴着绒毛球的姑娘上菜时，管家的妻子总会在门口张望。然而管家却为他妻子的烹饪手艺得意扬扬，笑得也愈来愈开心了。

饭后，涅赫柳多夫费了很大的劲才让管家坐下来。为了想要验证一下自己的念头是否正确，同时也想把自己想得入迷的问题说给别人听听，于是就对管家说了说“他要把土地交还给农民”的想法，还问他对此有什么看法。管家只是笑嘻嘻地装着样子，似乎这事他早就想过，现在听到这话又很高兴，但实际上他压根就没听懂。这显然不是因为涅赫柳多夫说得不清楚，而是因为按照这个想

① 英语：单一税，即美国小资产阶级经济学家亨利·乔治为反对大规模土地所有制而实行的土地税，好让地租归到资本主义国家手中。

② 法语：撒克逊古瓷。

法来执行的话，就是涅赫柳多夫为别人的利益牺牲自己的利益。而在管家的头脑里早已经有了一个根深蒂固的观念，那就是人人都巴不得损人利己，所以当听到涅赫柳多夫说要把所有土地的收益作为农民的公积金，管家就觉得有些话他没有听懂。

“我知道了。也就是说，您可以得到这些公积金的利息，是吧？”管家满面春风地说。

“那绝对不是的。你要知道，土地不应该成为任何人的私有财产。”

“您说得很对！”

“所以土地所给予的一切都是属于大家的。”

“那么，如此一来，您不就没有收益了吗？”管家收敛起了他的笑容问道。

“我就是不要了嘛。”

管家深深地叹了口气，但立马又笑了起来。现在他明白了。他知道了，涅赫柳多夫其实是一个不太正常的人。于是他立马就在涅赫柳多夫这个放弃土地的方案里寻找对自己有利的可能性，一心想是否能从中捞到些许的好处，并一心把这个方案理解为他一定能谋到私利的交出土地的方案。

不过，当他发现没有这种可能的时候，他就开始难受了起来，对改革的方案也不感兴趣了，他脸上的笑容也只不过是在向东家献殷勤而已。涅赫柳多夫看出管家对他的不理解，便让管家走了，独自坐在一张布满刀痕和染满墨水污渍的桌子旁，着手起草他的方案。

太阳已经落到刚刚长出新叶的菩提树后面去了，蚊子成群结队地飞进小屋里，疯狂地叮咬着涅赫柳多夫。等他打好底稿时，就听到村里传来的牲口叫声、吱嘎吱嘎的开门声以及来开会的农民们的说话声。涅赫柳多夫便告诉管家，不必叫农民到账房里来，他要亲自去村里，去他们所集合的庭院里。涅赫柳多夫匆匆喝完管家端过来的一杯茶，便向村里走去了。

第七章

村长家的院子里熙熙攘攘，人声嘈杂。可涅赫柳多夫一到，所有声音都戛然而止了，那些农民就像在库兹明科耶那样，纷纷摘下帽子。这里的农民比库兹明斯科耶的农民还要寒碜得多。姑娘们和村妇们的耳朵上都戴着绒毛球，男人们也大都穿树皮鞋、土布衬衣或是长外衣。有些还光着脚，只穿一件衬衣，就像是刚刚干完活儿回来。

涅赫柳多夫镇定了一下，就开始说话，一开口就向农民宣布了他要把土地全部交给农民的打算。农民们全都默不作声，脸上的神情也毫无变化。

“因为我认为，”涅赫柳多夫红着脸说，“土地不应该属于不种地的人，我认为人人都有权使用土地。”

“这不明摆着的嘛。这话算说到节骨眼上了！”有几个农民附和说。

涅赫柳多夫接着说土地的收益应当由大家共同分享，所以他提议他们把土地接收下来，然后交付由他们自己规定的价钱，以此作为一笔公积金，以后归他们自己享用。这时候人群中还接二连三地传出一些表示赞成或同意的声音，可农民们那一张张板着的面孔却板得越来越紧了。他们原本还在看着东家的眼睛，而此时却不自觉地垂了下去，似乎大家已经看穿了他的诡计，谁也不愿上当，同时又不想说出来让他难堪。

涅赫柳多夫说得非常清楚，而农民们也大都是善于听话的人，可是他们没有听明白他的话，也明白不了，这与管家许久没有听明白是一个原因。他们也坚信：坚守自身的利益，这是人与生俱来的本性。而地主嘛，他们通过祖祖辈辈的经验早就知道了，地主向来是千方百计地从农民身上捞好处。所以，如果地主把他们集合起来，还对他们提出某个新玩意儿，那显然是想要用更加狡猾的手段来欺骗他们。

“好吧，那么，你们认为使用土地的价钱定多少合适呢？”涅赫柳多夫问。

“为什么要由我们来定价呢？我们不能这样做。土地都是您的，全凭您做主。”人群中有人大胆地答道。

“不，这些钱以后都是你们自己用，用在村社的公益事业上的。”

“这我们可不能定。村社是一码事，这又是另外一码事。”

“你们要知道，”跟着涅赫柳多夫来到这里的管家，想把事情解释得更清楚些，就笑着说，“现在公爵想把土地交给你们，只要你们交付一些钱，可这些钱还是你们自己的，算是你们的资金，以后供村社使用。”

“这事我们可都明白了，”一个牙齿掉光、怒气冲冲的老头儿连眼皮都没抬一下，说着，“这和银行路径一样，总之就是我们到时候必须交钱。我们可不想这样，因为我们本来就已经够困难的了，再这样做的话，我们就要全完了。”

“用不着这一套。我们还是照着原来的办法就好。”有的人很不满，甚至是很不客气地说。

而当涅赫柳多夫提及要立契约，他本人先在上面签字，他们同样也要签字时，农民们的反对情绪便越发强烈了。

“签什么字？我们才不签呢。过去我们怎么干活，今后我们还怎么干。来这一套到底想干什么呀？我们可都是些没文化的大老粗呀。”

“我们不会答应的，这一套我们没见过。过去怎么做的，今后还怎么做吧。只要不出种子就行啦。”另几个人说。

所谓不出种子就是说：依照现有的规矩，在对分制的土地上种庄稼，种子是本应由农民出，如今他们提出要地主出种子。

“这么说，你们不愿意，不想得到土地了？”涅赫柳多夫问一个年纪不大、容光焕发的赤脚农民。这人身穿一件破旧的长外衣，弯起的左胳膊把他的破帽子端得特别正，就像士兵听到脱帽的命令手持帽子的姿势一样。

“是这样的，老爷。”这个显然还没有摆脱军营魔力的农民说道。

“难道说你们的土地已经够用了？”涅赫柳多夫又问。

“不，远远不够，老爷。”这个早已退役的士兵装作愉快的神气答道，一面很带劲儿地在面前端着那顶破帽子，活像是谁想要这顶帽子，他就会把它送给那个人似的。

“那么，你们还是把我讲的话好好地考虑一下吧。”无比惊讶的涅赫柳多夫说完这话，又把他的提议重说了一遍。

“我们没什么可考虑的：我们怎么说，就怎么办吧。”那位面色阴郁、没有牙齿的老人怒气冲冲地说。

“我还会在这里继续待一天的。要是你们改变主意了，就让人来告诉我一声。”

农民们什么也没回答。

涅赫柳多夫差不多就这样没得到任何结果，便转身朝账房走去了。

“容我奉告您几句，公爵，”管家在他们回到家的时候说，“您和他们是不会谈拢的，他们都顽固得要命。只要开会，他们总是一意孤行，抱定他们那一套不放，谁也别想说服他们。就因为他们对任何事都会害怕。要知道这些庄稼人，比如不同意您这方案的那个白发和黑发的庄稼汉，都是很精明的庄稼人。他们有时到账房里来，若是请他们坐下来喝杯茶的话，”管家笑呵呵地说道，“只要一聊起来，您就如同走进了智慧的殿堂，无所不知，无所不晓，就像个高官大臣，谈什么都头头是道。不过一开会，他就彻底地变成另外一个人，拼命地高唱那些死不改口的调子……”

“那么，能不能找几个最通情达理的农民到这儿来呢？”涅赫柳多夫说，“我想更细致地和他们谈一谈。”

“这个当然没问题。”管家笑呵呵地说。

“那就这样，明天把他们找来吧。”

“这没问题，我明天就把他们找来。”管家说着，笑得更痛快了。

“喏，他这人可真是精明！”一个满脸乱蓬蓬胡子的皮肤黝黑的庄稼汉摇摇晃晃地骑着一匹膘肥体壮的大马，对身旁另一个骑在马上的庄稼汉说。那个庄稼汉又老又瘦，穿得很破旧，系在马腿上的绊索叮当作响。

这俩庄稼汉是在大路上放马吃夜草，有时也偷偷地放到地主的林子里去。

“‘我会将土地白送给你们，你们只要签个字就行了。’他们糊弄咱们这些庄稼人还不够吗！想得美，老兄，不可能，现在咱们也开始明白了。”他说到这里，便呼唤起那匹刚满周岁的小马驹。“小马驹，小马驹！”他大声喊着，勒住马，还不断往后面看，确定小马没有跟在后边，而是往旁边的草场跑去了。

“你瞧这该死的鬼东西，他竟敢闯进东家的草场。”蓄乱蓬蓬的大胡子、面孔黑黑的庄稼汉听到那匹离群的小马驹欢快地嘶鸣，在沾满露水、飘散着沼泽清香的草场上肆意地奔跑，踩得酸模咔咔作响，就这样说。

“你听到了吗，草场上的草都长起来了，等有空就该让女人们去我们那些对分制的地里锄草，”衣衫褴褛的瘦庄稼汉说着，“否则以后庄稼都没法收割了。”

“他轻松地说，‘签字吧，’胡子乱蓬蓬的庄稼汉继续评论东家的话，“如果你签上了字，他肯定会把你生吞活剥的。”

“这话一点儿没错。”年老的老庄稼汉回答道。

他们也没再说什么了。整个世界只有马蹄踏在硬邦邦的大路上的嘚嘚声。

第八章

涅赫柳多夫回到屋里，发现账房里已经收拾妥当以便让他过夜，屋里有一张很高的床铺，上面铺着鸭绒褥子，放着两个枕头和一条缝得密密麻麻的厚得叠都叠不起来的双人大红绸被，显然是管家妻子的嫁妆了。管家请涅赫柳多夫去吃午饭剩下的那些菜肴，涅赫柳多夫谢绝了。管家为伙食和住宿招待不周表示歉意之后就离开了，只留下涅赫柳多夫一个人待在屋里。

农民们的回绝没有让涅赫柳多夫觉得有丝毫的难堪。恰好相反，虽然在库兹明斯科耶，农民们都欣然接受了他的提议，还一再向他表示感谢，而这儿的农民们却不相信他，甚至对他抱有敌意，可他心里却又平静又高兴。账房里很闷热，而且不是很洁净。涅赫柳多夫就来到院子里，想去花园，但是他想到了那个夜晚，那个女仆房间的窗户，以及那个后面的门廊，就觉得重游那些曾经被犯罪的往事玷污过的旧地实在是让人高兴不起来。于是他就在台阶上席地而坐，呼吸着弥漫在温润的空气中白桦树叶的浓郁香气，久久地眺望着那雾气笼罩夜色苍茫的花园，静静地聆听着磨坊的流水声和夜莺的歌声，还有一只不知名的小鸟在门廊旁边的灌木丛里发出的孤单的呼唤声。管家屋里的灯已经熄灭了。东方，在仓房的后面，迸射出初升月亮的光芒。而天空中的闪电则愈来愈明亮，照亮了那鲜花怒放、郁郁葱葱的花园和那些破旧的房屋。还可以听到远处传来的雷声，三分之一的天空已是乌云密布。夜莺和其他一些鸟儿的鸣叫也都戛然而止了。在磨坊哗哗的水流声中，还混杂着鹅的嘎嘎叫声，过了一阵子，在村里以及管家的庭院里，早起的公鸡也都开始啼叫起来了，在这闷热而又雷雨交加的夜晚，公鸡总是会啼叫得比平常更早一些。俗话说：公鸡叫得早，夜晚不烦恼。那一夜，涅赫柳多夫就不只是不烦恼了，那对他来说可是个欢乐而幸福的夜晚。他的脑海里浮现出那个美好夏天的种种情景，那时的他还是一个纯洁无瑕的少年，现在他觉得自己不但和那个时候一样，而且和自己一生中所有最美好的时候一样。他回想起并重新感觉到，现在的自己一如当年那个十四五岁的孩子，那时他向上帝诚心祷告，祈求上帝为他指点什么是真理，那时他像个孩子一样伏在母亲膝头上，哭着向她道别，向她保证会永远做一个善良的孩子，决不会让她难过。他觉得他现在还像当年和尼古连卡·伊尔捷涅夫在一起时那样，那时他们共下决心：他们将支持彼此去过一种真正高尚的生活，一生为善，竭尽全力为所有人谋得幸福。

这会儿他回想起在库兹明斯科耶经受过怎样的物欲诱惑，又是怎样留恋起那座房屋、那片树林、那些家产、那些土地，此刻他不禁自问：他现在是不是还在留恋那些东西？他甚至觉得自己会那样留恋是很奇怪的。他又想到了他白天见到的一切，比如失去丈夫而带着几个孩子乞讨过活的那个女人，她的丈夫仅是因为偷砍了他涅赫柳多夫林子里的树就被关进了监狱里，还有那非常荒唐的马特廖娜，她居然会认为，或者至少是在嘴上说，处于她们那种地位的女人就应该给东家当情妇；他想到了她对待孩子们的态度，还有她们把孩子送去育婴堂的方法。他想到了那个可怜的孩子，头戴着碎布小圆帽，像个小老头，因为吃不饱而病弱不堪一直在笑的可怜的孩子。他还想到那个怀着孕的、瘦弱的妇女，因为过度劳累，没有看好她仅有的那头饥饿的奶牛，而被逼着要为他做工。此刻，他又想到了监狱、剃一半留一半头发的脑袋、牢房、恶臭、镣铐，以及与此同时存在的自己和所有京城贵族穷奢极欲的生活。这所有的事情都明明白白，毋庸置疑了。

一轮近乎圆满的明月从仓房后面升起来了，乌黑的阴影铺满了整个院子。破败房屋的铁皮房顶开始闪闪发光。

沉默了一阵子的夜莺似乎也不愿辜负明月的情意，又在花园里鸣叫几声，婉转地歌唱起来。

涅赫柳多夫想到他曾在库兹明斯科耶时，怎样开始考虑自己今后的生活，考虑今后他要做些什么，以及怎样去做的问题，想到自己怎样被那样的问题困住，怎么也找不出答案，因为他对每一件事都是顾虑重重的。此刻他重新问自己这几个问题，却觉得这一切都再简单不过了，为此他不禁感到非常惊讶。答案之所以变得简单，是因为他现在不去想自己今后会怎样，甚至对此没有丝毫的兴趣，只是在想他应该去干什么。说也奇怪，需要为自己做点儿什么事，他是一点儿头绪都没有，至于需要为他人做些什么，他可是清楚得很。现在他就清楚地知道他应当把土地交还给农民，因为霸占土地是罪恶的。他清楚地知道，不能弃卡秋莎不顾，而应该帮助她，尽一切可能补偿他对她犯下的罪过。他深切地知道他必须研究、分析、弄清、理解一切关于审判和刑罚方面的种种情况，因为他觉得他看出了一些其他人没有看到的问题。至于这样做会有什么后果，他并没有太多地考虑，但他知道无论是第一件事、第二件事，还是第三件事，都是他非做不可的。他满心喜悦正是因为有了这种坚定的信念。

乌云已经涌了上来。此刻他看到的已不再是远方的闪电，而是近在眼前的明亮的闪电，它把院子、破屋和那残缺的门廊都照得通明。雷声也在他的头顶上轰鸣。鸟儿都不作声了，树叶却在沙沙作响，风也吹到涅赫柳多夫坐着的门廊里，吹拂着他的头发。一颗接一颗的雨点落了下来，不断击打着牛蒡的叶子和铁皮房顶。一道明晃晃的闪电把整个天空照得雪亮，一瞬间万籁俱寂，涅赫柳多夫还未来得及从一数到三，就听到头顶上霹雳一声巨响，沉雷在整个天空中轰隆隆地滚过。

涅赫柳多夫走进屋里。

“是啊，是啊，”他心里在想，“我们生活中所发生的一切事情，这所有的一切，这些事情的全部意义，是我想不明白，也不可能彻底明白的：我为什么会有两个姑姑呢？为什么尼古连卡·伊尔捷涅夫死了，而我却还活着？为什么会有一个卡秋莎呢？为什么我会对她神魂颠倒？为什么会发生那场战争？为什么我后来会过上那种堕落放荡的生活？要理解这一切，理解主安排的这一切事情，我是做不到的。可是，履行那铭刻在我良心上的主的意志，却是我能做到的，这一点我是毫无疑问是知道的。我这样做的时候，毫无疑问心里也是坦然的。”

淅淅沥沥的小雨渐渐变成了瓢泼大雨，雨水从房顶上流下来，哗哗地流进屋檐下的一个小木桶里。闪电不再那样频频照亮院子和破房子了。涅赫柳多夫回到了屋里，脱下衣服，躺在床上；免不了有点儿担心被臭虫咬，因为他看到那破烂而肮脏的壁纸，就觉得那里藏着臭虫。

“对了，要把自己当成仆人而不是东家。”他心里这样想着，并且为此感到欣喜。

他的担心不是多余的。刚刚熄灭蜡烛，那些虫子就纷纷爬到他身上，开始叮咬他了。

“一旦把土地交出去，去了西伯利亚，必然会有跳蚤、臭虫、污秽……哼，那又算得了什么，既然要忍受这些，那我就一定能忍受得住。”不过，虽然他有这样的志愿，但还是无法忍受那些臭虫。于是他就到敞开的窗边坐了下来，欣赏那渐渐消散的乌云和重新露面的明月。

第九章

涅赫柳多夫到凌晨的时候才睡着，因此第二天他就醒得很晚。

中午，七个被推选出来的农民应管家之邀已经来到苹果园里的苹果树下。管家让人在那里把木桩打进土里，然后在上面铺上木板，又安置了一张小桌和几条小长凳。他们花了老半天才劝说那些农民把帽子戴上，并在长凳上坐下来。那个老兵特别固执地又把他那顶破帽子举在胸前，端端正正，毕恭毕敬，就像参加葬礼时那样。不过，他今天包了干净的裹脚布，穿着整洁的树皮鞋。他们当中有一位令人肃然起敬的老人戴好他的大帽子，掩了掩崭新的土布外衣，走到长凳跟前坐下来，其余的人才都跟着落了座。这位老人仪表堂堂，膀大腰圆，花白胡子微微卷曲，就像米开朗琪罗[①]画中的摩西[②]，那晒成棕色的光秃秃的前额四周都是一些密密的花白的卷发。

等所有人都坐定了之后，涅赫柳多夫才在他们对面坐了下来，胳膊肘抵在桌上铺着的一张纸上，那纸上写的是他的方案执行大纲，接着他就开始向来人解说这个方案。

不知是因为今天来的农民不多，还是因为涅赫柳多夫想的并不是他的得失，而是一心想把事情办好，总之这一回他一点儿也不感到心慌意乱了。他不由自主地对着那个肩膀宽阔、胡须卷曲的老农

① 米开朗琪罗（1475—1564），意大利画家、雕刻家、建筑家。

② 《旧约全书》中的先知。

说起来，看他是赞同还是反对。但涅赫柳多夫对老农的估计恰是错的。这位令人肃然起敬的老汉虽然也偶尔赞同地点点他那很有风度的、带有族长气派的头，或在别人出声反对时也皱眉摇头，可是很显然他是费很大的劲儿才能明白涅赫柳多夫所讲的话，而且是在其他农民用本地语言转述一遍后，他才能够听得懂。倒是坐在有族长气派的老汉旁边的一个小老头儿听起涅赫柳多夫的话灵敏得多，这小老头有一只眼睛失明了，几乎没有胡子，穿着一件打过很多补丁的黄土布长外衣，脚上穿着一双鞋底已经磨歪了的厚厚的旧皮靴。后来涅赫柳多夫才得知，他是一个砌炉匠。这个人不住地耸动着眉毛，全神贯注地在倾听，每当涅赫柳多夫说完，他就立刻用自己的话转述一遍。另一个白胡子的两眼炯炯有神的身材矮壮的老汉领会得也很快，利用各种机会在涅赫柳多夫的话里插上一两句戏谑或者讽刺的话，想借此炫耀一下自己的小聪明。那位老兵如果不是因为士兵生活而变得痴傻，如果不是早已习惯了毫无意义的士兵用语而失去了分辨力，他是能够完全听懂此事的。而对这件事抱着无比认真的态度的，是个穿着干净的土布衣和新树皮鞋、鼻子很长，蓄着山羊胡子，说话瓮声瓮气的高个子老汉。这个人完全听明白了，只是在必要的时候才会开口发表意见。另外在座的还有两位老汉，一个就是昨天在会上对涅赫柳多夫的一切提议都表示过坚决反对的没有牙的老汉；另一位是个个子高高的、头发花白、面目慈善，两只枯瘦的脚上紧紧包着雪白的包脚布，穿着一双桦树皮鞋的瘸腿老汉。他们俩虽然也在用心地听着，却几乎没开口说过一句话。

涅赫柳多夫首先讲述了他对土地所有制的看法。

“依我看，”他说，“土地是既不能买，也不能卖的，因为，如果可以出售土地的话，那些有钱的人就可以把土地全都买走。到那时，他们就会凭着土地使用权向没有土地的人进行任意剥夺。就算你往土地上一站，他们也会收钱的。”他又引用斯宾塞的理论补充道。

“只有一个办法，那就是把翅膀捆起来，看他还能不能飞。”白胡子老汉笑眯眯地说。

“说得一点儿没错。”说话瓮声瓮气的长鼻子老汉说。

“是这样的，老爷。”老兵也跟着说道。

“一个娘儿们只是给她的奶牛割了点儿草，就被抓去坐了牢。”那和蔼的瘸腿老汉说。

“我们的土地全都在五俄里之外；想要租地呢，又没有钱：付了租钱吧，压根连本钱都捞不回来。”没有牙齿、气呼呼的老汉补充了一句，“想怎样摆弄我们就怎样摆弄我们。这比劳役租制还要糟糕啊。”

“我的想法和你们一样，”涅赫柳多夫说道，“我也认为霸占土地是一种罪过。所以我才想把土地交给你们。”

“哦，那可真是好事啊！”蓄着摩西式卷毛大胡子的老汉赞同道。显然他以为涅赫柳多夫是想把土地租给他们。

“我就是为了这件事才到这里来的：我不想再霸占着这些土地了。所以，现在我们应该认真地考虑一下，土地要怎么分配才好。”

“你只要把土地交给庄稼人就行了！”没有牙齿、怒气冲冲的老汉说。

涅赫柳多夫觉得这话里面带有怀疑他诚意的意味，起初觉得很尴尬。可是他立马就镇定了下来，利用老人的那句插话，把他想说的话赶紧全说了出来。

“我是很乐意把土地交出来的啊，”他说，“可是交给谁呢？又该怎么交？我应该交给哪些庄稼人呢？再说，为什么要交给你们村社，而不是交给杰明斯科村社呢？”（那是邻近的一个村子，份地很少。）

所有人都沉默了。只有那个老兵说：

“对啊，老爷。”

“嗯，那好，”涅赫柳多夫说，“请你们告诉我，如果沙皇说要把地主的土地都收起来，分给农民……”

“真的会有这种事吗？”没有牙齿的老汉疑惑地问道。

“没有，沙皇什么也没有说。这只是我的假设而已。如果沙皇说了，把地主的土地收起来，再分给农民，那你们会怎么办呢？”

“怎么办吗？那就把所有的土地按照人口平均分给大伙儿。不论是庄稼人，还是地主都一样可以分到。”砌炉匠忽上忽下地迅速抖动着眉毛说。

“要不然还有什么更好的办法吗？我觉得按人头平均分是最好不过的了。”和蔼的、裹着雪白的包脚布的瘸腿老汉也说。

大家都很赞成这个办法，觉得这是让大家都很满意的办法。

“那究竟怎么按人头分呢？”涅赫柳多夫问，“也算上地主家的仆人吗？”

“那当然不行，老爷。”老兵努力在脸上挤出快乐的勇敢神情说道。

但是那个通情达理的高个子老汉就不赞成了。

“既然要分，那当然就是所有的人都应该要分到。”他又考虑了一会儿，瓮声瓮气地回答说。

“那不行，”涅赫柳多夫说出他早已预备好的反驳的说辞，“要是所有的人都参与分配，那么那些自己不干活也不耕种的人，像那些老爷、仆人、厨师、官吏、文书和所有的城里人，也都能得到一份土地，然后他们就可以再把土地卖到有钱人的手上。土地又会重新集中到财主的手里了。而那些靠着自己的那份地生活的人，他们繁衍子孙，增加了人口，就得把土地分出去。财主们就可以再一次把那些缺少土地的人攥在手里了。”

“是这样的，老爷。”那个老兵连忙附和道。

“应该禁止卖土地，谁有地只能自己耕种！”砌炉匠怒气冲冲地打断老兵的话。

对此涅赫柳多夫又反驳道，一个人到底是在给自己劳动还是在替他人做工，那是没办法监督的。

此时，通情达理的高个子农民提出了一个办法，主张大伙儿按合作社的方式耕种土地。

“谁种地谁就能分到收成，谁不种地就什么也分不到。”他用无比坚定的粗喉咙大嗓门儿说。

对于这种共产主义的做法，涅赫柳多夫也已经准备好了反驳的意见。他说，要想做到这一点，那就不得不人人有犁，有一样多的马，谁都不能比谁的差；或者还有另一些东西，不论是马、犁、脱谷机和所有农具，都是公用的。可是，要做到这一点，就必须每个人都赞成才行。

“我们老百姓这辈子都不会赞成的。”那怒气冲冲的老汉说。

“那就只能无休止地打架了，”眼睛笑眯眯的白胡子老汉说，“那些娘儿们准会把对方的眼珠子给挖出来的。”

“再说了，土地也有好有坏，那该怎么分才好呢？”涅赫柳多夫说，“为什么一些人就可以分到上好的黑土地，而另一些人就只能分到黏土和沙地呢？”

“那就把所有的土地全都划成一小块一小块的，让大家都分得均匀。”砌炉匠说。

对于这一点涅赫柳多夫再一次反驳说，问题在于现在说的仅仅只是在某一个村社内划分，要是广泛地在各个省份都要进行划分的话，那怎么办？要是土地是无偿分给农民的话，那么凭什么有些人就能分到好地，有些人就只能分到薄地呢？每个人可都是希望得到好地的呀。

“是啊，老爷。”那个老兵答道。

其余的人都沉默不语。

“所以这件事情并非想象的那么简单，”涅赫柳多夫说，“对于这个问题，不仅是我们，还有很多人在考虑。有个叫乔治的美国人，他倒是想出来一个办法。我很赞同他的办法。”

“反正您是东家嘛，您想怎样分就怎样分呗。谁又能把您怎么样啊？一切由您做主。”满面怒容的老汉讥讽地说。

这样的插话让涅赫柳多夫感到非常窘迫。可让他暗自高兴的是不止他一人对这段插话感到不满。

“别急，谢苗大爷，让他接着说。”通情达理的老汉又用他那深沉的粗嗓门说道。

这句话给了涅赫柳多夫极大的鼓励，他就耐心地向他们说起了亨利·乔治所提出的单一税方案。

“土地并不属于任何个人，它是上帝的。”他开头这样说。

“是啊。这话没错。”好几个人附和道。

“所有的土地都应该归大家所有。每个人都拥有使用土地的权利。可土地是有厚有薄的。人人都想要分到好地。因此，到底怎么做才是最公平的分法呢？那就这样做：得到好地的人，要依照既定的价格付些钱给那些没有得到土地的人，”涅赫柳多夫自问自答地说道，“但是，那是很难确定谁要付给谁钱的，再说还需要筹一些钱做公积金，那这件事就该这么办：凡是得到土地的人，都要把他们的土地依照相应的价格付钱给村社供各种各样的用项。如此一来，大伙就算是平等了。你想要土地，好地那就必须多付点儿钱，坏地那就少付点儿钱。不要土地，那自然就不用出钱，由拥有土地的人替你交公积金。”

“听起来是蛮合理的，”砌炉匠抖动着眉毛说，“谁的地好，谁就多付钱。”

“这个乔治倒还挺有头脑。”仪表堂堂、大胡子卷曲的老汉说。

“只是，付钱要付得起才行。”身材高大的老汉显然已经预见到了下面将要出现的问题，就瓮声瓮气地说。

“价钱要定得适中些，既不能过高，也不能太低……如果过高，大多数人支付不起，一切也就泡汤了。而如果太低，大家很容易会相互买卖，做起土地生意。我在这里也就是想把这件事处理好。”

“这样才对，这样合理。没什么可说的，这么做还是可以的。”农民们纷纷说道。

“嗯，这个人还挺聪明。”肩膀宽阔的胡子卷曲的那老汉重复说，“好个乔治！他想出了一个多好的法子呀！”

“哦，那么如果我也想要一块地，该怎么办呢？”管家笑呵呵地说。

“如果还有空地，你就拿去种吧！”涅赫柳多夫说。

“你要地干什么用啊？你就是分不到土地也不会饿着肚子的。”眼睛笑眯眯的老汉说。

这次的会议到这儿就宣告结束了。

涅赫柳多夫把他的方案又复述了一遍，却不要求他们立即给出答案，而是劝他们回去与村社里的人再商量商量，然后来给他答复。

农民们说他们一定会和村社里的人讨论的，然后再给他回个话。于是他们纷纷起来告别，带着无比激动的心情回去了。大道上很久都回荡着他们高谈阔论的声音。而且农民们的谈论声一直嗡嗡地持续到深夜，并且顺着河面从村子里传过来。

第二天农民们都没出门干活儿，都在讨论东家的那个提议。全村人分成了两派：一派觉得东家的提议是很好的，没有什么危险；另一派则认定其中一定有圈套，实在弄不清这个提议到底是怎么回事儿，因此仍然疑虑重重，特别害怕。不过到第三天，大家就都同意接受东家所提出的建议；前来向涅赫柳多夫说明整个村社的决定了。对能最终达成一致起最决定性作用的，是一个老太婆解释了关于东家行为的一段话，她说现在的东家已经开始在救赎自己的灵魂了，他这么做的目的就是想要拯救自己的灵魂。这种解释得到了那些老头子的认可，也因此消除了认为其中有诈的种种顾虑。涅赫柳多夫待在帕诺沃的期间，施舍过很多钱，这也证实了老太婆的解释是有道理的。实际上，涅赫柳多夫在这里施舍很多钱财的真正原因，却是因为这是他这辈子第一次身临其境地看到农民们的生活贫穷和艰辛到如此程度。他被这种贫困震撼了，虽然他也知道施舍并不能解决问题，却觉得自己还是不能不把钱散发出去。而如今，他收到的钱是特别多的，因为他收到了一年前出售库兹明斯科耶的一片林子的钱，此外还收到了出售一批农具的定金。

附近一带一听说这位东家对向他乞讨的人都给了钱，就成群结队地从邻近村庄赶过来，其中大多是女人，来向他寻求帮助。此时他突然有点儿不知所措了，不知道该怎么应付他们了，不知道该依什么标准来周济，该接济谁，又该给多少。他想反正他手上的钱也不少，那就把这些钱都分给那些乞求的并且显然比较穷苦的人。不过，像这样对那些前来乞求的人有求必应，却是没有任何意义的。能摆脱这种局面的唯一方法就是一走了之。而事实上他也正抓紧时间准备离开此地。

停留在帕诺沃的最后一天里，涅赫柳多夫去正屋清理一下留在这里的东西。在清理时，他在姑姑的那架配着狮头铜环的红木旧衣柜的下层抽屉里找到了很多信件，里面夹有一张是几个人的合影，照片上面他，还有卡秋莎，卡秋莎是那样纯真、娇艳、漂亮、朝气蓬勃。在正屋所有留下的东西里他只拿走了那些信件以及这张照片。其余的一切他全留给了磨坊主，磨坊主已经通过那个始终笑呵呵的管家的中介，按原价的十分之一，买下正房和全部家具，准备拆掉正房，好连同所有的家具一起运走。

现在，涅赫柳多夫又想起他在库兹明斯科耶经历过的那种留恋不舍的心情，不禁仍觉得奇怪：不知道自己为什么会有那样的心情。他现在体验的可是一种无穷无尽的、毫无牵绊的轻松和愉快感，还有一种新鲜感，就像是一个旅行者发现新大陆时那样的心情。

第十章

涅赫柳多夫这次进城，觉得这座城市怪异而新鲜，觉得和以前不一样了。他是在华灯初上的黄昏时候从火车站坐马车回到自己寓所的。各个房间里都弥漫着樟脑的气味，阿格拉费娜·彼得罗夫娜和科尔涅伊也都疲惫不堪，一直满腹抱怨，甚至还为该谁整理衣服而大吵了起来，而那些衣服的用处也好像只是要挂出来晒一晒，然后再收藏起来就行了。涅赫柳多夫的屋子虽然未被占用，但也没收拾好。许多箱子堵在通道里，这样一来要进出屋子就十分不方便了，所以涅赫柳多夫选择这个时候回来，很显然是妨碍了由于某些奇怪的惯性在这个住宅里所进行的事情。那类事情涅赫柳多夫过去也曾参与过，但是自从在他亲眼见识过农村的种种贫困景象之后，他觉得那种事情十分荒唐，让他大为反感。所以他打算第二天就搬到旅馆去住，听任阿格拉费娜·彼得罗夫娜随意清理那些东西好了，等他的姐姐来最后处理这座寓所里的所有东西吧。

第二天的清早涅赫柳多夫就走出了这座屋子，然后在离监狱不远的地方随便找了一家简陋而且肮脏的、带有几件简单家具的公寓，订了两间房，再吩咐仆人把他从家里挑选出来的一些东西搬到这里来，自己就去找律师了。

外面的风很大，冷飕飕的。雷雨过后，出现了极为常见的倒春寒。北风凛冽，寒气刺骨，涅赫柳多夫身上只穿了一件薄大衣，冻得瑟瑟发抖，他只好一再地加快脚步，想让身上暖和一点。

他现在脑子里想到的还都是在农村遇到的人：女人、小孩儿、老人，以及几乎是到目前为止他第一次真正见到的他们的贫困和艰难，特别是那个乱蹬着两只没有腿肚的瘦腿儿的一直在笑的小老头般的孩子。他不由自主地把农村和城里的情形做了些系统的比较。当他经过肉铺、鱼店、服装店时，看到那么多衣帽整洁，肥头大耳的小店老板等，每个人都是酒足饭饱的模样，竟不禁暗自惊讶，就像是第一次看到这些似的，因为这样的人在农村却是一个都找不出来的。这些人显然都坚定不移地相信，他们想方设法欺骗那些不识货的人的行为并不是什么坏事，反而是一项非常有益的事。再看那些膀大腰圆、后背上钉有几排纽扣的私人马车夫；那些戴着帽子、帽檐上还饰着繁丽丝边的看门人；那些头发卷卷、身上系着围裙的女仆；尤其是那些把后脑勺的头发剃光、懒散地坐在四轮轻便马车上、用鄙夷而轻佻的目光打量着过路人的出租马车车夫，也都是一副酒足饭饱的模样。涅赫柳多夫现在不由得看出这些人实际上都是失去土地的乡下人，正因为没有土地被逼无奈才进了城。这些人中，有一部分善于利用城里的种种条件，跻身于上等人之间，甚至暗地里为自己的地位洋洋得意。可另外一部分人在城里的生活过得还不如乡下，也就显得更加可怜了。涅赫柳多夫曾透过地下室的窗口看到几个鞋匠，他觉得他们就是这样可怜的人；那些瘦弱的、面色惨白、披头散发、用裸露着瘦得只剩骨头的胳膊在冒着肥皂水蒸气的窗口边熨衣服的洗衣女工也同样是可怜的人。涅赫柳多夫迎面走来的两个油漆工人也是同样的命运，他们戴着围裙，从上到下全都沾满油漆，光脚趿拉着一双破鞋。他们把衣袖挽到胳膊肘以上，细瘦的胳膊早已被晒得黝黑，筋脉毕露，手里提着很沉的油漆桶，嘴里还不停地互相骂着，脸上露出疲惫和愤恨的神色。那摇摇晃晃地坐在大板车上，黑乎乎的脸上沾满灰尘的运货车上的马车夫也都是这样的脸色。那些衣衫褴褛、面孔浮肿、带着孩子站在街上要饭的男男女女也是这样的脸色。涅赫柳多夫又路过一家小餐馆，从敞开的窗子看到里面有些人也是这样的脸色。那里摆了几张肮脏的小桌子，小桌上摆放着酒瓶和茶具，身穿白色工服的小伙计在客人们中间摇摇晃晃地跑来跑去，小桌旁坐着几个满头大汗、面色潮红的人，他们神情呆滞，大叫大喊，还扯着嗓门在唱歌。有一个人坐在窗前，扬起眉毛，噘着嘴，望着前方发呆，好像在聚精会神回想什么事情。

“他们都聚在这儿干什么呢？”涅赫柳多夫心想，不由自主地吸进几口寒风送来的尘埃和处处弥漫着的新油漆的刺鼻气味儿。

在另一条街上，一辆运载着铁器的大货车和他走齐了，大车走在石子路上，那些铁器在凹凸不平的路上被颠簸得轰隆作响，震得他头昏脑涨。他不由得加快脚步，想赶快走到这辆车子的前面，可这时，在铁器的震响声中他似乎听到有人在唤自己的名字。于是他停住脚步，就看到前边不远的地方，停着一辆轻便的四轮马车，马车上坐着一位军官，胡子上涂了香蜡，尖尖地向上翘起，闪闪发亮，脸色红润而容光焕发。他正很亲热地向他招手致意，微笑着，露出两排雪白的牙齿。

“涅赫柳多夫！是你吗？”

涅赫柳多夫一时间感到非常开心。

“啊！申伯克！”他禁不住欢快地叫着，但是他立刻又醒悟了，这其实没什么可高兴的。

车上的那个人就是当年去过他姑姑家的申伯克。涅赫柳多夫已经有很长时间没见到他了，只是听到过他的情形，听说他尽管满身是债，离开了原来的兵团却还在骑兵部队，不知他凭什么能耐可以一直待在有钱人的圈子里。看他那得意而快活的神情也证明了这一点。

“遇见你可真是太好了！要不然我现在在这城里连一个熟人都没有。啊，老兄，你可是有点儿老了啊。”他一面下马车，一面舒展着肩膀着说，“我凭你走路的姿势就认出你了。啊，咱们一起去吃饭怎么样？你们这里哪家店里的菜最好呀？”

“我恐怕没时间奉陪了。”涅赫柳多夫只想着该怎样才能摆脱这个朋友同时不至于得罪他，就这样回答说。“你来这儿干什么呀？”他问道。

“办事儿呢，哥们儿。是一些与监护有关的事儿。我现在当监护人了，在管理萨马诺夫的产业。要知道，他可是个大财主呢，他没什么本事，只可惜得了痴呆症。不过他拥有五万四千俄亩的土地呢！”他带着极为得意的口气说着，就仿佛这么多土地都是他一手置办的，“现在那份产业被搞得乱七八糟。还将所有土地都交给了农民。可他们却分文不交，光欠债就有八万多卢布。我在一年之内就彻底改变了这种局面，让东家的收益一下子就增加了百分之七十。你看怎么样？”他无比骄傲地问道。

涅赫柳多夫想起来了，他曾经听说过这个申伯克正是因为把自己的家产挥霍一空，而且还欠下了一大笔无法还清的债务，后来才通过某种特殊的关系，当上了一个挥霍家业成性的老财主的财产监护人，显然他现在肯定就是凭借这份工作在过日子。

“怎么才能摆脱他而又不得罪他呢？”涅赫柳多夫心里想着，一面看着他那张容光焕发的肥脸和涂着香蜡的小胡子，听他在温和亲热地诉说哪家饭店的饭菜好吃，吹嘘他在监护工作上的成就。

“啊，那咱们到底该去哪儿吃饭呢？”

“可惜我没时间啊。”涅赫柳多夫假装看了看他的表说道。

“那好吧，最后再听我说一件事。今晚赛马。你去不去？”

“不，我还是去不了。”

“你去吧，现在我自己没有马了。但是我总是赌格里沙的马。你不会忘了吧？他有几匹漂亮的马。你就去吧，到时我们一起去吃晚饭。”

“吃晚饭我也没时间啊。”涅赫柳多夫带着一点儿歉意的微笑说。

“嘿，你到底怎么回事儿啊？你现在准备上哪儿去啊？如果你愿意的话，我可以用这马车送你过去。”

“我要去找一位律师。他的家离这儿不远，在前面拐个弯儿就到。”涅赫柳多夫说。

“哦，对了，你是在忙监狱里的事儿吧？你给犯人说起情来啦，是吗？柯察金家的人跟我说了，”申伯克微笑着说，“他们现在已经离开这儿了。这到底是怎么一回事儿？你快跟我说说啊！”

“是的，是的，这都是真的，”涅赫柳多夫回答道，“但是在大街上怎么方便说这些事情呢！”

“哦，对的，对的，你一直都是个怪人嘛。那你还会去看赛马吗？”

“不去，我去不了，也没那个心情去看。请你别生气。”

“生气，你这说的是哪里的话！你现在住在哪里呢？”他问过这话，脸色忽然就变得严肃了起来，两眼发呆，眉头紧锁。他一定是在努力地回忆着什么事情，以至于涅赫柳多夫可以在他脸上看出一种呆滞的表情，就跟之前在小饭店的窗口看见的那个引起他好奇心的皱着眉头、噘着嘴的人的表情一模一样。

“天也太冷了！对吧？”

“对啊，对啊。”

“我刚才买的东西在车上吧？”他转身问马车夫。

“好啦，那就这样吧，再见。碰到你，我是真的，真的很开心。”申伯克说过这话，用力地握了握涅赫柳多夫的手，便跳回到那辆四轮轻便马车上去了，还把一只戴着白色麂皮新手套的大手抬到他容光焕发的脸前，挥动着，像过去一样龇着雪白的牙齿笑了笑。

“难道以前的我也是这样的吗？”涅赫柳多夫一边继续朝律师的家走去，一边在心里想着，“是啊，即使我不完全是那样，可是我很想成为那样的人，而且我还曾打算就那样过一辈子。”

第十一章

律师没有严格按照秩序，立即接待了涅赫柳多夫，并且他们马上谈到了敏绍夫母子的案子。他已经翻看过案卷了，对于他们毫无根据地遭到指控很是愤慨。

“这件案子太让人气愤了，”他说，“那场火很可能是房主自己放的，为的就是想得到一笔保险金。可问题在于敏绍夫母子的罪行根本就没有得到证实。一丁点儿罪证都没有。这全都是侦讯官太过卖劲，而副检察官却太过疏忽大意了。只要这个案件不是在县里，而是就在这里审理，我就可以保证他们肯定能赢，并且我不要任何报酬。好，那就先这样吧，再说说另一件案子：玛丝洛娃的御状已经准备好了。您要是上彼得堡去，就把它随身带上，亲自呈上去，再托个人来打点打点。要不然他们就只会随便问一下司法部，对方也就随便地给一个答复，好把事情了结，然后立马再把这个案件给推出去，也就是把诉讼驳回来，这样官司可就彻底完了。所以您要想方设法把案子弄到最高层。”

“弄到皇上手里吗？”涅赫柳多夫问。

律师笑了笑。

“那就真是最高一级了，高得再也不能高了。我所说的‘最高’只是指上诉委员会的秘书长或者委员长。那么，现在没别的什么事了吧？”

“不，还有，还有一些教派的信徒写给我的信，”涅赫柳多夫边说边从衣兜里掏出教派信徒的信，“倘若他们所说的都是实情的话，那可真是件怪事了。我今天一定得想个办法和他们见个面，好了解一下这究竟是怎么一回事儿。”

“我看，您已经成了一个漏斗或者瓶口了，监狱里的一切冤案都要从您这里流出来了，”律师微笑着说，“可是这样的事未免太多了吧，您可是管不了的。”

“不，这真是件奇怪的事。”涅赫柳多夫说过这话，便把这宗案件的情况简略地说了一遍：有一个村子里的人们聚在一起读《福音书》，可是一位官员走过去，将他们驱散了。下一个星期天那群人又聚在一起，于是那官员就把乡村警察派来，拟了个公文，把他们都送交法院了。法院侦讯官审问了他们，副检察官起草了起诉书，高等法院也已经批准起诉，结果他们就被送交法庭受审了。副检察官对他们起诉，桌子上摆着物证《福音书》，于是他们就被判处流放。“这可真是骇人听闻啊！”涅赫柳多夫说，“难道真有这样的事？”

“可是这事的什么地方让您觉得奇怪呢？”

“这事儿的每个地方都奇怪。嗯，譬如，乡村警察是受命前去抓人的，这我可以理解，可是拟起诉书的是副检察官，他总是接受过教育的人吧。”

“这就是问题所在。我们总是认为检察官和那些法院的工作人员都是什么新人、自由派的人。他们就算原本是这种人，但是现在他们却完全不是了。他们是官，所关心的只是每个月的二十号，他们领薪水的日子，甚至还盼望着能多拿一点，他们的全部准则也就是这些。他们想控告谁就控告谁，想审判谁就审判谁，想判谁的刑就判谁的刑。”

“可是难道真有那种法律：一个人仅是因为与其他人一起读《福音书》，就要被判流放吗？”

“只要可以证实这些人在读《福音书》时胆敢不按规定地向别人讲解《福音书》，也就是一些反对教会的讲解，那么他不仅会被流放到很远的地方，而且还可能被判去服苦役。要是当众诋毁东正教，根据刑法第一百九十六条，那就是要被判处流放的，而且是终身流放。”

“这不可能啊。”

“我对您说的都是实话。我曾经常对那些法官老爷说，”律师继续往下说，“只要一看到他们我就会无比感激，因为我和您，还有我们大家都没被关进监狱，这都多亏他们手下留情。至于要剥夺我们每个人的特权，被流放到不太远的地方，那可是再容易不过的事儿了。”

“不过，如果真是这样的话，所有的判决都听凭检察官或那些能够应用法律也能够不应用法律的人为所欲为，那还要法院干什么？”

律师闻言哈哈大笑起来。

“瞧您这问的都是什么呀！喂，老兄，这可算是个哲学问题了。好的，就算是哲学问题我们也可以讨论一下嘛。那么，请您这周六到我家去吧。在那里您可以见到很多学者、文学家和画家。那时我们可以继续谈论一下一般性问题了。”律师说着，又用满含嘲讽的口气说出“一般性问题”几个字，“您跟我妻子是认识的。所以就请您来吧。”

“好的，我会争取来的。”涅赫柳多夫答道。他立刻觉得自己是在撒谎。如果他真的要力争去的话，那也只是力争不去律师家参与晚间聚会，不跟聚集在他家的那些学者、文学家和画家打交道。

刚才涅赫柳多夫谈到，假如法院的司法人员可以任意遵照或者不遵照法律办事，那还要法院干什么，律师竟然报之以哈哈大笑，而且律师还用那种口气又说出“哲学”和“一般性问题”这几个字眼儿，这些都向涅赫柳多夫表明他和律师而且极有可能也和律师的那些朋友看待事情的观点是截然相反的。涅赫柳多夫还感到，尽管目前他和申伯克这些老友已经有了一定的距离，可是他觉得自己和律师以及律师圈子里的人们的距离还要大得多。

第十二章

这里离监狱还很远，天色也有些晚了，于是涅赫柳多夫就租了一辆马车朝监狱奔去。马车夫是一个中年人，面容温和而机智。马车转到一条街上后，他扭头看向涅赫柳多夫，指了指一幢正在建设中的大楼。

“看啊，这楼房建得多阔气呀，并且样式复杂而别致！”他感叹着，好像或多或少也算得上是这个房子的拥有者，也因此而感到无比骄傲。确实，那座正在兴建的大楼四周围着固定的脚手架，脚手架是用大松木搭起、用铁钩固定而搭成的，还用了一层薄板把它同街道隔开。工人们的衣服上溅满了水泥浆，他们在脚手架上像勤劳的蚂蚁一样来回走着，有的人在砌墙，有的人在把砖块劈碎，还有些人把那沉甸甸的泥灰桶和砖斗提上去，接着又把空斗和空桶放下来。

有一位老爷，可能是建筑师吧，他身子骨很结实，衣着也很讲究，站在脚手架旁，朝上面一个地方指着，在对一个毕恭毕敬的弗拉基米尔县的包工头训话。几辆满载建材的大车和空车进出大门都要从建筑师和包工头的身边经过。

“他们啊，无论是那些干活儿的还是那些强迫他们干活儿的，都坚持认为这是理所当然的。即使他们的妻子在家里怀着孕，还要干那些难以胜任的劳累活儿，头戴碎布拼成的小圆帽的孩子们在快要饿死之前像小老头一样苦笑着，乱踢着如柴的瘦腿，他们却还在为一个愚蠢而没用的人，剥削他们和迫使他们倾家荡产的人，建造像这样一栋奢侈却毫无用处的大楼。”涅赫柳多夫凝望着这栋大楼，心中暗想。

“是啊，造这样的楼房简直是岂有此理！”他把他的心思说了出来。

“为什么说是岂有此理？”马车夫愤怒地说，“还好有它，这样大伙才有事可做呀，它可不能说是岂有此理。”

“但是要明白，这种活儿是没有实质性意义的。”

“既然有人在建它，那它就肯定是有用的啊。”马车夫反驳道，“穷人们还要靠它吃饭呢！”

涅赫柳多夫不说话了，特别是车轮轱辘的隆隆响声，让人说话十分费劲儿。快到监狱时，这辆马车从一条卵石路上转了个弯儿，上了一条平坦大路，这样一来，说话就容易多了。马车夫就又与涅赫柳多夫聊了起来。

“今年拥进城里的老百姓，太多太多了。”他边说边在赶车位子上扭过身子，用手指着一大群正朝这儿走来的来自农村的工人，他们的背上背着锯子、斧子、短皮袄和口袋。

“难道比往年还要多吗？”涅赫柳多夫问道。

“多得很哪！如今可是到处都挤满了人，真够呛。那些老板把乡下人当刨花似的，扔来扔去。每个地方都被挤得满满的。”

“怎么会这样呢？”

“人越来越多了嘛，没有容纳他们的地方了。”

“唉，究竟为什么会这样呢？他们为什么不愿意在农村好好待着了呢？”

“留在农村无事可做啊。农民没有土地嘛！”

涅赫柳多夫这时体会到一种只有伤痛的人才会有的那种感觉。这种人总是觉得其他人是存心去触碰他的痛处。而之所以会出现这样的感觉，是因为触碰痛的地方最容易感觉得到。

“难道每个地方都是这样吗？”他在心里想着。于是就问车夫，他们村里一共有多少土地，马车夫自己拥有的土地又有多少，他为什么要待在城里。

“我们那儿啊，老爷，每个人大约只有一俄亩土地。我们家有三口人的地。”马车夫兴致勃勃地说，“我家里有个老父亲，一个弟弟，还有一个弟弟当兵去了。他们在种地。可就那一点儿地很容易就种完了。所以现在我那个在家的弟弟也打算到莫斯科来呢！”

“那你们为什么不再租点儿地来种呢？”

“现在还能去哪里租地呢？先前的那些东家把家产都挥霍光了。一些商人把地全都握在手里。你休想从他们手上租到土地，他们都自己雇人种。我们那里就有一个法国佬，他独霸一方，把我们老东家的土地全买了下来。可他就是不出租，我们也没办法了。”

“那是个什么样的法国人呢？”

“那个法国人应该是姓杜法尔，也许您听说过。他在一家大剧院里给演员们做假发。那可真是个好生意呀，他赚了许多钱，于是就把我们女东家的地产全给买了。现在他倒是骑到我们头上去了，他想怎么摆弄我们就怎么摆弄我们。感谢上帝，他本人倒还算可以。只是他那个俄国老婆却是一条碰不得的恶狗。天哪！她剥削我们老百姓，可真不得了。喏，监狱马上就要到了。您准备在哪儿下车呀？要在大门口吗？我看，恐怕不让我们进去。”

第十三章

涅赫柳多夫一想着见到玛丝洛娃，不知她今天的情绪怎样，想着无论是在她身上还是监狱里的那群人身上，都有他不知道的秘密，想着自己就要面临这种秘密，就不禁有点儿提心吊胆，战战兢兢，他就是怀着这样的心情按下了大门口的门铃。一位看守出来开门，他就借机打听了一下关于玛丝洛娃的情况。那看守走进去问了一下，回来就告诉他，她现在在医院里呢。涅赫柳多夫于是又去了医院。医院的看门人是个很和蔼的小老头，立刻就让他进去了，问清他要找谁后，就领着他向儿科病房走去。

过了一会儿有位年轻的医生走出来，全身散发出很重的石炭酸味，在走廊里厉声问他有什么事儿。这位医师总是想方设法宽待犯人，因此常常和监狱当局，甚至是主任医师闹矛盾。他怕涅赫柳多夫会对他提出什么违反规定的要求，此外他想表现出对谁都一视同仁，装出一副怒气冲冲的样子。

“这里没有女人，这儿是儿科病房。”他说。

“我知道，可是这儿不是有一个从监狱调过来打杂的女助理护士吗。”

“是的，这样的人在这里有两个。可是您到底有什么事儿？”

“我和其中的一个叫玛丝洛娃的是熟识，”涅赫柳多夫说，“我想见见她，因为我马上就要到彼得堡去为她的案子申诉了。

看，我只是想把这个东西交给她。这里面只是一张照片。”涅赫柳多夫说着，就从衣兜里掏出一个信封。

“嗯，这是可以的。”年轻的医师换成和善的口气说，接着转过身让一个系着白围裙的老太婆把打杂的女助理护士玛丝洛娃找来，“您要不要到候诊室里去坐坐。”

“谢谢您了。”涅赫柳多夫说过这话，趁医师对他的态度有所好转，就向他打听玛丝洛娃在医院里的一些情况。

“挺好的。如果考虑到她以前的生活环境，那就应该说她已经干得很好了。”医师说，“看，那不是，她来了。”

那个年老的女助理护士从一扇门里走出来，后面跟着玛丝洛娃。她穿了一件带条纹的连衣裙，外边围着白色的围裙，头上扎着三角头巾，蒙住了头发。她一看见涅赫柳多夫，脸色霎时变得通红，似乎有点儿没拿定主意，就站在了原地，过了一会儿，她蹙起眉头，垂下眼睛，用力踩着走廊里铺着的长地毯快步走了过来。她走到涅赫柳多夫的跟前以后，本不想和他握手的，可还是勉强伸过手去握了一下，而且她的两颊涨得更红了。自从那次他们交谈，她为自己发脾气而深表歉意以后，涅赫柳多夫还没有和她见过面，现在他料想她的心情还和那时一样。可是今天她却彻底地变了一个人，脸上出现了一种不一样的表情：拘谨，羞怯，而且涅赫柳多夫觉得她好像对他一点儿好感都没有。他把刚才对医师说过的话又对她说了一遍，告诉她他要上彼得堡去，并且把一个信封交给她，里面装的是他从帕诺沃带回来的那张照片。

“这是我在帕诺沃找到的，是一张很早的照片了。说不定您会喜欢它的。您就留着吧。”

她稍微耸了耸眉毛，带着惊讶的神气用她那斜睨的眼看了看他，似乎在问这是为什么。然后她就默不作声地接过那个信封，把它塞进了围裙的口袋里。

“我在那边拜访了您姨妈。”涅赫柳多夫说。

“是吗，您见到她啦？”她很是平静地说。

“您在这里过得还好吧？”涅赫柳多夫又问。

"没什么，挺好的！"她说。

"活儿什么的，不会很累吧？"

"不，还好，不太累。只是我还有点儿不大习惯。"

"我由衷地替您高兴。这儿总比那边好一些。"

"'那边'指的是哪儿？"她问，并且脸上顿时泛起潮红。

"那边啊，是说在监狱里。"涅赫柳多夫赶紧答道。

"这里又有什么好的呢？"她问。

"我觉得，这里的人可能会友好些。不像那边的人。"

"那边的好人也多得很呢。"她说。

"敏绍夫家的案子我已经找过人了。但愿他们能被释放。"涅赫柳多夫说。

"愿上帝保佑他们，这当然是最好的了。她可是一个非常好的好老太太呀！"她再次表示了对老太婆的看法，并且微微笑了笑。

"今天我就启程上彼得堡去。您的案子可能不久就可以被受理了。我希望能撤销原判。"

"撤销不撤销，现在对我来说反正都一样。"她说。

"您说的'现在'是什么意思？"

"没什么。"她说着，用探问的目光匆匆看了看他的脸。

涅赫柳多夫把这句话和这目光都理解成她想知道他究竟是仍旧坚持着自己的决定呢，还是被她拒绝之后改变了自己的决定。

"我不知道为什么您觉得都一样，"他说，"但是对我来说，您宣判无罪也好，有罪也罢，确实都一样了。无论发生什么，我都会照我说的去做的。"他毅然决然地说。

她抬起了头，那双斜睨的黑眼睛像是在凝视着他的脸，可又像是在看别的什么地方，她的整个脸上洋溢着欢快的神采。可是她说出的话却和她眼睛表达出来的截然不同。

"您不用说这种话。"她说。

"我说这话，是希望您能明白我的心。"

"这话已经说得够多了，没必要再说了。"她努力忍着笑说。

病房里不知为什么吵闹了起来。又听到孩子的哭闹声。

“好像是他们在叫我呢。”她很不放心地扭头看了看，说。

“好吧，那就再见吧。”他说。

她假装没看见他伸过来的手，没和他再握手就转过身子，竭力掩饰自己得意的神气，顺着走廊上的长条纹地毯匆匆地离开了。

“她究竟是怎么了？她到底怎么想的啊？她的心情如何呢？她是想考验考验我呢，还是真的无法原谅我？她是无法把她的想法和感受全说出来呢，还是压根儿就不想说？她是心肠变软了呢，还是仍旧耿耿于怀呢？”涅赫柳多夫这样自己问自己，可不管怎样就是找不到答案。他能确定的只有一点，那就是她变了，而且她的心灵正在发生无比巨大的变化。这种变化不仅把他和她联结起来，而且把他和那个促成这种变化的人①也联结了起来。这种联结使他激动而快乐，深深地被这感动了。

玛丝洛娃回到病房，那里设有八张儿童的小病床。她按照护士的嘱咐，开始收拾床铺。她在铺床单时把腰弯得太低了，以至于脚底一滑，差点儿摔一跤。一个从病中逐渐康复、脖子上还缠着绷带的男孩子看着她笑了起来，玛丝洛娃再也憋不住了，就顺势往床沿上一坐，哈哈大笑起来，笑得是那么的响亮，那么的富有感染力，惹得好几个孩子也都跟着哈哈大笑起来。那个护士非常生气地对她吼道：

“笑什么？你以为你还是在原来的那个地方啊！快去打饭。”

玛丝洛娃止住了笑，拿起饭盒就去打饭了。可她在出门前，和那个缠着绷带、因病痛不能笑的男孩对视了一眼，又忍不住扑哧一声笑了出来。这一整天里，没有人的时候，她好几次把照片从信封里抽出一个小角儿，看上一眼。只是到傍晚下班以后，等回到她和另外一个助理护士合住的那间房里，并且一个人待在那里时，她才把照片从信封里完全抽出来，纹丝不动地、亲亲热热地、认认真真地观察着他和她的脸、两位姑姑的脸、他们的衣着、洒满阳光的台阶以及充当背景的灌木丛。她盯着这张褪色发黄的老照片，百看不厌，尤其是看着自己那张曾经年轻、漂亮、前额上垂着鬈发的脸。

① 指上帝。

她看得那么的专注，竟然没发觉和她同住的那个助理护士这时已经进了屋。

“这是什么？是他带给你的吗？”身体壮实、心地善良的助理护士俯下身来，看着那张照片问道，“怎么，这个人就是你吗？”

“不是我是谁呢？”玛丝洛娃笑盈盈地看着同屋助理护士的脸说。

“那这个是谁呢？就是他吗？还有这个，是他的母亲吗？”

“这是他的姑姑。难道你没认出来我吗？”玛丝洛娃问。

“怎么可能认得出来呢？我一辈子也认不出来了。模样儿全变了。再说了，要我说，从那时算起到现在恐怕有十来年了吧？”

“不是十来年，而是一辈子。”玛丝洛娃说，她先前的那种兴奋劲儿忽然消失殆尽了。她的脸色又阴沉了下来，两道眉毛之间出现了一条深深的皱纹。

“那有什么？那里面的日子一定是挺轻松的吧。”

“哼，轻松，”玛丝洛娃闭上眼睛，摇着头说，“还不如服苦役呢！”

“怎么可能呢？”

“事实就是如此呗。每天从晚上八点开始一直做到凌晨四点，从不间断。”

“那她们为什么不丢开那种生活呢？”

“她们倒是想啊，可哪有那么容易的啊。哎，突然说这个干什么啊！”玛丝洛娃说完，霍地站起来，把照片扔进抽屉里，强忍着悲愤的泪水，跑到走廊上，砰的一声把宿舍的门关上了。刚才，她看着那张照片，觉得自己肯定还是照片上的那种样子，想象着她当年是多么的幸福，幻想着如果现在还能和他在一起又将是多么幸福啊。同屋助理护士的话却让她不得不想起自己目前的处境，想起她在那边过的日子，使她想起那种日子的真正可怕，总之就是让她想起了生活中那些让人不愿回首的景况，而在此之前，那种可怕她总是隐隐约约地感觉到，却从不准备深入思考。现在，她才真切地回忆起那所有不堪回首的夜晚，尤其是那个谢肉节的夜晚，那天夜里她在等一个曾答应要替她赎身的大学生。她记得那时她穿着洒了不少酒的袒胸红缎连衣裙，蓬松的头发上系了一个大红蝴蝶结，筋疲力尽，浑身无力，喝得酩酊大醉，快到深夜两点时才把那群客人打发走，趁着跳舞的空当，就在那个精瘦的、脸上有小脓包的为小提琴伴奏的女钢琴师的身边坐了下来，向她诉说自己的悲惨境遇，那个女钢琴师也说着自己很糟糕的处境，也想改变自己的境况，换个活法儿。这个时候克拉拉向她们走来，于是她们三个人一下子就决定要一起丢弃这种生活。她们原想这一夜总算是给应付过去了，就想散了，突然前厅中又来了几个喝得大醉的客人，嚷嚷个不停。小提琴师又开始拉起舞蹈的前奏曲，女钢琴师则铆足了劲儿敲打着琴键，弹起一支欢畅的俄罗斯乐曲，为卡德里尔[①]舞的第一部分舞步形伴奏。这时有一个满头大汗、满嘴酒气、打着饱嗝、穿着燕尾服、扎着白领带的矮小男人过来搂住她的腰，跳到第二部分时，他又脱掉燕尾服；另一个留大胡子的胖家伙，也是穿着燕尾服（他们是从一个舞会上来的），搂住克拉拉的腰。于是他们又开始蹦蹦跳跳，又旋转，又叫喊，又喝酒，闹腾了好长一段时间……就这样，一年，两年，三年过去了。她的样子怎么可能不改变呢！而这一切都是他造成的。往日对他的怨恨一下子又涌上她的心头，她很想把他大骂一顿，把他斥责一回。可惜今天她错过了一个向他表示愤怒的好机会。她非常了解他是一个怎样的人，也绝对不再上他的当，更绝对不允许他再像以前在肉体上利用她那样在精神上再次利用她，她绝对不会让他再把她变成表示自己仁义的工具。她既顾影自怜，又觉得愤然斥责他也于事无补。因此，她的心里特别不是滋味，为了消除这种难受的心情而很想喝酒。要是此刻她是在狱中，她就不会遵守她的诺言，而会痛快地喝一顿。可是，在这里是找不到酒的，只有医生那才有，可是她很怕那个医生，因为他总是骚扰她。现在她很厌恶跟男人有什么关系。她在走廊里的一条长凳上坐了一会儿，就又回到了小屋里，也没回应同屋助理护士的问话，哀伤起自己那坎坷的身世，哭了很长时间。

---

① 四人组成两对，包括六个舞式的舞蹈。

第十四章

涅赫柳多夫在彼得堡需要办三件事：向枢密院为玛丝洛娃提出上诉，要求重新审理玛丝洛娃一案；把菲多霞·比留科娃的案子呈交到上诉委员会；受薇拉·博戈杜霍夫斯卡娅委托，到宪兵司令部或者第三厅去要求释放舒丝托娃，以及为一位母亲请求准许她见见被关在要塞里的儿子，这也是薇拉·博戈杜霍夫斯卡娅给他写信提出来的。他把这两件事合在一起算作第三件事了。再就是那些教派信徒的案件，他们只是诵读和讲解了《福音书》，就将要被流放到高加索，远离家人。他与其说是答应了他们，还不如说是答应了他自己：一定要尽一切可能把这个案子弄个水落石出。

涅赫柳多夫自从上次拜访过麦斯连尼科夫之后，尤其是他去农村旅行过一次之后，他不仅意识到，而且切身感觉到他对到现在还在那个圈子里生活的那些人的厌恶，在那个圈子里，由于他们千方百计地掩饰成千上万的人为了保障少数人舒适和享乐而承受的苦难，导致其中的人看不到，也不可能看到那些深重的苦难，因而也无法看得到自身生活的残忍性和罪恶性。如今他还要和那个圈子里的人交往，涅赫柳多夫已经无法再不感到嫌恶，无法不深深自责了。不过，他还是要到那个圈子里去，以往的生活习惯还有吸引力，还有一些亲朋好友的关系。当然主要的还是，为了办他现在全心关注的那些事，也就是为了要解救玛丝洛娃和其他那些他乐意解救的所有受难者，他还不得不求助于那个圈子里的人，尽管那些人非但不值得他尊重，反而常常引起他的愤怒和鄙夷。

涅赫柳多夫到了彼得堡之后，住在他的姨母米哈伊洛维奇伯爵夫人的家里，他姨父过去是个大臣。这样涅赫柳多夫一下子就进入了他十分反感的贵族社会的核心。这让他很不高兴，可他又不得不这样做。如果他不住在姨母的家里而去住旅馆，那就会得罪她，更何况他的姨母交际圈很广泛，可能对他将要奔走操办的每宗案件会有极大的帮助呢！

“你猜，我又听说一些关于你的什么事啦！真是太令人惊讶了！”卡捷琳娜·伊万诺夫娜伯爵夫人在他刚进她的家门，就一面请他喝咖啡，一面对他说道，“Vous posez pour un Howard[①]！你在帮助罪犯，察访监狱，甚至还在平反冤案。”

“没有啊，我连想都没有这样想过。”

“可这怎么啦，这不是很好的事吗。可是，听说这其中似乎还藏着什么风流韵事哩。好吧，那你就说说吧！”

涅赫柳多夫就把他和玛丝洛娃的事一五一十地讲了一遍。

“我想起来了，我想起来了，可怜的艾伦[②]告诉过我这样一件事：当年你住在那两个老婆子家里的时候，她们似乎想要你跟她们的养女结婚（伯爵夫人一向瞧不起涅赫柳多夫的两位姑妈）……你说的就是她吗？Elle est encore jolie[③]？”

他的姨母卡捷琳娜·伊万诺夫娜是迈入六十岁的女人，身体有些肥胖但很健康，兴趣颇多，精力充沛，而且极爱聊天。她个头很高，可以看到她的嘴唇上有一圈黑黑的汗毛。涅赫柳多夫很喜欢她，从小就受她那生机勃勃和乐观性格的感染。

“不，ma tante[④]，那都是过去的事儿了。现在我只是想帮帮她

① 法语：你真像霍华德！[约翰·霍华德（1726—1790），英国慈善家，曾为改良监狱制度进行斗争。]

② 涅赫柳多夫母亲的名字（法语的艾伦相当于俄语的叶莲娜）。

③ 法语：她仍旧漂亮吗？

④ 法语：我的姨妈。

罢了，因为首先，她没罪却被错判了刑，我在这件事上是有责任的。再说，对于她这一生所有的遭遇，我也是难辞其咎的。我觉得我有义务尽我所能去帮帮她。”

“可是，我怎么听人说你还准备和她结婚呀？”

“是的，我的确有过这种想法，只是她不愿意。”

卡捷琳娜·伊万诺夫娜皱着眉，垂下眼睛，愕然而沉默地看着这个外甥。突然她的脸色变了，脸上露出很高兴的神情。

“哦，她比你聪明得多。哎呀，你可真是个大傻瓜！你是真的愿意和她结婚吗？”

“那当然了。”

“她变成那种人之后，你还愿意娶她？”

“那就更要这样了。要知道一切都是我造成的。”

“不，你可真的太傻了！”他的姨母强忍着笑说，“你是个十足的傻帽儿！不过，我倒很喜欢你的这一点。”她反复说着，显然她特别喜欢“傻帽儿”这个词，因为在她眼里，这个词真实准确地表达了她外甥的智力水平和思想状态，“说起来，这还真凑巧，”她接着说，“阿林办了一个很棒的马格达琳娜收容所。我去过一回。她们真叫人恶心。回来后我不得不把全身上下好好地洗了一遍。可是阿林全心全意做这件事。所以我们可以把她，你的那个女人，交给她吧。要是论谁最能改造人，那就非阿林莫属了。”

“可是要搞清楚，她已经被判服苦役了。我到这儿来正是要想想办法撤销对她的判决。这也是我要求您的第一件事。”

“原来是这样啊！那，她的案子究竟归哪儿管呢？”

“归枢密院。”

“枢密院？对了，我那个还不错的表弟列奥什卡就在枢密院工作呢。唉，可惜他被分在了那里的傻瓜局，也就是在贵族管理局里工作。嗯，至于那些握有实权的枢密官，我可是一个也不认识。天知道他们都是些什么人；要么是日耳曼人，姓什么盖啊、费啊、德啊，整个字母表，他们这些人的姓的读音都和德语字母的读音一样；要么就是五花八门的伊万诺夫、谢苗诺夫、尼基京，再不然就是伊凡年柯、西蒙年柯、尼基琴科，真是五花八门，他们是另一个世界的人。算了，反正我会跟我丈夫说说的。他认识他们。他什么人都认识。我会转告他的。可是你必须亲自去把事情跟他说清楚，因为不管我说什么，他总是会说一点儿也听不懂。这已经成了他的规矩了，大家都能听懂，只有他老装听不懂。”

这时，有一个穿长筒袜的听差用一只银托盘托着送来一封信。

“这封信刚好是阿林来的。这下你有耳福听到基泽维杰尔的讲话了。”

“基泽维杰尔是什么人啊？”

“基泽维杰尔啊？今天晚上你过来吧。到那时你就会知道他是什么人了。他讲得很动听的，就连最顽固的罪犯听了之后也会跪下来，痛哭流涕地忏悔自己的罪过并下定决心悔改。”

不论这事有多么的奇怪，也不管这和卡捷琳娜·伊万诺夫娜伯爵夫人的性格多么不相符，可她却一直狂热地信奉一种学说，这种学说觉得基督教的精神实质就是相信赎罪。她经常坐车去那些宣讲当时很流行的这种学说的场所参加聚会，有时还把信徒召集到自己的家里来。虽然这种风行一时的学说不仅否定一切宗教仪式和圣像，而且还反对圣礼，可卡捷琳娜·伊万诺夫娜伯爵夫人还是在每间屋子里都挂上了圣像，就连她的床头上都挂了一幅，而且她还严格执行教会规定的任何要求，她从不觉得这其中可能有什么冲突。

“哦，对了，应该让你的抹大拉听一听他的讲道，那她准会皈依。”伯爵夫人说，“你今晚一定要待在家里啊。你听听他的讲话，这是一个非常了不起的人物。”

“我对这种事没什么兴趣，ma tante。”

“可是我必须告诉你，这事是很有趣的。你必须来啊。哦，对了，你说说：还有什么事要我帮忙？把所有的要求都提出来吧。”

“还有一件关于要塞里的事。”

“要塞里吗？好的，我可以给你写一封信，你带着信到那儿去找克里格斯穆特男爵就可以了。他是个德高望重的人。哦，你也认识他的。他和你父亲过去是同事。他爱好招魂术。不过，这也没什么关系。毕竟他是个善良的人。可是你要去那里办什么事儿呀？”

“我想请求他们准许一位母亲跟关在那里的儿子见见面。可我听说这种事儿不归克里格斯穆特管，而是由契尔维亚斯基具体负责的。”

“契尔维亚斯基这人我可不大喜欢，不过要知道，他是玛丽叶特的丈夫。我们可以托她来帮这个忙。她会乐意给我办这事的。她很可爱。”

“另外我还要为一个女人求求情。她在狱中已经被关了几个月，可却没人知道这究竟是为什么。”

“咳，不可能吧，她自己肯定知道原因吧。他们都心知肚明。这都是他们罪有应得，那些剃光头的罪犯。”

“我们不能确定他们是不是真的罪有应得。可是她们正在遭受苦难。您是个虔诚的基督徒，肯定相信《福音书》，可是像这样没有同情心……”

“这可一点儿都不相干。《福音书》是《福音书》，令人讨厌的仍是令人讨厌的。譬如，我最不喜欢那些虚无主义者，尤其是那些被剃光头发的女虚无主义者，要是我装作喜欢她们，那就更不好了。”

“可您究竟为什么这么不喜欢她们呢？”

“都发生三月一日事件①了，你还有必要问为什么吗？”

“可是要知道，她们可不是个个都参加了三月一日事件啊。”

“那横竖都是一样的，那她们为什么要去参与那些和她们毫无关系的事儿呢？那根本就不是女人家应该做的事啊。”

“好吧，就拿玛丽叶特说吧，您觉得她可以过问一些事儿吗？”涅赫柳多夫问道。

“玛丽叶特？玛丽叶特就是玛丽叶特。可是有那么一个哈尔秋普金娜，天知道她是哪一路人。那样一个轻薄的女人，竟然想教训起大家来了。”

“她们没有想要教训大家呀，只是单纯地想帮帮老百姓罢了。”

① 指沙皇被民意党人杀死。

“没了她们，大家也一样知道应该帮助谁，不应该帮助谁。”

“可是您要知道，农民们可是穷得要命呀。看，我就是才从农村回来的。难道这样的事是应该的吗：农民们干活累得半死可却连最基本的温饱问题都无法解决，为的是让我们过穷奢极欲的日子，这难道应该吗？”涅赫柳多夫想到姨妈的好心肠，就不由得想把心里话对她和盘托出。

“那你想怎样呀，是不是也想让我只干活不吃饭？”

“不是的，我并不是想要您不吃饭，”涅赫柳多夫不由自主地笑着回答，“我只是希望大家都去干活儿，大家都有饭吃。”

他的姨母又皱紧眉头，垂下了眼帘，好奇地盯着他。

“我亲爱的，你会落到不好的下场。”她说。

“为什么呢？”

这时有一位身高马大、虎背熊腰的将军走进了房间。他就是米哈伊洛维奇伯爵夫人的丈夫，早已退休的那个大臣。

“哦，德米特里，你好呀。”他说着，便把他那刚刮完胡子的脸凑上来，让涅赫柳多夫吻了一下，“你什么时候到的？”

他又一声不响地吻了一下妻子的前额。

“是啊，他这个人真是不像话，”卡捷琳娜·伊万诺夫娜伯爵夫人转过身子对她的丈夫说，“他想让我去河边洗衣服，还只能吃土豆过日子呢。他是一个十足的笨蛋，不过他请求你给他办点儿事，你还是帮他办一下吧。他可真是个十足的蠢蛋。”她更正道，“不过你听说了吧，卡曼斯卡娅无比绝望，她现在的状况很不好，大家‘都怕她性命不保’。”她对丈夫说，“你最好去看看才好。”

“是啊，这太可怕了！”她丈夫应声说道。

“好吧，你去和他谈谈吧。我得写信去了。”

涅赫柳多夫刚刚走进挨着客厅的一间房里时，她突然又把他叫回来。

“那么是要给玛丽叶特写信对吗？”

“麻烦您了，ma tante。”

“那我在信上留下一块空白，你把那个被剃光头发的女人的事写上去。她会请求她丈夫去处理的。他肯定能办好的。你不要觉得我的心狠。她们，那些受保护的人，真的很可恶，不过我并不希望她们遭殃。愿上帝保佑她们！好了，你快去吧。只是今晚你一定得待在家里哟。你可以听听基泽维杰尔讲的话。我们还要一起祈祷呢。只要你不反对，这对你们有很大的好处的。我很早就知道，无论是艾伦，还是你们家的所有人，在这一点上都很落后。那就再见吧。”

第十五章

伊万·米哈伊洛维奇伯爵是一名退休的大臣，而且是一个有坚定信念的人。

这位伯爵在青年时代就坚决相信，觉得一如鸟雀生来就是吃虫子的，还要全身长满羽毛和绒毛，要在天上自在地飞翔一样，他生来就是要吃由高薪聘来的厨师烹制的美味佳肴、就是要穿最舒适最华贵的服饰、就是要坐最舒适最快捷的马车，而所有的这一切都必须为他准备得妥妥当当的。此外，伊万·米哈伊洛维奇伯爵还认为，他从国库里领取的钱越多，他获得的勋章甚至是钻石奖章就会越多，和皇亲国戚们见面攀谈的机会越频繁越好。此外的一切东西和这些基本的信条比起来，伊万·米哈伊洛维奇伯爵认为全都是微不足道，毫无意义的。其他一切东西都可以这样，也可以截然不同。伊万·米哈伊洛维奇伯爵就本着这样的信念为人处世，在彼得堡过了四十年，直到四十年期满时做了大臣。

伊万·米哈伊洛维奇伯爵谋得这一官位的主要能力在于，第一，他很善于领会公文和法规的内涵，还可以撰写出虽然不太顺畅却很容易让人明白的公文，并且还没什么拼写错误；第二，他长得不赖，而且在必要的场所不但可以打扮得十分华贵，摆出傲慢的神气，还能摆出高高在上，盛气凌人的架势，而在另一些必要的场合，他又能卑躬屈膝到唯唯诺诺和恬不知耻的地步；第三，不管是个人道德方面还是公务活动方面，他从来没有任何固定不变的原则或标准，所以只要在需要的情况下，他能够赞成所有意见，而在另外一些需要的情形下他又可以全盘否定所有的意见。他在这样做的时候只是尽量表现出自己的某种风度，不至于让人看出明显的自相矛盾。至于他行为的本身到底是不是符合道德规范，以及他的这些行为对俄罗斯帝国乃至整个世界究竟是会产生极大的好处还是骇人的危害，他毫不在乎。

等他当上了大臣，不只那些所有依靠他的人（依靠他的人和他的亲信是很多的），连一些局外的人士以至他自己，都深信他是一个绝顶聪明的治国之才。可是过了一段时间后，他却毫无作为，毫无建树，于是根据“适者生存”的法则，又有很多和他一样的、同样会起草和读懂公文的、仪表堂堂、没有原则的官僚则会将他排挤出局，他也只好退居二线。这时人们才惊觉，他不仅根本就不是个特别贤明和深谋远虑的人，反而是一个昏聩无能、思想浅薄，而且还不学无术又过分自负的人，他的见解未必赶得上那些最滥俗的保守派报纸社论的水平。实际上，他和另外那些思想浅薄、刚愎自用、把他排挤出局的官僚没有本质上的区别，这一点他本人也是很清楚的，可是他的信念绝不会因此有丝毫的动摇，他仍然觉得他应该每年从国库领到许多公款，每年都能得到新的勋章来装饰他讲究的服装。这样的信念非常顽强，以至于谁都不敢拒绝他的这种要求。于是他依旧每年都能领到好几万卢布，一部分算是养老金，一部分算是酬劳费，因为他还在最高政府机关里挂了个名，又在各种会议和委员会里担任些什么主席之类的职务。此外，他每年都要获得他极度重视的新的权利，那就是把那些新丝绦缝在他上衣的肩上或长裤上，将新的绶带和珐琅星章佩戴在他的礼服上。这样一来，伊万·米哈伊洛维奇伯爵就有了广泛的交际圈。

伊万·米哈伊洛维奇伯爵听涅赫柳多夫说话，像是往常听各个主管部门的官员汇报工作那样。他听完后，就说会给涅赫柳多夫写上两封信，其中一封是呈交给上诉部的枢密官沃尔夫的。

“关于这个人，大家有各种各样的说法，不过无论如何他都是一个十分正派的人，”他说，“他很感激我，肯定会尽力去办的。”

伊万·米哈伊洛维奇伯爵要写的另一封信，是给上诉委员会另一个有影响力的人的。他对涅赫柳多夫告诉他的菲多霞·比留科娃的案件非常感兴趣。涅赫柳多夫说他想把这个案子写个呈文递给皇后，伊万·米哈伊洛维奇伯爵就说，这也的确是一宗非常动人的案件呀，如果有机会，他会在那儿提一提的。不过现在他还不能确定。上诉的事还是按部就班地来吧。他想，如果有机会，如果他们让他去参加星期四的官内恳谈会[①]，他也许会提一下这宗案件的。

涅赫柳多夫拿到伯爵写的两封信以及姨母给玛丽叶特写的那封信之后，立刻赶往那三个地方去了。

他先去了玛丽叶特家。他和她认识的时候，她还是一个不太富有的贵族家庭的十几岁的小女孩呢，之后他听说她嫁给了一个有钱有势的人。可是关于这个人，他听到了一些他的劣迹，主要是听说他对成百上千的政治犯极其残忍，而他的专长就是用各种方法折磨那些政治犯。这时涅赫柳多夫便又和往常一样，心情十分沉重。因为他想到为了帮助那些被压迫的人却只能站在压迫者的阵营里，向他们求情，恳请他们，多多少少，哪怕是对某几个人稍稍控制一下他们那种习惯性的甚至连他们自己都没有觉察到的残忍手段。而这似乎就是承认压迫者活动的合法性了。在这种情况下，他心中总是觉得很矛盾，甚至有些自怨自艾，还会犹豫不决，不知到底该不该去求情，但最后他通常还是决定去求情。要清楚，他去请求这个玛丽叶特和她的丈夫，的确会让他觉得非常难堪，羞愧，不悦，可是只有这样，那个被关在单身囚室里的可怜的女人也许就可以被释放，不管是她还是她的亲人都可能不会再受折磨了。在这种情况下，他觉得跑到那些人中去请求他们未免有些言不由衷，因为虽然那些人把他看成自己人，可他已经不把他们当做自己人了；另外他也觉得只要再走进那个圈子，就又进入了先前那种惯常的轨道，不自觉地被那些人中的玩世不恭和不讲道德的作风所感染。这一点他

① 法语：一种非正式的小型会议。

在姨母卡捷琳娜·伊万诺夫娜家就已经深有体会了。今天早晨他和她谈论到很严肃的问题时，就是在用戏谑的口气说话了。

总而言之，他久违了的彼得堡，仍然让他感受到了那种刺激肉体和麻痹精神的气氛：一切都是那么整洁、舒适、方便，主要是人们在道德上毫无追求，如此一来生活过得也总是显得很轻松了。

一个英俊、干净、彬彬有礼的马车夫为他驱车，从一个英俊、彬彬有礼、干净的警察身边驶过，穿过一条条美观的、被冲洗得非常干净的街道，经过一座座美丽整洁的房子，终于到了临河的玛丽叶特住房的门前。

门前停放着一辆极为豪华的马车，有两匹戴着眼罩的英国马还套在上面。一个英国人模样的马车夫坐在赶车的位子上，身穿整洁的制服，下半个面颊上蓄着浓密的络腮胡，手里拿着马鞭，一副极为神气的模样。

一个穿着一套很整洁的制服的看门人，为他打开了通往前厅的门。前厅里有一个听差站在那儿，也是穿着一套更整洁的制服，上面还镶着些丝绦，他的络腮胡子梳理得很神气。另外还有一个值班的勤务员，穿着一套洁净的新军装，身上还佩戴着一把军刀。

“将军没时间会客。将军夫人也不会客。夫人马上就要乘车外出了。”

涅赫柳多夫递过卡捷琳娜·伊万诺夫娜伯爵夫人的那信，又掏出自己的名片，走到一张放着来客记录的小桌旁，开始写道：来访未晤，非常遗憾。他刚刚写到了这儿，听差就朝楼梯口走了过去，看门人也走到大门口，大喊道：“赶车的快过来！”勤务兵则挺直身子，立正站定，两手垂在身侧，纹丝不动，目光跟随着从楼上迈着快得跟她的气派不相称的步子从楼上下来的瘦瘦的、个头儿不高的贵妇人。

玛丽叶特头戴一顶插羽毛的大帽子，身穿黑色的连衣裙，外面披了一件黑色斗篷，手上戴着崭新的黑手套，脸被面纱遮着。

她一看到涅赫柳多夫，就掀起面纱，露出她那张非常可爱娇艳的脸和一双明亮的大眼睛，用探寻的目光看了看他。

“哦，德米特里·伊万诺维奇公爵！”她用欢快而悦耳的声音说道，“我差点儿没认出你来……”

“哦，您竟然还记得我叫什么！”

“那当然啦，当年我和我妹妹都曾暗恋过您呢，”她用法语说，“只是，您的样子可变太多了。哎呀，真的很抱歉，我马上要出门了。要不，我们还是先去楼上吧。”她说着，犹豫不决地站在了那儿。

她看了看墙上的挂钟。

“不行，不行了。我要去卡曼斯卡娅家参加安魂祭。她可是快要难过死了。”

“这个卡曼斯卡娅是怎么啦？”

“难道您还没听说？……她的儿子在与人决斗时被打死了。他是和波津决斗的。她只有他这一个儿子呀。这可真是太可怕了。做母亲的伤心极了。”

“哦，这样啊，我听说了。”

“不行，我还是必须去一下才好。您能明天或今天晚上来吗？”她说完这话，便踏着轻快的脚步朝大门口走去。

“今天晚上我可能来不了。”他答道，跟她一起向门廊走去，“其实，我是有事有求于您的。”他说着，看着那两匹栗色马向门廊走来。

“什么事呀？”

“这里有我姨母为这事儿写的一封信，信上说的就是需要办的事，”涅赫柳多夫边说边把印有很大的花体字母的狭长信封递给她，“您看了信就都明白了。”

“我知道卡捷琳娜·伊万诺夫娜伯爵夫人认为我能在所有的事情上左右我的丈夫。可她想错了。我是毫无办法的，而且我也不想过问他的那些事。不过，当然啦，为了伯爵夫人和您，我准备破一次例。可到底是什么事啊？”她说着，用一只戴着黑手套的小手在口袋里摸索了一会儿，却什么也没摸到。

“有一个姑娘被关在要塞里了。不幸的是她正生着病呢。而且她与那个案件没有丝毫的关系。”

“她姓什么？”

“舒丝托娃。利季娅·舒斯托娃。信上都写着呢。”

“嗯，那好吧，让我试试吧？”她说着，轻盈地坐进有软和的弹簧座的、油漆挡泥板在阳光下熠熠发光的四轮马车里，撑开一把阳伞。听差在赶车的位子上坐下，做了一个漂亮的手势，让马车夫快赶车。那辆四轮马车就缓缓动了起来，可这时她用阳伞捅了捅车夫的脊背，于是那两匹英俊的、细皮的英国母马就一下子被勒住了，扭回漂亮的头，停了下来，不停地倒换着它们的瘦腿。

“请您一定要再来啊。不过，别只为了办事才会来哟！”她说着，嫣然一笑，而这种笑的魅力她是非常清楚的。接着，她就如戏剧结束拉下大幕似的，把她的面纱放了下来。“好了，我们走吧。”她又用阳伞捅了捅车夫。

涅赫柳多夫不停地挥动帽子致意。那两匹纯种的栗色母马打起响鼻儿，撒欢地跑了起来，它们的蹄子在街道上踏出一串有节奏的响亮声音，轻便马车就奔驰离去了。那崭新的橡胶轮胎只是有时在道路不平处，会轻轻跳动几下。

第十六章

涅赫柳多夫想到他竟然和玛丽叶特相视而笑，不禁又极为对自己不满地摇了摇头。

“你还没顾得上反省几分钟呢，就又陷进这种生活里去了。”他心想。这时他感受到内心的矛盾和疑惑，每当他无奈地去巴结他并不尊敬的人时，总会产生这样的感觉。涅赫柳多夫想了想他现在应该先去哪里，再去哪里，免得走重路，于是决定先去枢密院。他被人领进办公室，在那个富丽堂皇的房间里他看到了很多彬彬有礼、衣帽整齐的文官。

那几个文官告诉涅赫柳多夫，玛丝洛娃的诉状先前已经收到了，并且刚好已经交给枢密官沃尔夫审阅和呈报。涅赫柳多夫随身带着的他姨父写的那封信，正是要交给这位枢密官的。

“这个星期枢密院有一次会，不过玛丝洛娃的案子却未必能在这次会上审理。不过要是您能托托人，请求一下，那有可能会安排在这周三进行审理。”一个文官说。

涅赫柳多夫在枢密院的办公室里等待答复时，又听他们说起有关那场决斗的事，听到他们详详细细地描述着年轻的卡缅斯基少爷被打死的整个过程。正是在这儿他才第一次听到这件轰动整个彼得堡的事情的详细情况。事情大概是这样的：几个军官正在一家餐馆里吃牡蛎，和往常一样喝了很多酒。有一个军官对卡缅斯基所在的那个兵团说了几句难听的话，卡缅斯基就说他是造谣。那个军官就动手打了卡缅斯基。第二天他们就决定要决斗，卡缅斯基腹部中了一枪，两小时后就死了。凶犯和他的两个助手都被抓了，不过，据说，他们虽然已经被关在禁闭室里了，可是过两个星期就会被释放了。

涅赫柳多夫离开了枢密院的办公室，又坐车前往上诉委员会去拜访一位有权势的官员沃洛比奥夫男爵。他的住所是一座富丽堂皇的官邸。看门人和听差都板着面孔告诉涅赫柳多夫，除了会客日，平常要见男爵那是不可能的，还说今天男爵在皇上那儿呢，明天还要去做汇报。涅赫柳多夫把信递了过去，就乘车去拜访枢密官沃尔夫了。

沃尔夫刚吃完早饭，于是他一面像平时一样抽着雪茄烟，在屋里来回走着，借此来促进消化，一面接见了涅赫柳多夫。弗拉基米尔·瓦西里耶维奇·沃尔夫的确是一个十分正派的人，他把自己的这一品质看得无比高尚，并且总是按这个标准来看待其他一切人。而且他也不能不看重这一品质，因为他就是靠着它才有了如今辉煌的成就，获得了他朝思暮想的官位，也就是说，通过婚姻他获得一大笔财产，使得他每年有一万八千卢布的收益，而且凭借着自己的勤奋得到了枢密官的职位。他觉得自己不仅是一个十分正派的人，而且是一个拥有骑士般廉洁品质的人。他所说的廉洁就是不在暗地里接受私人贿赂。可他却向国库领取各种各样的外出费、旅费、房租费、车马费，无论政府让他干什么，他都会像奴隶一样照办，可他不会把这一切看成不正直。当年他在波兰王国某个省里担任省长时，居然做出了这样的事：成百上千无辜的人只是因为热爱自己的民族和世代传承下来的宗教传统，而遭受大肆迫害，让他们倾家荡产，判他们流放或是坐牢，这都是他干的事儿，他不但不觉得这是不正直，反而认为是出于崇高、英勇、爱国而建立的功勋。他霸占深爱他的妻子和妻妹的财产，他也一样不视为不正直。刚好相反，他总觉得这是对他家庭生活做出的最合理的安排。

弗拉基米尔·瓦西里耶维奇的家庭生活就由他那个没有脾气的妻子和他的妻妹组成。他妻妹的财产也死死掌握在他的手里，把妻妹的地产卖了，然后把钱存入自己的账户。他那个性格温顺懦弱、相貌平平的女儿生活得孤单而苦闷，为了排解这种忧愁，最近开始信奉了福音教派，常常去参加阿林与卡捷琳娜·伊万诺夫娜伯爵夫人家的聚会。

弗拉基米尔’瓦西里耶维奇的儿子原本是个心地善良的孩子，十五岁就长了一脸的胡子，而且从那时起就开始饮酒，放荡不羁，直到二十岁时，被赶出了家门，因为他没有念完过任何一所学校，而且总是和不三不四的人一起鬼混，又欠了很多债务，极大地损坏了他父亲的声名。父亲曾有一次替他的儿子还了二百三十卢布的债，之后又有一次还了六百卢布的债，可那次他就向他的儿子声明，这是最后一次，如果他再不改过自新，就一定会把他赶出家门，和他断绝父子关系。那儿子不但不知悔改，反而变本加厉地一下子欠了一千卢布的债，还敢厚颜无耻地告诉他父亲，他一直就觉得在家里很遭罪，过得很不痛快。当时弗拉基米尔·瓦西里耶维奇就对儿子宣布，他爱去哪儿就去哪儿吧，以后他不再是他的儿子了。从那时起弗拉基米尔·瓦西里耶维奇就当自己从来没有过那个儿子了，家里也没有人敢向他提起儿子的事。弗拉基米尔·瓦西里耶维奇深信他是用最好的方法处理了他的家庭生活。

沃尔夫在书房里站定后，露出温和而又带点儿嘲弄的微笑：这是他的风度，是自以为比大多数人有教养的不自觉的流露。和涅赫柳多夫寒暄了几句，顺便把交给他的信草草地读了一遍。

“请坐，不过很抱歉。如果您不介意的话，我想要走动一下。”他说着，把双手插进上衣的口袋里，踏着轻盈而从容的步调在这个格调古雅的大书房里，沿着对角线来回踱着，“认识您真的非常高兴。当然了，我也很乐意为伊万·米哈伊洛维奇伯爵效力的。”他一面说着，一面吐出了一圈淡蓝色的烟雾，小心翼翼地从嘴里取出雪茄烟，免得烟灰掉在地上。

“我只希望能尽快地审理此案，因为如果被告非得去西伯利亚的话，那还是早点儿行动比较好。”涅赫柳多夫说。

“是啊，是啊，那就应该可以搭上诺夫哥罗德的头儿班轮船出发了。我知道。”沃尔夫露出他那自认为体恤下情的微笑说。只要别人开口跟他说话，他总是事先就明白别人的意思。

“被告的姓是？”

“玛丝洛娃……”

沃尔夫来到书桌前，看了看放在公文夹上的一份公文。

“对，对的，玛丝洛娃。好吧，我会和我的同事们再商量一下的。我们就定在星期三审理此案。”

“我可以就这件事给律师发个电报吗？”

“您还请了律师？这又是何必呢？不过，如果您坚持的话，那就随您的便吧！”

“上诉的理由可能有些不足，”涅赫柳多夫说，“不过，我觉得，只凭案卷就可以看得出来，这个判决是因为误解导致的。”

“是的，是的，很有可能是这样的，不过枢密院不会根据实质来审查案件的，”弗拉基米尔·瓦西里耶维奇看着烟灰，板着脸说，“枢密院只是负责审查在法律的运用和解释上是否恰当。”

“在我看来，这个案子很特殊。”

“我知道，这我知道的。每个案件都是特殊的。我们一定会照章办事的。就这样吧。”烟灰仍旧留在雪茄顶上，但已经出现了一道裂缝，眼看就要掉下来了，“哦，您很难得来一趟彼得堡吧？”沃尔夫说着，小心翼翼地竖起那雪茄，谨防烟灰落下来。可是那烟灰还是开始摇摇欲坠了，于是沃尔夫就谨慎地把它伸到烟灰缸上，烟灰一下子就掉进了烟灰缸里。“啊，卡缅斯基那件事是多么可怕啊！”他说，“他是一个很棒的年轻人呢。又是他母亲唯一的儿子。特别是做母亲的遇到这种事儿肯定非常伤心。”几乎是把那时候全彼得堡的人所说的关于卡缅斯基的话，逐字逐句地重复着。

弗拉基米尔·瓦西里耶维奇还谈到了卡捷琳娜·伊万诺夫娜伯爵夫人，谈到了她热衷的新的宗教派别，他对这个新的宗教派别既不反对，也不支持，不过，他既然是有教养的，那这些东西，对他而言固然是毫无意义的。说完这番话后，他按了按铃。

涅赫柳多夫站起来向他告辞。

“如果您有空的话，请过来吃顿饭吧。”沃尔夫说着，并把手伸了过来，“最好是在星期三。那时候我也许就可以给您一个明确的答复了。”

夜深了，涅赫柳多夫乘上马车回家去了，实际上也就是要回他姨母的家。

第十七章

卡捷琳娜·伊万诺夫娜伯爵夫人家里七点半吃晚餐，而且上菜用膳实行的是一个涅赫柳多夫从未见识过的新方法。菜摆到桌子上后，听差们马上就退走了，这样一来吃饭的人就自己动手夹菜。男人们不愿让女人们从事额外活动，以免把身子累坏，于是就摆出男子汉的气概，英勇地包揽了为女人和自己倒酒夹菜的一切重任；当一道菜吃完，伯爵夫人就按一下桌子上电铃，听差们就悄无声息地走进来，利利索索地把用过的盘碟收好，再换上新的，接着把下一盘菜送上来。菜很精致，酒同样也是很高级的。一个法国厨师长带领着两个身穿白衣的下手，在灯火通明的大厨房里忙活着。吃饭的共有六个人：伯爵和伯爵夫人，他们的儿子，那是一个愁眉苦脸，胳膊肘支在桌上的近卫军军官，另外还有涅赫柳多夫，一位法国女教师，以及从乡下来的伯爵家里的总管。

就是在餐桌上，大家的主要话题仍然是那场决斗，热烈地讨论着皇上对此事的态度。大家都知道皇上是非常同情那位当母亲的，于是大家也都不约而同地同情起那位母亲来。可是因为都知道皇上尽管深表同情，也不愿严惩那个捍卫军人荣耀的凶犯，因此大家也就宽恕了捍卫军人荣耀的凶犯。只有卡捷琳娜·伊万诺夫娜伯爵夫人本来就敢想敢说，而且口无遮拦，也只有她对那个凶犯表示了谴责。

“他们酒喝多了，把好好的一个年轻人就那么给打死了，不管怎么说我也不能原谅他们。”她说。

“这话我可就不懂了。”伯爵说。

“我知道你从来都听不懂我说的话。”伯爵夫人说着，转身面向涅赫柳多夫，“谁都能听明白，只有我的丈夫他不明白。我的意思是我很怜悯那个当母亲的，我也不愿意让凶手杀了人还可以逍遥法外。”

原本一直保持静默的儿子，这时却开始为凶手辩护了，他反对自己母亲的观点，十分粗鲁地告诉她作为军官是一定要这么做的，否则，同事们会一起指责他，将他逐出军队。涅赫柳多夫只是安静地听着，没有插嘴。他过去也做过军官，对年轻的恰尔斯基的说法虽然不完全赞同，却也可以理解。不过，他却又不由自主地把杀人的军官和他曾经在狱里见过的那个年轻漂亮的罪犯做了一番比较，那个年轻漂亮的罪犯就是因为在打架的过程中误杀了对方而被判去服苦役的。这两人都是由于醉酒把人打死的。那一个是农民，一时心血来潮打死了人，从此被迫离开他的妻子、家人和亲友，戴着镣铐，剃去半边头，去服苦役了；而这个军官呢，却只要待在漂亮的禁闭室里，吃着美味，饮着美酒，看看书，过不了几天就可以放出来，继续像以前一样生活下去，反而变成了一个特别受人青睐的人物。

于是他就把自己的观点全都说了出来。卡捷琳娜·伊万诺夫娜伯爵夫人起初还很赞成外甥的话，可后来却默不作声了。其他的人也都沉默了。涅赫柳多夫这才感觉到他说这些话就像做了一件不成体统的事。

黄昏的时候，也就是在吃完饭之后，在大厅里就像听讲演那样特地摆了几排雕花高背椅，一张桌子旁边放着一把圈椅和一张茶几，茶几上面摆着一个盛着水的玻璃瓶，这是给传教士准备的。过了一会儿，一些人纷纷聚了过来，这个来自国外的基泽维杰尔将在这儿讲道。

大门口停放着一辆辆华贵的轻便马车。在陈设华贵的大厅里，有一群女人已经落座，她们身穿绸缎、丝绒、花边，头戴假发，束紧了腰肢，衬得高高的。女人们中间还坐着一些男人，有军人，有文官。此外还有五个普通老百姓：两个扫院子的仆人、一个小店的老板、一个听差以及一个马车夫。

基泽维杰尔是一位身体强健、头发花白的人，说着英语，由一个年轻瘦削的、戴夹鼻眼镜的姑娘极其流利地翻译着。

他说的是我们的罪孽是非常深重的，我们为此将遭到的惩罚也是非常沉重的，以至无法逃避，所以我们不能坐等受惩罚。

“亲爱的兄弟姐妹们，只要我们想一想我们自己，想一想自己的生活处境，想一想自己的所作所为，想一想我们是怎样生活的，我们为什么会触怒仁慈的上帝，我们是怎样导致基督受难的，我们就会懂得我们是不可能得到宽恕的，也不可能有出路的，更不可能会得救的，我们大家都注定了要遭到毁灭。恐怖的灭亡，永恒的苦难正等着我们啊！”他用颤抖的哭腔说，“那么如何才能被拯救啊？兄弟们，我们怎样才能逃出这恐怖的火海[①]啊？烈火已经把这屋子包围了，没有出路了。”

他稍稍沉默了片刻，真正的泪水沿着他的脸颊扑簌簌往下流。七八年来，每当他演说这篇他的得意之作时，只要讲到这儿，那么无一例外，他立刻就会感到喉咙发哽，鼻子发酸，眼眶里也会立刻蓄满泪水，扑簌簌往下掉。而这眼泪就使他更加感动了。屋子里也跟着响起了嘤嘤的哭声。卡捷琳娜-伊万诺夫娜伯爵夫人在一张镶花的茶几旁坐着，双手支着头，肥厚的肩膀不停地颤抖着。那个马车夫惊恐地望着那个日耳曼人，似乎他正赶着一辆马车，那辕杠差点儿就要撞着那个日耳曼人了，而那个日耳曼人却并不愿意躲开。大部分人坐着的姿态都和卡捷琳娜.伊万诺夫娜伯爵夫人一样。沃尔夫的女儿酷似她的父亲，身上穿着一条时髦的连衣裙，双手捂住脸，虔诚地跪在地上。

---

① 按基督教的教义，罪孽深重的人在死后在地狱里受到永不熄灭的烈火的焚烧。

讲道人忽然又精神焕发，脸上露出名演员们借以表现欢喜的那种酷似真笑的笑容，接着他又用极其温柔甜蜜的声音说起来：

“不过，现在有拯救的办法了。这种拯救是如此轻松，如此愉快。这种拯救就是上帝唯一的儿子为我们流的血。他心甘情愿替我们受难。他的灾难，他的鲜血拯救了我们。各位兄弟姐妹呀，”他又用哭腔说起来，“让我们一起来感谢上帝吧，他为了给人类赎罪而奉献出了自己唯一的儿子，他的血液是神圣的……”

涅赫柳多夫听得想吐，就悄悄地站了起来，皱着眉，强忍着羞愧难受的呻吟，踮着脚轻巧地离开大厅，回自己住的房间去了。

第十八章

第二天，涅赫柳多夫刚刚穿戴整齐，正准备下楼，一个听差就给他送来莫斯科律师的名片。律师是为处理自己的事情来的，而且如果枢密院很快就能审理玛丝洛娃的案子的话，他也顺便可以出庭。涅赫柳多夫发给他的电报，他因为刚好在路上而错过了。他听到涅赫柳多夫说了玛丝洛娃的案子什么时候审理，以及是由哪几个枢密官审理，就笑了笑。

“他们正好是三个个性不一的枢密官，”他说，“沃尔夫是地道的彼得堡官僚；斯科沃罗德尼科夫是个学究式的法学家；贝则是个务实的法学家，所以他是这三个人中最能实事求是的一个，”律师说，“希望多半就寄附于他身上了。哦，上诉委员会那边的事进展如何？”

“嗯，今天我就要去拜见沃洛比奥夫男爵，昨天我没有机会见到他。”

“您知道那个沃洛比奥夫男爵是怎么来的吗？”律师听到涅赫柳多夫用滑稽的口吻说出那个纯正俄罗斯姓氏连同它那个外国封号时，便接着说，“大概是沙皇保罗一世[①]出于某种原因把这个封号赐予他祖父的。他祖父似乎原本是宫里的一个听差。不知什么原因博

① 指俄皇保罗一世（1754—1801），在位期1796—1801年。

得了皇上的欢心。皇上就说：‘封他为男爵吧。这是我的旨意，谁都不能违抗御旨。’于是就有了沃洛比奥夫男爵。他还为此而深感自豪呢，其实是一个十足的老滑头。”

“我现在就要去拜见他。”涅赫柳多夫说。

“嗯，那好吧，我们一起去吧。我还可以用马车送您一程。”

在他们出门之前，有一个听差从前厅走了过来，把玛丽叶特的来信交给他。信上写道：

“为了让您满意，我做了完全违背我原则的事情，为您庇护的人向我丈夫求情。那人不久即可获释。我丈夫已给要塞司令官写了信。所以请您务必来看看我吧。我等着您。玛。”

“竟有这种事！”涅赫柳多夫讶异地对律师说，“这多么可怕呀！他们把一个无罪的女人在单身牢房监禁了整整七个月，而为了释放她，却只需要说一句话。”

“事情向来如此。这样也好，至少您办成了想办的事啊。”

“是啊，不过，办是办成了，可我反而觉得心里不是滋味。这样一来，那里面到底是怎么一回事儿啊？他们到底因为什么把她关起来呢？”

“算了吧，这种事最好还是别再刨根问底的好。那么，我送您过去吧。”律师说，言谈间他们已经走到了门外，来到了门廊上，律师雇的那辆华丽的四轮轿式马车也停在门廊前，“您不是要到沃洛比奥夫男爵那儿去吗？”

律师对马车夫说过把车赶到什么地方去，那匹骏马不一会儿就把涅赫柳多夫送到了男爵住宅的大门前。这个时候男爵刚好在家。进门的第一间房里有一个穿着制服的年轻文官，他的脖子格外长，喉结也很突出，走路时的步子总是特别轻快。另外还有两个太太。

“您贵姓？”长着大喉结的年轻文官从两位太太那儿特别轻快而潇洒地走到涅赫柳多夫跟前，问道。

涅赫柳多夫说了说自己的姓名。

“男爵提起过您。请稍等，我这就去为您通报一下！”

年轻的文官走进一扇掩着门的房间里，从那儿领出一个满面泪痕、身穿丧服的妇人。这个妇人正用枯瘦的手指抻展她那乱成一团的面纱来掩盖她的泪痕。

“请进去吧！”年轻的文官步履轻盈地走到书房门前，把门推开，自己在门口站住，回转身对涅赫柳多夫说。

涅赫柳多夫独自走进书房，看见对面有一个敦实的中等个儿的人，这人穿着正式的礼服，留着短短的头发，在大写字台后的一张圈椅里坐着，兴奋地望着前方。他那张和善的脸在长着白唇髭和雪白胡子衬托下，双颊上的红晕就格外得显眼。他一看到涅赫柳多夫进来，脸上就堆起了亲切的微笑。

“很高兴见到您。我跟令堂可算是旧识，而且是老朋友了。您小的时候和之后您当了军官时，我都见到过您。好了，来请坐吧，请您说说有什么事要我为您效力。”他一边听涅赫柳多夫说菲多霞的事，一边晃着他那剪得短短白头说，“您说，您说，我都听明白了。对的，对的，这件事的确叫人很感动。怎样，您是已经交了诉状吗？”

“我已经准备好诉状了，”涅赫柳多夫说着，从衣兜里取出诉状，“可是我想请求您，希望您能多多关照一下这个案子。”

“您做得这是大好事啊。我一定会亲自到宫里奏明此案的。”男爵说着，他那张快乐的脸上露出了一丝完全不像怜悯的表情，“这个案子真的很感人。很明显，她还只是个孩子嘛，她的丈夫对她那么粗暴，这让她很反感，不过后来过了一段时间，他们就又和好了……当然，我会向上奏明此案的。”

“伊万. 米哈伊洛维奇伯爵说，他想去奏明皇后呢。”

涅赫柳多夫还没有讲完这句话，男爵就立即变了神色。

“嗯，那您就把诉状送交办公室吧，我会尽力而为的。”他对涅赫柳多夫说。

这时，年轻的文官又走进屋里，很显然是在炫耀自己走路的风度。

“那位太太渴望再说几句话。”

“那好吧，就请她进来吧。唉，老弟，在这里要看到多少泪水呀。真希望我可以把这些泪水都擦干！每个人都要尽其所能地去做事才行。”

那位太太走了进来。

“我忘了恳求您，千万别让他卖掉女儿，要不然，他可是什么事都干得出来的……”

“是的，我说过了嘛，我会尽力的。”

“男爵，看在上帝的面子上，请您救救我这个可怜的做母亲的吧！”

她抓住他的一只手，用力吻了起来。

“一切都会好起来的。”

那位太太出去以后，涅赫柳多夫也站起身来告辞。

“我会尽力而为的；我会和司法部接洽一下。他们应该会给我们一个答复的，到那时咱们就可以尽力来办了。”

涅赫柳多夫走出书房，来到办公室。像在枢密院一样，他在这栋华丽的房子里又看见了许多体面气派的文官，衣着整洁，彬彬有礼，端庄大方，说话清楚而严谨，从服装到谈吐都很得体。

“他们这样的人到底有多少啊，真是多得不能再多了。他们都保养得这么好，他们的衬衣和手都洗得那么干净，所有的人的皮靴都擦得锃亮。这一切又到底依靠的谁呢？他们这些人，别说跟囚犯们比较，即使是和农村人比起来也显得是那么舒服啊！”涅赫柳多夫又禁不住地暗自感叹道。

第十九章

那个掌握彼得堡所有囚犯命运的是个祖籍日耳曼的男爵，一生功勋卓越，但据说是已经昏聩的老将军。他曾得过各种各样的勋章，但他平时一个也不佩戴，只在上衣的纽扣孔里挂一个白色的十字章。他曾经在高加索军中时，获得了那个让他非常引以为傲的十字章，因为当时他带领着头发剪得很短、身穿军服、手持步枪加军刀的俄罗斯农民，屠杀了上千名捍卫自己的自由、家园、亲朋好友的人[①]。打那以后他就率军驻波兰，在那里也曾迫使俄罗斯农民犯下了种种不可饶恕的罪行[②]，因此他又获得了勋章以及军服上的新饰物。那之后他还到过一些别的地方供过职。现在他已经是一个老态龙钟的家伙，却得到他眼下担任的这个重要的职位，这让他得到了一座好住所、一笔丰厚的年俸以及人们的尊重。他认真严格地执行着上面下达的各种指示，而且对这些指示特别看重。他认为上面的这些指示意义非凡，觉得世界上的一切都是可以改变的，除了这些从上面下达的指示。他的责任就是把那些男女政治犯关入特别地牢和单人牢房里，并且把这些人折磨得不到十年就会死去一大半，里面还有一部分人精神失常，一部分人因肺痨病而死去，一部分人自

① 19世纪上半叶高加索山区少数民族多次起义反抗沙皇统治，遭到残酷镇压。

② 波兰当时是帝俄属地。1830年波兰人民起义，遭到残酷镇压。

杀：有人因为绝食死去，有人则用玻璃片割断血管，有人上吊，有人把自己活活烧死。

所有这一切，老将军全都知道，因为这一切就是在他的眼皮子底下做出来的，可这一切事件都不能触发他内心的良知，就像雷电和暴风洪水等自然灾害所造成的苦难一样无以触动他的良心。这一切事件都是为了执行以帝国皇帝的名义下达的指令造成的后果。而这些指令都是以皇上的名义发布的，非执行不可的，所以考虑这些指令的后果那是完全无益的。老将军也不允许他去考虑这些事情，他觉得作为爱国军人的天职就是不去考虑这些事情，以防在执行他认为意义重大的那些职责时心软。

老将军始终遵守自己的职务规定，每周都要去所有囚室巡视一遍，顺便询问一下犯人有什么需求。犯人就趁机向他提出各种各样的请求。他心平气和地、不动声色地听他们讲完，然后紧闭着嘴巴一声不吭，却从来都把那些要求置之不理，因为在他看来那些所谓的要求都是不符合法律规定的。

涅赫柳多夫坐着马车来到老将军的住所时，塔楼上那精致的自鸣钟正用尖细的声音演奏着《上帝多么荣耀》，接着又响了两下。涅赫柳多夫一听到这钟声就不由得想到了他在十二月党人的笔记中看到过的这种每小时响一次的优美动听的音乐，那是怎样震撼那些终生被监禁的犯人的心的。在涅赫柳多夫乘车到达他门口时，老将军正在他那昏暗的会客室里靠着一张嵌花小桌坐着，与一个年轻人在一张纸上转动一个茶碟。那个年轻人是他一个下属的弟弟，也是个画家。画家那汗涔涔的润滑且非常细弱的手指头，正插在老将军那僵硬而且干瘦的手指头当中，这两只合在一起的手拃动着一个倒扣着的茶碟，在那张写满了字母的纸上绕来绕去。那个茶碟是在解答将军所提出的一个问题：人们死后，他们的灵魂怎样才能彼此认识？

一个充当听差的传令士兵，拿着涅赫柳多夫的名片走进客厅，那时贞德[①]的灵魂正在通过茶碟和他们说话。贞德的灵魂经由一个个

① 贞德（1412—1431），法国女英雄。

的字母说出“他们彼此认识”几个词，并且这些刚刚记录在了这张纸上。当传令兵进来时，茶碟刚好又拼出“是因为”这样的词儿，就停在这儿，还来回绕着。茶碟之所以如此滑动，是因为在将军看来，下面那个字母应该拼成“清除”。换句话说，在他看来贞德一定要说，人们的灵魂彼此认识，是因为清除了一切尘世的杂念，或清除诸如此类的念头，因此下一个字母应该拼成“清除”。可是画家却认为下一个字母应该可以拼成“灵魂”，他认为贞德的灵魂要说，灵魂彼此认识是因为灵魂缥缈的躯体能够发射出某种光。老将军阴沉地锁紧了浓密的白眉毛，凝视着茶碟上的那双手，把茶碟往他希望的地方推，想象着这是茶碟自己在移动。而那脸色苍白的年轻画家，把稀疏的头发理到耳后，一双暗淡无光的浅蓝色眼球盯着会客室里一个幽暗的角落，嘴唇不安地抽搐着，把茶碟往另一处推。将军见自己的工作被打扰，于是皱紧了眉头，思索了片刻，还是勉强接过名片，戴上夹鼻眼镜，那宽阔的腰部疼得使他哼哧了一声，这才挺直了他那高大的身躯，站起身来，揉了揉有些发麻的手指。

“把他请去书房吧。”

“大人，您就放心地让我独自把它完成吧，”画家站起身来恭维地说道，“我觉得招来的灵魂还在。”

“好吧，那您就自己弄出个结果吧！”老将军果决而郑重地说过这话，便迈开两条僵直的腿，跨着硬邦邦、均匀的大步向书房走去。“见到您真高兴啊，欢迎，欢迎！”将军用粗大的嗓门对涅赫柳多夫说出了这句无比亲切的话，并且向他指了一下写字台旁的圈椅，“您已经到彼得堡很久了吗？”

涅赫柳多夫回答说来这里还没多久。

“您的母亲，公爵夫人，她身体还好吗？”

“我母亲已经去世了。”

“太抱歉了，实在是太遗憾了。我儿子告诉我说他碰到过您。”

老将军的儿子也像父亲一样，在官场春风得意。他从军事学校一毕业就进了侦缉局做事儿，并为自己所担负的职责而无比骄傲。

他的职责实际上就是管理那些暗探。

“是啊，我和您父亲还一起做过事呢。我和他是老朋友，又是老同事。怎么样，您现在还在机关供职吗？”

“没有，我没有担任什么职务。”

将军不以为然地低下头。

“我来这儿是有件事要求您，将军。”涅赫柳多夫说。

“我很乐意为您效劳。什么事儿要我为您效力呢？”

“要是我的请求不恰当，还请您一定要原谅我。可是我不能不转述这个请求。”

“是什么事啊？”

“在您这儿囚禁着一个姓古尔凯维奇的人。他的母亲请求您可以准许她来见见自己的儿子，或者至少可以把一些书籍转交给他。”

将军对涅赫柳多夫所提的要求既没有表示赞同，也没有表示丝毫的高兴，只是歪着脑袋，眯缝着眼睛，似乎是在认真考虑着什么。实际上他什么也没想，甚至对涅赫柳多夫提出的请求完全不感兴趣，因为他心里很清楚自己将会按照规定给他回复的。这会儿只不过是养养神而已，什么也不想。

“关于这件事，您要清楚，不是我说了算的。”他稍稍停顿之后才说，“关于探监，自有最高当局批准的法令明文规定。凡是那些法令规定准许的，都能准许。至于书籍嘛，我们这儿就有一个图书馆啊。只要是准许他们阅读的书，全都可以给他们看的。”

“是这样啊，可是他需要的是一些学术性的著作。他想搞学术研究。”

“您最好不要相信这些话。”将军沉默了片刻，“他根本不是想要研究什么学术。实际上，他不过是不安分罢了。”

“可是有什么办法呢，要清楚他们的日子也是很难熬的，总得想些办法来打发时间啊。”涅赫柳多夫说。

“他们总是四处诉苦，”将军说，“实际上，我们是非常了解他们这些人的。”他简单地说了说他们，就像是说到某些低等的特殊人种。“可是，这里面给他们提供的条件是很舒服的，像这样的条件在其他任何监狱里都是很难见到的。”将军接着说。

他就像要证实自己的话似的，开始详尽地描述起为犯人提供的各种舒适的条件，好像这个机构的宗旨就是要为被监禁于此的人们安排舒适的处所。

“在以前，说实话，那可真是很艰苦的，可如今他们在这里确实是得到了无比周全的关照。他们天天有肉吃：可能是肉饼也可能是牛排。每逢周日，他们还会另加一道甜食。所以，愿上帝保佑，要是让所有的俄国人都能吃上这种伙食该多好啊。”

将军和所有的老人一样，显而易见的，一旦开始说到他所背熟了的东西，就会把自己已经反复说了很多次的话从头再说一次，并以此来证明那些犯人是多么的贪得无厌，多么的不知恩图报。

“他们有书看的，可以看看那些关于宗教的书，也可以看看那些旧杂志。我们的图书馆里配备了很多相当不错的书。只是他们懒得去看。起初他们似乎还比较感兴趣，只是慢慢地，新书竟然有一半都没有开封，旧书就更是无人再问津了。我们还做过实验，”将军脸上带着似笑非笑的表情说，“我们特地在书里夹了一些纸片。不过那些纸片一直留在书里动也没动。再说了，这儿也没有禁止他们写字，”将军继续说，“这里不仅提供给他们石板，还负责提供石笔，所以他们完全可以想怎么写就怎么写嘛。他们还可以擦掉了再写啊。可是他们就是不肯写。哦，真的，我肯定他们不久就会定下心来的。他们只是开始的时候有点儿焦躁不安罢了，慢慢地可能还会长胖，并且会变得非常安静的。”将军自顾自地说着，却丝毫没有注意到他那番话里所隐藏着的残酷。

涅赫柳多夫听着他有些沙哑而苍老的声音，看着他僵硬的身体，那白色的眉毛下面那双暗淡无光的眼睛，那耷拉在军服领子上衰老的、刮得精光的、皮肉松弛的颧骨，看着这个人因为无比残酷和屠杀众多无辜的人而得到的并让他无比自豪的白十字章，心里就彻底清楚了：反驳或是意图揭穿他那番话的含义，都是没有一点儿用的。不过，他还是勉强打起精神来，又问询起另一个案件，也就是女犯人舒丝托娃的案子，说今天他得到关于她的消息了，上面下令要释放她了。

“舒丝托娃？舒丝托娃……我根本没法记住每一个犯人的名字。因为他们人那么多。”他显然是在抱怨他们的人太多了。他按了按铃，派人把办事员叫来。

将军趁办事员还没到，就开始劝说涅赫柳多夫去机关供职，说凡是正派崇高的人，并且暗指自己也在此列，都是沙皇……“和祖国”迫切需要的；他加上后边那三个字，当然只是为了把话说得更好听点儿。

“现在我是老了，可是只要我的精力还允许，我还是会竭尽全力把事情做好的。”

叫来的办事员是个身躯精瘦却肌肉强健的人，一双聪明的眼睛滴溜溜直转悠。他进来汇报说，舒丝托娃被关在一个看管森严的特别的地方，而且说还没有收到要释放她的公文。

“一旦拿到公文，我们肯定会当日就把她释放的。我们决不会延押他们的，我们并不特别喜欢他们的光顾。”将军说着，又做出个俏皮的笑容，这么一来却反使他那张苍老的面孔更丑陋了。

涅赫柳多夫站了起来，尽量控制住自己，以免流露出他对这个可怕的老家伙产生的那种又厌恶又同情的复杂心情。再说了，那个老家伙也认为自己用不着对老同事的这个轻浮而且显然已误入歧途的儿子太过严厉，可是也不能不在要分别的时候教育教育他。

“再见吧，亲爱的孩子，您不会怨恨我吧，我是出于关心才会对您说出这番话的。不要继续和关在这里的人来往了。他们全都犯过罪。他们都是些道德败坏的人。我们对他们可是非常了解的。”他用毋庸置疑的口吻说道。他的确也从不怀疑这一点。这并不是因为事情原本就是如此，而是因为如果事情不是这样，那他就得承认自己不是一个值得崇敬的英雄，且不配过着优渥的生活，而实际上他就得承认自己是个无赖，曾经出卖过自己的良心，到了晚年仍然在出卖自己的良心。“您最好还是去机关里担任一个职务吧。”他接着说，“沙皇需要正直的人……国家也同样需要。”他又这样补充了一句，“是的，如果我们大家都像您一样不去担任职务的话，那怎么行呢？剩下来的还会是什么人呢？我们天天在议论国事，常常对现在的制度不满，可我们却又不肯去帮帮政府的忙。”

涅赫柳多夫长长地叹了口气，深深鞠上一躬，握了握屈尊向他伸过来的那只瘦骨嶙峋的大手，然后转身向屋外走去。

将军不以为意地摇摇头，揉了揉腰，又回到了会客室。这时画家已经写出了那个贞德的灵魂给他的答复，正站在那儿等着将军呢。将军把夹鼻眼镜戴好，看到的是：“他们彼此认识是因为灵魂缥缈的躯体能够发光。”

“哦，是这样啊。”将军闭上眼睛，赞同地说道，“但是，如果人们的光都是一样的，那又怎样区分呢？”他说着，又把他的手指和画家的手指交叉在一起，坐在小桌旁。

此时涅赫柳多夫坐的马车很快驶离了大门。

“这地方可真让人难受呀，老爷，”马车夫转过头对涅赫柳多夫说，“连我都不想等您，直接就离开呢。”

“是啊，这儿真是让人难受。”涅赫柳多夫深表赞同地说，一面敞开胸膛深深地吸了一口新鲜空气，一面带着轻松下来的心情出神地凝望着犹如轻烟的浮云，望着涅瓦河[①]上那些木船和轮船掀起的波光闪闪的涟漪。

---

① 在彼得堡穿城而过的一条河。

第二十章

第二天，玛丝洛娃的案子就要开庭审理了，于是涅赫柳多夫就坐着马车又去了趟枢密院。他在枢密院大厦森严而气派的大门口恰巧遇到也坐着马车赶来的法纳林律师，这时那里已经停了很多辆马车。他们沿着华丽而宽敞的楼梯上了二楼。非常熟悉这里所有通道的律师，熟练地拐进了左边的一扇门，门上刻着诉讼条例制定的年份。法纳林在第一个长方形的房间里脱去大衣，并从门房那里获悉枢密官们都已经到齐了，连最后一个也刚刚走过去了。于是，他穿着燕尾服，白胸衬上系了个白领带，心情欢快、信心十足地走进第二个房间。在这个房间的右侧放着一个大橱，再过去是一张桌子，左边是一座旋梯，这时正好有一位风度翩翩的穿着制服且很文雅的官员，腋下还夹了个皮包，他正从扶梯上往下走。房间里有一位看上去像个族长模样的小老头非常引人注目，他一头长长的银发，上身穿着短款的上衣，下身穿着灰色的长裤，身边还站着两名毕恭毕敬的跟班。

那白头发的小老头儿进入大橱[①]，并关好橱门。就在这时法纳林看到了一位同行，一个和他一样穿着燕尾服、系着白领带的律师，就立马走过去跟他饶有兴致地攀谈起来。涅赫柳多夫借机仔细观察

① 更衣室。

了一下这个房间里的人。来旁听的人有十五六个，其中有两位夫人和一个年纪稍轻的女人，戴着一副夹鼻眼镜，另一个则是满头的银发了。今天要审理一起报纸诽谤案，所以在这儿旁听的人比平常要多得多，而且主要是报界人士。

一个面色红润、英俊潇洒、身穿漂亮制服的法庭警官，手里拿着一张纸，走到法纳林跟前，问他是承办哪一宗案子的，听说是办玛丝洛娃的案子后，在纸上写了点什么，就走开了。这时大橱的门被打开了，那个族长模样的小老头从那里面走了出来，不过已经不穿短上衣了，而是换了一套镶着丝绦的制服，胸前挂满亮闪闪的勋章，那模样看起来活像一只大鸟儿。

这身惹人发笑的服装显然让小老头本人也觉得有点不大好意思，于是他就迈着比往常更快的步子急匆匆地走进了入口处对面的一扇门里。

“他就是贝，是一个德高望重的人。”法纳林向涅赫柳多夫介绍道，并介绍他的同行给涅赫柳多夫认识，然后就说起了马上要审理的那宗案件，在他看来那桩案子是非常有趣的。

没过多久，这桩案子的审理就开始了。于是涅赫柳多夫与旁听者一起从左边走进法庭。他们这些人，包括法纳林，都走到栅栏后面的旁听席上。只有那个彼得堡的律师走到栅栏前面的斜面写字台旁。

枢密院的法庭比地方法院的法庭要小些，布置也简单些，唯一的区别就是枢密官们面前桌子上铺的不是绿呢子，而是镶有金色丝带的深红丝绒。不过，所有进行审判的地方按惯例该有的象征物，如镜子、圣像、皇帝的御像等，在这里当然也是一应俱全的。庭警也是那样隆重地宣布：“现在开庭。”同样是全体起立，身穿制服的枢密官们也同样鱼贯而入，也在一样的高背扶手椅上坐下，也都是一样把手肘支在桌子上，竭力摆出泰然自若的样子。

枢密官一共有四个。首席枢密官尼基京是一个脸形狭长，没留胡子，一双银灰色眼睛的男人；沃尔夫意味深长地紧闭双唇，正用他那白净的小手反复翻阅着案卷。接着就是斯科沃罗德尼科夫，一位肥胖、粗大、满脸麻子的人，是个学究式的法学家。第四位是贝，也就是那个样子长得像族长的小老头儿，他是最后一个走进来的。和枢密官们一同走进来的还有书记长和副检察长等人。副检察长是一个很年轻的人，中等身材，非常瘦削，胡子被剃得光光的，面色有些发暗，长着一双黑色且阴郁的眼睛。虽然这人穿着一身与以往不同的制服，虽然涅赫柳多夫已经有六年多没有和他见过面了，不过仍然可以一眼就认出他是自己大学时期最亲密的朋友之一。

“那位副检察长是叫谢列宁吗？”涅赫柳多夫向律师问道。

“是的。您问这个干什么啊？”

“我认识他。他人还挺好的……”

“而且还是个很棒的副检察长，办事干练。嗯，您倒是应该托他帮帮忙。”法纳林说道。

“他不论在任何情况下都会凭自己的良心办事的。”涅赫柳多夫一面说着，一面想着他和谢列宁的亲密关系和深厚友谊，还有谢列宁的那种种优秀的品德，比如纯真、忠诚和真正的正派等。

“可是现在想托他也已经晚了。”法纳林轻声说过这话，就聚精会神地倾听着正在宣读的案情报告了。

现在要审理的这起案件是针对高等法院的判决所提出的上诉，上诉原因是高等法院裁定没有改变地方法院的判决。

涅赫柳多夫用心倾听着，并尽力想弄明白眼前正在审理的案件到底是怎么回事儿。可是就和以前在地方法院的法庭上一样，让他无法真正搞清楚的原因主要在于他们所说的并不是问题真正的关键，而是一些纯属次要的细枝末节。这起案件说的是某报纸上刊登的一篇文章揭露了某家股份公司的董事长徇私舞弊的行为。看来，问题的关键似乎应该是那个股份公司的董事长到底是不是真的侵犯了股东们的利益，要怎样才能防止他侵犯他们的利益。可是这些问题，却从头到尾都没有涉及。他们谈的只是那家报纸的发行人，按照法律条款他可不可以刊登小品文，现在既然刊登了，那么他到底是犯了哪项罪，是污蔑还是诽谤，是污蔑中有诽谤，还是诽谤中隐含着污蔑。此外还谈到某个总署所颁布的种种法令条文和决议，那些东西对普通人来说是很难听明白的。

涅赫柳多夫只听明白了一点点，那就是：陈述案情的沃尔夫虽然昨天是如此声色俱厉地跟他强调说，枢密院是不会审查案件的实质的，可此时讨论这一案情的时候，却很显然是有意偏袒一方的，以便撤销高等法院的裁决，可谢列宁却一反以前一贯的稳重作风，以出乎意料的激烈言辞发表了他截然不同的见解。一向稳重的谢列宁突然变得这样情绪化，让涅赫柳多夫非常惊讶。实际上这是有原因的，谢列宁很清楚那家股份公司的董事长原本在金钱方面就是个很有问题的人，而且又在无意中听说沃尔夫几乎是在开庭的前夕，还去参加了那个商人举办的豪华宴会。现在，沃尔夫正在报告案情，虽然措辞非常严谨，却明显是在偏袒那个商人，于是谢列宁非常生气，就用对于一件普通案子来说异常激愤的态度来发表他的见解。他的话显然让沃尔夫觉得受到了很大的侮辱，沃尔夫一时间面红耳赤，身子不停地哆嗦，一声不响地做了个惊愕的姿态，便带着傲慢却又受辱的神情跟其他几位枢密官一起走进了议事室。

“请问一下，您是来承办哪一起案件的？”庭警在枢密官们刚离开，就走了过来，又问了法纳林一次。

“我不是都已经告诉过您了吗，我是来办玛丝洛娃的案件的。”法纳林回答说。

“是，您是说过。今天是要审理这个案子的。不过……”

“不过什么？”律师问。

“实话告诉您说吧，这个案子不进行公开审理了，所以枢密官先生们在宣布案子的判决之后，未必会再出庭了。不过，我还是可以去通报的……”

“这到底是怎么回事儿？……”

“我去通报一下，我去通报一下。”庭警又在那张纸上写了些什么。

枢密官们真的打算宣布诽谤案的判决之后，就不再离开那个议事室了，他们只是一面在喝茶，一面处理一下包括玛丝洛娃一案在内的其他几件案子。

第二十一章

枢密官们刚在议事室里的桌子旁边坐下，沃尔夫就开始滔滔不绝地摆起一定要撤销那件案子原判的若干理由。

首席枢密官一贯是对人对事都不怀好意的人，而今天的情绪更是格外的糟糕。在法庭开庭审案的时候，他听着案件的陈述，就已经拟定了自己的意见，所以现在坐在这儿，并没有听进沃尔夫说的话，只是在专心致志想自己的心思。他想的是昨天在自己的回忆录上写下的那件事。就是有个肥缺，是他早已垂涎的，却没有委派给他，反而委任了维梁诺夫。首席枢密官尼基京坚信不疑，任何在他任职期间接触过的、形形色色的、最高两个等级的文官所做的评述，将来会成为极为重要的历史文献。昨天他就完成了一个章节，在那一章里，他猛烈地抨击几个最高两个等级的文官，因为他们阻挠他，按他的说法是他们阻挠了他拯救俄国，让俄国摆脱当今执政者所造成的濒临毁灭的局面，而事实上只是因为他们妨碍他得到比现在更多的薪俸罢了。此刻他却在暗自思忖，怎样才能让后代子孙对这些情况有个全新的认识。

“是啊，当然啦！”他对沃尔夫说的那番话回应道，其实他压根就没有听一个字。

不过贝却在听沃尔夫的高谈阔论。他面色阴沉，并一直在那张摊开在面前的纸上画着花环。贝是一个地地道道的自由派。他忠心不二地守卫着六十年代[①]的传统，就算有时偏离严格的公正和无私的立场，那也是为了维护自由派。所以眼下这种情况，贝就站在了驳回上诉一边，除了因为那个提出控诉、控告他人诽谤的股份公司商人是一个不干净的人以外，还因为控告报馆人员诽谤更是在压制新闻自由。当沃尔夫的理由陈述完了之后，贝就放下那个还未画好的花环，皱着眉头（他之所以皱眉头，是因为这样简单的道理还不得不进行说明），用温柔动听的声音，简明扼要而又凿凿有据地说明那上诉是缺少根据的，说完他又低下那满是白发的头，继续画他的花环。

斯科沃罗德尼科夫在沃尔夫对面坐着，不住地用他那粗粗的手指把胡子塞到嘴里去。贝的话音刚落，他也就立马停止了嚼胡子，用尖厉刺耳的声音说，虽然那个股份公司的董事长是个大浑蛋，可是如果能找到法律依据的话，那他是可以撤销原判的，只是现在没有这样的法律依据，那他就依然赞成伊万·谢苗诺维奇的意见。他说完后又暗自非常高兴，因为他借机把沃尔夫狠狠地嘲讽了一番。首席枢密官表示很同意斯科沃罗德尼科夫的意见，于是这一案件就这样被否决了。

沃尔夫当然非常不高兴，尤其是因为他那居心不良的袒护行为，就像被人当众揭穿了一样。不过他还是装出一副心平气和的样子，打开下一本由他报告的玛丝洛娃案的案卷，非常认真地翻阅起来。这时，枢密官们按了按铃让人送点儿茶进来，并且聊起了在那个时候与卡缅斯基的决斗同样轰动整个彼得堡的另一件事情。

这是一个与司长有关的案件，此人遭到揭发检举，他触犯了刑法第九百九十五条所列的罪行。

“多无耻啊！”贝无比厌恶地说。

“不过这到底有什么不好呢？我可以在我们的资料中找出一位德国作家所提出的方案来给您看看，他直截了当地表明，这种事并

① 指19世纪60年代。当时，俄国资产阶级自由派主张实行资产阶级改革，但是由于害怕群众运动而与沙皇制度妥协。

算不上犯罪。还觉得男人和男人也是可以结婚的。”斯科沃罗德尼科夫说着，带着嗞嗞响的声音津津有味地抽着一支夹在指头中间的皱巴巴的香烟，并放声大笑了起来。

“这不可能吧？”贝怀疑地说。

“我可以翻出来给您看看。”斯科沃罗德尼科夫说，并且还说出了那本著作的全名，甚至说出了出版的时间和地点。

“不过据说，已经任命他到西伯利亚的某个城市去当省长了。”尼基京说。

“那可真是太好啦！主教一定会举着十字架欢迎他的。不过也要有一个那样的主教才行。我倒是可以给他们推荐一个那样的主教。”斯科沃罗德尼科夫说完这话，便把烟头丢进茶碟里，然后又拼命把胡子塞到嘴里，大肆咀嚼起来。

此时庭警走进来通报说，律师和涅赫柳多夫希望能在审理玛丝洛娃的案子时出庭作证。

“哦，说到这个案子吧，”沃尔夫说，“那可真是一件风流韵事啊。”于是他把自己所知道的涅赫柳多夫与玛丝洛娃之间的关系说了一番。

枢密官们谈完这个案子后，抽过烟，喝过茶之后，就回到了法庭，向人们宣布他们对上一个案件的前后裁决，接着就开始审理玛丝洛娃的案件了。

沃尔夫用他那尖细的声音将玛丝洛娃撤销原判的申诉详尽地陈述了一下，当然不是完全的不偏不倚，是带有明显的希望撤销法庭原判的意味。

“您还有想要补充的吗？”首席枢密官转过身去问法纳林。

法纳林站起来，挺直他那白白的、宽阔的胸膛，用十分婉转而准确的言辞，逐条说明原判决有六处是背离法律的准确含义的，此外他还斗胆简要地说了一下案情真正的实质问题和本案原判的极其不公正。法纳林简短有力的发言口气中好像带有歉意，似乎他是在道歉，因为他所提倡的那一切，各位枢密官凭借他们敏锐的洞察力和精深的法律学识，一定会比他看得更清楚，理解得也更深刻，他这么做，也只不过是因为他的职责要求他这样罢了。有了法纳林这番话，好像再也没有任何疑问了，枢密院肯定会撤销原判的。法纳林的发言结束后，脸上露出了一丝得意的笑容。涅赫柳多夫看了看自己的律师，看到这样的笑容，也暗自认定这场官司准赢了。但是当他又看了看枢密官们之后，才看出来只有法纳林一个人在得意，在微笑。枢密官们与副检察长既没有笑容，也没有得意的神情，反倒流露出一副极为不耐烦的神态，好像在说："你们这些人说的话我们都听够了，这全是一些废话。"很显然，一直到律师陈述完毕，不再白白地耽误他们的时间了，他们才流露出满意的神气。律师发言一结束，首席枢密官就立刻转过身去请副检察长发表讲话。谢列宁的发言很简洁，而且明了、准确，他认为申请撤销原判的理由并不充足，主张维持原判不予更正。在这之后枢密官们纷纷站起身来出去开会商议。在议事室里，大家的意见产生了分歧。沃尔夫坚持主张撤销原判。贝了解事情的原委之后，也就强烈地支持撤销原判，并依据自己正确理解到的，向同事们十分生动地描述了开庭时的种种情景以及陪审员们发生误会的经过。尼基京一如往常，主张严格遵守法令办事，主张严格遵循诉讼程序，从而反对撤销原判。于是整个案件都取决于斯科沃罗德尼科夫的意见了。不幸的是他也主张驳回上诉，维持原判，主要是因为涅赫柳多夫出于道德的缘由竟然决定娶那个姑娘，这让他反感至极。

斯科沃罗德尼科夫是一个唯物主义者，达尔文主义者，总是认为抽象道德的各种表现，或者说得更严重些，宗教信仰的任何一种表现，不仅是一种恶劣的精神错乱，而且其本身就是一种羞辱。因为一个妓女而引起的这样一场麻烦，以及替她辩护的这位有名的律师和涅赫柳多夫亲自来到枢密院，都让他感到极其厌恶。于是他就一股脑儿地把毛胡子塞进嘴里，还顺便装出一副这样的脸相，装得极其自然，就好像他一点儿也不了解案情。只坚持认为上诉理由不够充分，所以他也赞成首席枢密官的看法，主张驳回上诉，维持原判。

这个上诉就这样被驳回了。

第二十二章

“真是可怕啊！”涅赫柳多夫一面和整理好自己行李包的律师往接待室里走，一面说，“这样一桩清清楚楚的案子，他们却非要在形式上吹毛求疵，驳回上诉。这简直太可怕了！”

“这件案子是被先前的法庭搞坏的啊。”律师说。

“竟然连谢列宁都坚持驳回上诉。可怕，太可怕了！”涅赫柳多夫一个劲儿地反复着说，“那么现在该怎么办呢？”

“那我们就只能告御状了。趁您还在这儿，您就亲自递上去。我可以为您起草状子。”

就在此时，穿着制服，佩着星章的矮小沃尔夫，傲慢地走进接待室，走到涅赫柳多夫跟前。

“能怎么办呢，敬爱的公爵。缺乏足够的理由啊！”沃尔夫无奈地耸了耸他那窄窄的肩膀，闭着眼睛说。然后就转身一走了之了。

沃尔夫走后，谢列宁也紧跟着过来了。他已经从枢密官们那儿得知自己昔日的老朋友涅赫柳多夫在这儿。

“哦，我怎么也没有想到能在这儿见到你，”他说着，来到涅赫柳多夫的跟前，嘴角还挂着笑容，可是眼睛却仍然那么阴郁，“我竟然不知道你来彼得堡了！”

“我也不知道你已经当上检察官了……”

“只是个副检察官。”谢列宁纠正道，“你怎么到枢密院来了？”他目光极为阴郁、无比颓丧地看着老朋友，问道，“我后来才听说你到了彼得堡。可是你怎么会来这里呢？”

“我来这里是因为我渴望能伸张正义，拯救一个无辜被囚的女人。”

“谁，那是什么样的女人啊？”

“就是刚才审过的那件案子中的女人。”

“啊，玛丝洛娃，”谢列宁想起来了，接着说，“但是那个上诉理由是极不充分的啊。”

“问题不在于上诉理由，而在于那个女人的确是无辜的，可却被判了很重的刑。”

谢列宁重重地叹息一声。

“可能是吧，但是……”

“这不是可能，而是千真万确……”

“你是怎么知道的？”

“因为我就是那个案子的陪审员啊。我知道我们在哪儿出了错。”

谢列宁开始沉思起来。

“可是当时你就应该出来说明一下呀！”他说。

“我已经说过了。”

“那就应该记录在案。要是把那份记录连同撤销原判的上诉一起送上来就好了……”

谢列宁平时工作非常繁忙，很少参加上流社会的社交活动，很明显对涅赫柳多夫的那些风流韵事毫无所闻。涅赫柳多夫觉察到了这些，就决意不向他说起自己和玛丝洛娃的那层关系。

“是呀，不过就是这样，也是一目了然的呀，原判是非常荒谬的。”他说。

“枢密院无权说这种话。如果枢密院按照自己对原判是否公正的看法来撤销原判，那么且不说枢密院会失去任何立足点，不能伸张正义，反而有破坏正义的危险。”谢列宁一面回想刚才的案件，一面说，“现在即使不说这一点，至少陪审员们的裁决会使其变得毫无意义。”

“我现在只知道一点，就是那个女人真是无辜的，是不应当受惩罚的，可是将她拯救出来的最后一丝希望也就此破灭了。最高机构竟然批准了完全非法的事。”

“枢密院那不是批准，因为它根本就没有审查，也无权审查任何案件本身。”谢列宁眯缝着小眼睛说，“想必你是在你姨母家住着吧？”他又加了一句，显然是想要转移话题，“我昨天才从她那里得知你来这里了。伯爵夫人昨天还盛情邀约我同你一起去参加一个外国传教士传教会。”谢列宁咧嘴笑着说。

“是的，我听过了，不过很无聊，我听了不到一半就离开了。”涅赫柳多夫很气愤地说，因为谢列宁刻意转换话题而气恼。

“啊，为什么要走掉呢？那无非就是宗教情感的一种体现罢了，虽然它比较片面，带了些教派的味道。”谢列宁说。

“那根本就是一种荒唐绝伦的行为。”涅赫柳多夫说道。

“哎，也不能这样说。不过在这方面倒有一点很奇怪，那便是我们对我们教会的教义了解得太少太少了，因此总是把一些基本的教条误认为是某种新发现。”谢列宁好像迫不及待地想要向老朋友说出他以前不曾有过的新见解。

涅赫柳多夫诧异而仔细地看了看谢列宁。谢列宁并没有垂下目光，他那双眼睛不仅流露出阴郁的神色，而且还带着不友好的色彩。

“怎么，难道你也信那教会的教义？”涅赫柳多夫问道。

“没错，我当然信啦。”谢列宁呆呆地、死死地盯住涅赫柳多夫的双眼，回答说。

涅赫柳多夫叹息了一声。

“真奇怪。”他说。

“好吧，我们还是以后再说吧。”谢列宁说，“我马上就过去。”他转身对一个朝他走来毕恭毕敬的庭警说道，“我们一定要找个机会好好聊聊才行，”他叹着气说，“不过你经常在家吗？我一般晚上七点吃饭之前，都会在家。我家就在纳杰日滓斯卡雅街。”他说了说自家的门牌号，“从上次分开后，我们已经很多年没见了。”他走的时候又补充了一句，还露出一丝儿微笑，离开了。

“如果我有空的话，肯定会去拜访你的。”涅赫柳多夫说，突然觉得这个原本很亲近、很喜欢的谢列宁，在经过这次简短的交谈后，如果说还没有变成冤家对头的话，那至少也已经变得格格不入、生疏、隔膜、难以琢磨了。

第二十三章

谢列宁还是个大学生的时候，涅赫柳多夫就已经认识他了，那时候的谢列宁是个心地善良的公子，非常孝顺的儿子，十分讲义气的朋友，而且从年龄上来说应该是上流社会里极有教养的年轻人，为人处世非常有分寸，而且斯斯文文、风度翩翩、长相俊美，同时又非常正直、忠厚和诚恳。他那时不是特别用功却学习相当出色，他所写的论文还好几次获得了金质奖章，而他本人却没有一丁点儿的书呆子气。

他不但在口头上，而且在实际行动中也总是把为人民服务当成自己青春年华的一个重要生活目标。他认为这种服务没有别的什么方式，只能选择进政府机关工作，所以他一毕业就将他可以为之效力的各种工作做了一次系统的分析，最后断定他在主管制定法律的某部大臣办公厅二处工作最好，于是就进了那个机关。然而尽管他兢兢业业、勤勤恳恳、任劳任怨，努力地完成各种交给他处理的事情，可是他仍然感觉到这样的工作不能满足他想成为有益于人民的要求，也不再认为他所做的是应该做的事。因为他和他们那位吹毛求疵、极其浅薄、虚荣心重的顶头上司经常发生矛盾，那种不满足感就更强烈了，于是他调离了第二处，来到了枢密院。在枢密院里他觉得情况好一点儿，只是那种不满足的感觉仍是寸步不离地跟着他。

他每时每刻都感觉得到，一切都和他所期望的和应有的情形截然不同。在这里，在枢密院任职期间，他的亲友们为他奔波，总算是谋得了一个少年侍从的职称[1]，于是他只好穿上绣花的制服，戴上白麻布的胸衬，坐上四轮的轿式马车去向各种各样的人登门道谢，感谢他们的抬举为他谋得了听差的工作。不论他怎么冥思苦想，仍是不能对这种差事的意义做出合理的解释。所以他觉得这比在机关供职的时候更加“不对头”，但是从一方面来说，他已经不能拒绝这一委任了，免得让那些热心帮他的亲戚伤心，因为那些人坚信他们为他做了一件值得高兴的大好事；而从另一方面来说，这一委任又恰好迎合了他的劣根性，因此当他在镜子里看到自己穿着用金丝绦绣花的制服时，当他因为这一任命受到别人尊敬时，他又沾沾自喜。

关于婚姻，他也遇到了同样的情况。亲友们为他操办了一桩从上流社会的角度来看非常美满的婚姻。而他结婚的原因，多半是因为如果他拒绝这门婚事的话，就会得罪和伤害渴望这门亲事成功的新娘，同时也会伤害那些努力促成这门婚事的亲戚，让大家伤心。此外和这样一位年轻貌美又出身名门的姑娘结婚，也能让他的虚荣心得到满足，让他更加得意。只是这门亲事没过多久就显露出了比他的机关任职和宫廷挂差更加的“不对头”了。他的妻子在生完第一个孩子后，就不想再生育子女了，并开始过起了豪华的上流社会的生活，并且不管他是否愿意都必须得参加。她长得算不上特别漂亮，只是对她的丈夫很忠实，可是，且不说她的这种生活方式非常严重地影响了她丈夫的生活，就连她本人，在这种生活里除了耗费大量的精力、换来过度的疲惫之外，可以说是一无所获。话是这么说，不过她依然千方百计地维持着这样的生活模式。他也曾试图改变这样的生活方式，结果他的一切尝试一旦遇到她的那种信念，就像是碰在了石头墙上一样全部被粉碎了，因为她坚信生活本来就应该是这样的，所有的亲戚、朋友也都支持她的这种信念。

他们只有一个小女儿，长着一头长长的金黄色的卷发，光着两条白腿。可是她父亲一点儿都不觉得这是自己的孩子。主要原因是

① 少年侍从是帝俄宫廷的一种低级职称，不是职务。

她并不是按照他所期望的那样来被培养的。他们夫妻之间出现了常有的那种互不理解，甚至谁都不愿意理解对方，于是他们之间开始进行着一场无声无息的、不动声色的暗斗，虽然瞒着外人，虽然为了体面尽量克制，但他觉得这样的家庭生活让他变得越来越痛苦了。如此一来，他的家庭生活比起他在机关供职和宫廷里的差事就显得更“不对头”了。

不过，最“不对头”的却是他对宗教的态度。他就像所有那个年代里以及他那个圈子里的人一样，随着智力的成长，毫不费力地就挣脱了他从小就受到的宗教迷信的桎梏，这连他本人也不知道自己究竟是在什么时候挣脱出来的。在他少年时期、大学时代以及和涅赫柳多夫接近时，他是一个诚实而正直的人，就丝毫不隐瞒他已经摆脱了官方宗教迷信的束缚。只是随着时间的流逝，官位的节节高升，尤其是这一时期保守的反动势力在社会上的抬头，这种精神上的自由就开始困扰他了。且不说在家庭方面，尤其是他父亲去世后在为父亲做安魂祭的事情上，且不说他的母亲坚持要他守斋戒，或是社会舆论对他施加的那些压力，要求他那样做，就说在机关里任职也不得不频繁地参加各种祈祷仪式、供奉仪式、谢恩仪式等类似的礼拜仪式，他的生活几乎很难有一天是不和宗教仪式相接触的，而且无法摆脱和避免。他要应付这种种礼拜仪式，还必须在两者中选择其一：要么假装信仰他所根本不信仰的东西（凭他那诚实的本性，这是无论如何办不到的），要么承认这些宗教仪式都是虚伪的，重新安排自己的生活，好使自己不去参加那些他觉得虚伪的事情。不过，想要处理这件看上去无关紧要的事情，却需要付出很大的代价：除了经常要和他身边的一些人进行斗争外，他还必须彻底改变他自己的地位，也要放弃他在机关里的职位，他也就不能为众人做有益的事儿了。他自以为自己在现在这个职位上已经做了一些有益的事，以及希望今后能做得更多。当然，为了达到自己的这一目的，他还必须相信自己是对的。他也的确坚信自己是没错的，就如同当代所有受过教育的人一样，只要稍微懂得一些历史，大体上知道宗教起源和基督教的起源与分裂的人，就会相信这种观点的确是正确的。他不可能不知道他不承认教会的教义是真理的这种看法也是正确的。

然而在现实条件的逼迫下，他这个原本诚实的人却也只能说起小小的虚伪话。那就是，他暗想，为了证实那些不合理的事情不合理，就必须先对这些不合理的事情进行一番研究。这是一种小小的虚伪，可是这小小的虚伪却把他引进无法自拔的极大的虚伪中去了。

他是在东正教的影响下出生和成长起来的，身边所有的人都要他信仰东正教，并且他倘若不承认这个东正教，那将无法继续进行他的那些对众人有益的活动，因此等他对自己提出东正教是不是正确的这个问题时，他在心中其实已经有了答案。因此为了把这个问题弄清，他不读伏尔泰、叔本华、斯宾塞、孔德[①]的著作，却转而拜读了黑格尔的哲学书和维奈、霍密雅可夫[②]的宗教著作。毫无疑问，他也就在这些著作里找到了他想要的东西：某种类似精神上安慰的话和对宗教教义辩护词的东西。他就是在这种宗教教义的熏陶下长大的，可这种宗教教义早已被他的理智否定了，只是没有了宗教信仰，他的整个生活就会充满烦恼，而一旦承认了它，一切烦恼也就烟消云散了。于是他还学会了各种各样惯用的诡辩术，例如说个人的智慧是不能认识真理的，只有人类智慧的汇合才能发现真理，认识真理的唯一途径就是神的启示，而神的启示就寓于教义之中，等等。从那个时候开始，他也就可以心安理得地去参加祈祷式、安魂祭、礼拜、守斋，对着圣像画十字，而不感到是在作假，也就继续留在机关里任职，而在机关任职能让他觉得自己在做有益的事，还可以给他那没有欢乐的家庭生活中带去丝毫的安慰。他觉得自己信仰了东正教，但同时，他却又虔诚地、空前强烈地感受到，他的这种信教根本是“不对头”的。

---

① 伏尔泰是18世纪法国启蒙思想家，叔本华是19世纪德国哲学家，斯宾塞是19世纪英国社会学家，孔德是19世纪法国哲学家，都在不同程度上批判过基督教。

② 黑格尔是19世纪德国哲学家，维奈是19世纪瑞士神学家，霍密雅可夫是19世纪俄国斯拉夫派理论家，都从不同角度肯定基督教义。

就因为这些，他的眼睛才总是那么阴郁。也就因为这些，他一看到当年他认识的涅赫柳多夫，就想起当年，他还没有染上这些虚伪习气时是个什么样的人啊。特别是在他迫不及待地向涅赫柳多夫暗示了他的宗教观之后，他比任何时候都强烈地感觉到这所有一切的“不对头”了，于是他的心情更阴郁了。涅赫柳多夫看到这个昔日的老朋友，在刚开始的那阵高兴过后，也有了这样的感觉。

正是因为如此，虽然两人都许诺日后会再见，可两人都没有再找机会相见了，所以在涅赫柳多夫这次来彼得堡期间，他们两人也就再也没有见过面。

第二十四章

涅赫柳多夫和律师一起从枢密院里走了出来，顺着人行道走去。律师让他的四轮轿式马车跟在后面，就开始和涅赫柳多夫说起刚才枢密官们讨论过的那个司长的事情，说到他是如何被揭发的，说到他非但没受到按法律应该被判处的苦役，反而被调到西伯利亚当省长去了。律师说了一遍这件事情的始末，以及它丑恶的内幕之后，还特别津津有味地说起了另一件侵吞捐款的事，捐款是兴建纪念碑的，却被各种各样地位极高的人侵吞了，所以纪念碑一直没能完工。就是今天早上他们乘车经过时看到的。他还说到了某人的情妇在证券交易所里发了几百万的横财，还说有个人把自己的老婆给卖了，而又被另外一个人花钱买了去。另外，律师还说了一些事情，提及政府的高官们是怎样徇私舞弊，怎样犯下各种罪行的，只是这些人却都没有去蹲大狱，反而稳坐在当地各个机关的长官交椅上。律师的这些奇闻逸事显然是三天三夜也说不完的，他讲得唾沫横飞，得意扬扬，因为这些事情非常清楚地表明，他这个律师用来捞钱的手段与彼得堡的那些高级官员捞钱的手段比起来，是完全正当并且清白无辜的。所以，当涅赫柳多夫不等他说完关于高级官员们犯罪的最后一个故事，就向他告辞，自己雇了辆街头马车，沿着堤岸街回他姨母家时，律师不禁觉得非常的诧异。

涅赫柳多夫的心情非常忧郁。他之所以忧郁，多半是因为枢密院驳回了上诉也就等于是确定了本来无罪的玛丝洛娃肯定要承受不应有的苦刑，更因这一驳回，他要实现跟她一起同生死、共患难的决心变得更加艰难了。此外，他听到律师那么兴奋地讲述那些骇人听闻的为非作歹的故事，就更加忧郁了。另外他还不停地想起当年的谢列宁是那么的可爱、开朗、正直，而现在他却流露出那样的凶恶、冷漠、疏远，甚至令人厌恶的眼神，这些全都让他闷闷不乐。

涅赫柳多夫到家后，看门人带着某种蔑视的神情把一张字条递给了他，看门人说，这张字条是一个女人在门房里写下的。原来这张字条是舒丝托娃的母亲写的。她说，她是特地来感谢她女儿的恩人和拯救者的，此外她还请他，是恳请他到瓦西里岛第五条街某某住宅去找她们。她还说，这对薇拉·叶夫列摩芙娜[1]来说是非常重要的。还说希望他不要担心她们为表达谢意而亵渎他高尚的情操，她们是不会说感谢之类的话的，只不过是想要和他见见面罢了。如果可以的话，希望他第二天一早就可以过去。

另外还有一封信是涅赫柳多夫的老同事，现在成了宫廷侍从武官的博加特廖夫写来的。涅赫柳多夫曾准备请他将自己替那些教派信徒写的状子呈递给皇帝的。博加特廖夫用刚劲有力的大号字写道，他会按照诺言将状子亲自呈交给皇帝的，只是他突然想到，在那之前，涅赫柳多夫最好还是去拜访一下那个可以左右本案的人，当面向他求情，那样是不是会更好些。

涅赫柳多夫几天来在彼得堡见闻了许多之后，让他陷进了一种灰心沮丧的情绪里，他觉得每件事都无法办成了。他在莫斯科拟订好的那些计划，现在在他眼里像是青年时代的幻想，人们要是怀着那种幻想进入社会，自然也就无一例外地会失望。然而既然现在已来到了这里，他就觉得自己还是应该按照原订的计划去实施，于是打算明天先去一趟博加特廖夫家里，就按照他的意见去做，去拜访那位能够左右教派信徒们案件的官员。

① 不是她的女儿，而是上文说过的托涅赫柳多夫营救舒丝托娃的女革命者博戈杜霍夫斯卡娅。

这时，他从皮包里拿出教派信徒们的上诉书，打算重新翻看一下时，不料卡捷琳娜·伊万诺夫娜伯爵夫人的一名听差敲响了他的门，走了进来，说要请他去楼上用茶。

涅赫柳多夫只好说他立刻就去。于是他把状子放进皮包里，出了房门，去了他姨母那里。在上楼的时候，他无意间瞟了窗外一眼，一眼就看到了玛丽叶特的那对栗色马，突然一下子就高兴起来，情不自禁地想笑。

玛丽叶特戴了一顶女帽，不过身上穿的已经不是黑色连衣裙了，而是一件很花哨的浅色连衣裙。她坐在伯爵夫人的圈椅旁边，手里端着一茶杯，嘴里正在娇声细气地说着什么，说话时她那双漂亮而且笑盈盈的眼睛忽闪忽闪的。当涅赫柳多夫进屋时，玛丽叶特刚刚说了一句逗乐的话，并且是一句不成体统却又很引人发笑的话，这是涅赫柳多夫从她的笑声中推测出来的，那句话逗得心地善良的、长着些许唇髭的卡捷琳娜·伊万诺夫娜伯爵夫人放声大笑，她那胖胖的身子直打哆嗦。玛丽叶特却显出非常轻佻的神气，稍稍撇了撇含笑的嘴，把那张神采奕奕、兴高采烈、洋溢着青春气息的脸蛋儿转过去，静静地看着和她说话的女主人。

涅赫柳多夫从他听到的几句话里，就知道她们正在谈论彼得堡的第二号新闻，也就是关于那位西伯利亚新省长的趣闻轶事，玛丽叶特正是在这事上讲了一句什么逗乐的话，才引得伯爵夫人笑得停不下来。

“你快让我笑死了！”她笑得连连咳嗽了好几声之后，说道。

涅赫柳多夫简单地打过招呼，就在她们的身边坐了下来。他刚想指责玛丽叶特言行轻佻，她就已经察觉他那严肃的神情，以及些许不高兴的神色，于是她立即改变了自己脸上的表情，甚至连她的整个情绪也突然转变了，目的就是想要讨他欢心。自从见过他之后，她就在努力地讨他欢心。现在她一下子就变得很严肃了，流露出一副对自己生活很不满意，似乎是在寻觅着什么，追求着什么的神气。这倒不是她在演戏，而是真的在她的心里产生了一种和涅赫柳多夫此刻非常相似的心情，但是如果用语言来描述那到底是一种什么样的心情的话，她却是无论如何也说不清楚的。

她问他的事情办得怎么样了。他就说了说枢密院驳回上诉的情形，还说起他遇见谢列宁的情形。

“哦！他是一个多么纯洁的人啊！他可真是十全十美的骑士。高尚的灵魂呀！”这两个女人一起用上了社交场上人们对谢列宁的惯用称号。

“他妻子是一个怎样的人呢？”涅赫柳多夫问道。

“她嘛？哼，不过，我才不想指责她呢。反正也不是特别了解她。”“怎么，难道他也主张驳回上诉吗？”玛丽叶特怀着油然而生的同情问道。“那真是太糟糕了，我真替她难过！”她又叹了口气，说道。

他皱紧双眉，想换一个话题，就开始说起那个舒丝托娃的案件来，舒丝托娃本来是被关在要塞里的，后通过玛丽叶特说情才被释放出来的。于是他向她表达了感激之情，感谢她在她丈夫面前说的情。接着他就想说这件事回想起来有多么恐怖，那个女人和她全家所受到的苦难，只是因为没有人过问，不过她没有让他把话说下去，就率先表达了自己的愤怒。

“您不用对我讲这些话了，”她说道，“我丈夫刚告诉我她是可以释放的，我听到这种说法就感到十分震惊。既然她是无辜的，那当初为什么又要关她呢？”她刚好说出了涅赫柳多夫想说的话，“真是太可恶，太可恶了！”

卡捷琳娜·伊万诺夫娜伯爵夫人看到玛丽叶特对自己的外甥如此殷勤，暗自觉得好玩。

“你听我说，”她趁他们两个都不说话时说道，“你明天晚上到阿林家去一趟，基泽维杰尔要在她家里布道。你也去吧！”她转过身来对玛丽叶特说。

“他注意到你了，”她对外甥说，“我把你说过的话全部告诉他了，他说那是吉兆，你一定会来到基督身旁的。你一定要去阿林家。玛丽叶特你应该对他说，让他去。你也去吧。”

“我啊，伯爵夫人，首先呢，我无权要求公爵做什么，”玛丽叶特看着涅赫柳多夫说道，并且用这种眼神沟通心意，好在他们在对伯爵夫人的这番话，或者说是在对待福音派的根本态度上，已经达成了某种默契，“其次，您也知道，我是不太喜欢这个……”

“你总是喜欢唱反调，总是有自己的主张。”

“我怎么会有自己的主张呢？我就像是个普通的乡下女人那样信教呢。”她笑嘻嘻地说，“还有第三点，”她继续说，“明天我准备去看法国戏呢……”

“哎呀！那个你不是已经看过了嘛……可是，她叫什么来着？”卡捷琳娜·伊万诺夫娜伯爵夫人说道。

玛丽叶特说了说那个著名的法国女演员的名字。

“你一定要去看一看，她演得太好了。”

“那我到底该去看谁好呢，我的姨母，是先去看女演员呢，还是先去传教士那儿呢？”涅赫柳多夫笑呵呵地问道。

“请你不要抓我的话把儿。”

“我觉得最好还是先去传教士那里的好，然后再去看那法国女演员的表演，要不然只怕会完全失去听布道的兴致了。”涅赫柳多夫说。

“不，还是先去看戏的好，看完后再去忏悔。”玛丽叶特说。

“行了，你们别拿我取笑了。讲道是讲道，看戏是看戏。要拯救自己的灵魂，一点儿也不需要把脸拉得二尺长，整天抱怨个没完。一个人只要有信仰，那他心里也就畅快多了。”

“您呀，我的姨母，要是传起教来肯定不会比任何一个传教士差。”

“那您看这样行不行，”玛丽叶特沉思了一下又说，“您明天到我的包厢去找我吧！”

“我恐怕去不了……”

一个听差走过来通报说有客人来访。来者是某个慈善协会的秘书，也就是伯爵夫人主持的那个慈善协会。

“哎，那位先生是个最没意思的人。我看我还是到那边去接待他吧。待会儿我再过来找你们。麻烦您给他倒杯茶，玛丽叶特。”伯爵夫人说完，便已经迈开她那轻快却有点儿摇摆的步子向大厅走去了。

玛丽叶特脱下手套，露出嫩生生、滑溜溜的手，无名指上还戴着一枚戒指。

“您要喝茶吗？”她说话间，伸手取下酒精炉上的一把银茶壶，还很奇怪地跷着小手指头。

她的神情是严峻而阴郁了。

“虽然我是很看重人家的意见的，但是他们却把我和我的身份混为一谈了，这让我心里非常难过。”

她说到最后几个字时，眼泪盈满了整个眼眶，好像马上就要哭出来了。可是这番话，只要稍稍分析一下，其实并没有什么意义，或者是没有任何特殊的含义，不过涅赫柳多夫却觉得这些话含义深刻、真诚而且充满善意。这是因为这个年轻美丽、衣着讲究的女人在说这番话时，她那双水汪汪的眼睛里还送来一阵阵秋波，深深地把涅赫柳多夫给迷住了。

涅赫柳多夫静静地看着她，一双眼睛再也没离开她的脸。

“您觉得我不了解您，也不清楚您心里所想的一切。可事实上您的所作所为是众所周知的。这是公开的秘密，我很欣赏您的所作所为，也很钦佩您。”

“老实说，这并不值得赞赏，我做得还远远不够。”

“那有什么关系呢。反正我懂您的想法，也同样懂她……嗯，算了，算了，我们不要再谈这些了。”她察觉他脸上有不愉快的神气，就立马收住了自己的话锋，“不过我还能理解另一些事，”玛丽叶特一心只想把他吸引住，并且凭着她女性的敏感已经猜出他看重和珍视的是什么，就这样说道，“您亲眼见过监狱里的种种苦难和种种可怕的情景之后，努力想要帮助那些正在受苦受难的人，他们那些人正在被某些人管制着，遭受着残酷无情的折磨，因为无人问津，因为有人非常残忍，那些人吃尽了各种苦头，真是吃尽了苦头呀……我知道，可以为救人献出自己宝贵的生命，换成我，我也甘愿献出来。不过每个人有每个人的命运啊……’

“难道您对自己的命运还不满意吗？”

“我啊？”她问道，就好像她感到非常诧异，想不到有人会问这种问题，“我应该满足，而事实上也是相当满足的。只是，我心里貌似有一条虫子正在苏醒[①]……”

“那就不要再让它继续昏睡了，应该相信它的呼声才对。”涅赫柳多夫说，因为他已经彻底被她那花言巧语给迷惑住了。

后来，涅赫柳多夫不止一次地怀着羞愧的心情回想起自己和她的谈话，想起她那些算不上虚伪而只是在故意迎合他的心理的话，以及当她听他说到监狱里的惨状和农村的贫困景象时，她那副悲天悯人的神情。

等到伯爵夫人回来，他们已经谈得十分投机了，不但像两个久别重逢的故友，而且是两个心照不宣的朋友，好像周围的人都不了解他们，只有他们能彼此了解。他们还说起了当权者的不公平，说起了那些不幸人的痛苦，说起了人民的穷困，可事实上，在嘈杂的交谈声中，他们却不断地在眉目传情，不停地问：“你爱我吗？”对方的回答是：“我爱你。”来自异性的吸引力用最出乎意料的迷人的方式让他们相互吸引了。

她准备离开前又对他说，她永远愿意尽她所能为他效力，并且还请他第二天晚上一定要去剧院找她，哪怕只待上一分钟也好，因为她说还有一件非常要紧的事情想与他谈谈。

“哎，不然我什么时候才能再和您见面呢？”她叹了一口气，又说。然后再无比小心地把手套戴回她那戴满大戒指的手上。“请您就答应来吧。”

涅赫柳多夫答应了。

那天晚上，涅赫柳多夫单独待在他住的房间里，平躺在床上，关了灯，却久久无法入眠。他想起了玛丝洛娃，想到了枢密院不公正的裁决，还想到了他仍然下定决心要和她一起走，想到自己已经放弃了土地的所有权，可是想着想着，突然间，就好像出现了这些问题的答案似的，玛丽叶特的脸也突然浮现在他的脑海里，以及她

① 意思是：“我心神不宁。”

说“那我什么时候才可以再见到您呢”的时候那种哀怨的眼神和叹息声，以及她迷人的微笑，这一切都是如此的真切，就像在他眼前一样，他自己也不禁哑然失笑。“我马上就要去西伯利亚了，这样做对不对呢？我放弃了自己的那些财产，这样做又对不对呢？”他问自己。

在这个明亮的彼得堡的夜里，皎洁的月光从窗帘缝隙里泻进来，可是他对这些问题的回答却是模棱两可的。他脑子里乱哄哄的。他在心里唤起他原有的那种心境，回想起他以前的那些想法，只是那些思想已经不再像先前那样能说服自己了。

“万一这些只是我凭空想象出来的，那我就无法继续那样生活下去，那我就要对自己的那些行为感到后悔了，我该怎么办呢？”他暗想道。他因为无法回答这些问题，心里又出现了许久不曾有过的烦恼感和失望感。他因为还无法把这些问题搞清楚，就进入了梦乡，还做了一个噩梦，就像以前赌博输掉了一大笔钱的时候那样。

第二十五章

涅赫柳多夫第二天早晨一睁开眼睛，第一个感觉就是前一天自己做了一件很卑劣的事情。

他开始回想，其实没干什么卑劣的事情，也没有什么真正的不端的行为。可他萌生的那些念头，那些非常糟糕的念头，也就是认为自己现在的各种想法，例如和卡秋莎结婚，把土地交给农民等，都是不切合实际的空想，觉得这些他都不能再继续坚持下去了，觉得这些都是脱离实际、矫揉造作、极不正常的，他还是应该像以前那样生活下去。

他的确没有什么不端的行为，但是却有了比不端行为更糟的东西，那就是产生坏行为的坏思想。不端的行为可以避免再犯，并且还可以忏悔，可是坏的想法却能够轻易地不断地引发一切不端的行为。

某种不端的行为只是在为别的不端行为引路罢了，可是坏思想却能引着人沿着那条路一直往下滑，后果是不堪设想的。

这天早上，涅赫柳多夫脑子里反复回想着昨天的那些想法，不禁感到诧异：他为什么会又有那样的想法呢，即使只有那一刹那。不管他打算做的事情多么不习惯，多么困难，然而他明白，目前他唯一能过的也只有这样的生活。无论要恢复原来的生活是多么的合乎习惯，多么轻而易举，多么轻松，可是他明白，那么做就等于是自我毁灭。现在他觉得，昨天那样的诱惑，就像是一个人睡够了，尽管不想再睡，却仍想在床上躺一会儿，在被窝里赖一会儿，虽然清楚地知道，时间到了，应该起床去干那些等着他的、重要且快乐的事了。

今天是他留在彼得堡的最后一天，他一大早就上瓦西里岛去看舒丝托娃了。

舒丝托娃的家在二楼。涅赫柳多夫按照打扫院子的仆人所说的，从后门进去，登上陡峭的楼梯，径直走进温暖的厨房，可以闻见一股香浓的食物的味道。有一个年老的女人戴着夹鼻眼镜，系着围裙，挽着袖子，站在炉边，不停地在一个热气腾腾的锅里搅拌着什么。

“您找谁呀？”她从眼镜架上面望着来客，板着脸问道。

没等涅赫柳多夫说出自己的姓名，那个女人的脸上就已经露出了无比兴奋的神色。

“哎呀，亲爱的公爵！”那个女人一面拿起围裙擦了擦手，一面叫了起来，“哎呀，可是您怎么会从后门的扶梯上来呀？您可是我们家的大恩人呀！我就是她母亲。他们本来是想要把这个姑娘毁掉的啊。您可是我们的大救星呀，”她边说着，边拉起涅赫柳多夫的手，拼命地吻着，“昨天我特意到您那儿去了一趟。是我妹妹特地嘱咐我去的。她也住在这里。这边走，这边走，请跟我来，往这儿来。”舒丝托娃的母亲一面说，一面领着涅赫柳多夫穿过一道狭窄的小门和一条昏暗的小走廊，一路上时而整理一下自己塞在腰间的裙摆，时而又整一下自己的头发，“我妹妹叫科尔尼洛娃，想必您听人说起过她吧，”她在房门口顿住了脯步，又悄悄说了一句，“她也卷入了政治事件。她可是一个绝顶聪明的女人呀。”

舒丝托娃的母亲推开走廊的门，把涅赫柳多夫带进了一个小小的房间。房间里放着一张桌子，桌子旁边的一个小小的长沙发上坐着一个个子不高、稍微有点儿丰满的姑娘，身上穿着一件条纹上衣，一头淡黄的卷曲头发；散布在她那张十分苍白的圆脸的周围，她的脸形很像她母亲。在她对面的圈椅上还坐着一位年轻的男子，腰弯得很低，嘴上留着稀疏的大胡子，穿着一件俄国传统样式的绣花领衬衫。他们两个正谈得投入，直到涅赫柳多夫走进房间时，才回头看了看。

“丽达[1]，这位是涅赫柳多夫公爵，也就是那个……”

脸色苍白的姑娘腾地跳了起来，一面把一缕耷拉下来的头发掖回耳后，一面睁着一双灰色的大眼睛盯着来客。

“那么您就是薇拉·叶夫列摩芙娜请我帮忙的那个危险的女人咯？”涅赫柳多夫一面微笑着说，一面向她伸出手来。

“是的，就是我，”利季娅说着，露出满口洁白的很好看的牙齿，像孩子般纯真地笑了笑，“是我的姨妈很希望能见见您。姨妈！”她用动听悦耳的声音朝门口喊了一声。

“薇拉·叶夫列摩芙娜因为您被捕而十分难过。”涅赫柳多夫说。

“请您这边坐，要不还是在这儿坐会舒服些。”利季娅用手指着年轻男子刚坐过的那把软软和和却十分破烂的圈椅说。“这位是我的表哥扎哈罗夫。”她觉察到涅赫柳多夫打量那个年轻男子的目光，便说道。

年轻男子也像利季娅一样非常善良纯真地微笑着，向客人握手问好，等涅赫柳多夫在他原来的位置上坐下来后，他就从窗户那儿搬过来一把椅子，坐在了旁边。这时从另一个门里又走进来一个十五六岁的浅黄色头发的中学生，静静地坐在了窗台上。

“薇拉·叶夫列摩芙娜和我姨妈是很好的朋友，不过我基本上可以说是不认识她。”利季娅说。

这时从隔壁房间里走进来一个女人，长着非常惹人喜爱的、伶俐的脸，身穿白色的短上衣，腰上束着皮带。

“您好，谢谢您特地到这儿来。”她刚在利季娅身边的长沙发上坐下，就这样开口说道。

“哦，我们的薇罗琪卡过得怎么样？您见过她没有？她经受得了那种情况吗？”

“她很好，没有诉苦，”涅赫柳多夫回答说，“她说她自我感觉还好。”

“唉，我亲爱的薇罗琪卡，我很了解她的，”姨母笑着摇摇头

---

① 利季娅是她的本名，丽达是小名。

说，“应该算是了解她吧。她是一个非常了不起的人呢。满心只为他人着想，从来不会替自己着想。”

“是的，她从来不为自己要求什么，只是很担心您的外甥女。她非常难过，多半是因为如她所说，您的外甥女是平白无故被抓的。”

“谁说不是呢，”姨母说，“这真是件可怕的事！说实在的，她其实是在代我受苦。”

“根本不是这样的，姨妈！”利季娅说，“就算您不来拜托我，我也会保管那些文件的。”

“你不能不承认在这件事上我比你知道得更多一些。”姨母继续说，“实话告诉您吧，”她转向涅赫柳多夫又继续说，“事情是这样的，这一切都是因为一个人请我暂时保管一些文件，而我因为没有自己的住处，就把那些文件送到她这里来了。没料到那天晚上，就有人来这里搜查了，还把那些文件和她一起带走了。她一直被监禁到现在，他们还坚持要她说出这些文件是从哪儿弄来的。”

“不过我一直都没说。”利季娅紧张地快速地说道，还神经质地拢了一下自己的那绺头发，实际上那绺头发一点儿也不碍事儿。

“我又没说你说出来了呀。”姨母辩白道。

“至于他们抓了米京，那也肯定不是我说出来的。”利季娅满脸通红，忐忑不安地打量着四周说道。

“不要再提这事儿了，丽朵琪卡。”母亲说。

“为什么不能说呢？可我就是想说嘛。”利季娅说，脸上的笑容突然一下子消失不见了，而是红着脸。她也不再撩自己的头发了，而是把一绺头发在手指上绕来绕去，不住地左右张望着。

“别忘了，你昨天说起这些不是很不痛快吗？”

“根本就没出什么问题……您别管我，妈。我真的什么都没有说，一直都是保持沉默的。他审问了我两次，还问到了姨妈，问到了米京，我什么都没有说。而且我对他说，不管什么问题我都是不会回答的。接着那个人……那个彼得罗夫……”

“彼得罗夫是个暗探，是个宪兵，是一个大坏蛋。”姨母插了一句话，向涅赫柳多夫解释她外甥女的话。

“于是他，”利季娅神情激动，语速也加快很多，继续说道，“他就来劝我。他说：‘不管您告诉我什么，都不可能会对谁有害处的，而且恰恰相反……要是您说了出来，倒是能让那些被我们冤枉的或许我们不应当折磨的人获得自由。’哼，就这样，我还是说我不会说的。于是他就说：‘唉，那好吧，那您不说就不说吧。不过等我说出来，您也不要否认就行了。’于是他就开始说起一些人名来，还说到了米京。”

“你可不可以不要再说了。”姨母说。

“啊，姨妈，您别打岔……”她依然在拉扯着那绺头发，左右张望着，“真想不到，第二天我忽然听说米京被抓了，是有人敲墙告诉我的。唉，我就想，肯定是我把他出卖了。所以这件事情让我难过极了，难过得都要发疯。”

“结果证明，他的被捕和你没有丝毫的关系。”姨母说。

“可是那时我根本不知道啊。我还以为是我把他供出去的呢。我在牢房里不停地走来走去，从这边墙根走到那边墙根，脑子里不住地在想。我一直以为是我把他出卖了。我躺到铺上，把头蒙上，却听到不知是谁凑到我的耳边小声说：‘就是你出卖了米京，是你把米京给出卖了。’我知道这是幻觉，可是我又无法克制它。我想睡却一直无法睡着。想不去想，却无论如何都办不到。那多么可怕啊！”利季娅愈说愈激动，把那绺头发缠在自己的手指头上，又将它松开，不时地朝四周张望着。

“丽朵琪卡，别难过了，你休息一会儿吧。”母亲推了推她的肩膀说。

可是丽朵琪卡已经无法控制自己了。

“这种事情很吓人，是因为……”她又开始想说点儿什么，可是还没等她说出来，就哇的一声大哭了起来，一下子从长沙发上跳起来，衣服在那圈椅上刮了一下，就冲出了房间。她的母亲也追了出去。

“最好是把那些坏蛋全都绞死。”在窗台上坐着的中学生说道。

“你说什么？”他的母亲问。

“我没说什么……我只是随口说着玩哩。”中学生回答完，便抓起桌上的一根香烟，点着抽了起来。

第二十六章

“是啊，对青年人来说，这样的单独监禁是很恐怖的。”姨母摇着头说完这话，点了一根香烟，抽了起来。

“我觉得，对任何人来说都是很恐怖的。”涅赫柳多夫说。

“不然，并不是所有的人都觉得恐怖的，”姨母说，“据我所知，对于真正的革命者来说，这反倒是一种休息，一种静养。一名地下工作者永远要在恐惧不安和缺衣少食的艰苦条件下生活，不仅要为自己的命运担忧，还要为别人、为革命事业担惊受怕。但是一旦被抓了，那反而没什么事了，什么责任都不必负了，就只需要坐下来休息休息好啦。有人告诉我说，被抓住的时候他简直高兴极了。对呀，可是对于那些无辜的年轻人来说，对这些人来说，第一次的打击确实是很恐怖的。这倒不是因为失去了自由，受到那么残暴的虐待，伙食也那么差劲，空气一点都不流通，总之不管条件多么恶劣，所有的这些都算不上什么。只要没有第一次被抓时所感受到的那种精神上的打击，那么这样艰苦的条件即使是再艰苦两倍，也仍是可以忍受的。”

“难道您也有过这样的经历吗？”

“我？我已经坐过两次牢了呢，”姨母有些凄苦而又可爱地笑道，“我第一次被抓是无缘无故的，”她接着说，“那时我才二十二岁，已经有了一个孩子，而且当时正怀着孕呢。尽管当时被夺去了自由，不得不和自己的孩子、丈夫分离，当时这些事让我无比痛苦，可是相比之下，这一切也都算不上什么了。最痛苦的是当我感觉到我不再是人，而是成了什么东西的时候。我想和我的小女儿告告别，可他们却强行把我押走了，叫我坐到雇来的马车里。我问他们要把我带到哪儿去，他们只说，等到地方了我就知道了。我问他们我犯了什么罪，他们就不再搭理我了。受过审问之后，他们强迫我脱光衣服，给我换上一套带号码的囚衣，又把我带回拱顶走廊上，打开一扇门，粗鲁地把我推入牢房，把门锁好就走了，只留下一个持枪的哨兵，默不作声地踱来踱去，偶尔还从我房门上的一道缝里瞅一瞅，那时候，我觉得难过极了。我记得那时候最让我震惊的是，有个宪兵军官在审问我的时候，竟然还给了我一根烟，让我抽烟。可见他知道人都是爱抽烟的，可见他也明白人对自由和光明的渴望，明白母子间那难以割舍的亲情。既然如此，他们为什么还要那么毫不留情地把我和我所爱的一切分开呢，把我当野兽似的关起来呢？一个人受到这种遭遇肯定会留下阴影的。如果一个人原本是相信上帝和人类的，相信人们彼此之间是相互友爱的，可是在他遭遇了这些事情之后就会丧失掉某些信念了。我也就是从那个时候开始不再相信其他人了，才产生了恨，心肠也变硬了。”她说完之后，嫣然一笑。

利季娅的母亲从利季娅跑出去的那扇门里又走了进来，说利季娅心情很不好，不过来了。

“为什么要毁掉这样一个年轻的生命呀？”姨母说，“我真的特别伤心，因为我居然是这件事的祸根。”

“但愿上帝保佑，她呼吸一下乡间的清新空气应该就能复原了，她会好起来的，”母亲说，“我们准备把她送到她父亲那儿去。”

“是呀，要是没有您帮忙的话，她就彻底毁了，”姨母说，“谢谢您。不过，我想和您见面，是因为有一封信想请您转交给薇拉.叶夫列摩芙娜。”她说着，又从口袋里掏出一封信，“这封信没有封口，您可以把信上的内容看一遍，然后您要么把它撕掉，要么转交他人都行，总之您认为怎样合适就怎么处理吧，”她说，“这封信里没有任何会招致麻烦的话。”

涅赫柳多夫接过信来，并答应转交，然后站起身来告辞，走了出来。

他没有看那封信，就把信口封上，决定依照托付，把那封信转交给薇拉·叶夫列摩芙娜。

第二十七章

涅赫柳多夫停留在彼得堡要处理的最后一件事，就是那些教派信徒的案子。他打算托一位过去在军队里的同事、宫廷里的侍从博加特廖夫把这一案子的上诉状呈交给皇上。这天早晨他坐车来到博加特廖夫家，刚好碰上他还在家里，可是一吃过早饭就要出门了。博加特廖夫长得不算高，但是个敦实汉子，具有与生俱来的过人体力，可以空手把马蹄铁捏弯。但是他为人善良、诚实、直率，甚至有点自由主义的倾向。尽管他拥有这些品质，但他却和宫廷里的官吏关系很亲密，并且非常热爱沙皇和皇族。而且他还具有一种非常惊人的本领，那就是他生活在最高层的圈子里，却只看到他好的一面，并且他也从不参与任何坏事和不正经的事。他也从来不批评任何人，也不指责任何政策。他要么默不作声，要么就是用大胆的、超出常规的响亮的声音说出自己想说的话来，而且总是在这个时候配合着同样响亮的笑声。他这么做其实并不是在装模作样，而是他本来就是如此。

“哦，你来了，真是太好啦。要不要吃些早点？或者，你可以先坐一会儿。这煎牛排真的很不错。我吃饭习惯如此，开始和结尾都要吃些主食。哈，哈，哈！那么这样吧，你就喝点儿红酒吧，”他指向一瓶红葡萄酒，爽朗地说道，“我正在想着你的事呢，那份诉状，我一定会呈上去的。我会亲自交给皇帝的，这一点问题都没有。只是我突然想到了，你最好还是先去找找托波罗夫。”

涅赫柳多夫一听他提起托波罗夫，突然就蹙紧了眉头。

“这一切全都得由他说了算。无论如何这件事都是要征求他的意见。说不定他立马就会答应你的请求。”

“既然你都这么说了，那我就去一趟吧。”

“那可真是太好啦。喏，你对彼得堡的印象如何？”博加特廖夫大声地问道，“说来听听，怎样？”

“我觉得我好像是被催眠了一样。”涅赫柳多夫说。

“被催眠？”博加特廖夫重复了一遍他的话，然后哈哈大笑起来，“你不想吃，那就随便你。”他拿起餐巾擦了擦唇髭，“那你就去找他呗？嗯？如果他不肯办的话，你再把诉状交给我，我明天就替你呈上去。”他大声说道，便从饭桌旁站起身来，并在胸前画了一个大大的十字，很显然，他这些动作是无意识的，就像刚才擦嘴一样。然后他又佩带上自己的军刀。“那好吧，现在再见吧，我该走了。”

“我们一起出门吧，”涅赫柳多夫说着，很高兴地握了握博加特廖夫结实有力的大手，就像以前见到健壮、浑然无心、质朴、生机勃勃的事物那样，怀着给他留下的愉快印象，在他家的门廊上和他道了别。

涅赫柳多夫虽然估计自己去了那儿也不会有什么好的结果，可他还是按照博加特廖夫的劝告前去拜访托波罗夫，也就是去拜访那个能够左右教派信徒案件的人。

就托波罗夫所担任的职责来说，本身似乎就存在着某种矛盾，只有那些麻木不仁和缺失道德感的人才看不出来。托波罗夫刚好就具备这两种看不出矛盾的性能。他担任职务所包含的矛盾就在于这一职务的使命是不择手段，甚至是使用暴力、法律来支持和保护教会。而按照教会本身宣扬的教义来说，教会是由上帝亲自建立的，而且绝对不会被地狱之门或人类的力量动摇。正是这个天赋的、什么都不能动摇的、上帝亲手创建的机构，却要由托波罗夫和他的同僚所主持的人事机构来给予支持和保护。托波罗夫丝毫没有看出这种矛盾来，或者是根本不愿意看到这种矛盾也是有可能的，因此他非常警惕且竭尽全力，无时无刻不在担心，就怕会有什么天主教教士、耶稣教牧师或是其他教派信徒来破坏地狱大门都无可奈何的教会。托波罗夫也如所有那些缺失基本的宗教情感和平等博爱精神的人一样，认为老百姓是一种与他截然不同的生物，他没有信仰也能过得很好，而老百姓没有信仰就是不行。他本人在灵魂深处其实是没有任何信仰，并且还觉得这样的精神状态非常舒服而且很惬意，可是他担心老百姓也会进入这样的精神状态，所以，正如他自己常说的，他认为把老百姓从这种精神状态中拯救出来是他不可推卸的神圣使命。

就像某本烹调书中写的，龙虾生来就很乐意活生生地被煮死，他也认为老百姓生来就喜欢成为迷信的人，不过烹调书里用的是假借的意义，他想的和说的都是其本义。

他对那些他所保护的宗教，就如养鸡人对待他拿来喂鸡的臭鱼烂虾的态度。臭鱼烂虾使人厌恶，可是鸡却非常喜欢吃，所以那就应该拿臭鱼烂虾来喂鸡。

当然啦，那些什么伊维利亚圣母呀，喀山圣母呀，斯摩棱斯克圣母呀，全都是愚昧的偶像崇拜，不过既然老百姓喜欢这些，崇拜这些，那就应该要维护这些迷信。托波罗夫就是这样想的，只是他从不考虑，他所认为的老百姓喜欢迷信，也只是因为这有史以来就是如此，现在依然还有像他托波罗夫这样残忍的人。虽然他们曾经接受过教育，却不能把知识之光运用到应该用的地方去，不是帮助老百姓从浑浑噩噩的愚昧中摆脱出来，从黑暗中走出来，反而千方百计地把老百姓永远困在愚昧状态之中。

涅赫柳多夫进到托波罗夫的接待室的时候，托波罗夫正在他的办公室里和一个女修道院的院长谈话。那位女院长是一个很活跃的贵妇人，在俄国的西部边疆那些被迫改信了东正教的合并派信徒[①]中

① 16世纪末波兰某些地方东正教与天主教合并。19世纪波兰被瓜分，在俄国所取得的乌克兰和白俄罗斯土地上废止教会合并，重新建立东正教，强迫合并派信徒改信东正教。

间进行传播和维护东正教。

有一个负责处理特别事务的文官在接待室里值班，便问涅赫柳多夫有什么事情要办。他听到涅赫柳多夫说想把教派信徒们的诉状呈交给皇帝时，就问是否可以先让他看一看状子。涅赫柳多夫把诉状递给了他，文官接过诉状就走进了办公室。女修道院院长头上戴着一顶修女帽，脸上还遮着一块轻盈飘动着的面纱，拖着长长的黑裙，雪白的、指甲干干净净的双手交叠在胸前，手里拿着一串黄晶念珠，走出办公室，径自朝门外走去。可是，过了好久还是没人来请涅赫柳多夫进办公室。原来托波罗夫在看诉状，还不停地摇头。他看着那份陈述清楚、说理有力又恳切的诉状，心里感到愕然不快。

“万一这诉状被送到了皇帝手里，就很可能让皇帝问起一些不愉快的事情，还会引起一定的误解。”他看完诉状，心里暗自思量。然后将那份诉状放在桌上，按了按铃，吩咐让涅赫柳多夫进来。

他记得这个教派信徒的案件，之前就已经收到过他们的诉状了。案情是这样的：原本那些脱离东正教的基督徒多次被给予告诫，后来又把他们送交到法院受审，而法院却判决他们无罪释放。如此一来，主教连同省长就决定以他们的婚姻不合法为理由，强行把丈夫、妻子和他们的孩子拆散，分别送到不同的地方流放去了。于是那些丈夫和妻子就请求当局不要把他们拆散。托波罗夫想起当时这个案子第一次交给他处理时的情景。那时他也曾犹豫过，不知道是不是应该要制止这种事情。但是，肯定原来的措施，就是把那些农民家庭的老老少少强行拆散，流放到不同的地方去，那就不会再产生任何的害处了，而如果把他们留在原处，那就会对其他居民产生不良的影响，使他们也脱离东正教。再说这件事也表现出了主教们热心教务。所以他就让这个案子顺其自然地按原来的办法处理了。

但是现在，又突然冒出了涅赫柳多夫这么一个在彼得堡人脉广阔的辩护人再次过问这个案子，那么这案子真的有可能会被皇帝知道，成为一宗暴行案件，或者是被刊登在某份外国报纸上，因此他立马做出了一个意想不到的决定。

“您好。”他装出非常繁忙的样子，一面亲自起身来迎接涅赫柳多夫，一面问好，接着就开门见山地说起了这案子。

“这个案子我是知道的。我一看到这些人的名字，就立刻想到了那个不幸的事件，”他边说着边伸出手拿过诉状，给涅赫柳多夫看，“这事您提醒了我，非常谢谢您。这是省里当局对这件事过于热心了……”涅赫柳多夫什么话都没说，用毫无好感的眼睛盯着那张没有血色，毫无感情的纹丝不动的假面具，“我马上下令取消这种做法，并把这些人送回原籍去。”

“那就这样，我也不用再把这份诉状呈交上去了？”涅赫柳多夫说。

“根本没必要。这事我已经给过您承诺了，”他把“我”字说得尤其响亮，显然充分自信，他的诚意，他说的话就是最有用的保证，“嗯，不过最好还是我现在就把这个手谕写出来吧。有劳您坐下稍等片刻。”

他回到桌子前，坐下开始写了起来。涅赫柳多夫依旧是站着，俯视那个狭长的秃顶，看着那只青筋暴起、飞快地挥动着钢笔的手，暗暗觉得很诧异，想不明白像他这样一个漠不关心的人为什么会做目前的这件事儿，而且还做得这么上心。这到底是为什么呢？……

“好了，写完啦。”托波罗夫说着，又封好信封口，“就请您带着这个命令去通知您的那些当事人吧。”他又补充了一句，还撇着嘴勉强挤出一点笑容。

“那么，那些人究竟是为什么而遭罪的呢？”涅赫柳多夫一面接信，一面问道。

托波罗夫抬起头来，微微笑了一下，就好像涅赫柳多夫的问题让他觉得很有趣似的。

“这一点我就无可奉告了。我只能说：最重要的是我们要维护老百姓的利益，因此对宗教信仰问题也格外关注，总不及现在流行的对宗教问题过分冷漠那样恐怖和有害吧。”

“可那也不能以宗教的名义来破坏最基本的行善要求，让人家妻离子散呀？……”

托波罗夫仍然保持原来的样子带着宽厚的笑容，很显然他认为涅赫柳多夫的话很有趣。托波罗夫自以为是站在广阔国家的立场和高度来看待所有的事的，所以不管涅赫柳多夫说了些什么，他都觉得又可爱又偏颇。

“从个人的角度来说，事情也许就是这样的，”他说，“可是从国家的角度来看，那可就有些不一样了。可是，很抱歉，我要失陪了。”托波罗夫边说边低下头，弯了弯腰，伸过一只手来。

涅赫柳多夫握了握伸过来的那只手，便一言不发地匆匆离开了，而且很后悔和他握了手。

“老百姓的利益。”他在心里重复着托波罗夫说的话。“根本上还是你的利益，你的利益罢了。”他离开托波罗夫的官邸时，心里暗想。

涅赫柳多夫的脑子里逐一回想了这些维持正义、保护宗教信仰、教育人民的机构关照过的那些人。他又想到了因为倒卖私酒而被监禁的农妇、因盗窃而被监禁的年轻人、因流浪街头而被监禁的流浪汉、因指控放火被监禁的纵火犯、因贪污公款被监禁的银行家。他还想起了不幸的利季娅，她被关押只是因为有可能从她身上得到重要情报，此外还有那些因为反对东正教而受害的教派信徒，还有因为希望国家制定宪法而被监禁的古尔凯维奇。涅赫柳多夫反复思考着，最终头脑里出现了一个非常明确的想法：所有这些人被捕、被关进监狱，或是被放逐，完全不是因为这些人破坏了正义，或者具有违法的行为，而仅是因为他们妨碍那些官员和富豪占有他们从老百姓身上搜刮来的财富罢了。

不论是贩卖私酒的农妇，不论是在城内闲逛的小偷儿，隐藏文件的利季娅，还是破坏迷信的教派信徒，希望国家制定宪法的古尔凯维奇，他们全都从不同程度上妨碍了他们干那种剥削人的勾当。所以涅赫柳多夫就彻底明白了：所有那些官员，从他的姨父、枢密官们、托波罗夫开始，到那些坐在各个部门的办公室里，衣冠楚楚、道貌岸然的先生为止，他们压根就不会担心有很多无辜的人遭殃，他们一心只想着怎样清除一切危险分子。

因此他们不仅不会去遵守“为了不冤枉一个好人，宁可放过十个坏人”这一信条，完全相反，为了除掉一个真正的危险分子，他们宁肯除掉十个完全没有危险的人，就像是为了挖掉一点腐肉，不惜连好肉也一起剜下。

这样来解释自己的所见所闻，涅赫柳多夫觉得既简单又明了，可就是因为是这么简单，这么明了，涅赫柳多夫反而犹豫不决，不敢确定。这样复杂的情况怎么也不可能只有这么个简单而可怕的解释吧。那所有一切与正义、善良、法律、信仰、上帝等有关的话，总不可能全都是一句空话吧，不可能只是为了掩盖着最无耻的贪欲和残忍吧。

第二十八章

涅赫柳多夫原计划当天晚上就要离开彼得堡的，可是他已经答应过玛丽叶特要去剧院找她，虽然他明知道不应该这样做，但他还是以不能食言为由，昧着良心去了。

“我可以抵挡住这种诱惑吗？”他不完全诚恳地想道，“那我就最后一次试试吧。”

他换好礼服，坐车来到剧院。这个时候，多年不下舞台的《茶花女》正好演到第二幕，那个国外来的女演员正在运用新的演技来表现一个患有痨病的女人的垂死状态。

剧院里宾客满座。涅赫柳多夫打听了一下玛丽叶特的包厢在什么地方，立刻就有人过来恭敬地给他指路。

在走廊里站着的另一个穿号衣的听差，就像见到熟人一样对涅赫柳多夫鞠了个躬，礼貌地为他打开包厢的门。

对面一排排包厢里。那些坐着的和站在后面的人，附近一些背朝这面的观众，那些头发花白的、满头银发的、秃顶的、半秃的、抹过发蜡的和头发卷曲的坐在池座里的观众，总之，所有的观众都聚精会神地在观看那个骨瘦如柴、身上穿着绸缎镶花边、浓妆艳抹的女演员扭捏作态，用不自然的腔调念着独白。在打开包厢门的时候，有人嘘了一声，顿时有两股气流，一股冷的与一股热的，袭上了涅赫柳多夫的脸庞。

包厢里坐着玛丽叶特和一个披着红色披肩，头上盘着粗大发髻的陌生女人。另外还有两个男人：一个是玛丽叶特的丈夫，他是一位仪表堂堂、身材魁梧的将军，长着鹰钩鼻，板着脸，一副高深莫测的神气。那垫了用棉花和土布做成的胸衬的军人胸脯挺得高高的。另一个男人是浅黄头发，有点儿秃顶，两边很神气的络腮胡子的中间儿露出一小块儿剃光的下巴。玛丽叶特娇媚、身材苗条、风度优雅，穿着袒胸露肩的晚礼服，露出两个从脖子那儿斜溜下来的丰满圆润的双肩；在脖子和肩膀相连处还有一个明显的黑痣。涅赫柳多夫刚刚进入包厢，她就立刻转过头来看了看，用扇子指了指自己身后的一把椅子，并且朝他嫣然一笑，以此表示欢迎和感谢，可他却坚持认为这微笑里还另有一番情意隐藏其中。她的丈夫像平时处理所有事情一样，很平静地看了一眼涅赫柳多夫，点了点头。通过他的姿态，他和妻子交换的眼神，谁都能清楚地看出他就是那位漂亮女人的主人和占有者。

等女演员的独白念完后，剧院里顿时响起了一阵雷鸣般的掌声。玛丽叶特站起身来，提起窸窣作响的丝绸裙子，来到包厢的后半边，介绍涅赫柳多夫和她丈夫认识。将军的眼里始终都饱含着笑意，只说了一句“很高兴见到你”，就带着心平气和而高深莫测的神气沉默了。

“我本来 打算今天离开的，可是我曾向您承诺过的。”涅赫柳多夫转身对玛丽叶特说道。

“您要是不愿意来看我，那您也应该要来看一下这位出色的女演员吧。”玛丽叶特针对他说的那句话中隐含的意思回答道。“她在刚才那一幕戏里表演得真是太精彩啦，不是吗？”她回过身去对丈夫说道。

她丈夫点了点头。

“这戏并不能打动我，”涅赫柳多夫说道，“因为我这些天已经看了太多太多生活中真实的不幸事儿了，所以……”

“那就请您坐下来，慢慢地说说吧。”

她的丈夫留神听着，眼里流露出的讽刺笑意是越来越明显了。

“我亲自去看了那个被关在监狱里很久、刚刚被释放的女子。她的身体已经彻底被折腾垮了。”

“就是我跟你提起过的那个女子。”玛丽叶特对她丈夫说道。

“是啊，她能够获得自由，我已经很高兴了。”他点了点头，平静地说。涅赫柳多夫已感觉到就连他的小胡子底下也流露出了明显的嘲讽的笑意。“我要去抽烟了。”

涅赫柳多夫就坐了下来，等着玛丽叶特告诉他她原本想要告诉他的一件什么要紧事儿。可是她却什么都没有说，甚至根本就没有打算说的意思，只是一直在开玩笑，谈论这出戏，她认为这出戏想必特别能打动涅赫柳多夫的心①。

涅赫柳多夫看出来了她压根就没有什么事儿要和他说，只不过是想让他看看自己今天穿着的晚礼服，裸露的肩膀和那颗黑痣有多么娇艳迷人罢了。这一切既让他感到快乐又感到厌恶。

她姣好的容貌掩盖了一切，现在对于涅赫柳多夫来说，虽然还没有彻底揭开，但是他已经看到了她外表掩盖下的真实本性。他看着玛丽叶特，饱览了她的美色，可他心里清楚她本来就是个虚伪的女人，清楚她和她的丈夫生活在一起，眼看着他是通过成百上千人的眼泪和生命来换取高官厚禄的，却仍然不为所动，清楚了她昨天对他说的那一切都只是谎言，清楚了她是单纯地想要迷住他，要他爱她，至于这又是为什么，他就无从知晓了，更何况可能连她自己都不知道为什么。他是又迷恋又憎恶，好几次试图离开，拿起帽子，却又不由自主地坐了下来。最后，等她的丈夫在他那浓密的小胡子里散发出浓浓的烟草味回到包厢里，他用居高临下的鄙夷的眼神看了看涅赫柳多夫，就像不认得他一样。涅赫柳多夫没等包厢的门关好就来到了走廊上，找到自己的外套，离开了剧院。

他顺着涅瓦大街步行回家，无意间发现前面有个个子高高的、身段很美、衣着华丽妖艳、引人注目的女子，在宽阔的沥青人行道

① 《茶花女》叙述的是一个妓女的爱情故事。玛丽叶特认为这和涅赫柳多夫与玛丝洛娃的关系有相似之处。

上优雅地走着。从她的面部表情和她整个身姿上，可以看出她知道自己具有一种很销魂的吸引力。每一个朝她走去的或从她后面走到前面去的人，都要频频回过头看她一眼。涅赫柳多夫的脚步比她快，也不由自主地看了看她的脸。那张脸真的很好看，大概是擦过些脂粉吧。那个女人眨了眨亮晶晶的眼睛看了看他，朝他笑了笑。说来也奇怪，涅赫柳多夫马上就想到了玛丽叶特，因为他又产生了在戏院里经历过的那种既着迷又让人厌恶的感觉。涅赫柳多夫不禁又生起自己的闷气来，便迅速走到她前面，拐到莫尔斯卡雅大街，转而又来到一条滨河大街，便在那里来回走着，连一名警察都对此觉得很诧异。

“刚刚在剧院里，当我走进包厢时，那个女人也是这样对我笑的，”他心里想着，“不论是那个女人的笑容还是这个女人的笑容，它们都有相同的含义。差别只是在于一个是直截了当地说：‘如果你需要我，我就可任由你摆布。如果你不需要，那就只管走你的吧。’而那个女人却装腔作势，好像她的生活情趣高尚而风雅，根本就没有想过这种事儿，然而实际上都是一样的。这个女人至少还真诚些，而那一个却是虚伪的。更何况，这个女人是因生活所迫才落得如此田地，而那一个却是在拿这种美好而可恶又可怕的情欲来寻欢作乐。这个街头女郎就像一杯肮脏的臭水，是给那些干渴得丝毫顾不上恶心的人喝的；而剧院的那一个则如同一剂毒药，所有喝过它的人，都会毫无知觉地被毒死。”涅赫柳多夫想到他跟首席贵族妻子的关系，种种可耻的往事突然又涌上了他的心头，“人身上存在着的兽性真是非常令人厌恶，”他又想道，“可是这种兽性以真实的一面赤裸裸出现时，你可以站在精神生活的高度去审视它，看清它，进而蔑视它，所以不论你有没有上它的圈套，你本质上是没有受影响的。可是当这种兽性穿起一层虚伪的诗意盎然的华丽外衣，摆出一副令人景仰的姿态时，你就会对这种兽性无比崇拜，就会完全深陷其中，再也分不出好坏。这才可怕呢。”

涅赫柳多夫现在对这种事儿看得是清清楚楚，真真切切得就像他眼前的宫殿、哨兵、城堡、河流、木船、交易所一样。

这天夜里大地上没有那种让人觉得安宁、催人入眠的黑暗，却有一些不清晰的、朦胧的、不自然的、不知从哪儿来的亮光，在涅赫柳多夫的心里也是这样，让他安然沉睡的那种愚昧的黑暗已经消失了。一切都是那么明显。他已经很清楚：所有被人们当作重要的而且美好的事物，往往都是不值一提的，甚至是肮脏可耻的。所有那些光彩夺目的华丽的外衣和排场，往往掩盖着由来已久的、司空见惯的罪行，犯这些罪行的人，不仅不会受到惩罚，反而神气活现，并且想尽了美化的方法对罪行加以粉饰美化。

涅赫柳多夫很想忘记这些事情，避而不去想这一切，可是他已经不能置若罔闻了。虽然他还看不到为他照亮这一切的光源在哪儿，就像看不到照亮彼得堡的光源在哪儿一样，虽然他觉得这种光是朦胧不清，使人不快和不自然的，可他却不能不看这种光为他照亮的东西。所以他的心里既高兴又惶恐。

第二十九章

涅赫柳多夫回到莫斯科后，第一件要做的事就是去监狱医院，把枢密院裁定维持法庭原判这一不幸的消息告诉玛丝洛娃，并让她做好启程去西伯利亚的准备。

律师已经替他起草好了要呈交给皇上的状子，现在他也带着它到监狱里来让玛丝洛娃签字，不过，他对告御状抱着极小的希望。还有，说来也奇怪，他现在反而不想让这事成功。他已经做好了去西伯利亚，和流放犯、苦役犯一起生活的思想准备了。甚至如果玛丝洛娃被无罪释放了，他反而无法想象，他应该如何安排自己和她的生活。他想起了美国作家托罗[①]的话，托罗在美国还没有废除奴隶制的时候曾经说过，在奴隶制取得合法化并得到法律庇护的国家里，对于一个正直的公民而言，唯一体面的地方那就是监狱。涅赫柳多夫也是这样想的，特别是在他去了一趟彼得堡，在那里见识了各色各样的人，也经历了各种事情之后。

"是的，眼下的俄国，对正直的人而言，唯一体面的地方就是监狱！"他想道。当他坐着马车来到监狱，往监狱的高墙里面走的时候，他更深刻地体会到了这一点。

---

① 托罗(1817—1862)，美国作家，反对奴隶制度和资产阶级国家。代表作《论公民的违抗》。

医院的看门人一认出涅赫柳多夫，就立刻告诉他，玛丝洛娃已经不在他们这里了。

“那么她去哪儿了呢？”

“好像又回牢房去。”

“可是，为什么又把她调回去了呢？”涅赫柳多夫问道。

“您也知道她本来就是那号儿人嘛，老爷，”看门人鄙夷地笑着说，

“她和一位医士厮混，主任医师就把她打发走了。”

涅赫柳多夫无论如何也想不到，玛丝洛娃以及她的精神状况竟然和他那么的相似。听到这一消息后，他霎时怔住了。这时，他心中出现的是大祸临头的感觉。他无比痛苦。他听到这个消息后的第一个感觉就是惭愧得无地自容。首先他觉得自己非常可笑，因为他竟高兴地认为她的精神状况貌似发生了很大的变化。现在他心想，以前她那些不愿意接受他的牺牲的话，还有她的苛责、眼泪，总之那所有的一切，全都只是一个已经变坏了的女人狡猾的手段，是想尽最大可能地从他这里得到更多的好处罢了。现在他觉得，上次探监的时候，从她身上看到的种种迹象已表明她无药可救了，如今表现得更是再清楚不过了。当他下意识地戴上帽子，从医院里走出来的时候，他的脑海闪过这种种想法。

“可是现在究竟该怎么办呢？”他问自己道。“我还有必要跟她共进退、同甘苦吗？现在她既然做出这样的事，我不是刚好可以抛下她不顾了吗？”他心里想着。

可是当他刚向自己提出这个问题时，就又马上明白了：他觉得可以丢开她不管，可这样并不能惩罚他希望惩罚的她，惩罚的反倒是他本人。于是他就又畏惧了。

“不行！即使她做出了这样的事情，那也不能动摇我的决心，反而只会更增强我的决心。她的精神状态决定她要做什么，就随她去吧，她想和医士鬼混就由她去和医士鬼混好了，那都是她的事儿……我应该做的只是我的良心要我去做的事，”他喃喃自语道，“我的良心是要我以牺牲自由来赎自己的罪恶。我已经下定决心要

和她结婚了，即使只是形式上的结婚，并且我已经下定决心要陪伴着她了，不管她将会被流放到哪里，那么现在我的这个决心还是不可能再改变了。”他以誓不罢休的执拗心态自言自语道，他走出医院，并迈着坚定的步子朝监狱大门口走去。

他走到监狱大门的值班室，并请值班看守去通报典狱长，说他希望可以见一见玛丝洛娃。值班看守认识涅赫柳多夫，于是就像见到熟人一样，告诉了他监狱里一个重大新闻：之前的那个上尉已经被革职了，现在他的职位由另一位非常严厉的长官接替。

“现在办事的规矩严多了，真的非常严，”看守说，“现在他就在里面，我立刻就去通报。”

果然，典狱长就在监狱里，不多久就出来会见了涅赫柳多夫。新典狱长长得很高，瘦骨嶙峋，两颊的颧骨很凸出，动作有些迟缓，而且脸色也很忧郁。

“只有在规定的时间才准许来客在探监室里和犯人会面。”他这样说着，都不情愿抬眼看看涅赫柳多夫。

“可是我急着需要她在一份将要送呈皇上的诉状上签字。”

“您可以放心地把它交给我。”

“我一定要亲自见一下这位女犯人。之前，我都是可以获得准许见她的。”

“之前是之前了。”典狱长匆匆瞟了涅赫柳多夫一眼，说道。

“我这里有省长发给我的许可证。”涅赫柳多夫一面不妥协地说，一面把皮夹子掏了出来。

“请拿给我看一下，”典狱长依然没有正眼看涅赫柳多夫的眼睛，说过这话，便伸出自己枯瘦干瘪、食指上戴着一枚金戒指的相当白净的手来，接过涅赫柳多夫递给他的许可证，慢吞吞地看了一遍，就说，“请您到办公室来吧。”

这一次办公室里空空的，没有什么人。典狱长在办公桌边坐下来，翻看着桌面上放着的公文，显然是想在他们见面时留在这里的。涅赫柳多夫问他是否可以见一见女政治犯博戈杜霍夫斯卡娅。典狱长简洁干脆地拒绝了他的请求。

“政治犯是不可以被探视的。”他说完，又埋头翻阅桌上的公文。

涅赫柳多夫因为口袋里装着那封要转交给博戈杜霍夫斯卡娅的信，这时感到自己的处境就像一个企图犯罪的人，自己的阴谋出乎意料地被戳穿和粉碎了。

等玛丝洛娃走进办公室，典狱长就抬起头来，眼睛既不看玛丝洛娃，也不去看涅赫柳多夫，只随口说了句：

“你们现在可以谈话了！”接着，他就又埋头去看他的公文了。

玛丝洛娃的穿着还是和以前一样，一身白色的上衣、白色的裙子，头上还包着一块白头巾。她走到涅赫柳多夫跟前，看到他冷漠、有些愤怒的脸，她的脸霎时就涨得通红，不住地用手摸着上衣的下摆，垂下了眼睛。那窘迫的神态，在涅赫柳多夫看来无疑只是进一步证明了医院看门人的话。

涅赫柳多夫很希望能像上次那样对她，可是他却无法如他所想的那样主动地去和她握手，因为此时此刻他对她真的反感至极。

“我给您带来了一个很不好的消息，”他既没有抬眼看她，也没有向她伸出手去，只是用平稳的声音说，“枢密院把您的上诉驳回了。”

“我早就已经料到了。”她用有些奇怪的声音说，就好像憋得喘不上气来。

如果换作以前，涅赫柳多夫肯定会问一声，为什么她会说她已经料到这样的结果了，可现在他却仅仅看了她一眼。她的眼睛里蓄满了泪水。

可是这非但没有让他的心肠变柔软，却反而使他对她更恼火了。

典狱长站了起来，并开始在办公室里来回走动。

虽然涅赫柳多夫此时对玛丝洛娃十分厌恶，可是他仍然觉得，他有必要向她表示一下他对枢密院驳回上诉这件事的深切遗憾。

“您不必灰心丧气，”他说，“我们还可以去告御状啊，还是有希望的。我希望……”

“我并没在想这件事情……”她用噙满泪水的双眼凄苦地斜睨着他说。

“那您想的又是什么呢？”

“您应该已经去过医院了，关于我的那些事想必已经有人告诉过您了……”

“哦，那有什么，那是您的私事儿。”涅赫柳多夫皱紧眉头，无比冷淡地说。

他那种强烈的自尊心受辱感，本来已经平息下去了，可现在她一提起医院，那种受辱感又以崭新的力量复活了。“像他这样一个上流社会的人，不管是哪一个上等人家的姑娘都会认为嫁给他是一种福气，他却想要娶这样的一个女人，而她却等不及，跟一个医士勾勾搭搭。”他满眼愤怒地看着她，心里这样想着。

“那还是请您在这份诉状上签个名吧。”他边说边从口袋掏出一个大信封，把信封内的状子抽出来放在桌上。她掀起头巾的一角擦了擦眼泪，在桌子边坐下来，并问他自己该写什么，要写在哪里。

他告诉她该写些什么，写在哪里。她就用左手捋着右边的袖子，在桌边坐下来。他就站在她身后；沉默不语地看着她那伏在桌上，因为努力忍着哭泣不时在颤动的脊背。这时在他的心里，有两种感情在斗争，恶与善的感情，也就是自尊心受辱感和对这个无辜受苦的女人的怜悯之情，最终还是后者占据了优势。

他已经记不清楚最开始是怎样的一种心情了：这究竟是先打心底里同情她呢，还是先考虑到了自己，想起他自己的罪恶，想起他自己干的下流事，现在他竟然在指责她干这种事儿。无论如何，他突然觉得自己又犯了罪，于是又开始同情起她来了。

她在诉状上签好名之后，把沾上墨水的手指头在裙子上擦了擦，便站起身来，抬眼又看了看他。

“不管结果如何，也不管会发生什么事情，我的决心是不管怎样都不会动摇的。”涅赫柳多夫说。

他一想到自己应该原谅她，对她的同情和怜惜也就更加强烈了，于是他满心想要安慰安慰她。

“放心吧，我以前是怎么说的，我以后也就会怎么做。无论他们把您流放到哪里，我都会陪着您一起去的。”

“这可完全没必要。”她立刻打断他的话，脸上也浮现出了一丝笑容。

“您想想看，在路上还会需要些什么东西。”

“好像不缺什么了。谢谢您了。”

典狱长走到他们跟前。于是涅赫柳多夫没等他开口说一个字，就已经开口和她告别，走了出来。打心底里产生了一种他从未有过的无忧无虑的愉悦心情，一种心平气和以及爱一切人的心情。涅赫柳多夫突然意识到，不管玛丝洛娃做了些什么，都无法改变他对她的爱，这样的想法让涅赫柳多夫非常高兴，他的这种思想境界已升华到了他从未有过的高度。随她和那个医士勾搭去吧，那是她的事儿。他爱她并不是为了他自己，而是真心为了她，为了上帝。

“鬼混”，涅赫柳多夫信以为真的所谓的玛丝洛娃因为和一个医士鬼混而被逐出医院的事情，其实事情的真实情况却是这样的：有一天，玛丝洛娃遵照女医士的吩咐，去走廊一端的药房里拿润滑汤药[①]，在那儿她碰到了那个身材高大、脸上长满粉刺的男医士乌斯季诺夫，这个人从开始就一直纠缠着她，这已经让她非常反感了。这一次，玛丝洛娃为了摆脱他不断的纠缠，就猛地使劲推了他一把，他一下子就撞在了药架子上，有两个药瓶从架子上掉下来摔破了。

而就在这个时候主任医师恰巧从走廊上经过，听见摔碎瓶子的声音，又看到玛丝洛娃满脸通红地跑了出来，于是就非常生气地冲她吼道：

“哼，骚娘儿们，要是你胆敢在这里和人鬼混，我就把你打发走。这到底是怎么一回事儿？”他从眼镜框的上方无比严厉地盯着那个医士，向他问道。

医士就嬉皮笑脸地为自己辩白。主任医师还不等他说完，就抬起头，从眼镜里正眼看着他，然后就去了病房。也是在那天他就告诉典狱长说，请他重新指派一个自尊自爱一些的女助手来接替这个

① 一种治咳嗽气喘的草药。

玛丝洛娃。所谓玛丝洛娃同医士的私通鬼混，实际上也不过就是这么回事儿。玛丝洛娃这次被加上和男人厮混的罪名而被赶出医院，这让她感到非常难过。因为她早就厌烦了跟男人发生什么关系，而自打她和涅赫柳多夫重逢之后，就更加无法接受跟男人发生那种关系了。不管是哪一个男人，包括那个满脸粉刺的医士在内，都依据她过去和现在的处境来衡量，都认为他们可以理所当然地侮辱她，可是现在竟然被她那样坚决地拒绝了，不免觉得非常惊讶。她一想到这就觉得自己极其懊恼和委屈，也就打心底里不自觉地可怜起自己来，忍不住要落泪了。这次她出来见涅赫柳多夫，就想向他辩白一下，至少说明他大概已经听到的事不是真实的，在这件事里她是被冤枉的。可就在她刚准备开口解释的时候，她却突然觉得他是不会相信的，她的辩解反而更加让他怀疑，所以泪水就不自觉地涌到了她的眼睛里，哽住了她的喉咙，让她一个字也说不出口。

玛丝洛娃仍然认为，并且一直千方百计地让自己相信，她还像在第二次见面时告诉他的那样，她还没有原谅他，并非常恨他。可是她却早就重新爱上了他，而且爱得是那么深切，因而凡是他希望她做的所有事情，她都不由自主地去做了：她已经戒掉了烟酒，不再卖弄风骚，并且再次去医院里当助手。她会做这些事，就是因为很清楚他希望这样。每次他提出想要和她结婚，她都会断然拒绝，她不肯继续接受他这样的牺牲，那么做也只是因为她曾经跟他说过一些傲气十足的话，就要继续说下去，可主要的原因却是她清楚和他结婚，对他而言，不是一件幸福的事儿。她下定决心不去接受他这样的牺牲，可是她只要一想到他看不起她，觉得她还是原来那种人，完全看不到她精神上已经发生和正在发生着的那些变化，她的心里就无比难过。她暗自思忖，他现在肯定也认为她在医院里真的干了什么见不得人的事，而这一点比她听到上诉被驳回、最终被判处流放服苦役的消息更让她难过。

第三十章

玛丝洛娃有可能要和头一批发配的犯人一起出发，所以涅赫柳多夫也在做着一些出发前的准备。可是需要他办的事情实在是太多了，他深切感受到不论他有多少时间，都还是无法办完。眼下的情况，和以前是截然不同的。之前他只需想出些什么事来做，而且他所做的一切都是一样的，只是为了一个人，为了他德米特里·伊万诺维奇·涅赫柳多夫自己。但是虽然当时他生活的全部意义都集中在德米特里·伊万诺维奇一个人身上，可是那所有的事情都是枯燥乏味的。而现在任何一件事都关系到他身边的其他人，而不仅仅是他德米特里·伊万诺维奇，所以，每件事情也变得有意思多了，而且颇具魅力了，此外这类事情多得难以数计。

不光这样，以前办他德米特里·伊万诺维奇自己的事，总是让他觉得烦恼和不满。而现在为别人去办这些事反而多半情况下都会让他觉得很愉快。

在目前这段时间里涅赫柳多夫需要办好三类事。他按自己一贯严谨的作风把这些事情分了类，并且据此分类把相关的资料分别放进了三个皮包里。

第一类事情是关于玛丝洛娃以及要怎样帮助她的。这个方面的事情现在能做的就是为告御状奔走，四处争取支持，再者就是为启程到西伯利亚做好一切准备。

第二类事情就是对他田产的安排。在帕诺沃，土地之前就已经分给了农民，条件是由他们上交一定数量的地租，作为他们在农业生产方面的公共基金使用。可是为了让这件已经计划好的事情能够得到法律的认证，就不得不拟定相关的契约和遗嘱，并且还要在这些字据上面签字。在库兹明斯科耶的事情还是依照起初他亲自安排的那样，也就是说，他还是要收取地租。可是现在还需要确定一下交租的期限，确定他该从这些里面拿出多少来用作生活费，留多少给农民们当作福利。还不知道他这次到西伯利亚去需要花多少钱，所以他还不能贸然取消这笔收入，只是把它减少了一半。

第三类事情就是帮助那些囚犯，因为他们中有愈来愈多的人求助于他。

起初，他一接触那些向他求助的犯人，就立刻为他们四处奔走，希望能尽可能地减少他们的痛苦。可是后来，求助于他的犯人越来越多了，他发现自己无法一一给予他们帮助，所以就不由得肩负起了第四类事，最近使他花费精力最多的就是这类事。

第四类事情就是要弄清楚这样一个问题：其中一部分的犯人是他都已经认识的这座监狱，以及从彼得堡的彼得保罗要塞直到库页岛的一系列的监禁地，在那里关押着的成千上万的人，他们莫名其妙地成了那些刑法的牺牲品并且仍然在遭受着苦难。这都是所谓的刑事法庭产生的结果，那么这样一个奇怪的机关究竟是个什么样的东西？它有存在的必要吗？它又到底是如何产生的呢？

涅赫柳多夫通过和那些囚犯的亲自接触；通过和律师、监狱教士、典狱长的谈话；并且根据那些囚犯的经历，最终得出了这样一个结论，他觉得这些囚犯，也就是这些所谓的罪犯，大致可以分为五种人。

第一种是完全无罪的人，根本就是法庭误判的受害者，例如被诬告的纵火犯敏绍夫，例如玛丝洛娃和其他类似的人。这种人人数不是太多，根据教士的估计，大约占总数的百分之七，可是这些人的遭遇却是最让人同情的。

第二种人是在狂怒、嫉妒、酗酒等特殊的情况下做出错误行为而被判了刑的。他们做的那些行为，其实换作那些负责审判和惩罚他们的人，在相同的情况下，大概也会做出那样的事情来的。这样的人，据涅赫柳多夫估计，可能占所有犯人总数的一半还要多。

第三种人也是因为做了在他们自己看来是非常平常，甚至是很好的事而被判了刑的，而那样的行为，按照法律以及和他们持不同看法的人看来，就是犯罪。例如那些贩卖私酒者，走私者，在地主和官家的大树林里割草砍柴的人，以及经常打家劫舍的山民和不信教的，甚至是抢劫教堂的人，都属于这种人。

第四种人仅仅是因为他们的精神境界比社会上的一般水平要高而被列入犯罪行列的人。那些教派信徒就属于这种人。那些为了争取独立而暴动的波兰人①和契尔克斯克人②就属于这种人。那些由于反抗当局政府而被判刑的政治犯、社会主义者和罢工工人，也都是属于这种人。这些人，实际上是社会的精英分子，涅赫柳多夫估计，他们占了极大的百分比。

最后是第五种人，则是这样的一群人：社会对他们所犯的罪过其实要比他们对社会所犯的罪过严重得多。他们都是一些被社会抛弃的人，因为长期受到压迫和诱惑而变得浑浑噩噩，例如那个偷旧地毯的男孩儿。像这样的人，涅赫柳多夫在监狱里和监狱外已经看到过几百人了，生活的压力重重地压迫着他们，好像在有步骤地引导他们不得不去做那些所谓犯罪的事情。根据涅赫柳多夫的观察，很多的小偷和凶手都是属于这种人，最近他就和他们中的一些人有过一些接触。至于那些道德败坏、误入歧途的人，新的犯罪学派却称他们为“犯罪型”，认为这些人在社会上的存在便是刑法和惩罚的有力证据。但是经涅赫柳多夫切实了解一番以后，觉得也可以将其归到这一种人当中。他认为这些所谓误入歧途的、犯罪的、不正常的类型，追根究底，也都是社会对他们犯的罪比他们对社会犯的罪要严重，但是并不是社会现在对他们本人犯了什么罪，而是在很

① 当时波兰被俄、奥、普三国瓜分。

② 在俄国高加索的阿第盖和契尔克斯克居住的一个部族，在19世纪上半叶他们的国家被俄国征服和吞并。

久以前的那个时代对他们的父母先人犯了罪。

这些人里，因为这一原因尤其让他惊讶的是那个惯偷奥霍津。他是一个私生子，母亲是个妓女，打小他就在夜店里生活，活到三十岁从未遇见过一个在道德方面比警察更高尚的人。打小他就掉进了一伙惯贼当中，但是他却具备异乎寻常的滑稽天赋，非常招人喜爱。他恳请涅赫柳多夫帮助，同时却又常常嘲讽自己，嘲讽法官，嘲讽监狱，以及嘲讽一切律条，不仅嘲笑刑法律条，而且还嘲笑神的戒律。另外一个让他惊讶的是费多罗夫，长得非常英俊，他曾经带领一帮匪徒抢劫过一个年老的官吏，还把他给杀了。费多罗夫本是一个老实的农民，他父亲的房子无故被人非法强占了，后来他去当了兵，在部队的时候因为爱上了一个军官的情妇而受尽了折磨。这个原本开朗、满怀激情而热心肠的人，四处寻欢作乐，因为从未见过有什么人会为了什么目的而克制自己不去享乐，也从未听说过人生除了享乐还有什么其他的意义。

涅赫柳多夫看得很清楚，这两个人的天资都还是不错的，只是因为没有人关心、栽培而最终畸形发展，就像那些无人照料的花草一样，通常也会无秩序地疯长，最终变得畸形。他曾经还遇到过一个流浪汉和一个女人，他们麻木不仁并且非常残忍，令人生厌，可是他无论如何也没法把他们当成意大利学派所说的那种犯罪型，只是认为他们是一些他个人觉得很厌恶的人，就如他在监狱外面遇到过的那些穿着礼服、佩戴着肩章以及全身装饰着花边的男男女女一样惹人厌恶。

所以，研究所有这些各种各样的人究竟为什么会被监禁在牢里，而另外一些和他们一样的人，却可以逍遥法外甚至还来审判他们的这个问题，就成了涅赫柳多夫那段时间最为关心的第四类事情了。

最开始涅赫柳多夫希望能从书本上找到这个问题的答案，于是就把涉及这一问题的书全部买了回来。他买了龙布罗索、嘉罗法洛、费利、李斯特、摩德斯莱、塔尔德[①]等人的著作，并且潜心研读。可是他读得越多却越感到失望。有些人研究学问的目的并不是为了在学术方面有所建树，诸如写作、辩论、教书等，而是为了弄清那些直接而简单的现实问题，这些人常常遇到的情形，现在涅赫柳多夫也遇到了，那就是：学术替他解决了数千个关于刑法的各种各样的繁难而深奥的问题，可唯独没解决他最迫切想要搞清楚的问题。实际上他的问题非常容易。他想问：有的人可以利用一些权力把另外一些人关起来，并施以残酷的折磨、流放、鞭笞甚至是杀害，可他们本身和那些人是没有什么区别的，这是为什么，凭什么呢？可是他得到的却是更多不同的疑问：人可不可以随心所欲？可不可以通过测量某个人头盖骨之类的方法来判断一个人是否属于犯罪型？遗传究竟在犯罪中起什么作用？是不是有人生下来就注定是道德败坏的人？道德又是什么？什么可以被称为疯狂？退化又是什么？气质又该如何定义？气候、食物、愚蠢、效仿、催眠术、情欲对犯罪会产生什么样的影响？社会是什么？社会的责任又有哪些？诸如此类的问题数不胜数。

这种种疑问让涅赫柳多夫想起有一回一个放学回家的小男孩儿是如何回答他提出的那些问题。涅赫柳多夫问那个小男孩，是不是已经学会用字母拼字了。“已经学会了。”小男孩回答说。“好吧，那你拼一下‘爪子’这个词。”“什么爪子？狗爪子吗？”那个小男孩带着满脸滑头的神气问道。涅赫柳多夫从那些学术著作中为他的一个根本问题寻找到的答案，恰好也是这种反问式的答案。

那些著作当中有很多睿智、深奥、有见地的见解，可它们却没有对根本问题做出回答：有的人到底是依据什么权利去惩罚另外一些人？不但没有这样的解答，而且那所有的疑问都导向一点，即对惩罚做出合理的解释，为惩罚辩护，认为惩罚是这个社会不可或缺

① 关于龙布罗索、塔尔德的简介，参看本书第一部第二十一章脚注。嘉罗法洛（生于1852年）和费利（1856—1929），都是意大利犯罪学家龙布罗索的信徒。李斯特（1789—1846），德国经济学家。摩德斯莱（1835—1918），英国心理学家。

的，把其存在的必要性看作不可辩驳的公理。涅赫柳多夫读了许多书，却都是断断续续地读，这样他就可以将找不出答案的原因归结为自己的研究做得太肤浅，并希望以后有机会能找到答案。也正是因为这样，他不敢相信最近越来越频繁地出现在他头脑里的那个答案[①]就是正确的。

① 指前面第二十七章结尾所提到的答案。

第三十一章

包括玛丝洛娃在内的那批罪犯，初步定于七月五日动身前往西伯利亚。涅赫柳多夫也准备在那一天跟她一块儿启程。在临出发的前一天，涅赫柳多夫的姐姐和姐夫一起来到城里，想和她的弟弟见上一面。

涅赫柳多夫的姐姐娜塔莉娅·伊万诺夫娜·拉戈仁斯基，比他大十岁。他从某种程度上来说应该是在她的影响下长大的。他小时候，她非常疼爱他，后来到她快出嫁的时候，他们就像同龄人一般非常投合，尽管那个时候她已经是个二十五岁的大姑娘了，而他还只是个十五岁的毛头少年。那时候她一度爱上了他的伙伴尼古连卡·伊尔捷涅夫，只是后来他死了。他们姐弟俩都很喜欢尼古连卡，喜欢的是他和他们身上都有很好的和那种善于将周围人全部团结在一起的优良品质。

可渐渐地，他们两个人都逐渐堕落了：他自己是因为在军队里供职期间习得了一些花天酒地等不良习气，而她则是因为嫁了人，她仅仅在肉欲上爱上自己的丈夫，而那个人不仅不喜欢她和德米特里认为最神圣最宝贵的每一样东西，甚至完全不理解那是怎么一回事儿，却按照他的理解把她以前的生活目标，在道德的高度上追求完美和为人们鞠躬尽瘁的志向，当成是简单的虚荣心在作祟，以及是想在众人面前出出风头，只是为了解闷。

拉戈仁斯基是个既没声望也没财富的人，却是一个极其世故的官场老手，他可以巧妙地周旋在自由派与保守派之间，充分利用两派之中在某段时期或某种情况下可以给自己的生活带来好处的那一派，而更主要的是，他还可以利用自己能讨得女人欢心的某种特殊的本事，在司法界里获得相当显赫的官位。他在国外和涅赫柳多夫一家子认识的时候，年纪已经不小了，可他的确让那时也不算太年轻的姑娘娜塔莉娅爱上了自己，并且几乎是违拗着她母亲的意愿坚持和她结了婚，她母亲认为这桩婚事是门不当户不对的婚姻。涅赫柳多夫非常厌恶这位姐夫，虽然他自己不愿意承认这一点，一直在努力抑制这种情绪，可事实就是他的确很讨厌他。涅赫柳多夫之所以对他感到厌恶，是因为他的感情很庸俗，见识短浅却又自以为是；相较之下涅赫柳多夫对他更厌恶的主要原因却是自己的姐姐，姐姐竟然会那么疯狂、自私、不顾一切地仅从肉欲上爱上了这个精神匮乏的人，并且为了迎合他的心意，竟然义无反顾地抛弃了自己原来的一切美好向往。涅赫柳多夫只要一想到娜塔莉娅是这个全身满是汗毛、秃顶发亮、自以为是的人的妻子，他就打心底里难受得不得了。他甚至按捺不住对他的孩子们的厌恶。每次听说她又要生孩子的时候，就总是会产生某种类似很伤心的感觉，就像她又从那个和他们格格不入的家伙那儿又沾染上什么坏毛病了一样。

这一次是拉戈仁斯基夫妇一同前来的，没有带上他们的孩子；他们有两个小孩，一个儿子一个女儿。他们两人在城里一家上等的旅馆里租了一套上等的房间。娜塔莉娅·伊万诺夫娜立马坐马车前往她母亲原来住的房子里去了，可是她在那里没有见到自己的弟弟，从阿格拉费娜·彼得罗夫娜那里得知，弟弟很久以前就已经搬到一家带家具的小公寓里去了，于是她又坐上马车去公寓。在一个光线昏暗、充满恶臭、白天都必须点灯的过道里，一个肮脏的杂役向她走过来，告诉她公爵没有在家。

娜塔莉娅·伊万诺夫娜想去她弟弟的房间，给他留下一张便条。杂役就带路领着她去了。

娜塔莉娅·伊万诺夫娜来到弟弟的那两个小房间里仔仔细细地打量了一番。她处处都看到她所熟知的那种干净整洁、井然有序，只是屋子四周的摆设却简单得让她非常震惊，在她看来这是他不曾有过的。

她看到写字台上放着一个她非常熟悉的吸墨纸床，它的顶端雕刻着一只铜质的小狗儿。桌面上还放着皮包，一些纸张、若干文具、几部《刑法典》、一本亨利·乔治的英文原著、一本塔尔德的法文原著，一柄她熟悉的弯曲的大象牙刀夹在塔尔德的书里；这所有的东西都摆放得井井有条，这样的一丝不苟同样也是她所熟悉的。

她在桌子旁边坐下给他写了一张便条，请他务必去她那里一趟，而且最好是今天就去找她。然后她对所看到的这一切无比惊讶地摇摇头，便折回自己入住的旅馆去了。

现在娜塔莉娅·伊万诺夫娜只对弟弟的两件事担心：一件是他坚持要和卡秋莎结婚，这是她在自己居住的那座城里听说的，因为大家都在议论这件事；另一件就是他把土地交给农民，这事儿也是尽人皆知了，而且有很多人都认为这是一种政治性的极其危险的行为。至于他想和卡秋莎结婚这事儿，从某个方面来说，反倒让娜塔莉娅·伊万诺夫娜觉得高兴。她很佩服这种毅然决然的精神，从这一点，她看到了他和自己在她结婚前的那些幸福岁月里的真实面目。可是她只要一想到自己的弟弟竟然要和这样一个下贱的女人结婚，还是会觉得这很可怕。而后一种感情相对前者来说更加强烈。于是她就下定决心要想尽一切办法说服他，阻止他，尽管她心里也清楚地知道，要想做到这点将会是多么的不容易。

而至于另外一件事，他把土地交给农民，并不使她多么操心。不过她的丈夫却为此大为恼火，反复强调要她对自己的弟弟施加影响。伊格纳季·尼基佛罗维奇说，这样的行为纯粹是胡闹，是轻率高傲的极端表现，如果这样的行为可以说明什么的话，那只能说明他有意自我标榜，出风头，哗众取宠罢了。

“不仅把土地全都交给农民，而且租金还归农民自己使用，这究竟是什么意思？”他说，“要是他真想这样做的话，本可以通过农民银行把土地拍卖给农民呀。这样做才勉强算有点儿意思可言。总而言之，这样的行为多少是有点儿精神失常了。”伊格纳季·尼基佛罗维奇说，并开始思考涅赫柳多夫田产的监护人问题了，他让妻子一定要和她的弟弟认真严肃地谈谈他这种奇怪的打算。

第三十二章

涅赫柳多夫一回到家，便看到了留在桌上的他姐姐写的那张便条，就立即坐马车去了她那儿。那时候已是黄昏了。伊格纳季·尼基佛罗维奇在另外一个房间里休息，只有娜塔莉娅·伊万诺夫娜一个人接待弟弟。她穿着一件束腰的黑色丝绸连衣裙，胸前扎着红色花结，一头蓬松乌黑的长发梳成了时下最流行的样式。很显然，她努力让自己打扮得年轻而好看，好让那个和她年纪相仿的丈夫高兴。她一看到弟弟进来，就急忙从长沙发上站起来，快步上前迎他，丝绸裙摆随着她脚步的移动而发出窸窣的响声。他们相互拥抱彼此亲吻之后，便笑盈盈地对视了一下。这是一种神奇的、难以言喻的、意蕴深厚的眼神的交流，那里面充满了真情。随后他们就开始了言语上的交流，只是他们之间的交谈却没那种真情了。自打他们的母亲去世之后，他们还没有见过面。

“你长胖了，也越来越年轻了呢。”他说。

她高兴得嘴角都起了褶皱。

“可是你却变得更瘦了。”

“哦，伊格纳季·尼基佛罗维奇在忙些什么呢？”涅赫柳多夫问道。

“他在休息。昨天夜里他没睡好。”

他们原本有很多话想说的，可此时却什么都说不出来，反而是他们的眼神说出了对方想说却又没能说出来的那些话。

“我去过你住的地方了。”

“是的，我已经知道了。我之前从家里搬出来住了。我嫌那栋房子太大了，一个人住在那里总会觉得孤独寂寞，并且住在那里太单调、乏味了。那里的东西我一点儿都用不着，所以你尽可能地把那些东西全拿去吧，也就是那些家具……所有的东西。”

“是的，阿格拉费娜·彼得罗夫娜已经跟我说过了。我也去过那里了。我太谢谢你了。可是……”

这时候，旅馆里的仆役端来了一组漂亮的银质茶具。

仆役在摆放茶具的时候，他们两个人都选择了沉默。娜塔莉娅·伊万诺夫娜坐到茶几后面的一把圈椅上，默不作声地斟茶。涅赫柳多夫也没有说话。

“哎，我说，德米特里，我什么都知道了。”娜塔莉娅·伊万诺夫娜看了看他，就很干脆地说道。

“啊，你已经知道了，我很高兴。”

“可是你该清楚她已经过了多年那种放荡堕落的生活了，难道你还希望她可以改过自新吗？”娜塔莉娅·伊万诺夫娜说。

他端直着身子坐在一把小椅子上，也不用胳膊肘支撑身子，聚精会神地听她说话，尽可能好好领会她的意思，并准备好好回答她。他在和玛丝洛娃最近的那次见面之后，心绪不错，至今他的心里还充满着宁静的欢愉和对所有人的好感。

“我没想过要她改过自新，而是想要我来改过自新。”他回答道。

娜塔莉娅·伊万诺夫娜长叹了一声。

“总之除了娶她之外，应该还有别的办法啊。”

“可我觉得这是最好的办法了。再说这样做也可以把我带入另外一个天地里去，在那儿我可以成为一个真正有用的人。”

“可是我觉得，”娜塔莉娅·伊万诺夫娜说，“你这样做是不会幸福的。”

“但问题并不在于我是否会幸福。”

“当然啦，可是如果她还有一点点良心的话，同样也得不到幸福，甚至她不会希望你这样做。”

“她的确是不希望我这样做。”

“我了解。可是人生……”

“人生到底是怎样的呢？”

“人生需要另外的一种活法。”

“人生除了让我们做应该要做的事情之外，再没有其他的要求了。”涅赫柳多夫一面说，一面看着她那张依然很漂亮，只是眼角和嘴边已经布满了丝丝细纹的脸庞。

“我真不明白。”她叹息了一声，说道。

“我可怜的、亲爱的姐姐！她怎么会变成这个样子呢？”涅赫柳多夫心想着，想起了娜塔莉娅结婚前的样子，对她产生了无数童年回忆编织而成的某种亲切之情。

而就在这时候，伊格纳季·尼基佛罗维奇像平常一样高高地抬着头，挺着宽阔的胸脯，迈着悄无声息的步子，面带笑容走进房里来。他的眼镜、秃顶、黑色的胡须全都在闪闪发光。

“您好，您好。”他用矫揉造作的口吻说道。

（尽管在婚后最初一段时间里他们尽量表示亲热，相互称“你”，但后来还是相互称“您”。）

他们两人彼此握了握手，伊格纳季·尼基佛罗维奇就轻轻地坐进了一把圈椅里。

“我不会打扰到你们之间交谈吧？”

“不会，我说话做事从来都不隐瞒任何人。”

涅赫柳多夫一看到他那张脸，一看到那双长满汗毛的手，一听见那种居高临下、自以为是的语气，他那丁点儿亲切之情霎时一扫而光了。

“是啊，我们正在讨论关于他的那些打算呢。”娜塔莉娅·伊万诺夫娜说。“要给你倒杯茶吗？”她端起茶壶说。

“好的，谢谢。那么，究竟是什么打算呀？”

“我打算和一批犯人一起去西伯利亚，因为在那批犯人里有一个我认识的女人，我觉得我对不起她。”涅赫柳多夫说道。

“可我听说您不单单是想陪她去，您还另有打算呢。”

“是的，我还打算娶她做我的妻子，只要她愿意。”

“原来是这样啊！要是您不觉得心烦的话，请您向我详细地解释一下您的理由呗。我不清楚您的理由究竟是什么。”

“理由就是这个女人……她走上堕落之路的第一步……”涅赫柳多夫由于找不到合适的措辞来表达自己的意思，不禁跟自己生起气来，“我的理由就是我犯了罪，但是受到惩罚的却是她。”

“既然她受到惩罚，那恐怕她也并不是完全清白的吧。”

“她完全没有罪。”

于是涅赫柳多夫带着不必要的无比激动的情绪说完了整个案情的经过。

“对啊，这是审判长的疏忽大意，所以使得陪审员的答复很不周全。可是这样的情况，还有枢密院复审嘛。”

“枢密院已经把上诉驳回了。”

“它们把上诉驳回，那大概是上诉的理由不够充分吧。”伊格纳季·尼基佛罗维奇说道，显然他非常赞成那些以讹传讹的说法，认为法庭判决的结果就是真理，“枢密院不可能深入审查和审理案子的真实情况。如果法庭审判的确有错，那就应该请皇上圣裁。”

“诉状已经呈上去了，不过看起来也好像没什么成功的希望。皇家要问司法部，而司法部又会向枢密院查问，枢密院只会重复一遍自己的裁定，这样一来，无罪的人依然会接受本不该有的惩罚。”

“第一，司法部是不会去询问枢密院的，”伊格纳季·尼基佛罗维奇带着自视甚高的笑容说，“而会直接从法庭调阅原来的卷宗，如果发现有错误呢，就会据此加以纠正。第二就是，无罪的人从来不会无端被惩罚的，如果有的话，那也只是极少见的例外。但凡那些受到惩罚的人肯定都是有罪的。”伊格纳季·尼基佛罗维奇流露出自以为是的笑容不慌不忙地说。

“但是我的看法却与此截然相反，”涅赫柳多夫怀着对他姐夫满腹不满的心情说，“我反倒认为那些被法庭判刑的人，多半都是无辜的。”

“您这话是什么意思呀？”

“我所说的无辜就是指这两个词字面上的意思，也就是他们根本没有犯罪。例如，这个被指控谋害人命的女人就是无辜的，她根本是没有罪的；还有我最近认识的一个被指控犯了杀人罪的农民也没有罪，他的确没杀过人，他是清白的；还有母子两人被控犯了纵火罪，而实际上也是无辜的，其实是主人自己放的火，他们却险些被判了刑。”

“是的，当然，在审判过程中发生点儿错误那是难免的，以后还会有可能出现。人类的机构不可能是完美无缺的。”

“再说了，还有很多很多的犯人都是无罪的，只是因为他们是在那样的环境里长大成人的，所以他们根本就不认为自己正在进行的活动就是犯罪。”

“很抱歉，我觉得这样说可就真的很没有道理了。每一个做贼的都知道盗窃不是件好事，不应该偷盗，偷窃是不道德的。”伊格纳季·尼基佛罗维奇说，并露出他惯用的那种心安理得、自以为是、有一丝轻蔑意味的笑容，这就更让涅赫柳多夫怒火中烧了。

“不是这样的，他们并不清楚。别人对他们说：你不要偷东西。可是他们却亲眼看见别人这样做了，并且知道工厂老板通过克扣工钱的办法来偷取他们的劳动成果。他们亲眼看着，政府和所有政府的官员，通过收税的方法源源不断地在偷盗他们的财物。”

“这可真是变成一个彻底的无政府主义的理论了。”伊格纳季·尼基佛罗维奇心平气和地给内弟所说的话下了一个结论。

“我不清楚这到底属于哪种主义。可我说的都是现实生活中摆在那儿的事实，”涅赫柳多夫接着说，“他们知道政府在盗取本该是他们的财物；他们知道我们这帮地主老爷从他们的手里夺走了原本应该成为公有财产的土地。可是后来，他们在被偷走的土地上捡了一点儿树枝草叶，只想把它们拿回家当柴烧的时候，我们反而把他们关进了监狱，还要强迫他们承认自己是贼。可他们知道做贼的从来就不是他们，而是盗窃他们土地的那群人，这样说来，把他们被偷的东西物归原主，恰好是他们对自己的家庭本该要尽的责任。”

“我真不理解，可就算我理解了，我也不会赞同的。土地不可能不是某些人的私有财产。如果您把土地都分了出去，”伊格纳季·尼基佛罗维奇镇定自若、信心十足地说道，因为他认为涅赫柳多夫就是个不折不扣的社会主义者，认为社会主义的宗旨就是平均分配所有的土地，而这样平分土地实际上是非常愚蠢的，他完全可以轻而易举地驳倒这种论调，“如果您今天把所有的土地都平均地分给了农民，那么明天土地就又会转到那些勤奋能干的人手里了。”

“谁都不想平均分配土地。土地也不应该成为某些人的私有财产，不应该成为买卖或者租用的物品。”

“私有权是人与生俱来的，没有了私有权，人们也就会失去耕种土地的兴趣。一旦消灭了私有权，我们就会退回到野蛮时代。”伊格纳季。尼基佛罗维奇掷地有声地说道。他是在重复那种维护私有财产权的陈腔滥调，这种论调被认为是颠扑不灭的，而这一论调所强调的中心思想就是土地私有的欲望便是土地必须私有的标志。

“刚好相反，只有那样土地才不会像现在这样被荒废掉，现在的那些地主就好像是狗霸占了马槽一样，既不想让懂得种地的人来耕种土地，也不愿更不会自己耕种。”

“够了，德米特里·伊万诺维奇，您要知道这完全是在发疯！难道您觉得在我们这个时代，消灭土地私有制是有可能实现的吗？我明白这个话题是您一直以来特别爱谈的话题。可是，请恕我坦诚相告……”伊格纳季·尼基佛罗维奇说到这里，突然面色苍白，声音也发抖起来，很显然这个问题深深地击中了他的痛处，“我要奉劝您在着手处理这个问题之前，先把这个问题再反复地考虑一番才行。”

“您说的是我的私人问题吗？”

“是的，我认为像我们这样有一定社会地位的人，就必须承担这一社会地位赋予我们的职责，必须维系我们赖以生存的生活条件，因为我们生来就是这样的生活条件，这是我们从祖先那里继承而来的，将来有一天还必须传给我们的子孙后代。”

“我认为我的职责是……”

“请允许我把话说完吧，”伊格纳季·尼基佛罗维奇不让人打断他的话，又继续说下去，“我说这些话完全不是为了我自己，也不仅仅是为了我的孩子们。我的孩子们的生活是绝对有保障的，我赚的钱足够我们生活得很好了，而且我觉得我的孩子以后也不可能会过那样的穷日子。所以，恕我直言，我对您那样的没有经过周密思考的行为表示强烈的反对，这并不是在计较我个人的利益得失，而是我从原则上来说就不能赞成您的做法。我要劝您再好好考虑考虑，多读些书……”

“行了，那就请您允许我来处理我自己的事情吧，让我自己去搞清楚我该读些什么书和不该读什么书。”涅赫柳多夫满脸惨白，并且感觉双手冰凉。简直无法控制自己了，于是就闭口没再说一句话，闷闷地喝起茶来。

第三十三章

“嗯，小孩子们还好吗？”涅赫柳多夫稍微平静了一点儿后，向姐姐问道。

他姐姐和他又聊起了两个孩子，说孩子们留在奶奶家，也就是跟他们的祖母住在一起。由于弟弟和丈夫已经不再争论了，心里觉得很高兴，就滔滔不绝地说起自己的两个孩子是怎么玩旅行游戏的，就像她弟弟小时候玩的那两个布娃娃，一个黑奴，一个被称作法国女人那样。

“难不成你到现在还记得那种游戏？”涅赫柳多夫微笑着说道。

“你无论如何都想不到，他们和你那时候的玩法一样。”

一场令人不快的谈话到此总算是结束了。娜塔莉娅放下心来，可是她不想在丈夫面前说一些只有她弟弟才懂的话，于是为了能让大家都参与到谈话里，就说起了一件已经流传到这儿的彼得堡的新闻：卡缅斯基决斗身亡之后，失去独生子的母亲是怎样伤心欲绝的。

伊格纳季·尼基佛罗维奇坚持认为他很不赞成现今这样在决斗中致死却不列入刑事犯罪的情形。

他的这个意见又遭到了涅赫柳多夫的强烈反驳，并且他们再次就原来没有争论清楚的话题争论了起来，结果两人都没有把话完全说出来，依然各执己见，谁也不服气谁。

伊格纳季·尼基佛罗维奇觉得涅赫柳多夫实际上是对他有意

见，轻视他的所作所为，所以心里只想让涅赫柳多夫明白他的意见是完全错误的。再说涅赫柳多夫，姑且不提他姐夫干涉他按照自己的方式去处理土地问题而感到非常恼火（他在内心深处倒是感到，姐夫、姐姐和他们的孩子们作为他的财产继承人是有权过问的），让他觉得最气愤的就是，现在在涅赫柳多夫看来毫无疑问、非常荒谬和罪恶的事，而这个鼠目寸光的家伙，却依旧信心十足、心安理得地认为那都是正当而且合法的事。他这种自以为是的态度毫无疑问地惹恼了涅赫柳多夫。

“那按你说的那样，法院到底该怎么解决这些问题呢？”涅赫柳多夫问。

“法院应该像对待普通杀人犯一样，判处决斗的一方服苦役。”

涅赫柳多夫的双手再次冰凉，他火气十足地讲起来。

“哦，那又能如何呢？”他问道。

“那样就算伸张正义了。”

“这么说，好像伸张正义是法院的宗旨啰。”涅赫柳多夫说。

“可是除了这个难道还有其他的吗？”

“是维护阶级利益。法院，在我看来，只不过是维护现行制度的一种行政手段，是对我们这个阶级有利的现行制度罢了。”

“这还真是一种非常新鲜的观点，”伊格纳季·尼基佛罗维奇的脸上露出镇定的笑容说，“通常情况下，人们会认为法院具有某种与众不同的使命。”

“理论上是这样，可实际上，从我看到的现实情况来说，却根本不是这样的。法院唯一的宗旨就是保持社会现状，并为此尽可能地迫害和残酷地折磨那些站在普通标准之上并企图提高这个标准的人，也就是所谓的政治犯，同时还迫害和折磨那些位于普通标准之下的人，也就是你们所说的那种犯罪型的人。”

“首先，我绝不赞成您这样的说法，那些犯人，也就是那些政治犯，他们遭到惩罚是因为他们站在普通标准之上。但他们大部分都是社会渣滓，和您认为处于一般标准之下的犯罪型一样堕落，只是在表现形式上有所不同罢了。”

“可是我认识一些人，他们的立足点比那些审判他们的法官要高得多。那些教派信徒每一个都是品德高尚、意志坚定、很有见解的人……”

可是伊格纳季·尼基佛罗维奇有一个习惯，就是他在说话时不容许别人打断，所以他根本就没有听涅赫柳多夫说了些什么。尤其让人恼火的是，他在涅赫柳多夫说话时一直在试图接着说他未说完的话。

“我也不能同意您说的，您觉得法院的宗旨是要维持现有的制度。法院肯定有它自己的宗旨：要么是改造……”

“关在监牢里的改造可真是好啊。”涅赫柳多夫插进来说道。

“……要么是清除那些道德败坏对社会无用的人，”伊格纳季·尼基佛罗维奇固执地接着说，“还有那些威胁社会安全稳定的危险分子。”

“问题刚好就在于法院既办不到这一点，也无法办到那一点。这是这个社会没法办到的。”

“这话是什么意思？我不太明白。”伊格纳季·尼基佛罗维奇勉强挤出一点儿笑容问道。

“我想说的是，严格说起来，合情合理的刑罚只有两种，也就是古代施行常常使用的那两种刑罚：体罚和死刑。可是，随着社会风尚的好转，这两种刑罚也就用得愈来愈少了。”涅赫柳多夫说。

“这话从您的嘴里说出来，听上去既新鲜又叫人震惊。”

“是的，把一个人痛打一顿，好让他以后不再做那些为此挨打的事情，这也是合理的；把一个对社会有害无益而且十分恐怖的人的头砍下来，那也是非常合乎情理的嘛。这两种刑罚都有合情合理的意义。可是把一个游手好闲和品行不正的堕落的家伙关进监牢里，放在有生活保障的和非常闲散的环境中，与极端堕落的人为伍，这究竟又有什么意义呢？或者出于某种原因而把一个人从图拉省押解到伊尔库茨克省，

或者是从库尔斯克省押解到别的什么地方去，这些都要从国库里支取大量的经费，每个人至少需要花五百多个卢布，这又有什么意义呢？……”

“可是，说实话，许多人还是很害怕这种公费旅行的。如果没有这样的旅行和监狱，我和您这会儿就不可能像现在这样安稳地坐在这里了。”

“那样的监狱并不能保障我们的生命安全，因为那些人并不是一辈子都会被关在那里面的，他们总有一天会得到自由的。那时候结果可就完全相反了，那些机构往往使那些人变得更加罪恶和堕落，也就是说他们将变得更加危险。”

“您是想说，惩罚制度必须加以改良吗？”

“这是无法改良的。改良后监狱的花费比现在花在国民教育上的钱多得多，这又会给老百姓增加许多新的不必要的负担。”

“可是，惩罚制度的缺陷，不管怎样也不是法院本身的缺陷。”伊格纳季·尼基佛罗维奇再次不听他内弟说的话，继续自说自话。

“这些缺陷是无法克服的。”涅赫柳多夫提高嗓门说。

“那该怎么办呢？干脆把犯人全都杀了？还是按某位国家要人提出的那样，把他们的双眼挖出来？”伊格纳季·尼基佛罗维奇自以为得理地笑着说。

“是的，如果这样做，那是很残酷的，不过多少会有那么一点儿成效的吧。可是现在的做法，也同样是残酷的，可不仅没有达到应有的成效，而且十分愚蠢；简直让人难以理解，那些精神正常的人怎么会参与像刑事法庭干的那种荒唐而残酷的事情。”

“可我刚好就参与这种事情了。”伊格纳季·尼基佛罗维奇脸色煞白地说着。

“那是您的事儿。只是我无法理解。”

“我觉得您无法理解的事儿还多着呢。”伊格纳季·尼基佛罗维奇声音有些颤抖地说。

“我曾经在法庭上见过一个副检察官想方设法地要加罪于一个可怜的小男孩，而那个小男孩在任何一个正常人的心中只能引起同情。

我还了解，另一位检察官审问教派的信徒，居然认为诵读《福音书》是违反刑法的。而且，法院的一切活动都是这样没有实际意义的残酷勾当。”

“若是我也这么想，那就可以不用再当什么差了。”伊格纳季。尼基佛罗维奇说过这话，便站起身来。

涅赫柳多夫发现他姐夫的眼镜底下有一种很古怪的亮光。“难道那是眼泪吗？”涅赫柳多夫心想。确实是，那是自感受到侮辱后流出的泪水。伊格纳季·尼基佛罗维奇走到窗前，掏出手帕，清了一下嗓子，就擦起眼镜，并把眼镜摘下来，擦了擦眼睛。伊格纳季·尼基佛罗维奇返回到长沙发旁边，点燃了一根雪茄烟，就再也没说什么了。涅赫柳多夫觉得自己把姐夫和姐姐搞得如此伤心，心里既难受又惭愧，尤其是因为他第二天就要启程了，也许以后就再也见不到他们了。他怀着愧疚的心情向他们告辞，坐车回家去了。

“很可能我说的话都是对的，至少他没有驳倒我的理由。不过我实在不该用那样的态度和他说话。如果我可以这样意气用事，这样侮辱他，使可怜的娜塔莉娅姐姐那样伤心，由此可见我的改变还是很小。”他心里想道。

第三十四章

玛丝洛娃在内的那批犯人，要在当天下午三点从火车站出发。所以，涅赫柳多夫为了能亲眼看那些犯人从监狱里走出来，并随他们一起去火车站，于是他打算在十二点之前赶到监狱。

涅赫柳多夫在整理行李和文件的时候，看见了自己的日记本，便停了下来，重新翻看了里面的那几个地方，看了看最近写的一篇日记。那篇日记是他在去彼得堡之前写的："卡秋莎不愿接受我的牺牲，而情愿牺牲她自己。她成功了，我也成功了。她让我高兴的是她内心的变化，我觉得她的内心在变化，连我自己都不敢相信。我不敢相信，但是我的确觉得她就是在复活。"紧跟着还有这样一段话："我遇到了一件让我很痛心却又很快乐的事。我听说她在医院里的行为不规矩。我立刻就感到万分痛苦。我没料到我会如此痛不欲生。我带着厌恶和憎恨的心情与她交谈，后来我忽然想到了我自己，想起她做的那些让我愤恨的事，我自己早就已经干过很多回了，直到现在，也还有那种念头，于是刹那间，我讨厌自己，又怜惜起她来，这样一来，我的心情也随之好起来了。只要我们能常常及时地看到自己眼中的梁木[①]，我们就会变得更善良些。"接下来他

① 见《新约全书·马太福音》第七章第三节："为什么看见你弟兄眼中有刺，却不想自己眼中有梁木呢?"

开始写今天的日记，写道："我去看过娜塔莉娅了。正因为自以为是而很不和善，十分凶恶，直到此刻我的心还觉得沉甸甸的。唉，可这又能怎么办呢？从明天起，我就要过全新的生活了。再见吧，旧生活。从今以后永别了。真是百感交集啊，可我还是无法把它们梳理成一个有机的整体。"

涅赫柳多夫第二天早晨醒过来的第一个感觉就是后悔昨晚和姐夫发生那场争论。

"我不能就这样离开，"他心里想道，"应该先去他们那儿赔个不是才对。"

可是他看了看怀表，却发现时间已经来不及了，他得赶紧动身，免得错过那批犯人离开监狱的时间。他匆忙收拾好自己的行李，就打发公寓的看门人和随他一起走的菲多霞的丈夫塔拉斯把他的行李直接送去火车站，然后涅赫柳多夫自己出门一见马车就跳了上去，往监狱奔去。囚犯乘坐的那趟列车比涅赫柳多夫坐的那趟邮车提前整整两小时离站，所以他把公寓的房钱全都付清了，也不准备再回来了。

此时正是炎热难耐的七月天。大街上的石头、公寓、铁皮屋顶过了闷热的一夜之后，还没有完全凉下来，还在把它们残存的热量散发到闷热而凝固不动的空气中。这时候没有一点儿风，即使有时刮起一阵风，吹来的也只是充斥着尘土和难闻的油漆臭味的闷热的空气。大街上行人很少，就连那少得可怜的几个路人也尽量在房屋的遮阳处行走。只有那些负责修整道路的晒得黑黑的穿树皮鞋的农民坐在道路中央，用铁锤把石子砸进火热的沙子里。还有几名愁眉苦脸的警察，上半身穿着没有漂白的布制服，布制服上还挂着几根橘黄色的武装带，没精打采地站在街道的中央，不时地倒换着两只脚。还有几辆公共马车叮叮当当地在大街上来回穿梭，朝阳的那一面挂着窗帘，驾车的马一律都戴上了一个白色的头罩，只有耳朵从两个罩孔里露出来。

涅赫柳多夫乘车到监狱大门口时，那批罪犯还没有走出来。在监狱里，从凌晨四点就开始紧张地准备在押犯人的交接工作，一直到现在都还没有结束。这批流放的罪犯中有六百二十三名男犯和六十四名女犯。这些人都要按照花名册一一进行核对，还要把有病的和身体虚弱的挑出来，然后再悉数交给负责押解的人员。刚上任的典狱长和两个副典狱长、一个医师、一个医士、一个押解官和一个文书，全都坐在院子里靠墙的背阴处放着的那张桌子旁，桌上放着公文表册和办公用品。他们逐一喊着罪犯的姓名，罪犯们就一个接一个朝他们走过去，让他们进行审查、问话、造册登记。

这时那张桌子已经有一大部分被太阳晒到了。这里已经非常热了，而且是由于没有风吹过来，站在这儿成群的犯人又不停地呼出热气，更是特别气闷。

“这究竟是怎么了，还真是没完没了！”押解官边抽着烟边说道，这个人很高很胖，脸色红润，两肩高高耸起，胳膊很短，那遮住嘴巴的小胡子里不停地吐出一圈圈的烟雾，“这真是要把人给累死啊。你们到底从哪儿弄来这么多犯人哪？还有很多啊？”

文书翻看了一下册子，说：

“还有二十四个男的和几个女的。”

“唉，你们为何站在那儿一动也不动，往前走……”押解官冲着那些还没有核对身份的挤在一块儿的犯人喝道。

犯人们排成整齐的队列等候交接已有三个多小时了，而且不是站在背阴处，是活生生被曝晒在太阳底下的。

这项工作一般都是在监狱里进行的，而在监狱的外边，大门口还像以前一样有个持枪的哨兵站在那儿，还有二十来辆大车停放在那里，准备运送犯人的行李和那些身体虚弱的犯人。街道拐弯处还站了一大群犯人的亲戚和朋友，等着犯人出来的时候可以再见上一面，而且，如果有可能的话，就再说上几句话，或者再给他们递点儿什么东西。涅赫柳多夫也站在这群人中间。

他在那儿站了一小时左右。一小时之后，大门里面才响起铁链的哗啦声、走路声、监管人员盛气凌人的吆喝声、咳嗽声以及人群里不高的谈话声。就这样一直持续了五六分钟，在这段时间里有几名看守在一个小门里不断地进进出出。最后，终于响起了口令声。

大门轰隆一声就打开了，铁链的哗啦声变得更加响亮了，一大群身穿白色军服、佩着枪的押解兵走了出来，在大门外排列成一个很整齐的大弧形，很显然这是他们所熟悉的、惯用的训练动作了。等他们排好阵势之后，就响起了另一道口令声。于是犯人们两人一排地列着队开始往外走，一个个剃光了的头顶上戴着薄饼一样的囚帽，背上背着一个背包，脚上戴着镣铐，用力地一步步慢慢走着；他们一只手托着背上的背包，另外一只空着的手前后晃动着。率先走出来的是男苦役犯，统一穿着灰色的长裤和囚袍，后背上都缝着方形的苦役犯标志。他们中有年轻的、年老的，有瘦的、胖的，有脸色苍白的、红润的、晒得黑黝黝的，有留小胡子的、留络腮胡子的、没留胡子的，有俄罗斯人、鞑靼人、犹太人，每个人都拖着哗啦作响的镣铐往外走着，拼命挥动着一条胳膊，好像做好了往很远的地方走的准备，可是他们才走出十来步就停了下来，顺从地依次排成每四人一排。紧接着他们又有一群男犯人走了出来，穿着同样的服装，同样的都剃了光头，却没有戴脚镣，可是每两个人的手和手被一副手铐锁在了一起，他们也是即将被流放的犯人……这些人也是那样走出来，然后停住，同样地每四人排成一排。随后走出来的，是来自各个村社被判处流放的农民。然后才是女犯人，也是按照同样的次序，首先是女苦役犯，身上穿着监狱里灰色囚服，头上包着灰色头巾，紧随其后的是女流放犯，以及一些心甘情愿地想要陪自己的丈夫一块儿离开的女人。有几个女犯怀里还抱着小婴儿，用她们灰色囚服的衣襟紧紧地包裹着。

跟女犯一起走的还有一些孩子，有男孩也有女孩。这些孩子就像马群中的小马驹一样，挤在女犯人中间。男人们安静地站在那儿，只是偶尔咳嗽一两声，或是简短而小声地说一句什么话。可这时在女犯人中间却传出一阵阵喋喋不休的说话声。涅赫柳多夫觉得玛丝洛娃出来时他就好像看到她了，可是接着她就消失在密密麻麻的人群里面了。他只能看到一大群似乎已经失去了人类的特征，尤其是女性的特征，怀里抱着个孩子和背上背着背包的灰色生物，排到了男人后面。

虽然所有的犯人在监狱的围墙里面都已经被清点过一次了，但是现在押解兵又依照原来的名单重新清点了一次。这次清点花了相当长的时间，尤其是因为有些犯人一直在走来走去，不断变换地方，这极大地影响了押解兵的核查工作。押解兵因此对着那些顺从而愤恨地蠕动着的犯人放声大骂，还把他们推来搡去的，押解兵一再地重新清点着。直到全都重新清点完毕，押解官便发出一道口令，于是人群里又出现了一阵不小的骚动。那些身体虚弱的男人、女人和孩子，争先恐后地一起朝大车那边拥过去，先把他们的背包全扔到车上，然后自己就开始往车上爬。爬到车上坐下来的有怀里抱着啼哭婴儿的女人，有兴高采烈地抢座位的孩子，有垂头丧气、愁眉苦脸的男犯人。

有几个男犯人脱下帽子，走到押解官面前，想求他办点什么事儿。涅赫柳多夫后来才知道，他们是请求被准许去大车上坐着。那时候涅赫柳多夫只看到那个押解官一声不响，眼睛瞟都不瞟那几个提出请求的犯人，只顾抽烟，后来突然朝一个男犯人抡起自己的短胳膊，那个犯人怕被揍，慌忙缩起剃光的头，从押解官跟前跑开了。

“我会让你尝一尝当贵族老爷的滋味的，好让你用心记住了！给我老老实实地走你的路去吧！”那个押解官大声喝道。

这个押解官只准许一个戴着脚镣的摇摇晃晃的瘦长老头坐到大车上去了。涅赫柳多夫看着这个老人脱下自己头上薄饼似的帽子，在胸前虔诚地画了个十字，然后朝大车那边走去，可是他因为那沉重的脚镣怎么也抬不起那衰老无力的腿，花了很长时间都爬不上那辆车，还好车上有一个女人抓住他的手，把他给拉了上去。

等到所有的大车全都装上了背包，那些被准许坐在车上的人全都在背包上面坐好了，押解官才摘下军帽，用手帕擦了一下自己的前额、秃头和又粗又红的脖子，接着在胸前画一个十字。

“全体犯人，齐步走！”他下达了命令。

那些士兵用力地把手中的步枪弄得咔嚓作响。犯人们也都脱下帽子，有些人甚至用左手在胸前虔诚地画着十字。送行的人吵吵嚷嚷的，在那大声喊话，犯人们也在大声喊着回答。女人们中间还有人号哭起来。于是这批流放犯人的队伍就在身穿白色军服士兵的包围下向前缓缓动了起来，一双双戴铁镣的脚把地上的灰尘扬了起来。走在最前面的是士兵，他们后面紧跟着戴镣铐的犯人，四个人一排，锁链哗啦哗啦地响着。他们之后就是流放犯，再后面是被村社判流放罪的农民，每两人铐在一起，然后跟着的就是女犯人。她们后面就是装运行李和病号的大车，其中有一辆大车上高高地坐着一个裹头巾的女人，不住地尖叫和放声恸哭。

第三十五章

这支队伍特别长，直到前面的人已经走得看不见了，后面那些装着背袋和身体虚弱的人的大车才刚刚启动。等大车一起动，涅赫柳多夫就坐上那辆一直在等着他的街头马车，他告诉马车夫赶到这批犯人前面去，为的就是要看看在这批男犯人中有没有他熟识的人，并且要在女犯人中找到玛丝洛娃，问问她是否已经收到了他送来的东西。这时天气已经变得非常炎热了。空中没有一丁点儿风，成千只脚掀起的尘土一直飘浮在沿着道路中央前进的犯人们的头顶上。犯人们倒是在快步走着，涅赫柳多夫所坐的那辆马车套的不是快马，只能一点儿一点儿地往犯人们的前面赶。那一排排陌生的面孔就像古怪而狰狞的生物。身上穿着一样的衣服，迈动着数千只穿着一样鞋袜的脚，和着脚步的节拍摆动着那只空着的手，好像在为自己鼓劲加油一样。他们的人数那么多，表情又是那么的单调，又全都处在同样古怪而特别的情况下，以至于涅赫柳多夫觉得，他们好像不是人，而是某种恐怖奇怪的生物。直到他在那群苦役犯当中认出杀人犯费多罗夫，在流放犯中认出滑稽的奥霍津以及另一个曾请求他帮助过的流浪汉，他心中的那种感觉才渐渐消失。几乎所有的犯人都回过头来，斜睨那辆赶到他们前面去的四轮轻便马车和坐在车上不住地在他们中间打量着的那位老爷。费多罗夫向上昂了昂头，表示他认出了涅赫柳多夫；奥霍津只是简单地朝他挤了挤眼睛。可是他们俩谁也没有行鞠躬礼，认为这是不被允许的。等涅赫柳多夫的马车跟女犯人走齐了，他一眼就看到了玛丝洛娃。她走在女犯队伍的第二排里。这一排走在最边上的那个女犯人满脸通红、眼睛黑黑的、短腿的、不是很漂亮，把囚袍下摆塞进腰间，这就是“美人儿”。在她旁边的是那个孕妇，费劲地拖着笨拙的两腿向前移动着。第三个便是玛丝洛娃。她背着一个背包，眼睛直直地盯着正前方，神情平静而坚毅。她这一排的第四个人是一个年轻而且漂亮的女人，她步履矫健，只穿着很短的囚衣，扎着农妇样式的头巾，这就是菲多霞。涅赫柳多夫从马车上跳下来，走到行进中的女犯人队伍跟前，想问问玛丝洛娃有没有收到他送的那些东西，还有她的身体怎么样。可是在队伍这边走着的一个押队军士一发现有人走近队伍，就赶紧向他跑了过来。

“不可以，老爷，不能靠近犯人队伍。”他一边往前走，一边喊叫着。

这名军士来到他跟前，认出是涅赫柳多夫时（监狱里的人都已经认识涅赫柳多夫了），把手高举到帽檐上恭敬地敬了一个军礼，就在涅赫柳多夫身边站住，说：

“现在还不行。到了火车站您就可以和她见面了，在这里是不准许的；不要掉队，快点儿跟上去！”他朝犯人大声吆喝道，然后就又强打起精神来，也不顾炎热，依旧迈动着穿着漂亮新皮靴的脚，快步跑到他自己的位置上。

涅赫柳多夫只好转过身返回到人行道上，告诉马车夫赶着马车跟在自己的身后。他就随同犯人队伍向前行进。那支队伍不管经过哪里，都会引起路人们的注视，同时还夹杂着一些同情和恐惧。坐在马车里的人都会从车窗里探出头来，目送着那些犯人，一直到看不见为止。所有的路人都停下脚步，惊讶而畏惧地看着这一幕骇人的景象。有些人走上前来，向犯人施舍点儿钱。押解兵却把施舍的钱全部收了去。有些人就像着了魔一样跟着队伍向前走，不过走一阵子就站下来，只是摇摇头，目送那批犯人离开。也有些人相互呼唤着，从大门和门洞里跑出来，彼此说着些什么；有些人从窗户里探出头来看着，他们都直直地呆呆地盯着这支让人畏惧的队伍，沉默不语。在一个十字路口，这支犯人队伍挡住了一辆很华丽的四轮马车的去路。马车驭座上坐着一个油光满面、屁股硕大的马车夫，他的后背上还钉着两排纽扣。马车后座上坐着的是一对夫妇，妻子身材瘦削脸色苍白，头上戴了一顶浅色的女帽，还打着一把很花哨的遮阳伞；丈夫戴着一顶高礼帽，身上穿着一件做工非常讲究的浅色大衣。前面在他们对面坐着的是他们的孩子：一个是女孩，打扮得很漂亮，就像小花朵一样娇艳，披散着一头浅黄色的头发，同样打着一把很花哨的小阳伞；另一个则是一个八岁左右的小男孩，脖子又细又长，锁骨突出，头戴一顶海军帽，拖着长长的飘带。丈夫在怒容满面地呵斥车夫，埋怨他为什么没有及时避开堵在他们面前的这支囚犯队伍，现在反倒被他们挡住了去路。妻子则极其厌恶地眯起眼睛，紧皱着眉头，把那把丝绸阳伞压得低低的，完全遮住自己的脸，好遮住阳光和尘土。大屁股车夫很生气地皱起眉头听着雇主无理的责骂，因为本来就是雇主自己说要他把马车赶到这条街的。他很吃力地拉住那几匹油光发亮、笼头和脖子底下大汗淋漓而且还起了白沫，一个劲儿要往前冲的大黑马。

有一名警察真心诚意地想为这辆华丽的四轮马车的主人效劳，准备让犯人的队伍暂时停下来，让马车先过去，可是他觉得这支行进着的队伍里散发出一种肃穆庄严的气氛，即便是为了这样一位有钱有地位的老爷，这种气氛也是不可以被打破的。这名警察只是把手举到帽檐旁恭敬地敬了个礼，以此表达自己对这位富翁的敬意，并且严厉地看着那些犯人，好像表示决不允许他们侵犯马车上坐着的有钱人。所以那辆马车只能耐心地等这支队伍全都走过去，直到最后一辆运背包以及坐在背包上面的女犯人的大车隆隆地开过去之后，它才接着赶路。这时坐在最后那辆大车上的女犯人里头，那个起初有些歇斯底里的女人本来已经平静了下来，可一看到这辆华丽的马车，就又开始尖叫和号啕大哭了起来。这个时候，马车夫才缓缓抖动了一下缰绳，于是那几匹黑鬃骏马也就扬起马蹄在路上踏出了嘚嘚的清脆的响声，拉着橡皮轮稍稍有些晃动的四轮马车朝别墅奔去。车上那对夫妇、女孩子和脖子细长、锁骨突出的小男孩就是为了去别墅那里消夏。

不管是丈夫还是妻子，都没有向两个孩子解释他们刚才所见的那种情景是怎么回事。所以那两个孩子就只能靠自己来理解这一情景究竟包含着什么样的意义。

小女孩把父母亲脸上的神情琢磨了一番，便这样理解这个问题：那是一些和她的父母以及亲友完全不同的人，而且他们全都是坏人，所以就应该像现在这样对待他们。也就是出于这个缘故，小女孩心里觉得很害怕，直到完全看不见那些人了，她才高兴起来。

不过那个脖子细长的男孩，却眼睛眨也不眨、眼珠动也不动地一直望着犯人的队伍，他对这一问题的看法却截然不同。他凭着自己从上帝那里得到的意识，非常肯定并且毫不怀疑地确信他们同样都是人，跟他自己一样的人，跟所有的人一样，所以肯定是有人对这些人做了什么不好的、不应该做的事情。于是他非常同情他们，一方面对那些戴着镣铐、剃光了头发的人感到害怕，一方面觉得那些逼迫他们戴上镣铐、剃光头发的人更可怕。所以小男孩的嘴咕嘟得愈来愈厉害，他费了很大的劲儿才没有哭出来，因为他认为在这种场合哭鼻子是很丢脸的。

第三十六章

涅赫柳多夫走路的速度和犯人们差不多。他虽然穿得很单薄，只穿了一件薄大衣，可仍热得要命，主要是因为整个街道上尘土飞扬，空气凝固而炙热，把人闷得喘不过气来。他走了一段路后，就又坐上马车继续向前走，可是坐马车走在街道中央，他就觉得更加燥热。他试着回想昨天和他姐夫的谈话，但是现在想起来却怎么也不像今天早晨那样让他觉得不安了。那件事情早已经被犯人走出监狱和列队出行的种种景象埋没了。而最主要的还是因为天气热得实在让人受不了。在街边一堵围墙旁的树荫下，有两个实科中学的学生脱下帽子，站在一个盘腿坐着的卖冰淇淋的小贩跟前；其中一个孩子已经舔着牛角小匙在津津有味地吃着冰淇淋，另一个孩子还在等着小贩把一种黄糊糊的东西装满玻璃杯。

“在什么地方能喝到一些比较清凉解渴的东西？”涅赫柳多夫觉得实在扛不住了，想喝点儿东西提提神，便向雇来的车夫问道。

“这附近就有一家很棒的饭店。”车夫说过，就赶着马车拐过一个街角，把涅赫柳多夫带到一家挂着大招牌的饭店门前。

只穿着一件薄衬衣坐在柜台里的肥胖的店老板和穿着发黑的白色工作服，因为没有顾客光临全都散坐在各个桌子旁的堂倌们，一齐带着好奇的神情打量着这个不常见的顾客，快速迎上去招待他。涅赫柳多夫只要了瓶矿泉水，在距窗台远些的地方挨着一张铺着肮脏桌布的小桌子坐了下来。

另外有两人坐在一张大桌子旁，桌上摆放着一些茶具和一个白色的玻璃瓶。他们不住地擦着额头上的汗水，和气地在计算着什么。其中有一个人的皮肤很黑，头顶光秃，只是后脑勺上还有半圈黑发，就和伊格纳季·尼基佛罗维奇一样。这一情景，让涅赫柳多夫再次想起昨晚他和姐夫的交谈，又想起自己很想在出发前再和姐姐见上一面。“离开之前我恐怕来不及了，”他心里想道，“最好还是给他们写封信吧。”于是他要来了信纸、信封和邮票，一边喝着清凉冒泡的矿泉水，一边考虑着该写点儿什么。可是他的脑子里很混乱，怎么都写不好这封信。

“亲爱的娜塔莉娅，我无法带着昨天和伊格纳季·尼基佛罗维奇交谈时产生的难受之情离开……”他开头写道。“接下来要写什么呢？要恳求他原谅我昨天说过的那些话吗？可是我所说的都是我的真心话呀。这样一来，他会觉得我放弃了自己的想法。再说了，这是他在干涉我的私事……不好，我不能这样写。”这时他又觉得自己已开始厌恶那个刚愎自用、和他格格不入、一点儿也不了解他的人了，于是就把那封没有写完的信放进了衣兜里，付过账后，离开那家店，回到街上，继续乘车追赶那批犯人。

天气变得更炎热了，墙壁和石板都像是在冒着热气。卵石路也好像开始烫脚了。涅赫柳多夫的手一碰到马车上涂过漆的挡泥板时，就觉得好像被烧了一下。

马无精打采地在街上小步跑着，用马掌有节奏地敲打着尘土飞扬、崎岖不平的石子马路，艰难地穿过一条条街道，马车夫一直在打瞌睡。涅赫柳多夫呆呆地坐在车厢里，大脑里什么都没想，眼睛漠然地望着前方。在街边一个倾斜的下坡处，一幢大房子的门前，站着一堆人和一名持枪的押解兵。涅赫柳多夫让车夫把马车停住。

“这儿发生什么事了？”他问那个正在打扫庭院的人道。

“有个犯人出事了。”

涅赫柳多夫立刻从马车上跳下来，朝那堆人走了过去。在靠近人行道的坎坷不平的石子马路下坡处，头朝坡下脚朝坡上躺着一个不算年轻的犯人，宽肩膀，留着棕红的大胡子，通红的脸膛，扁平的鼻子，穿着灰色长囚衣和灰色长裤。他仰面朝天地躺着，摊开满是雀斑的双手，手掌朝下。他大睁着两只呆滞无神且布满血丝的眼睛望着天空，他那宽阔的胸脯均匀地抽动着，口中发出呼哧呼哧声，间隔的时间很长。他旁边站着一个愁眉苦脸的警察、一个小贩、一个邮差、一个店伙计、一个撑着阳伞的老婆婆，还有一个剃着光头、手中提着一个空篮子的小男孩。

“坐牢把身子坐坏了，实在是太虚弱了。而现在又把他们带到这么毒的日头底下暴晒。”那个店伙计对走到他跟前的涅赫柳多夫说，就像是在抱怨什么人一样。

“他恐怕不行了。”撑着阳伞的老婆婆哭丧着脸说。

“或许我们应该把他的衬衣给解开。”邮差说。

警察就用哆哆嗦嗦的粗手很笨拙地解起犯人那暴露着一根根青筋的红脖子上的一根带子。他看上去显然是非常紧张和慌乱，可是他仍然觉得有必要对群众说点什么。

“你们都围在这儿干什么呀？天这么热。你们把风都挡住了。”

“我们应该找个医生来检查一下。应该把身体虚弱的留下来。可是现在他们却把快要死的人也带了出来。”店伙计说，摆明了是在炫耀自己明白事理、遵守做事的规章。

警察好不容易解开那个犯人衬衣上的带子后，便站直了身子，向周围环视了一圈。

“我说，你们都走开点。这和你们一点关系也没有。有什么好看的？”他说着，还转过脸向涅赫柳多夫寻求支持，可是他却没能在涅赫柳多夫的目光里看到支持的神气，就又看了看押解兵。

可是押解兵站在一旁，只顾看着自己那只磨歪了的靴子跟，毫不理会警察的窘迫处境。

“那些管事儿的人却丝毫不关心。简直是要把人活活地折磨死呀，哪有这样的道理啊？”

“犯人虽然是犯人，但他们终究也是人呀。”人群中有人抱怨道。

“您行行好把他的头抬高点儿吧，再给他喝点儿水。”涅赫柳多夫说。

“已经叫人去取水了。”警察一面回答，一面把双手伸到犯人的腋窝下，费力地把他的身体挪到稍高一点儿的位置上去。

“都围在这儿干什么呢？”突然传来一个坚决而威严的声音。于是一位穿着十分洁白而耀眼的制服和亮得非常惹眼的高筒皮靴的警官快步走到围在犯人旁边的这堆人跟前。“都赶紧走开！不要围在这里了！”他冲着人群使劲地吆喝道，其实他还根本不知道这里为什么会围这么一堆人。

他走到跟前，看到了那个奄奄一息的犯人，就坚定地点点头表示知道了，似乎他早就预料到会发生这样的事情一样，便转过头去问那个警察：

“这是怎么搞的啊？”

警察就报告说，刚才有一批犯人经过这里时，这个犯人倒在了地上，押解人员吩咐把他留在这儿了。

“这有什么大不了的啊？你们应该把他送到警察分局去嘛。赶紧去找辆马车过来。”

“一个看院子的人找车去了。”警察把手举到帽檐边敬了个礼说。

店伙计刚刚开口，本要说说天气太热之类的话。

“这事儿你管得着吗？嗯？赶快走你的路去吧。”警官说着，恶狠狠地瞪了那个店伙计一眼，店伙计就不再作声了。

“应该给他喝点儿水。”涅赫柳多夫说。

警官又恶狠狠地瞪了涅赫柳多夫一眼，只是什么话都没说。等那个看院子的人端来了一杯水后，警官就叫那个警察去给犯人灌水。警察粗鲁地托起犯人那耷拉着的头，试着把水灌进他的嘴里，可是犯人没能喝下去，水反而顺着他的胡子流了出来，把整个上衣的前襟和满是灰尘的麻布衬衣全都弄湿了。

“直接把水浇到他头上！”警官吩咐道。于是警察就摘下犯人头上的那顶薄饼一般的帽子，把水倒在了他那棕红色的卷发和秃顶上。

犯人就像突然感受到了恐惧一样，眼睛睁得更大了，可是他却一点儿也没有改变自己的姿势。顺着他的脸流下了和着灰尘的脏水，可是他的嘴里还在均匀地呼哧着，整个身子也在不停地颤抖。

“这不是有辆现成的马车吗？就用这辆吧，”警官指着涅赫柳多夫雇来的那马车对警察说，“把马车拉过来嘛！哎，就你，我在跟你说话呢！”

“可我已经有客人了。”马车夫也不抬眼，满脸不高兴地说道。

“这辆车是我雇来的，”涅赫柳多夫说，“可是你们尽管用吧。钱由我来付就好。”他转回身朝马车夫说了一句。

“嗯，那你们都还傻站着干什么？”警官喝道，“都赶紧动手呀!

警察、看院子的和押解兵就七手八脚地把那个奄奄一息的犯人抬起来，抬上马车，放到座位上。可是他根本就坐不住，头总是往后耷拉，然后整个身子往下溜。

“让他平躺着吧！”警官说道。

“没关系的，长官，我就这样能把他送到。警察一面说，一面紧挨着那个奄奄一息的犯人稳当地坐在座位上，用自己强劲有力的右胳膊挟在那个犯人的胳肢窝下。

押解兵抬起犯人那没有裹包脚布而只穿着一双囚鞋的脚，放到驭座底下，好让他的两条腿可以伸开。

警官向四周环顾了一遍，发现犯人那顶薄饼一般的帽子掉在马路上了，就把它捡起来，戴在犯人那往后耷拉着的湿淋淋的头上。

“出发吧！”他吩咐道。

马车夫满怀怨气地转过头看了看，摇了摇头，便在押解兵护送下，掉转马头，赶着车慢悠悠地朝警察分局那儿驶去。跟犯人坐在一起的警察不停地往上拖起犯人往下直溜的身子和上下左右直晃荡的脑袋。押解兵就在马车的一旁跟着走，时不时地还要把犯人的两条腿给放好。涅赫柳多夫也跟在他们身后走着。

第三十七章

马车运着犯人，来到警察分局的门前，从站岗的消防队员[①]身旁驶过，进了警察分局的院子里，停在了一个门前。

院子里有一些消防队员撸着袖子，一面大声说笑，一面在冲洗几辆不知干什么用的大车。

马车刚停稳，就有几个警察围上前来，搂住犯人腋下，抓住两条腿，从马车上把已经断了气的躯体抬了下来，这辆马车被他们弄得吱嘎吱嘎作响。

那名送犯人来到这里的警察也紧随着跳下马车，活动了两下发麻的胳膊，把帽子摘下，在胸前画了一个十字。他们就把那个死者抬进门里，往楼上抬去。涅赫柳多夫跟在他们的后面。那死者被他们抬到一个不大的脏兮兮的房间里，那屋里摆放着四张单人病床。有两张床上，坐着两个穿长睡衣的病人：一个嘴巴歪着，脖子上缠着绷带；另外一个害了痨病。另外两张床是空着的。他们就把那个犯人放在其中一张床上。这时候一个个子不高的男人，只穿着衬衫和袜子，不停地忽闪着眼睛，活动着眉毛，轻手轻脚地走到刚刚被抬到屋里来的犯人跟前，瞅瞅他，然后又瞅瞅涅赫柳多夫，随后便忍不住放声大笑起来。这是留在候诊室里的一个疯子。

① 在莫斯科，消防队和警察机构通常设在一起。

“他们想吓我，”他说道，“但这肯定行不通，我是不会被他们吓唬住的。”

警官和一名医士紧跟着抬死者的警察走了进来。

医士走到死者跟前，摸了摸犯人那长满雀斑的发黄的手，虽然还是柔软的，但已经呈现出了死白色。他把那只手抓了一会儿，便放下了。那手便软搭搭地落在了死者的肚子上。

“他已经死了。”医士摇了摇头说，但显然他还是需要按照程序来办事，就把死者湿漉漉的粗布衬衣解开，之后把自己的卷发往耳朵后面撩了撩，俯下身子把耳朵紧贴在犯人那发黄且纹丝不动的高胸膛上。大家都不发声。医士站起身来，又把头摇了一下，最后用手指头拨了拨一只眼的眼皮，又拨了拨另一只眼的眼皮，只见那双撑开的、木然无神的天蓝色的眼睛自然合上了。

“你们吓不倒我，我不会被你们吓唬住的。”那个疯子嚷着，并不停地朝医士身上吐唾沫。

“怎么样？”警官问道。

“怎么样？”医士重复了一遍，“送停尸房。”

“您仔细点儿，真的死了吗？”警官问道。

“都这样了，肯定不会错的。”医士说着，但不知为何，却拉了拉死者的那粗布衬衣把他裸露的胸部盖住了。“那我派人去叫马特维·伊万内奇，也请他来看看。彼得洛夫，你去一下吧。”医士说完，便离开了死者的身边。

“抬到停尸房去吧。”警官说。“那你来我办公室签个字。”他又对那个自始至终没有离开犯人的押解兵说。

“好的。”押解兵答道。

那几个警察抬起死者，又朝楼下抬去。涅赫柳多夫准备跟着他们出去，但是被那疯子拦住了。

“您跟他们不是一伙儿的，那就给我一支烟抽吧。”他说。

涅赫柳多夫掏出一盒烟，送给了他。疯子就抖动着眉毛，快速地说起话来，说他们如何用暗示法折磨他。

“你要知道，他们每个人都跟我作对，用他们那种装神弄鬼的方式折磨我，虐待我……”

“对不起。”涅赫柳多夫说过，不等听他把话说完就走了出来，打算看看他们准备把死者抬到哪里去。

抬着死者的那几个警察已穿过院子，正要进地下室的大门。涅赫柳多夫想走到他们那边去看看，却被警官拦住了。

“您有什么事？”

“没什么事。”涅赫柳多夫答道。

“没什么事，那您就赶快离开这里吧。”

涅赫柳多夫听从了，便走向他雇用的那辆马车。车夫正在打盹儿。涅赫柳多夫把他喊醒，便又上了车赶往火车站。

马车还没走出一百步，他又碰到另一辆大车，同样是在持枪的押解兵押解下，车上也躺着一个犯人，很显然已经死了。那犯人仰面躺在车里，留着黑色下巴胡，剃得光光的头上戴着一顶薄饼般的帽子，但帽子已经歪到了脸上，一直抵到鼻子。大车每颠簸一下，他的头就紧随着晃动一下，跳动一下。赶大车的马车夫穿一双宽大的靴子，在大车一旁边走边赶着牲口。他后边紧跟着一名警察。涅赫柳多夫捅了捅自己车夫的肩膀。

“他们在搞什么鬼呢！”马车夫一面勒住马，一面说。

涅赫柳多夫从马车上跳下来，跟着那辆大车再次经过那个站岗的消防队员身边，进了警察分局的院子。之前院子里的那几个消防队员已经把车子冲洗干净走了，此时站在那里的是一个身材高大又很瘦削的消防队长，他戴着镶蓝圈的帽子，双手插在衣服口袋里，一丝不苟地在察看被一个消防队员牵着的一匹颈部膘很厚的浅黄色的公马，在他面前来回地挪动着。那公马的一条前腿稍微有点儿瘸，因此消防队长还对站在旁边的一个兽医愤怒地嚷嚷着什么。

警官也站在那儿，他看到又一个死人被送来，就走到大车旁边。

“从哪儿拉来的？”他很不以为然地摇了摇头，问道。

“从老戈尔巴托夫斯卡娅街那儿拉过来的。”警察答道。

“是犯人吗？”消防队长问。

“是的，长官。”

“这是今天的第二个了。”警官说。

“唉，这真是胡闹啊。但是，天气实在是太热了。”消防队长说完这话便转过身对那个牵着浅黄色瘸马要走的消防队员喝道，“把它牵到拐角那个单马棚里去吧！你这个兔崽子，我要给你点儿颜色看看，你把马给弄残废了，那些马要比你这浑蛋值钱得多！”

这个死者同第一个死者一样，也是被几个警察从大车上抬下来，送进急诊室。涅赫柳多夫如同中了魔法似的，又跟随他们进去了。

“您有什么事吗？”有一个警察问他。

他没有回答，径直走向他们送死尸的地方。

这时那个疯子正坐在一张病床上，贪婪地吸着涅赫柳多夫送给他的烟。

“哈，您回来啦！”他说着，哈哈大笑起来。他看到死人之后，不由得皱起了双眉。“又一个。”他说。“我都看腻了。我又不是小孩子了，不是吗？”他带着询问的神气笑着对涅赫柳多夫说道。

这时涅赫柳多夫走过去看着死者，现在再没人遮挡着死者了。死者的脸之前是用帽子盖着的，现在却完全露出来了。前面那个犯人相貌丑陋，但是这个犯人，相貌英俊，身材也很好看。这是一个正当盛年且体格强壮的人。虽然他的头发半边被剃光了，看起来有些怪模怪样，但他那不高而饱满凸起的额头下面却配了一双看起来显得很美的黑黑的眼睛，虽然现在它们已了无生气，同他那个不太大的鹰钩鼻子以及下面短短的小黑胡子一样好看。如今已经发了青的双唇做出笑的姿态。他那短短的下巴胡只给脸的下半部镶了一道边儿，在那剃光头发的半边脑袋上，露出不是很大却很结实的好看的耳朵。脸上的表情暂且不说安静、严肃且和善，从这张脸上能够洞察到此人在精神上原本是大有发展前途的，可是如今这种前途却被彻底断送了。单从他的那双手和套着铁镣的双脚的骨骼，以及从他那匀称四肢的健壮肌肉上，同样能觉察出他是一个多么俊美、多么强壮、多么灵敏的人类动物。作为动物来说，他在他的同类中，仍是远比那匹由于负伤而令消防队长怒气冲冲的浅黄色公马完美得多。消防队长由于公马受伤很是气愤，可是这犯人被活活地折磨死了，不仅没有人把他看作人来哀悼，而且也没有人把他当作一个会劳动的、活活地被虐待死的动物来怜惜。他的死在人们的心里引起的唯一情绪是厌烦，因为他的尸体会腐烂，必须立刻处理掉，给人们增添了许多的麻烦。

医师带领医生，在警察分局局长的陪同下，来到了候诊室。医师是一个矮墩墩的人，身穿茧绸上衣和一条很瘦的茧绸长裤，裤子很窄，把那肌肉强健的大腿裹得紧紧的。警察分局局长同样也是个矮胖子，他红润的脸蛋如同一个圆球，由于他有个先把吸进去的空气留在腮帮子里，之后再慢慢地吐出来的习惯，因此他的脸就显得更加圆了。医师在病床边靠着死者坐了下来，像医士那样摸了摸死者的双手，听了听他的心跳，便站起身，最后扯一扯自己的裤子。

“这人已经完全停止呼吸啦。”他说。

警察分局局长吸进了满口的空气，又慢慢悠悠地吐了出来。

“他被关在哪个监狱里？”他回过头问押解兵。

押解兵回答过他，并且向他提出要收回死者所戴的镣铐。

“我会叫他们把镣铐都取下来。谢谢上帝，幸好我们这里还有个铁匠。”警察分局局长说过这话，又把脸颊鼓起来，然后一面慢慢吐气，朝门那边走去。

“怎么会发生这种事？”涅赫柳多夫向医师问道。

医师透过眼镜瞧了瞧他。

“什么是‘怎么会发生这种事’？怎么会因中暑死去吗？是这样的：他们本来是被关押在监狱里，一个冬季基本上不活动，没见过阳光，而现在一下子来到强烈的阳光下，况且还是在今天这样的大热天里，还是如此多的人挤在一块儿走路，空气也不流通。因此就会中暑了。”

“那为什么要带他们走呢？”

“这您就要去问他们了。但是，坦白说，您究竟是谁？”

“我是路过的。”

“哦！……那再会，我没有时间了。”医师说过，便带着不耐烦的眼神把他的裤腿向下拽了拽，向病人床前走了过去。

“喂，你感觉怎么样了？”他问那个脸色惨白、脖子上扎着绷带的歪嘴巴病人说。

此时，疯子坐回自己的床铺上，不再抽烟，而是朝医师那边不停地吐唾沫。

涅赫柳多夫来到楼下，走进院子里，从消防队的马匹、母鸡和戴铜盔的岗哨旁边走过，出了大门，唤醒在打盹的马车夫，上了马车，便向火车站奔去。

第三十八章

涅赫柳多夫到达火车站时，犯人们都已经坐进围着铁栅窗的火车车厢里了。月台上仅剩下几个送行的人，因为押解人员禁止他们靠近车厢。那些押解人员今天特别忧心忡忡。从监狱到火车站的路上，因为中暑死去的，除了涅赫柳多夫看到的那两个人之外，还有三个人：一个也像前面两名一样被送进了附近的警察分局，剩下两个就倒在了这里，在火车站上晕死过去的①。押解人员忧心忡忡，倒不是在他们的押解下死了五个本来能够存活的人。这点事他们毫不在意，他们忧虑的只是必须在这种情况下按照规定办好应当要办的各种事情，例如把死者以及他们的文件和物品送到有关的地方去，把他们的名字一定要从送往下诺夫哥罗德的犯人的花名册中删除，而这些事，特别是在这样的大热天里，办起来是相当烦琐和令人劳累的。

押解人员现在正忙着办理这些事，因此在这些事还没有办完之前，他们就禁止涅赫柳多夫和其他请求见犯人一面的人靠近火车车厢。然而涅赫柳多夫最终还是得到许可走过去了，因为他给了一个押解犯人的军士一点钱。那个军士就准许涅赫柳多夫走过去，但要

① 80年代初期，某一天，在犯人从布特尔斯基监狱被押送到下城火车站的路上，有五名犯人因中暑而死。

求他快点儿谈完就离开，以免被长官发现。这列火车总共有十八节车厢。除去长官乘坐的那一节外，所有的车厢全都塞满了犯人。涅赫柳多夫从一节节车厢的窗口走过，留神听着车厢里面的动静。每节车厢里都传出镣铐的叮当声、慌乱声、说话声，其中还夹杂着毫无意义的脏话，但是没有任何一节车厢里，议论他们那死在途中的难友，这和涅赫柳多夫料想中的不大一样。他们谈话所涉及的大部分不过是他们的行李袋、饮用水和座位的挑选等。涅赫柳多夫朝一节车厢的窗口里面张望着，看到押解兵在车厢中央的通道里正为犯人卸下手铐。犯人个个都把手伸出来等着，一个押解兵用钥匙把手铐上的锁打开，将手铐卸下来。另外一个押解兵把手铐一一收集起来。涅赫柳多夫走过所有男犯人的车厢，来到女犯车厢跟前。这时从第二节女犯车厢里传出一个女人均匀的呻吟声，夹杂着呼喊声："哎呀，哎呀，哎呀！天哪，哎呀，哎呀，哎呀！天哪！"

涅赫柳多夫走过了这节车厢时，便依照一个押解兵的指示，一直走到第三节车厢的一个窗口那儿。他刚把头凑到窗口上，就感到有一股热气迎面扑来，热气中充满人身上的浓重的汗臭味，并且清清楚楚地听到女人那种尖嗓门儿的说话声。座位上的每一个女人都满头大汗、面色通红、身上穿着长囚衣和短上衣，相互大声谈论着。当涅赫柳多夫把脸贴近铁栅栏时，引起了她们的注意。离他最近的几个女人都闭口不言了，朝他凑过来。玛丝洛娃只穿一件短上衣，没有扎头巾，坐在对面的窗户下。面色白净、满面笑容的菲多霞坐得离这边近一点。她一看到涅赫柳多夫，就捅了捅玛丝洛娃，伸手给她指了指这边窗口。玛丝洛娃急忙站起身，把头巾披到乌黑的头发上，带着一张兴奋的、红扑扑的、汗淋淋的笑脸，来到这边窗户跟前，双手抓住窗栅栏。

"天气实在是太热了。"她愉悦地笑着说。

"东西收到了吗？"

"收到啦，多谢了。"

“还想要点儿别的什么吗？”涅赫柳多夫问道，他觉得从灼热的车厢里冒出来的热气，就如同靠着一个石砌的火炉[①]一般。

“什么都不需要了，谢谢。”

“能弄点儿水喝就好了。”菲多霞说。

“是啊，能弄点儿水喝就好了。”玛丝洛娃重复了一遍。

“难道你们没有水喝吗？”

“他们有送来过，但是都喝光了。”

“我马上就去，”涅赫柳多夫说，“我去向押解兵要点儿水来。现在咱们只有到下诺夫哥罗德后再见面了。”

“难道您真要去那儿？”玛丝洛娃仿佛不知道这事儿似的，高兴地瞅了涅赫柳多夫一眼，说。

“我坐下一趟火车去。”

玛丝洛娃一言不发，只是几秒之后，她才深深地叹息了一声。

“这是怎么弄的啊，老爷，难道真有十二个犯人被折磨死了吗？”一个阴沉着脸的老年女犯人带着男人般的深重的口音问道。

这个女人正是柯拉布列娃。

“我没听说有十二个。我只看到了两个。”涅赫柳多夫回答道。

“听他们说有十二个人呢。他们干出了这样的事情，难道就不应该受到惩罚吗？真是一帮恶魔！”

“妇女当中没有任何人生病吧？”涅赫柳多夫问。

“娘儿们身子骨硬朗点儿，”另外一个个子矮小的女犯人微笑着说道，“不过，有一个偏偏要生小孩儿了。听啊，她在那里正叫唤着呢。”她边说边用手指了指旁边的一节车厢，刚才的呻吟声还在那里面响着。

“您刚才问我们还想要点儿什么吗，”玛丝洛娃一面说，一面努力控制住自己的嘴唇，没有高兴得笑出来，“那么能否让这个女人留下来呢，她实在是太痛苦了。您最好去找那些当官的说一说。”

“行，我会去说的。”

---

① 俄国农村中提供蒸汽浴用的火炉。

“哦，还有一件事情，是否能让她和她丈夫塔拉斯见见面。”她用眼睛瞟着笑盈盈的菲多霞，又说道，“要知道，他是跟您一块儿出发的呀。”

“老爷，不能和她们说话。”这时一个押解的军士过来说道。此人不是准许涅赫柳多夫过来的那个军士。

涅赫柳多夫悄悄走开，去寻找他们的长官，准备为那个要生产的女人和塔拉斯求个情，但是找了好半天也没有找到他，问押解兵，他们也不回答。他们都很紧张地在忙碌着：一些人正带着一名犯人不知往哪里去，另外一些人正跑着为自己买些吃喝的食物，或是把自己的行李往车厢里装，还有一些人在侍候跟随押解官一起起程的太太，所以他们都不乐意回答涅赫柳多夫的问话。

一直等到第二遍铃声响过之后，涅赫柳多夫才找到押解官。这个军官一面用自己粗短的手擦了一下盖住嘴的小胡子，一面耸着肩膀，不知为什么事在训斥司务长。

“您究竟有什么事情？”他向涅赫柳多夫问道。

“你们车上有一个女人就要在火车上分娩了，所以我想，应该……”

“哦，那就让她生去吧。等生完之后再说。”押解官说着，便朝自己的车厢走去，使劲地晃动着他那两条短胳膊。

此时列车长手里拿着哨子走过去。紧跟着便传来了最后一遍铃声和哨声，站台上送行的人堆里和女犯人的车厢里响起一片哭号声和呼喊声。涅赫柳多夫与塔拉斯肩并肩地站在月台上，眼瞅着一节节带铁栅栏的车厢和车窗里露出来的一个个剃光了头发的男人脑袋从他们面前掠过。紧跟着女犯人的头一节车厢也驶了过来，可以从窗口里看到那些女犯人的头，有的露着头发，有的扎着头巾。之后是第二节开了过来，车厢里仍回响着那个女犯人的呻吟声。再后来就是玛丝洛娃乘坐的那节车厢了，她和另外一些女犯人一起站在车窗边，望着涅赫柳多夫，对他流露出悲戚的笑容。

第三十九章

涅赫柳多夫要乘坐的那班列车，还有两小时才发车。涅赫柳多夫起初想趁这个空隙再去他姐姐那儿一趟，然而如今，他脑袋里再次浮现今天上午看到的种种场景后，心中感到很不平静，异常沉重、疲倦，一坐到头等车候车室里一张极小的长沙发上，就出乎意料地感到异常困倦，因此他侧过身子躺下，把一只手垫到面颊的下面，马上就睡熟了。

一个身穿燕尾服、胸前佩戴着徽章、肩上搭着食巾的奴仆把他喊醒了。

“老爷，老爷，您是涅赫柳多夫公爵吗？有位太太在到处找您呢。”

涅赫柳多夫赶快坐起来，揉了揉眼睛，想起他现在在哪里，想起今天上午遇见的各种情况。

在他脑海里的景象是：犯人的队伍、两个死者，一节节装着铁栅栏的车厢和囚禁在其中的女犯人，其中一个女人正在为临盆忍受着痛楚，然而却没有一个人照料她，另外一个在铁栅栏后面可怜巴巴地朝他笑着。而在现实中，他此刻面对的情形却是完全不同的：这里摆着张桌子，上面搁着酒瓶、花瓶、大烛台和餐具，敏捷的仆役们在桌边来回走动着。在候车室那一头，竖立了一个提供客人喝酒的吧台，一名侍者站在柜台后面的食品橱前，柜台上摆放着各式各样的酒瓶和果盘，一些旅客走到柜台前面，背朝着这边。

涅赫柳多夫刚刚把躺姿改成了坐姿，渐渐清醒过来，却发现候车室里所有的人都在好奇地朝门外张望着，想要知道到底出了什么事。他也向那边望过去，就看到一伙人抬着一把圈椅，圈椅上坐着一位太太，头上裹着很薄的纱巾。在前面抬圈椅的那个听差，涅赫柳多夫觉得好像在哪儿见过他。后面的同样也是个他熟悉的看门人，帽子上镶有金丝绦。圈椅后面跟着一个举止优雅的卷发的女仆，腰系小围裙，手拿包袱、阳伞和装在皮套里的一件圆圆的东西。紧跟着后面的便是两片厚厚的嘴唇和一个很容易中风的脖子，头上戴着旅行帽，挺着胸脯的柯察金公爵。再后面便是米西与她表哥米沙，还有那个涅赫柳多夫非常熟悉的那个姓奥斯登，脖子长长的，喉结突出，精神状态一直都非常愉悦的外交官。他边走边用有些严肃认真，但显然是用打趣的语气与笑眯眯的米西说着一件什么事的结局，说得是那么的眉飞色舞。最后面的是那个医生，正怒气冲冲地抽着香烟。

柯察金一家子要从他们在城市郊区的庄园搬到公爵夫人的姐姐的庄园里去住，姐姐家的那个庄园就耸立在到下诺夫哥罗德去的那条铁路沿线上。

抬圈椅的听差、女仆和医生等形成的队伍，鱼贯进入女客们的候车室里，引起在场所有人的好奇和尊敬。老公爵刚在桌子跟前坐下来，便马上把仆役叫到身边，安排他送点儿酒菜。米西和奥斯登也在餐厅里停住了脚步，正准备入座，却看到门口有一个她熟识的女人，便迎上前去。那个她熟识的女人原来是娜塔莉娅·伊万诺芙娜。娜塔莉娅·伊万诺芙娜在阿格拉费娜·彼得罗夫娜的陪伴下一面往餐厅走，一面不住地向周围张望着。她几乎在同一时刻看到了米西和弟弟。她只是对涅赫柳多夫点头示意，便先走到米西跟前。但是她跟米西相互亲吻之后，就立即转过身与弟弟说话了。

“我终于找到你了。”她说。

涅赫柳多夫站起身来，与米西、米沙、奥斯登打过招呼，便站在那里一起闲聊起来。米西告诉他，他们在乡下的那房子着火了，他们不得不搬到姨母的家里去住。奥斯登趁机也开始说起了一个与火灾有关的笑话。

涅赫柳多夫根本没听奥斯登讲的笑话，而是转过身与姐姐说话。

“你来了，我实在是太高兴了。”他说道。

“我早就到了。”她说，“我是和阿格拉费娜·彼得罗夫娜一起来这里的。”她用手指了指阿格拉费娜·彼得罗夫娜，那个女管家头上戴着帽子，穿着薄薄的大衣，带着一种和蔼而稳重的神气站在远处很不好意思地向涅赫柳多夫鞠了一躬，不想到跟前打扰他们说话，“我们两个在到处找你。”

“但我偏偏躺在这里睡着了。你来了，我实在是高兴了。”涅赫柳多夫又说了一遍。“我本来已经动笔准备给你写信了。”他说。

“是吗？”她吃惊地说，“有什么事吗？”

米西和她的两位男伴发现姐弟两个人在谈私事，就避开到一边去了。涅赫柳多夫和姐姐在靠着窗口的小丝绒长沙发上背靠着人们的行李、方格毛毯、帽盒坐了下来。

“昨天我从你们那里出来以后，本想回去道个歉的，但我不知道他究竟会怎样看待这件事情。”涅赫柳多夫说。“我和姐夫交谈得很不好，这令我非常伤心。”他说。

“我知道，”姐姐说，“我知道你不是故意那样做的。你要知道……”

她的眼睛里立刻涌出了泪水，她用手碰了碰他的手。虽然她最后说的那句话的意思模棱两可，但他却完全明白她那句话的含义，并且为她想要表述的那种情意所打动。她那句话包含的主要意思是：她对他，对弟弟的爱，是她对丈夫怀有的爱之外，同样是很重要、很宝贵的情感，因此他们相互之间不论发生怎样的争吵，对她而言，都会令她很心痛。

“谢谢，太谢谢你了……哦，你知道我今天都看见了一些什么事呀，”他忽然想起第二个死去的犯人，就说道，“有两名罪犯都被害死了。”

“怎么可能会被害死呢？”

“就这样把他们害死了。在如此酷热的天气里，把他们带出来。就有两个人因中暑死掉了。”

“不会的！怎么可能呢？是今天吗？刚才吗？”

“对的，就刚刚。我看到了那两个人的尸首。”

“但是为什么要害死他们呢？是什么人把他们两个害死的呢？”娜塔莉娅·伊万诺芙娜说。

“就是那些强行押着他们出来的人害死的。”涅赫柳多夫愤怒地说道，他觉得她是在用她丈夫的眼光看待这件事的。

“哦，我的上帝！”阿格拉费娜·彼得罗夫娜来到他们跟前说道。

“没错，我们一点儿也不理解这些不幸的人的遭遇，但是我们应该知道他们的遭遇。”涅赫柳多夫继续说着，瞅了瞅那老公爵，老公爵已经系好餐巾，坐在放着一瓶混合酒的桌旁，此时刚好扭过头来看着涅赫柳多夫。

“涅赫柳多夫！”他大声叫道，“要不要喝点儿冷饮？在出发前喝点儿冷饮是最好不过的了！”

涅赫柳多夫委婉地谢绝了，并且转过身来。

“那么你究竟准备怎么办呢？”娜塔莉娅·伊万诺芙娜接着问道。

“我要不遗余力地去办。可我还不知道应该怎么做，但我觉得总应该做点儿什么才行。我会竭尽全力去做的，一定要做到。”

“哦，哦，我懂你的意思。不过，你跟这一家子，”她用眼睛瞄了一眼柯察金，笑着说，“难道真的完全一刀两断了？”

“彻底一刀两断了，并且我认为这么做，双方都不会觉得有任何的遗憾。”

“遗憾。我觉得遗憾。我喜欢她。然而即使如此，你又为何要和另外一个人一起生活，从而把自己捆住呢？”她又怯怯地地补充了一句，“你何苦非要跟随着一块儿去呢？”

“我跟着去是因为我必须这么做。”涅赫柳多夫义正词严地、冷冷地说道，好像是不希望再谈这件事。

但是他马上意识到对姐姐这么冷漠实在是于心不忍了。“我为何不把我心里所想的事情都告诉她呢？”他思索着，“干脆让阿格拉费娜·彼得罗夫娜也顺便听听好了。”他瞧了瞧那个老女仆，便低声喃喃地说。在阿格拉费娜·彼得罗夫娜的跟前，反而会更能鼓励他把自己的决定再向姐姐叙述一遍。

“你所指的是我想要娶卡秋莎为妻这事吗？但是，你要知道，我是下定决心要这么做的，但她却明确地毅然拒绝了我，”他说着，嗓音发颤起来，每当他谈到这件事时，他的声音都会颤抖起来，“她不想让我付出任何代价，反而宁愿自己付出代价，而从她的处境来看，对她来说她要付出的代价，那可实在是太大了。所以我也不愿意接受她这样的代价，如果这可以避免的话。因此我要跟着她一块儿去，她到哪里我就跟到哪里，而且我还要尽可能地去协助她，减轻她的痛苦。”

娜塔莉娅·伊万诺芙娜一句话也没说。阿格拉费娜·彼得罗夫娜只是用困惑的眼光望着娜塔莉娅·伊万诺芙娜，摇了摇头。此时，原来那伙人又从女客候车室里走了出来，依然是那个一表人才的听差菲利普和看门人抬着公爵夫人。她吩咐抬着她的人们停下脚步，招了招手让涅赫柳多夫走过去之后，流露出可怜而疲倦的神情，伸给他一只戴满戒指的白嫩的手，并显露出一副害怕的表情等待着他前来紧紧地握住她的手。

“真是要命啊！”她说的是酷热的天气。“这天气实在是让我无法忍受。这种天气快要把我折磨死了。”之后，她说了一会儿俄国恶劣的天气，又邀请涅赫柳多夫去她家做客，然后她给那些抬圈椅的人示意让他们继续赶路。“那您可一定要来呀。”等抬圈椅的人已经走动了，她又把她张长长的脸转过来对涅赫柳多夫说。

涅赫柳多夫来到外面，站在月台上。公爵夫人那一伙人已经往右边拐了个弯，向头等车厢那边走去了。涅赫柳多夫却和一个运行李的搬运工人以及背着自己行李袋子的塔拉斯一起向左边走过去。

“这就是我的同伴。”涅赫柳多夫指着塔拉斯对他的姐姐说，关于塔拉斯的事他之前已经跟她讲过了。

“难道你要坐三等车吗？”娜塔莉娅·伊万诺芙娜看到涅赫柳多夫在三等客车的一节车厢旁边停住，看到运行李的搬运工人和塔拉斯走进那节车厢，便又问道。

“对，这样方便些，我和塔拉斯在一起。”他说，“哦，还有一件事必须要告诉你，”他说，“我到现在为止还没有把库斯明斯基的土地分给农民们，所以万一我死了，那就由你的孩子们继承吧。”

“德米特里，别说这些不吉利的话。”娜塔莉娅·伊万诺芙娜说道。

“但即使我把那些土地全都交给了农民，那么我还需要说明一点：我留下的所有财产到时都归你的孩子们，因为我未必结婚，即使结婚了也不会有什么小孩儿的，所以……”

“德米特里，我求你了，别说这些话好吗？”娜塔莉娅·伊万诺芙娜说道，但是涅赫柳多夫看得出来她听到这些话很兴奋。

在前面，头等车厢那头，仍有一小堆人聚集在那里，依旧在望着柯察金公爵夫人被人抬进那节车厢。其余的人都各就其位。有些迟到的乘客正咚咚地踩过月台上铺设的木板急急忙忙地跑着。列车员砰砰地关着一扇扇车门，并请乘客就座，请送行的人迅速下车。

涅赫柳多夫走进被太阳晒得滚热的臭味熏天的车厢里，但很快离开那儿，来到车尾的一个小平台上。

娜塔莉娅·伊万诺芙娜戴着她那时尚女帽，披着披肩，和阿格拉费娜·彼得罗夫娜一块儿肩并肩地站在车厢的一边。很显然是想说点儿什么，但又不知说什么好。她连“写信来呀”都说不出口，由于她和弟弟在很早之前就一块儿讽刺过离别的人这种老套话。方才那个简短的关于遗产和继承问题的谈话，一下子破坏了他们之间原本建立起来的手足之情，此刻他们觉得彼此疏远了。所以等这班火车一开动，娜塔莉娅·伊万诺芙娜也只能点点头，带着惆怅和亲切的脸色说：“再见了，啊，再见了，德米特里！”她心里反倒高兴起来。但等到这节车厢刚过去，她就想到应该如何把自己和弟弟的谈话对丈夫细细告知，因此她的脸色立刻变得阴沉而忧心忡忡。

涅赫柳多夫虽然一向对姐姐怀有一片纯洁无瑕的手足之情，从未有任何讨厌的感觉，也从未欺骗过她任何事情，但是现在与她待在一起，却觉得不痛快、别扭，心中也巴不得快点儿离开她。他觉得曾经与他那么亲密无间的娜塔莉娅如今已经完全不见了，现在有的不过是一个与涅赫柳多夫话不投机、令人讨厌、皮肤黑黑的、胡子浓密的丈夫的奴隶而已。他真真切切地察觉到这一点，因为只有在涅赫柳多夫谈到令她的丈夫感兴趣的事情时，也就是讲到关于把土地分给农民的问题和遗产继承的问题时，她的脸才放起光来，显然特别兴奋。这令他很痛心。

第四十章

三等车的大车厢被太阳晒了整整一天，车厢里又载了不少人，里面热得叫人喘不过气来，所以涅赫柳多夫就没到车厢里去坐，仍然站在车尾的那小平台上。但是就连这儿也觉得很闷，直到列车从密集的房屋中穿出去，车厢里才能吹进一阵穿堂风，此时涅赫柳多夫才张开整个胸膛深深地吸了口凉气。“没错，他们都是被害死的。”他又把告诉过姐姐的那句话在心里说了一遍。在他的脑海里，在今天所有的记忆中，非常鲜明地浮现出了第二个死去的犯人那张英俊的面孔，以及他那唇边的笑意，前额严肃的神情，剃光了的发青的颅骨下面那不大的，轮廓分明的耳朵。“最可怕的就是他被人折磨死了，但谁也不知道究竟是谁把他害死的。可他又确实是被人害死的。他也和所有的犯人一样，是按照麦斯连尼科夫的命令被押解出来的。麦斯连尼科夫只不过是下了一道例行指示，用他那丑陋的花体字在一份印有命令的公文纸上签了个名字，然而，他是无论如何也不会觉得自己应该负什么责任。那个负责为犯人检查身体的监狱医生，更不会认为自己得负什么责任。他只不过是认真履行了自己的职责，已经把身体虚弱的人分开来管，无论如何他也没有料到天气竟然会酷热得如此可怕，也不曾料到他们竟会这么晚才被押解出来，况且队伍又是如此紧紧地挤成一堆。那典狱长呢？……那典狱长也只不过是执行命令，在一天当中把若干名男女苦役犯和流放犯打发出去而已。甚至连押解官也不能负责。因为，他的职责不过是按照名册在某地接收一些犯人，然后到一个地方再将这些犯人一个不少地交接出去。他按照相关规则，押解着那批犯人上路，无论如何也都没有料到像涅赫柳多夫见到的那两个如此身强体壮的人竟然经不住折腾而死去。谁都没有责任，可人却被活活害死了，而且归根结底就是被那些对死去的人没有任何责任的人共同谋害死去的。

“之所以会出现这样的事，”涅赫柳多夫心里想，“完全是因为那些人，如省长、典狱长、警官、警察，都觉得社会就是这样的现状，在这样的现状下，不必拿人当人。说句实在话，所有的这些人，不管是麦斯连尼科夫也好，典狱长也好，押解官也好，如果他们没有做了省长、典狱长和军官，他们就会反复思考二十遍：在如此炎热的天气是否能够让人们排成如此密不透风的队伍远行？他们即使是上路了，也会中途休息二十次吧，看到有人身体虚弱支撑不住呼吸困难，就会把他从队伍里带出来，带到荫凉的空地，给他喝点儿凉水，让他休息一会儿。即使出了不幸的事故，他们也会表示同情。他们之所以没有这么做，甚至也不让别人这么做，完全是因为他们没把从他们面前经过的这些人当作人，他们看到的不是他们应当对人负的责任，而是工作以及这种工作的规章制度，他们认为这种要求凌驾于人与人之间的关系之上。这就是问题的关键，”涅赫柳多夫在心里想道，“只要承认天下还有比爱人之心更重要的东丁，哪怕只承认一小时，或者只在某一特定场合承认，那就没有一种损人的罪行干不出来，而在干的时候还不认为自己是在犯罪。”

涅赫柳多夫一心一意地思索起来，甚至都没有注意到天气已经发生了变化。太阳已被向前飘动的低云给遮住了，从西方天边涌来一大片浓密的淡灰色乌云。在远处，一阵倾盆大雨已经洒落在了森林和田野里，从乌云那边吹过来一阵潮湿且夹杂着雨气的风。时而有闪电把乌云划破，轰隆隆的雷鸣声也越来越频繁地与火车的咚咚声交织在一起。乌云越来越近了，风吹着斜斜的雨点开始落到车尾的小平台和涅赫柳多夫的衣服上。于是他走到小平台的另一边，去吸着湿润清凉的新鲜空气和久旱逢甘霖的麦子散发出的清香。他望着从旁边一闪而过的森林、果园、正在变成浅黄色的黑麦地、依旧绿油油的燕麦地和正开花的暗绿色土豆那一道道黑黑的垄沟。天地万物好像都涂上了一层油彩：绿色显得更绿，黄色显得更黄，黑色也显得更黑了。

“雨啊下得再大一点儿吧，下得再大点儿吧！”涅赫柳多夫望着被丰沛的雨水浇灌后又显出勃勃生机的田野、果园和菜园，非常高兴地说道。

这场大雨下的时间不长。乌云一部分变成雨水落了下来，一部分就随风飘走了。最后只留下一阵垂直而下的蒙蒙细雨，笼罩在潮湿的地面上了。太阳再次探出头来，大地万物都在太阳光的照射下闪闪发光。在东方天边上出现了一道弯弯的彩虹，彩虹不高，但十分鲜艳而美丽，特别是那紫色显得格外耀眼，只有一端是若断若续的。

“唉，刚才我在想什么来着？”等到大自然的各种变化全部消失，火车正驶进两边高坡夹峙的一道凸沟，涅赫柳多夫问自己。

“对，我在想：所有那些人，像典狱长、押解官，所有这些当官的人，他们多数本来也都是友好善良的，由于做了官才变得凶神恶煞。”他想起自己曾经给麦斯连尼科夫讲监狱里发生的事情时，麦斯连尼科夫所表现出的那种漠不关心的态度，想起典狱长的严肃、押解官的残忍，竟然不准病弱的犯人坐大车，况且对火车上有个女犯人因为即将分娩而忍受着巨大痛苦的这种事情，毫不在乎。“很显然，这些人个个都是铁石心肠，他们的内心连最基本的同情心都没有了，无非是因为他们做了官。他们一旦做了官，爱心就渗不到他们的心里了，就像这些地面铺着的石块，雨水渗不进去一样。”涅赫柳多夫望着两边铺着彩色石块的山沟斜坡上面的雨水没有渗进去，而是形成一道道水流流了下来，就这样想。“或许这山沟两边需要砌上石头，不过这些土地本来是可以像坡顶上的土地一样生长出麦子、青草、灌木、树林来的，但此时却变成光秃秃的了，看着真是让人觉得心寒。人生也是如此，”涅赫柳多夫心里想着，“也许需要有一些省长、典狱长、警察，但眼睁睁地看到一些人失去了本性，即相互之间的爱心和同情心，是多么恐怖的一件事啊。”

“问题的关键在于，”涅赫柳多夫心里想，“那些人把不是准则的东西当作准则，却不认可上帝亲自铭刻在人们心中的那种永久的、不可改变的、时刻不能舍弃的准则。正是因为如此，我和这些人在一起，就觉得受不了。”涅赫柳多夫思忖，“我简直是害怕他们了。那些人实在是太可怕了。比强盗还恐怖。强盗终归还可以怜惜人，但是这群人却连一点儿恻隐之心都没有。如同这些石头寸草不生一样。这就是他们可怕的地方。都说普加乔夫和拉辛[①]这一类的人很可怕，可这些人却比他们恐怖千倍，”他继续想，“如果有人提出一个心理学问题，问到应当如何做才能让我们这个时代的人，如那些基督徒、讲人道的人、纯真善良的人，做出罪恶滔天的事情却又认为自己没有罪，那答案就只有一个，就是必须维持现有秩序，必须让那些人去当省长、典狱长、军官、警察。换句话说就是，首先必须让他们相信这世上有一种称之为国家职务的事业，担上这个职务就能把人当作物品一样看待，对待他们不需要用人与人之间的手足般的情谊；其次，让这些人凭这种国家职务结成一伙，如此一来，他们对待人的行为不论产生什么后果，都无须由他们某个人自己去承担责任。如果离开这些条件，在现在这个时期就不会出现像我今天亲眼所见的如此恐怖的事情。问题的核心在于有些人认为，在有些情况下可以不用仁爱之心来对待人，但实际上这样的情况是不存在的。对待一些物品可以没有爱心，伐树、烧砖瓦、打铁等都可以不用爱心，但是对待人却万万不能没有爱心啊，如同对待蜜蜂必须非常小心一样。蜜蜂的本性就是如此。如果你对它们不小心防范些，那就既伤害了它们，也伤害了你自己。对待人同样也是如此。况且也只能如此，毕竟人与人之间的友爱是人类共同生活的基本准则。当然，人不可能如同强迫自己工作那样强迫自己去

① 17世纪和18世纪俄国农民起义的著名领袖。

爱，然而也不能由此得出结论说，人与人之间可以不需要有爱心，尤其是如果对人有所期望的话。如果你对他人没有一点儿爱心，那你就安分守己地独自待着吧，”涅赫柳多夫自己对自己说，“你对自己，对待物品，想怎样就怎样，但只是不能这样对待人。如同只有在想吃东西时，吃东西才会有益无害一样。同样，你也只有怀有爱心时，与人交往才会有益而无害。只要你能忍受自己不用爱心去对待他人，如同昨天你那样对待姐夫，那么，像我今天所见的种种对待别人凶狠和无情的事情，就会肆无忌惮地泛滥，而这为自己带来的痛苦如同我这一生自己造成的痛苦，也会无止境。是的，是的，就是这么回事儿了，”涅赫柳多夫心里想道，“这实在是太好了，太好了！”他在心里对自己反复地说道，感到双重的愉悦：一是在他难以忍受的酷热过后，吹来一阵凉爽的风，让他全身感到了舒适；另一个是他意识到在他心中存居久已的问题，此时已经完全清晰地弄明白了。

第四十一章

涅赫柳多夫所在的那节车厢里只坐了一半旅客。这里有仆役、作坊工人、工厂工人、屠宰工、犹太人、店伙计、妇女、工人家属。另外还有个士兵，两位太太：其中一位还很年轻，另外一位已经老了，裸露在外面的手腕上戴着几个镯子。车厢里还坐着一位板着面孔的老爷，头戴一顶黑制帽，上面还镶着一个帽徽。所有的这些人都已经各就各位，定下神来，悠然自得地坐在了那儿，有的在吃瓜子儿，有的在抽烟，有的在很起劲儿地和邻座聊天。

塔拉斯带着很快活的表情坐在过道右侧的长椅上，并为涅赫柳多夫留了一个位置。他正跟对面座位上的乘客谈得火热，那个人筋肉健壮，穿着一件敞着的粗呢外套，涅赫柳多夫后来才听说他是一个花匠，这是要去某处工作。涅赫柳多夫返回车厢时并没有到塔拉斯那里，他刚走到一半时，就在走道上挨着一位令人肃然起敬的白胡子老头儿站住了，这老头儿身穿一件土布外套，正和一个乡下打扮的年轻女人说话。那个女人旁边坐着一个六七岁的小女孩，身穿一件崭新的无袖长衫，淡淡的近乎白色的头发扎成一根小辫儿，坐在长椅上的两脚远远够不到地面，嘴里在不停地吃瓜子。老头儿转过头看了看涅赫柳多夫，把长外衣的前摆收起来，把自己一个人独坐的闪闪发亮的长椅让出了一个位子，很和蔼地说：

“请坐吧。”

涅赫柳多夫表达了谢意，便在让出来的位置上坐下了。刚坐好，那个女人就继续说起被打断的话。她正在讲述的是自己的丈夫在城里是怎么招待她，现在她正是从丈夫那儿返回乡下去。

“之前在谢肉节我去过他那里一次，这不是，感谢上帝，现在我又到他那儿去了一次，”她说，“求上帝保佑，等到圣诞节我还能再去他去那儿一次。”

“这是好事儿啊，”老头儿扭头瞧着涅赫柳多夫说，“你应该常常去看望他才对，否则一个年轻人独自居住在城里是很容易变坏的。”

“不会的，老大爷，我的丈夫可不是那种人。他安分守己得如同个大姑娘，才不会去干那些乱七八糟的事儿呢。他把自己赚的钱都邮到家里来，一分钱都不舍得给自己留下。他就喜欢这妞儿，别提有多喜欢了。”那女人笑眯眯地说。

一面吃瓜子一面听母亲说话的小女孩像是要证明母亲说的话是真的一样，用一双文静而聪慧的大眼睛看了看老人的脸和涅赫柳多夫的脸。

“他是个聪明人，那就最好了，”老人说，“哦，他不爱这个吗？”他用眼睛瞅着坐在过道另外一边的夫妻俩，显然那是工厂里的工人。

那个男的正拿起一瓶酒，把瓶口对着嘴，仰起头，喝了起来。女的手里拿着个装酒瓶的布袋正全神贯注地注视着丈夫。

“不，我丈夫既不喝酒，也不吸烟。”和老头儿说话的那个女人趁此机会再次炫耀了一下自己的丈夫。“像他那样的人，老大爷，是世界上罕见的。他就是那样的人。”她又转过身告诉涅赫柳多夫。

“那再好不过了。”一直在看着那工人喝酒的老人又说了一遍。

那男的对着酒瓶又喝了几口，之后便将酒瓶子递给了妻子。妻子接过酒瓶，笑着摇了下头，也把瓶口对准自己的嘴。那男的发觉涅赫柳多夫和老人都在看着他们，就转过头对他们说道：

“有事儿吗，老爷？我们喝点酒又怎么样？我们干活的时候，谁都看不到，现在我们喝点儿酒，都看见了。我工作赚了点钱，自己喝一点儿，也让自己的老婆跟着喝点儿。再没什么了。”

“是的，是的。”涅赫柳多夫不知如何回答才好，就这样说。

“我没说错吧，老爷？我老婆是一个稳重的女人！我很满意自己的老婆，因为她很在乎我。我说得对吧，玛芙拉？”

“好了，给你，你就拿去喝吧。我不想再喝了。”妻子把酒瓶递给他说。“你又在那里胡扯什么呢。”她接着说。

“你看，又来啦，”那男的继续说，“她一会儿特好，一会儿就唠唠叨叨的，像是没上油的大马车一样。喂，玛芙拉，我说得对吧？”

玛芙拉一面哈哈地笑了起来，一面带着酒意摆了摆手。

“瞧，他又胡说起来了……”

“你看，她就是这副模样。别看她好好的，那是没到时候。她的牛脾气一发作起来，就会干出你意想不到的事……我说的可都是实话。请您多多包涵，老爷。我多喝了几口，有点儿醉了，哎，如今又有什么办法呢？”那男的说完，便把头放在了笑容满面的妻子的膝头上，睡起觉来了。

涅赫柳多夫陪老人坐了一会儿。老头儿对他讲了讲自己的身世。他说他是一个砌炉匠，已工作五十三年了，一生当中砌出来的炉子真是数也数不清，现在准备休息了，但总是忙得没空。他是在城里住的，帮他的孩子们找了份工作，现在要回乡去看看家里人。涅赫柳多夫听完老人说的话之后，便站起身来，向塔拉斯为他保留的那位子走了过去。

“哦，老爷，您请坐下吧。我们把背袋都搬到这里来就行了。”正对着塔拉斯坐着的那花匠，抬起头看了看涅赫柳多夫，亲热地说。

“宁可挨挤，不愿受气。”笑呵呵的塔拉斯像唱歌般地说道，然后伸出两条强壮有力的胳膊把他那两普特重的背袋像掂一片小羽毛一样拎起来，放到窗口。“地方多着哩，要不然站一会儿也没事儿，钻到椅子底下也可以。这里实在是再舒适不过了。吵架都吵不起来！”他满面春风地说道。

塔拉斯说到了他自己，一直都说：他只要不喝酒就无话可说了，一旦喝起酒来就滔滔不绝、没完没了，并且什么话都敢说。真的是这样，在大脑清醒的时候，塔拉斯多半是一言不发的，喝完酒之后才会欢声笑语，但是他轻易不喝酒，只在特殊的情况下才喝上一点儿。在那时他讲起话来滔滔不绝，而且绘声绘色，直率、朴实而真诚，特别和蔼可亲，这种和蔼可亲的意味总是流露在他那双和善的蓝眼睛和笑盈盈的嘴唇里。

今天他就处在这种精神状态中。他见涅赫柳多夫来到他跟前，暂时住了口。当他把背袋放置好之后，又像之前那样坐了下来，把一双经常劳动的、强壮有力的手放在了膝盖上，对直地看着花匠，接着讲述他的事情。他向这位新朋友详详细细地讲述了自己妻子的故事，说她为何被判了流放罪，说他如今为什么要跟随她一起去西伯利亚。

这件事情的详细经过，涅赫柳多夫从来没有听说过，所以此时他在聚精会神地倾听着。他开始听的时候，塔拉斯刚好讲到投毒的事情，他家里的人已经知道了这件事情是菲多霞干的。

“我这是在讲述自己最痛苦的事情呀，”塔拉斯像对待好朋友一样很亲切、友善地对涅赫柳多夫说，“我刚好遇到这位有爱心的朋友，便聊了起来，我也就讲述起自己的事情来了。”

“是的，是的。”涅赫柳多夫说。

“哦，兄弟，这事就这样，知道是怎么回事儿了吗。我妈手里当时拿着张饼。她说：‘我必须去找乡村警察。’我爹是一个通情达理的老头儿。他说：‘等一下吧，老婆子，这小娘儿们还是一个孩子，自己都不知道做了什么事情，我们要多担待。说不定她会明白过来的。’可这有什么用吗？我妈一句话也听不进去。她说：‘要是我们把她留下来，她就会把我们当成蟑螂一样全都毒死。’她说完之后，兄弟，她就去找警察了。警察马上冲到我们家来……很快他就找见证人了。”

“可是，你当时怎样呢？”花匠问。

“我，兄弟，肚子疼得一直在地上打滚，不停地呕吐。我的五脏六腑简直都要翻腾出来了，一句话也不能说。我爹马上套好一辆大车，让菲多霞坐好，赶着车去了警察局，又从那里去法院的侦讯官那里。而她呢，兄弟，从刚开始就全部招供了，见了法官，也是那样从头到尾一五一十地都说了。说了她从哪儿找来的砒霜，又如何把它和进了面饼中。法官问：‘你为何这么做呢？’她说：‘因为我憎恨他。我宁愿去西伯利亚，也不想和他生活在一起。’她说的是不想和我生活在一起。”塔拉斯笑着说，“一句话她全都招认了。就这样，她被关进了监狱。我爹就独自一人返回家中。可这时农忙时节要到了，但是我们家却只剩下我妈这一个女人，而且她身体也不太好。我们就琢磨着，这如何是好，能否把她保释出来呢。我爹就去找了一个当官的，找了一个，不行；就又换另一个。他一连这样找了五个当官的。我们正想放弃不再找了时，没想到碰上一名衙门里的小官员。他是一个天下难找的机灵家伙。他说：‘你只要给我五个卢布，我就能把她保释出来。’后来谈了谈价钱，以三个卢布成交。好吧，兄弟，我就将她编织的粗麻布抵了出去，把钱交给了他。他飞快地写好公文，”塔拉斯拉长语调说道，如同他在说开枪一样，“一眨眼就写好了。我当时已经完全好了，就亲自赶着车去城里接她。就这样，兄弟，我来到了城里。我在旅馆里把那匹母马安置好以后，拿着那个公文直接去了监狱。问我：‘你有何事？’我就从头到尾地把事情叙述了一遍，说我老婆被囚禁在这里。他问：‘有公文吗？’我立刻把手里的公文递给他。那人瞅了一眼。说：‘稍等一下吧。’我就在那里的一条长凳上坐了下来。那时晌午已经过了。有个当官的走出来，他问：‘你是那个瓦尔古肖夫吗？’我说：‘是我。’他说：‘好吧，你先把她带回家吧。’大门马上被打开了。把她带了出来，她还穿着自己的衣裳，非常整洁。‘好啦，我们走吧。’我说。她就问：‘难道你是步行来的吗？’我说：‘不是，我是赶着车来的。’我们就来到旅馆，结清了账，将那匹母马套好后，把马吃剩的干草铺到车上，上面又铺了一块麻布。她在车上坐稳后，扎好头巾。我就赶着大车离开了。她安安静静的，我也一声不吭。直到快到家时，她才开口说：‘怎么样，妈还好吗？’我说：‘好。’她又说：‘爹也没事吧？’我说：‘也好。’她就说：‘塔拉斯，请您原谅我做的傻事吧。当时我都不知道自己在做什么。’我就说：‘这话不用说了，反正我早就原谅你了。’我也没再多说别的话。等我们回到家里，她马上就在我妈面前跪了下来。我妈说：‘愿上帝饶恕你吧。’我爹和她打过招呼以后，就说：‘过去的事情就让它过去吧。你们安安稳稳地过日子吧。眼下也没时间说这些。’他说，‘田里的庄稼要收割了，就在斯柯洛德诺那里，’他说，‘就是那块肥沃的黑麦地上，上帝保佑，长得太好啦，镰刀插都插不进去，全都纠结在一起，成片成片地铺在那里。现在应该去收割了。明天你就和塔拉斯一起去割吧。’从那时候起，兄弟，她就开始劳动了。而且她干起活来那股劲儿，简直叫人吃惊。当时我们家租种了三俄亩地，上帝保佑，不管是黑麦还是燕麦，都是少见的好收成啊。我割麦，她打捆，要不然我们两个就一起割。我干活儿十分麻利，从不偷懒，而她呢，不管干什么活儿，比我还要麻利。她是一个机灵的女人，年轻，精力充沛，正是好时候。兄弟，她干起活来真是不要命哪，之后我不得不劝她下来休息会儿，不让她多干。回到家里时，总是手指发肿，胳膊酸痛，本应该歇歇了，然而她连晚饭也没吃，便跑进仓库里，编第二天早晨用的草绳子。她简直完全变了一个人！”

“怎么样，她对你也好起来了吗？”花匠问。

“那还用说！她跟我如胶似漆，简直就像一个人似的。我心中想什么，她都了如指掌。我妈本来一肚子气，但是连她都说：‘我们的菲多霞准是被人偷偷地调换了，完全变成另一个人了。’有一次我俩一起赶着两辆车去拉麦捆子，我和她一起坐在前面的那辆大车上。我就问：‘你之前怎么会想到做那样的事呢，菲多霞？’她说：‘我怎么想起来的？那就是不想和他生活在一起。我当时心想，我宁愿去死也不愿跟他一起过日子。’我就说：‘那你现在呢？’她就说：‘现在啊，他在我心尖上了。’”塔拉斯停下来，高兴地笑了起来，又惊讶地摇了摇头。他沉默了一会儿，继续说道："刚收完地里的庄稼，把大麻泡到水里，我们回到家里一看，传票来了，说要开庭审理呢。然而我们早把这件事情忘了，根本记不起她是因为何事要受审了。"

"准是中了邪了。"花匠说，"要不然一个人怎么会想起去害人呢？对了，我们那里就有一个这样的人……"花匠本来想继续叙述自己的事，但是火车渐渐停了下来。

"肯定是到站了，"他说，"咱们到外面喝点儿东西吧。"

谈话至此中断了。于是涅赫柳多夫就跟着花匠走出车厢，来到湿漉漉的木板月台上。

第四十二章

涅赫柳多夫还没有走出车厢，就看到有几辆豪华的轻便马车停放在车站外边的广场上，车上有套四匹马的，也有套三匹马的，个个都是膘肥体壮的好马，马脖子上挂着的小铃铛当当作响。等他离开车厢，来到雨后潮湿得发了黑的月台上时，一眼就望到头等车厢旁边站了一堆人。这堆人中最引人注目的，是个头戴插着珍贵羽毛的帽子，身穿一件雨衣的高大肥胖的太太，还有一个长着两条细长腿的高个子年轻男人，穿着一身自行车服，牵着一只肥胖的大狗，狗脖子上套着一个贵重的颈圈。在他们后面站着几个手里拿着雨衣和雨伞的听差，还有一个车夫，全都是来迎接这位客人的。这一堆人，从胖太太到手提长外衣的马车夫，个个都带着自命不凡和生活富裕的神情。在这堆人的周围，顿时聚集了一群好奇成性和拜金主义的马屁精：有戴一顶红制帽的站长，有一名宪兵，一个身穿俄罗斯式服装、戴着项链、夏天里只要火车一经过就赶来迎接的瘦女孩，还有电报员和几个男女旅客等。

涅赫柳多夫认出那个手里牵着狗的年轻男子正是上中学的柯察金家的少爷。胖太太就是公爵夫人的姐姐，柯察金一家人就是上她的庄园里来的。穿着佩戴着闪闪发亮的丝绦制服、脚蹬锃亮的皮靴的列车长把车厢的门打开，而且为了表示敬意，自始至终都用手扶着车门，好让菲利普和围着白围裙的脚夫用那把能折叠的圈椅小心谨慎地抬着长脸的公爵夫人下车。姐妹两个见了面，相互问好，又说起法语，意思是问公爵夫人是乘轿式马车呢，还是乘敞篷马车，然后这支队伍以卷头发、手里拿着阳伞与帽盒的侍女走在最后，一路向车站出口走了过去。

涅赫柳多夫不愿与他们再次遇见，免得再次道别，所以没走到车站出口就站了下来，等着这支气势非凡的队伍走过去。公爵夫人和她的儿子、米西、医生以及一个女仆在前面走出去，老公爵和他的妻姐在后面站了下来。涅赫柳多夫没走到他们跟前，只听到他们用法语谈话中的一些只言片语。在那些谈话里，公爵所说的每一句话，如同经常发生的情况一样，不知道是何原因，连同他那种声调和声音都深深地刻在了涅赫柳多夫的脑海中。

“哦！他出身于真正的上流社会，真正的上流社会。”公爵用响亮的充满信心的声音评论过什么人，便与他的妻姐一块儿在毕恭毕敬的列车员和脚夫的簇拥下走出车站。

就在这时候，不知道是从何处进来的一群脚穿树皮鞋、背着小皮袄和背包的工人从车站的拐弯处来到站台上。工人们迈着矫健而轻快的步子走到距离他们最近的车厢跟前，就想进去，但是很快就被列车员轰走了。工人们没有止步，接着又急匆匆地，相互踩着脚地往前走，来到旁边一边车厢跟前，并开始往上爬，他们的背袋在拐角和车门上乱撞，这时在车站门口的另一个列车员看到他们要上车，就恶狠狠地冲他们叫嚷。已经上车的工人连忙又下了车，又迈着同样轻快矫健的步子向下一节车厢走去，那正是涅赫柳多夫所在的那节车厢。他们又被列车员拦住。这时他们就没有上，准备继续向前走，但涅赫柳多夫对他们说车厢还有空位置，他们只管上车好了。他们听了他的话，于是涅赫柳夫也跟在他们身后走进了车厢。当工人们正准备各自找座位坐下来时，那个戴着一顶镶着帽徽的帽子的老爷和两位太太认为他们胆敢到这节车厢里来坐，这是对他们的侮辱，于是表示强烈抗议，并且开始把他们向外轰赶。工人一共有二十多人，其中有老人，也有年轻的，个个都晒得黝黑黝黑的、瘦骨嶙峋的，都已筋疲力尽了。很显然他们认为自己完全是错误的，就马上穿过车厢继续向前走，那背袋不停地撞在车座、壁板和车门上，很显然他们准备走向天涯海角，坐到别人让他们坐的任何地方，即使是坐在钉子上也好。

“你们往哪儿闯，死东西！就在这里找个座位坐下来吧。”另外一个列车员向他们走过来，大声嚷道。

“这可真是新鲜事儿啊！”说话的是那位年轻的太太，信心满满地以为自己那口流畅的法语会引起涅赫柳多夫的注意。另外那位戴着手镯的太太却只是一个劲儿闻着，眉头紧皱，嘴里咕咕叨叨着，说什么与这批脏兮兮的乡巴佬坐在一起有多么快活。

但是工人们却觉得像躲过了重大危险似的，感到轻松和快乐，放下心来，停下脚步，各自找位子坐下，动动肩膀把沉甸甸的背袋从肩头卸了下来，接着把它们塞进座位下面。

跟塔拉斯谈话的花匠坐的不定他自己的座位，此时就回到自己的座位上去了。如此一来，塔拉斯的身边和对面就一下子空出了三个座位。有三个工人就坐到了这些座位上，但是当涅赫柳多夫走到他们跟前时，他们一看到他那身上等人的装扮，顿时手足无措起来，赶忙站起身来想马上走开，涅赫柳多夫却请他们不要动，自己却坐在了挨着过道的长椅扶手上。

那几个工人之中有一个五十岁左右的老头儿带着困惑不解甚至担心的神色，跟另外一个年纪轻轻的工人交换了一下眼神。他们看到涅赫柳多夫不但没有像一般的老爷们那样训斥他们，赶他们走，反倒给他们腾出座位，禁不住感到非常吃惊而且有点摸不着头脑，甚至十分担心这样下去他们会惹出什么祸事儿。但是等他们看出来这其中并没有什么陷阱，又看到涅赫柳多夫同塔拉斯聊天也很随便，这才安下心来，让那个半大孩子拿出背袋并让他坐在那上面，请涅赫柳多夫坐到自己的位子上。在涅赫柳多夫对面坐着的那个上了岁数的工人，一开始还总是蜷缩着身子，拼命地把自己穿着树皮鞋的脚往回收缩，唯恐碰到老爷，但后来他却非常亲热地跟涅赫柳多夫以及塔拉斯聊起天来，在他特别希望自己的话能够引起涅赫柳多夫的注意时，还用手拍拍他的膝盖。他谈到了自己的各种情况，谈到他们在那泥炭的沼泽地里的工作，在那里已干了两个半月的活儿，现在每个人大概挣了有十个卢布，因为有一部分工钱在出工时已经预支过了，眼下正是把赚来的工钱带回家去。他们的工作，据他说的，就是天天在没过膝盖深的水里干的，从太阳升起一直要干到太阳下山，只能在吃午饭的时候歇息两小时。

“不用说，那些没干习惯的人，自然会觉得这个活很苦，”他说，“可是只要干惯了，也就不觉得苦了。不过伙食一定要好才行。起初伙食非常糟糕。于是大伙儿都在埋怨，后来伙食才有了些改善，大家干起活来也就轻松了一点儿。”

然后，他又接着往下讲，他已经在外边做了二十八个年头，总是把他挣到手的工钱全部邮回家里去，刚开始是把钱邮给父亲，后来是交给大哥，现如今则是交给当家的侄子。每年他能挣到五十到六十个卢布，他仅仅从中拿出两三个卢布，买点儿烟草和火柴之类的东西。

“有时候感到累了，也喝点儿白酒，罪过。”他露出愧疚的笑容补充道。

他还谈起男人出门在外面干活儿时，女人是怎样顶替男人在家里操持家务的，又谈起了今天出发前那包工头是如何邀请他们喝了半桶白酒的，还谈起他们当中有一个人死了，另外有一个人生了病，此刻要由他们来送回家去。他说到的那个病人就坐在这节车厢的角落里。那是一个还不算太大的孩子，面色苍白，嘴唇发青。他显然是发疟子，而且正在发作。涅赫柳多夫来到他跟前，但是那男孩却用一种异常紧张而痛苦的眼神瞅了一眼涅赫柳多夫，使得他不好问他什么，免得打扰他，只是劝那个老头儿买点儿奎宁给他吃，还把药的名字写在小纸片上交给他。涅赫柳多夫想拿点儿钱给他，但是那个老工人说这不需要，他自己会出钱去买的。

“哦，虽然我出过那么多回门了，但是像这样的老爷却还没有遇见过呢。他不但不撵你走，反而还给你让座。可见老爷也是各不相同的。”他对着塔拉斯下结论说。

“没错，这可真是一个全新的截然不同的世界呀，一个崭新的世界。”涅赫柳多夫望着这些人那筋骨结实却干瘦如柴的四肢，那自己织的粗布衣服，以及那些黝黑的、亲切而疲惫的面孔，觉得自己置身于这些全新的人以及他们那种真正的劳动者的生活的正当情趣和苦乐之中，禁不住这样想道。

“看啊，这才是真正的上流社会。”涅赫柳多夫想起了柯察金公爵讲过的这一句话，同时也想起了柯察金之流那种百无聊赖、穷奢极侈的世界以及他们那些猥琐无聊的生活情趣，不禁这样想道。

他感受到了那种欢欣鼓舞的心情，就像旅行家发觉了一个未知的绚丽多彩的新世界。

第三部

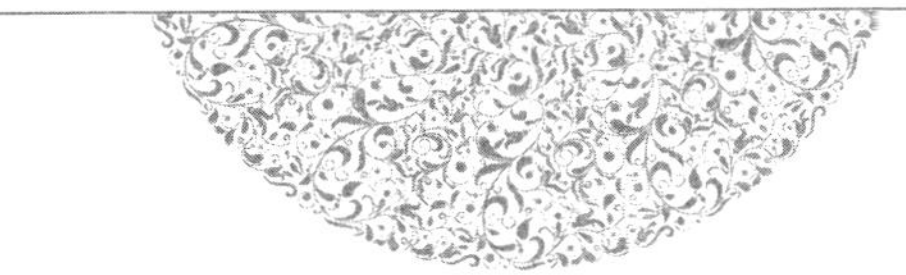

第一章

有玛丝洛娃在内的那批犯人，已经走了大约五千俄里的路程了。在到达彼尔姆[①]之前，玛丝洛娃都是和刑事犯一起乘坐火车和轮船。到了彼尔姆，涅赫柳多夫才和有关方面沟通好，把玛丝洛娃转移到政治犯的队伍当中来，这个主意也是这批犯人中的博戈杜霍夫斯卡娅给他想出来的。

至于玛丝洛娃，在到达彼尔姆之前的那段行程中，不管在身体上还是精神上，都感到非常痛苦。她肉体上的苦，是由于所处的环境太拥挤，肮脏不堪，还有那些不让人安宁的各种各样的小虫子在不停地叮咬；她精神上的痛苦，是由于有很多跟那些虫一样让人厌恶的男人也时时刻刻盯着她。尽管他们在每一个旅站都会更换一批，但是无论哪儿来的男人都一样死缠烂打，紧追不放，使她不能得到片刻安宁。在女犯人和男犯人、男看守、男押解人员之间形成了一种厚颜无耻的淫乱之风，使所有的女人，特别是年轻的，如果不肯出卖色相，就必须得时时刻刻小心防备着。经常处于这种惊恐和警戒的状态中是很痛苦的。因为玛丝洛娃不但有迷人的相貌，而且她的身世又众人皆知，所以她就更容易遭受到这种骚扰了。她现在一见到男人纠缠就坚决反抗，这就又使他们觉得受了侮辱，往往

① 西伯利亚西部的一座城市。

恼羞成怒。这种状况，直到她在跟菲多霞、塔拉斯接近以后，才使她的处境有所好转。自从塔拉斯得知自己的妻子经常遭受这种骚扰之后，就自愿加入囚犯的队伍之中来保护她。所以他从下诺夫哥罗德开始就像犯人一样跟他们一起赶路了。

玛丝洛娃转到政治犯队伍里之后，她的情况在各个方面都有所改善。先不说政治犯的膳宿都比较好些，所受到的待遇也不那么粗暴，其一，玛丝洛娃自转到政治犯队伍里之后，不再有男人纠缠她了，这样就可以安安心心地过日子，不再有人时时刻刻叫她想起她现在极想忘却的那些事情。然而这一次调动的主要好处还是，她新认识了几个人，并且这几个人对她的前途起到了决定性的而且是极其良好的影响。

虽然玛丝洛娃获准在旅途中和政治犯住在一起，但她是一个身体健康的女犯，在赶路时还是要跟刑事犯一块儿步行。从托木斯克开始她就一直这么走着。还有两名政治犯也和她一起步行：一名是玛丽娅·帕甫罗芙娜·谢吉妮娜，就是涅赫柳多夫在监狱里探望博戈杜霍夫斯卡娅时，惊讶地看到的那个长着羔羊般眼睛的美丽少女；另一个人的名字叫希蒙森，他要被流放到雅库茨克区去，也就是涅赫柳多夫在那次探视时看到过的那个皮肤黑黑的、头发蓬乱、一双眼睛深陷在额头下边的人。玛丽娅·帕甫罗芙娜之所以走路，是因为她把自己在大车上的位置让给了一个怀孕的女刑事犯；希蒙森也步行走路，则是因为他认为享受阶级特权[①]是不公平的。这三个人和其他的政治犯不一样，他们一大清早就和刑事犯们一起上路，其他的政治犯却要稍晚一点才坐大车出发。这种情形一直持续到最后一站，走过这站就到了个大城市，就会有新的押解官来接管这批犯人。

这是九月里一个阴雨连绵的早晨，天色尚早。天空中时而飘着雪花，时而落着雨滴，有时还夹杂着阵阵的冷风。这批犯人一共有四百名男子和五十来名女子。他们都已经走了出来，集中在旅站的

① 俄国民粹派革命者大都出身于贵族，在流放中享有坐车的权利。

院子里，有一部分聚集在押解官的身边，押解官正在把两天的伙食费分发到犯人的头儿手里，还有一部分人在向那些走入旅站院子里的小贩购买食物。都忙着数钱买东西的犯人们的说话声嗡嗡响成一片，小贩们也在尖声叫卖。

卡秋莎和玛丽娅·帕甫罗芙娜都穿着一样的高筒皮靴和很短的羊皮袄，扎着头巾，一起从旅站的房间里走到院子里，向小贩们走去。小贩们都坐在北边墙脚背风的地方，竞相叫卖着他们的各种货物：有新鲜的面包、馅饼、鱼、面条、麦粥、牛肝、牛肉、鸡蛋、牛奶等。甚至还有一个小贩带着一头已经烤好的乳猪来出售。

希蒙森穿着橡胶短大衣，脚穿羊毛袜，外套胶鞋，还用带子扎得紧紧的（他是个素食主义者，也不使用动物的皮革制品）。他也到了院里，在等着这批犯人出发。他站在门廊上，正在笔记本上记录他刚刚产生的一个想法。这个想法是：

“假如细菌能够观察和分析人的指甲，”他这样记下来，“那它会认为指甲是一种无机物。我们也是这样观察地球的外壳的，便认为地球是无机物。可这种说法是不正确的。”

玛丝洛娃已经买好了几只鸡蛋、一串面包圈、几条鱼和几个新鲜的白面包，正把它们装入一个袋子里，玛丽娅·帕甫罗芙娜正在给小贩付钱。这时犯人们全都动了起来。大家都安静了下来，纷纷排好队。押解官走了出来，做了出发前的最后指示。

所有的一切都像往常一样进行着：清点人数，查看囚犯的镣铐是否完好，把站成两排步行的囚犯们用手铐锁在一块儿。但是突然响起押解官严肃而又愤怒的喊叫声、打人的声音和小孩子的哭喊声。顿时所有的人都安静下来，可随后一阵低沉的抱怨声从人群中传了出来。玛丝洛娃和玛丽娅·帕甫罗芙娜一起朝喧闹的地方走去。

第二章

玛丽娅·帕甫罗芙娜和卡秋莎来到喧闹的地方，看见如下的情形：一个身强体壮、留着浓密的淡黄色小胡子的押解官皱着双眉，正用左手揉搓着扇犯人耳光扇痛了的右手，嘴里还不停地骂着不堪入耳的脏话。他面前站着一个个子高挑而瘦削的男犯，这个剃了阴阳头的犯人，上身穿件短短的长袍，下身却穿着一条更短的裤子，一只手在擦拭着被打得流血的脸，另一只手里抱着一个裹在头巾里的小女孩，她正在尖声地哭叫着。

“我要教训一下你这个（不便写出的骂人话）……”押解官又谩骂了一句难听的话，“让你（又是骂人话）尝一尝顶嘴的滋味……”他继续骂了一句，“把孩子给那娘儿们，”押解官吆喝道，“快给他戴上手铐。”

那是一个被村社判处流放罪的农民，他的妻子得了伤寒死在托木斯克了，单单留下这个小女孩。他一路上抱着孩子走，押解官非得给他戴手铐。那犯人声称他戴上手铐的话就不能抱孩子了，这话惹得当时心情不好的押解官更加愤怒了，于是便动手狠狠地打了这个当面反抗的犯人。

在这个遭到痛打的人旁边站着一个押解兵和一个留着黑色大胡子的男犯，一只手上戴着手铐，双眼阴郁地皱着眉头一会儿瞅瞅押解官，一会儿看看抱着小女孩的那个挨打的犯人。①

① 这是在德·亚·李涅夫的《在旅站上》一书里描写过的一件事。

押解官再次对押解兵发出命令叫他赶快把小女孩抱走。犯人当中的埋怨声愈演愈烈了。

“从托木斯克一路走来，从没让他戴过一天手铐。”一个嘶哑的声音从人群的后排传了过来。

“她又不是什么小狗，那是一个孩子呀。”

“让他怎么处理这小姑娘呀？”

“这么做事可是违法的。”又有一个人说。

“这是谁说的？”押解官好像让蛇给咬了一口似的，冲进人群里，叫嚷道。

“我倒要让你看看什么是法律。谁说的？是不是你？是不是你？”

“大家都在说。因为……”一个宽脸盘、矮身材的男犯人嚷道。

还没等他把话说完，押解官就抡起双手，扇了他一耳光。

“你们想造反啦！我得给你们点厉害看看，看你们还敢不敢再谋反。我把你们像狗一样统统枪毙。上司要是知道了，只会对我说一声谢谢。快点儿把小妞儿抱走！”

大家都静了下来。一个押解兵夺过那个拼命在啼哭的小女孩，另一个押解兵给犯人顺从地伸出来的手上戴上了手铐。

“把小妞儿带到娘儿们那儿去。”押解官一面整理自己那条挂军刀的皮带，一面朝那个押解兵吆喝道。

小女孩的小手拼命从头巾里面往外挣，不停地尖声哭喊着，小脸涨得通红。玛丽娅·帕甫罗芙娜走出人群，走到那个押解兵跟前。

“军官先生，请您让我抱抱这个小姑娘吧。”

怀里抱着小姑娘的押解兵便止住了脚步。

“你是谁？”押解官问道。

“我是一个政治犯。”

很显然，玛丽娅·帕甫罗芙娜漂亮的长相和她那双有神的金鱼似的眼睛（他在接收时已经见过她），对他起了作用。他默然无语地看着她，好像在对什么事情权衡利弊似的。

“我无所谓。您要抱她，那就抱去吧。您可怜他们倒没什么错，但是他要是跑了，那谁来负责？”

“他还有这个小女孩怎能跑掉呢？”玛丽娅·帕甫罗芙娜说。

“我可没时间和您闲扯。您要是愿意，就把她抱去吧。”

“请问，要交给她吗？”押解兵问。

“给她吧。”

“来我这里。”玛丽娅·帕甫罗芙娜说，并想方设法把那个小女孩哄到自己的身边。

但是，小女孩在押解兵的怀中却朝她父亲那儿探出身子，仍然在不停地尖声啼哭着，不肯去玛丽娅·帕甫罗芙娜的身旁。

“您等一会儿，玛丽娅·帕甫罗芙娜，她会来我这儿的。”玛丝洛娃说，从兜里掏出一个面包卷。

那小女孩原本就认识玛丝洛娃，这时看到她的脸和面包卷儿，就朝她走来。

一切都沉静了下来。大门已经被打开了，那些囚犯走到大门外，排成一长队。押解兵重新清点人数。大家把背袋装上大车，绑在一块儿，又让那些身体虚弱的人坐到车上。玛丝洛娃抱着小女孩，向妇女的队列中走了过去，又和菲多霞站在了一块儿。希蒙森始终都在一边凝视着先前发生的事情，这时他迈开坚定的步子走到押解官跟前。押解官早已安排好一切，正准备钻进他的四轮马车里。

“您这么做可是太不对了，军官先生。”希蒙森说道。

“您回您的队伍中吧，这不是您该管的事儿。”

“我觉得应该告诉您一声，我也已经告诉过您了，您这样做很不好。”希蒙森说着，那两道浓密的眉毛下面的双眼直盯着押解官的脸。

“都安排好了吗？全体注意：起步走。”押解官没理会希蒙森的话，大叫了一嗓子，接着就抓住赶车士兵的双肩，钻入他的四轮马车里了。

犯人的队列开始行进起来，延伸得长长的，在两条水沟之间沿着满是泥巴坎坷不平的道路，朝茂盛的森林里走去。

第三章

卡秋莎在城里过了六年那种放荡、奢华、无所用心的日子，又在监狱里和刑事犯们共同度过了两个月之后，如今和这些政治犯生活在一块儿，尽管他们的处境都非常恶劣，但是她却觉得这种生活很好。每天走二三十俄里的路程，伙食也还好，走两天之后还休息一天，这使她的身体也逐渐强壮了起来。而且，她和新伙伴们的结识，带给她过去从不曾想到的种种生活乐趣。现在和她在一起的这些人，如她说的是“好得很的”人，她之前不仅从没遇到过，而且还无法想象。

“对啊，我刚被判刑时，还哭了呢，”她说，“其实我应当永生永世感激上帝。如今我懂得的事，按我以前的那种生活方式，是一生都不会懂的。”

她轻而易举、毫不费力地就懂得了这些人从事革命活动的动机。因为她自己也出身于农民家庭，对他们自然有着同情之心。她明白这些人是维护老百姓，反对上层人的。她也知道这些人本来也都是上层人，但为了老百姓的利益，不惜牺牲自己的特权、自由和生命，这么一来她便格外敬重他们，钦佩他们。

她佩服她的每一个新伙伴，但是她最佩服的要属玛丽娅·帕甫罗芙娜。她不仅佩服她，而且爱上了她，这是一种奇特的、带有敬仰的和激烈的爱。令她惊讶的是这个漂亮的姑娘出身于富有的将军之家，会讲三种语言，却过着如普通女工一样的生活，她那阔绰的哥哥邮给她的所有东西，她全都赠送给了别人，自己穿得朴素，甚至有些寒碜，对自己的外表也始终不在意。玛丽娅·帕甫罗芙娜根本就不卖弄风情，这一点又使得玛丝洛娃极其惊讶，所以对她佩服得五体投地。玛丝洛娃可以看出玛丽娅·帕甫罗芙娜知道自己长得漂亮，甚至由于知道自己的美而觉得很高兴，但是她不仅不为她的相貌能吸引男人感到兴奋，反倒对此有些恐惧，她对恋情是持有厌恶和恐惧的态度的。她的同志，跟她在一起的那些男人，都知道这一点，即便对她有爱慕之心，也不敢让自己对她有所表示，对她仍像对待一个男同志那样。可是那些不了解她的人却常常对她纠缠不清，但她力气非常大，这是她格外骄傲的一点。听她说幸亏她有劲儿，才帮了她许多忙。“有一次，”她笑着说，“有个上等人在大街上纠缠我，怎么也不肯罢休。于是我就揪住了他，用力地摇晃了几下，吓得他拔腿就从我眼前消失了。”

她之所以成了一名革命者，照她自己说的，是因为她从小就讨厌过上层人的日子，而对平民的生活很感兴趣。那时她总是挨批评，因为她常常待在侍女们的卧室里、厨房里、马房里，而不愿意待在豪华的客厅里。

“我跟厨娘和车夫们待在一块儿，觉得很快乐。跟我们那些老爷和太太在一起，感到很无聊。”她说道，“后来，等我开始懂事了，我就看出我们的生活简直糟糕透了。我的母亲已经离开了人世，我又厌恶我的父亲。因此我在十九岁那年就离家出走跟一个女友一起去工厂里当女工了。”

离开工厂之后，就在乡下生活。后来她又回到城里，在一个设有秘密印刷机的住所里被逮捕，判处苦役。她被判服苦役，是由于那个寓所在被搜查时，有个革命者在暗处开了一枪，她却把这一罪状揽到了自己的身上。这事儿玛丽娅·帕甫罗芙娜自己是缄口不谈的，但是玛丝洛娃从别人嘴里听说了。

卡秋莎从认识她的那天开始就看出来了，不管在哪儿，也不管在怎样的情况下，她从来都不考虑自己，不管遇到大事小事，总是一心考虑怎样给他人帮助，为别人出力。她如今的同志们当中，有个姓诺弗德沃洛夫的人，在提起她时经常开玩笑地说她迷上了慈善活动。这话确实不假。她生活的所有乐趣，就像猎人找野兽一样寻找为他人提供帮助的机会。而且这种活动已经成了她的习惯，成了她的终身事业。这种事情她干得非常自然，以至于使所有认识她的人都觉得这不算什么，反倒觉得是理所当然的。

玛丝洛娃刚来到他们这里时，玛丽娅·帕甫罗芙娜对她很反感和厌恶。卡秋莎曾觉察到了这一点，但是后来又觉察到玛丽娅.帕甫罗芙娜竭力克制自己的感情，对卡秋莎格外亲热、平易和和善。这种感情来自一个非同寻常的人，使玛丝洛娃很受感动，她终于把自己的整个身心都托付给了她，潜移默化地接受她的观点，不由自主地处处效仿她。卡秋莎这种真诚的爱也打动了玛丽娅·帕甫罗芙娜，她也开始对卡秋莎产生了好感。

这两个女人还由于对性爱都十分讨厌而更合得来。一个憎恶性爱，是因为遭受过性爱的各种摧残；另外一个虽然没有过性爱的经历，却总是把它当成一种难以理喻的，同时让人憎恶的、辱没人格的东西来看待。

第四章

玛丽娅．帕甫罗芙娜的影响是玛丝洛娃自愿接受的。之所以会这样，是由于玛丝洛娃喜欢玛丽娅·帕甫罗芙娜。另外一种影响是来源于希蒙森。这种影响的产生，是由于希蒙森暗暗爱上了玛丝洛娃。

所有人的生活和行动，都是部分依照自己的想法，部分按照他人的想法。他们在多大的程度上按照自己的想法过日子，多大程度上按照他人的思想过日子，这是人和人之间的主要区别之一。有些人像做智力游戏一样随意运用自己的思想，把自己的智力看作一个脱离了转动皮带的飞轮，让其任意转动，可是他们在行动中总是要顺从他人的想法，也就是顺从习俗、传统和律例。有些人却觉得自己的思想就是自己全部行动的主要动力，几乎时时刻刻听从自己的智力需求，遵从这一需求，只是偶尔，并且是在通过批判性的评价之后，才顺从他人的决定。希蒙森就属于这一类人。他对所有的事情都以他自己的智力来思考，然后做出决定，而且一旦决定，就坚决履行。

他还是中学生时，就认定父亲当军需官赚来的钱是不义之财，因此向父亲声称，应当把这些财产归还给老百姓。但是父亲不仅不听他的话，还把他恶狠狠地大骂了一通，所以他就离开了家，从此不再花父亲的一分钱。他认定当前种种弊端之所以还存在，其根源就在于老百姓没有受过教育，所以他离开大学，加入民粹派，去乡村当教员，大胆地向学生和农民宣扬他觉得是对的那些东西，而批驳在他看来是荒诞的东西。

他被逮捕了，并受到审讯。

在开庭时，他认定法官无权审判他，并且还把这话公开地讲了出来。但是法官们根本不理睬他的这些话，继续审讯他，他就下定决心不再回答任何问题，于是，不管问什么，他一概置之不理。他被流放到了阿尔汉格尔斯克省。他在那儿形成了一套宗教性的学说，这一学说指导他所有的行动。这种宗教性的学说就是世上的一切东西都是有生命的，不存在无生命的东西；所有我们认为死的与无机的东西，实际上只是我们不能理解的一个巨大的有机物的组成部分，所以人既然是这个巨大有机物的一个小分子，其任务就是维护这一有机体和它所有有生命部分的生命。因此，他觉得毁灭活生生的东西就是一种罪孽：他反对战争，反对死刑和所有的杀生行为，不仅反对用一切手段杀人，而且反对屠宰一切牲畜。关于婚姻，他也有自己独到的一套见解，觉得人类的生儿育女只是人的初级功能，而为现存的人服务才是高级功能。他从血液里存在吞噬细胞这一现象中找到了证明他这一思想的论证。单身汉，在他看来，就好比吞噬细胞，它的义务就是帮助有机物退去的、生病的那部分。尽管他在年轻时也曾迷醉于声色之中，但是自从得出这一理论之后，就一直按照这种论断生活。现在他认为自己就像玛丽娅·帕甫罗芙娜一样，是宇宙的吞噬细胞。

他对卡秋莎的爱，并不违背他的论断，因为他爱的方式是柏拉图式的，他认为这样的爱情不仅不会阻碍他像吞噬细胞那样协助弱者的活动，而且更能激励他这么做。

但是除去精神上的问题他是按照自己的方式解决之外，连大部分的现实问题上他同样按照自己的见解去解决。他对各种现实事务都有自己的见解：应当工作几个钟头，歇息几个钟头，吃什么食物，穿什么衣裳，怎么生炉子，怎么点灯，他都有一套自己的章法。

话虽这样说，希蒙森与他人相处却是十分羞怯和谦逊的。不过他决定要做的事，那就怎么都拦不住。

正因为是这样一个人对玛丝洛娃产生了爱慕之情，这才对她的后来产生了决定性的影响。玛丝洛娃凭着女人的敏感很快就感觉到他爱上了她，她想到这样一个不同凡响的人竟然对自己产生了爱慕之情，就提高了自己在自己心目中的地位。涅赫柳多夫之所以要跟她结婚是因为宽宏大量，还因为过去出现过的各种事，但是希蒙森爱的却是她现在这个样子，他这完全是因为喜欢她才爱她的。除此之外，她还感觉到希蒙森也把她看作一个与众不同的不平凡的女人，具备独特的和高尚的品德。她却不太明白他到底认为她具有哪些高尚品质，但不管怎样，为了不让他失望，她一直在想办法，竭尽全力把她觉得自己能具有的各种最优秀的品德完全地展现出来。这就使得她在努力做一个她能够做到的最善良的好人。

这一情况在监狱里就已经出现了，那是在探视政治犯的日子，她就开始注意到他那双纯真和善的深蓝色的眼睛，在隆起的前额和眉毛底下，用十分执拗的眼神盯着她，那眼神还显得特深沉。在那时，她就已经发现这个人很奇特，并且看她的目光也与众不同，还发现他那竖立的头发和紧皱的眉头显现出一种严肃的神情，而这种严肃却不由自主和他的眼神中那种孩童般的善良与纯真在一张脸上惊人地结合。后来到了托木斯克，她被调到政治犯的队伍中，她又一次看到了他。虽然他们俩还没有说过一句话，可是从他们对视的目光中却可以看出来，他们都还记得，而且彼此都很看重。即使他们俩之间都没进行过意味深长的谈话，可是玛丝洛娃感觉出来，有她在场，那他说的话总是给她听的，是为了她才说的，所以尽量把话说得通俗易懂。尤其从他和刑事犯一起步行上路时，他们两人就开始接近起来了。

第五章

从下诺夫哥罗德到彼尔姆的这段路上，涅赫柳多夫只见过卡秋莎两次：一次是在下诺夫哥罗德，在犯人们就要登上一条四周安着铁丝网的驳船之时；另一次是在彼尔姆的监狱办公室里。这两次见面的时候，他都发觉她不露心思，对人态度也不很和善。他问她身体如何，是否还需要些什么东西，她回答起来支支吾吾，神色慌张，而且他觉得还带有她过去也曾表露过的那种敌视的责难心情。她这种阴郁情绪的出现只是由于当时常常受到男犯人的纠缠，然而却使涅赫柳多夫很苦恼。他担心的是，她在旅途中处在艰苦而又容易令人消沉的氛围下，可能会把持不住，重新陷入之前那种自暴自弃和对生活彻底绝望的精神世界里，那样她就会厌烦他，就会拼命抽烟喝酒来麻痹自己。然而他又无能为力，因为旅途中最初的一段时间里，他一直没有机会与她相见。直到她调到政治犯的队伍后，他这才看出自己的担忧没有任何依据，而且刚好他为她做的一切，特别是感谢他把她调到政治犯队伍中来。

在押解下她跟着队伍长途跋涉了两个月之后，她的变化也在外表上显现出来了。她瘦了，黝黑，也好像有些老相了。她的鬓角和嘴边出现了皱纹，她不再让一绺头发披散在额头上，而是用头巾扎了起来。就这样，不论在装束上，发型上，以及在对人的态度上，再也看不到原先那种卖俏的味道了。涅赫柳多夫看到她这种已经发生并且正在进行的变化，总是感到特别高兴。

他现在对她产生了另一种从未有过的感情。这种感情不同于那种诗意的初恋，也不同于后来那种肉体的诱惑，甚至也不同于他在法庭判决之后决定和她结婚而引起的那种履行责任的感觉以及其中夹杂着的自我欣赏的心情。这种感情纯粹是最纯真的怜惜心和同情心，也就是第一次在监狱里跟她见面时他心中出现的那种感觉，后来他去过一次医院之后，战胜了厌恶心，原谅了她同医士之间那个虚假的暧昧故事（后来他知道她是冤枉的）的时候，更强烈地出现那种感觉。这种感情就是曾有过的那种感情，只不过仅有一点儿区别，那就是以前那种感情只是暂时的，现在却是经常性的了。现在不管他在想些什么，也不管他在干些什么，他总的心情就是这种同情心和感谢心，这不仅是对她一个人，而是对所有的人都如此。

这种感情打开了涅赫柳多夫的心门，先前这种找不到出路的爱的洪流现在涌了出来，向着他遇见的一切人涌去。

涅赫柳多夫在这次整个旅行的过程中一直情绪高涨，所以他对每个人，从押解兵和马车夫，一直到跟他来往过的典狱长官和省长，都不由自主地表示出了关怀和同情。

在这段时间里，由于玛丝洛娃调到了政治犯队伍中，涅赫柳多夫有机会结识了很多的政治犯，先是在叶卡捷琳堡相识，政治犯们在那儿自由地共同住在一间大牢房里，后来他又在途中认识了跟玛丝洛娃同行的五个男犯人和四个女犯人。涅赫柳多夫跟流放的政治犯结识了之后，也彻底改变了他对他们的看法。

自俄国革命运动①起，特别是在三月一日事件②之后，涅赫柳多夫对革命者始终没有好感，甚至蔑视他们。他对他们反感的原因是：其一，他们在反对政府的斗争中所采取的无情而又秘密的方式，尤其是他们那惨绝人寰的暗杀手段，使他产生过抵触。其二，他们一直存在着强烈的自以为是的优越感，这也使他反感。但是，

① 指俄国六七十年代的民粹派革命运动。

② 指民意党1881年3月1日刺杀沙皇亚历山大二世事件。

进一步了解了他们之后，知道他们往往无故地遭到政府莫名的迫害，他才意识到他们这么做是身不由己的。

不管通常情况下所说到的刑事犯受到的磨难多荒诞，但是在他们判刑之前和之后，对待他们终归多少能看到一些依照法律办事的痕迹，可是在政治犯们的案件中就连做样子也不做，就像涅赫柳多夫在舒丝托娃的案子里和后来在很多他的新朋友的案件中所看到的一样。政府对待这些人如同大网捕捞鱼一样：把所有落网的鱼全都要拖上岸，然后把他们所需要的大鱼挑出来，至于那些小鱼，就不闻不问了，任它们在岸边活活地被干死。政府就是这样把不仅无罪，而且显然不可能危害政府的人成百成百地逮捕起来，把他们送进监狱，有时一关就是许多年，因此他们时常在狱中染上肺痨，或发了疯，或干脆自杀而死。他们被关押在监牢里，仅仅是由于没有充足释放他们的依据，再就是，把他们囚禁在监狱里，就等于在眼皮底下，在侦查中需要弄清什么问题也便于可以随时提审他们。这所有的人，甚至从政府的角度来看，往往也是没有犯罪的，但是他们的命运却取决于宪兵队长、警官、暗探、检察官、侦讯官、省长、大臣等人的心意、忙闲和情绪。这样的官僚有时闲得无聊或者是想要立功时，就大面积地搜捕，然后就要由他自己或上司的心情来决定是要把他们关进监狱，还是释放。至于上面当官的，也得看他们是否需要立功升职，或者看他们与大臣的关系怎么样，来决定或者是把被捕人员流放到世界的各个旮旯里，或者是关在单人牢房里，或者是判处流放、苦役。更有甚者，要是碰上某位太太来求情，也会把人释放的。

既然他们就像在战场上那样对待政治犯，当然，政治犯也就得采用同样的办法对付他们。军人总是生活在一种舆论环境中，这种舆论不仅为他们遮盖他们所有犯罪性质的行为，而且把这些行为说成是伟大的功勋；政治犯也是如此，他们团体所形成的同样的舆论环境也总是伴随着他们，正是有这样的舆论环境，他们冒着失去自由、性命和人生最珍贵的所有东西的危险所做的残酷事情，在他们看来，这不仅不是坏事，而且还是英勇的行为。这也使涅赫柳多夫弄清了一种奇怪的现象，为何一些生性极其善良的人，本不仅不忍心伤害活生生的动物，而且不忍心看到它们遭受困苦，而现在却能心安理得地去杀人，并且几乎所有的人都认为，在一定情况下，以杀人作为自我防卫和实现全民共同幸福这一伟大目标的手段，这是合理而又正当的。他们认为自己的事业十分伟大，因而自视甚高，那是由于政府把他们视为眼中钉，无情地惩罚他们而自然造成的。他们必须自视甚高，才能承受得起他们所遭受的一切磨难。

涅赫柳多夫对他们有了更深层次的了解之后，便看出他们并不像某些人所想象的那样全都是坏蛋，也不像另外一部分人所想象的那样全都是真正的英雄，而都是些普通人。和各个地方的人都一样，在他们当中同样有好人、坏人和不好不坏的人。他们中间有些人之所以成了革命者，是由于他们真心实意地认为自己有责任与现存的凶恶势力做斗争。但也还是有一部分人，他们选择革命活动的目的是出于利己主义和虚荣心。不过多数人参加革命，却像涅赫柳多夫在战争中常常见到的，是想冒冒风险，闯闯生死关，尝尝玩命的快乐，这种心情一般是精力十足的青年人所共同具有的。他们区别于一般人，胜过一般人的地方就是他们之间的道德标准要高于一般人当中所公认的道德标准。在他们之中，不仅认为必须具有清心寡欲、艰苦朴素、忠诚老实、大公无私这些必备的品德，而且认为必须时时刻刻准备为他们共同的事业牺牲一切，甚至献出他们宝贵的生命，这就是他们的本分。只因为如此，在这些人的中间，只要是高于一般水平的人，会远远地超过一般水平，成为罕见的德行高超的典范；而只要是在一般水平之下的人，会大大低于一般水平，往往会成为弄虚作假的、矫揉造作的，同时又自命不凡的、目空一切的人。所以涅赫柳多夫对他新近结识的这些朋友除了满怀尊敬之意外，还衷心热爱，而对别的那些新朋友，则依然十分冷淡。

第六章

涅赫柳多夫特别喜爱的是一个年轻的、得了肺痨病的男子克雷里佐夫，他和卡秋莎在同一个队里，被流放去服苦役。涅赫柳多夫在叶卡捷琳堡就跟他认识了，后来在路上又与他见过几次面，还与他交谈过。夏季，有一次，在旅站上，那恰巧是个休息的日子，涅赫柳多夫跟他在一起几乎打发了整整一天的时光，克雷里佐夫畅快地跟他聊天，对他讲了讲自己的身世，讲了讲自己如何成为革命者的。他入狱之前的经历很简单。他父亲是南方一个省的富裕的地主，在他还很小的时候就已死了。他是个独生子，母亲把他抚养成人。他无论念中学还是大学，学习都不吃力，大学毕业时以数学系第一名荣获了硕士学位。学校要他留校，并派到国外去深造。但是他犹豫不定。他当时爱上了一个姑娘，想和她结婚，想到地方自治会工作。他想做任何事，反倒不知该做哪件才对，以至于什么都确定不下来。这时有几个大学同学让他捐助些钱给公共事业。他知道这所谓的公共事业就是革命事业，当时他对这事还没有任何兴趣，但是出于同学的情谊和尊严，也怕别人说他胆小怕事，便捐助了钱。接受捐钱的人被抓走了。从那里搜出一张字条，从那张字条上看出来是克雷里佐夫捐的钱，他也被逮捕了。起初被关在警察分局里，后来便进了监狱。

“在我蹲的那所监狱里，”克雷里佐夫对涅赫柳多夫说道（他坐在高高的板床上，胸部凹进去，胳膊肘撑在膝盖上，只是偶尔用他那亮晶晶、火辣辣的聪明、和善、清秀的眼睛看一看涅赫柳多夫），“在那所监狱里管得还不是很严，我们不仅可以敲墙互通信息，甚至还可以在过道里来回走动，说说话，交换食品和烟草，到了晚上甚至能一起唱歌。我有一副好嗓子。是啊！要不是由于我母亲伤心，那么被关在监狱里，我觉得也挺好的，甚至觉得心情愉悦，非常有趣。而且我在那里认识了许多人，其中有赫赫有名的彼得洛夫（他后来在要塞里用玻璃割破喉咙自杀了），另外还认识了一些其他的人。但是我当时还并不是一个革命者。我跟在我隔壁牢房里关着的两人也认识了。他们都是由于携带波兰宣言案件[①]的传单被捕的，并且因为在被押往火车站途中企图逃脱而受审。一个是波兰人，姓罗钦斯基，另外一个是犹太人，姓洛佐夫斯基。是啊，那个洛佐夫斯基还是一个孩子。他说他十七岁，但是从外表看，最多也就十五岁。瘦瘦的，小小的，两只黑眼睛亮晶晶的，十分机灵，而且同所有的犹太人一样很有音乐天赋。他还在变声期，可是唱起歌来很优美动听。是的！我亲眼看到把他们带出去审讯。他们是在某一天的一个大早晨被带走的。直到傍晚他们才被押送了回来，说他们被判了死罪。谁都没想到竟发生了这种事。他们的案子那么轻，只是意欲从押解兵手里逃脱，基本没有伤害一个人。而且，竟然把洛佐夫斯基这样的一个小孩子给判处死刑，也实在有些太不公平公正了。所以我们这些关在牢里的人都认为这只不过是想吓唬吓唬他们而已，以为这样的判决是不会批准的。起初大家不安了一阵子，后来就平静了，日子依旧。然而有一天晚上，有一名看守来到我的牢门前面，诡秘地对我说，过来几个木匠，正在支搭绞架。我开始还不懂这是怎么回事儿，什么绞架不绞架呢？但是老看守非常

① 19世纪60年代起波兰王国进步的资产阶级和小贵族集团反对沙皇专制统治的起义运动。

慌张，所以我瞧了他一眼，才明白这实际上是为我们的那两个人准备的。我想敲敲墙壁，把这事告诉我的伙伴们，但又担心被那两个人听到。伙伴们也都一声不吭。显然，大家全都知道了。整整一个晚上，过道里和每个牢房里都像是死亡般的寂静。我们没有彼此敲墙来交谈，也没有唱歌。十点左右，老看守又来到我这里，对我说已经从莫斯科那边调过来了一个执行绞刑的刽子手。他说完就离开了。我就唤他，让他回来。猛然，我听到洛佐夫斯基在走廊对面他自己的牢房里向我喊道：'发生什么事了？您喊他有什么事情吗？'

我就扯了几句，说他是送烟草给我的，但是洛佐夫斯基像是猜到是什么事情了，就开始问我为何不唱歌，为何不敲墙壁交谈了。我不记得我对他都说了些什么，反正是急忙走开了，以免再和他说什么话。是啊！那天夜里真是太恐怖了。一整夜我都聚精会神地听着各种各样的声音。快到早晨的时候，我忽然听到过道的门打开了，有人，有许多人，走了进来。我站到牢门的小孔旁。过道上亮着一盏灯。第一个走来的是典狱双眉，带着果断的神气。再后面便是一个卫兵。他们从我的牢房门前走过去，在旁边的牢房门口停了下来。我听到副典狱长声音怪了吧唧地叫喊道：'罗钦斯基，站起来，穿上你的洁净衣服。'是的。接着我就听到那边的牢门咣当一响，他们走到他的身边，随后我就听到罗钦斯基的脚步声：他正在走向过道的另一端。我只能看到典狱长一人。他站在那里，面色惨白，把衣服的扣子解开又扣上，不停地耸着他的肩膀。是啊！突然，他好像害怕什么东西一样，往旁边闪了闪。原来罗钦斯基从他身边经过，来到我的门口。要知道，那是个帅气的小伙子呀！一张很漂亮的波兰人的脸型，饱满的天庭，一头浓密卷曲的金黄头发，一双清秀的淡蓝眼睛。这是一个风华正茂，身强力壮的小伙子。他站在我的牢门小孔前，所以我看得到他的整个脸庞。那是一张很恐怖的、瘦削的、惨白的脸。他问：'克雷里佐夫，有香烟吗？'我刚想递给他一支烟，但是副典狱长如同怕耽误了时间一样，掏出自己的烟盒递给他。他抽出一支烟来，副典狱长又帮他点上。他吸起烟来，好像在思索什么问题。后来，他似乎又想到了什么事情，张口说道：‘这种事太无情、太残忍、太不公正了！我没有犯过任何罪。我……’我的双眼一直盯着他那白嫩的脖子，就看见他的喉咙颤抖起来，他说不下去了。是啊！这时我听见洛佐夫斯基在过道上用尖细的犹太人嗓子嚷嚷着什么。罗钦斯基扔掉手中的烟头，离开了我的门口。于是，洛佐夫斯基又出现在我的牢门小孔里。他那张孩子般的脸红红的，汗津津的，一双湿润的黑眼睛。他也穿上了整洁的衬衫，但长裤却是太松了，两只手不停地把裤子往上提，浑身上下直打战。他把他那张可怜巴巴的小脸凑到我的小窗洞来，说：‘阿纳托里·彼得洛维奇，医生给我开了润肺汤药，是吗？我身体不舒服，还要再喝些润肺汤药。’谁都没有理他，于是他就以征询的目光，一会儿看看我，一会儿看看典狱长。他到底想说什么呢，我始终都没有弄清楚。是啊！突然，副狱长立刻沉下脸来，又用一种刺耳的尖嗓门儿厉声叫喊道：‘逗什么乐子？快走吧！’洛佐夫斯基很显然弄不懂等待他的究竟是什么。他好像要抢先似的顺着过道走去，几乎跑在所有人的前边。但后来，他又突然停了下来，我听到他的尖叫声和哭喊声。那边就传来一片喧闹和脚步声。他尖厉地叫喊，哭叫。后来，声音就渐行渐远了，过道的门哐啷响了一下，接下来一切都沉静了下来……是啊！他们就这样被绞死了。两个人都是被绳子勒死的。另外有一个看守目睹了这一场面，对我说罗钦斯基没有任何反抗，但是洛佐夫斯基却挣扎了好半天，他们只好强迫着把他拽上了绞架，硬把他的头套进绳套里。是的！那个看守是一个傻乎乎的狗东西。他说：‘老爷，他们都对我说，这事很惊恐。其实也没有什么可怕的。他们被绞死时，只是肩膀这样动了两下而已。’他说完，做了一下样子，肩膀怎么抽搐着耸上去，然后又怎样耷拉下来，‘后来刽子手又拉了拉绳子，那是为了把绳套拉得更紧些，这就完了，他们也不再动了。一点都不惊恐。’”克雷里佐夫把看守的话又重复了一遍，他原本想笑的，但最终没笑出来，反而放声大哭起来。

之后他老半天沉默不言，吃力地喘着粗气，把涌到喉咙里的泪水强行咽了下去。

“从那时开始，我就成了一个真正的革命者。是的。”他冷静下来说，然后又简短地讲了讲后来的经历。

他加入了民意党，甚至还当上了破坏小组的头头儿，专门对政府采取恐怖手段，迫使政府放弃行使权力，把权力交给人民掌握。他怀着这个目的到处奔波，有时去彼得堡，有时去国外，有时去基辅，有时去敖德萨，并一次又一次地获取了胜利。后来，有一个人，他原本以为是完全信得过的，却出卖了他。就这样他也被逮捕了，受到审讯，在狱中关了整两年，结果也要被处死，后来改为终身服苦役。

他在监狱里得了肺痨。现在，他在这样的环境下，显然只剩下几个月的光景了。这一点他心里非常清楚，但是他并不懊悔自己的所作所为，而且还说，如果能再有一次生命，他还会用它来干那些事情的，那就是破坏这种万恶的社会制度，杜绝他所看到的那些事情再次发生。

这个人的经历以及涅赫柳多夫与他的来往，使涅赫柳多夫懂得了许多以前一直没弄懂的事儿。

第七章

在押解官和犯人离开旅站之前，恰好是那个孩子和押解官发生矛盾的当天，歇在客店里的涅赫柳多夫醒得很晚，起床后又坐下来写了几封信，准备拿到省城去寄，因此他从客店动身比平时晚了一些，也没有像往常那样在路上追赶队伍，而是直接来到犯人过夜的村子，这时已是黄昏了。村庄里有一家客店，开店的是个年迈的、身体肥胖、长着特别粗的白脖子的老寡妇，涅赫柳多夫在这里烤干衣服后，又在一间挂着很多圣像和图画的干净房间里喝足了茶，便赶紧去旅站找押解官，请他准许他去见玛丝洛娃一面。

在过去的六处旅站上，虽然押解官不断更换，但是一律禁止涅赫柳多夫进入旅站的房间里，因此他已经有一个多星期没有见到卡秋莎了。之所以弄得这么严格，是由于有一个主管监狱的大官要从这里路过。但是此时，那个长官已经从这儿过去了，对这些不起眼儿的旅站连看都没看一眼。因此涅赫柳多夫就希望今天早上接管这批犯人的押解官也像以前那些军官一样能批准他和犯人见面。

客店的女老板劝涅赫柳多夫还是乘坐一辆四轮马车去村尾的小旅站，然而涅赫柳多夫情愿步行去。一个年轻的茶房给他领路，这个小伙子肩膀宽宽的，像个大力士，脚上穿着一双刚刚擦过油的焦油味儿还很重的大皮靴。此刻空中弥漫着浓雾，大地上黑沉沉的，那个小伙子在窗内的灯光照不出来的地方只要走出三步，涅赫柳多夫就看不到他了，只能听见他那双大皮靴踩在厚厚的泥泞里，咕叽咕叽地作响。

涅赫柳多夫跟在领路人的后面穿过教堂前的广场，来到一条长长的街道上，街道两边房屋的窗户里灯火通明，穿过长街，来到黑漆漆的村边。但很快，在这片黑暗中就出现了亮光，那是旅站周围点的一些灯笼透过浓浓的雾气照射出来的。这些淡红色的光点越来越大，也愈来愈亮。渐渐地，围栏的木柱和来回走动的哨兵的黑影、漆成斜条纹的木柱和亭子，都隐隐约约地看得见了。哨兵看到有人走了过来，就用往常的声音叫喊一声："谁？"当他发现来的不是自己人时，就变得十分严厉了，坚决不许他们在栅栏跟前逗留。但是给涅赫柳多夫领路的人看到哨兵如此严酷的态度，也不怎么惶恐。

"哎，你这小子呀，脾气还挺大！"他对那个哨兵说，"把你们的头儿叫出来，我们在这里等他。"

那哨兵没吱声，只是朝栅栏门里面喊了几声，便停住脚步，目不转睛地看着那个宽肩膀的小伙子在路灯的照耀下用小木片刮掉涅赫柳多夫靴子上粘的那些泥土。从栅栏木桩里面传来男男女女嘈杂的说话声。过了三分钟光景，传来了铁板的声音，栅栏的门当啷一声被打开了，哨兵队长身披军大衣从黑暗中走到灯光下，问他们有何事儿。涅赫柳多夫交给他一张之前准备好的名片，还附上了一张字条，上面写清楚了有私事求见，并且请求他把它们转交给押解官。队长不像哨兵那样严厉，但特别喜欢刨根问底。他非得要知道涅赫柳多夫有何事要见押解官，涅赫柳多夫到底是个怎样的人。显然，他是闻到有甜头儿，不肯错失良机。涅赫柳多夫说他有一件特殊的事情，又说会表示感谢的，请求他把字条给转交上去。队长于是就接过字条，点点头走了。他走后不一会儿，栅栏门又当啷响了，从里面走出来几个女人，手里拿着篮子、树皮篮、牛奶壶和背袋。她们一边跨过栅栏门的门槛儿往外走，一边用她们西伯利亚的地方方言在大声说着话。她们都不是农村人的打扮，而是像城里人那样，身穿大衣和皮袄。她们把裙裾掖得老高，头上裹着头巾，她们借着路灯的亮光好奇地看着涅赫柳多夫和为他领路的人。其中一个女人看到这个肩膀宽阔的小伙子，显然很开心，立即用西伯利亚的话语亲切地骂起他来。

“你这林妖，来这儿干什么，该死的？”她对他说道。

“这不是，我是送一个客人到这儿来的。”小伙子回答道。

“你送什么东西来了？”

“牛奶做的吃食儿。他们要我们明天早上再送来一些呢。”

“那，他们没让你留下来过夜吗？”小伙子问。

“让你死于无常，胡乱瞎扯的狗东西！”她笑着骂道。

“咱们一起回村子里去吧，你也送送我们。”

那领路人又对她说了两句挑逗的话，不仅引得女人们都笑起来，连哨兵也乐了。接着，他转过身子对涅赫柳多夫说道：

“怎么样，您一个人回去行吗？不会迷路吧？”

“行的，我能找得到，认识路。”

“您穿过教堂，从那座两层楼房开始算，右侧的第二家就是了。嗯，您带上这个长棍子吧。”他说着，便把他拄着走路的一根高过他的长棍子递给了涅赫柳多夫。之后，他便咕叽咕叽地拖着他的大皮靴，和那几个女人一同消失在黑暗中。栅栏门又响了，队长从门里走出来，请涅赫柳多夫跟他一块儿去见押解官。这时还能听见小伙子在夜雾之中的说话声，其间还夹杂着女人的谈话声。

第八章

这家小旅站的布局与西伯利亚沿途每一个大大小小的旅站相同：院子周围用很多尖头圆木柱围着，里面有三座平房。最大的一座装有铁格窗户，是住犯人的。另外一座里面住着押解队的成员。第三座里面住着押解官，并且还设有一间办公室。此刻这三座房子里都灯火通明。这种景象，特别是在这个旅站里，往往让人产生一种错觉，以为这是什么好现象，在这些明亮的房间里面一定既漂亮又舒服。每座房子的门廊前都还亮着路灯，墙边还有五盏路灯，把整个院子照得分外明亮。一个军士带着涅赫柳多夫穿过用木板铺的一条路，来到最小的一座房子的台阶前。登上三级台阶，便让涅赫柳多夫走到自己的前面，进入点着一盏小灯、弥漫着木炭烟味儿的前室。一个士兵穿着粗布衬衣和黑色的长裤，还系着领带。弯着腰站在火炉边，一只脚穿着高筒黄靴，拿着另一只靴筒子给茶炊扇风。那士兵看到涅赫柳多夫后，便丢下茶炊，帮涅赫柳多夫脱下他的皮革制大衣，就走进内室。

“他到了，长官。”

“嗯，让他进来吧！”一个怒气十足的声音说道。

“请您进来吧。”那士兵说完，就又扇茶炊去了。

在点着一盏吊灯的内室里，坐着一个军官，面色通红，长长的淡黄色唇髭，身上穿一件奥地利式的短大衣，紧紧地裹住他那宽大的胸膛和肩膀。跟前铺着桌布的桌子上，还放着吃剩的饭菜和两个空酒瓶。在这个暖和的内室里，除了烟草味之外，还弥漫着一种浓烈的难闻的劣质香水的气味。押解官看到涅赫柳多夫进来，欠了欠身子，带着好像讽刺而困惑的神色盯着这个进来的人。

“您有什么事吗？”他问过，却不等对方回答，就冲门外叫嚷了起来，

“别尔诺夫！茶炊到底何时才能给生好哇？”

“马上就好。”

“我这就给你点颜色看看，好让你记住！”押解官翻了翻眼睛，喝道。

“来了！”那士兵嘴里喊着，手里端着茶炊走了进来。

涅赫柳多夫等着士兵把茶炊摆放好（押解官一直在用恶狠狠的小眼睛盯着士兵，好像要瞅准什么地方好打他）。等摆放好后，押解官就开始煮茶。然后从旅行食品箱里拿出一瓶方形玻璃瓶装的白兰地和一些阿尔伯特的夹心饼干。他把这些东西全都放到桌上之后，才转过身来对涅赫柳多夫说道：

“您有什么事要我为您效力呢？”

“我请求您批准我去见一个女犯人。”涅赫柳多夫还没坐下来，就说。

“是政治犯吗？这是法律禁止的呀。”押解官说。

“不是政治犯。”涅赫柳多夫说。

“哦，那您坐下来说吧。”押解官说。

涅赫柳多夫便坐了下来。

“她不是政治犯，”他又说了一遍，“但是根据我的请求，上面的长官已经批准她和那些政治犯一起走……”

“哦，我知道，”押解官打断他的话说，“是那个小小的，头发黑黑的女人吧？好，可以准许您去。您抽烟吗？”

他把那盒纸烟往涅赫柳多夫跟前推了推，郑重其事地倒了两杯茶水，把一杯推到涅赫柳多夫的面前。

“您请用吧。”他说。

“多谢。但是我很想见见……”

“夜还长呢。您有足够的时间。我派人去把她带来与您见面就是了。”

“但是能不能不让她来，让我去他们的住所看望她可以吗？”涅赫柳多夫说。

“去政治犯那里？法律上是禁止的。”

“我已经获准去过不止一次了。或者可以说，如果您怕我通过她给政治犯转交什么东西的话，那么我可以不去。”

“哦，那不可以，她要被我们搜身的。”押解官说过，发出一阵叫人不愉快的笑声。

“那么，您可以先搜查我一下嘛。”

“嗯，不搜也行。”押解官说着，拿起开了瓶塞的酒瓶，送到涅赫柳多夫的茶杯边，“喝一点，怎么样？哦，随您便。不管是谁，只要是长年住在西伯利亚这个地方的人，若能见到一个有教养的人，就会兴奋不已的。老实说，干我们这一行，您也知道，实在是太苦了。一个人本来已经过惯了一种日子，现在却来过这种日子，那真是够受的。您知道吗，人家对我们这些人还有很大的看法，一提到押解官什么的，不用说，那肯定是一个粗鲁、没有教养的人，但是他们也不想想：也许有人天生不是干这个的呢。”

这个押解官那通红的脸、难闻的香水味、戒指，尤其是他那令人讨厌的笑声，令涅赫柳多夫非常厌烦。但就在此时，他仍然像在旅行的整个阶段一样，怀着一种郑重待人和关怀人的心情，在这样的心情之下，他不敢用任何傲慢轻蔑的态度对待任何一个人，而且认为同任何人说话都一定“把心掏出来”，这是他给自己确定的对待人的态度标准。涅赫柳多夫听了押解官的此番话，并见识了押解官的精神状态，以为他是由于参与折磨他手下的犯人而心情不好，就郑重地说：

“我认为，凭您的职位，是可以减轻犯人的痛苦，并从中得到安慰的。”

“他们有什么痛苦？他们本来就是这样的人。”

“他们没有什么与众不同的地方，”涅赫柳多夫说，“他们和我们都一样。当中也有被冤枉的人呢。”

“当然，他们当中存在各式各样的人。自然，很可怜。别的押解官绝不会掉以轻心的。但是我，只要能做到的，总是尽量降低他们的苦楚。情愿自己受罪，也不想让他们多受苦。别的押解官一遇到点儿什么事，立即就依照法律办事，要不然就直接开枪，但是我总是怜悯他们，下不了手。还要再为您倒些茶吗？您再喝些吧。”他说着，又为涅赫柳多夫倒上茶。“她，您想要见的那个女人，到底是个怎么样的人呢？”

他问。

“她是个可怜的女人，沦落到一家妓院，后来在那里受到了指控，说她犯了投毒害人的罪。事实上她是个挺好的女人。”涅赫柳多夫说道。

押解官摇了摇头。

“是啊，这类事是经常发生的。不瞒您说，在喀山就有一个这样的女人，名叫爱玛。她是匈牙利人，却长着一双地道的波斯人的大眼睛，”他继续说着，一想起这件事就不由自主地笑起来，“她那可真是魅力四射啊，简直可以与那些伯爵夫人相媲美……”

涅赫柳多夫打断押解官的话，转到正题上来。

“我认为，趁他们现在还归您管，您可以宽松一下那些人的处境。毫无疑问，您要是这么做了，肯定会很高兴的。”涅赫柳多夫尽可能把话说得清楚易懂一些，就像跟外国人或小孩儿说话似的。

押解官用一双闪闪发光的眼睛一直盯着涅赫柳多夫，显然急不可待地等着他把话讲完，这样他就好继续讲那个波斯眼睛的匈牙利女人的故事了。很显然，那个女人在他的脑海中已经活灵活现地浮现了，把他的注意力全部都吸引了过去。

“对，确实是这样的，您说得完全正确，”他说，“我确实很可怜他们。但是我很想和您说说那个爱玛的事。您猜她做了何事？……”

“我对这些事情不感兴趣，”涅赫柳多夫说，“我坦白告诉您说，虽然我自己以前也是另一类人，但是现在我可是厌恶这种对待女人的态度。”

押解官吃惊地看了看涅赫柳多夫。

“那您再喝些茶吧？”他说。

“不用了，多谢。”

“别尔诺夫！”押解官又叫喊道，“你领这位先生去见瓦库罗夫。你就对他说，让这位先生去那个单独囚禁着政治犯的牢房里，可以让他在那里一直待到点名为止。”

第九章

涅赫柳多夫在传令兵的带领下走了出去，又来到几盏路灯发出来的微弱的红光照射着的昏暗的院子里。

“上哪去？”一个押解兵迎面走了过来，问带领涅赫柳多夫的传令兵。

“去隔离室，五号牢房。”

“这不能过去，早锁上了。要走那个门厅。”

“为什么要上锁呢？”

“队长锁的，他去村子里了。”“好吧，那您就走这边吧。”

传令兵带着涅赫柳多夫走向另外一个门廊，踩着木板，来到另一个台阶前。刚才他们在院子里，就听到了嗡嗡的说话声和人们走动的声音，像是一窝十分兴旺、正准备分群的蜜蜂。但是等涅赫柳多夫走近了，门一开，这嗡嗡声自然就更大了，一下子变成了叫嚷、谩骂、喧闹，还听见镣铐的哐当声，空中弥漫着他熟悉的那种浓浓的粪便和焦油的恶臭味道。

这两样感受在涅赫柳多夫身上往往聚集成一种精神上的恶心难受的感觉，并且正慢慢变成生理上的恶心感。这两样感受混杂在一起，还在相互促进。

此刻涅赫柳多夫走进了这个小旅站的门廊，那儿放着一个臭气熏天的大木桶，即“马桶”。涅赫柳多夫头一眼看见的就是一个女人坐在这个木桶上面。她的对面还站着个剃了半边头的男子，歪戴着那顶薄饼般的帽子。他们正聊得很起劲儿呢。男犯人一看到涅赫柳多夫过来，就挤了挤一只眼儿，说道："即便是沙皇也管不住人屎尿啊！"而那个女人则放下长囚衣的下摆来，并且垂下了头。

从前堂向里面走是条过道。过道两边的牢房门都开着。第一间是带着家眷犯人的牢房，第二间是单身犯人的大牢房。过道顶头还有两间小牢房，是专门提供给政治犯住的。旅站里的这个住房原来限定人数为一百五十人，但现在却住进去四百五十个人，所以异常的拥挤，犯人在牢房里住不下，甚至把过道也挤满了。有些人坐在地上或躺着，有些人提着空茶壶或者装满水的茶壶进进出出。塔拉斯就夹在这群人中间。他追上涅赫柳多夫，热情地同他打招呼。塔拉斯那张友善的脸变得更难看了，由于他鼻子上和眼睛下面添了好几处乌青块。

"你这是怎么了？"涅赫柳多夫问。

"出了点事儿。"塔拉斯笑着说道。

"他们经常打架斗殴。"押解兵不屑一顾地说。

"全都是因为那些娘儿们，"一个跟在他们后边的男犯人加上了一句，"他曾和瞎了一只眼的菲特卡打了一架。"

"菲多霞如何呢？"涅赫柳多夫问道。

"她没事，身体挺好的。瞧，我这就是打开水给她沏茶的。"塔拉斯说过，便走进带家属的牢房里。

涅赫柳多夫朝这个牢房的门里探望了一下。整间牢房，在板铺的上上下下，全都挤满了男男女女。牢房里充斥着水蒸气，那是晾着的湿衣服散发出来的。女人的叫嚷声永不停歇。再过去一个门便是单身犯人的牢房。这个牢房里更加拥挤，连房门前和门外的过道上也挤满了一群群吵闹不休的穿着潮湿的囚服的犯人，在分配什么东西，也许是在算什么。押解兵就对涅赫柳多夫解释道，这是犯人的头儿在算着开支账目或输掉的钱，原来监狱里面有个开设赌场的犯人，借给其他犯人的钱，其他犯人欠他的钱，都是用纸牌剪成纸片做借据的，现在头儿依据纸片从犯人们的伙食费中扣出钱来偿还赌债。那些站得比较近的犯人一看见押解兵和一位老爷走了过来，便默不作声了，很反感地打量着那两个经过这儿的人。在分钱的那些人中间，涅赫柳多夫发现了他认识的苦役犯菲道罗夫。他身边总是带着一个拧着眉毛的年纪轻轻的小伙子，这小伙子皮肤白净，好像是浮肿的可怜兮兮的样子。另外，他还看见一个令人讨厌的、满脸大麻子的、烂鼻的流浪汉，这个人是出了名的，听说有一次他在逃到原始大森林的时候，把一个伙伴给杀死了，还吃掉他身上的肉。流浪汉站在过道里，把潮湿的囚服放在一个肩头上，嘲讽而又蛮横地瞅着涅赫柳多夫，没有让路。涅赫柳多夫便从他身边绕着走了过去。

尽管涅赫柳多夫见惯了这样的场面，尽管在接连的这三个月当中他在很多各不相同的情景下常常看到这四百名刑事犯，例如在大热天里，他们拖着脚镣在尘土飞扬的大道上行进的时候，或是在沿途休息的时候，在天气暖和的时候他们相互之间发生公开淫乱的恐怖场景时，他都看见过。虽然这样，但他每次来到他们的中间，都会像现在一样，当他们把注意力都投到他的身上，还是会产生一种痛楚的愧疚感和内疚感。最让他难受的是，他心中除了愧疚和内疚之外，还掺杂着难以克制的反感和恐惧感。他明明清楚他们是现实环境所迫，但话虽如此，他还是难以排除自己对他们的一些嫌恶感。

“他们倒挺舒服的，这些寄生虫！”涅赫柳多夫已经快要走到政治犯的牢房门口，却听到身后有人这样说，“这些鬼东西，他们能做些什么事呢？不管怎样，他们的肚子是绝不会疼的。”另一个嘶哑的声音紧接着又骂了一句更加不堪入耳的话。

随即便从人群中传出一阵不友好的、带有嘲弄意味的哄笑声。

第十章

陪着涅赫柳多夫的押解兵，在过了单身犯人的牢房时，就对他说会在点名之前再过来接他，说过之后就转身走了。那押解兵刚离开，就有一个男犯人光着脚，拿着镣铐上的链子，快步来到涅赫柳多夫跟前，同时带来一股浓浓的汗臭味，然后压低嗓门，偷偷地对他说道：

“您出面管管吧，老爷。那个小伙子已经上当了。人家已把他灌得不省人事了。今天早上交接犯人的时候，他已经冒名顶替，自称是卡尔马诺夫。您出面管管他吧，我们管不了的，否则他们会把我们都打死。”那男犯人一面心神不定地向四周张望了一下，一面说，说完就立马从涅赫柳多夫身旁溜走了。

事情是这样的：有个苦役犯姓卡尔马诺夫，怂恿一个和他面貌很相近的、被判处终身流放的小伙子与他调换了姓名，这么一来这个苦役犯就可以改成流放犯了，而那小伙子却要代他去做苦役。

涅赫柳多夫已经知道了这件事情，因为之前那个犯人，在一个星期以前就把这种交换的事跟他说过了。涅赫柳多夫只点了点头，说他已经听明白了，他会竭尽全力去办的。接着他头也不回就径直朝前走了去。

在叶卡捷琳堡时，涅赫柳多夫就认识这个犯人了，那时他曾请涅赫柳多夫为他去说情，请上级准许他的妻子跟他一起去。涅赫柳多夫对他的要求感到惊讶。这人中等身材，从相貌上看是个最普通的农民，三十岁光景，因为犯图财害命罪被判服苦役。他的名字叫马卡尔·捷弗金。他犯罪的过程很奇怪。据他本人对涅赫柳多夫讲的，这个罪与他马卡尔无关，而是他，魔鬼，干的。依照他的说法，开始是有个过路人找到马卡尔的父亲，愿意出两个卢布要马卡尔的父亲用雪橇把他给送到四十俄里外的某个村子里。马卡尔的父亲就嘱咐他赶车去送这个过路人。马卡尔套好雪橇，穿上外衣，就和过路人一块儿喝起茶来。过路人在喝茶时聊起来，说他是回家结婚的，身上还带着从莫斯科挣到的五百个卢布。马卡尔听完这些话后，便来到外面的院子里，找来一柄斧子，藏到雪橇的草垫底下。

“连我自己都不明白为何要带上那把斧头，”他说道，“好像有一个声音在对我说：‘你拿上那斧子吧。’于是我就拿上它了。我们坐在那辆雪橇上，就出发了。我们一路上，什么事也没有发生。我本来已忘记了那把斧头。就在我们快要到那个村庄，只剩下六俄里路时，我们的雪橇从乡间土路上转弯，行驶在了大路上，向山坡上爬去。我就下了雪橇，跟在后面走，可是他又低声说道：‘你到底还在迟疑什么啊？等上了坡，大路上到处都有人，前边就是村庄了。他就会带着钱离开的。你要干，必须此时快下手，不能再等了。’我便弯下了身子装作要收拾一下雪橇上的草垫，而那把斧子如同自动跳到我手中一样。那人回头瞅了我一眼。‘你想干什么呀？’他说。我抡起斧子，就想劈下去。但他却是一个机灵人，霍地跳下了雪橇，抓住了我的双手。‘你这浑蛋到底要干什么？……’他说。他把我推倒在雪地上，我也不反抗了，任他摆布。他用一条宽腰带绑住我的双手，把我丢到雪橇上。很快就把我送到了区警察局。之后我就被关进了监狱，受审时我的村社来帮我说话，说我是一个好人，从来没有做过任何坏事。雇我做事的东家也替我说好话。但是我没有钱去请律师，”马卡尔说，“因此法庭就判我去服四年的苦役。”

现在就是此人想要解救他的一个同乡。虽然他很清楚自己一旦说出那件事情来，就会危及生命，可他还是把这个犯人中的秘密告诉了涅赫柳多夫，要是他们知道了这件事是他干的，一定会就此把他活生生地勒死。

第十一章

政治犯的住所是两间小小的牢房，门朝着被隔开的那一截过道。涅赫柳多夫一走进这一截过道，所看到的第一个人就是希蒙森了。希蒙森身上穿着短外衣，手中攥着一段松木劈柴，蹲在生着火的火炉旁，炉门被热气抽进去，不住地颤动着。

希蒙森看到涅赫柳多夫，没有站起身来。他那两道突起的浓浓的眉毛下面的双眼从下朝上望着他，并把手伸出去和他握了握手。

“我很高兴您到这里来。刚好很想见见您。”他直视着涅赫柳多夫的眼睛，带着意味深长的神情说。

“究竟有何事啊？”涅赫柳多夫问道。

“等一会儿我再告诉您吧。我现在挺忙的。”

于是希蒙森继续生他的炉子，他是按照自己那套尽可能减少热能消耗的特殊原理来生炉子。

涅赫柳多夫刚要进一扇门，玛丝洛娃却从另外一扇门里出来了，她手里拿着扫帚，弯着腰，正把一大堆的垃圾和尘土朝炉子那儿扫去。她身上穿着白色的短上衣，把裙子的下襟塞进腰里去，脚穿长筒袜。为了遮盖灰尘，她头上还扎了一块白头巾，一直包到眼眉那里。她一看见涅赫柳多夫，就站直了身子，脸涨得红通通的，神态可人。她放下扫帚，在裙子上擦了一下手，红着脸，很高兴地挺直身子在他面前站好。

“您是在打扫房间吗？”涅赫柳多夫说着，便把手伸过去跟她握手。

“是的，这是我的老本行了。”她说着，又微微笑了起来。“这里脏得实在无法忍受。我们一遍遍地在打扫。如何？那条方格毛毯烤干了没有啊？”她转过身子问希蒙森。

“就快干了。”希蒙森用一种特别的目光看着她说，这令涅赫柳多夫不由得感到吃惊。

“哦，那么我等会儿再来取吧，我干脆把皮袄也带来一起烤干。我们的人全在这里面呢。”她指着近处的一扇门对涅赫柳多夫说道，她自己却走向远些的那一扇门。

涅赫柳多夫推开房门，走进了一个不大的牢房。很低的板铺上面点着一盏小小的铁皮油灯，光线很微弱。牢房阴暗、寒冷，空气中还弥漫着尘埃未定的气味儿，以及潮气和烟草的味道。铁皮灯只照亮了周围的一小圈地方，板铺依旧处在阴暗之中，墙上游动着有些晃动的影子。

在这个不大的牢房里，除了负责管理伙食的两个男犯人到外面去打开水和买食物之外，其余的人都在。这里有涅赫柳多夫老早就认识的薇拉·叶夫列摩芙娜，她又瘦又黄，穿着灰色上衣，头发剪得短短的，额头上露出一根粗粗的青筋，一双大眼睛流露着惊慌的神气。她端坐在一张摊开的报纸对面，报纸上撒了不少烟草，她正麻利地把那烟屑塞入带嘴纸烟的纸筒里面。

这里还有一个女政治犯，她是令涅赫柳多夫有好感的其中一个。她的名字叫爱米莉·兰采娃，负责管理内务，给涅赫柳多夫的印象是：即使在最艰苦的条件下，她也能从内务上展现出自己的持家本领和魅力。她这会儿坐在油灯前，挽起袖筒，用她那晒得黑黑的、漂亮的、灵活的双手擦拭着带柄的杯子和茶盅，然后把它们一一放在铺着一个手巾的板铺上。兰采娃是个长得并不算太漂亮动人的年轻女人，但脸上却透着聪慧而又温柔的表情，并且有一个特征：她每次微笑的时候，那张脸就猛地改变了模样，变得又高兴、又可爱、又迷人。如今她就是用这样的笑来迎接涅赫柳多夫的。

“我们还以为您回俄罗斯，不再来了呢。”她说。

玛丽娅·帕甫罗芙娜也在这里呢，坐在较远的一个阴暗的角落里，正为那个淡黄头发的小女孩忙着手里的事，那女孩用她那可爱的童音咿咿呀呀不停地说着什么。

“您来了，这实在是太好了。您看过卡秋莎了吧？”玛丽娅·帕甫罗芙娜问涅赫柳多夫。“您看，我们这里来了个多好的小客人呀。”她指指小女孩说。

这儿还有阿纳托里·克雷里佐夫。他就盘腿坐在远处一个角落里的板铺上，佝偻着身子，穿着毡鞋，把双手插在皮袄的袖管里面，脸色惨白且消瘦，浑身打着哆嗦，用那双得了热病的眼睛凝视着涅赫柳多夫。涅赫柳多夫正要朝他这边走过来，可是他看见房门的右侧，坐着一个长着浅棕卷发的男犯人，戴着眼镜，身上穿着橡胶上衣，那人一边在背包里翻着什么东西，一边和相貌英俊的、笑嘻嘻的戈拉别茨说着话。这个人就是赫赫有名的革命家诺弗德沃洛夫。涅赫柳多夫连忙同他打招呼。涅赫柳多夫之所以特别急着跟他打招呼，是因为在这批政治犯中，他唯一厌恶的就是这个人。诺弗德沃洛夫闪动着浅蓝的眼睛，从眼镜里瞧着涅赫柳多夫，便紧蹙着双眉，向他伸出瘦长的手来。

“怎样，旅行还算愉快吗？”他分明是带着嘲弄的口吻在说。

“是的，是有很多有意思的事情。”涅赫柳多夫装作没听出他的什么讽刺来，只是把它当作一句客套话。他说完之后，就向克雷里佐夫那儿走了过去。

涅赫柳多夫表面上看起来若无其事，其实心中对诺弗德沃洛夫却不是没有疙瘩的。诺弗德沃洛夫故意说的令人不快的话以及做出那令人生气的事的意图，破坏了涅赫柳多夫本来的良好心境。他觉得很是懊丧和气愤。

“怎样，您的身体好些没呀？”他握着克雷里佐夫伸来的那只冰冰的、颤抖的手说。“没事，只是身上发冷而已，我身上的衣服全都湿了。”克雷里佐夫说着，赶紧又把手揣进了皮袄的袖管里，“这儿也冷得要死。看，窗户上的玻璃都碎了。”他指着铁格里边那两处被打坏的玻璃窗，“您怎么好久没来啦？”

“他们一直不放我进来，那些当官的非常严厉。只有今天这个押解官还比较温和一些。”

“哼，还温和呢！”克雷里佐夫说道，“您去问一下玛莎，他今天清晨做什么了。”

玛丽娅. 帕甫罗芙娜没有从她自己的座位上站起来，就讲起了今天早上从旅站出发时，因为这小女孩发生的事。

“照我看来，一定要表示全体抗议才可以。”薇拉·叶夫列摩芙娜断然地说道，同时又犹豫而害怕地瞧了瞧这个人的脸，又瞧了瞧那个人的脸，“弗拉基米尔曾抗议过了，但是那还不够。”

“还说什么抗议不抗议啊？”克雷里佐夫恼火地皱起双眉说道。当然，薇拉·叶夫列摩芙娜的装模作样、说话矫揉造作和神经质，早就使他很恼火了。“您是来找卡秋莎的吧？”他转过脸来对涅赫柳多夫说道，“她一直在干活儿，打扫这间屋子、我们男犯人的屋子，她都给打扫干净了，此刻去打扫女犯的房间了。但就是那些跳蚤扫不掉，咬得人心里慌慌的。玛丽娅在那边干什么呢？”他用头示意玛丽娅·帕甫罗芙娜所在的那个角落，问道。

“她正在给她收养的那小女孩梳头呢。”兰采娃说。

“那么她不会把虱子招引到我们的身上来吧？”克雷里佐夫说。

“不会的，不会的，我很细心的。她现在可干净多了。”玛丽娅·帕甫罗芙娜说着，“您带她去吧，”她转过身子去对兰采娃说，“我去给卡秋莎帮忙。还要把那条方格毛毯带回来。”

兰采娃把小女孩抱了过去，用母性的慈爱把孩子的两只赤裸的胖嘟嘟的小胳膊紧贴在自己的胸口上，让她坐在自己的膝盖上，又给了她一块糖吃。

玛丽娅·帕甫罗芙娜离开了。她一离开，那两名管生活的男犯人拎着开水和食物，就回到牢房里来了。

第十二章

进来的两个人中一位是个头不高、骨瘦如柴，穿着一件有挂面的羊皮袄，脚蹬一双高筒靴子的年轻人。他手里拎着两壶热气腾腾的开水，腋下夹着一块用头巾包起来的大面包，很轻快地走了进来。

“哎呀，原来是我们的公爵来啦。”他说完，把茶壶放在那些茶杯的中间，把面包递给了玛丝洛娃[①]，“我们买了一些很好的东西。”他说着，把皮袄脱掉，从大家的头顶上扔到板床的角落里，“马克尔买了牛奶和鸡蛋。今天简直可以开个舞会了。啊，基里洛芙娜[②]总是把屋子收拾得那么的干净整洁，那么的漂亮。”他笑呵呵地看着兰采娃说道。“来，现在你来这沏茶吧。”他转过身子对她说。

此人的整个外貌，不论是举动、说话的腔调还是眼神，都透露着勃勃生机和愉悦的气氛。进来的另外一个人却是刚好相反，一副忧郁而低沉的样子。他的个子也不太高，瘦骨嶙峋，那苍白的瘦脸上凸出两块高高的颧骨，有两只离得很远的清秀的淡绿色眼睛以及薄薄的嘴唇。

他身穿一件旧棉大衣，皮靴外边还穿了一双雨鞋。他手里拎着两个瓦罐和两只树皮篮子。他把所有的东西都放到了兰采娃跟前，

① 英文中译为“兰采娃”。

② 兰采娃的父名。

就朝涅赫柳多夫弯了弯脖子，就这样对涅赫柳多夫点了一下头，但眼睛却一直在打量着涅赫柳多夫。然后，他又勉勉强强地伸出一只汗津津的手来跟他握手，随后慢悠悠地从篮子里取出吃的食物，并把它们整齐地摆放好。

这两个政治犯都是农民背景。前一个是农民纳巴托夫，后一个是工厂工人马克尔·昆德拉吉耶夫。马克尔三十五岁时才参加的革命活动，而纳巴托夫十八岁时就已经成为其中的一员了。纳巴托夫原本毕业于乡村学校，由于智慧卓越而考上了中学，后来一直靠做家教维持生计，中学毕业时，荣获金质奖章，但是他没去上大学，因为他还在念七年级时，就已经下定决心，回到他出身的民众当中，去教那些被遗忘的弟兄。于是他真的这么去做了：刚开始他曾在一个大村子里当文书，但是没过多久就被捕了，因为他给农民们朗读宣传小册子听，还在农民中间创立了一个生产消费合作社。第一次被捕，他在狱中待了八个月，后来被放出来，仍受暗中监视。他获得自由以后，马上就跑到另一个省的村子里，在那儿当了乡村教员，继续干他之前从事的活动。他再次被捕入狱，这次在狱中待了一年零两个月，然而他在狱中更加坚定了他的革命理念。

第二次出狱之后，他被流放到彼尔姆省。他从那里逃了出来。后来他又被逮住，关押了七个月，然后被流放到阿尔汉格尔斯克省。在那儿，他又因为拒绝向新沙皇宣誓效忠，所以就被判处流放到雅库茨克区。因此他长大成人后的日子有一半是在监狱和流放中度过的。这所有的境遇并没有使他的性子变得暴躁，甚至也没有磨灭他的毅力，反倒更激发了他的斗志。他是一个活泼好动的人，胃口也特好，不管什么时候，他总是干这干那、精力十足、乐观豁达、朝气蓬勃，他从不后悔他过去的所作所为，也从不去预测未知的明天，而是尽自己的智慧和才能以及办事能力办好当前的事。他每次重获自由的时候，总是依照他给自己确定的目标去努力工作，也就是教育和团结以农村平民为主体的劳动者。要是坐了牢，他也仍然是精力十足、脚踏实地工作着，便于与外界进行联系，在现有的条件下不仅为他自己，也为自己的集体把生活都安排好。他是团体的人。他觉得自己好像是无欲无求，身无长物也能让他心满意足，但是为了同志们的团体他却有着很多的要求，而且无论是体力还是脑力劳动，他都愿意干，并且一干起来就废寝忘食、毫不停歇。他本来是一个农民，热爱劳动，干活儿麻利又灵敏，天生善于控制自己的情绪，也不是有意对人彬彬有礼，不仅能注意到别人的心情，而且也能虚心听取他人的意见。他的母亲依然健在，是一个不认识字的寡妇，并特别迷信。纳巴托夫还要照顾她，只要他被放出来，他就常常回去看望她。他每次回到家，总是细心地嘘寒问暖，帮她干活，并且和他过去的伙伴，农村的青年互相沟通，和他们一起抽低劣烟草卷成的狗腿烟[①]，和他们比试一下拳脚，并且向他们讲解，他们是怎样上当受骗的，怎样从他们遭受的骗局里解放出来。每当他想到或者宣传革命将会带给人民什么益处的时候，总认为像他那样出身的老百姓生活条件还跟以前相似，只是他们拥有了土地，没有了地主和官僚。他认为，革命不应当改变人民最基本的生活方式。在这一点上，他和诺弗德沃洛夫以及诺弗德沃洛夫的信徒马克尔·昆德拉吉耶夫则看法不一。对他来说，革命不应该摧毁整座大厦，只是应该把这个美丽、牢固、雄伟、为他所热爱的古老大厦那里面的房间重新分配一下就可以了。

在宗教方面，他也表现出典型的农民态度。他从不考虑各种虚幻的问题，不考虑万事万物的根源，不考虑阴间里的生活。上帝，对他来说也好像是在阿拉戈[②]的心中一样，他到现在为止都认为那是一种不必要的假设。这个世界究竟是如何创造的，到底摩西说的是正确的呢，还是达尔文说的是正确的，他从来不关心。在他的同志们看来，达尔文学说是非常重要的，但他认为，这一学说却和六天之内开创世界的说法是完全相同的，只不过是一种思想游戏而已。

他之所以对世界怎样起源的问题没有兴趣，正是因为摆在他面前的总是在这个世上怎样才能过得更加美好的问题。关于下辈子的

① 俄国农民自卷的烟卷儿，形似狗腿。

② 阿拉戈（1786—1853），法国物理学家，天文学家。

生活，他也从不思考。因为在他内心深处有一种根深蒂固的、从先辈那里传承下来，并且所有的庄稼人都有的信念，那就是：如同在动物界和植物界任何东西都不会完结一样，并且还不停地在变化，从一种形式转变成另外一种形式，粪肥变成麦粒，麦粒变成母鸡，蝌蚪变成青蛙，青虫变成蝴蝶，橡实变成橡树一样，人也一样不会完结，只是在不断地变化罢了。他深信这一点，因此他永远是精神振奋，甚至愉快地面对死亡，坚定不移地忍受着那些可能会引起死亡的折磨，但是他不喜欢也不善于谈论这类问题。他热爱工作，经常在做实际的事情，并且常常号召他的同志们也都去做实事。

在这批犯人中，另一个出身于平民的政治犯马克尔·昆德拉吉耶夫则是另外一种气质的人。他从十五岁开始就当上工人，为了忘记那些在他心中时而浮现的羞辱感而开始抽烟酗酒。他第一次感受到这种羞辱的痛楚，那是在过圣诞节时，那时他们这些童工被领到一棵由厂主太太装饰起来的圣诞树前，他和他的伙伴们获得的礼品是一个苹果、一个只值一戈比的小木笛子、一个用金纸包起来的核桃和一个干的无花果，但是厂主的孩子们获得的却是很好的玩具，他觉得那好像是仙女的恩赐，后来他听人说那是需要花费五十卢布以上才买得到的。他二十岁的时候，有一位著名的女革命者来到他们的工厂里当女工，发现昆德拉吉耶夫有卓越的才能，便给他送一些书和小册子，和他谈话，给他讲解他所处的地位、处在这种悲惨境地的原因和改善这种处境的方法。等到他清楚地认识到有可能把他自己和他人从现有的受压迫的处境中解放出来时，这种不合理的处境在他的心目中就变得比之前更严酷、更恐怖了，于是他不仅急切地渴望能得到解放，而且要严惩那些建立和维护这种残酷的不合理制度的人。根据人家向他解释的，有知识才可以实现这个目标，昆德拉吉耶夫便废寝忘食地投身于获取知识之中。关于社会主义的理想，究竟怎样才能够通过知识来得以实现，他的心里也不是很清楚，但是他相信知识既然能使他懂得了他的处境不合理，那知识就一定能改变这种不平等性。除此之外，有了知识，他也就自认为比别人高明了。所以他戒绝烟酒之后，就把闲暇的时间全部用来学习，等他当上了仓库管理员，他的空余时间就更加多了。

一个女革命者教他，并且对他如饥似渴地吸收所有知识的出色才华暗自惊叹。两年时间里他学了代数、几何以及他特别喜欢的历史，涉猎了各种文学作品和评论著作，尤其是有关社会主义的著作。

后来那个女革命者被逮捕了，昆德拉吉耶夫也一起被逮捕，因为在他的住所里搜查出了违禁的书刊。他开始只是坐牢，后来被流放到了沃洛戈达省。在那儿他认识了诺弗德沃洛夫，又阅读了更多的革命理论图书，并且全都牢记于心，更加坚定了他的社会主义观点。流放期满之后，他领导了一次工人大罢工，罢工的结果是捣毁了工厂，打死了厂长。他再次被逮捕，处以剥夺公民权，并且被流放到西伯利亚。

他反对宗教就像反对眼下的经济制度一样。他明白了他自幼信仰的宗教是实属可笑的东西之后，便舍弃了这种信仰，起初还曾有些迟疑，后来便觉得很兴奋了。从此以后，他似乎是要向他自己和他的先辈们所经受的哄骗出气似的，只要一有机会就十分尖刻和辛辣地嘲讽教士和宗教的信条。

他过惯了清心寡欲的生活，只要很少的一点儿物质就感到心满意足。如同所有从小劳动惯了的，身强力壮的人一样，一切体力劳动他都可胜任，活儿干得又多，又迅速，又得心应手。可是他最珍惜空闲时间，为的是在狱中和旅站上继续学习。现在他正在读马克思著作的开头那一卷[①]。他小心翼翼地把这部书保藏在自己的背包里，当作无价之宝。他对所有的同志都保持着一定的距离，孤僻且冷淡，只有诺弗德沃洛夫例外，他特别信赖他，只要是诺弗德沃洛夫对种种事情所提出来的各种见解，他都觉得是颠扑不灭的真理。

他对女人持有难以抑制的蔑视的态度，把女人看作所有正当工作的阻碍。然而他却非常同情玛丝洛娃，对她很友好，因为他把她视为下层阶级受到上层阶级剥削压迫的典型。也正是这个原因，他便憎恶涅赫柳多夫，不和他说话，也不同他握手，除非涅赫柳多夫先和他打招呼，他才勉强伸出自己的一只手来，与涅赫柳多夫握一握。

① 指《资本论》第一卷，俄译本在1872年出版。

第十三章

炉子已点燃了，屋子里也变暖了。茶煮好之后，分别倒在玻璃杯和带把的杯子里，加上牛奶，颜色变白。那些小面包圈、新鲜的细面粉面包、白面包、煮熟的鸡蛋、牛油、烧牛头、牛蹄全都摆好了。所有的人都聚集到了那个当临时饭桌的板铺上，各自品茶，吃东西，闲聊。兰采娃坐在木箱子的上面，为大家一一斟茶。其他的人都围在她的身边，只有克雷里佐夫除外，他脱下了湿淋淋的皮袄，围起那条已经烘干的方格毛毯，躺在了自己的床铺上，和涅赫柳多夫说着话。

在冷风、苦雨中跋涉了一天之后，他们来到如此脏兮兮、乱糟糟的地方，就不辞辛劳地把这儿给收拾干净。现在又吃到好吃的东西，喝了热茶，这时大家的心情自然也就变得特别愉悦高兴了。

从隔壁传来刑事犯们跺脚、叫嚷、咒骂的声音，这似乎在叫他们记着，他们周围是什么，但是这反而增强了这种舒适的氛围。这些人如同处在海洋中的一个孤岛之上，一时间感觉到不再遭受他们周围的各种欺辱和苦难的侵扰了，因此情绪激昂、精神抖擞。他们无所不谈，唯独不谈他们的处境和等待着他们的是什么。此外，就如青年男女那样，特别是他们这些人天天被强行聚集在一起时，他们之间正在产生着纵横交错的和情投意合的、由于各种不同的原因交织在一起的爱恋。几乎所有人都在恋爱着。诺弗德沃洛夫恋上了容貌姣好、笑脸盈盈的戈拉别茨。戈拉别茨本是一个年纪很轻的高等女校学生，思想纯洁，对革命问题毫无兴趣可言。但是她也受到了时代潮流的感染，卷入其中，被判处了流放。她在入狱之前的主要生活兴趣便是赢得男人们的欢心，后来她不论是在受审阶段、监禁阶段，还是在流放阶段，这个兴趣从未改变。现在在流放旅途中，诺弗德沃洛夫爱上了她，这就使她感到了一丝欣慰，并且她也对他产生了爱意。薇拉·叶夫列摩芙娜是个多情的女子，却没能使人家对她产生爱恋，然而，她有时爱纳巴托夫，有时爱诺弗德沃洛夫，并且总是指望有相应的回报。克雷里佐夫对玛丽娅·帕甫罗芙娜的态度也有点儿像恋爱。他爱她，就像男人爱女人那样，可是当他知道了她的恋爱观，就十分巧妙地把自己的感情掩盖在了友谊和感激的外衣之下，他感激她对他体贴入微的照顾。纳巴托夫和兰采娃之间也产生了较为复杂的恋爱关系。如同玛丽娅·帕甫罗芙娜是个非常贞洁的处女那样，兰采娃也是个完全忠于丈夫的贞洁的妻子。

她在十六岁那年，还在念中学的时候，就爱上了彼得堡大学的学生兰采夫。她在十九岁那年，他还正在读大学时就和他结了婚。她的丈夫在上大学四年级时，卷入大学里的学潮，后被驱逐出彼得堡，从那之后就成了一个革命者。于是她就放弃了她正在学习的医学课程，跟随着丈夫一起出走了，她也成了革命者。如果她丈夫在她心目中不是世上最杰出、最智慧的人，她也不可能爱上他，而且如果要对他没有爱意，也就不可能与他结婚。既然她爱上了他并且嫁给了她认为世界上最好、最聪明的人，那么她当然会完全依照世界上最杰出和最聪慧的那个人的观点来理解人生和人生的意义了。起初他认为人生不过就是学习，她也认为人生就是这样。他成了革命者，她也就成了革命者，她能有力地证实现存的制度不能保留，任何一个人都有责任反对这种制度，试图建立一种全新的政治和经济制度，在那种新的制度中，一个人可以获得自由的发展，等等。她觉得自己确实是这么想的和这么感觉的，但是事实上她只是觉得她丈夫所想的一切都是真理。她所寻求的仅有一点，那就是她与她丈夫在精神上完全一致，完全融汇在一起；只有这样，她才心满意足。

离开丈夫，离开孩子，孩子由她母亲领去，这对她来说是十分痛苦的。但是她在离别时非常坚强和镇定，因为她知道自己承受的这一切完全是为了她的丈夫，为了这一事业，而这一事业不容置疑是正义的，因为他正在为这一事业奋斗。她的心永远和她丈夫在一起，如同她过去没有爱过任何人，如今她除了爱她丈夫之外也不可能再爱其他的任何人了。可是纳巴托夫对她的真诚和他那纯真的爱慕却打动了她的心，使她的心久久不能平静。他是一个为人正直的、坚强不屈的男子汉，又是她丈夫的好朋友，竭力像对待姐妹一样来保护她，可是他对她的态度却超过了这种感情，这使他们两个都感到了不安，但是同时这倒也为他们目前的艰难生活增添了不少的色彩。因此，在这个小小的集体里，唯独玛丽娅·帕甫罗芙娜和昆德拉吉耶夫两人与恋爱毫无关系。

第十四章

涅赫柳多夫平常总是在大家都喝完茶，吃过晚饭之后才跟卡秋莎单独交谈，这次他也指望这样的，于是就坐在了克雷里佐夫跟前，跟他们聊天。涅赫柳多夫顺便告诉他马卡尔向他提出的要求，还谈论起马卡尔犯罪的经过。克雷里佐夫用心地听着，并且他那炯炯有神的目光一直在盯着涅赫柳多夫的脸。

“是的，”他突然说道，“我常常会产生这样的一种想法：我们跟他们一块儿走，同他们并肩前进，但是‘他们’到底是何人呢？他们就是我们为之奋斗的那些人。但是现实中，我们不但不了解他们，而且也不想了解他们。而他们，比这更要糟糕的是，他们还在憎恶我们，还把我们视为敌人。那才恐怖呢。”

“这也没什么恐怖的。”一直在听他们说话的诺弗德沃洛夫说道，“群众永远是一心一意崇拜权力的，”他用他那尖锐刺耳的声音说道，“政府控制着权力，他们便崇拜起政府，憎恨我们。明天我们执掌了政权，他们就又会崇拜我们……”

这时突然从隔壁传来了一阵谩骂声、碰撞声、铁链的哗啦声、尖叫声和呼喊声。有人挨打，有人叫喊道：“救命呀！”

“看看他们这群野兽吧！我们和他们根本无法进行沟通。”诺弗德沃洛夫坦然自若地说。

“你说他们是野兽。但是刚才涅赫柳多夫就讲了一件很了不起的事。”克雷里佐夫愤怒地说道。于是他又讲了马卡尔如何甘冒生命危险营救同乡的故事。“这可不是野兽能做出来的，而是英雄之举动。”

“你真是多情啊！”诺弗德沃洛夫挖苦说，“我们无法领悟这些人的心思和他们行为的动机。你认为这是舍己为人，可这或许还是他忌妒那个苦役犯呢。”

“你为何总不愿意从人家的身上看到好的品质呢？”玛丽娅·帕甫罗芙娜一下子发起火来，说道（他对任何人都称“你”）。

“虚无缥缈的东西，是不可能看到的。”

“一个人奋不顾身，怎么能说是没有的事呢？”

“照我看来，”诺弗德沃洛夫说，“如果我们想干自己的一番大事业，那么，实现这个愿望的最要紧的条件（马克尔本来在灯下看书，这时放下书，留神听他的老师讲话）就是，第一不可胡乱猜想，而要如实地看待事物。应该尽我们的全力为人民群众服务，却不能对他们有什么更大的指望。人民群众是我们服务的对象，但只要他们像现在这样不争气，就不能成为我们的同志，”他开口说道，如同在发表一个演说，“就是由于这个原因，在我们还没有推动他们完成发展过程之前，就指望他们来协助我们的工作，那纯粹是白日做梦。”

“那发展过程又是如何呢？”克雷里佐夫满脸通红地说，“我们常说我们要反对暴政以及专横，难道这也是最恐怖的专横吗？”

“这根本不是什么专横，”诺弗德沃洛夫平和地回答道，“我只不过是说，我明白人民应当走哪条道路，而且我可以给他们指引路线。”

“但是你凭什么证明你指的那条路就是对的呢？难道这不正是产生过的宗教裁判所[①]和大革命的屠杀[②]的那种专横吗？他们也是凭

---

① 13世纪天主教教廷设立的机构，残酷地镇压异教徒，同时也迫害进步的思想家和科学家。

② 指法国资产阶级革命时期雅各宾派实行的革命恐怖手段。

书本知道那是唯一正确的道路。”

“他们错了并不代表我也错了。而且，在思想家的空想同真正的经济学的实际数据之间，还存在着天壤之别呢。”

诺弗德沃洛夫那有力的嗓音回荡在整个牢房。只有他一人在讲话，其他的人却都沉默不语。

“总是争论得没有尽头。”玛丽娅·帕甫罗芙娜在他刚停顿了片刻之后说。

“那您怎么看待这事？”涅赫柳多夫问玛丽娅·帕甫罗芙娜。

“我认为阿纳托里说的是正确的，不该把我们的观点强制性地加在人民的头上。”

“哦，那您呢，卡秋莎？”涅赫柳多夫笑着问她，却又很胆怯地等她回答，怕她会讲出一些什么不恰当的话来。

“我认为老百姓总是受欺负的，”她脸涨得红扑扑的，说，“老百姓太受欺负了。”

“说得对，米哈伊罗芙娜，非常对，”纳巴托夫大声说，“老百姓受的欺压太多了。应该不让他们再受欺压才对。我们的全部事业就是为了实现这个目标。”

“这是关于革命职责的一个奇怪的概念。”诺弗德沃洛夫说过这话，便一言不发了，愤慨地抽起纸烟来。

“我没法和他交谈。”克雷里佐夫小声说过这话，也不再吱声了。

“最好不要谈了。”涅赫柳多夫说。

第十五章

虽然诺弗德沃洛夫得到了每一个革命者的敬重，虽然他知识渊博，也算是特别聪明，涅赫柳多夫却把他归入大大低于一般水平的这类革命者的队伍中，因为他的道德品质低于一般的水平，而且非常的低。这个人的智力好比分子是大的，但是他对自己的看法好比分母却大到不可通约的地步，早就远远超过了他那巨大的智力。

这个人在精神上，与希蒙森比起来，具有一种截然不同的倾向。像希蒙森这类人，主要是具有男子汉的气魄和胆识，他们的行动由自己的思想活动来指导，取决于思想活动。但是诺弗德沃洛夫属于另一类人，这类人主要具有女性的气质，他们的思想活动一部分是由感情所决定，另一部分则取决于证明通过感情所引发出的行为是正确无误的。

诺弗德沃洛夫的所有革命活动，虽然他擅长用各种各样令人信服的理由说得绘声绘色，然而涅赫柳多夫却认为，这只不过是出于虚荣心，是想展示高人一等而已。起初，由于他很善于读懂他人的思想和正确地表达他人的思想，他在求学期间，在学生和教员当中，在他那种能力得到赏识的地方（在中学、大学、硕士学位班），果然能做到名列前茅，他也便心满意足了。但是等他拿到毕业证书，离开学校，他的这种出人头地的状况也不复存在了，正如讨厌诺弗德沃洛夫的克雷里佐夫对涅赫柳多夫说的，他为了在新的环境里再得到卓越的地位而突然完全改变了他的思想，从一个渐进主义的自由派分子马上转变成一个红色的民意党人。由于他的天性中缺乏那种足以使人引起怀疑和摇摆的道德品质与审美特质，他很快就在革命者的圈子里跃为领导人物，这满足了他的虚荣心。他一旦选定方向，就不再怀疑，不再摇摆不定，因此他也就相信自己从未犯过错误。他认为一切都极其简单明了，毋庸置疑。正是由于他的见解狭隘和片面，所有的事情确实显得非常简单明了。在他看来，只需要条理化就行了。他自命不凡、盛气凌人，别人要么离他远远的，要么处处屈从于他。他的活动大多是在年轻人当中进行的，他们往往会把他的自命不凡看成深谋远虑和英明睿智的表现，因此大多数人都会听从他的指挥，他在革命者的圈子里就取得了非常高的威望。他的活动就是准备暴动，在暴动中取得政权，召开议会。在议会上提出由他拟定的纲领。他坚信这一纲领可以解决任何问题，不实施这一纲领是不行的。

他的同志们由于他的勇敢坚决而尊重他，但并不喜欢他。他也不喜欢任何人。他把所有杰出的人物都看成自己的竞争对手，如果他能做得到的话，倒很想像老公猴对待小猴子的办法来对待他们。他恨不得抢取别人的所有智谋和才能，以免他们妨碍他展现自己的才能。他只对敬重他的人好意相待。如今，在流放途中，他就是这样对待赞成他的宣传的工人昆德拉吉耶夫，还有那两个都倾心于他的女人，薇拉·叶夫列摩芙娜和相貌漂亮的戈拉别茨。他嘴上虽然也赞成有关妇女问题的原则，但内心深处却认为所有的妇女都是愚蠢的，猥亵的，除了他常常自作多情爱上的那些女人之外。比如，现在他就是这样迷恋戈拉别茨的。此时，他才觉得这样的女人是不寻常的，只有他才能清楚地看到她们的优点。

男女关系的问题，他认为，同其余的问题一样非常简单明了，只要认可恋爱自由，就彻底解决了。

他曾有过一个假妻子①，还有一个正式妻子，但是他已经和那个

① 指和他姘居的女人。

正式的妻子离婚了，因为他认为他们之间没有真正的爱情。现在他正准备和戈拉别茨缔结新的自由婚姻。

他轻视涅赫柳多夫，按他的话来讲，涅赫柳多夫对玛丝洛娃在“装模作样”，特别是在思考现存制度的缺陷及其修正办法时，不仅不是一字不差地按照他诺弗德沃洛夫的想法想，而且涅赫柳多夫竟然也还有他个人的想法，公爵的思想，也就是混账的思维方式。涅赫柳多夫知道诺弗德沃洛夫对他一直抱着这种态度，而且令他觉得难过的是，即使他一路上一直保持着愉悦的心情，但是对诺弗德沃洛夫却只得采取以其人之道还治其人之身的办法，不管如何都压制不住他对这人的极度憎恶之情。

第十六章

从隔壁的牢房里传出了长官们交谈的声音。大家都安静了下来。一会儿，有一个队长领着两个押解兵走了进来。这是点名的时刻了。队长用手依次指了指每一个犯人，计算着人数。当他点到涅赫柳多夫时，便和颜悦色地对他说道：

“公爵，现在点完名之后就不准许待在此地了。您得走了。”

涅赫柳多夫知道这话的意思，便走到他跟前，把之前准备好的一张三卢布的钞票塞到他的手里。

“哎，实在拿您没办法呀！那您就再坐会儿吧。”

队长刚想往外走，另一位军士走了进来，后边跟着一个高大瘦削的男犯人，那个人留着一把稀稀拉拉的下巴胡，他的一只眼睛还被打伤了。

“我是来看看那个小女孩的。”那个男犯说。

“啊，爸爸来了！”突然传来孩子清脆的童音，一个长着淡黄色头发的小脑瓜儿从兰采娃的后面探了出来。兰采娃正和玛丽娅·帕甫罗芙娜、卡秋莎一块儿用兰采娃捐献出来的一条裙子给小女孩缝制一件新衣裳。

“是的，好孩子，是我，爸爸。”犯人布索夫津热切地说。

“她在这里非常好，”玛丽娅·帕甫罗芙娜很难受地盯着布索夫津那张伤痕累累的脸，说，“您就让她待在这儿吧。”

“这几位小姐在为我缝新衣服呢，”小女孩向她的父亲指了一下兰采娃手中的那针线活儿，说道，“可好看啦，实在是太好看了。”她咿咿呀呀地说着。

“您想住在我们这里吗？”兰采娃爱抚着小女孩的头说。

“想。让爸爸也住下吧。”

兰采娃脸上露出了笑容。

“你爸爸可不能留在这里。”她说道。“那您就让她与我们待在一起好了。”她转过身来对小女孩的父亲说。

“那好吧，就让她留在这里吧。”站在门口的队长说过这话，就跟那另一个军士走了出去。

等押解人员一踏出房门，纳巴托夫就走到布索夫津跟前，拍了拍他的肩膀说：

“怎么样，大哥，你们那里的卡尔马诺夫真的是要和别人相互调换吗？”

布索夫津那温和可亲的脸马上变得忧郁了起来，他的眼睛也好像蒙上了一层薄纱。

“我们没听说过。恐怕不会吧。”他说过这话，似乎还在用那块薄纱蒙着眼睛。接着又说道：“好吧，阿克修特卡，看来，你就在小姐们这里享享福吧。”他说完就匆匆忙忙地走开了。

“他完全知道这件事。他们真的调换了，”纳巴托夫说，“那您现在打算怎么办呢？”

“到了城里，我就告诉那当官的。他们两个人的长相我都能认得出来。”涅赫柳多夫说。

大家都一声不吭了，显然是在担心会再次争论起来。

希蒙森本来用手抱着后脑勺，躺在角落里的板铺上，一直缄默不言。此时却毅然决然坐起身来，下了床，小心翼翼地从那些坐着的人身边走过去，来到涅赫柳多夫的身边。

“您现在是否能听我说几句话？”

“当然可以。”涅赫柳多夫说着站起来，就要跟着他一起走出去。

卡秋莎看了一下站起来的涅赫柳多夫，正和他的目光相撞，她一下子就涨得满脸通红，并且好像摸不着头脑似的摇了摇头。

“我有这样一件事情要和您说一下。”等他们一起来到过道里，希蒙森就开始说话了。在过道里可以清晰地听到刑事犯那边的嗡嗡声和一阵阵的喧闹声。涅赫柳多夫双眉紧锁，希蒙森却很显然对这种熟悉的杂乱声毫不在意。“我知道您和叶卡捷琳娜·米哈伊罗芙娜的关系，”他继续说下去，一面用他那友善的眼睛直率地盯着涅赫柳多夫的脸，“所以我觉得我有义务……”他说到这里，但是不得不停下来，因为牢房门口有两个声音同时在叫喊，在为什么事情而争吵不休。

“我告诉你吧，你这个傻瓜，这并不是我的！”一个声音叫嚷着。

“巴不得呛死你呢，你这浑蛋！”另一个嘶哑的声音说道。

此刻玛丽娅·帕甫罗芙娜来到了过道里。

“你们怎么在这儿谈话呢？”她说，“你们去那个房间吧，那里只有薇萝奇卡一个人。”说完，她就走在前边带路，把他们带到旁边一个小小的房间里，很显然那原本是个单人牢房，现在分给女政治犯们住。薇拉·叶夫列摩芙娜蒙着头躺在板铺上。

“她得了偏头痛病，睡熟了，什么也听不到。我这就走！”玛丽娅·帕甫罗芙娜说。

“别走了，你就待在这里吧，”希蒙森说，“我本来就没有什么秘密可隐藏的，更不要说隐瞒你了。”

“嗯，那好吧。”玛丽娅·帕甫罗芙娜说过，整个身子就像小孩子一样扭来扭去，扭呀扭地往板铺里面坐了坐，就准备好听他们的谈话，她那一双漂亮的、羔羊般的眼睛却凝视着远方。

“我想说的事是这样，”希蒙森又重复一遍，“我知道您和叶卡捷琳娜·米哈伊罗芙娜的关系，所以我感到我有义务向您道明我对她的态度。”

“到底是何事啊？”涅赫柳多夫问道，同时心中不由自主地很欣赏希蒙森跟他谈话所表现出来的这种直率和诚恳的态度。

“也就是我准备和叶卡捷琳娜·米哈伊罗芙娜结婚……”

“真是太奇怪了！”玛丽娅·帕甫罗芙娜注视着希蒙森说。

“……并且我已经决定向她提出这个要求，请她同意当我的妻子。”希蒙森接着说。

“然而我能帮你什么呢？这种事得让她自己来决定。”涅赫柳多夫说。

“是的。不过这事不经过您的同意，她也决定不下来啊。”

“那是为何呢？”

“因为在您和她的关系还没有明确解决之前，她不能做出任何别的选择。”

“对我来说，这个问题已经明确解决了。我愿意干的是我觉得应当干的事情。此外，我就是想减轻她的痛苦，但我怎么也不想约束她。"

“是的。但是她不想接受您做出的任何牺牲。”

“这根本算不上是什么牺牲。”

“但是我知道她这个主意是不可改变的。”

“哦，既然是这样，那您找我究竟谈些什么呢？”涅赫柳多夫说。

“在她看来，这事也需要得到您的认可。”

“可是，我怎么能不做我应当做的事情呢。我要说明的只有一点，那就是我没有选择的自由，而她是可以自由选择的。”

希蒙森不再吱声，陷入了沉思。

“那好吧，我就按您说的跟她说吧。您别以为是我迷上她了，”他接着说，“我是爱她，是因为她是一个善良的、承受多重灾难的、极其少见的很好的人。我对她无任何奢求，只是很想帮助她，减轻她的苦难……”

涅赫柳多夫听到希蒙森的声音在发颤，也不由自主地暗自惊讶。

“……减轻她的苦难，”希蒙森继续说，“她既然不愿意接受您给予的帮助，那就让她接受我的帮助吧。如果她同意的话，那我就会请求上边把我流放到她监禁的那个地方去。四年也算不上太长。我愿意待在她的身边，或许可以减轻她的苦难……”他再次激动得说不下去。

“那，我还能说什么呢？”涅赫柳多夫说，“她能找到您这样的保护人，我很高兴……”

“喏，我就是想知道这个。”希蒙森继续说道，“我是希望知道：既然您爱她，愿她得到幸福，那您觉得她要是和我结婚，对她来说会是一件好的事情吗？”

“哦，那当然是好事了。”涅赫柳多夫坚定地说道。

“这事完全取决于她怎么看，无论如何，我只是希望让这个历经磨难的灵魂能舒缓些。”希蒙森一面说，一面露出孩子般的亲切的神情望着涅赫柳多夫，这个一向脸色阴沉的人会有这种表情，那完全是让人意想不到的。

希蒙森站起来，抓住涅赫柳多夫的一只胳膊，把脸向他凑过来，腼腆地笑了笑，又吻了吻他。

“那我现在就去告诉她。”他说完之后，就走了出去。

第十七章

“哦，您觉得这是怎么一回事儿呀？”玛丽娅·帕甫罗芙娜说，“他恋爱了，绝对是在恋爱。这可是怎么都不会想象到的事，弗拉基米尔·希蒙森竟然用这种最傻、最纯真的方式恋爱了，像小孩子一样。这简直太奇怪了，说实在的，这太让人痛心了！”她又叹了一口气，下了个结论。

“可是，卡秋莎她怎样呢？您觉得她会如何对待这件事情呢？”涅赫柳多夫问道。

“她呀？”玛丽娅·帕甫罗芙娜停了一下，显然是想尽可能比较恰当地来回答这一问题，“她呀？您要知道，尽管她以前是那个样子，但是论本性，她确实是一个最厚道的人……而且她很重感情……她爱您，并且爱得很纯真，只要她能为您做一件好事，哪怕像拒绝好意的事，让您不用再受她的拖累，她就非常高兴了。对她而言，要和您结婚是一种可怕的堕落，比过去的一切堕落都要可怕，因此她是永远不会同意的。而且，有您在，她就感到不安。”

“那该怎么办呢，我该离开这儿吗？”涅赫柳多夫说。

玛丽娅·帕甫罗芙娜孩子般地嫣然一笑。

“是的，要消失一部分。”

“但是，人怎么能消失一部分呢？”

“我这是瞎扯的。但是我想跟您说说有关她的事情。她大概看出了他那种荒唐而狂热的爱（他还什么都没有对她说过），所以她又是兴奋又是害怕。不瞒您说，这种事我可并不擅长，但是我认为，从他的那个角度来看，他那种感情是最普通的男人感情，虽然加了伪装。他说这种爱情致使他在精神上变得更高尚，还说这是柏拉图式的爱情呢。但是我知道，即便这种爱情是与众不同的，可它的基础肯定也还是那肮脏的……正如诺弗德沃洛夫和戈拉别茨的爱情那样。”

玛丽娅·帕甫罗芙娜一谈到她喜欢的话题，就离开了本题。

“但是，我到底该怎么办呢？”涅赫柳多夫又问。

“我认为，您应该跟她说说。把所有的事情都说清了总没错。您就和她谈谈吧，我去喊她过来。好不好？”玛丽娅·帕甫罗芙娜说。

“那就只好麻烦您了。”涅赫柳多夫说过，玛丽娅·帕甫罗芙娜便走开了。

这时涅赫柳多夫独自在这小牢房里面待着，他倾听着薇拉·叶夫列摩芙娜那细微的喘息声，这声音偶尔还掺杂着一点儿呻吟，还听到隔着两个门口从刑事犯们那儿传来的一刻不停的嗡嗡的说话声，一股十分奇怪的感觉油然而生。

希蒙森对他说出的那些话，解除了他自愿承担的责任，而这种责任，他在意志薄弱的时候，觉得沉重而且别扭。但此刻解除了这种责任，他不但不轻松，而且还很痛苦。这种内心还带着这样一种成分，就是希蒙森一求婚，他的举动也就不是独一无二的了，使他所承受的自我牺牲的价值在他和别人的眼中也就降低了。如果这样的一个人，并且是那么友善的一个人，本来和她什么关系也没有的人，都愿意跟她结合到一起，那他做出的牺牲也就显得太微不足道了。也许这里面还有一种平常的妒意呢。她是爱他的，他已经习惯了，以至于无法容忍她去爱别人。另外，这样的话就破坏了他原定的计划，他本打算在她解除刑罚之前一直同她生活在一起。如果她和希蒙森结了婚，他待在这里就显得太没有必要了，那他又得重新考虑自己的人生规划。他还没来得及弄清自己的心情，房间的门就开了，刑事犯那儿更响的嗡嗡的说话声冲了进来（今天他们那里出了一桩很特别的事情），紧接着卡秋莎走进了牢房。

她快步来到了他的跟前。

“玛丽娅·帕甫罗芙娜叫我来这儿的。”她在离他身边很近的地方停住脚步，说。

“是的，我有话要对您说。您先坐下来好吧。弗拉基米尔·伊凡内奇方才与我谈过话了。”

她把双手放在膝盖上，坐了下来，看样子还很镇定。但是涅赫柳多夫刚刚一提到希蒙森的名字，她的脸就立刻涨得通红。

“他跟您说了些什么？”她问。

“他对我说，他想娶您。”

她的脸顿时皱了起来，显露出了很痛苦的神色。她什么话都没有说，只是低下了眼睛。

“他想经过我的同意，或者听听我的看法。我说这一切必须由您自己来决定。应该让您决定。”

“哦，这算什么呀？怎么会是这样呢？”她用一种古怪的斜睨的目光看了看涅赫柳多夫的眼睛，而那种目光总能使他特别动情。他们就缄默不言地对视了几秒。这种四目对视的目光却向双方道出了千言万语。

“您必须得做个决定。”涅赫柳多夫又说了一遍。

“我决定什么呀？”她说，“所有的事情不都早就决定好了。”

“不，您应当决定接不接受弗拉基米尔·伊凡内奇的求婚。”涅赫柳多夫说。

“像我这样一个苦役犯，有什么资格当人家的妻子呢？我又何苦再把弗拉基米尔·伊凡内奇也给搭上呢？”她紧蹙起双眉说。

“嗯，不过，要是您能得到特赦呢？”涅赫柳多夫说道。

“唉，您就不要再管我的事了。我无话可说了。”她说完，就站起来，离开了牢房。

第十八章

涅赫柳多夫跟在卡秋莎后面又回到了男犯人的牢房里，这时所有的人都万分激动。一个喜欢四处晃动、跟所有的人都打交道、对所有事情都留心观察的纳巴托夫，刚带回来一个令众人都吃惊的消息。那消息就是：他在一面墙壁上发现了一张字条，是一个被判服苦役的革命者彼特林写的。大家都以为彼特林早已到了卡拉河附近，这时才猛然发觉他不久前才一个人和刑事犯们一块儿从这条路过去。

他在字条上写的是："八月十七日，我一个人和刑事犯们一块儿上的路。原本涅维洛夫是和我在一起的，但是他在喀山的疯人院里上吊死了。我身体还好，精力还很充沛，希望一切都顺心。"

大家都在谈论彼特林的境况和涅维洛夫自杀的原因呢。但是克雷里佐夫却又露出专注的模样，一句话也不说，用他那双炯炯有神的眼睛死死地看着前方。

"我丈夫跟我讲过，涅维洛夫以前被关押在彼得保罗要塞时，就已经精神错乱了，他常常会看到幽灵。"兰采娃说。

"是啊，他是一个诗人，一个幻想家。这种人是受不了单身监禁的，"诺弗德沃洛夫说道，"我在被关进单身牢房时，就不是听凭头脑胡思乱想，而是有条有理地安排我的所有时间。就因为这样，我才总是能够很好地熬过去。"

“有什么难熬的？每当我被关进监狱，我都是很兴奋的。”纳巴托夫用很振奋的口吻说着，很明显是存心要驱散阴郁的气氛，“原来什么都怕，唯恐自己被逮捕，唯恐连累别人，唯恐这个事业被破坏，但是一旦被关进了监狱，那一切义务就都统统结束了，倒可以歇上口气。只管踏踏实实地坐在那里，吸几口烟好啦。”

“你很了解他吗？”玛丽娅·帕甫罗芙娜六神无主地打量着克雷里佐夫那张猛然变色的日渐消瘦的脸，问道。

“幻想家涅维洛夫吗？”克雷里佐夫突然问道，一面呼哧呼哧喘着粗气，就好像他刚才呼喊或唱了好长时间的歌一样，“涅维洛夫是这样一个人，如我们的看门人所说的，这样的人是世间罕见的……对啊……这是个水晶般的人，浑身都是透明的。对啊……他不但不会说谎，甚至连假装都不会。他不仅脸皮很薄，而且浑身上下的肉皮简直都像被剥过了似的，每一根神经都暴露在了外面。对啊……是一个生性复杂而又丰富的人，可不是那种浅显的人……唉，还说什么呢！……”他沉默了好一阵子，“我们老是争论，该怎么办才好呀？”他恶狠狠地皱着眉头说道，“首先，我们到底是先教育人民，再改变生活习惯呢，还是先改变生活习惯，再教育人民；其次，我们争论到底如何进行斗争才对：是依靠和平宣传呢，还是依靠可怕的武力解决呢？是啊，我们总是没完没了地争论来争论去。但是他们并不老争执，而知道他们自己应当如何做事。几十人乃至几百人，并且都是那样善良的人，死亡或没有死去，他们是一点儿都不放在心上，对此根本就是置之不理。恰恰相反，他们就是要杰出的人都死掉。对啊，赫尔岑①曾经说过的，十二月党人的活动被取缔了，整个社会的水平就趋于下降了。怎么不下降呢？后来，连赫尔岑本人和他那些同辈人的活动也都被取缔了。现在又轮到涅维洛夫这些人了……”“他们是杀不完的，”纳巴托夫激愤地说道，“总还会有传宗接代的人。”“不。如果我们对他们手软，那就不会有人留下来的。”克雷里佐夫为了不让他人打断他的话，

① 赫尔岑（1812—1870），俄国革命民主主义者。

就提高了嗓门儿说，“给我一根烟抽抽。”

“但要知道，阿纳托里，吸烟对你是有害的。”玛丽娅·帕甫罗芙娜说，“请你最好还是不要再吸烟了。”

“唉，你就别管我了。”他怒气冲冲地说，并且点上了根烟，抽了起来，可是马上就咳嗽起来，难受得好像要吐了。他啐了两口唾沫，接着说：“我们的做法是错的，是啊，就是不对头。不该只是发表议论，而是大家应当团结起来……并且去消灭他们。就是这样的。”

“可是话又说回来，他们也都是人啊。”涅赫柳多夫说。

“不对，他们并不是人，他们能做出那种坏事来就不算是人，就不能算是人了……哦，据说有人制造了炸弹和飞艇。对，但愿能坐着飞艇飞向天空，向他们扔炸弹，把他们如同臭虫一样全部都给消灭掉……对，因为……”他正要继续说下去，然而忽然满脸红彤彤的，咳嗽得更加厉害了，然后竟从嘴中咳出鲜血来。

纳巴托夫跑到外边去取雪。玛丽娅·帕甫罗芙娜给他带来了缬草酊喝，但是他合上了眼睛，伸出惨白而瘦削的手把她推搡开，呼吸深沉而又极速。等湿雪和凉水促使他渐渐安静下来后，人们便让他躺下睡了，涅赫柳多夫就跟大家告辞，跟着那个早就来接他的、已经等了许久的军士回去了。

现在刑事犯都已经安静了下来，大多数人都已睡着了。尽管牢房里面的板铺上和板铺底下都睡了人，各处走路的通道上也睡了人，但是牢房里依然容不下所有的犯人，所以有些人只好睡在房外走廊的地板上，把包裹放在头下，身上遮盖着潮湿的囚服。

从牢房里面和门外的走廊上，传出打鼾声、呻吟声和梦呓声等。随处可见一堆又一堆的人，密集地簇拥在一块儿，身上盖着囚服。只有在刑事犯的单人牢房里，还有几人没有睡着，坐在一个旮旯里围在一个蜡烛旁，但是他们一见有士兵走过来，就很快把蜡烛头给熄灭了。另外，在牢房外面走廊上的吊灯下面，有个老头赤裸着身子坐在那儿，正在逮衬衣上的虱子。政治犯的牢房里那种笼罩着细菌的空气，与这里充斥着的令人窒息的臭气比较起来，就显得清新多了。那盏冒黑烟的油灯好像是在雾气中，人在这儿呼吸都很困难。要想从过道上走过又不至于让脚踩到或绊着那些沉睡的人，就必须先看清前边什么地方可以放脚，接着再找下一个落脚之处。有三个人，很显然在过道上也没有找到地方，干脆在前堂里一个臭气熏天的、从缝隙处渗出粪汁来的便桶的边上睡起觉来。其中，有个是呆痴老头儿，是涅赫柳多夫在路上常常看到的。另外一个是十岁左右的男孩，睡在两个男犯人中间，头枕在一个男犯人的腿上，一只手托着腮帮。

涅赫柳多夫一走出大门，就停住脚步，张开胸膛，用劲儿尽情地呼吸着冰凉新鲜的空气，这样呼吸了老半天。

第十九章

天空中群星灿烂。涅赫柳多夫沿着已经冻硬的、只有少数几处还有泥巴的路回到了客店，敲了几下没有灯光的黑乎乎的窗户，那个宽肩膀的茶房光着脚出来给他开了门，他走进前堂里。从前堂右边一间没有窗户的小屋子里传来马车夫那响亮的鼾声。前边，门外的院子里，传来很多匹马咀嚼燕麦的声音。左边有一个门，便是通向干净的正房的。这个洁净的房间里弥漫着苦艾和汗臭的味道儿，房子正中央直立着一块隔板，隔板的后边传出某人强壮的肺里发出的打鼾声，鼾声呼哧呼哧的，很均匀。圣像前面还点着一盏红玻璃罩的长明油灯。涅赫柳多夫脱下衣服，在遮着漆布的长沙发上铺了一块方格毛毯，摆放好他自己的皮枕头，躺下来，他又在脑海中回顾了一下今天的所见所闻。在涅赫柳多夫这一天所见的种种景象之中，他觉得最可怕的是那个男孩子，头枕在男犯的大腿上，在从便桶里面渗透出来的尿液中睡觉的情景。

尽管今天晚上他跟希蒙森和卡秋莎的交谈出乎他的意料，而且也很重要，然而他没再思考这件事。因为他跟这件事之间存在着错综复杂的关系，再说也不清楚该怎样对待才好，因此干脆就不想它。可是这样他却越来越清楚地想到那些不幸的犯人在恶浊的空气中喘息，睡在臭气熏天的便桶流出来的粪汁中的情景，尤其是那个天真样子的男孩子，他把头枕在苦役犯腿上的那副令人怜悯的模样，怎么也不愿从涅赫柳多夫的头脑中抹去。

一个人只知道在很远的地方有一部分人在折腾着另一部分人，使他们遭受到各种各样的侵蚀、受到非人的待遇和灾难，这是一码事，要说连续三个月不停地看见一部分人腐蚀和蹂躏着另一部分人，那就完全是另外一码事了。涅赫柳多夫现在就亲身体验到了这点。在这三个月里，他三番五次地扪心自问："我难道是真发疯了吗，所以才会看到别人看不到的事情，还是那些人发疯了，因此才会干出我所看到的那些事来呢？"可是那些人（而且他们的人数那么多）制造出各种令他异常惊讶和恐怖的事儿，却还那样心安理得，不但觉得那么做是完全应该的，而且觉得他们所干的事情是非常重要和有益的，那就让人很难说他们都是疯子。要让他说是自己疯了，那是根本不可能的，毕竟他觉得他的头脑还是非常清楚的。所以，他才时常感到迷惑不解呢。

涅赫柳多夫接连三个月所看到的各种各样的景象，使他产生了这样的看法：人们通过法院和行政机构，从一切自由的人当中挑选出那些最性急、最激进、最觉醒、最有智慧、最坚强而不如别人狡猾和谨慎的人。这些人与监外那些人比较起来，绝不是罪过更大或者对社会的危害更大。其一，把这些人关进监狱，判处流放，或者判处服苦役，让他们长年累月无所事事，不操心衣食，脱离自然，远离家庭，远离劳动，也就是完全处在人类的自然生活和精神生活环境之外，这是其一。其二，他们在这些机构里要遭受到各种莫须有的羞辱，譬如戴镣铐，剃阴阳头，穿侮辱人的囚服，这样就使这些懦弱的人失去了争取过上良好日子的不可或缺的动力，也就是不再在乎别人的看法，失去羞耻心和人的自尊心。其三，他们经常有生命危险，因为在关押的地方经常流行着疫病，犯人过度的劳累，狱吏时常的打骂，至于中暑、溺水、火灾一类的特殊实情，那就更不用多说了。这些人时常处在这样的境况中，就连心地最善良、品性最高尚的人，只要落到这般境地也会源于自卫的心理而做出一些残忍得极其恐怖的事情来，并且还会谅解别人干这类事情。其四，这些人被迫跟那些淫棍、凶手和歹徒等，在这里面生活，那些已经堕落的人对这些还未经过某种方式完全堕落的人的影响，就像是酵母对面团所产生的影响一样。其五，只要是受到如此影响的人，没有一个不通过最富有说服力的方式，也就是通过人家强行加在他们身上的那惨无人道的行为，通过虐待儿童、妇女、老人，通过树条子或者是皮鞭毒打，通过奖励那些抓获活的或是击毙逃犯的人，通过拆散夫妻间的感情，促使有夫之妇与有妇之夫通奸；通过枪杀、绞刑等方法，总之，通过最具有说服力的那些方法使人懂得一个道理：各种各样的暴行、冷酷的行径、兽性，只要对政府是有益的，就不仅不会受到政府的有效制止，并且还会得到政府的许可，而这些行为要是施之于那些失去自由的、贫穷而不幸的人，那就更是准许的了。

这似乎都是一些精心发明的机构，为的是制造在其他任何情况下都无法做到的极度堕落腐败和罪恶，接着再把这种极端腐败和罪恶大规模地扩散到全民之中去。“这简直就像是布置一种任务，要使用一个最有效和最安全的办法让更多的人走向堕落一样。”涅赫柳多夫留心观察牢里和流放途中发生的各种事情之后，心中就这样思忖着。每年都有成千上万的人遭到严重的腐蚀，等他们彻底堕落了之后，便让他们重获自由，为的是让他们在狱中染上的恶习再传播到全民中去。

在秋明、叶卡捷琳堡和托木斯克等地的监狱里，在各个流放的旅站上，涅赫柳多夫看到这个仿佛是由社会本身提出的目标正在顺利地实现着。有一些十分朴实平凡的人，本来还具有俄罗斯的社会道德、农民道德和基督教道德准则的，现在却抛弃了这些念头，而接受了监狱中盛行的那些观念，这观念主要就是对人的种种侮辱、暴行，以至于杀戮，只要是有利可图的，都是能容许的。只要是在狱中生活过的人都会切身体会到：按照他们遭受的各种情况来判断，所有那些有关尊重人和同情人的道德准则，虽然由教堂的教士和道德的导师广泛地宣传，其实在实际生活中都已经被弃之无用了，因此他们就不必再遵循那些准则了。涅赫柳多夫在他所认识的那些犯人身上都看到了这点，菲多罗夫是这样，马卡尔也一样，连塔拉斯也不例外，他和犯人生活了近两个月之后，他的许多观点就变得那样不合乎道德了，这让涅赫柳多夫暗自吃惊。涅赫柳多夫在途中听人说，有些亡命徒在逃往原始森林的时候，怂恿自己的伙伴和他一块儿逃跑，然后却把同伴杀死，吃他们的肉生存。他就目睹过一个活生生的人，被控告犯了这种罪，并且自己也招了供。最可怕的是，这类吃人的事件并非绝无仅有，而是经常出现。

只有在这些机构培养的恶习的特别熏陶下，一个俄罗斯人才会沦落成为无法无天的亡命徒这种状态。这种亡命徒已超越了尼采的最新学说，他们不仅认为什么事都可以做，什么都不受限制，并且把这种理论先是传播到犯人们当中，之后再扩散到全民中间去。

对现在正在出现的各种事情的唯一说明，若遵照书中的解释，就是为了制止犯罪，震慑警戒，改造罪犯，依法惩办。但实际上，第一种作用也好，第二种作用也罢，第三种作用、第四种作用都一样，连一点儿影子都没有了。这么做不仅不能遏制罪行，反倒大大鼓励了恶行。这么做不但起不到震慑的作用，反而更鼓舞了犯罪；有很多犯人，比如那些亡命徒，就是自愿到狱中来的。这么做不但没有改造罪犯，反倒在把各种恶行有步骤地传染给了别人。要说那惩处的必要，不仅没因为政府的惩办而有所减少，反而在众人当中，在本来没这种必要的地方，都在培养着这种必要。

“那么，他们到底为何非要这么做呢？”涅赫柳多夫一再这样问自己，却总是找不到准确的答案。

最让他觉得惊愕的是，这一切不是出于偶然，也不是出于误解，更不是一次两次，而是长期如此，是接连几百年都司空见惯的现象，差别仅在于先前是削鼻和割耳，后来是在犯人身上打烙印，绑在铁栅栏之上，如今是给犯人戴上镣铐，并不是开大车而是使用火车和轮船来运送他们。有一些当官的对他说，之所以会出现那些使他愤慨的事情，是由于羁押和流放地的设备不完善，一旦新的监狱修建起来，这些情况就会获得很好的改善，但是这种论调不能使涅赫柳多夫满意，因为他认为，之所以会发生那些让他所愤慨的事情，并不是因为关押地的设施是否完善。他在塔尔德的书中看到过有关改建监狱的内容，提出在那里安上电铃，用电刑，但是这种改良的暴力更使他愤慨了。

让涅赫柳多夫更愤慨的，主要是有些人坐在法院里和政府的各个部门里，获得了从人民那儿剥削来的高薪，查看由同种官僚出于同样目的所编写的法典，把人们违反他们所制定的法律的种种行径归结到各种法律的规定之下，再遵照这些条文把那些人送往他们今后再也看不到的地方，把那些人交给那些惨无人道的典狱长、看守和押解人员。让他们在思想上和肉体上遭到摧残直至死亡。

涅赫柳多夫进一步了解了监狱和旅站的所有情况之后，就看出来在犯人中间日益发展的那些恶行，譬如酗酒、赌博、暴行和囚犯们干出的一切骇人听闻的罪行，甚至人吃人的事情，全都不是偶然发生的，也不像那些麻木不仁的学者为迎合政府心意而解释的那样，说什么是退化、犯罪型或者畸形发展的现象，事实上却是一些人能够惩治另外一些人这种谬论造成的必然结果。涅赫柳多夫看出来人吃人的事并不是起源于原始森林里，而是源于政府的各个部门、各个委员会、各个司局，只是在原始森林里结束罢了。他看到，比如，他姐夫以及所有的审判人员和那些官员，从小小的庭警开始一直到各个部门的大臣为止，根本不在乎他们天天挂在嘴边的那些所谓的公平和人民的福利，他们大家所追求的也只是因为他们干了一切产生侵蚀和灾难的事情而应当赏给他们的大批卢布。这些都是非常明显的。

“难道这所有的一切都是由于偶然性的错误吗？应当想出个办法，让这些官僚保证，只要他们不干他们正在干的那些事情，照样发薪金，甚至还附加一份奖金！”涅赫柳多夫暗暗想道。他想到这里时，外边的公鸡早已打过第二遍鸣了，虽然他的身子略微动了动，那些跳蚤就像喷泉一般在他身子周围乱窜，但他还是安然入睡了。

第二十章

当涅赫柳多夫醒来时，所有的马车早就上路了。老板娘喝足了茶，用手帕擦着汗淋淋的粗大脖子，走进房间里说，旅站那边有个士兵送来一封信。这封信是玛丽娅·帕甫罗芙娜写的。她在信中写道，克雷里佐夫这次发病比他们原先预料的更厉害。“我们都打算把他留下，并且我们也留下来陪着他，但是这个请求没有获得批准。我们只好带他一起上路了，但总担心他在路上会出事。所以麻烦您到城里设法疏通一下，如果能让他留下的话，最好也能让我们留下一人陪他。要是这事需要我嫁给他才行，那我自然也愿意。”

涅赫柳多夫打发茶房去驿站叫马车，他赶紧收拾行李。他还没有喝完第二杯茶，就有一辆响着铃铛三套马的驿车摇晃着，车轮在冰冻的泥地上滚动如同在石子路上一样，轰隆隆作响，驶到大门前停了下来。涅赫柳多夫给粗脖子的老板娘付清了店钱，就急匆匆地出了门，在大马车的软座上一坐下来，就嘱咐车夫把车尽可能地赶得快点儿，希望能追上那批犯人。他的马车离牧场的大门没多远时，就真的追赶上了犯人的大车。那些大车上载着行李袋子和一些病人，辘辘作响并把冰冻的、开始打滑的泥土路轧出两道车辙来。押解官没在这里，他的马车跑前面去了。士兵们一面在后边或者在道路的两边走着，一面乐呵呵地在胡乱扯着。很明显都喝了不少酒。车辆很多，前面的那些大车上每辆都坐着六个病弱的刑事犯，非常的拥挤。后边的三辆大车上坐着的都是政治犯，每辆车坐三人。最后一辆大车上坐着诺弗德沃洛夫、戈拉别茨和昆德拉吉耶夫。倒数第二辆的上面，坐着兰采娃、纳巴托夫和一个患了风湿病的体弱的女人，是玛丽娅·帕甫罗芙娜把自己的座位让给了她。克雷里佐夫躺在铺了干草、放了枕头的倒数第三辆车上。玛丽娅·帕甫罗芙娜坐在他旁边的驭者位置上。涅赫柳多夫吩咐车夫在克雷里佐夫的大车旁边停下之后，便直接向克雷里佐夫走了过去。一个醉醺醺的押解兵向涅赫柳多夫摇了摇手，然而涅赫柳多夫没有理他，直接走到大车跟前，抓住大车上的护栏，跟大车一起往前走。克雷里佐夫穿着羊皮袄，头上戴着一顶羊羔皮的帽子，嘴上包着手帕，看上去更加清瘦和惨白了。他那双清秀的眼睛看起来更大更亮了。他的身子随着那辆大车的颠簸微微摇晃着，目不转睛地看着涅赫柳多夫。涅赫柳多夫询问起他的身体状况来，他只是闭上双眼，愤怒地摇着头。显然他所有的精力已经被大车颠簸得消耗殆尽了。玛丽娅·帕甫罗芙娜坐在大车的另一边。她向涅赫柳多夫抛出了个意味深长的眼色，说明她对克雷里佐夫的身体状况很忧虑，然后便用愉快的语调说起话来。

“看样子，押解官觉得不好意思了，”她大声嚷起来，好让涅赫柳多夫在车轮的轱辘声中能够听清她的话，“布索夫津的手铐被摘下来了。此刻他正自己搂着小女儿，卡秋莎和希蒙森跟他们一起赶路，薇萝奇卡也跟他们在一起。”

克雷里佐夫用手指了指玛丽娅·帕甫罗芙娜，说了一句话，然而谁也没听清楚。接着他皱起双眉，很明显是在强忍着咳嗽，之后又摇了摇头。涅赫柳多夫把头凑上前去，想听清楚他到底在说什么。于是克雷里佐夫把嘴从手绢中露了出来，喃喃说道：“这会儿好多了。只要不着凉就行了。”

涅赫柳多夫点点头以示知道了，并同玛丽娅·帕甫罗芙娜相互交换了一个眼神。

“哦，三个天体的问题进展得如何了？”克雷里佐夫又喃喃地说道，很吃力地苦笑了一声，“不是很容易解决吧？”

涅赫柳多夫不明白，于是玛丽娅·帕甫罗芙娜就给他解释说，这是一道确定三个天体，也就是日、月、地球相互关系的非常有名的数学问题。克雷里佐夫开玩笑，把涅赫柳多夫、卡秋莎和希蒙森之间的关系比作这个问题了。克雷里佐夫点点头，表示感谢玛丽娅·帕甫罗芙娜正确地解释了他玩笑话里的意思。

“这个问题不该由我解决。”涅赫柳多夫说。

“您收到我的信了吗？您肯照着办理吗？”玛丽娅·帕甫罗芙娜问道。

“我一定会去办的。”涅赫柳多夫说过，察觉克雷里佐夫的脸上有不以为然的神气，便离开了那里，朝自己的马车走去，爬上车，在凹陷的车座上坐了下来。因为在坎坷不平的道路上马车颠簸得很厉害，所以他又用双手抓住两边的栏杆，就让马车往前赶，要超越身穿灰色长囚衣和短皮袄，脚上戴着脚镣和双人手铐，伸展开来足有一俄里长的队伍。涅赫柳多夫在大路对面认出了卡秋莎的蓝头巾和薇拉·叶夫列摩芙娜的黑色大衣，以及希蒙森的短上衣、针织帽子、扎着带子的白羊毛袜子。希蒙森和那些女人并肩走着，正在热火朝天地谈论着什么事情。

那些女人一看到涅赫柳多夫，便向他点头致意，希蒙森却彬彬有礼地举起帽子。涅赫柳多夫同他们无话可说，因此就没吩咐车夫停车，一直超过了他们。他的马车来到坚硬的有车辙的大道上之后，走得更快了，但是为了绕过在大路上来来往往的车队，常常不得不离开车辙。

这条车辙纵横的道路伸入一片幽暗的针叶林。道路两边还混杂地生长着一片片桦树和落叶松，尚未落尽的树叶呈现出耀眼夺目的土黄色。这段路刚刚行驶了一半，就出了树林，道路两边出现了开阔的田野，看到了修道院的金黄十字架和拱顶。云雾消散，天气完全清爽了，太阳升到树林子的上空，那一片片湿润的树叶和一个个水塘，那教堂的拱顶和十字架，在阳光的照耀下光芒万丈。右前方，在灰蒙蒙的天边，是白茫茫的远山。那辆三套马的驿车驶入了城郊的一个大村庄，村庄里的大街上哪儿都是人：有俄罗斯人，也有戴着古怪的帽子、身穿奇异长袍的外族人。喝醉的和没有喝过酒的男人和妇女们，在店家、小饭铺、酒店、货车边上来回拥挤着，熙熙攘攘的。可以很清楚地察觉到这里距城市不远了。

马车夫挥舞起鞭子抽打右面拉边套的马，紧了紧缰绳，侧着身体坐在驾驭者座位，以便把缰绳向右侧拉紧，很明显是想展示一下他的本事，所以驱赶着马车在宽敞的大街上一路飞奔了起来，一直跑到河边，都未曾放慢速度。那条河是必须搭渡船才能过去的，渡船恰巧从对岸那边开了过来，很快就来到水流湍急的河流的中央。这边岸上差不多有二十辆大车等着渡过此河。涅赫柳多夫没等太长时间，渡船逆水而上，就到达了上游，受到急流的冲击力，很快就靠在这边用木板搭成的码头上了。

渡船上的工人们都身材高大，肩膀宽阔，身体强壮，静默无语，身穿羊皮袄，脚蹬长筒靴。他们灵活而娴熟地甩出缆索，拴在木桩上，之后放开船门，把停泊在渡船上的货车推到岸上，让岸上候船的车辆上船，让车辆和见了水直蹦直蹿的马匹在船上一一排好。货车和马匹装了满满一船。宽阔而湍急的河水拍打着渡船两边的船舷，使缆索绷得紧紧的。渡船装满以后，涅赫柳多夫的马车和卸了套的三匹马被周围的车辆拥挤着，停在渡船的一个边上，渡船工人们就把船门关上，也不理睬没有上船的人们的恳求，松开缆索，就开船了。渡船上一片寂静，只能听到渡船工人们重重的脚步声和那些马匹交替换腿站立时马蹄踏在船板上的响声。

第二十一章

涅赫柳多夫站在渡船的边上，望着宽阔湍急的河水。两个形象在他的脑海中交替浮现：一个是满脸怒容生命垂危的克雷里佐夫，他的脑袋被大车颠簸得一直摇来晃去；另一个是卡秋莎，她精神抖擞地和希蒙森一起在路上走着。克雷里佐夫，濒临死亡而又不愿马上离去，那是令人难受且悲伤的。卡秋莎，朝气蓬勃的她得到希蒙森这个人的爱，从此走上了一条安全稳定的幸福之路，这原本是件让人喜悦的事，但是涅赫柳多夫却感到很痛苦，并且无法克服这种痛苦的情绪。

一口奥霍特尼茨克大钟敲响了，响亮且颤动的钟声荡漾在河面上。在涅赫柳多夫身边站着的马车夫和所有赶大车的一个个都摘下帽子，在胸前画起十字。只有一位个子不高、头发乱蓬蓬的老人例外。他站在离栏杆最近的位置，涅赫柳多夫起初并没有注意到他。这老人昂着头，直盯着涅赫柳多夫。他穿着一件打过补丁的褂子和一条粗呢长裤，脚蹬一双补过的破旧的长筒靴。他的肩上背着一个不大的包袱，头戴一顶很高的破皮帽。

“老头子，你为何不祷告？”涅赫柳多夫的马车夫把帽子戴上，戴端正了之后，问道，“难道你不是基督徒？”

“你叫我向谁祷告？”头发蓬乱的老人生硬地回了他一句，他的话说得很快，但是吐字清楚。

“当然是向上帝祷告了。”马车夫含嘲带讽地回答。

“那你指给我看看，他在哪？这上帝到底在哪啊？”

老人的神情看上去如此严肃坚决，以至于马车夫觉得自己在和一个刚强的人打交道，不由得有些心慌了。但是他表面上却不动声色，竭力不能让自己无言以对，在这么多人的面前丢脸，就急忙回答道：

“在哪？当然是在天上。”

“那你去过吗？”

“无论是不是去过，反正大家都知道应向上帝祷告的。”

“谁也没在任何地方看到过上帝。他是活在上帝心中的独生子宣告的[①]。”老人板着脸，皱紧了眉头，又是那样快速地说。

“看来，你不是基督徒，是个洞穴教徒。那你就向洞穴祷告好了。”马车夫说着，便把马鞭杆子插进腰里，扶正了拉马的皮套。

有一个人笑起来了。

“那你信什么教呀，老大爷？”站在船旁的一辆大车边上的一位不算年轻的人问道，

“我什么教都不信。我只信我自己，谁都不信！”老人依然既快又肯定地答道。

“但是一个人怎能只相信自己呢？”涅赫柳多夫也加入这场争论中，说道，“这样的话自己会做错事的。”

“我这辈子从来还没有犯过错。”老人扬起了头，断然回答道。

“那世上为何存在不同的宗教呢？”涅赫柳多夫问。

“世上有各种各样的信仰，就是因为相信他人而不相信自己。我以前也相信他人，但最后就像走入了原始森林似的迷失了方向，把自己弄得晕头转向的，找不到出路。有信老教的，有信新教的，有信安息会的，有信鞭身派的，有信教堂派的，有信奥地利教派的，有信摩洛坎教派的，有信阉割派的。每个教派都夸耀自己好，

① “父亲”指上帝，“独生子”指耶稣。

自己是唯一正宗的教派。事实上他们都像瞎眼的‘库佳塔[①]’在地面上乱爬乱折腾。信仰有很多，但灵魂却只有一个。你也有，我也有，他也有。就是说，每个人只要信任自己的灵魂，就会同舟共济。只要每个人都相信自己，就会齐心协力。”

这老人说话的声音很响亮，而且不时地打量着周围，显然是想让更多的人来听他说话。

“那么，您有这种主张已经很久了吗？”涅赫柳多夫问他。

“我呀？是好久了。因此我遭受了整整二十三年的迫害。”

“他们是如何迫害您的？”

“之前他们是如何迫害基督的，现在就是怎样迫害我的。他们逮捕了我，把我送上法庭，送往教士那里，送往读书人那里，送往法利赛人那里。他们还把我关入了疯人院。但是他们拿我毫无办法，因为我不听他们那一套。他们问我：‘你叫什么？’他们以为我总有个名字的。事实上我什么名字都没有。我什么都不要：不要名字，不要住所，不要祖国，说到底我就是一无所有。我就是我自己。我叫什么？我就叫人。‘那你多大岁数了？’我就说，从来没算过，而且也无法计算，因为我本来就一直活着，今后我也要永远地活着。他们说：‘你父母是谁？’我说，我无父无母，在我心中只有上帝和大地。上帝是我父亲，大地是我母亲。他们问我‘你是否承认沙皇？’怎么不承认他呢？因为他是他自己的沙皇，我是我自己的沙皇。他们说：‘哎，真是无法与你沟通。’我说：我又没请你来和我说话。他们就是这样来折磨我的。”

“那您现在去哪呀？”涅赫柳多夫问。

“到哪儿算哪儿。有活儿就干，没活儿就要饭。”老人看到渡船就快要靠岸了，于是停止了他的高谈阔论，得意扬扬地扫视了周围所有听他讲话的人。

渡船就在对岸靠住了，用缆索绑紧了。涅赫柳多夫掏出了钱

---

① 即“小狗”。

夹，想给老人一些钱。老人谢绝了。

“我不要这玩意儿。我想要面包。”他说。

“哦，对不起。”

“没什么对不起的。你又没有欺负我。另外，也没有办法惹我生气。”老人说过，便俯身把之前放下的背袋又扛到了肩上。此刻，涅赫柳多夫的驿车早已套上了马，上了岸。

“您何苦和他废话呢，老爷，”马车夫等涅赫柳多夫把几个茶钱付给了那些强壮有力的渡船工人后，坐在驿车上，对涅赫柳多夫说道，“哼！他只不过就是一个糊里糊涂的流浪汉。”

第二十二章

等马车爬上了斜坡，马车夫转过身子来问道。

“送您去哪家旅馆呢？”

“哪家好点儿？”

“西伯利亚旅馆是最好的了。不过久柯夫旅馆也还行。”

“那就随你的便吧。”

马车夫又侧身坐在了驾驭座上，把马车赶快了。这座城市和俄国的其他城市都非常相似，也有那种带着阁楼的房子和绿色的屋顶，也有那样的大教堂和小铺子什么的，街道上也有些商店，甚至还有警察。不一样的是房子几乎全是用木头盖起来的，马路上没有铺设小石子。马车夫把那辆三套马的马车赶往一条最繁华的街道，在一家旅馆的门口停了下来。然而不凑巧的是这家旅馆没有空余的房间，因此只好赶着车去了另一家。这另一家旅馆恰巧空余一个房间。这是经过两个月的舟车劳顿之后，涅赫柳多夫第一次来到比较清洁舒适的环境之中。虽然涅赫柳多夫住的房间算不上阔气，但是他亲身经历了驿车、客店、旅站的生活之后，就感到这里十分舒适了。最要紧的是他必须把他身上的那些虱子清除干净，自从他常常出入于旅站以来，他就从来没有把它们彻底清干净过。他把行李一安置好，就立刻坐车去澡堂里洗澡，之后在那儿换上城里人的装束，上身穿起上浆的衬衣、压出褶的长裤子、礼服、大衣，就去拜会当地的长官。旅馆的看门人又唤来了一辆街头马车。那是辆四轮吱嘎吱嘎作响的马车，套着一匹膘肥力壮吉尔吉斯种的骏马，马车夫把涅赫柳多夫送到了当地一幢雄伟的大厦前面。那里站着几个卫兵和警察。宅子前后都是花园，园里种着白杨和桦树，它们的叶子早就全部凋零了，光秃秃的树枝露在外面，其间还混杂着枝叶繁茂的枞树、松树、冷杉，色彩苍绿可爱。

将军身体欠佳，不会客。涅赫柳多夫还是要求听差把他的名片递进里面去。听差返回来时，带来了令人愉快的答复：

“将军请您进去。”

这里的前厅、听差、传令兵、楼梯、大厅和擦拭得锃亮的镶木地板，都同彼得堡的装饰差不多，只不过有些肮脏，但在这地方更显得气派些。涅赫柳多夫被人带到了一间书房里。

将军面孔浮肿，鼻子有点儿像土豆儿，额头上有几个疙瘩，头顶上光秃秃的，眼眶下面耷拉着眼袋，是一个多血质的人。他坐在那里，穿着一件鞑靼式的绸料袍子，手里拿着一根香烟，正在用一个带银托盘的玻璃杯喝茶。

“您好，先生！请您原谅，我穿着睡袍来接见您，然而还是比不见的要好，”他说着，扯了扯长袍来遮掩后边堆起几道皱褶的粗脖子，“我身体欠佳，在家中待着没有出门。哦，是什么风把您吹到我们这座偏僻的小城里来了呢？”

“我是跟着一批犯人到这儿里的，其中有一个人和我交往甚密。”涅赫柳多夫说道，“我此行来拜访阁下，一是为这人的事来请求您给予帮助，二是还想谈谈其他的事情。”将军深吸了一口烟后，呷了口茶，把香烟在孔雀石的烟灰碟上摁灭了，用他那细细的、浮肿的、有神的眼睛一直盯着涅赫柳多夫，一本正经地听他继续说着。他仅仅有一次打断了涅赫柳多夫的话，并问他要不要抽烟。

将军是属于有学问的一类军人，这类军人总是认为自由主义和人道主义思想与他们的事业是能够调和的。但是他生来就是一个智慧且友善的人，很快他就又感到这两者之间的调和是不可能的了。

于是，他为了摆脱时常陷于这种内心矛盾的困扰，就越来越深地沉溺于在军人当中非常盛行的喝酒恶习之中。到后来嗜酒成癖，以至于在担任三十五年的军职之后，便成了医师们所称的酒精中毒者。他浑身浸透了酒精。他只要任意喝上些什么酒，就会感到醺醺然。但是喝酒已经成了他的绝对需求，不喝酒就活不下去。每天一到晚上他总喝得烂醉如泥，然而他也已经习惯了这种状态，因此走路时身体并不晃悠，也不说过于不合场合的话。然而即使说了那些话也没什么太大的事，毕竟他在本地处在显赫而重要的位置上，不管说出任何愚蠢的话，别人都会把它当成至理名言的。只有在上午，也就是涅赫柳多夫来拜见他的时候，他的头脑才清醒，才能听明白别人与他说的话，才能或多或少地在现实中验证他那句心爱的谚语："喝酒不醉心，格外有精神。"最高当局知道他是一个酒鬼，不过他毕竟还是比其他人受过更多的教育，另外还为人勇敢、精干、严厉，即使在烂醉如泥时也不会丧失身份，因此还让他做着官员，让他一直担任着他现在担任的这个显赫而重要的职位。

涅赫柳多夫告诉他，他所在意的是个女人，还说她因为受冤枉而被判了刑，关于她的事已经向皇上递了御状。

"哦，那又如何？"将军说。

"彼得堡方面答应我，最迟在这个月内通知我关于这个女人的命运的消息，而且把通知书寄到此地……"

将军依旧盯住涅赫柳多夫，并伸出他那短指头的手，按了按桌子上的电铃，仍然一言不发地听着，嘴里吐出烟雾又格外响亮地咳嗽了几下，清了清喉咙。

"那么，我有个请求：倘若有可能的话，就允许这个女人暂时留在这里，等收到那个呈诉状的批复再说。"

此时走进来一个穿军服的听差。

"你去问问，安娜·瓦西里耶芙娜起床了吗？"将军对传令兵说道，

"另外，再送点茶来。哦，此外还有何事来着，先生？"将军问涅赫柳多夫。

“我还有件事要请您帮忙，”涅赫柳多夫继续说道，“是关于同这批犯人一同前来的一个政治犯。”

“原来是这样呀！”将军意味深长地点头说。

“这个人患了很严重的病，是一个快要死的人了。恐怕要把他留在这儿的医院里。另外有一个女政治犯自愿留下来照顾他。”

“她不是他的亲戚吗？”

“不是的，不过她愿意嫁给他，如果只有这样才能让她留下来照看他的话。”

将军用一双炯炯有神的眼睛始终盯着涅赫柳多夫，缄口不言地听他说着，显然他是想用这样的目光来令对方感到局促不安，并且他不停地在抽烟。

等涅赫柳多夫把话说完，便从桌子上拿起了一本书，手指头很快地沾着唾沫，翻起书页，找到有关婚姻的条款来，看了一遍。

“她被判的是什么刑？”他抬起了双眼，问道。

“是服苦役。”

“哦，要是被判处这种刑，即使结了婚，也改善不了待遇呀……”

“但是您要知道……”

“请您让我把话说完吧。即使有一个自由的人跟她结婚，她同样得服满她的刑期。另外还有一个问题：谁判的刑更重一些，他还是她？”

“他们两个判的都是服苦役。”

“嗯，那倒是挺般配的。”将军笑着说，“他是什么待遇，她也会得到同样的待遇。他既然有病，那是可以让他留在这儿的。”他继续说，“而且，会改善他的情况，能做的当然要做到；不过，她即使嫁给他了，也还是不能留在这里……”

“将军夫人正在喝咖啡。”听差报告说。

将军点了点头，又说：“不过，让我再考虑一下。他们都叫什么名字，请您在这里写一下吧。”

涅赫柳多夫写下了他们的名字。

“这事我也爱莫能助。”将军听到涅赫柳多夫希望能与病人相见的请求，对他这样说道，“我，当然，并不是对您有什么不放心的，”他说，“我明白您关心他以及其他人，而且您又有钱。不过呢，在我们这，只要掏钱，任何事情都能办得到。有人对我说过：应该完全根除贿赂才对。然而所有人都在收受贿赂，怎么能彻底根除呢？官位越小，收受的贿赂就越多。对啊，他在五千俄里之外接受贿赂，谁能看得住呢？他在那儿就是一个小沙皇，就像我在这里也算得上是一个沙皇一样。”他笑起来，说道，“换句话说，您大概经常和那些政治犯来往，对吧？他们把您的钱收了，然后放您进去。”他乐呵呵地说道，“是这么回事吧？”

“对的，确实是这样。”

“我了解您是非要这样做不可的。您想见一见政治犯，您怜悯他。可是看守或押解兵就要收受您的贿赂，因为他的工资只有那么几个钱，而他需要养活他的全家人，他就不得不收受贿赂。如果我位居他的地位或者您的职位，我也一样会那么做的。但是对于我现在的职位来说，就不准许我违反最严厉的法律条文，毕竟我也是个人，也会有恻隐之心。但我仍然还是个执行命令的官员，是在一定条件下受到信赖的，我就不应该辜负这种信任。好了，这个事就这样吧。那么，现在请您来给我讲一讲，你们京城里的情形怎么样？”

于是将军就问起来，并且也讲起来，同时他自己也发表了一些意见，很明显他既想打探一些消息，又想要展示一下自己的重要性和人道主义精神。

第二十三章

“哦，顺便再问一下，您住在什么地方？是在久柯夫旅馆吗？哎，那里的条件也真是太糟糕了。那您就到我这旦来吃饭吧。”将军边起身送涅赫柳多夫，边说，“下午五点。您会讲英语吗？”

“会，我会讲。”

“哦，那实在是太好了。您也知道，这里刚来了一个英国人，是个旅行家。他在研究西伯利亚的流放和监狱的情况。喏，今天他要到我们这儿来吃饭，您也一块儿来吧。我们五点就开始聚餐了，我妻子严格要求准时开饭。到时，关于如何处理那个女人的事，以及有关那个病人的问题，我全都给您一个答复。或许可以留下一个人来照顾他。”

涅赫柳多夫辞别了将军以后，觉得心情格外的振奋，精力十足，便乘坐马车到邮局去了。

邮局设在一座低低的拱顶的房子里。里面摆放着一张斜面办公桌，几个官员坐在桌子后面，把邮件发给拥拥挤挤的一些人。一个邮务员歪着头，熟练地把一摞摞信封拉到自己的面前，便不停地在上边盖邮戳。涅赫柳多夫没有等太久，他一说出自己的名字后，就立即把很多邮件转交给了他。这里边有汇款、几封信、几本书，还放着最近一期《祖国纪事》①。涅赫柳多夫接过这些信件之后，就

① 指1839—1884年间在彼得堡出版的政治、学术、文学综合性月刊。

在一个长木凳子的旁边停下了。长凳上坐着个士兵，手中拿着本小册子，正等着领什么东西。涅赫柳多夫在他的身边坐了下来，翻阅着收到的信件。其中有封是挂号信，还套着漂亮的信封，用鲜亮的红色火漆扣了个字迹清晰的印章。他拆开信，看到是谢列宁寄来的信，同时还附着一份公文，顿时感到热血涌到了脸上，心也一下子抽紧了。这是关于卡秋莎那案子的批复。结果会是什么样的呢？难道是被驳回了吗？涅赫柳多夫赶紧看了看那些写得细小、难以辨认、字体刚劲有力而又歪斜的信，这才高兴地舒了一口长气。原来这是份让人很满意的批复。

“亲爱的朋友！”谢列宁写道，“我们上一次的谈话给我留下很深刻的印象。有关玛丝洛娃的案子，你说的意见全都是正确的。我仔细翻阅了这一案件的全部卷宗，发现她确实是蒙受了让人愤慨的不白之冤。这个案子只能通过你递送诉状的上诉委员会来纠正了。我想办法协同他们对这一案件做出裁决，如今随信一起附上有关减刑公文的副本，地址是卡捷琳娜·伊万诺芙娜伯爵夫人写给我的。这一公文的正本已经送往她起初受审时的监禁地了，应该很快就会转送到西伯利亚总局去的。我这是想尽快把这个喜讯告诉你。紧紧握住你的手。你的谢列宁。”

公文的内容是这样的：“皇帝陛下亲自受理上告御状办公厅。案由某某，案卷某字某号。某某科，某年某月某日。遵照皇帝陛下受理上告状办公厅主任之指示，兹通知小市民叶卡捷琳娜·玛丝洛娃，皇帝陛下已经批阅了玛丝洛娃的御状，特体恤下情，恩准所请，下旨将此人的苦役刑改为流放，就在西伯利亚邻近一带执行。”

这是个让人兴奋的消息，并且意义重大：涅赫柳多夫自愿为卡秋莎和自己所期望办到的事情，现在真的都实现了。是的，她的状况发生了这样的一个变化，就使他同她的关系更加复杂了。之前她是一个苦役犯，他还提出要和她结婚，不过是徒具于形式而已，其意义仅仅在于改善她的处境。如今却再也没有什么来阻碍他们一起生活了。但是涅赫柳多夫还没有为此做好一切准备。另外，她和希蒙森之间的关系又该如何处理呢？她昨天说的那番话究竟是何用意呀？假如她同意与希蒙森结婚，那这到底是一件喜事，还是一件悲事呢？他怎么也弄不明白这些问题，如今就索性不去思考它们了。“到时一切都会清楚的，”他心里想着，“目前首先要做的是尽快和她见个面，把这个喜讯转告给她，尽快把她释放出来。”他以为，凭借他手中拿着的这个公文副本，就完全能够把这件事情办好。于是他很快从邮局走出来，吩咐马车夫送他云监狱。

虽然在今天上午，将军没有批准他去监狱里探监，但是涅赫柳多夫凭借自己长期的经验已得知，在高级长官那儿往往难以办到的事情，在低级属员那儿倒是能轻而易举地办到，因此还是决定现在就去试试，看能不能进监狱，好把这个令人兴奋的消息告诉卡秋莎，也许说不准还可以把她释放出来，同时他也想打听一下克雷里佐夫的健康状况，并且把将军说过的话都转告给他和玛丽娅·帕甫罗芙娜。

这儿的典狱长是个身材魁伟，威风凛凛的家伙。他相貌严肃，蓄着唇髭和一直长到嘴角的大络腮胡须。他非常严肃地接待了涅赫柳多夫，直截了当地说道：除非经过长官的批准，否则不能让任何人去里面探监。涅赫柳多夫说在京城他都经常能获准去探监，典狱长听了便回答道：“这完全是有可能的，但是我是不容许这么做的。”他说这话的语气仿佛还在说，“你们这些京城里的老爷，总以为能吓唬住我们，叫我们摸不着头脑，可是我们虽然远在西伯利亚的东部，但还是严守法纪的，并且还会给你们一点儿颜色瞧瞧的。”

即使是皇帝陛下的办公厅颁发的公文的副本，对典狱长都起不了任何作用。他坚决拒绝放涅赫柳多夫进监狱里去探视。涅赫柳多夫本来天真地以为他只要一拿出这个公文的副本来，玛丝洛娃就能够当场被释放的，哪知典狱长明白了他这一想法，只是轻蔑地笑了笑，声称，要释放某个人，必须得有他顶头上司的指令才行。他能够答应的只有一件事情，那就是他可以通知玛丝洛娃说她的减刑公文已得到批准，并且他只要收到上司的命令之后，就会马上放她的，一刻也不会耽搁。

至于克雷里佐夫的身体情况，他也拒绝提供任何消息。并且他说他根本不清楚是否有这么个犯人。因此涅赫柳多夫一无所获，只得坐上自己的马车，返回旅馆。

典狱长之所以这么严厉，多半是因为狱中收容了比平时的容量超出一倍以上的犯人，异常的拥挤，并且此时正流行着伤寒病。为涅赫柳多夫赶车的马车夫，在途中对他说："狱里死了很多的人。他们患了一种瘟病。一天都有二十多个人要被掩埋掉。"

第二十四章

虽然在监狱那儿遭受到了挫折，涅赫柳多夫却依旧保持着先前那种兴奋的心情，又坐上马车前往省长的办公厅，询问他们那儿有没有收到玛丝洛娃的减刑公文。那个公文还没有送到。因此涅赫柳多夫一回到旅馆，就刻不容缓地写信，把这事告诉谢列宁和律师。他写好了信之后，看看怀表，已经到了赴将军宴会的时间了。

在途中他又想到不知卡秋莎怎样看待自己减刑这件事。他们又会规定她居住在什么地方呢？他将来会如何和她一起生活呢？希蒙森将又会怎么办呢？她究竟对他持有什么态度呢？他想到了她思想上所发生的转变。与此同时他还想到了她的往事。

“必须把那些事情全部抹去才好。”他暗暗地想着，又赶紧把各种有关她的念头从自己的脑子里驱散开去。“到时候一切都会见分晓。”他自言自语地说，接着就思考起应当与那将军谈些什么。

将军家的宴会场面布置得非常豪华，显示出阔绰人和大官们的那种生活排场。涅赫柳多夫很久以来不仅见不到这和富华的气派场面，而且连最基本的舒适条件都没有，因此他见到这场面非常愉快。

女主人是彼得堡老派的贵妇，过去在沙皇尼古拉的宫廷里当过女官，说一口流利的法语，说俄语反倒有些别扭了。她总是把身体挺得笔直笔直的，而且无论她两手做什么样的动作，臂肘总是贴在腰部。她对她的丈夫显现出尊敬的、稍微带些忧郁的恭顺态度。她对客人们则异常亲切，尽管亲切的程度因人而异。她把涅赫柳多夫看作自家人，对他表现出一种特别微妙的、细腻的、让人不易察觉的奉承态度，这就使涅赫柳多夫重新意识到自己原本的尊贵，从而感到惬意和满足。她使他觉得来西伯利亚的这种行动虽然古怪，却是高尚的，她觉得他真是个与众不同的人。这种微妙的奉承和将军府里的那种美丽奢华的生活排场，使得涅赫柳多夫完全陶醉于华美陈设的舒适，美味可口的饭菜以及与他早已习惯的那个圈子里有教养的人们愉悦的周旋之中，又完全沉迷于一种缥缈的舒适氛围之中，仿佛近来这段日子的所见所闻，不过仅仅是一个梦而已，他刚刚从这个梦中清醒了过来，又回到了实际生活中。

将在宴席上就座的，除去将军的女儿、女婿和将军的副官等家里人之外，还有一个英国人、一个开采金矿的商人和一个从西伯利亚遥远边城来的省长。涅赫柳多夫觉得这些人都非常的和蔼可亲。

那个英国人是个身强力壮、面色红润的人，法语讲得很蹩脚，但是讲起英语来就像演说一样委婉动听、绘声绘色。他见多识广，讲了很多有关美洲、印度、日本、西伯利亚的见闻，非常有意思。

开采金矿的商人还很年轻，原本是一个农民家的儿子，现在穿着一身在伦敦定制的燕尾服，衬衣上带着钻石的纽扣。他家里还有很多的藏书，还为慈善机构捐赠了许多钱，信奉欧洲的自由主义思想，是欧洲文化通过教育而接种到健康农民身上的全新的一个良好的典型，因此给涅赫柳多夫留下了既活泼又有趣的印象。

那个边远城市来的省长，原本就是当年涅赫柳多夫在彼得堡时满城的人议论纷纷的那某司的前任司长。他长得胖乎乎的，一头稀稀拉拉的卷发，闪着柔和的浅蓝色眼睛，一双保养得很好的光滑白嫩的手上戴着几枚大戒指，下身尤其肥胖。他的脸上堆着愉悦的笑容。省长颇受这家男主人的赏识，因为在惯于受贿的人们中间，只有他不收贿赂。热爱音乐，弹得一手好钢琴的女主人也很看重那个省长，因为他是一个出众的音乐家，常常和他进行四手联弹。刚好涅赫柳多夫今天的心情也特别的愉快，这个人也就没有引起他的反感。

那位情绪极好、精力充沛、下巴刮得发青的副官愿意处处为他人效力，他那种忠厚善良的好心肠非常招人喜爱。

但是最令涅赫柳多夫感到兴奋的，却是那两个活泼可爱的年轻夫妇，就是将军的女儿和女婿。将军的女儿不过是个相貌平平、生性忠厚的年轻女子，她的全部身心完全投入了她的两个孩子的身上。她与她丈夫是通过自由恋爱而结合在一起的，并且还是在和她的父母经过长时间的斗争之后才得以结合的。她丈夫毕业于莫斯科大学，并荣获了副博士的学位，具有自由主义的思想，为人谦虚，天资聪颖，在政府机关里供职，从事社会统计的工作，特别是有关非俄罗斯人的统计工作。他研究异族人，喜爱他们，竭力要把他们从绝种的危险中拯救出来。

所有的人不仅对涅赫柳多夫都很亲切和热诚，并且显然由于见到他这个新相识和风雅的人觉得很高兴。将军身穿军服出席宴会，脖子上挂着一枚白色的十字章，来到宴会厅，见到涅赫柳多夫就像见到老朋友那样打了个招呼，接着马上就邀请客人们去一张小桌上享用白酒和冷荤菜肴。将军询问起涅赫柳多夫，从他家走了之后又干了什么事情，涅赫柳多夫就说他去了一趟邮局，获知他今天上午谈到的那个女人得到减刑，此时他再次恳求将军批准他进狱探监。

将军很显然对在吃饭时谈论公事感到不满，于是皱了皱眉头，缄口不言了。“您想来些白酒吗？”他回转过身用法语招呼那个走来的英国人。英国人喝完了一杯白酒，就说了说他今天参观了一座大教堂和一家工厂，但还是希望能参观一所大型的解犯监狱。

“那刚好，”将军回转过身子对涅赫柳多夫说道，“您可以和他一起去。您就去给他们开一张许可证吧。”他对那副官说。

“您希望什么时间去呀？”涅赫柳多夫向那英国人询问道。

“我倒想傍晚去看看，”英国人说，“晚上所有的囚犯都在狱中，并且事先没有准备，一切都保持原样。”

“哦，他是想好好地看看那里的各种奇妙的事情吧？那就让他去看吧。我给上面写过呈文了，可他们就是没有采纳我的意见。那就让他们通过外国的报刊去领会吧。”将军边说边向餐桌前走去，女主人正在餐桌旁指点客人们就座。

涅赫柳多夫在女主人和英国人之间坐了下来。他的对面坐的是将军的女儿和那某司的前任司长。

宴席上，大家的谈话自然是时断时续的，一会儿是英国人谈到的印度，一会儿谈到法国人远征东京①，将军对这事严厉谴责，一会儿又提到在西伯利亚流行的欺诈和受贿恶习。涅赫柳多夫对这些谈到的话题，都没有任何的兴趣。

但是当饭后大家坐在客厅里喝咖啡时，英国人和女主人谈起戈赖斯顿②，却聊得津津有味。涅赫柳多夫觉得他在这次交谈中出色地发表了很多精辟的见解，引起交谈者的重视。涅赫柳多夫吃过一顿丰盛的饭菜，喝了一点儿美酒，现在坐在软绵绵的圈椅里喝着咖啡，置身在热诚的、教养有素的人们当中谈话，他的心情变得越来越兴奋了。而等女主人同意英国人的请求，和前任司长在一架大钢琴边坐下，开始一起弹奏起他们弹得很熟练的贝多芬《第五交响曲》的时候，涅赫柳多夫产生了一种很久以来都不曾感受到的、自我陶醉的感觉，就好像此时此刻他才注意到自己是多么好的一个人。

那架钢琴音质很好，交响曲也弹奏得很棒。至少，涅赫柳多夫是这么认为的，他喜欢和熟悉这支交响乐。他倾听着那优美的曲调，觉得鼻子酸酸的，被自己和自己的各种高尚行为深深感动了。

涅赫柳多夫向女主人表达感谢之情，说他很久都没有享受过这种欢乐了，之后他正准备辞别，没想到女主人的女儿露出坚定的神态走到他的面前，脸红彤彤地说道：

“您方才问过我的那两个孩子：您愿意看一看他们吗？”

“她以为别人都有兴趣看她的孩子呢。”见她女儿如此纯真的不谙世事，母亲微笑着说，“公爵根本不感兴趣的。”

“恰恰相反，我很感兴趣呢，很感兴趣。”涅赫柳多夫被这种

---

① 指1882—1898年法国侵略越南北部的战争。“东京”是当时欧洲人对越南北部的称呼。

② 当时的英国首相，执行殖民政策，1882年出兵占领埃及。

溢于言表的幸福的母爱而打动，“请您带我去看一下他们吧。”

“她居然真领着公爵去看自己的小娃娃了。”将军正在和他的女婿、开采金矿的商人、副官一同打牌，这时在牌桌上笑着叫起来，“您就去看看吧，尽一回您的义务吧。”

这时，那年轻的少妇一想到马上就有人来评论她孩子们的好与坏了，情绪显得特别激动，便迈开了大步子，把涅赫柳多夫领进了里面的屋子里。他们在第三个房间门前停了下来，那间房子屋顶很高的，糊着雪白的墙纸，点着一盏不大的灯，上边还罩着一个深色的灯罩。里面并列摆放着两张小床，有一个奶妈坐在两张床的中间，她上身披着白色的小披肩，长着西伯利亚人那种高高的颧骨，相貌很慈善。奶妈站起身来，朝他们鞠躬行礼。那年轻母亲在第一张小床上弯下了身子，床上安静地躺着一个熟睡的两岁小女孩，张开着小嘴巴儿，长长的卷曲的头发披散在枕头上。

“这就是卡佳。”年轻母亲说道，顺手拉了一下带浅蓝色条纹的绒毯把她从绒毯底下露了出来的一只雪白的小脚盖好，“她长得好看吗？要知道她才两岁。”

“真的太漂亮了！”

“这一个叫瓦休克，是他姥爷给他起的名字。完全是另外一种模样。他是西伯利亚人。不是吗？”

“多可爱的小男孩呀。”涅赫柳多夫打量着那趴着睡觉的胖娃娃说。

“真的吗？”年轻母亲意味深长地笑着说。

这令涅赫柳多夫又想起了那些脚镣手铐和剃阴阳头的脑袋，想到了殴打和种种道德败坏的行径，想起濒临死亡的克雷里佐夫，想起卡秋莎以及她的所有经历。现在就觉得这种幸福是美好的和纯真的，他羡慕起来，恨不得他自己也能享受到这种幸福。

他把那两个孩子赞扬了一通，然而也只是稍稍满足了虚荣地静听着各种赞扬的那个母亲的心意，之后就跟在她后面回到了客厅。英国人正在客厅里等候着他呢，按他们先前约好的那样一起乘车去监狱。涅赫柳多夫于是与这一家老少告过别之后，和英国人一块走出房间来到了将军府的大门口。

天气突然变了。漫天飞舞着鹅毛大雪，撒满了道路，盖没了屋顶，淹没了花园中的树木，遮掩了门口的台阶，盖住了车篷以及马背。英国人自己有辆轻便马车，涅赫柳多夫就叫英国人的马车夫把车驶往监狱。然后他独自爬上自己的那辆四轮马车里，心情沉重，就像自己正要去履行一个令人不快的任务似的。他就这样坐进那辆软绵绵的四轮马车里，跟在英国人的轻便马车的后面，沿着被雪覆盖的路面艰难向前行驶。

第二十五章

门前有岗哨和燃着风灯的阴森森的监狱大厦，尽管门口、屋顶和墙壁都穿上了白色雪装，虽然整个监狱正面排列着的一扇扇窗户灯火通明，但所有的一切，反倒给涅赫柳多夫留下了比今天上午更加恐怖的印象。

威严的典狱长来到大门口，在路灯的照耀之下，看了一下涅赫柳多夫和英国人的许可证，困惑地耸了耸他那健壮的肩膀。但他还是执行了命令，请这两位参观者跟着他往里走。他先是领他们来到了院子里，接着从右侧的一个房门走进去，沿着楼梯，走进了一间办公室。他请他们坐下来之后，便问他们有什么要他效劳的。他听到涅赫柳多夫说希望现在就和玛丝洛娃见见面，于是就吩咐了一个看守去把她叫来，自己在准备回答英国人当场在涅赫柳多夫的翻译下向他提出的各种问题。

“这座监狱按规定能容纳多少人？”英国人问道，“现如今关着多少人？男人、女人、儿童分别各有多少？苦役犯、流刑犯、情愿跟随而来的又各有多少人？还有多少个患了病的犯人？”

涅赫柳多夫为英国人和典狱长翻译着他们各自所说的话，没时间去思考他们话中的含义。因为他一想到很快要与卡秋莎相见了，就不由自主地紧张不安起来。他正在给英国人翻译着一句话时，就听到一阵愈来愈近的脚步声，办公室的门开了，同以前多次探监的情形一样，先进来一个看守，紧接着进来的就是卡秋莎，头上包着头巾，穿着囚服。他一见到她，就感到心里无比沉重。

“我想生活，我想要家庭和孩子，我想过普通人的生活。”就在她迈着轻快的步子，头也没抬走进房间时，这个念头从他的头脑中掠过。

他站起来，迎着她向前迈了几步，在他看来她的脸是很冷峻而痛苦的。如同她过去责怪他时的样子，脸色一阵红一阵白，手痉挛地搓弄着衣边，一会儿看看他，一会儿垂下眼皮。

“您知道减刑的事情被批准了吗？”涅赫柳多夫问她说。

“知道了，看守已经告诉我了。”

“等公文一下来，您就解放了，可以住到您喜欢的地方去了。我们要想一下了……”

她赶紧打断了他的话说：“我没有什么可想的，弗拉基米尔-伊凡内奇到什么地方，我就跟着他一起到什么地方。”

尽管她心里很忐忑，却仍然抬起了眼睛瞧了瞧涅赫柳多夫，把这些话说得又快又清晰，就好像提前已经把她想说的话都准备好了。

“哦，是这样呀！”涅赫柳多夫说。

“这有什么，德米特里·伊万诺维奇，既然他要跟我一起生活，”她惊惶地停住嘴，接着又改口说，“既然他要我待在他身旁。对于我来说，没有什么比这更好的指望了，我应该认为这是我的福气才对。我还能有什么别的要求呢？……”

“在两者之间必居其一：或者是她已爱上了希蒙森，根本不需要我再为她做任何的牺牲；或者是她还爱着我，为了我好而拒绝我，干脆破釜沉舟，从此把她的命运和希蒙森连在一起。”涅赫柳多夫暗暗想着，不禁觉得很惭愧。他感到自己的脸绯红。

“要是您爱他……”他说。

“没有什么爱不爱的，这类事我早已经毫不在乎了。不过，要知道，弗拉基米尔·伊凡内奇确实是个与众不同的人。”

“是啊，当然了，”涅赫柳多夫说道，“他是个十分优秀的人，所以我觉得……”

她又一次打断了他的话，好像担心他会讲出什么不好听的话来，或担心她来不及说完她想说的那些话一样。

“不必了，德米特里·伊万诺维奇，如果我没有按您的意思去办的话，还请您原谅我呀，”她用她那神秘的、斜视的目光瞅着他的眼睛说，“嗯，看来，也只好这么办了。您自己也是需要生活的啊。”

她正好说到了他之前所想到的事。可是此刻他已经不这样想了，他的思想和感情已经完全不同了。他不仅感到害臊，而且开始觉得惋惜，惋惜他和她失去的一切。

“我真的没想到会是这样的。”他说。

“您没必要在这里生活和受罪呢。您受的罪已经够多的了。”她说着，奇怪地笑了笑。

“我并没有受任何苦呀，我一直过得非常好。并且，假如有可能的话，我今后还愿意为您再效劳。”

“我们……”当她在说到“我们”两个字时，又瞧了涅赫柳多夫一眼，“……一无所求。您已经为我付出了那么多的精力。要是没有您……”她本想说些什么话来着，但是她的声音有些发抖了。

“您可不用感谢我。”涅赫柳多夫说。

“没必要再计较什么恩怨，我们之间的账上帝会来清算的。”她说过这话，那双乌黑的眼睛涌满了泪水，亮闪闪的。

“您是个多么出色的女人哪！”他说。

“我出色吗？”她含着泪水说道，脸上闪过一丝凄婉的笑。

“您谈好了吗？”[①]这时英国人问。

“马上就好。”[②]涅赫柳多夫回答过，便问起她关于克雷里佐夫的情况。

她强压住激动的心情，镇定下来，从容地把她所了解的有关克雷里佐夫的事情一五一十地告诉了他，克雷里佐夫途中身体非常虚弱，一到这儿很快就被送进了医院。玛丽娅·帕甫罗芙娜实在对他放心不下，请求去医院里照顾他，但是没有获得批准。

“那我应当离开了吧？”她发觉英国人在一边等着他呢，于是说道。

“我不要同您道别，我还会和您再相见的。”涅赫柳多夫说。

“对不起。”她用勉强能听得见的声音说。他们的目光再次相遇了，涅赫柳多夫听了她的话后说，“那么我们就分手吧[③]。”而并没有说平常的告别词，从她那古怪的、斜视的眼神和凄婉的苦笑中，心中清楚地明白了，在他先前猜测她说的话的两种原因中，第二种才是对的：她爱他，觉得如果和他结合，就会毁掉他的一生，而她和希蒙森一起走了，就会使他完全解脱。如今她想到她已完成了自己的愿望，不由自主地感到高兴，但一想到她又要和他分别，又不禁感到惆怅。

她握了握他的手，慌忙转回身子，离开了。

涅赫柳多夫回头看了看那英国人，准备和他一起走出去，但是此刻英国人正在他的笔记本上不停地记着什么。涅赫柳多夫不想打断他，于是在贴着墙壁的那一张小木榻上坐下来，突然感到无比疲倦。他之所以疲倦，不是由于昨天晚上的失眠，也不是由于旅途中的辛苦，更不是由于心情激动不安，而是他感到对整个人生已经无

① 原文是英语。

② 原文是英语。

③ 在俄语里，这个不大通用的告别词含有“请原谅我”的意思。

比厌烦了。他靠在那张小木榻上，闭上眼睛，一会儿就沉沉地睡了过去，并且睡得又香又甜。

“怎么样，您现在是否还想去各个牢房里看看？”典狱长问。

涅赫柳多夫一下子清醒了过来，发现自己竟在这种地方睡熟了，心中不免有些惊讶。英国人已经写好了他的笔记，就很想去参观一下各个牢房。于是涅赫柳多夫只好带着疲惫茫然地跟在他身后出去了。

第二十六章

英国人、典狱长和涅赫柳多夫在几名看守的陪同下，穿过了前堂和一条臭得令人作呕的走廊，在过道里还碰到了两名男犯人正对着地板小便，不禁感到吃惊。之后，他们走进第一间苦役犯牢房里。牢房正中央放着板铺，所有的犯人都已经睡下了。他们大约七十个人。他们头挨着头、身子挨着身子拥挤地躺在那里。参观的人一进来，全体囚犯都戴着哐啷作响的铁链从床上跳下来，在床边站好，灯光照在他们那些刚剃过头发的阴阳头上闪着亮光。但有两人仍躺在床上，其中一个是年轻人，红彤彤的脸，很显然是在发烧；另外一位是个老人，不住地在呻吟。

英国人问起那年轻犯人是否病了很长时间，典狱长却说他只是今天早上才开始发病的，而那位老人患有胃病已经很久了，由于医院里早就住满了病人所以没地方安顿他。英国人不以为然地摇了摇头，说他想和这些人聊聊，请涅赫柳多夫给他做翻译。原来这个英国人要通过这次的旅行，不仅要把西伯利亚的流放和监禁地的一些事情，写成专题文章，还要宣扬传播通过信仰和赎罪来拯救人们灵魂的道理，这就是他这次旅行的两个目的。

“请您对他们说，基督可怜他们，爱他们，”他说，“而且他会为他们死去。如果他们相信这些话，他们就会解放的。”在他讲话时，所有的犯人全都站在板铺前边一言不发，昂首挺胸，双手贴住裤缝，“请您告诉他们，”他最后说道，“这番话都在这本书中。这里有识字的吗？”

结果这里有二十多个识字的人。英国人从手提包里掏出几本精装的《新约全书》，于是就有好几只肌肉发达的、长着生硬的黑指甲的手从麻布衬衫的袖口里面向他伸了过来；争先恐后来抢书。他在这间牢房里发了两本《福音书》，便走向下一间牢房。

下一间牢房里的情况与刚才的差不多。那里也是同样的闷热，同样的恶臭。在前面的两个窗户之间，也挂上了一张圣像。房门的左边放着一个大大的便桶。犯人也都身子挨身子地躺在那里。他们同样跳下床来，站直身子。牢房内同样也有三个人起不了床。其中有两个能勉勉强强爬起身来，坐在床上；还有一个继续躺着不动，甚至看都不看一眼走进房间的人。他们都是病人。英国人又像前面那样讲了一遍道，同样也发给了他们两本《福音书》。

一阵叫嚷声和打闹声从第三间牢房里传了出来。典狱长敲了敲门，厉声喊道：“立正！”房门一打开，全部的犯人也都挺直了身子站在板铺旁边，除了几个病人和两个打架的人之外。那两个打架的人满脸愤怒的神色，相互揪打着，其中一个抓住另一个的头发，另一个抓住这一个的胡须。直到看守跑到他们的面前，他们才松开了手。有一个鼻子被打破了，流出了血，鼻涕直流，唾沫横飞，不停地用外衣的袖口擦着。另外一个把被揪下来的胡子从胡须里一根根捻出。

“班长！”典狱长恶狠狠地喊叫道。

一个相貌端正、身强力壮的人便走了出来。

“我是怎么都管不了他们，长官。”班长眼中露出欢快的笑意，说着。

“那就让我来管管他们吧！”典狱长皱着眉头说。

“他们为什么打架？[①]”英国人问。

涅赫柳多夫就询问起班长来，他们为何事打起来的。

“不过是为了一块包脚布。拿错了包脚布，”班长仍然笑着说，“这一个推搡了一下另一个，另一个就又打了他一拳。”

涅赫柳多夫把这番话翻译给了英国人。

“我想和他们说几句话。”英国人回转过身子来对典狱长说。

涅赫柳多夫把这话翻译了过来。典狱长说：“可以。”于是英国人又掏出他自己的那本皮面精装的《福音书》来。

“麻烦您帮我翻译一下，”他对涅赫柳多夫说道，“你们吵闹，打架，可是为我们而死的基督，教给我们的是另一种解决争吵的好办法。请您问问他们，是否知道根据基督的戒律，应当怎样对待那些欺负我们的人吗？”

涅赫柳多夫把英国人说的话和他问题翻译了一遍。

“报告给长官，由他来判断谁是谁非吗？”有个人斜睨着威武的典狱长，用询问的口气说。

“应当把他狠狠地打一通，那样他就不会再欺负人了。”另外一个说道。

顿时传来几个人表示赞同的笑声；涅赫柳多夫就把他们的回答翻译给了英国人。

“请您告诉他们，按照基督所定的戒律，正好相反：如果有人打你这边脸，那你就应该把那半边的脸也送到他的面前让他打。”英国人边说边做出把他的脸送过去给人打的姿态。

涅赫柳多夫又做了翻译。

“最好让他自己试试才对。”有人说。

---

① 原文是英语。

“如果你两边的脸都被打了，那还有什么脸送上去给人家打呢？”一个躺在床上的病人说道。

“那别人会把你给打得支离破碎。”

“好了，让他来试一试吧！”后面有个人说道，并愉快地笑了起来。整间牢房里就爆发出一阵哄堂大笑。就连那个被打破了鼻子的人也一边流着血，一边吐着痰，哈哈大笑起来。甚至连那几个痛苦的病人也都笑了。

英国人却没有感到尴尬，他请求涅赫柳多夫转告他们，那些看上去像是办不到的事情，但对于信徒来说，就能成为现实，而且轻而易举就能完成。

“请您问问：他们喝酒不？”

“喝的，老爷。”一个声音马上答道，同时又响起一阵嗤鼻声和叽叽喳喳的大笑声。

在这间牢房里共有四个病人。英国人问，为何不把病人集中在一个牢房里呢？典狱长答道，病人自己不愿意。另外，这些病人得的都不是传染病，而且还有一个医士照看他们，为他们竭力治疗。

“我们有一个多星期都没有看到他了。”有个声音说。

典狱长没有回答，又领着他们去了下一间牢房里。又是打开了门，又是众犯人全体起立，寂静无语，又是英国人送《福音书》。不管是在第五间牢房还是在第六间牢房，在右面的过道还是左面的过道，所有的牢房都是一模一样。

他们从苦役犯的牢房转到了流放犯的牢房，从流放犯的牢房又走到被村社判处流放的农民的牢房里，之后又转到自愿跟着犯人的家属的屋子里。到处都是相同的情形：到处都是一些受冻、挨饿、无所事事、患上疾病、受尽欺辱、被关闭起来失去自由的人，简直就像一群野兽那样。

英国人发完他预计要发出去的那一定数量的《福音书》后，就不再发了，甚至也不再说什么了。使人难受的景象，尤其是那叫人窒息的空气，很显然已耗尽了他所有的精力。他从这间牢房走到那间牢房，倾听着典狱长介绍每间牢房的具体情况，他也只是随口说一句“好的[①]”而已。涅赫柳多夫如同梦游一样蹒跚地跟着他来回走着，同样觉得筋疲力尽和心灰意冷，却又没有勇气向他们告别从而离开这鬼地方。

① 原文是英语。

第二十七章

在流放犯的一间牢房里，涅赫柳多夫又看到了今天早上在渡船上见过的那个古怪的老头，不由自主地感到非常惊讶。这个老人头发乱蓬蓬的，满脸皱纹，上身只穿着一件脏兮兮的灰色衬衫，肩头已经被磨破了，下身穿着相同颜色的破长裤，光着脚，坐在靠近板铺的地上，用冷冷而疑惑的眼光瞧着进来的这些人。他那瘦骨嶙峋的身子从脏衬衣的破口处露了出来，显得既可怜又虚弱，但他的神情比在渡船上更加专注，更严肃而富有生气了。这里的囚犯们，和别的牢房里的犯人一样，一看到长官们进来，就从床上快速地跳下来，挺直了腰板子站住。唯独老人却坐在那一动不动。他的眼睛炯炯有神，他的双眉愤怒地皱在一起。

"站起来！"典狱长向他喝道。

老人却一动不动，只是轻蔑地笑了笑。

"只有你的奴仆才会一看到你就站起来。我又不是你的奴仆。看你头上还有烙印……"老人指着典狱长的额头说道。

"说什么？"典狱长向老人进逼一步，威吓说。

"我认得这个人，"涅赫柳多夫赶紧对典狱长说，"为什么要把他抓进来？"

"由于他没身份证，警察局就把他送进来了。我们要求他们别把这类人都送来，但他们就是不听。”典狱长怒气冲冲地斜睨起眼睛看着那个老人说。

“看起来，你也是反基督成员中的一位吧？”老人转过身子对涅赫柳多夫说道。

“不，我是来参观的。”涅赫柳多夫说道。

“怎么，你们是来找乐子的啊，想来见识一下反基督的家伙是如何折腾人的吗？那就看吧。反基督的人把人抓起来，把整整一大群人关进同一个铁笼子里。人应该靠辛勤的劳动来生活，但是反基督的人却把那些人都锁了起来，像猪一样养着，不叫他们去劳动，弄得人都变得具有兽性了。”

“他究竟在说些什么？”英国人便问。

涅赫柳多夫说道，老人在责备典狱长把人都囚禁起来。

“那，请您问问他，照他看来，应该如何对付那些不遵守法律的人呢？”英国人说。

涅赫柳多夫把这个问题翻译了一遍。

老人露出一排整整齐齐的牙齿，诡异地笑起来。

“法律！”他鄙夷不屑地跟着重复了一遍，“那些反基督的人抢劫了人家，霸占了人家所有的土地，夺取人家所有的财产，把这些东西统统据为己有，把凡是反对他的人全部杀死，接着他们再制定什么法律，规定不准抢劫，不准杀人。要是他们先定出法律就好了。”

涅赫柳多夫把这番话又翻译了一遍。英国人听后笑了笑。

“那您说，究竟应当如何对付强盗和杀人凶手呢？”

涅赫柳多夫又把这句问话翻译了一遍。老人冷峻地皱起了双眉。

“你对他说，让他马上去掉他身上那反基督的烙印，这样他就不会再遇到盗贼，也不会再遇到杀手了。你就这样告诉他。”

“他疯了。[①]”英国人听到涅赫柳多夫给他翻译的老人说的话之

① 原文是英语。

后，就说了这样一句。接着他耸了耸双肩，走出了牢房。

“你就只做你的事，可别去管别人的事情。自己管自己的事情。谁应该受到惩罚，谁应该给予宽恕，上帝会管的，这不归我们管，”老人又说，“你就做你自己的上司吧，这样就用不着什么当官儿的了。你走吧，走吧！”他生气地皱着眉头，用炯炯有神的双眼盯着在牢房里迟迟不肯走的涅赫柳多夫，又说，“你已经看够了那些反基督的奴仆是如何拿人来喂虱子的了。走吧，快走吧！”

等涅赫柳多夫离开房间，走到过道上的时候，英国人和典狱长正站在一间打开门的空牢房门口。英国人问这间牢房是做什么用的。典狱长解释道，这间是停尸房。

“哦。”英国人听了涅赫柳多夫给他翻译的话后，这样说了一声，就要求进去看一下。

这个停尸房是一间普通的、不大的牢房。墙壁上挂着一盏小油灯，暗淡的灯光照着屋角的一堆行李和木柴，也照着右边板床上的四具尸体。第一具死尸穿着麻布的衬衣和衬裤，高大魁梧，脸上蓄着一把很少的尖胡子，剃的是阴阳头。这个尸体已经僵硬了；原来在胸前交叉叠放的两只发青的手，现在已经分开了；赤裸着的双脚也是分开着的，两个脚掌向两边伸展开来。他的身边躺着一个老年女人，身穿白衣和白裙，没包头巾，头发梳成了一条短短的稀疏的辫子，布满皱纹的瘦黄的脸上还长着一个尖尖的鼻子。老妇人的身后还躺着一具男尸，穿着一件淡紫色的衣服。这颜色使涅赫柳多夫怔住了。

他走到跟前，仔细地打量那具死尸。

那人长着小而尖、向上翘着的山羊胡子，鼻子清秀而非常好看，前额突出白净，头发稀少而卷曲。那些特征是他熟悉的，他认出了这个人，简直不敢相信自己的眼睛。昨天他还看到这张激愤和痛苦的脸，现在这张脸却一动不动，显得宁静、安详，而且出奇的好看。

没错，这人正是克雷里佐夫，这些起码是他物质生命遗留下来

的痕迹。

“他饱受苦难是为了什么？他活在世上是为了什么？这些问题他如今都明白了吗？”涅赫柳多夫在暗暗地思忖着。他觉得这些问题无法解答，认为除了死亡以外一无所有，于是他感到头晕目眩起来。

涅赫柳多夫没再和英国人告别，便请求一名看守把他领回到外边的院子里。他觉得他要避开所有人，独自好好思考一下今天目睹的各种各样的情形，于是他便坐上马车，回自己的旅馆去了。

第二十八章

涅赫柳多夫回到旅馆之后，没有马上上床睡觉，而是在房间里来回踱步，走了许久。他和卡秋莎之间的事情已经结束了。她不再需要他了，这让他感到又伤心又惭愧。不过现在他并不是为这件事烦恼。他的另一件事情不仅没有完结，而且比以前的任何时候都更猛烈地折磨着他，让他必须有所行动。

他在这段时间里，特别是今天在这座令人恐怖的监狱里，目睹和了解到的这种种骇人听闻的罪恶，把亲爱的克雷里佐夫置于死地的所有恶势力，现在正在作威作福，十分嚣张，泛滥成灾，让他不仅看不到战胜它的可能性，甚至不知道如何才能战胜它。

他的脑海里，浮现出成百上千人的身影，一个个被那些麻布不仁的将军、检察官、典狱长羁押了起来，生存在布满细菌的混浊的空气中，备受羞辱；他不由自主地想起了那个古怪的、自由不羁的、痛骂长官的老人，但是他却被人们看成疯子；他还想到了含恨而死的克雷里佐夫，他那张英俊的、僵硬的、蜡黄的脸夹杂在其他的几具尸体的中间。究竟是他涅赫柳多夫疯了呢，还是那些自以为神志清醒而干出这各种罪恶的人疯了呢？这个问题在过去已经提过很多次，此时又更加倔强地展现在了他的头脑中，要求他来解答。

等走得有些累了，脑子思考得也有些累了时，他便坐在挨着灯光的一个长沙发上面，随手打开了英国人赠送给他留作纪念的那本《福音书》，这是他之前在清理他口袋中的东西时扔在桌上的。“据说，这本书中能够找到所有问题的答案。”他暗暗地想着，便把《福音书》翻了翻，就从他翻到的地方看起。那是《马太福音》第十八章。他读道：

一、当时门徒进前来，问耶稣说，天国里谁是最大的？

二、耶稣便叫一个小孩子来，使他站在他们当中。

三、说：我是在告诉你们，你们若不回转，变成小孩子的样式，断不得进天国。

四、所以凡自己谦卑像这小孩子的，他在天国里就是最大的。

“对，对的，就是这样。”他暗暗地思考着，想起自己只有在谦逊时才能感悟到生活中的宁静和快乐。

五、凡为我的名，接待一个像这小孩子的，就是接待我。

六、凡使这信我的一个小子跌倒的，倒不如把大磨石拴在这人的颈项上，沉在深海里。

“‘凡为我的名，接待一个像这小孩子的’这话是什么意思？而且怎样接待？什么是‘凡为我的名’？”他觉得这句话一点儿也没有向他说明什么，就自言自语道。“还有，为什么要把大磨石拴在颈项上，还要投入深海中？不对，这有些不准确，说得不确切，不明白。”他心想，他生平多次读过《福音书》，都是因为遇到这种莫名其妙的语段，让他无法读下去。他又读了第七节、第八节、第九节和第十节，这几节讲到有关绊倒的事，讲到人必须进入永生，提到将人扔进地狱的火里作为惩罚，提到孩子们的使者经常见到天父。“可惜这番话没有逻辑，”他暗想，“但是可以感觉出来，其间还是有好东西的。”

十一、人子来，为要拯救失丧的人。

十二、一个人若有一百只羊，一只走迷了路，你们的意思如何？他岂不撇下这九十九只，往山里去找那只迷路的羊吗？

十三、若是找着了，我是在告诉你们，他为这一只羊欢喜，比为那没有迷路的九十九只欢喜还大呢。

十四、你们在天上的父，也是这样不愿意这小子里失丧一个。

“是的，天父的意志并不是让他们死去，但是在这里他们却成百上千地死去。并且无法拯救他们。”涅赫柳多夫心想。

二十一、那时彼得进前来，对耶稣说：主啊，我弟兄得罪我，我当饶恕他几次呢？到七次可以吗？

二十二、耶稣说：我对你说，不是到七次，乃是到七十个七次。

二十三、天国好像一个王，要和他仆人算账。

二十四、才算的时候，有人带了一个欠一千万银子的人来。

二十五、因为他没有什么偿还之物，主人吩咐把他和他妻子儿女，并一切所有的都卖了偿还。

二十六、那仆人就俯伏拜他，说：主啊！宽容我，将来我都要还清。

二十七、那仆人的主人，就动了慈心，把他释放了，并且免了他的债。

二十八、那仆人出来，遇见他的一个同伴，欠他十两银子，便揪着他，掐住他的喉咙，说：你把所欠的还我。

二十九、他的同伴就俯伏恳请他，说：饶恕我吧，将来我必还清。

三十、他不肯，竟去把他下在监里，等他还了所欠的债。

三十一、众同伴看见他所做的事，非常忧愁，就去把这事都告诉了主人。

三十二、于是主人把他叫来，对他说：你这恶奴才！你央求我，我就把你所欠的都免了。

三十三、你不应当怜恤你的同伴，像我怜恤你吗？

“难道不就是这么一回事吗？”涅赫柳多夫阅读完了这些语句，忽然高声叫嚷起来。而且他的心中有个声音回答他说：“对，就是这么一回事。”

于是涅赫柳多夫又遇到了所有追求精神生活丰富的人时常碰到的情形，也就是这样的一种情形：某种想法，起初他觉得古怪，模糊不清，甚至荒诞可笑，却没料到它会越来越频繁地被生活所证实，有朝一日，他会忽然发现这种想法在现实生活中是极其简单的、毋庸置疑的真理。现在对他来说，就有一种思想如同上面所讲的那样变得更加清楚了，这就是要战胜这种恐怖的、令人们饱受苦难的恶势力，唯一可靠的办法就是在上帝面前，承认自己是有罪过的，所以既无权惩治他人，也无权改造他人。此时他才懂得，他在各个大小监狱中目睹的一切骇人听闻的罪行，还有人们制造那种罪行所暴露出来的坦然自若的神情，都是由于有些人渴望做不可能做到的事情：他们本身坏，却想要去改造坏人。某些品行腐败的人却想去改造另外一些腐化堕落的人，并且想通过强硬的办法达到目的。但结果却是，缺钱的和贪财的人以这种无理强迫人们的惩治和改造作为自己高尚的职业之后，自己就堕落到无以复加的地步，而且还不断地侵蚀受尽他们折磨的那些人。现在他才明白，他目睹的那一切惨象的根源是什么，以及怎样才能毁灭掉它。他始终找不到的那个答案，原来偏偏就是基督对彼得说的那番话，意思是要永远饶恕所有的人，要饶恕他们无数次，因为世界上根本没有本身无罪因而可以惩治或改造他人的人。

“但是事情总不会那么简单吧。”涅赫柳多夫在心里思考，但同时他又不可否认地看到了。虽然这种相反的看法他已经习惯了，虽然起初觉得这种看法很古怪，然而这又是毋庸置疑的答案，对于那个问题不论是在理论上的解答，还是在实践中都是最符合实际解决问题的最终方法。至于如何对待那些坏人，难道听之任之，不给予任何的惩治吗？遇到这种常见的反对意见，他现在也不觉得难以回答了。假如事实证明，惩治能减少罪行，改造罪犯，那这样的反对意见倒还是有点儿道理的。但是既然事实已经证明情况正好相反，并且结果也很显然，一些人无权改造另外一些人，那你们所能够做到的唯一合理的做法，就是停止做这种不但无利，反而还有害的，甚至是荒诞的、残忍的事情。“几百年以来你们一直在惩治你们认为是犯过罪的人。但是结果如何呢，这些人是否灭绝了呢？他们非但没灭绝，而且犯罪的人数反倒增加了，因为有些人因受惩罚而堕落成罪犯，还有一些因审判和惩治别人而使自己堕落成罪犯的人，就是那些审判官、检察官、侦讯官、狱吏。”涅赫柳多夫现在才真正感悟到，社会和社会秩序之所以能够存在，并不是因为存在着那些受法律保护的罪犯在审讯和惩治别人，而是因为，尽管败坏到如此地步，人与人还是互相怜惜、互相爱护的。

涅赫柳多夫想从这本《福音书》中找到能证实这一想法的具体语句，于是就从头读起来。他认真阅读了一遍一向使他十分感动的《登山训众》[①]，今天才第一次看出这段训诫并非难以理解的美好理想，所提的大部分要求也不是过分夸张而无法实现的，反而是一些

① 见《新约全书·马太福音》第五章。

简单明了、切实可行的戒律。只要认真执行这些戒律（而这是完全可能的），人类就能建立崭新的社会结构，到那时候，不仅涅赫柳多夫所愤慨的各种暴行会自然消亡，而且人类所能达到的至高无上的幸福，人间天堂，同样也会实现。

这种戒律一共有五条。

第一条戒律（《马太福音书》第五章第二十一节到第二十六节）说的是：人不仅不该杀人，而且不该对弟兄们动怒，不该蔑视他人，骂他人为“拉加[①]”。如果和某人产生争吵，就该在向上帝献礼之前，即祈祷之前，和那人和解。

第二条戒律（《马太福音书》第五章第二十七节到第三十二节）说的是：人不仅不该奸淫，而且不可贪恋美色。只要和一个妇女结为夫妻，就该至死不渝。

第三条戒律（《马太福音书》第五章第三十三节到第三十七节）说的是：人不应当在允诺某件事时发誓。

第四条戒律（《马太福音书》第五章第三十八节到第四十二节）说的是：人不仅不该以牙还牙，而且当有人打你的右脸时，把左脸也转过去让他打。应该宽恕他人对你的欺辱，顺从地加以忍受。不管人家向你提什么要求，都不可回绝。

第五条戒律（《马太福音书》第五章第二十一节到第二十六节）说的是：人不仅不应当恨仇敌，跟仇敌打仗，而且应关爱仇敌，帮助仇敌，为仇敌效劳。

涅赫柳多夫凝视着那盏油灯的亮光，纹丝不动。他想起我们生活当中的各种丑恶现象，接着就清晰地想象到，假如人人都信守这些戒规，我们的生活将会变成什么样。于是他心中充满了好久不曾有过的喜悦，就好像他经历了长期的劳累和苦难之后忽然得到了安

① 意即“废物”。

宁和自由。

他通宵没有睡觉。他就像很多阅读《福音书》的人经历过的那样，不停地读啊，读啊，第一次读懂了那些语句的意义，而那些语句他之前已经看过无数遍却轻易放过去了。他如同海绵吸水一样，如饥似渴地吸收他在这本书中发现的有用的、重要的和令人高兴的道理。他读到的所有句子好像都是他熟悉的，仿佛领会了并且让他重新加以证实了过去他已经知道，却没有好好领悟也难以置信的道理。如今他彻底地领悟了，相信了。

不过他不仅仅是领悟和相信人人履行这些戒律就能得到他们想得到的至高无上的幸福，他如今还认清和确信人人只要履行了这些戒律，无须再做别的，人类生活唯一合理的意义就在这儿，凡是背离这些戒律的行为统统是错误的，马上会招致惩罚、得到报应的。这是从全部教义中总结出来的道理，而有关葡萄园的那个比喻①，表现得最有说服力。园户原本是被指派去葡萄园里为园主劳动的，他们却把那个葡萄园看作他们的私有财产；好像葡萄园中的所有东西都是为他们置办的，认为他们只管在那个葡萄园里过舒服日子就是了，忘记了园主，并且谁提到他们对园主应尽的责任，他们就杀死谁。

“我们的所作所为也是这样的，”涅赫柳多夫想，“就是由于我们带着一种荒诞可笑的信念在生活，认为我们自己就是自己生活

① 《马太福音》第二十一章第三十三节起到第四十一节止：“耶稣说：你们再听一个比喻。有个园主，栽了一个葡萄园，周围圈了篱笆，里面挖了一个压酒池，盖了一座楼，租给园户，就去国外了。收果子的时候近了，就打发仆人到园户那里去收果子。园户拿住仆人，打了一个，杀了一个，用石头打死一个。园主又打发别的仆人，比先前更多。园户还是照样待他们。园主后来打发他的儿子到他们那里去，意思说，他们必尊敬我的儿子。不料，园户看见他的儿子，就说，这是承受产业的。来吧，我们杀他，占他的产业。他们就拿住他，推到葡萄园外，杀了，园主来的时候，要怎样处置这些园户呢？他们说，要下毒手除灭那些恶人，将葡萄园另租给那按时交果子的园户。”

中的主人，人生在世就是为了享受欢乐。但是要知道，这显然是非常荒谬的。要知道，既然我们是被派到这个世界上来的，那就是奉某某的旨意，有所为而来的。然而我们却认定，我们活着只是为了我们自己快乐。那事情很明显，我们将不会有好下场，就像那不依照园主意愿做事的园户一样得到不好的结局。主人的意图就表现在这些戒律当中。只要人们奉行这些戒律，人间就会建立起天堂，人们才会得到他们能够得到的至高无上的幸福。

“你们要先求他的国和他的义，这些东西都加在你们身上了。[①]然而我们却先要求这些东西，很显然是求不到的。

“看来这就是我一生的事业了。做完这一件，再开始做另一件。”

从这天夜里起，涅赫柳多夫开始过起一种全新的生活，倒不是说他已经进入了一种全新的生活环境里，而是因为从这时开始，他所遭遇的一切，对他来说都有了一种与过去截然不同的意义。至于他一生中的这个崭新的阶段将如何结束，将来自见分晓。

（全文完）

---

① 《马太福音》第六章：“耶稣说：一个人不能侍奉两个主。不是恶这个爱那个，就是重这个轻那个。你们不能又侍奉神，又侍奉玛门（指“财利”）。……所以不要忧虑，说吃什么，喝什么，穿什么。这都是外邦人所求的。你们需要的这一切东西，你们的天父是知道的。你们要先求他的国和他的义，这些东西都要加给你们了。所以不要为明天担忧。”